मैं भीष्म बोल रहा हूँ

स्थापित 1912
100 वर्षों की
श्रेष्ठ प्रकाशन परम्परा
राजपाल

₹ 350
ISBN : 9789350641613

MAIN BHISHMA BOL RAHA HOON (Novel)
by Bhagwatisharan Mishra
मुद्रक : जी.एस. ऑफसेट, दिल्ली

राजपाल एण्ड सन्ज़
1590, मदरसा रोड, कश्मीरी गेट, दिल्ली-110006
फोन : 011-23869812, 23865483, 23867791
e-mail : sales@rajpalpublishing.com
www.rajpalpublishing.com
www.facebook.com/rajpalandsons

मैं भीष्म बोल रहा हूँ

भीष्म पितामह के रोमांचक जीवन पर आधारित उपन्यास

भगवतीशरण मिश्र

राजपाल

आत्मकथ्य

सामाजिक उपन्यासों के लेखन के पश्चात् मैंने पौराणिक एवं ऐतिहासिक उपन्यासों के लेखन के क्षेत्र में प्रवेश किया। अब तक ऐसे कई उपन्यास प्रकाशित होकर प्रतिष्ठित हो चुके हैं। पाठकों में इनकी अप्रत्याशित लोकप्रियता ने मुझे अधिक-से-अधिक ऐसी कृतियों को प्रस्तुत करने–हेतु विवश किया और मैं एक चरित्र के पश्चात् दूसरे उदात्त चरित्र पर लेखनी चलाता रहा।

मुझे लगता है कि महाभारत के महानायक भीष्म पितामह पर लिखने में मुझे विलम्ब हुआ। इस सांस्कृतिक पुरुष पर मुझे पूर्व ही पर्याप्त लेखनी चलानी थी। ऐसा क्यों नहीं हुआ इसका उत्तर भी भीष्म के चरित्र में ही उपलब्ध है। नियति ने भीष्म के साथ ऐसे-ऐसे अद्भुत खेल खेले जिनकी परिकल्पना भी कठिन है। उनकी नियति ने शायद उनके दिवंगत होने के पश्चात् भी उनका पीछा नहीं छोड़ा। शायद इसी कारण मेरे पौराणिक उपन्यासों के चरित्र-नायकों की पंक्ति में वह पर्याप्त पीछे रह गए।

यों भी भीष्म पितामह पर लेखन के लिए पर्याप्त अध्ययन, अन्वेषण और चिन्तन की आवश्यकता थी। एक लक्ष श्लोकोंवाले महाभारत जो विश्व का महानतम काव्य है को आद्यन्त मथने के बिना इस युग-नायक पर लेखनी चलाना उसके साथ और अपने साथ भी अन्याय करना होता क्योंकि इस युद्ध-काव्य में भीष्म भले ही प्रत्येक पृष्ठ पर उपलब्ध नहीं हों किन्तु वह इसमें यत्र-तत्र-सर्वत्र अवश्य उपस्थित हैं। ऐसी स्थिति में पितामह का चरित्रांकन दुष्कर हो आता है क्योंकि उन्हें एक लक्ष श्लोकों के मध्य उसी तरह ढूँढ़ना पड़ता है जैसे कच्चे-पके आम्र-फलों से बोझिल वृक्ष से कोई पके फलों को अन्वेषित करे। इस अन्वेषण, इस मन्थन में कुछ समय तो लगना ही था। भीष्म पर पर्याप्त सामग्री जुटाने और उसे आत्मसात करने में पर्याप्त समय लग गया, अतः ग्रन्थ-लेखन के आरम्भ और अन्त के मध्य समय का एक बड़ा अन्तराल गुज़र गया। कई उपन्यास आए पर पितामह पीछे ही रहे। प्रसन्नता है कि आज इस पुस्तक की पूर्णाहुति हुई और अब यह प्रकाशन हेतु प्रस्तुत है। 'देर आए दुरुस्त आए' की लोकोक्ति यहाँ पूर्णतया चरितार्थ होती है। बिलम्ब का परिणाम यह हुआ कि पितामह के चरित्र के साथ मैं अपनी ओर से पूर्ण न्याय कर सका।

यह शीघ्रता में नहीं, अपितु निश्चिंतता में रचित कृति है अतः, यहाँ जो कुछ उपलब्ध है वह यथार्थ के समीप होने के साथ-ही-साथ उत्प्रेरक भी है। पाठक स्वयं इस कथन की सम्पुष्टि अगले पृष्ठों में करेंगे।

अपने औपन्यासिक लेखन में मैंने उच्चतर मानवीय मूल्यों की स्थापना को अपना

लक्ष्य रखा क्योंकि इन मूल्यों का त्वरित क्षरण आज सभी बुद्धि-जीवियों की चिन्ता का विषय है। मेरा साहित्य अतः, निरुद्देश्य नहीं होकर सदा सोद्देश्य होता है भले ही साहित्य को मात्र 'समाज का दर्पण' माननेवाले लोग मेरी अवधारणा की आलोचना करें। भीष्म के चरित्र के चयन के पीछे मेरा यही सदुद्देश्य है।

भीष्म के सदृश चरित्र विरल हैं। भीष्म एक ही साथ एक घोर प्रतिज्ञा-व्रंती, सिंह-सदृश पराक्रमी, सत्यनिष्ठ, भ्रमचर्यव्रती एवं मनुष्य-मात्र में आदर एवं समदृष्टि रखने वाले महानायक हैं। उनका राष्ट्रप्रेम अद्‌भुत है और अधिकार-लिप्सा से सर्वथा रहित वह राष्ट्र की सीमाओं की सुरक्षा को समर्पित हैं।

आज मूल्य का जो विविध आयामी ह्रास दृष्टिगोचर हो रहा है उसमें सत्ता-लोभ एवं राष्ट्रीय एकता एवं अखण्डता के प्रति उदासीनता भी सम्मिलित है। आतंकवादी गतिविधियों ने और शासकों की प्रायः उदासीन एवं स्वार्थ-परक प्रवृत्ति ने सीमाओं की सुरक्षा को संकट में डाल दिया है। ऐसे परिदृश्य में इस पुस्तक के नायक से बहुत कुछ सीखा-समझा जा सकता है। महाभारत एक युद्ध था अपितु महायुद्ध। आज भी केवल भारत ही नहीं प्रायः विश्वभर में आतंकवाद ने एक अघोषित युद्ध छेड़ रखा है। इस समय राष्ट्राध्यक्षों को भीष्म की तरह ही प्रतिज्ञावान, पराक्रमी एवं राष्ट्र-प्रेमी होने की आवश्यकता है।

भीष्म पर पुस्तक शायद सही समय की प्रतीक्षा कर रही थी और वह समय आज आ पहुँचा है जब भारत के साथ-साथ अमेरिका और ब्रिटेन की तरह महाशक्तियाँ भी आतंकवादियों के प्रहार से रक्त-रंजित हो रही हैं। भीष्म बातों में कम और कर्म में अधिक विश्वास करनेवाले इतिहास-पुरुष थे। महाभारत का अध्ययन स्पष्ट करता है कि अट्ठारह दिनों के इस युद्ध में आरम्भ के दस दिनों में, इस वृद्ध सेना-नायक ने अपने अस्त्रों के निरंतर प्रहार से किस तरह प्रतिपक्ष के युवा सेनानियों को भी सिर उठाने का अवसर नहीं प्रदान किया। अन्ततः स्वेच्छया जब उन्होंने स्वयं को शरविद्ध करा रणांगण से पृथक् किया तभी शत्रु-पक्ष निश्चिन्तता की सांस ले सका। क्या आज की परिस्थिति में विश्वव्यापी आतंकवाद के भुजंग के सिर को कुचलने के लिए हर राष्ट्राध्यक्ष को महाभारत का भीष्म बनने की आवश्यकता नहीं?

भीष्म का चरित्र कुछ सीमा तक बिडम्बनाओं और विरोधाभासों से भी भरा है। स्वयं को उत्पीड़ित कर भी वह दूसरों विशेषकर आत्मीयजनों की पीड़ा दूर करने के लिए सारे नीति-नियमों का उल्लंघन कर जाते हैं। इसे क्या कहेंगे? समय की आवश्यकता अथवा नियति की क्रीड़ा?

भीष्म का चरित्र जटिल है। नियति के हाथों कठपुतली बने इस कर्मशील एवं सत्यव्रती तथा श्रेष्ठों के प्रति श्रद्धावनत एवं आश्रितों के प्रति ममता से आकण्ठ-पूरित इस विश्व-नायक के चरित्र का मूल्यांकन एक विषम कार्य है जिसे निभाने का प्रयास मैंने किया है।

डॉ. भगवतीशरण मिश्र

मैं भीष्म बोल रहा हूँ

1

मैं शान्तनु-सुत, सत्यव्रत, भीष्म आज आपसे संवाद-रत हूँ। सुना था इस धरती से महाप्रयाण के समय आजीवन का करा-धरा, कुकर्म-सुकर्म सबका लेखा-जोखा किसी चलचित्र की तरह स्वयं अन्तर्चक्षुओं के समक्ष उभरने लगता है। अनचाहे। अयाचित। अनाकांक्षित।

ऐसा क्यों? यह जिज्ञासा मुझसे नहीं करें क्योंकि आज स्वयं मैं अयाचित का आखेट हूँ। जीवन-ग्रन्थ के पृष्ठों को आदि से अन्त तक परायण जितना भी कटु और मधु हो पर इस क्षण इन पृष्ठों को पलटने को अभिशप्त हैं सभी, इसकी प्रतीति स्वयं की अनुभूति से ही मुझे हो रही है। कभी ग्रन्थावालोकन में मेरी अरुचि नहीं रही पर अपने ही जीवन-ग्रन्थ के पन्ने उलटना इतना कष्टप्रद होगा इसका अभिज्ञान मुझे कब था? जीवन की इस गोधूलि, इस सान्ध्य बेला में कौन यह अखाद्य खाने को विवश करता है, कह लें इस रो-मन्थन को ही। कौन? कौन? कौन? जो भी करता हो वह करुण तो नहीं कहा जा सकता। अति कठोर है वह। यह क्षण शान्तिपूर्वक भवसागर को इस छोर से उस छोर तक तिर जाने का है, अपने किये-अनकिये को लेकर अशान्त, उद्वेलित और पश्चाताप-ग्रस्त होने का नहीं।

पर उस निष्ठुर ने यही नियति गढ़ी है मनुज की। छोड़ने के पूर्व इस धरती को, लिए जाओ पूर्ण लेखा-जोखा अपनी जागतिक गतिविधियों का कि उस पार जाकर यह अनुमान लगाने की आवश्यकता ही नहीं रहे कि किस कर्म का कुफल यह आया समक्ष, अथवा किस कर्म का सुफल दे गया मलय-पवन का एक सुखद संस्पर्श। सब कुछ देख लो इस वृहत् दर्पण में जो तुम्हारे आजीवन के आचार-विचार, कार्य-अकार्य, शोभन-अशोभन, प्रशंसनीय-अप्रशंसनीयं, श्लाघ्य-अश्लाध्य सबको प्रतिबिम्बित कर रहा है पूर्णतया स्पष्ट रेखाओं में। सत्य का उद्घाटन है यह। असत्य, कल्पित कुछ नहीं इसमें। अयाचित यह चाहे जितना हो।

इस सूत्रधार को मैं जानता हूँ, मनुज की इस अपरिहार्य नियति के नियामक का। इस अधूरे, अर्थहीन जीवन की अगर कोई एकमात्र उपलब्धि रही है तो उसी को समीप से जानने-सुनने और उसके अपरूप रूप के दर्शन कर इन चर्मचक्षुओं को तृप्त करने की।

हाँ, 'शुभेन आरम्भयेत्' (शुभ से ही आरम्भ करें) उस उक्ति को हृदयगत कर उस शुभ घटना से आरम्भ करना ही उचित होगा अपनी जीवन-चर्या को जो भले ही असंख्य अशुभों, अपशकुनों, अपकृत्यों और सर्वोपरि विभिन्न विडम्बनाओं से आद्यन्त भरी हो। वह खुलेगी पर्त-दर-पर्त आप के समक्ष अपने सभी आयामों में, सभी सत्यों-असत्यों के साथ। इस क्रम में खुलेंगे कइयों के चरित्र-व्यवहार भी,

न्याय-अन्याय भी, छल-छद्म भी। मैं विवश हूँ इस सबकी अभिव्यक्ति हेतु क्योंकि धरती से इस प्रयाण-काल में असत्य का सहारा नहीं ले सकता। सत्य उद्‌घाटित होगा तो कितनी सद्यः शरीर-मुक्त आत्माएँ मुझसे रुष्ट होंगी, पर असत्य का सहारा सत्यव्रत (भीष्म) ने अपने जीवन में कभी नहीं लिया, और चाहे जितने आरोपों से उसे कोई विद्ध कर दे अर्जुन के इन शरों की तरह जिनकी शय्या पर मृत्यु-काल की प्रतीक्षा में लेटा मैं स्मृति-चर्वण कर रहा हूँ, पर एक भी असत्य कथन मेरी जिह्वा पर नहीं चढ़ा, भले ही साक्षात् धर्म के अंश से उत्पन्न धर्मराज युधिष्ठिर को भी असत्य अथवा अर्द्ध सत्य का सहारा लेना पड़ा था अपने ही शास्त्र-गुरु आचार्य द्रोण के प्राणों के विसर्जन में साहाय्य बनने हेतु। यह प्रसंग भी आने से नहीं रहेगा मेरी इस प्रयाण-गाथा में। प्रतीक्षा करें।

तो सर्वप्रथम अपने इस जीवन की एकमात्र सार्थकता को सार्वजनिक करते हैं। मैंने आरम्भ में ही निवेदित किया, 'उस सूत्रधार को मैं जानता हूँ, मनुज की इस अपरिहार्य नियति के नियामक को।' नहीं स्मरण हो तो पृष्ठ पलटकर देख लें, यह भी कि किस सन्दर्भ में और क्यों यह कथन किया है मैंने।

तो आयें उस घड़ी पर जब सार्थक हुआ था मेरा मनुज-तन धारण। महाभारत-युद्ध के लिए 'धर्मक्षेत्र-कुरुक्षेत्र' में दोनों तरफ की सेनाएँ आमने-सामने सन्नद्ध थीं। ग्यारह अक्षौहिणी सेनाएँ कौरवों की। सात पांडवों की। कौरवों और पांडवों का समान रूप से पितामह होने के बावजूद मैं कौरवों का सेनापति बन पांडव-सेना के संहार-हेतु मोर्चा सम्हाल चुका था। यह मैंने क्यों किया, यह पक्षपात, स्वयं के पारिवारिक जनों को ही अपने अमोघ शरों के आखेट का आयोजन? इसे आप काल-क्रम से जानेंगे। अनेक विडम्बनाओं, विचित्रताओं, विरोधाभसों से पूर्ण होते जीवन के इस कृत्य के कारण से आप अनभिज्ञ नहीं रहेंगे।

हाँ, कालान्तर शरों से भरे असंख्य तूणीरों से सजे अपने विशाल रथ में मुकुट एवं कवच-कुंडल मंडित, श्वेत श्मश्रु-युक्त, श्वेत परिधान में ही अवेष्टित, मैं (तथाकथित) कुरु-श्रेष्ठ, आर्यावर्त का अपराजेय योद्धा, नर-पुंगव, युद्धारम्भ की प्रतीक्षा में सचेत खड़ा था।

अभी-अभी दुर्योधन के मनोबल की वृद्धि के लिए मैंने सिंह-गर्जना के साथ शंख-निनाद किया था। मेरे उस कृत्य का अनुसरण करते हुए, कौरव और पांडव दोनों पक्षों ने शंख तथा रण-वाद्यों की ध्वनि से आ-गगन पृथ्वी को तुमुल स्वरों से भर दिया था।

श्रीकृष्ण के सारथ्य में श्वेत अश्वों से जुते रथ में, मुझसे कुछ ही दूर विपक्ष का नेतृत्व सम्हाले अर्जुन ने भी अपने देवदत्त नामक शंख को बजाया था और जिसके दर्शन से मैं कृत-कृत्य हो रहा था, अर्जुन के उस सारथि वासुदेव श्रीकृष्ण ने भी अपना पाँचजन्य नामक शंख फूँका था। यद्यपि उन्होंने युद्ध में भाग नहीं लेने का प्रण लिया था पर पाँचजन्य को स्वर दें उन्होंने भी जैसे युद्धारम्भ की घोषणा कर दी थी। उन्होंने शस्त्र नहीं छूने का व्रत लिया था, शंख-स्पर्श नहीं करने का नहीं।

भेरी, नागाड़ा, ढोल, मृदंग एवं तुरही आदि वाद्य चतुर्दिक बज उठे। नहीं, शंख मात्र मैंने या अर्जुन अथवा श्रीकृष्ण ने ही नहीं बजाए थे। दोनों ओर के प्रमुख योद्धाओं ने भी शंखनाद किया था। काशीराज सात्यकि ने किया था, अर्जुन के चारों भाइयों ने किया था, अभिमन्यु ने भी किया था और पूरी शक्ति लगाकर शंख में अपने फेफड़ों

की सारी वायु उड़ेलकर उस शिखंडी ने भी किया था जो मेरी इस शर-शय्या का प्रमुख कारण बना है।

शिखंडी के उत्साहातिरेक पर मुझे उस समय विस्मय अवश्य हुआ था पर युद्ध में शरविद्द हो धरती पर अपने पतन के काल ही मुझे युद्धारम्भ के पूर्व के उसके हर्ष और आनन्द का अभिज्ञान हो सका था।

हाँ, शिखंडी नहीं होता तो मुझे कंटकों की शय्या से भी कष्टकारी यह शर-शय्या नहीं मिलती। पर इस शुभ चिन्तना की घड़ी शिखंडी की अशुभ गाथा क्यों टपक पड़ी? मुझे लौटने दें उस घटना पर जिसके चित्रण-हेतु मैं कब से आकुल हूँ।

शंखनाद और युद्ध-वाद्यों की ध्वनि के पश्चात् भी युद्ध नहीं आरम्भ हुआ। सेनाध्यक्ष के नाते, अगर उस ओर से युद्ध नहीं आरम्भ हुआ, तो मुझे इस ओर से शर-संधान कर देना था—युद्धारम्भ। पर मेरी अपनी विवशता थी। लोगों की दृष्टि में महाप्रतापी, आर्यावर्त का अतुलनीय योद्धा मैं युद्ध के सर्वमान्य नियम का उल्लंघन नहीं कर सकता था।

निःशस्त्र पर प्रहार नहीं करना, युद्ध का यह घोषित और अघोषित दोनों आचार है। मेरे समक्ष रथारुढ़ पार्थ ने अपने प्रसिद्ध धनुष गांडीव को त्याग दिया था तथा अपने सखा एवं सारथि वासुदेव से यह कहकर 'न योत्स्य' (युद्ध नहीं करूँगा) वह अपने रथ के पार्श्व भाग में जा बैठा था। अब ऐसे में मैं उसके सिरोभाग या ग्रिवा या वक्षस्थल को लक्ष्य बनाकर अपना कोई कुशाग्र शर छोड़ूँ तो इन वृद्ध हाथों से भी छुटा वह शर उसको युद्धारम्भ के पूर्व ही यम-द्वार दिखला देता। नहीं मैं ऐसा नहीं कर सकता था, यद्यपि इस नियम का उल्लंघन इस तथाकथित धर्म-युद्ध में कई बार हुआ, अपितु प्रतिपक्ष द्वारा इस नियम की निष्ठुर अवहेलना के फलस्वरूप ही मुझे यह शर-शय्या उपलब्ध हुई। जो मैंने नहीं किया, वह कइयों के साथ, अन्ततः मेरे साथ भी निर्दयता-पूर्ण रूप में किया गया। आज जीवन की इस अवसान-बेला में सोचता हूँ, मुझे अन्याय का सहारा ले धराशायी कर महाभारत-विजय को सुनिश्चित किया गया पांडवों द्वारा यदि मैं युद्ध के आरम्भ में ही इसी अनीति का सहारा ले पांडव-सेना की विजय की एकमात्र आशा, अर्जुन के जीवन-दीप को बुझा देता तो विजय-श्री पांडवों का वरण नहीं कर कौरवों के चरण चूमती। पर अगर मुझे भविष्य में अपने साथ बरते जानेवाली धोखाधड़ी एवं अन्याय-अनीति का पूर्वानुमान भी होता तब भी क्या मैं अर्जुन के साथ वही व्यवहार करता जो मेरे साथ हुआ? कदापि नहीं।

प्राणों को, प्रण से अधिक प्रिय नहीं होना चाहिए। मैं सत्यव्रत, शान्तनु-सुत भीष्म सत्य के अपने प्रण को नहीं तोड़ सकता था। मैं निःशस्त्र प्रतिपक्षी पर प्रहार नहीं कर सकता था।

ऐसे भी अर्जुन के रथ पर जो घट रहा था उसने मुझे ऐसा अभिभूत कर रखा था कि मेरी सारी इन्द्रियाँ कर्णवत् और नेत्रवत् हो गई थीं। कुछ और सोचने-समझने का अवसर ही नहीं था, शर-सन्धान का प्रश्न कहाँ उठता था?

मेरा अस्त्र-शस्त्र-सज्जित विशाल रथ कौरव-सेना की पंक्ति में सबसे आगे था, अतः पार्थ और वासुदेव के मध्य चल रहे संवाद को मैं स्पष्टतः श्रवण कर पा रहा

था और कोई सुने अथवा नहीं। यों भी वय के इस मोड़ पर आकर कुछ इन्द्रियाँ एक सीमा तक शिथिल हो जाती हैं और इस क्षति-पूर्ति हेतु कुछ इन्द्रियाँ पूर्वापेक्षा अधिक सक्रिय। मैं अपनी कर्मेन्दियों की बात नहीं जानता, वे सम्भवतः यथावत् थीं पर मेरी कर्ण-इन्द्रिय अधिक जागरुक हो आई थी। यह किस न्यूनता की क्षति-पूर्ति थी, यह भी मैं नहीं कह सकता पर यह पा रहा था कि पूर्वापेक्षा मैंने अधिक ही सुनना आरम्भ कर दिया था। दूर का कथन हो अथवा अति मन्द स्वर में भी कथित समीप का, मेरे कर्ण-रन्ध्रों में प्रवेश पा ही जाता था।

कृष्णार्जुन-संवाद को मैं प्रायः स्पष्ट सुन रहा था। अर्जुन के आरम्भिक कथन से जो अनुमान मैंने लगाया, उसका निहितार्थ यही था कि वह व्यामोह-ग्रस्त हो आया था, मायाच्छादित। रण-क्षेत्र में आकर भी रण से विमुख होने को उद्यत। युद्ध-रत नहीं होने का उसने निश्चय कर लिया था।

मुझे विस्मय हो रहा था कि जिस अर्जुन ने गुरु द्रोण से तो धनुर्विद्या की सर्वोत्कृष्ट शिक्षा ग्रहण की ही थी, देवाधिदेव महादेव को भी अपने कठोर तप से प्रसन्न कर इसी अवसर के लिए अमोघ दिव्यास्त्र प्राप्त किए थे, वह अब रण-विमुख क्यों हो रहा था। उसे क्या यह भी पता नहीं था कि अपने शेष चारों भाइयों, माता कुन्ती और सहधर्मणियाँ द्रौपदी और सुभद्रा के साथ-साथ पांडव-पक्ष में जुटे सारे योद्धाओं की आशा का वह एकमात्र सम्बल था? उस युद्ध में अगर पांडवों को विजयश्री का वरण करना था तो मात्र उसी के सहारे। अगर उसने रणभूमि में पीठ दिखा दी तो सदा से पांडवों को प्रताड़ित करते रहे, राज्य-लोलुप और ईर्ष्या-द्वेष की अग्नि में जलते, दुर्योधन, दुःशासन और कुटिल शकुनी उसके प्रियजनों को कहीं का नहीं छोड़ेंगे। और क्षण-भर में ही उनकी ग्यारह अक्षौहिणी सेनाएँ नेतृत्व-विहीन पांडव-सेना को वैसे ही रौंद देंगी जैसे कोई मत्त गजराज कदली-वन को रौंदता है।

पर नहीं, वह मोहाच्छन्न था। उसके समक्ष मृत्यु का सहर्ष वरण करने जो खड़े थे उनमें अधिकांश उसके अपने ही थे। रक्त-सम्बन्धी। रिश्ते में पिता थे, पितृव्य थे, पितामह थे, श्याला थे श्वसुर थे। इनके अतिरिक्त गुरुजन थे–द्रोण थे, कृपाचार्य थे। गुरु-पुत्र अश्वत्थामा थे। इन सभी का वह वध करे? क्यों? राज-सुख के लिए? रक्त-सिक्त इस सुख से तो भिक्षान्न पर पलना अधिक उचित था। और योद्धाओं के हत होने से कितनी नारियाँ माथे का सिंदूर गँवा देंगी! वैधव्य-वरण को विवश होंगी। इससे परिवार-समाज में कदाचार बढ़ेगा। कुल धर्म नष्ट हो जाएगा। वर्ण-संकर उत्पन्न होंगे। पितरों को उनका तीलोदक, पींड स्वीकार्य नहीं होगा। ऐसे में पितरों का पतन होगा, उन्हें अधोगति प्राप्त होगी।

उसका तर्क अकाट्य एवं मर्मभेदी था। उसने वासुदेव कृष्ण को भी जैसे अपनी उक्ति से लांक्षित करना चाहा–'हाय! यह कितने शोक की बात है कि हम लोग स्वजनों की हत्या का महापाप उठाने को उद्यत हो गए हैं मात्र राज्य-सुख के लोभ से।'[1]

उसने श्रीकृष्ण को भी कठघरे में खड़ा कर दिया था। मुझे यह सब सुनकर स्वभावतः घोर आश्चर्य हो रहा था। मुझे प्रतीत हुआ सदा युद्ध-प्रिय श्रेष्ठ धनुर्धर धनंजय विकट

---

1. अहो बत महत्पापं कर्तुं व्यवसिता वयम्।
यद्राज्यसुखलोभेन हन्तुं स्वजनमुद्यताः।।

–श्रीमद्भगवद्गीता 1/45

व्यामोह का आखेट हो गया था। सर्वाधिक विस्मयकारी तथ्य तो यह था कि वह मोह ही नहीं, अकार्य-ग्रस्त भी हो आया था। कायर। का-पुरुष। वह आत्महत्या[1], आत्मवध को भी प्रस्तुत था पर शस्त्र धारण को नहीं—

"यदि मुझ शस्त्र-हीन और युद्धविरत की, धृतराष्ट्र के शस्त्रधारी प्रश्न इस रणांगण में हत्या भी कर दें तो वह मेरे लिए अधिक श्रेयष्कर होगा।"

उसी कथन के पश्चात् शोक-संतप्त अर्जुन, धनुष-बाण का त्याग कर रथ के पिछले भाग में जा बैठा था।

मेरी जिज्ञासा जाग्रत हो आई थी। अब तक तो मैं अर्जुन के कथन के श्रवण के साथ-साथ वासुदेव कृष्ण के अमित तेज-पूर्ण आनन का भी अवलोकन कर आनन्दित हो रहा था, अब मेरे कर्ण लगे थे कृष्णोक्ति पर। अपने सखा को इस व्यामोह से विमुक्त करने हेतु उन्हें तो कुछ कहना ही था और मैं उनके कथनामृत के पान को आतुर हो आया था।

युद्ध-भूमि की स्थिति यह थी कि सभी योद्धा कोलाहल-रत थे। कुछ घटित नहीं होने की स्थिति से सभी संतप्त थे। योद्धा तो योद्धा गजराज भी चिंग्घाड़ाने लगे थे, अपने सूंडों को हिला-हिला अपनी अकर्मण्यता जनित अप्रसन्नता प्रकट कर रहे थे। उनके महावत उन्हें सम्हालते-सम्हालते थक से गए थे। युद्धाश्व भी व्यग्र हो हिनहिनाते हुए, अपने खुरों से कुरुक्षेत्र की मिट्टी को कुरेद-कुरेद कर धूल के बादल खड़े करने में लगे थे। उनके सवार तथा पदाति-सेना के सैनिक अन्दर-अन्दर उद्विग्न भी हों पर किंकर्तव्यविमूढ़ हो खड़े थे। जब तक दोनों पक्षों में एक पक्ष का सेनापति भी युद्ध नहीं आरम्भ करें। प्रथम शर का संधान नहीं करे, तब तक कोई योद्धा भी शस्त्र-संचालन का अधिकारी नहीं था। सेनापतियों में एक की स्थिति यह थी कि वह शस्त्र त्याग चुका था और दूसरा अपने रथ में शान्त बैठा जो कुछ समक्ष घटित हो रहा था, उसका आनन्द ले रहा था।

"पितामह! आप निश्चल, जड़वत् क्यों बैठे हैं? सम्पूर्ण सेना युद्ध-हेतु व्यग्र हो रही है और आप ऐसे निश्चिन्त हैं जैसे रथारूढ़ नहीं होकर अपने शयनागार की शयन-शय्या पर आसीन हों।"

यह दुर्योधन था। सदा अस्थिर और धैर्य-हीन वह तीव्रता से अपने रथ को दौड़ाता मेरे पार्श्व में आ खड़ा हुआ था।

"....।" मैं मूक। मेरी दृष्टि अब भी श्रीकृष्ण के पाटल-मृदु, अधरोष्ठों पर जमी थी। उनके कथन की प्रतीक्षा में। दुर्योधन के दुर्वचनों का तो मैं आदी हो गया था। मेरे जीवन की अनेकानेक बिडम्बनाओं में यह भी थी कि कुरु-कुल का श्रेष्ठतम पुरुष, पितामह होकर भी मैं उसी पोते के दुर्व्यवहार हेतु अभिशप्त था जिसे कभी अपनी गोद में मैंने बड़े प्यार से खिलाया था। उसके लिए ही क्या, उसकी पीढ़ी के सभी के लिए मैं अनावश्यक एवं अवांछित हो गया था। आजीवन कुरु-साम्राज्य के संरक्षण और सुरक्षा में सन्नद्ध उसके रक्षा-कवच भीष्म अब मात्र अवज्ञा और उपेक्षा केन्द्र के पात्र बनकर रह गए थे। वर्ना मेरा वश चलता तो यह महासमर ही क्यों सजता? और भी अशोभनीय

---

1. यदि मामप्रतिकारमशस्त्रं शस्त्रपाणयः।
धार्तराष्ट्रा रणे हन्युस्तन्मे क्षेमतरं भवेत्।।

—श्रीमद्भगवद्गीता 1/46

घटनाएँ क्यों घटतीं जिनकी परिणति इस समर में हुई?

मुझे सेनाध्यक्ष के रूप में खड़ा करने के पीछे भी दुर्योधन का नग्न स्वार्थ था। अब तक राजमहल के किसी कोने में पड़ा मैं सहसा उपयोगी हो आया था। इस वय में भी जब सिर के केश तो केश, भौंहें भी हिमवत् सफेद हो आई थीं मैं आर्यावर्त का अप्रतिम योद्धा था। मेरे कठोर भुजदंड कहीं से कमजोर नहीं हुए थे और प्रशस्त वक्ष स्थल अब भी पाषाण की तरह कठोर था। मेरे नाम से अब भी आर्यावर्त के बड़े से बड़े योद्धा के ललाट पर स्वेद-बिन्दु छिटक आते थे और उसके हृदय की गति अनियन्त्रित हो जाती थी।

परशुराम के सदृश इक्कीस बार पृथ्वी को घोर क्षत्री-योद्धाओं से विहीन करने वाले महाबली को भी मेरे ही हाथों प्राभूत होना पड़ा था। मेरी वाणी में अब भी केसरी निनाद था, मेरे पद-चाप अभी भी दूर से कर्ण-गोचर होते थे। मेरे धनु के झंकार से अब भी कितने महारथियों तक के कर्ण-कपाट फटने-फटने को हो आते थे।

हाँ, यह सत्य था कि मेरी सेनाध्यक्षता में कौरव-सेना अपराजेय थी। जिस तरह हस्तिनापुर के स्वर्ण-सिंहासन के लिए मैं अभेद्य कवच रहा और किसी शत्रु ने कभी स्वप्न में भी इस पर कुदृष्टि डालने का साहस नहीं किया, उसी तरह अनेक महारथियों से युक्त कौरव-सेना भी भीष्म-स्वरूप सुरक्षा-कवच के बिना अभेद्य नहीं रह सकती थी। इसीलिए जैसे बहुमूल्य पुराने अंगवस्त्रों को त्यौहारों के अवसर पर, बन्द मंजूषे से निकालकर धारण किया जाता है, उसी तरह इस अवसर पर इस परित्यक्त पर पराक्रमी पितामह को सेनाध्यक्ष का महत् दायित्व दे दिया गया। यह सबको पता था कि चाहे जैसी उपेक्षा, अवज्ञा और अपमान इस वृद्ध ने झेली हो, वह सत्यव्रती है और एक बार जिस दायित्व को वह ग्रहण कर लेगा, हर स्थिति में उसका निर्वहन करना, यह उसके चरित्र में है। रक्त में है।

"आप मूक क्यों हैं पितामह? मेरी बात का उत्तर क्यों नहीं देते?" दुर्विनीत दुर्योधन ने कर्कश स्वर में पूछा।

मुझे क्रोध आया पर मैंने उस पर नियन्त्रण किया। क्या लाभ? क्रोध अपने लिए भी घातक है, सामने वाले के लिए भी।

"क्या पूछना चाहते हो, पूछो।" मैंने शान्त स्वर में कहा पर दृष्टि अब भी श्रीकृष्ण के मुखारविन्द पर ही लगी हुई थी। पता नहीं ऐसा स्वर्णावसर पुनः कब आए अथवा नहीं। कोई उन्हें छली, छद्मी, चतुर, चालाक जो कह ले मेरे लिए तो वह नर के रूप में नारायण थे। सामान्य मनुष्य नहीं थे, वासुदेव। तभी तो अपने रहते भी, युधिष्ठिर के राजसूर्य-यज्ञ में अग्रपूजा मैंने श्रीकृष्ण की ही कराई थी। मैं वयोवृद्ध था, रिश्ते में सबसे बड़ा, कइयों का पितामह, प्रपितामह, प्रचंड शूर-वीर और महान् चरित्रनिष्ठ के रूप में भी मैं ख्यात था। पर उससे क्या? देखनेवाली आँखें चाहिए। सब कुछ होते हुए भी मैं नर था, श्रीकृष्ण नारायण के अंश से अवतरित महामानव थे। अद्भुत आध्यात्मिक शक्ति से सम्पन्न वह पराक्रम में, विनय में, कूटनीति में सब कुछ में मुझसे बहुत आगे थे। पूज्य वही थे। मैं सम्मान का अधिकारी जो होऊँ अर्चना के अधिकारी गोपी-वल्लभ, कंस-विध्वंसक कृष्ण ही थे।

"आपसे क्या पूछूँ? दुराग्रही दुर्योधन बोल पड़ा था, "आप तो मुझसे आँखें भी नहीं मिला रहे, आपकी दृष्टि तो कहीं और चिपकी पड़ी है।"

"बोलो, क्या पूछना है?" मैंने उसकी ओर मुड़कर पुनः पूछा।

"समर क्यों नहीं आरम्भ कर रहे हैं? युद्ध-हेतु आप सेनाध्यक्ष नियुक्त हुए हैं अथवा कृष्ण-माधुरी-रसपान के लिए?" दुर्योधन व्यंग्यात्मक कथन का आदी था और मैं उसको झेलने के लिए अभिशप्त। अन्ततः आश्रय एवं अन्न-वस्त्र तो सबको चाहिए? मुझे इच्छा-मृत्यु अवश्य प्राप्त थी पर अकाल कालकवलित होकर मैं आत्मघात रूपी पाप का भागी भी नहीं बन सकता था। जीवित रहना था तो राज्याश्रय के सिवा कोई यत्न नहीं था और दुर्योधन राजा नहीं सही युवराज तो था। यह बात पृथक् है कि अगर मैं स्वेच्छा से अपना राज्याधिकार नहीं छोड़ता तो कुरु वंश को दुर्योधन के सदृश अहंकारी, अविनीत, स्वेच्छाचारी और अन्यायी युवराज भी नहीं मिलता जिसकी अपार राज्यलिप्सा ने ही इस महाभारत में परिणति पाई थी। दोष कहिए अथवा भूल या मोहग्रस्तता, अथवा अन्ध पितृ-भक्ति, अपराध मेरा ही था वर्ना आज मैं हस्तिनापुर के सदृश समृद्ध और विशाल साम्राज्य का सम्राट् होता, परान्न भोगी और पराश्रित होकर व्यंग्य-बाण सहने हेतु अभिशप्त नहीं। हर अति का कुफल भोगना ही पड़ता है। वय की अपरिपक्वता और पितृ-प्रेम की अन्धता ने मुझसे जो अकरणीय करा दिया वह अति की सीमा में ही आता है और अपने ही अविवेक का फल मैंने बार-बार भोगा है, विशेषकर जीवन के इस उत्तरार्ध में। और इस दुर्योधन-रूपी दैत्य को भी किसने खड़ा किया है? मैंने ही तो! मेरी एक अक्षम्य भूल का ही विष फल है धृतराष्ट्र-पुत्र दुर्योधन। अभी कितनी बातें बताऊँ? धीरे-धीरे सभी स्पष्ट होंगी आपके समक्ष। जीवन के इस मोड़ पर, शर-शय्या पर पड़ा जब मैं आकाश में विचरते कलंकी चाँद को निहारता हूँ तो लगता है कितने कलंक लगा लिए मैंने अपने उत्तरीय पर मात्र हस्तिनापुर के सिंहासन को सुरक्षित, संवर्द्धित रखने के लिए। अन्यों की दृष्टि में परमपूज्य गंगा तनय सत्यव्रती देवव्रत भीष्म मैं जितना सम्मानीय होऊँ, मेरी आत्मा इस घड़ी अपने अनेक अविचारित कृत्यों के लिए कोस रही है। कौन कहता है महाभारत के मूल में द्रौपदी थी, शकुनि या कर्ण था अथवा यह उद्दंड, अन्यायी दुर्योधन ही? इस महासमर का एकमात्र कारक मैं हूँ, मैं देवव्रत जिसे विश्व भीष्म नाम से पूजता है, आगे भी शायद पूजता रहेगा पर इस कुरुक्षेत्र में शोणित की जो असंख्य धाराएँ बही हैं, असंख्य ललनाओं ने माथे का सिन्दूर गंवाया है, पुत्रवतियाँ निपूती होकर विलखती हैं, उन सबों के मूल में केवल एक व्यक्ति है और वह है अविवेकी देवव्रत। यह कथा भी आप जानेंगे तब आप भी मेरे विचार से सहमत होंगे और मुझे मेरे कृत्यों के लिए शायद ही क्षमा कर पाएँगे।

लौटते हैं इस शर-शय्या से पुनः उस समरांगण में जहाँ दुर्योधन अपना जलता प्रश्न लेकर खड़ा है—"समर क्यों नहीं आरम्भ हो रहा है?"

"सेनापति गैं हूँ या तुम?" सामान्यतः क्रोध से रहित रहनेवाले मैंने किंचित् ऊँचे स्वर में पूछा। निश्चित ही मेरे रजत-श्वेत दीर्घ भृकुटियों पर बल पड़ गया होगा जो दुर्योधन से अलक्षित नहीं रहा। उसने अपनी उद्दंडता पर नियन्त्रण करना ही अपने हित में समझा और वह सामान्य स्वर में बोला, "निस्सन्देह आप। सेनाध्यक्ष के रूप में विधिवत् आपका ही अभिषेक हुआ है।"

"तो फिर समर कब आरम्भ करना है और किस रूप में करना है, मेरे अधिकार-क्षेत्र में आता है, तुम्हारे नहीं। तुम मेरे इस अधिकार का अतिक्रमण करने का दुस्सास नहीं करो।" मैंने गम्भीरता से कहा।

"पर मैं युवराज हूँ। हस्तिनापुर का भावी नरेश भी। मुझे यह जानने का तो

अधिकार प्राप्त ही है कि जिस संग्राम के आरम्भ के लिए हमारे योद्धा धैर्यहीन हो रहे हैं, उसके आरम्भ में विलम्ब क्यों हो रहा है।" उसका स्वर सामान्य ही था पर युवराज कहते-कहते उसके आनन पर एक दम्भ का भाव अवश्य उभरा था।

"तुम युवराज होगे राजसभा में। इस समरांगण में अन्य योद्धाओं की तरह तुम भी एक योद्धा-मात्र से अधिक नहीं, अतः तुम भी मेरे अधीन हो, मेरे आदेशों के पालन को बाध्य भी। प्रश्न पूछने का अधिकार तुम खो चुके हो। पूछना पड़े तो मैं तुमसे पूछ सकता हूँ, तुम मुझसे नहीं। हाँ तुम परामर्श अवश्य ले सकते हो और एक सेनापति के नाते तुम्हें उचित एवं हितपूर्ण परामर्श देना मेरा दायित्व बनता है।

"और जहाँ तक हस्तिनापुर के भावी नरेश का प्रश्न है, वह नियति के हाथों में है जिस पर न तुम्हारा नियन्त्रण है न मेरा। हम सभी योद्धा हो सकते हैं पर हम में भविष्यद्रष्टा कोई नहीं। नियति किसके पक्ष में निर्णय देगी, इसका पता किसे है? हस्तिनापुर के भावी नरेश के चयन के लिए ही तो संग्राम सजा है। जो इसमें विजय-श्री को प्राप्त करेगा, नरेश तो वही होगा, पर समर में किसकी जय होगी अथवा किसकी पराजय यह किसे पता है? अतः मेरा अयाचित परामर्श है कि तुम कुछ काल के लिए दम्भ और अहंकार को त्यागकर वीरोचित व्यवहार करो। पूरी शक्ति से शत्रु-सेना का सामना करो। अपने हितैषी योद्धाओं का मनोबल बढ़ाओ और हाँ मैं जब तक सेनाध्यक्ष हूँ, मेरे निर्णयों पर प्रश्नचिह्न नहीं लगाना ही तुम्हारे हित में है।"

मैं उचित ही कह गया था पर अति आशावादी तथा शक्ति-लोलुप दुर्योधन को मेरी बात स्पष्टतः खल गई। उसके चेहरे पर चिन्ता की रेखाएँ खिंच आईं और वह बोल पड़ा—

"कौरव-सेना की विजय में आपको कोई संशय है?"

"मैंने कहा न, मैं भविष्यद्रष्टा नहीं हूँ!"

"आर्यावर्त के श्रेष्ठतम योद्धा, परशुराम-जयी पितामह के सेनापतित्व में होने वाले इस संग्राम में हमारे पक्ष की विजय असंदिग्ध और सुनिश्चित है। मैं पूर्णतया आश्वस्त हूँ कि हस्तिनापुर-साम्राज्य का स्वर्ण-किरीट मेरे ही मस्तक की शोभा बनेगा।"

नियति कहीं निश्चित ही उसकी अदम्य आकांक्षा पर मुसकरा रही होगी।

"अगर मेरा सेनापतित्व तुम्हें अपनी विजय अर्थात् पांडवों की पराजय सुनिश्चित करता भी प्रतीत होता है तो यह किसे ज्ञात है कि युद्धान्त तक मैं भीष्म ही सेनापति का पद सुशोभित करता रहूँगा?"

"मेरे इस प्रश्न पर दुर्योधन के मुख पर पसरी चिन्ता सहसा भय एवं संशय में परिवर्तित हो गई और वह बोल पड़ा, "क्या अन्त-अन्त तक इस पद को सम्हालने का आपका विचार नहीं है? आप हमें मझधार में छोड़कर किनारा करने की भी सोच रहे हैं?"

"मेरा तो कोई ऐसा अभिप्राय नहीं पर मुझे पदच्युत भी तो किया जा सकता है?"

"किसके द्वारा? आपको सेनाध्यक्ष बनाने का निर्णय मेरा है। आप कौरवों और पांडवों दोनों के पितामह हैं पर आपके स्नेह का वर्षण तो सदा हम पर ही होता रहा है तभी तो आपने अब तक के अपने जीवन को हमारे अभिभावक के रूप में ही व्यतीत किया है? पांडवों के अन्न का आपने स्पर्श भी किया है? ऐसे में मैं आपको यह महत्त्वपूर्ण पद देकर उसे वापस कैसे ले सकता हूँ।"

दुर्योधन के कथन में निहित श्लेष को मैं पकड़ सका। उसने स्पष्ट इंगित कर दिया कि उसके अन्न पर पले मुझको उसकी विजय को सुनिश्चित करना एक नैतिक दायित्व बनता है। पर नियति को वह तो चुनौती दे सकता था, मैं कैसे? मुझे कहना पड़ा—

"तुम मुझे पदच्युत नहीं करो पर शत्रुपक्ष ही ऐसा कर दे तब?"

"यह कैसे सम्भव है?"

"मुझे आहत कर, मेरा वध कर।" मैं सहज बोल गया।

"यह क्या बोल रहे हैं पितामह? है आपका कोई प्रतिबली इस भूतल पर जो, जब तक आपके हाथों में शस्त्र रहे आपकी हत्या कर सके अथवा इस रूप में आहत कि आप सैन्य-संचालन के योग्य ही नहीं रहे?" दुर्योधन का स्वर पुनः विश्वास से भर आया था।

"मैं निःशस्त्र भी तो किया जा सकता हूँ।" मेरे मुँह से नियति ही बोल गई थी।

"कैसे?" उसने विस्मय-पूर्वक पूछा, "है कोई जो आपके विशाल धनु की सूक्ष्म रज्जा को अपने लक्ष्य में ले सके? उसे या आपके धनुष को भग्न करना तो बड़ी बात है।"

"कैसे का उत्तर कैसे दूँ? कहा न नियति के विधान को कौन जानता है? मैं स्वयं कभी असावधानता का आखेट हो सकता हूँ, वैसी स्थिति में प्रतिपक्ष का कोई योद्धा भी उस अवसर का लाभ उठा मुझे निःशस्त्र कर सकता है।"

"असम्भव।" उसके मुँह से निकला।

"क्यों?"

"सदा वनराज की तरह सतर्क रहनेवाले नर-पुंगव पितामह रणांगण में प्रमादग्रस्त हो, असावधान हो जाएँगे, यह सोचा भी नहीं जा सकता।"

दुर्योधन से तर्क करना व्यर्थ था। खैर इतना तो स्पष्ट हो गया कि उसकी अदम्य लालसा हस्तिनापुर पर एकछत्र राज्य की थी और उसकी पूर्ति में उसकी दृष्टि में कोई बाधा नहीं थी क्योंकि मैं सत्यव्रती भीष्म उसका सेनाध्यक्ष था जो किसी भी स्थिति में विजित या पराजित नहीं हो सकता था और मेरे नेतृत्व में ग्यारह अक्षौहिणियों की उसकी विशाल सेना सारी बाधाओं को ध्वस्त करते हुए कुरुक्षेत्र के अथाह समर-सागर को सफलता-पूर्वक पार करके रहेगी। उसकी जिद की तरह उसकी आशावादिता भी दुर्दम्य थी। वह नियति की चिन्ता नहीं करनेवाला था, मानो वह भी हस्तिनापुर के राजकर्मचारियों की तरह उसकी कृतदासी हो।

मैंने मूक हो जाना ही उचित समझा क्योंकि लोभ-आविष्ट बुद्धि को किसी भी तर्क से पथ पर नहीं लाया जा सकता ठीक वैसे ही जैसे उल्लूक को, निरभ्र आकाश में स्पष्ट उदित मार्तण्ड को भी नहीं दिखाया जा सकता।

मेरे मौन को उसके कथनों में मेरी स्वीकृति समझ वह मुदित हो आया और जीवन में शायद पहले-पहल उसने मधु-भींगे शब्दों में सम्बोधित किया—

"पितामह!"

"बोलो।" आजीवन जिसने इस उद्दंड की आँखों में अपने लिए तिरस्कार और उपेक्षा, अपमान ही देखें हो, और अपने लिए कुरुवृद्ध के अतिरिक्त कोई सम्बोधन नहीं सुना हो चाहे प्रत्यक्ष या परोक्ष में, वह मैं उसके इस प्रेम-पगे, पितामह सम्बोधन

से भ्रमित नहीं होनेवाला था न मेरे स्वर पर उसके लिए अतिरिक्त स्नेह ही चढ़ सकता था। मैं सम्प्रति सेनाध्यक्ष था और मेरा प्रति सम्बोधन भी आदेशात्मक ही था। उसकी कृत्रिम श्रद्धा के वशीभूत हो मैं पुनः उसके साथ तर्क पर उतरने की भूल नहीं करनेवाला था।

''आप कृपा कर मेरे प्रथम प्रश्न का उत्तर तो दे दें। मैं उसे सुनकर सन्तुष्ट हो जाऊँगा और पुनः कभी अपने सम्मान्य, सर्व-पूज्य सेनाध्यक्ष के निर्णय पर कोई प्रश्नचिह्न नहीं लगाऊँगा।''

''अपने प्रश्न को पुनः रखो।''

''क्यों पितामह को मेरा प्रश्न स्मरण नहीं है? आपका पौरुष, शारीरिक बल जिस तरह वय के इस मोड़ पर भी अक्षुण्ण है, उसी तरह आपकी मेधा, मानसिक शक्ति, धारण-शक्ति एवं स्मरण-शक्ति भी यथावत हैं, तथा हम इस तथ्य से अभिज्ञ नहीं हैं?''

''तुम सही भी हो सकते हो। तुम्हारा प्रश्न भी मुझे अच्छी तरह स्मरण है किन्तु अपने प्रश्न को तुम्हें पुनः शब्दायित करना पड़ेगा।''

''क्यों पितामह?''

''क्योंकि वे एक युवराज के शब्द थे। सेनाध्यक्ष के अधीन अन्य योद्धाओं की तरह एक योद्धा के नहीं, नहीं वह पितामह से पूछा गया एक पोता का ही प्रश्न था।'' मैंने स्पष्ट किया।

''मैं समझ गया पितामह।'' वह शालीनतापूर्वक बोला, ''मैंने अपने शब्दों का चयन ठीक से नहीं किया। अब मुझे आपसे कोई प्रश्न नहीं पूछना है। मुझे मात्र एक जिज्ञासा है। उसे मैं सुविचारित शब्दों में रखूँगा। उस पर तो कोई आपत्ति नहीं पितामह?''

''नहीं।'' मैंने यथोचित स्नेह-भरे शब्दों में कहा, ''अपनी जिज्ञासा रखो। किसी जिज्ञासु की जिज्ञासा का समाधान सेनापति के दायित्व-क्षेत्र में ही आता है। मैं तुम्हारी जिज्ञासा का तत्काल समाधान प्रस्तुत करूँगा।''

''पितामह! मैं मात्र इतना ज्ञात करने हेतु आपके समक्ष उपस्थित हुआ हूँ कि समर आरम्भ में अब और कितना विलम्ब है?'' वह अनपेक्षित रूप में करबद्ध बोला।

''इसका पता मुझे भी नहीं है सुयोधन!'' मैंने अपने शब्दों में स्नेह उड़ेला।

विवश उसे बोलना पड़ा, ''क्यो?''

''इस क्यों का उत्तर तुम्हें स्वयं मिल जाएगा यदि तुम उस तरफ देखो जिस तरफ मैं देख रहा हूँ। तुम तो समझते हो कि मैं मात्र कृष्ण के दर्शन से अपने को कृतार्थ कर रहा हूँ पर सेनापति के नाते पक्ष-प्रतिपक्ष दोनों की गतिविधियों पर ध्यान रखना मेरा दायित्व बनता है। मैं श्रीकृष्ण के रूप-दर्शन अवश्य कर रहा हूँ पर मैं कुछ और भी देख-सुन रहा हूँ जिसे देखने-सुनने में तुम्हारी अभिरुचि रहती तो मुझसे जिज्ञासा करने की तुम्हें आवश्यकता ही नहीं पड़ती।''

''क्या देख रहे हैं पितामह?'' उसने अर्जुन के रथ की ओर जिज्ञासा-पूर्ण आँखों से देखते हुए पूछा। उसने अर्जुन द्वारा कृष्ण को कथित बातें नहीं सुनी थीं, अतः वह परिस्थिति का उचित आकलन करने में असमर्थ था।

''अर्जुन के रथ को तो देख रहे हो न अच्छी तरह?''

''हाँ पितामह मेरी दृष्टि इतनी दुर्बल नहीं है, भले ही मेरी श्रवणेन्द्रिय आपके सदृश सक्षम नहीं है। क्षमा करेंगे हस्तिनापुरवाले कहते हैं कि आप सर्प की तरह चक्षुश्रवा हैं। कितनी दूर तक आपकी आँखें देख लेती हैं उतनी दूर की बात भी चाहे वह जितने

मन्द स्वर में कही गई हो, आपको कर्ण-गोचर हो जाती है। क्या यह असत्य है?''

''असत्य नहीं है पर बोलो कि तुम रथ में कृष्ण, अर्जुन दोनों को देख रहे हो, सारथि और रथी को भी?''

इस बार उसने ध्यान से देखा और कहा, ''हाँ मैं सबकुछ देख रहा हूँ, रथ को भी, सारथि कृष्ण को भी और रथी अर्जुन को भी। इतना ही नहीं रथ-ध्वज पर आसीन त्रेता के वीर वानर हनुमान को भी।''

उसकी बात सुनकर मेरे होंठों पर एक हलकी स्मिति खिली जो दुर्योधन से अदृष्ट नहीं रही। वह किंचित् विस्मय से युक्त बोला—''पितामह! ऐसा कुछ मैंने क्या कहा जिससे सदा गम्भीर रहनेवाले आपके आनन पर मुसकराहट खेल गई?''

''छोड़ो, कारण मैं बताऊँ भी तो तुम्हें अच्छा नहीं लगेगा। मूल बात पर लौटते हैं, वही यथोचित रहेगा।''

''नहीं, पितामह अपनी मुसकान का कारण बताएँ, उसको जाने बिना मैं अशान्त और संशय-ग्रस्त ही रहूँगा। अगर आपकी बात मेरे विरुद्ध भी जाती है तो मैं वचन देता हूँ कि मैं उसका किंचित् भी बुरा नहीं मानूँगा। ऐसे भी कुल-श्रेष्ठ की हर बात शिक्षाप्रद और हित-पूर्ण ही होती है। उसे शिरोधार्य करना और उसके अनुकूल व्यवहार करना सभी पारिवारिक जनों का दायित्व बनता है।'' दुर्योधन राजनीति में निपुण है, यह तो मुझे ज्ञान था पर उसकी कूटनीति भी उच्च कोटि की है, इसका पता अभी लगा। जिस आचरण की वह बात कर रहा है, जिस आचार-व्यवहार की, अगर सचमुच उसका इनमें विश्वास रहता तो आज यह कुरुक्षेत्र मरने-मारने को तत्पर योद्धाओं से नहीं पटा होता। उसे किसने युद्ध से विरत होने को नहीं कहा? पारिवारिक श्रेष्ठजनों की बात तो पृथक् स्वयं द्वारिकाधीश श्रीकृष्ण उसके दरबार में शान्तिदूत बनकर गए थे और आधे राज्य के अधिकारी पाँच पांडव-भ्राताओं के लिए मात्र पाँच ग्रामों पर भी सन्धि करने को प्रस्तुत थे पर राजदरबारों की सारी मर्यादाओं को अपने पैरों के नीचे कुलचते हुए इसने दौत्य कर्म से आए द्वारिकापति को भी बन्धनयुक्त करना चाहा जिससे पांडवों का मनोबल सदा के लिए टूट जाय और जब उसमें सक्षम नहीं हुआ तो अपनी अद्भुत उद्घोषणा सुना दी—

''पाँच गाँव तो बहुत होते हैं। सुई के अग्र भाग के बराबर भी भूमि पांडवों को नहीं मिलेगी बिना युद्ध[1] के। हाँ, युद्ध ही प्रथम और अन्तिम विकल्प है, उनके दौत्य कर्म से विरत हो उन्हें युद्ध के लिए प्रस्तुत करने पर ध्यान दीजिए, अगर उनकी जय को आप सुनिश्चित करने में अपने को सक्षम समझते हों। वीर, शौर्य-वीर्य के प्रदर्शन में विश्वास करते हैं। पराजय के भय से शान्ति-प्रस्ताव नहीं भेजा करते। मेरा कोई दूत पांडवों के यहाँ नहीं गया, जा भी नहीं सकता क्योंकि उनका कोई राजदरबार नहीं, वे अरण्यवासी और भिक्षाजीवी हैं। ऐसी स्थिति में द्वारिकाधीश ने दौत्य कर्म करने की बात कैसे सोच ली? और सन्धि? सन्धि और शान्ति की बात समान स्तर के व्यक्तियों में शोभती है। अनिकेत, अर्द्धनग्न, बुभुक्षु पांडव और विशाल राजमहल के स्वामी, सर्वाश्वैर्यसम्पन्न सम्राट, कह लें युवराज भी के मध्य शान्तिवार्ता नहीं हो सकती। आपका प्रस्ताव तो भिक्षाटन के सदृश है और मैं अपात्रों को भिक्षादान में भी विश्वास नहीं करता। आप जा सकते हैं।''

---

1. सूच्यगं न दातव्यं बिना युद्धेन केशव।

"मैं जा रहा हूँ, दुर्योधन, पर तुम्हारा वश चलता तो मैं जा भी नहीं पाता, तुम तो मुझे बाँधने चले थे। बाँधकर हस्तिनापुर के कारागार में डाल देते पर अफसोस तुम्हारा स्वप्न दुःस्वप्न ही सिद्ध हुआ। मेरे विराट रूप को देखकर अनुमान लगा ही चुके होगे कि मैं कारागार में भले पैदा हुआ होऊँ पर विश्व-ब्रह्मांड का कोई भी कारागार मुझे बन्दी बनाकर रखने में अक्षम है। हाँ जाते-जाते एक बात स्पष्ट कर दूँ।" श्रीकृष्ण ने रुक कर कहा था, "मैं दौत्य-कर्म का दायित्व लेकर नहीं आया था न पांडवों का चाहे वे पात्र हों या अपात्र तुमसे भिक्षाटन का कोई उद्देश्य है। मैं तो सम्भावित युद्ध, नरमेध को टालने के हित यहाँ उपस्थित हुआ था। युद्ध प्रथम और अन्तिम विकल्प नहीं है। तुम्हारी सोच ही अहंकारग्रस्त है। युद्ध मात्र अन्तिम विकल्प है, अतः नीतिवान सदा युद्ध को टालने का प्रयास करते हैं। युद्ध-जनित जान-माल की अपार क्षति से बचने का यत्न ढूँढ़ते हैं। इसी नीति के अन्तर्गत मैं तुम्हारे यहाँ पांडव-पक्ष से सन्धि प्रस्ताव लेकर आया था। पर दूत को भी बन्धक बनाने का दुर्विचार पालनेवाले तुझ अहंकारी को नीति की बात किधर से समझ में आएगी अथवा उसका अभिज्ञान होगा?

"ठीक है मैं चला। युद्ध टालने के मेरे सारे प्रयासों पर तुम अपने कुकर्मों से पानी फेरते रहे। यह अन्तिम प्रस्ताव भी तुम्हारे अहंकार और तुम्हारी दुर्बुद्धि की बलि चढ़ गया। तुम्हारी दुराभिलाषा अवश्य पूरी होगी। युद्ध अब असम्भावी है। पर इतिहास साक्षी रहेगा, इस अभूतपूर्व नरसंहार; जिसमें वसुन्धरा वीरों से तो शून्य हो ही जाएगी, विधवाओं और सन्तानहीनाओं से भी पट जाएगी का एकमात्र कारण तुम होगे, तुम दुर्योधन, तुम।

"मुझे तुमसे बातें भी नहीं करनी थीं। प्रस्ताव तो राजदरबार में लाया गया था और वह सिंहासनारूढ़ कुरुपति धृतराष्ट्र के लिए विचारणीय था पर उन्होंने इस मध्य एक बार भी अपना मुँह नहीं खोला। अर्थात् तुम्हारी हर बात में उनकी सहमति रही, इससे मुझे बाध्य होकर अकथनीय कथन करना पड़ता है, प्रकृति ने उन्हें जन्मान्ध तो बनाया ही तुम्हारे सदृश अविचारी, अन्यायी और महत्त्वाकांक्षी ज्येष्ठ पुत्र ने उन्हें मोहान्ध भी बना दिया। युद्ध करने और नहीं करने का निर्णय सम्राट् का है पर स्पष्ट है कि यह दायित्व भी उन्होंने तुम्हारी झोली में ही डाल दिया है।

"असम्भावी युद्ध के परिणामों के लिए इतिहास अगर तुम्हें नहीं क्षमा करेगा तो पुत्रमोहान्ध धृतराष्ट्र को भी वह उतना ही उत्तरदायी मानेगा। अगर सम्राट होने के पश्चात् भी वह निरंकुश युवराज पर अंकुश नहीं लगा सकते तो हस्तिनापुर के जिस सिंहासन की शोभा, प्रतीप, शान्तनु और पांडु जैसे पुरुष-श्रेष्ठ बढ़ा चुके हैं उस पर एक क्षण भी आसीन रहने का उनका अधिकार नहीं बनता।"

श्रीकृष्ण की इस कूटोक्ति के पश्चात् भी धृतराष्ट्र के सिले होंठ नहीं खुले थे और वह अपनी अन्धी आँखों को फाड़-फाड़ इधर-उधर न जाने क्या देख रहे थे। नियति ही उनके अन्ध चक्षुओं के समक्ष नर्तन कर रही थी क्या अथवा दुर्योधन के सिंहासनारूढ़ होने के स्वप्न के सहभागी होने के कारण ही वह मूक थे?

श्रीकृष्ण सभा-मध्य से एक मृगराज की गति से ही बाहर हो गए थे। दुर्योधन के दरबारियों ने उनके लिए बने विभिन्न व्यंजनों, पकवानों और मिष्ठानों के ग्रहण का उनसे आग्रह किया था। यह दुर्योधन के इंगित पर ही हुआ था, शायद बात अब भी बन जाए और अपने अनुपम आतिथ्य से अभिभूत श्रीकृष्ण का पांडव-प्रेम कुछ न्यून हो, पर उन्होंने भोजन के इस प्रस्ताव को निष्ठुरता-पूर्वक ठुकरा कर विदुर के घर जा

उनके शाक से ही अपने को तृप्त किया था।

"आप कहीं खो गए प्रतीत होते हैं पितामह!" उसने पर्याप्त प्रतीक्षा के पश्चात् कहा।

"हाँ मन कहीं भटक गया था।" मैंने संक्षिप्त उत्तर दिया।

"आप मुझे बतलाने की कृपा करें कि आपको मेरे कथन पर मुसकराहट क्यों आई थी। मेरी इसी जिज्ञासा के पश्चात् आप खो गए थे।"

"स्पष्ट बताऊँ? अन्यथा तो नहीं लोगे?"

"नहीं पितामह! एक बार भूल हो गई, उसी को लेकर अपराध-बोध से ग्रस्त हूँ, पुनः मैं किसी प्रकार भी आपकी अवमानना की कल्पना भी नहीं कर सकता। पीछे कुछ गलतियाँ हो गई हों तो उन्हें भी क्षमा करने की उदारता दिखाएँगे। मैं थोड़ा उद्दंड अवश्य था पर वह भी तो आप ही लोगों के दुलार-प्यार ने बनाया? अब तो मुझ पर पितामहवाले अधिकार के अतिरिक्त आपके सेनाध्यक्ष का अधिकार भी संयुक्त हो गया, मैं अपनी किशोर-सुलभ उद्दंडता दुहराने की बात स्वप्न में भी सोच सकता हूँ क्या?" दुर्योधन की अतिरिक्त विनम्रता समझी जा सकती थी। वह पितामह की मर्यादा की रक्षा करे या न करे सेनापति की मर्यादा को ठेस पहुँचाना उसके हित में नहीं था, इस तथ्य को उससे अधिक कौन समझ सकता था?"

"तो फिर बता ही देता हूँ।" मेरे मुख से निकला।

"यह आपका अतिरिक्त स्नेह है इस अकिंचन पर।"

"दुर्योधन और अकिंचन? हस्तिनापुर का युवराज और अपनी दृष्टि में उसका भावी अधिपति अकिंचन?" मैं थोड़ा अव्यवस्थित हुआ। दुर्योधन की यह अतिशय विनम्रता मुझे आशंका-ग्रस्त कर रही थी। निश्चय ही वह इस तरह झुकनेवाला व्यक्ति नहीं था। मुझे प्रत्यक्ष आभास हो रहा था कि यह अतिशय विनयशीलता किसी न किसी दिन अतिशय उद्दंडता के स्वरूप में भी आएगी। वह अठारह दिनों के महाभारत-समर में एक दिन आई थी पर उस पर फिर कभी चर्चा करेंगे। अब मैंने निस्संकोच अपनी मुसकराहट का भेद खोल देना ही उचित समझा और बोल पड़ा–

"मैं मुसकराया इसलिए दुर्योधन कि तुमने पिछली गलतियों से कुछ नहीं सीखा।"

"पिछली गलतियाँ।" वह अचकचा कर बोला। शायद सोच रहा था कि पिछली गलतियाँ तो उसकी अनेक थीं दूसरों की दृष्टि में। आगे भी वह ऐसा कर सकता है जो दूसरों को अनुचित लगे। यह कौन-सी बात ले बैठे पितामह! क्या अबसे सब कुछ उनके इंगित पर ही वह करेगा? उन्हीं के मनोनुकूल।

"घबराओ नहीं मैं केवल एक गलती की ओर इंगित करना चाहता हूँ जो वर्तमान सन्दर्भ में प्रासंगिक है।"

"मात्र एक गलती!" सहसा उसका मुर्झाया मुख खिल आया, "वह कौन-सी गलती थी पितामह और अभी के सन्दर्भ में उसकी क्या प्रासंगिकता?"

"गलती यह है कि तुमसे देखने को कहा जाय तो तुम एक ही साथ बहुत कुछ दृष्टि-पथ में ले लेते हो और प्रमुख बात या व्यक्ति ही कहो, अदृष्ट रह जाता है।"

"मैंने कुछ समझा नहीं।" उसने साश्चर्य कहा।

"स्मरण करो जब तुम कौरवों-पांडवों भाइयों के शस्त्र-शिक्षण के पश्चात् गुरु द्रोण तुम सभी की परीक्षा ले रहे थे; एक पेड़ के ऊपर, शाखा पर आटे की एक चिड़िया रख दी गई थी। उसकी दाहिनी आँख को शर-संचालन कर भेदना था।

"गुरु द्रोण ने सभी से पूछा कि तुम क्या देख रहे हो। सभी ने अपने-अपने ढंग से उस प्रश्न का उत्तर दिया। तुमने भी दिया। स्मरण करो अपने कथन को। तुमने कहा, "मैं एक वृक्ष की शाखा देख रहा हूँ। उस पर बैठी एक कृत्रिम चिड़िया देख रहा हूँ जिसकी दो चमकती आँखें हैं जिनमें एक का मुझे भेदन करना है।"

"तो उसमें मैंने क्या गलत कहा पितामह?"

"गलत कहा। स्मरण करो कि यही प्रश्न जब अर्जुन से गुरु द्रोण ने किया तो उसने कहा मैं चिड़िया की दाहिनी आँख के अतिरिक्त कुछ नहीं देख रहा। इसी कारण द्रोण ने उसे शर-सन्धान का अवसर दिया और उसने लक्ष्य-भेदन भी कर दिया।"

मेरे कथन पर दुर्योधन कुछ सकुचाया फिर बोल पड़ा, "माना अर्जुन एक श्रेष्ठ धनुर्धर है पर इस घटना के उल्लेख के पीछे पितामह का उद्देश्य क्या है?"

"उद्देश्य स्पष्ट है," मैंने अर्जुन के रथ की ओर देखते हुए ही कहा, "तुमने उस रथ पर सब कुछ देख लिया। यहाँ तक कि उसके ध्वज को भी और उस पर विराजमान मारुति-नंदन को भी पर तुम्हें मुख्यतः अपने प्रतिपक्षी अर्जुन को ठीक से देखना था। यह तुमने नहीं किया।"

"क्यों? मैंने अर्जुन को भी तो देखा पितामह!"

"ठीक से देखा?"

"अवश्य। ठीक ही से देखा और क्या?"

"अर्जुन कहाँ है?"

"रथ में है और क्या?"

"युद्ध के लिए सन्नद्ध है?" मैंने सन्नद्ध शब्द पर जोर देते हुए पूछा।

"जब रथारुढ़ है तो युद्ध-हेतु सन्नद्ध है ही, इसमें कैसा संशय?"

"संशय है।" मैंने कहा।

"कैसे?"

"वह रथ के किस भाग में है?"

"इस पर तो मैंने ध्यान नहीं दिया। वह अन्यमनस्यक-सा बोल गया।"

"ध्यान दो और देखो कि वह रथ में कहाँ है।"

इस बार अर्जुन को अपने दृष्टिपथ में रख उसने कहा, "पृष्ठ भाग में है रथ के।"

"अग्र भाग में तो नहीं है?"

"नहीं तो?" उसने कुछ नहीं समझकर पूछा।

"युद्धाकांक्षी रथ के अग्रभाग में सतर्क खड़ा रहता है कि उसके पृष्ठ-भाग में जा बैठता है?"

"उसे तो अग्रभाग में होना चाहिए।" दुर्योधन ने स्वीकारा।

"तुमने अर्जुन को ठीक से देख लिया?" मैंने पूछा।

"ठीक से ही देखा। और क्या देखना शेष है?"

"शेष है।"

"क्या?"

"अर्जुन निःशस्त्र है कि सशस्त्र?"

"उस पर तो मैंने ध्यान नहीं दिया।" दुर्योधन ने स्वीकारा।

"यही तो बात है।" मेरे मुख से निकला।

"क्या?"

"पर्यवेक्षण। पूर्ण दृष्टि। जो कुछ देखो उसे पूर्ण दृष्टि से देखो। उड़ती से नहीं। देखने के लिए देखना अधूरी दृष्टि का द्योतक है। पर्यवेक्षण अर्थात् परि-अवेक्षण। तुमने देखा तो पर पूर्ण तन्मयता से नहीं। अवेक्षण जो किया हो पर्यवेक्षण नहीं किया। समरांगण में ऐसी प्रवृत्ति घातक है। तुमने इस युद्ध-स्थल को भी...।"

"मैंने देख लिया पितामह!" मेरी बात पूर्ण हो, उसके पूर्व ही वह बोल पड़ा। प्रसन्नता उसके स्वर से फूटी पड़ रही थी। मैं उसके असमय और अकारण हर्ष का कारण नहीं समझ सका। पर उसे स्पष्ट होने में भी समय नहीं लगा।"

"क्या देखा?" मैंने उसकी प्रसन्नता की उपेक्षा करते हुए पूछा।

"अर्जुन निःशस्त्र है। शस्त्र-रहित। उसका गांडीव उससे दूर पड़ा दिखता है। रिक्त हस्त है वह।" वह हर्षातिरेक में बोल रहा था।

"तो तुम्हें अपने प्रथम प्रश्न का उत्तर मिल गया न?"

"किस प्रश्न का?" जैसे अब वह अपना प्रश्न ही विस्मृत कर गया था।

"यही कि समर आरम्भ क्यों नहीं हो रहा है?" मैंने सहज भाव से कहा।

"तो आपके द्वारा समर नहीं आरम्भ करने का कारण अर्जुन का निःशस्त्र होना है?"

"मेरे ही द्वारा नहीं, अर्जुन के द्वारा भी। समर-हेतु शंखनाद हो चुका था। उसे दोनों ओर का कोई सेनाध्यक्ष भी आरम्भ कर सकता था। आवश्यक नहीं कि मैं ही आरम्भ करता। अर्जुन भी आरम्भ कर सकता था पर वह शस्त्र त्याग चुका था और मैं...।"

"हाँ आप?" वह उत्तेजनापूर्ण शब्दों में बोल गया।

"मैं समर नहीं आरम्भ कर सकता था क्योंकि अर्जुन निहत्था था। निःशस्त्र।"

"तो इससे क्या हुआ? यही तो समर आरम्भ करने का सर्वाधिक उचित अवसर है अपितु स्वर्णावसर।" वह उतावलेपन में बोल गया।

"यह तुम क्या बोल रहे हो?" मैंने साश्चर्य पूछा।

"ठीक ही बोल रहा हूँ। निःशस्त्र अर्जुन समर आरम्भ करने की स्थिति में नहीं था, अतः समर आरम्भ करने का दायित्व स्वभावतः आप पर आता है। निःशस्त्र अर्जुन का शिरोच्छेदन आप जैसा युद्ध-कुशल एक शर-प्रहार में ही कर देता। फिर यह महाभारत आरम्भ होने के पूर्व ही समाप्त हो जाता। अर्जुन-वध के बाद पांडव-सेना के पैर कहाँ टिकनेवाले थे?" दुर्योधन का विनय-पूर्ण स्वर सहसा बदल चुका था।

"यह तुम क्या कह रहे हो? युद्ध के साधारण नियमों से भी तुम अनभिज्ञ हो, यह तो मैं नहीं मान सकता। निःशस्त्र पर शस्त्र-संचालन वर्जित है। वह भी एक महारथी द्वारा दूसरे महारथी पर? एक सेनापति द्वारा प्रतिपक्षी सेनाध्यक्ष पर।"

"आप युद्ध के नियमों में पारंगत होंगे। राजनीति से तो आपका कम ही सम्बन्ध रहा। युद्ध में सब कुछ उचित है, मैं कहता हूँ, अब भी कुछ नहीं बिगड़ा है। अर्जुन अब भी निःशस्त्र है, कृष्ण ने शस्त्र नहीं उठाने का प्रण कर रखा है। आप शर-सन्धान कीजिए अर्जुन की ग्रीवा को लक्ष्य बनाकर।"

"यह नहीं हो सकता। कम-से-कम मुझसे। कौरवों के कल्याणार्थ मैंने आजीवन करणीय-अकरणीय पर कम ही ध्यान दिया। अब जीवन की सान्ध्य बेला में एक निःशस्त्र योद्धा की छल-पूर्वक हत्या का पातक मैं अपने सिर नहीं ले सकता।" मैंने निर्णयात्मक स्वर में कहा?

"तो यह स्वर्णावसर खो दिया जाएगा?" उसके स्वर में व्यग्रता थी।

"यह न अवसर है न स्वर्णावसर। नियति को तुम नहीं जानते। एक तो मैं ऐसा नियम-विरुद्ध पापाचरण नहीं कर सकता और अगर करूँ भी तो तुम आप्तकाम ही हो जाओ, अर्जुन का शिरोच्छेदन ही हो जाय, यह आवश्यक नहीं। नीतिविरुद्ध कार्य करते समय मेरे कर कंपायमान भी हो सकते हैं और मेरा शर लक्ष्य-भ्रष्ट भी हो सकता है।"

"तो फिर?"

"तो फिर यही कि अर्जुन के गांडीव धारण करने तक प्रतीक्षा करनी पड़ेगी।"

"कब तक?"

"जब तक वह स्वयं उसे नहीं उठाए तब तक।"

"और अगर सूर्यास्त के पूर्व तक भी नहीं उठाए तब?"

"ऐसा हो नहीं सकता।" मैंने दृढ़ता-पूर्वक कहा।

"क्यों?"

"अर्जुन के मित्र और सारथि श्रीकृष्ण हैं। कूटनीति, राजनीति, रणनीति सबमें कुशल वह अपने सखा से शस्त्र-धारण कराकर रहेंगे। समर होगा, भले ही विलम्ब से ही सही।"

दुर्योधन को यह सब सुनने का धैर्य नहीं था। उसे ज्ञात था कि अर्जुन ही पांडव-पक्ष का वह प्रबल स्तम्भ था जिसके बल पर मात्र सात अक्षौहिणी-सेना लेकर प्रतिपक्ष समर के लिए प्रस्तुत हुआ था। वह उनका युद्ध-पोत था जिसके समर-सागर में डूबते ही पांडवों की सारी आशाएँ निःशेष हो जातीं और कौरव बिना एक बाण चलाए ही विजय-श्री से मंडित हो जाते।

"हम कृष्ण द्वारा अर्जुन को प्रभावित करने की प्रतीक्षा करने की अदूरदर्शिता नहीं अपना सकते," वह व्यग्र होकर बोला, "कृष्ण आपकी दृष्टि में नीति-निपुण ही नहीं साक्षात् नारायण हो सकते हैं, मेरी दृष्टि में वह एक छली, मक्कार, मिथ्यावादी चतुर राजनीतिज्ञ से अधिक कुछ नहीं। मुझे ज्ञात है वह अर्जुन से शस्त्रधारण करा ही देंगे। पर मैं तब तक प्रतीक्षा नहीं कर सकता। मैं निःशस्त्र अर्जुन की इहलीला अभी समाप्त कर, समर शेष करने के पक्ष में हूँ।"

"कैसे?" मैंने अपनी मुसकराहट दबाते हुए पूछा।

"...।" एक क्षण को दुर्योधन निरुत्तर हुआ। जो कुछ वह सोच रहा था, आसान नहीं था, विशेषकर मेरे सेनाध्यक्ष रहते। उसके अतिरिक्त उसकी सेना में कर्ण के सिवा कोई ऐसा लक्ष्यभेदी भी नहीं था जो एक ही बार में अर्जुन को हत कर दे और कर्ण ने प्रतिज्ञा कर रखी थी कि जब तक मैं सेनापति हूँ वह समरांगण में प्रवेश नहीं करेगा। उसके ऊहापोह को देखकर मैंने कहा—

"मैं तो नीति-विरुद्ध आचरण नहीं करने को दृढ़-प्रतिज्ञ हूँ...।"

"जैसे कि आपने आजीवन नीतिसम्मत कार्य ही किया हो!" वह व्यंग्य-पूर्वक बोला, "मुझसे कुरु-वंश का इतिहास छिपा नहीं है और मैं आपके कई आचरणों, भले ही वे विवशता-जनित ही हों का प्रत्यक्षदर्शी भी हूँ। जब राज-सभा में रजस्वला, एकवस्त्रा द्रौपदी मेरे आदेश पर ही वस्त्रहीन की जा रही थी तो कुरुश्रेष्ठ होने के नाते आप मूक द्रष्टा क्यों बने रहे विशेषकर तब जब उसने आपके समक्ष भी न्याय की दुहाई लगाई थी? और भी ऐसी कई घटनाएँ हैं जो आपकी नीतिज्ञता पर सार्थक प्रश्नचिह्न

लगाती हैं, उन्हें आप मुझसे अधिक जानते हैं, अब जब बिना रक्तपात के, विजय-श्री हमारा वरण करना चाहती है तो आपका, नीति और न्याय रूपी विषधर क्यों सिर उठा रहा है?''

दुर्योधन की ये मर्मभेदी बातें मुझे इन शरों से भी अधिक आहत कर गई थीं जिनकी शय्या पर पड़ा मैं आकाशीय नक्षत्रों की गतिविधियों के अवलोकन में काल-यापन को अभिशप्त हूँ। क्या पता इन सप्त-ऋषियों, इस आकाशगंगा में कोई शान्तनु-कुल का पूर्व-पुरुष भी हो और वह मेरी इस 'न भूतो न भविष्यति स्थिति' को अवलोकित कर अपनी पीड़ा का शमन नहीं कर पा रहा हो। निश्चित ही यह मानव-इतिहास की प्रथम और अन्तिम घटना है। मेरे पूर्व कंटक तुल्य रक्त-भक्षी शरों की शय्या पर न कोई सोने को विवश हुआ है न भविष्य में ही होगा। फिर इसकी अवधि भी तो मेरे ही कारण लम्बी खिंच रही है। इतने शराघात के पश्चात्, इतने रक्तपात के पश्चात् सामान्य व्यक्ति के प्राण कभी के दिवंगत हो जाते। पर मेरा, इच्छा-मृत्यु का वरदान ही मेरे लिए अभिशाप हो गया था। मैं बिना चाहे मर नहीं सकता था और जिस समय छल-पूर्वक शर-विद्ध हो रथ से मेरा पतन हुआ, उसी अर्जुन के हाथों जिसके प्राण बचाने को मैं उस दिन कटिबद्ध था, (मेरे जीवन की बिडम्बनाओं का कोई अन्त है?) उस समय सूर्य दक्षिणायन चल रहा था। उसके उत्तरायण होने पर ही मैं प्राण त्याग कर पाऊँगा, तब तक तो इस जीवन के सारे पृष्ठों का पुनर्पाठ सम्पन्न ही हो जाएगा। इन पृष्ठों में सुख-शान्ति के पृष्ठ तो थोड़े ही हैं अधिकांश तो विरोधाभासों, विडम्बनाओं, विसंगतियों से ही भरे पड़े हैं। मर्मभेदी क्षणों का अंकन भी इन पर कम नहीं है, अपनों से लगे मर्म-भेदी शरों का भी। ये शर तो मैंने अपनी विवशता में झेले हैं, निःशस्त्र रहकर और उस दिन मैं इसी निःशस्त्रता की दुहाई दे दुर्योधन की महत्त्वाकांक्षा-पूर्ति में एक दुर्भेद्य चट्टान की तरह बाधक बन अड़ा था।

पुनः स्मरण आ रही हैं उस दिन की बातें। उन्हें तो स्मरण आना ही है। पास ही से नर-मांस भक्षी जीवों-श्वानों, और वृकों (भेड़ियों) का स्वर आ रहा है। नर-गन्ध उनकी नासिकारन्ध्रों तक तत्काल पहुँचती है। पर मुझे अभी नहीं मरना है तो नहीं ही मरना है। मेरी शर-शय्या के चारों ओर चौड़ी और गहरी खाई खुदवा दी है दुर्योधन ने। इतना तो उसे अपने पितामह के लिए करना ही था।

करना तो वह और कुछ चाहता था। शर-शय्या पर मेरा सिर नीचे की ओर लटका हुआ था तो मुझे असुविधा हो रही थी। मैंने एक तकिया के लिए इच्छा प्रकट की तो वह राजमहल से एक राजसी तकिया लाने के लिए एक भृत्य को आदेश दे बैठा। उसकी अदूरदर्शिता पर मेरे होंठों पर उस स्थिति में भी मुसकान खिलने-खिलने को हुई पर मैंने मन्द स्वर में दुर्योधन को मना करते हुए कहा—

''यह वीरोचित तकिया नहीं होगा सुयोधन! जब सम्पूर्ण शरीर शर-विद्ध हो तो सिर को मखमली तकिए का ओट देना नहीं शोभता। शरों की शय्यावाले शरीर के लिए शरों का तकिया ही शोभेगा।''

दुर्योधन कुछ नहीं समझकर बोल पड़ा, ''यह कैसे होगा पितामह। अर्जुन ने तो आपके सम्पूर्ण शरीर को बड़ी सहजता से शर-विद्ध कर दिया पर आपके सिर पर, इस उन्नत ललाट पर शराघात करने की क्रूरता कौन कर सकता है? भले ही इच्छा-मृत्यु के कवच से मंडित आपके प्राणों पर कोई संकट नहीं आए पर इस कृत्य से जो आपको मर्मान्तिक वेदना होगी, उसका अनुमान करना भी सहज नहीं।''

"अर्जुन! पितामह को समुचित सिराधार दो?"

दुर्योधन कृष्ण के आदेश का अर्थ निकाले तब तक अर्जुन ने मेरे सिर के नीचे क्षणमात्र में चार बाण, पृथ्वी में मारकर मेरे मस्तक को उत्थित कर दिया। मैं अब पहले की अपेक्षा सहज अनुभव कर रहा था। तभी मुझे तृष्णा का अनुभव हुआ। भोजन-ग्रहण का तो प्रश्न ही नहीं था पर पिपासा पर किसका अधिकार था? मैं आजीवन योद्धा रहा, योगी तो नहीं जो क्षुधा, निद्रा, पिपासा सब को नियन्त्रित कर लेता।

मैंने दुर्बल स्वर में अपने पिपासित होने की बात कही। दुर्योधन और अर्जुन दोनों ने साथ ही सुन लिया।

राजमहल से सुगन्धित जल-पूर्ण स्वर्ण सुराही और रजत चषक लाने का दुर्योधन ने आदेश दे दिया। मैंने हाथ के इंगित से उसे वर्जित कर दिया। मन ही मन सोचने लगा मैं आजन्म ब्रह्मचारी राजमहल में रहकर भी, राज्य की सुरक्षा में अपना सर्वस्व समर्पित कर भी सदा राज-सुख से वंचित रहा। सामान्य अन्न-जल सामान्य पात्रों में ही ग्रहण करता रहा। अब पृथ्वी से प्रस्थान के इस काल, मैं उस वर्जित सुख के उपभोग को प्रस्तुत हो जाऊँगा, दुर्योधन ने ऐसा सोच भी कैसे लिया? आजीवन मेरा सोच रहा कि राजकोष प्रजा की अमानत है। वह उसके कल्याणार्थ है, मेरे भोगार्थ नहीं। दूसरे चाहे जैसे जिएँ रहें मैं राज-परिवार का सर्वश्रेष्ठ (वयोवृद्ध ही कह लें) सदस्य होकर भी एक सामान्य जन की तरह जीना, रहना, बाल्यकाल में ही सीख गया था। पुनः आजीवन ब्रह्मचर्य का व्रत लेने पर तो राजसी आकर्षणों से अपने को सर्वथा मुक्त रखना ही था।

"तो क्या पितामह पिपासित ही रहेंगे?" भृत्य को रोकने के पश्चात् दुर्योधन ने चिन्ता व्यक्त की।

उसी समय अर्जुन ने मेरा मन्तव्य समझकर गांडीव को पूर्ण शक्ति से खिंच कर उससे छुटे एक बाण से ही पृथ्वी की छाती को विदीर्ण कर दिया और वहाँ से पाताल-गंगा की धार फूट कर सीधे मेरे मुख में प्रवेश करने लगी। मेरा रोम-रोम तृप्त हो आया। अनायास मेरा मूक आशीर्वाद उसके लिए मेरे अन्दर से फटा 'विजयी भव।' मेरे पतन के पश्चात् पांडवों की विजय तो सुनिश्चित ही थी पर परितुष्ट आत्मा के आकस्मिक आशीष को रोकने में भी मैं कहाँ सक्षम था?

पर यह भी सत्य है कि धृतराष्ट्र और उसके पुत्रों के संग रहने, अर्थात् राज्यान्न पर पलने और पुनः उनका सेनापति होने के पश्चात् भी मैं विजय सदा पांडवों की ही चाहता रहा। यह मेरे चरित्र का दुर्बल पक्ष ही तो माना जाएगा? मन की इस दुर्बलता या मोहग्रस्तता के लिए मैं कभी अपने को क्षमा नहीं कर सका। कितनी विडम्बनाओं, कितने विरोधाभासों को अन्तर में छिपाए मैं सर्वसम्बोधित 'कुरुश्रेष्ठ', 'नरपुंगव', 'लौह मानव', 'भीष्म', 'पितामह' इस पृथ्वी से विदा ले रहा हूँ! मेरी आन्तरिक आकुलता, अशान्ति और पश्चातापों को मेरे पश्चात् भी कौन समझ पाएगा? मैं सदा नरश्रेष्ठ, अनुकरणीय चरित्रव्रती महाभारत-पुरुष पितामह ही बना रहूँगा। हर युग मेरे प्रत्यक्ष अपराधों और निर्णय-गत विरोधाभासों को मेरे पराक्रम की अपरिभूतता और मेरी प्रतिज्ञा की अभूतपूर्वता के फलस्वरूप मुझे क्षमा करता रहेगा, पर वह कहाँ जान पाएगा कि न मैंने जीवनकाल में अपने को क्षमा किया, न मृत्यु-समय। मैं एक अशान्त आत्मा रहा और अशान्त ही मैं उस धरा-धाम से प्रस्थान करूँगा। मेरे अन्तर में निरन्तर उठती आँधियों का, कह लीजिए झंझावातों का ही मेरे अतिरिक्त और कौन साक्षी हो सकता

है? सागर में सदा स्थित बड़वानल को कौन देख पाता है, उसकी दाहकता को सागर की अतल गहराइयों के सिवा कौन अनुभूत कर सका है?

ठीक है, मैं उन आँधियों इन झंझावातों को अपने अन्दर लिए ही यहाँ से प्रस्थित हो जाऊँगा। पर इनके कारणों को आप जानने से वंचित नहीं रह पाएँगे, इस आत्मकथन का उद्देश्य भी यही है। जीवन-पर्यन्त किसी को मैंने अपनी पीड़ाओं, उत्पीड़नाओं, द्वन्द्वों, मानसिक संघर्षों का सहभागी नहीं बनाया पर अन्त काल में मैं अपना बोझ हल्का करना चाहता हूँ, मैं इसमें सफल होऊँ या नहीं यह पृथक् है क्योंकि मेरे अपराध-बोध को, मेरे गलत-सही निर्णयों को क्षमा कर देने के लिए इस सत्यव्रत भीष्म का एक महान् त्याग, उसकी अननुकरणीय प्रतिज्ञा उसके लाख कहने पर भी, लाख आत्म-स्वीकृति के बावजूद उसकी प्रतिष्ठा की पूर्ण रक्षा के हेतु पर्याप्त होगी।

मैं अभिशप्त हूँ जीवन-काल में ही प्रशस्ति पाने के लिए, मरणोपरान्त भी प्रतिष्ठा के शिखर पर आसीन रहने के लिए।

यही भीष्म पितामह बनने का मूल्य है जो मैंने आजीवन चुकाया, शरविद्ध होकर चुकाया और देहावसान के पश्चात् भी प्रशंसित, प्रतिष्ठित और असामान्य श्रद्धा-पात्र बनकर चुकाता रहूँगा।

अस्तु।

''मरता यहाँ कहाँ कोई कभी है? जिस शरीर को हम सर्वस्व मान बैठे हैं, वह तो अमर आत्मा का आवरण-मात्र है। वस्त्र से अधिक कुछ नहीं। वस्त्रों के ज़ीर्ण होने पर जैसे हम उन्हें त्यागकर नए दूसरे वस्त्र धारण कर लेते हैं उसी तरह शरीर के जीर्ण होने पर यह आत्मा नया शरीर धारण कर लेती है।''

दुर्योधन से तर्क में उलझकर भी मैं वासुदेव द्वारा अर्जुन को दिए जा रहे उपदेश को श्रवण करता जा रहा था जिसे बाद में गीता के नाम से विहीत किया जाएगा, इसका भी मुझे अनुमान था। अर्जुन को युद्धार्थ प्रेरित करने हेतु श्रीकृष्ण का यह उपक्रम था। इस क्रम में वह अर्जुन को और कई बातें समझा गए। भक्ति-सम्बन्धी, कर्म-सम्बन्धी, योग और संन्यास-सम्बन्धी पर घबराइए नहीं, मैं उसी प्रसंग को रेखांकित करना चाहता हूँ जिससे प्रेरित होकर अर्जुन शस्त्र उठाने को प्रस्तुत हुआ। सारी बातें तो आज न कल लिपि-बद्ध होंगी ही तब आप अपनी अतिरिक्त जिज्ञासा को शान्त कर लेंगे।

दुर्योधन श्रीकृष्ण के होठों को हिलते हुए भी नहीं देख सकता था, उनकी वाणी उसके कानों तक कहाँ पहुँच पाती? इधर मुझसे तर्क पर उतर कर वह मेरे कर्णों को भी तृप्त होने से वंचित कर रहा था। फिर भी मेरा ध्यान वासुदेव पर ही टिका था और मैं उनके कथन को पकड़ पाने में सक्षम हो रहा था।

''ये सभी योद्धा कई बार तथाकथित मृत्यु को प्राप्त कर चुके हैं और अनन्त बार इसे आलिंगित करेंगे। जब अमर आत्मा ही महत्त्व रखती है तो शरीर के जाने-आने का क्या दुःख? इसके लिए कैसी परिवेदना, कहाँ का पश्चाताप?

''और तो और, तुम और मैं बहुत जन्मों से गुजरे हैं। मैं उन सबों को जानता हूँ, तुम नहीं जानते।

''यह भी ध्यानगत रख लो, यदि तुम इस समर से विमुख हो पलायन कर जाते हो तो अब तक जो तुम्हें महान् धनुर्धर समझ तुम्हारी प्रशंसा करते नहीं थकते थे ये

ही तुम्हें का-पुरुष, कर्म-विमुख घोषित कर तुम्हारे विरुद्ध कुप्रचार करेंगे, तुम्हारे लिए अपमान-युक्त शब्दों का प्रयोग कर तुम्हारी निन्दा करने में भी नहीं चुकेंगे। वह स्थिति दुःखदाई नहीं होगी क्या?

"कीर्तिवान की अपकीर्ति से मरण अधिक अच्छा होता[1] है।"

श्रीकृष्ण की इस बात ने अर्जुन को थोड़ी देर के लिए अवश्य विचलित कर दिया पर वह पुनः अनिर्णय की स्थिति में लौट आया।

वासुदेव भी उसे कहाँ इतनी सहजता से छोड़नेवाले थे? अत्यन्त सटीक बात बोल पड़े—

"अगर तुम्हें मेरे इन तर्कों में विश्वास नहीं है तो यह समझ लो कि जिसने जन्म-धारण किया है, उसे एक दिन मृत्यु को प्राप्त करना भी अनिवार्य है और जो मरता है उसका पुनः जन्म लेना भी निश्चित है, ऐसी स्थिति में मरने-मारने की बात किधर से महत्त्वपूर्ण है?"

"फिर भी अपने स्वजनों-सम्बन्धियों, गुरु-जनों की हत्या पाप तो है ही।" अर्जुन ने प्रतिकार किया, "अगर राज्य-लिप्सा से ग्रस्त हमारे प्रतिपक्षी उस पाप की चिन्ता नहीं करते तो हम भी विवेकशील होने के बावजूद ऐसा करें यह क्या उचित है?"

"मैंने कहा जो मरणधर्मा है ही उस शरीर का विनाश पाप किधर से बनता है? मरणरहित तो यह शरीरस्थ आत्मा है। उसकी हत्या में तुम क्या समर्थ होगे? तुम्हारे सारे अस्त्र-शस्त्र भी इसका कुछ नहीं बिगाड़ सकते। और तो और मारक प्राकृतिक शक्तियाँ भी उसके अस्तित्व को नहीं मिटा सकतीं। अग्नि जो सबकुछ भस्म कर देती है, वह भी उसे दग्ध करने में अक्षम है, जल जो सब कुछ गला डालता है, वह भी इसके गलाने में असमर्थ है। वायु सब कुछ को सुखा कर समाप्त करने हेतु शक्ति-सम्पन्न है पर वह भी आत्मा के सम्बन्ध में असमर्थ है। अतः, सारी दुश्चिन्ताओं से मुक्त हो, अपना कर्म सम्पादित करो। निस्संग भाव से कार्य करो, अपना कर्तव्य समझकर उसका समुचित निर्वहन करो तो यह पाप-कार्य किधर से है अपितु कर्म सम्पादित नहीं करना, अकर्मण्यता का वरण करना ही निन्द्य है। अपना निर्धारित कर्म करना हर शरीरधारी के लिए आवश्यक है। कर्म अकर्मण्यता से सदा श्रेष्ठ है। कर्म-विहीन रहो तो तुम्हारे शरीर का भरण-पोषण भी असम्भव[2] है।"

"यह निर्धारित कार्य क्या है? नियत?" अर्जुन अन्यमनस्क-सा पूछ बैठा।

"सभी शरीरधारियों के निर्धारित कार्य हैं। तुम क्षत्रिय हो, योद्धा हो, युद्ध के लिए ही प्रशिक्षण-प्राप्त हो, दिव्यास्त्रों की प्राप्ति-हेतु तुमने साधना की है, तप किया है। तुम्हारे नियत कर्म को भी इंगित करने की आवश्यकता है? तुम्हारा कर्म (आवश्यकता पड़ने पर) युद्ध-रत होना है।

"कर्म के महत्त्व को जितना भी निरूपित करूँ कम पड़ेगा। कर्म का परिणाम सफलता के रूप में समक्ष आए अथवा असफलता के रूप में, निष्काम भाव से उसे

---

1. संभावितस्य चाकीर्तिर्मरणा दतिरिच्यते

   —*श्रीमद्भगवद्गीता 2/34*

2. नियतं कुरु कर्म त्वं कर्म ज्यायोह्यकर्मणः।
   शरीरयात्राऽपि च ते न प्रसिद्ध्येदकर्मणः।।

   —*श्रीमद्भगवद्गीता 3/8*

सम्पादिक करना ही शरीर-धारण की सार्थकता है। तुम्हारा कर्म-विमुख होना उचित नहीं। अतः युद्ध करने का निश्चय कर उठो और शस्त्र-संचालन करो।''

''मैं युद्ध-रत भी हो जाऊँ तो यह कैसे मान लिया जाए कि विजय-श्री से हमी विभूषित होंगे? हम पराजित भी तो हो सकते हैं? जिस क्रिया का परिणाम ही अनिश्चित हो उसमें संलग्न होने का प्रयोजन?'' अर्जुन का प्रतिवाद समाप्त नहीं हो रहा था।

''मैंने तो प्रथम ही स्पष्ट किया कि परिणाम कर्ता के हाथ में नहीं है। कर्म में तो तुम्हारा अधिकार है, फल में नहीं। फलाकांक्षी नहीं बनकर कर्माकांक्षी बनना है। परिणाम को अपने पक्ष में मान कर ही कोई कर्म-रत हो तो आजीवन वह अकर्मण्य ही रह जाएगा। शरीरधारण करना व्यर्थ ही जाएगा उसका। शरीर-धारण करना क्या, जैसा पूर्व में कहा उसका शरीर-पोषण भी कहाँ सम्भव होगा, शरीर-रक्षण। अतः, वीर-श्रेष्ठ अर्जुन इस असमय-ग्रसित मोह से, कल्मष से तुम मुक्त हो जाओ। यह आर्यों के लिए अनुशंसित नहीं, निन्दनीय है, स्वर्गप्रदायक नहीं अपितु अकीर्तिकारक है।[1] आप कीर्तिप्रदायक। इस विषम स्थिति में कैसे तुम इस मानसिकता से ग्रस्त हो गए? यह दुःखद है। अतः उठो और युद्ध करो।''

मैं यह पा रहा था कि कृष्ण अब पुनः-पुनः अर्जुन को युद्ध-हेतु उत्साहित कर रहे थे पर उसकी स्थिति में कोई आशाजनक परिवर्तन नहीं हो रहा था। अर्जुन के व्यक्तित्व का यह पक्ष मेरे लिए भी आश्चर्यकारक था। मैंने उसे सदा शस्त्र-संचालन के लिए सन्नद्ध देखा था। वीरत्व-प्रदर्शन को तत्पर। मुझे वह अपना प्रेरणा-पुरुष मानता था पर कौन-सी प्रेरणा ग्रहण की उसने मुझसे? इस ओर मैं उसका वयोवृद्ध पितामह शस्त्र-सज्जित अपने ही पौत्रों, मित्रों, हितैषियों के वध के लिए निस्संकोच अड़ा था और युद्ध हेतु भीषण सिंह-गर्जना कर प्रतिपक्ष को चुनौती भी दे डाली थी और यह अर्जुन जो मुझमें अपनी प्रेरणा ढूँढ़ता था, एक का-पुरुष की भूमिका में आ अपने को हास्यास्पद स्थिति में लाने को प्रस्तुत था।

''मैं उठूँ और युद्ध करूँ? परिणाम की चिन्ता भी नहीं करूँ। आपको सदा मैंने हितैषी और मित्र माना। शुभेच्छु। आप एक अनिश्चित परिणामवाले नर-संहार का मुझे सहभागी बनाना चाहते हैं। स्वजनों, गुरुजनों के वध-हेतु भी उत्साहित करना चाहते हैं। जिस क्रिया से कुछ प्राप्त होने की कोई सम्भावना ही नहीं उसमें लीन होने का प्रयोजन?''

''सम्भावना तो बहुत कुछ है कम-से-कम इस क्रिया में।'' कृष्ण ने सहसा कहा। मैं भी उत्सुक हुआ यह ज्ञात करने के लिए कि अनिश्चितता और अनिर्णय की नींव पर खड़े इस युद्ध में कौन-सी सम्भावना श्रीकृष्ण को दिख रही है। मेरी उत्सुकता को शान्त करने के लिए अर्जुन ने पूछ ही लिया—

''क्या सम्भावना है केशव! ज़रा मैं भी तो जानूँ?''

''स्पष्ट करता हूँ,'' श्रीकृष्ण आरम्भ हुए, ''इस युद्ध के तुम्हारे लिए दो ही परिणाम होंगे पराजय अथवा जय। शायद तुम मृत्यु को भी प्राप्त हो सकते हो अथवा प्रतिपक्षियों के वध में सहायक होकर अपनी विजय भी सुनिश्चत कर सकते हो। यही न?''

''आपका कथन सत्य है।'' अर्जुन को स्वीकारना पड़ा।

''तो सम्भावना भी सुन लो,'' श्रीकृष्ण ने उद्घोषणा की, ''युद्ध में मारे गए तो

---

1. अनार्ययुष्टमस्वगर्ध मकीर्तिकरमर्जुन।—*श्रीमद्भगवद्गीता 2/2*

स्वर्ग प्राप्त करोगे। विजयी हुए तो राज्य सुख भोगोगे।''[1]

''बस?'' अर्जुन बोला, मैं आश्चर्यचकित हुआ, श्रीकृष्ण को शायद इसी प्रतिक्रिया की अपेक्षा थी। उन्हें शायद पता था इस युद्ध-विरत, कर्तव्य-विमुख व्यक्ति को मार्ग पर लाने में अभी बहुत समय लगना था। वे अपनी प्रकृति के अनुसार सुशान्त रहे, आशापूर्ण। उनके शुभ आनन पर चिन्ता की एक क्षीण रेखा भी नहीं उभरी। उन्होंने तटस्थ भाव से पूछा–

''अन्ततः तुम कहना क्या चाहते हो? मेरा, तुम्हें उत्साहित करने का सारा प्रयास रेत पर अंकित पग-चिह्नों की तरह व्यर्थ जा रहा है फिर भी मुझे देखो मैं अपने नियत कर्म से भाग नहीं रहा। सम्प्रति मेरा निर्धारित कर्म एक भ्रम-ग्रस्त मित्र को, सम्बन्धी को, सखा को भ्रम-मुक्त करना है। मैं परिणाम की चिन्ता किए बिना यह कार्य करता जाऊँगा। यही है निष्काम कर्म, फलेच्छा रहित कर्म। बोलो इस बार क्या प्रतिक्रिया है तुम्हारी?''

मैंने जिस उत्सुकता से श्रीकृष्ण-कथन की प्रतीक्षा की थी, उन्हें दृष्टिगोचर हो रही सम्भावना का श्रवण किया था, उससे मैं तृप्त हो गया था, क्या संक्षिप्त और सटीक उक्ति थी–'हत्वा वा प्रप्स्यसि स्वर्गं जित्वा वा भोक्ष्यसे महिम्।'

पर यह कृष्ण-कथन भी चट्टान पर संशाधित तीर के अतिरिक्त कुछ नहीं सिद्ध हुआ। उसके श्रवण के पश्चात् भी अर्जुन के आनन पर उत्साह की एक क्षीण रेखा भी नहीं खिंची।

एक वीतरागी, वैरागी की मनोस्थिति में फँसे पार्थ के लिए न स्वर्ग का महत्त्व था न साम्राज्य का। उसने बड़े अन्यमनस्क रूप में प्रत्युत्तर दिया–

''गोबिन्द! निधनोपरान्त स्वर्ग अथवा जीवितावस्था में साम्राज्य का प्रलोभन व्यर्थ है। जीवित रहने में भी मेरी रुचि नहीं रही अतः मरणोपरान्त स्वर्ग-सुख का भी स्वप्न मुझे आकृष्ट करने से रहा। रह गई बात रण-विजित कर साम्राज्य सुखोपभोग की तो उसका भी क्या महत्त्व जब जिनके हित युद्ध करूँ–पुत्र, मित्र, कलत्र, सम्बन्धी सभी अपने प्राणों की निश्चित बलि चढ़ाने रणांगण में उपस्थिति हों? ये ही नहीं रहेंगे तो एकाकी साम्राज्य-सुख को भोगने में किस आनन्दानुभूति अथवा आत्म-तृप्ति की सम्भावना है? उस रक्त-रंजित, शोणित-सने साम्राज्य-सुख में मेरी कोई रुचि नहीं।''

श्रीकृष्ण के लिए संकट खड़ा हो गया। उनका आत्मदर्शन असफल हो गया था, जीवन-मरण का विवेचन व्यर्थ। साम्राज्य का प्रलोभन अर्जुन की वैराग्य-भावना के समक्ष औंधे मुँह गिरा था। उनके तर्क-तरकश में अब कौन तीर था जिसका वे प्रयोग कर पार्थ को पथ पर लाते? अधर्म को समूल समाप्त कर सुधर्म की स्थापना के उनके प्रण, उनके स्वप्न का क्या होगा :

''यदा यदा हि धर्मस्य
ग्लानिर्भवति भारत
अभ्युत्थानमधर्मस्य
तदात्मानं सृजाम्यहम्'

की इस अपनी उद्घोषणा का वह क्या करें? वह तो इस कुरुक्षेत्र के मैदान में, कोई

1. हत्वा वा प्राप्स्यसि स्वर्गं जित्वा वा भोक्ष्यसे महिम्–*श्रीमद्भगवद्गीता 2/37*

योद्धा गिरे या नहीं स्वयं बिना शस्त्राघात के आहत हो आहें भरनेवाली थी। किसी शर-विद्ध मृत पक्षी की तरह मध्य-मैदान उसके पर फड़फड़ाने वाले थे।

पर हार मानने, किसी तरह की पराजय को अपनाने का उन्हें अभ्यास नहीं था। बाल्यकाल में ही कंस के यमदूतों को निपटाने, कालिय नाग को नाथने के सदृश अद्भुत कार्यों को अंजाम देने और अन्ततः एकादश वर्ष की किशोरावस्था में ही मामा कंस के मस्त गजराज कालियापीड़ और अन्ततः दुर्धुष कंस को भी यमलोक का मार्ग दिखाने वाले कृष्ण इस अपने बुआ-पुत्र अर्जुन को मार्ग पर लाने में असफल हो जाएँ यह कहाँ सम्भव था?

नीति-विशारद युवा कृष्ण ने जरासंध के मथुरा पर सत्रह बार आक्रमण के पश्चात् धन-जन की व्यर्थ बर्बादी को रोकने हेतु अवश्य मथुरा से पलायन कर रण-छोड़ की उपाधि से विभूषित होने के लिए बाध्य हुए थे पर अन्ततः सागर-तीर अपना एक विस्तृत साम्राज्य गठित कर द्वारिका को अपनी राजधानी बना द्वारकाधीश बनने में सफलता प्राप्त कर ही ली। वहीं से सम्पूर्ण आर्यावर्त की गतिविधियों पर ध्यान रखना आरम्भ किया था और जो चाहा था उसे प्राप्त कर ही दम लिया था। जिस अन्याय का प्रतिकार करना चाहा था, सफलतापूर्वक उसे करके ही छोड़ा था।

वाणासुर द्वारा बन्दी बनाए साठ हजार राजाओं को मुक्त किया तो काल स्वरूप जामवन्त से एकाकी कई दिनों तक युद्ध कर प्रसिद्ध स्यामंतक मणि को तो प्राप्त किया ही था, उसकी सुन्दर पुत्री का भी पाणिग्रहण किया था। रुक्मणि के प्रणय-सन्देश को प्राप्त कर भरे और सैन्य-सुरक्षित स्वयंवर से उसके हरण करने का भी दुस्साहस प्रदर्शित कर उसके अभीष्ट प्रेमी शिशुपाल के सदृश प्रतापी राजा को भी अपना शत्रु बनाने में नहीं चुके थे।

मैं उत्सुकता से देख रहा था कि वासुदेव इस विकट स्थिति पर विजय प्राप्त करने के लिए अब कौन युक्ति अपनाते हैं कि इसी समय दुर्योधन पुनः फट पड़ा–

"बहुत हुआ पितामह! मैं एक क्षण का विलम्ब भी अब सहन नहीं कर सकता। सेनाओं को आमने-सामने खड़े कई पल हो गए पर युद्धारम्भ नहीं हुआ। आरम्भ नहीं हुआ तो नहीं हुआ आप सहज उपलब्ध सुअवसर का लाभ उठा युद्धान्त भी नहीं करना चाहते। आपने निःशस्त्र अर्जुन के प्राण हर कभी का हमें विजय-श्री से मंडित करा दिया होता, पर इसी समय आपको नीति और न्याय स्मरण होने लगे हैं।"

"तो सेनाध्यक्ष के नाते तुमको एक छूट दे सकता हूँ।" मैंने भीतर-ही-भीतर मुसकराते हुए कहा।

"कैसी छूट?" वह उत्साहित होकर बोला।

"जो कार्य मैं अपनी नीतिगत विवशता के कारण नहीं कर पा रहा, वह तुम कर दो।"

"क्या?"

"युद्धान्त।"

"मैं, मैं," वह हकलाया, "मुझसे यह कार्य कैसे होगा?"

"जैसे मुझसे अपेक्षा करते हो, नीति-नियम को तिलांजलि दे।" मैं पुनः अन्दर ही अन्दर मुसकराया।

"मैं तो अर्जुन के वध की बात कर रहा था।"

"मैंने तुम्हें उसी की अनुमति दी है, एक सेनाध्यक्ष के नाते।"

"मुझसे यह कार्य सम्भव है क्या?" उसके स्वर में विवशता थी।

"क्यों? तुम भी नीति-नियम से बँधे हो क्या?"

"बात नीति-नियम की नहीं।" उसकी विवशता व्याप्त थी।

"तब कौन सी बात है?"

"बात स्पष्ट है।" वह अपनी विवशता प्रकट करने को बाध्य हुआ।

"कैसे स्पष्ट है?"

"अर्जुन विख्यात और समर्थ धनुर्धर है। अमोघ लक्ष्य-भेदी। मैं अधिक-से-अधिक गदा-युद्ध में कुशल हूँ। प्रतिपक्षी भीम होता तो मैं सहर्ष यह दायित्व संभाल लेता पर साक्षात्, किरात रूपधारी शिव को भी परास्त करनेवाले अर्जुन से भिड़ने की भूल मैं नहीं कर सकता। मैं अपने प्राणों का व्यर्थ बलिदान नहीं कर सकता, हस्तिनापुर का स्वर्ण-सिंहासन मेरी प्रतीक्षा कर रहा है।"

"पर अर्जुन तो निःशस्त्र है।"

"है पर इसकी सम्भावना कुछ कम है क्या कि मुझे गदा-प्रहार के लिए उद्यत देख वह गांडीव उठा ले और एक शर में ही मेरी ग्रीवा को मेरे शरीर से पृथक् कर दे! प्राण किसे नहीं प्रिय होते!"

मैंने जो कुछ श्रीकृष्णार्जुन संवाद में सुना था, उसके आधार पर कहना चाहा कि अर्जुन अभी शर-संधान नहीं करने जा रहा, उसके प्राणों पर आ जाए तब भी पर मैं ऐसी गलती करूँ ऐसा नहीं हो सकता था। अर्जुन मुझे प्राणों से भी प्यारा था, अभी वह व्यामोहित था, ऐसी स्थिति में दुर्नीतिज्ञ दुर्योधन को मैं उसकी हत्या का अवसर दे दूँ, यह अकल्पनीय था। भले ही मैं आज उसी के शराघात से पतित हुआ हूँ पर मैं तो वृद्ध था, संसार का बहुत कुछ देखा-सुना था, पर युवा अर्जुन के समक्ष अभी एक सम्पूर्ण जीवन-विस्तार पड़ा था, मैं न उसे हत कर सकता था न हत होने दे सकता था।

"तो तुम्हें लगता है कि तुम्हारे गदा उठाने से अर्जुन अपनी जिद छोड़कर गांडीव उठा लेगा?" मैंने व्यंग्यात्मक स्वर में कहा।

"क्या आपको नहीं प्रतीत होता? वह मेरी गदा से प्राण त्यागने के लिए हाथ पर हाथ धरे बैठा रहेगा?" दुर्योधन की आँखों में भय था जैसे मैं सेनाध्यक्ष के रूप में अर्जुन से युद्ध का आदेश ही देने वाला हूँ।

"तब तो तुम्हें जिस बात की चिन्ता खाये जा रही थी, उसका समाधान हो गया।" मेरे होंठों पर एक स्पष्ट स्मिति खेली।

"किस चिन्ता की बात कर रहे हैं पितामह?"

"जिसे लेकर तुम मुझे उपालम्य पर उपालम्य दिए जा रहे हो समरारम्भ की। तुम गदा उठाओ और उधर अर्जुन का गांडीव उठा। युद्ध तत्काल आरम्भ हुआ।"

"किस कीमत पर?"

"क्या तात्पर्य?" मैंने जानबूझकर अनजान बनते हुए कहा।

"मैंने पहले ही कहा है मैं तत्काल उसके द्वारा हत हो जाऊँगा। आप ही चिड़िया की आँख भेदनेवाली घटना सुना रहे थे न? तो जो धनुर्धर चिड़िया की एक नन्हीं आँख क्षण-भर में एक ही शर से विद्ध कर सकता है, वह मेरी मोटी गर्दन को लक्ष्य बना शर-संधान करने में प्रमादग्रस्थ होगा? और मुझे क्या पता नहीं कि गांडीव से छुटा एक शर ही मेरी ग्रीवा को विच्छिन्न करने के लिए पर्याप्त है? मैंने आपसे कह दिया है ऐसे युद्धारम्भ अपितु युद्धान्त में मेरी कोई रुचि नहीं। मैं ही न रहा तो कौरव-सेना

किसके हेतु युद्ध-रत रहेगी?''

''तो फिर एक ही उपाय शेष है।'' मैंने कहने के लिए कहा।

''क्या?''

''तुम कर्ण को बुला लो। दोनों अप्रतिम योद्धा हैं। कोई इतना शीघ्र हत होने नहीं जा रहा। अवरुद्ध युद्ध भी आरम्भ हो जाएगा। तुम्हारे अधैर्य, अशान्ति और अनिश्चितता का अन्त होगा।''

''यह असम्भव प्रस्ताव क्यों दे रहे हैं पितामह?'' दुर्योधन ने साश्चर्य पूछा।

''असम्भव कैसे?''

''आपको पता है आपके सेनापतित्व में अर्जुन शस्त्र-धारण नहीं करेगा।''

''फिर उसे ही सेनापति पद पर विधिवत् अभिषिक्त कर दो। मेरी ओर से कोई आपत्ति नहीं।''

''यह तो और भी कल्पनातीत है।'' उसने उत्तर देने में एक क्षण का भी विलम्ब नहीं किया।

''क्यों?'' मैंने विस्मय भरे शब्दों में पूछा।

''आपको पता नहीं पितामह, कर्ण मेरी मंजूषा का बहुमूल्य हीरा है, हमारे युद्ध-तूणीर का प्रखरतम तीर। मैं उसे यों सहज गँवाने की बात सोच भी नहीं सकता। माना कर्ण और अर्जुन दोनों श्रेष्ठ धनुर्धर हैं। दोनों में कौन उन्नीस है, कौन बीस यह कहना कठिन है। साथ ही अर्जुन ही हमारा प्रबल शत्रु है, उसके रहते पांडवों पर विजय की हम कल्पना भी नहीं कर सकते। अर्जुन...।

''इसीलिए तो कहता हूँ सेनापतित्व कर्ण को सौंप दो और अपने विजयपथ की बाधा अर्जुन को समाप्त कर दो।''

''कहा न यह बात कल्पनातीत है। कर्ण को मैं अभी समरांगण में उतारने की बात सोच भी नहीं सकता।''

''कारण?'' मैंने सचमुच कुछ नहीं समझा था।

''कर्ण का वास्तविक युद्ध अर्जुन के साथ होना है। अर्जुन अभी अक्लान्त और अश्रान्त है, ऊर्जा-पूरित है। अभी मैं कर्ण को उससे भिड़ाऊँ तो किसकी विजय होगी कहना असम्भव है। कुछ दिनों तक युद्ध-रत हो अर्जुन जब कुछ थक जाएगा तब ऊर्जावान कर्ण का उससे युद्ध होगा और उस युद्ध में अर्जुन का कर्ण के हाथों वध निश्चित है। अर्जुन के हत होते ही पांडव-सेना का मनोबल निःशेष हो जाएगा और हमारी विजय सुनिश्चित।''

''वाह! क्या अच्छी योजना है, शायद इसीलिए कर्ण को अभी सेनापति नहीं बनाकर यह दायित्व मुझे सौंपा गया और इसी से जुड़ी, मेरे सेनापतित्व में कर्ण के शस्त्र नहीं उठाने की प्रतिज्ञा है; कर्ण की ऊर्जा सुरक्षित रखी जा रही है अर्जुन-वध के लिए।'' मेरे मुँह से अनायास निकला।

''...।'' दुर्योधन निरुत्तर। शायद कड़वी सच्चाई से आमना-सामना हुआ था।

मेरा ध्यान पुनः पूरी तरह धनंजय के रथ की तरफ खिंचा। वहाँ कुछ विशेष घटित हो रहा था। श्रीकृष्ण का सदा शान्त एवं प्रसन्न रहने वाला मुख सहसा किंचित् क्रोध-युक्त एवं गाम्भीर्य-पूर्ण हो आया था। नीतियों में साम, दाम, दंड प्रसिद्ध हैं। श्रीकृष्ण द्वारा

प्रयुक्त प्रथम दो नीतियाँ पार्थ पर अप्रभावी सिद्ध हुई थीं। अब उन्होंने प्रत्यक्षतः अन्तिम नीति को अपनाने का निश्चय कर लिया था–

"धनंजय तुम पर मेरे परामर्शों और प्रयासों का कोई प्रभाव नहीं पड़ रहा। इसका कारण मैं समझ सकता हूँ। तुम मुझे मात्र एक सुहृद्, सम्बन्धी एवं सारथि से कुछ अधिक नहीं समझ रहे। मैं नर-रूप में साक्षात् नारायण हूँ। अब मैं अपने विराट रूप का प्रदर्शन करने को विवश हूँ। तुम अपने इन चर्म-चक्षुओं से मेरे इस रूप को देखने में समर्थ नहीं हो, अतः अपने विराट पर भयावह रूप के दर्शन-हेतु मैं तुम्हें दिव्य-चक्षु प्रदान करता हूँ।[1]

अर्जुन को तो दिव्य चक्षु प्राप्त हो गया। पर मेरी आँखें जाते-जाते रहीं। श्रीकृष्ण का स्वरूप सहसा विशाल एवं विस्तृत हो गया था–गगनस्पर्शी एवं दशों दिशाओं में व्याप्त। पर सर्वाधिक विस्मयकारी था उनके अकल्पनीय विराट् वपु से निस्सृत तेज, प्रकाश। प्रतीत हुआ कि आकाश में सहस्रों सूर्य के उदित होने से जितना प्रकाश निस्सृत नहीं होता उससे अधिक प्रकाश श्रीकृष्ण-शरीर से फूट रहा था। मैंने तत्काल अपनी आँखें बन्द कर लीं। श्रीकृष्ण शायद यह विस्मृत कर गए थे कि मैं अपने आजीवन ब्रह्मचर्य-व्रत के कारण सबकुछ देखने में समर्थ था। मैंने उनसे मन ही मन प्रार्थना की कि वे मुझे इस संकट से उबारें। मेरी वृद्ध आँखें यह सब देखने में समर्थ नहीं थीं। सहसा मेरी आँखों के लिए उनका विराट् रूप अदृश्य हो गया।

मुझे सहसा आँख बन्द करते देख दुर्योधन पूछ बैठा था–

"क्या हुआ पितामह? आपकी आँखों को किसी कारण पीड़ा पहुँची है क्या? कहिए तो राजवैद्य को बुलाऊँ। वह पीछे के शिविर में आवश्यक औषधियों और सहायकों के साथ विराजमान है।"

"नहीं, मेरी आँखें ठीक हो गईं पर हाँ तुम्हारी आकांक्षा की पूर्ति में अब अधिक विलम्ब नहीं है।"

"कैसी आकांक्षा?" उसने साश्चर्य पूछा।

"युद्धारम्भ की आकांक्षा। अर्जुन अब शस्त्र उठाने ही वाला है।"

"सच?" उसका स्वर विस्मय एवं भय-मिश्रित था।

"हाँ मैं सच ही कह रहा हूँ।"

"तो मैं अब यहाँ से खिसकूँ? न जाने अर्जुन के बाण का प्रथम लक्ष्य कौन हो?" वह सारथि को रथ मोड़ने का आदेश देने ही वाला था।

"तुम्हें भयभीत होने की आवश्यकता नहीं।" मैंने उसे आश्वस्त किया। अर्जुन के शर का लक्ष्य मैं होऊँगा। कौरव-सेना का सेनापति। वह तुमसे एकल युद्ध में नहीं भिड़ेगा।"

"क्यों?"

"एक सेनापति द्वारा सेनापति पर प्रथम प्रहार ही युद्ध-सम्मत है। ऐसे भी अर्जुन महारथी है। वह एक महारथी से ही जूझना उचित समझेगा।

"मैं क्या महारथी नहीं हूँ?" वह किंचित् क्षुब्ध होकर बोला।

"तुम अपनी दृष्टि में हो सकते हो, उचित भी है क्योंकि तुम्हारे साथ कई रथी

---

1. 'दिव्यं ददामि ते चक्षुः'

–श्रीमद्भगवद्गीता–11/8

अधिरथी हैं पर अर्जुन की दृष्टि में तुम महारथी नहीं हो।"

"क्यों?"

"क्योंकि तुमने अब तक जो कुछ किया है वह महारथी के आचरण के अनुकूल नहीं है। तुमने भीम को धोखे से विष देकर उसे सरोवर में डूब मरने के लिए डाल दिया था। तुम तो गदा-युद्ध में भीम को अपने समकक्ष मानते हो। उससे युद्ध ही कर लेते, धोखे से मारने का प्रयास क्या उचित था? तुमने गन्धर्वराज से अनावश्यक युद्ध ठान लिया और उसके द्वारा बन्दी बना लिए गए। अर्जुन ने भी तुम्हें उसके बन्धन से मुक्त कराया। ऐसे में वह तुम्हें महारथी मानने से रहा। हाँ गदा-युद्ध-विशारद भीम के हाथ तुम्हारे साथ गदा-युद्ध में भाग लेने के लिए अवश्य खुजल रहे होंगे। तुम्हारा एकल युद्ध उसी से उचित रहेगा। अर्जुन तुम पर हाथ डालने से रहा।"

"पितामह!" वह सहसा उच्च स्वर में बोल पड़ा।

"बोलो।" मैंने संयत स्वर में कहा।

"आप सेनापति कौरवं-पक्ष के हैं अथवा पांडव-पक्ष के?"

"निस्सन्देह कौरव-पक्ष के। तुम्हारे पक्ष के।"

"फिर आप मुझे, हस्तिनापुर के युवराज को इस तरह हीनभावना से भरकर उसे दुर्बल क्यों कर रहे हैं? उसके मनोबल को तोड़ क्यों रहे हैं? एक तो आपने अर्जुन के निःशस्त्र रहने पर भी युद्धारम्भ नहीं कर हमारा अकल्पनीय अहित किया, दूसरे मुझे उसके समक्ष तुच्छ ठहरा कर मेरे उत्साह को समाप्त करने का प्रयास कर रहे हैं। मुझे तो प्रतीत होता है कि सेनापति के रूप में आपका तन जो हमारे साथ है मन आपका पांडवों के ही साथ है, विशेषकर अर्जुन के साथ। पता नहीं आपने उसमें क्या पाया है कि अपने बाल्यकाल से ही उसे आपका सर्वाधिक स्नेह मिला है।

मुझे दुर्योधन के इस आरोप से आश्चर्य नहीं हुआ। मैं उसके अहंकारी, शकी और ईर्ष्यालु स्वभाव से अच्छी तरह परिचित था। मैंने स्पष्ट किया–

"सुयोधन, मैं तुम्हारा मनोबल नहीं गिराना चाहता। मैंने मात्र कुछ सत्यों का उद्‌घाटन किया है जो तुम्हें बुरा लगा है। पर तुम्हारे अनुचित दबाव में आकर अपनी सत्यनिष्ठा से नहीं डिग सकता। अर्जुन के प्रति मेरा स्नेह सर्वज्ञात है पर मैं इसी कारण उसका वध नहीं कर रहा यह मानना तुम्हारी हठधर्मिता है। मैं कितनी बार स्पष्ट करूँ कि शस्त्र-विहीन पर प्रहार करना मेरी नीति नहीं है, तुम्हारी हो सकती है। लेकिन मुझे यह भी पता है कि मैंने तुम्हारे पक्ष का सेनापतित्व स्वीकार किया है। मेरे इस दायित्व के निर्वहन में मेरा अर्जुन-प्रेम कभी बाधक नहीं बनेगा। युद्ध में प्रतिपक्ष के रूप में खड़ा पुत्र भी शत्रु ही होता है। इससे अधिक मैं अपनी निष्ठा के सम्बन्ध में कुछ नहीं कर सकता।"

दुर्योधन प्रत्यक्षतः आश्वस्त हुआ। अर्जुन के गांडीव-हस्त होते ही अपने हत होने का भय भी जाता रहा, अतः उसने मुझसे जिज्ञासा की, "युद्ध आरम्भ ही होने वाला है तो मैं यहीं आपके पार्श्व में रहूँ या अपने स्थान पर लौटूँ?"

"एक सेनाध्यक्ष के नाते मैं यही कहूँगा कि अब तुम्हें अपने स्थान पर लौट जाना ही उचित है। सेनापतियों में युद्धारम्भ के साथ ही उभय पक्षीय सेनाएँ भी आपस में भिड़ जाएँगी। जो जहाँ है, वहीं युद्ध-रत हो जाएगा, यह तुम्हें भी अच्छी तरह विदित है। ऐसी स्थिति में तुम्हारी सेना और उसके अधिकारी तुम्हारी अनुपस्थिति में असुरक्षित और नेतृत्व-विहीन हो जाएँगे जिसके फलस्वरूप तुम्हारे पक्ष की भारी क्षति होगी। एक

सेनाध्यक्ष के नाते मैं इस अनावश्यक क्षति का पक्षधर नहीं बन सकता। तुम अपने स्थान पर लौटो और अपने सैन्य-बल की रक्षा करते हुए प्रतिपक्ष की अधिकाधिक क्षति करने का प्रयास करो।''

मेरी इस तटस्थ उक्ति पर उसे विस्मय हुआ। उसका मुर्झाया चेहरा प्रसन्नता-पूरित हो आया और अपने रथ को मोड़ने का आदेश देने के पूर्व वह विनम्र भाव से बोला—''पितामह! आज मुझे लग गया कि सेनापतित्व मैंने सही हाथों में सौंपा है। पर मुझे यह पश्चाताप बना ही रहेगा कि अपनी नीति-निपुणता और नियमबद्धता के फलस्वरूप पर्याप्त अवसर मिलने पर भी हमारे प्रबलतम शत्रु पृथा-पुत्र पार्थ के प्राण हर कर युद्धारम्भ के पूर्व ही आपने युद्धान्त करने में प्रमाद प्रदर्शित किया।''

''फिर तुम्हें मेरे स्थान पर कर्ण को सेनापति नियुक्त करना था पर मुझे नहीं प्रतीत होता कि वह भी तुम्हारी इस दुराकांक्षा की पूर्ति का माध्यम बनता। सर्वज्ञात है कि वह स्वयं को अर्जुन के तुल्य या उससे बड़ा ही धनुर्धारी मानता है। उसे अभी अपनी वीरता के प्रदर्शन का अवसर भी नहीं मिला है। निःशस्त्र अर्जुन के प्राण हर वह आजीवन अपनी शूर-वीरता के प्रदर्शन से वंचित ही रह जाता। उसकी एक ही महत्त्वाकांक्षा है, अर्जुन से आमने-सामने के युद्ध में अपनी वीरता प्रमाणित करना और सम्भव हुआ तो उसे हत कर तुम्हारी मित्रता का श्रेष्ठतम मूल्य चुकाना। पर यह नियति को ही पता है कि दोनों में कौन किसको पराजित करेगा। दोनों एक-दूसरे के प्राणों के प्यासे हैं। अन्यथा नहीं लो तो अर्जुन से कहीं अधिक कर्ण आर-पार की लड़ाई का भूखा है, अर्जुन के सिर को स्वर्णपात्र में तुम्हारे समक्ष परोसना उसके जीवन का परमोद्देश्य है। कर्ण की इस अद्भुत महत्त्वाकांक्षा का अर्जुन को भी पता है, अतः अवसर आने पर वह कर्ण के सिर को सुरक्षित छोड़ देगा, यह सोचने की बात भी नहीं है।''

''आप शायद ठीक कह रहे हैं। कर्ण भी कम-से-कम मेरे इस परामर्श को ठुकरा देता। मुझे आपसे कोई शिकायत नहीं। मैं आपके आदेश के पालन-हेतु चला।'' यह कहकर उसने मेरे दोनों पैरों का स्पर्श किया और अपने सारथि को रथ मोड़ने-हेतु आदिष्ट किया।

मैं मन-ही-मन मुसकराया, यह प्रकृति से ही दम्भी और गुरुजनों के प्रति भी स्वभावतः अशिष्ट दुर्योधन की कूटनीति है अथवा रण-नीति।

मैंने दुर्योधन को जो कहा था कि समर शुरू ही होने वाला है, वह यों ही नहीं था। मैं क्षणार्द्ध के चकाचौंध के पश्चात् कृष्ण के विराट् रूप के दर्शन तो नहीं कर सका पर वह अवश्य ही भयंकरतम था। मैंने स्पष्ट देखा कि दिव्य-चक्षु-प्राप्त, वीर-श्रेष्ठ अर्जुन भी उस रूप को देखकर करबद्ध खड़ा अश्वत्थ-पत्र की तरह कम्पायमान हो रहा था। वह आपाद-मस्तक कम्पित हो रहा था। उसका मुख भय से विवर्ण हो आया था। उसके सशक्त पैर उसके शरीर के भार को सहन करने में असमर्थ हो रहे थे। नयनों से निरन्तर अश्रु-धाराएँ निस्सृत हो रही थीं। कृष्ण के जिस सौम्य सुन्दर आनन से वह परिचित था, श्यामलवपु से, उनके स्थान पर विकराल दाढ़ोंवाली भयावह मुखाकृति और दिग्व्यापी भयकारी देह ने उसे अत्यन्त ही भयभीत कर दिया था।

इस कराल-काल सदृश श्रीकृष्ण के रूप को शान्त करने के लिए अर्जुन ने कम्पित अधरों से किन्तु क्षीण स्वर में जो प्रार्थना आरम्भ की थी, उसके कुछ वाक्य मैं किसी तरह श्रवण कर सका था और उसी के आधार मैं वासुदेव श्रीकृष्ण के विराट रूप का यत्किंचित् अनुमान लगाने में समर्थ हुआ था। इस अनुमानित रूप का दिग्दर्शन आपको

भी करा देना समुचित है :

"भयानक दाढ़ें थीं उनकी। कराल एवं लम्बी चौड़ी दन्तावलियाँ जिनके द्वारा वह असंख्य वीरों को चींटियों की तरह चबाए जा रहे थे। कई तो उनके तीक्ष्ण दाँतों से पिसकर प्राण त्याग रहे थे और कई दाँतों के फाँकों के मध्य फँस न इधर जा पा रहे थे न उधर। खुले सैकड़ों-सहस्रों मुखों से प्रज्जवलित लम्बी अग्नि-शिखाएँ दिशाओं में विस्तृत हो रही थीं। उधर दीर्घाकार रक्तवर्णी आँखें अलग आग उगल रही थीं।

भय धरती से लेकर अन्तरिक्ष तक व्याप्त था। यक्ष, किन्नर, गन्धर्व, देव सभी भयातुर हो इधर-उधर भाग रहे थे। पर भागें तो किधर? चतुर्दिक् वासुदेव का भयावह रूप ही व्याप्त था। सभी दिशाएँ भूलकर, व्यर्थ चक्कर काट रहे थे और अन्ततः उनके दीर्घ श्वास से खिंचकर उन्हीं के मुखगह्वरों में प्रवेश कर रहे थे।

सब कुछ उन्हीं से उत्पन्न हो रहा है और फिर उन्हीं में लय। दैत्यों, नागों के समूह-के-समूह दूर-दूर से खिंचे आ रहे हैं उनके ज्वाला उगलते कन्दरा-सदृश खुले मुखों में प्रवेश के लिए। यह दृश्य ही अपार भय से भर देने के लिए पर्याप्त था।"

अर्जुन ने इस सबका अपनी प्रार्थना में वर्णन कर उन्हें शान्त होने की करुण याचना की थी। उसने उनसे उस ब्रह्मांड-व्यापी विकराल रूप को त्याग कर अपने उसी किरीटधारी, गदाधारी चक्रधारी सौम्य श्यामल रूप के दर्शन की कामना की थी।

उसने उन्हें बार-बार नमस्कार किया था, आगे से भी, पीछे से भी, बाएँ से भी दायें से भी, सभी ओर से नमस्कार की बौछार ही लगा दी थी।

इसके पश्चात् उसकी प्रार्थना पर द्रवित होकर कृष्ण ने अपने पूर्व रूप को प्राप्त किया था।

यही मेरे जीवन का भी चरम क्षण था। उनकी एक नन्हीं कृपा-दृष्टि से मैं उनके विश्वरूप के क्षणार्द्ध के लिए ही दर्शन कर लिए थे। उनकी कृपा से भी सहस्रों सूर्यों के प्रकाशवाले उनके दीर्घाकार रूप के दर्शन से मेरी आँखें जाते-जाते रही थीं। उनके शेष स्वरूप को मैंने अर्जुन की दिव्य आँखों से ही देख लिया था। मेरा जन्म-धारण करना, महाभारत-युद्ध में भाग लेना, उसका सेनापतित्व सम्हालना सब सार्थक हो गये थे।

अपने सौम्य रूप में आकर श्रीकृष्ण ने अर्जुन से कहा था—"भयरहित हो जाओ। मैंने योगियों, देवों के लिए भी दुर्लभ अपना रूप तुम्हें दिखाया है। अब तो तुम्हें ज्ञात हो गया कि मैं मात्र तुम्हारा सुहृद् सखा ही नहीं इस जगत् का कर्त्ता-धर्ता और विनाशकर्ता भी हूँ।

"तुम इन योद्धाओं को क्या मारोगे? ये तो मेरे द्वारा पूर्व में ही हत् हो चुके हैं। मृत हैं ये सभी। तुम्हें तो निमित्त मात्र बनना है।"

अर्जुन कुछ देर तक पश्चाताप के अश्रु बहाता रहा। जिन्हें वह अपने समतुल्य, सखा, अधिक से अधिक सम्बन्धी मानता रहा और मात्र हे कृष्ण, हे यादव आदि कहकर पुकारता रहा, वह तो विश्व ब्रह्मांड के नायक निकले। आह! मैंने कैसी गलती की! इनसे अनावश्यक तर्क करता रहा। उनके परामर्श को तो आदेश मानकर मुझे तत्काल पालन करना चाहिए था। शायद वह यही सोच रहा था।

"मैंने अपने इस रूप को मात्र तुम्हारे व्यामोह को समाप्त करने हेतु प्रकट किया था।" श्रीकृष्ण उसके सोच के मध्य ही बोल पड़े थे, "बोलो अब सामान्य हुए अथवा अब भी मोह और संशय-ग्रस्त हो? मेरे कथन के पालन में अब भी हिचकिचाहट है अथवा अपने नियत कर्म के निस्पादन हेतु सन्नद्ध हो?

अर्जुन अब शर्म के मारे अपने सखा से ही आँखें मिलाने में हिचक रहा था। अन्ततः उसने आँखें नीची किए ही कहा, "मेरा मोह कभी का नष्ट हो चुका। संशय-मुक्त हूँ मैं पूर्णतया। अब आप जो कह रहे हैं, वही करूँगा।[1]

यह कहते ही उसने क्षणार्द्ध का विलम्ब किए बिना ही अपना त्यक्त पड़ा गांडीव उठा लिया। उस पर मेरी दिशा में शर-सन्धान करने को उद्यत हो गया। उस घड़ी का आगमन तो होना ही था। श्रीकृष्ण को कब अपने किसी उद्योग में असफल होना था? मैं सदा सतर्क था।

सेनापतियों में युद्धारम्भ होते ही युद्धाग्नि की लहर पूरे कुरुक्षेत्र के मैदान में व्याप्त हो गई। सर्वत्र मार-काट आरम्भ हो गया। युद्धारम्भ हो गया पूरी तरह।

उसी युद्ध ने मुझे अन्ततः यह शर-शय्या प्रदान की। इस पर बाद में लौटूँगा।

अतीत व्यतीत हो गया। काल है जो लौट कर नहीं आता, न जो कुछ घट गया उसमें कोई परिवर्तन ही सम्भव है। अतीत-चिन्तन एक व्यर्थ एवं अनावश्यक प्रयास। समय यापन का एक अनुचित उपक्रम। भविष्य और वर्तमान ही सब कुछ हैं। वर्तमान को गढ़ो, भविष्य स्वयं स्वर्णिम बन जाएगा। भविष्य को लेकर उपयोगी फलदाई योजनाएँ बनाओ, जीवन शायद स्वर्ग बन आए।

बुद्धिमानों, मनीषियों ने सदा यही उपदिष्ट किया है। भूत को नकारा है। पर मेरे पास इस अतीत के अतिरिक्त क्या है? मेरे वर्तमान और भविष्य किधर से सुखदाई अथवा आकर्षक हैं? वर्तमान तो काँटों से भी अधिक चुभनेवाले रक्तपायी शरों की यह शय्या मात्र है। इस पर ऊर्ध्व लेटा मैं करवटें भी नहीं बदल सकता। अगल-बगल क्या घटित हो रहा, नेत्रों के अक्षत होने पर भी उसका द्रष्टा, साक्षी नहीं बन सकता। व्रण-जनित घोर व्यथा ही है मेरा वर्तमान। पीड़ा की अधिकता में औषधि-लेपन कराता हूँ पर शराघात क़ी पीड़ा पुनः रह-रहकर जग आती है। पहले ही कहा मैं योद्धा रहा, योग-साधक नहीं; इस व्यथा को, पीड़ा को विस्मृत कर समाधिस्थ हो जाऊँ इस विद्या से मैं परिचित नहीं। बिना आह भरे इस मर्णान्तक कष्ट को झेलना ही मेरी नियति है। विडम्बना यही है कि जिन धार्तराष्ट्रों और पांडु-पुत्रों की सुख-सुविधा के लिए मैं आजीवन स्वयं को तिल-तिल उत्सर्ग करता रहा, उनके साम्राज्य की सुरक्षा और संवर्द्धन-हेतु अपनी सुख-सुविधा की आहुति देता रहा उन्हीं ने उसका ऋण मेरी इस दुर्गति के रूप में चुकाया है।

जिस अर्जुन के प्रति अतिरिक्त प्रेम के लिए मुझे पक्षपात-ग्रस्थ बताया जाता रहा उसी ने तो मुझ शस्त्र-त्यक्ता के रोम-रोम को सामान्य नहीं प्राणघाती शरों से विद्ध किया। अगर मैं इच्छा-मृत्यु के वरदान-कवच से सुरक्षित नहीं रहता तो अर्जुन को इतने बाण व्यर्थ भी नहीं करने पड़ते, दो-चार प्रहारों में ही यह वृद्ध प्राण-गत हो गया रहता। मुझे अर्जुन द्वारा शरविद्ध होते समय दोनों पक्षों में उत्साह का संचार हो रहा था। अर्जुन तो ध्यान-पूर्वक लक्ष्य-भेद में संलग्न था, शेष पांडवों की प्रसन्नता उनके आनन से स्पष्ट झलक रही थी क्योंकि मेरे रहते कौरवों की पराजय असम्भव थी। हस्तिनापुर के सिंहासन

---

1. नष्टो मोहः गत सन्देहः.... करिष्ये वचनं तव।।

—*श्रीमद्भगवद्गीता 18/73*

पर आरुढ़ होने का उनका स्वप्न दुःस्वप्न में परिवर्तित होने वाला था। सर्वस्व खोकर भी उन्हें प्राप्त होने वाला कुछ नहीं था। पुनः वही अरण्य-सेवन, भिक्षाटन।

पांडव प्रसन्न हो रहे थे तो कौरव उनसे कम हर्ष-मग्न नहीं थे। उनके मन में यह धारणा घर कर चुकी थी कि मेरे सेनापतित्व में विजय-श्री उनका वरण करने से रही। मैं मन-ही-मन पांडवों की विजय का आकांक्षी था। सर्वाधिक युवराज दुर्योधन मुझसे पिंड छुड़ाने को व्यग्र था। मेरे रहते अपने परम हितैषी कर्ण को युद्ध में उतरने को वह विवश नहीं कर सकता था और उसे यह पता था कि अर्जुन को अगर कोई निहत कर सकता था तो कर्ण ही। मैं तो उसको मारने से रहा, अतः मेरा मर जाना ही उचित था। दुर्योधन के आशय से सभी परिचित थे, अतः मुझ निःशस्त्र को विवश शर-विद्ध होते देखते हुए भी कौरव पक्ष का कोई महारथी या रथी मेरी सुरक्षा में पूरी तरह नहीं आया, सभी हाथ पर हाथ रखे मेरे वृद्ध शरीर से निर्झर की तरह झरते रक्त-पात को देखते रहे। कई विचारवान युद्ध-नीति के विरुद्ध हो रहे। इस आचरण को अवलोकित करने में अपने को असमर्थ पा वहाँ से खिसक लिए पर मेरे पक्ष में एक बाण भी मेरे प्रतिपक्षी पर नहीं साधा।

दुर्योधन और दुःशासन के सदृश कई नीति-विहीन, संवेदनहीन उधत धृतराष्ट्र पुत्र तो जैसे-जैसे मेरा पतन समीप आता जाता प्रसन्नता से नृत्य करते प्रतीत होते। उनका वश चलता तो वहीं धर्मक्षेत्र-कुरुक्षेत्र में वे वारुणि की बोतलें भी खोल बैठते।

विश्व का यह प्रथम और अन्तिम युद्ध ही होगा जिसमें किसी महावीर के पतन पर पक्ष और प्रतिपक्ष दोनों समान रूप से प्रसन्न हुए हों। यह था मेरे अभिशप्त जीवन का सर्वाधिक चिन्तनीय अध्याय। आजीवन सभी का शुभाकांक्षी रहा मैं अपने जीवन के निर्णायक क्षणों में किसी की शुभासंशा अर्जित करने में असमर्थ रहा। विडम्बनाओं से भरे मेरे जीवन की यह सर्वाधिक त्रासद विडम्बना थी।

अस्तु, मैं यह कह रहा था कि शर-शय्या पर पड़े मुझ भीष्म का अतीत-चर्वण, भूत-रोमंथन ही एकमात्र सहारा है। वर्तमान-गाथा तो मैंने वर्णित कर ही दी। रह गया भविष्य। भीष्म का भविष्य क्या है? किस भविष्य को लेकर मैं कोई स्वप्न देखूँ? कोई योजना बनाऊँ? भीष्म का भविष्य तो निश्चित मृत्यु है। काल-देवता कब से मेरे प्रस्थान की प्रतीक्षा में कर-बद्ध खड़ा है। उसे पता है कि मैं अपने समय से ही इस व्यर्थ हो गए शरीर का भी त्याग करूँगा। पर वह अपनी हठधर्मिता पर अड़ा है। उसे प्रतीत होता है पीड़ा को अन्दर ही अन्दर पीता मैं किसी क्षण उसके साथ हो लूँगा। मेरे प्राण, मेरी आत्मा उसके साथ हो लेंगे।

उस मूढ़ को कौन समझाये कि प्रतिज्ञा मेरा प्राण है, इसी कारण तो मैं देवव्रत से भीष्म बना। इतनी कठिन प्रतिज्ञा कई प्रलोभनों और सुअवसरों के उपस्थित होने पर भी मैंने नहीं तोड़ी तो चाहे ये रक्तपायी शर मुझे कितनी भी पीड़ा दें, सूर्य के उत्तरायण होने पर ही प्राण-त्याग की अपनी प्रतिज्ञा मैं नहीं तोड़ने जा रहा।

यह भी दुर्योग ही है कि मेरा पतन इतना शीघ्र हो गया जिसके फलस्वरूप मैं यहाँ पड़े-पड़े युद्ध-काल में हो रहे नीति-विरुद्ध कार्यों को, युद्ध-नियमों की धज्जियाँ उड़ने को जानने-सुनने को विवश हूँ। देख पाने की स्थिति में मैं नहीं हूँ पर युद्ध-समाचार तो मुझ तक पहुँचते ही रहते हैं।

युद्ध में हो रही अनियमितताओं को सुन-सुनकर मैं तो व्यथित हो ही रहा था ऊपर से शर-कृत बाणों की असह्य पीड़ा भी मुझे उत्तरायण सूर्य तक भोगनी ही थी।

नियति जैसे सदा मेरे विरुद्ध निर्णय लेने के लिए कृत-संकल्प थी। यही युद्ध थोड़ा और दिन खिंच जाता तो मेरा पतन उत्तरायण में ही होता और इच्छा-मृत्यु प्राप्त मैं समरांगण में ही प्राण त्याग देता। इतना सबको जानने-भोगने के लिए नहीं पड़ा रहता।

और यह भी कोई कम बड़ी विडम्बना है कि मैं समरांगण में प्राण नहीं त्यागकर इसके किनारे, युद्ध-समाप्ति के पश्चात् प्राण छोड़ने को अभिशप्त हूँ? समर में वीरगति को प्राप्त योद्धा स्वर्ग में जाता है। नियति को मुझे यह सौभाग्य भी नहीं प्रदान करना था। आर्यावर्त का श्रेष्ठ वीर तो मैं आजीवन घोषित-प्रतिष्ठित होता रहा, जीवन में कुछ अवसरों पर छोटे-बड़े युद्ध भी किए। अपराजेयों को पराजित किया पर निर्णायक युद्ध के अवसर पर नियति ने मेरे साथ यह क्रूर मजाक क्यों किया? शरविद्ध मेरी पीठ को धर्मक्षेत्र-कुरुक्षेत्र की पावन धरती की रणभूमि के संस्पर्श से भी वंचित रखा गया। क्यों मुझे एक योद्धा की मृत्यु नहीं प्राप्त हुई? क्यों मुझे स्वर्ग-प्राप्ति से वंचित रखा गया? क्यों? क्यों और क्यों? यह प्रश्न इस शर-शय्या पर पड़ा किससे पूछ रहा हूँ? आस-पास बहती, इस मरणासन्नवृद्ध को शीतल स्पर्श देने को व्याकुल बयार से? दिवा के इस काल तो सभी समरांगण में हैं।

सूर्यास्त पश्चात् युद्ध-समाप्ति पर कुशल-क्षेम पूछने दोनों पक्षों के प्रधान अवश्य आ जाएँगे, दुर्योधन और कृपाचार्य से लेकर अर्जुन और धर्मराज तक। अभी दोनों पक्ष मेरे महान् शुभाकांक्षी हैं यद्यपि दोनों पक्षों के दुराभिसन्धि ने मुझे इस दुःस्थिति तक पहुँचाया है। पर अब सहानुभूति के दो शब्द कहने हेतु, छोटी-बड़ी सेवा-हेतु सभी आपस में प्रतियोगिता-रत हैं।

तो यह भी लिखा था मेरे भाग्य में! आजीवन जो मेरी सहानुभूति के आकांक्षी रहे आज मैं उनकी सहानुभूति का पात्र बन गया हूँ? कौन चाहता है सहानुभूति? कम-से-कम मेरे सदृश स्वाभिमानी को तो किसी की क्षणिक सहानुभूति से भी विरक्ति होती है।

किशोरावस्था से ही बिडम्बनाओं से जूझता मैं मृत्युकाल में भी विडम्बनाओं से ग्रस्त रहूँगा? विडम्बनाओं की एक दीर्घ अटूट शृंखला का नाम ही भीष्म है क्या?

श्रीकृष्ण भी पांडव-पक्ष के साथ सान्ध्य मिलन में सम्मिलित होते ही रहते हैं। उनके दर्शन कर मेरे मन-प्राण पुलकित हो जाते हैं पर मैंने सदा उनसे एक प्रश्न पूछना चाहा पर एकान्त के अभाव में नहीं पूछ सका और राजनीति के अद्भुत मर्मज्ञ श्रीकृष्ण कब मुझे एकान्त देने वाले थे? उन्हें पता था मेरी पराजय और पतन की व्यूह-रचना में ही नहीं धनंजय को, मेरे शस्त्र-त्याग के पश्चात् भी प्रहार करने के लिए प्रेरित करनेवाले भी वही थे।

धर्म के स्वघोषित संस्थापक[1] उनकी एतद्सम्बन्धित उक्ति मैंने कृष्णार्जुन-संवाद के समय ही सुनी थी। और नीतिनिपुण श्रीकृष्ण अपने अधर्म, अन्याय और दुर्नीति से सम्बन्धित, मेरे प्रश्न-बाणों का प्रत्युत्तर रखते थे?

मेरे मन का प्रश्न अनन्तकाल तक मेरे मन में ही रह गया। मैंने श्रीकृष्णार्जुन संवाद के समय कृष्ण की एक महत्त्वपूर्ण उक्ति को अक्षरशः सुना था।

उसका तात्पर्य था कि जो अनन्य भाव से मेरी ही चिन्तन करते हुए मेरी ही

---

1. धर्म संस्थापनार्थाय संभवाभि युगे-युगे।—श्रीमद्भगवद्गीता 4/8

उपासना करता है, ऐसे मेरे साथ नित्य-युक्त व्यक्ति के योग-क्षेम का वहन मैं (स्वयं) करता हूँ।[1]

मैं इनसे पूछना चाहता था कि गोविन्द! आजीवन तो मैं आप ही के ध्यान में रहा। सर्वतोभावेन आपको ही समर्पित। सदा आप मेरे श्रद्धास्पद रहे। आपके दर्शनमात्र से मैं अपने को धन्य-धन्य मानता रहा। मेरे हृदय में आपके अतिरिक्त किसी देवी, देवता का स्थान नहीं रहा। आप ही मेरे ईश्वर-परमेश्वर सभी रहे।

इसके पश्चात् भी आपने मेरे योगक्षेम का अच्छा वहन किया! फिर कैसी आपकी उक्ति थी, कैसा आपका प्रण? अपने भक्तों की दुर्दशा, अपने मित्रों-सम्बन्धियों के हित के लिए उनसे धोखा, उनके विरुद्ध षड्यन्त्र, यही आपके योग-क्षेम-वहन की रीति है?

गोपीवल्लभ! एक-न-एक दिन आपकी ये सारी उक्तियाँ तो जन-साधारण के समक्ष आएँगी ही। मैंने भले ही आधा-अधूरा सुना हो पर धृतराष्ट्र के पार्श्व में दिव्य-दृष्टि सम्पन्न संजय तो बैठा है। रण-क्षेत्र की सारी बातें देख-सुनकर अन्धे सम्राट को सुनाना उसका दायित्व है।

ये सारी बातें जब आपके भक्तों के समक्ष आएँगी तो वे आपकी उक्तियों पर कितना विश्वास करेंगे? अथवा हे हृषीकेश, क्या मैं यह मान लूँ कि आपने मित्र के मोह में पड़ केवल मेरे लिए ही अपने प्रण को तोड़ा है? अगर यही बात है तो मुझसे अधिक कोई प्रसन्न नहीं होगा माधव!

एक बार प्रतिज्ञा तोड़ी तो तोड़ी, पुनः ऐसा नहीं करना वर्ना जगत् यही कहेगा कि तुम प्रण तोड़ने में अभ्यस्त हो। गोपियों, गोप-बालाओं और तो और अपनी प्राणवल्लभा वृषभानु-पुत्री राधा तथा अपने जनक-जननी-तुल्य यशोदा-नन्द से की प्रतिज्ञा भी तोड़ी। पर हे नीति-निपुण रण-क्षेत्र में की प्रतिज्ञाओं का अतिरिक्त महत्त्व होता है, कृपया उनके पालन में कोई स्खलन नहीं हो, इसका ध्यान अवश्य रखना।

पर मेरे मन की बातें मन में ही रह गईं। कृष्ण को मेरी स्पष्ट-वादिता का पता था, अतः उन्होंने यह अवसर ही नहीं आने दिया। फिर भी वह तो अन्तर्यामी ठहरे, मेरे मन्तव्य को उन्होंने अवश्य पकड़ लिया होगा और इस वृद्ध और विश्व से विदा के कगार पर खड़े भीष्म के परामर्श को वह अवश्य महत्त्व देंगे। उनके विराट् रूप ने ही यह सिद्ध कर दिया था कि वे परमेश्वर हैं, इस शरीर के पश्चात् भी परमात्मा के रूप में वह विद्यमान रहेंगे ही, उस समय माया-मोह के बन्धन का भी प्रश्न नहीं रहेगा, अतः उन्होंने भीष्म की श्रद्धा को जो उपेक्षित कर दिया हो, फिर कभी अपने भक्तों की ओर से दृष्टि नहीं फेरेंगे और स्वयं द्वारा कथित एक-एक बात के अनुपालन में तत्पर रहेंगे।

यही सोचकर मैं उन्हें श्राप नहीं देने जा रहा वर्ना मृत्यु-शय्या पर पड़े बाल ब्रह्मचारी सत्यानिष्ठ देवव्रत भीष्म का श्राप व्यर्थ नहीं जा सकता।

यह बात पृथक् है कि उस महासमर को, समर्थ होते हुए भी नहीं रोक पाने और उसके फलस्वरूप सम्पन्न नर-मेध के लिए उन्हें कोई-न-कोई शापित करेगा ही। हाँ मैं भूत, वर्तमान और भविष्य की बात कर रहा था। मैंने वर्तमान और भविष्य को अपने सन्दर्भ में अर्थ-हीन सिद्ध कर दिया।

शर-शय्या पर पड़े-पड़े दिन में नरभक्षियों को अपनी खाई के पार व्यर्थ चक्कर

---

1. अनन्याश्चिन्तयन्तो यां ये जनाः पर्युपासते तेषां नित्याभियुक्तानां योगं क्षेमं वहाम्यहम्।

—श्रीमद्भगवद्गीता 9/22

काटते देखने और रात्रि में आकाशीय नक्षत्रों को निहारने के अतिरिक्त मेरे इस अर्थहीन वर्तमान में और क्या है? रात्रि में नित्य उल्का-पात देखता हूँ। आकाश से उल्का –खंड धरती की ओर पतित होते हैं। मान्यता है उल्कापात अशुभ है, अपशकुन। इस महासमर में कितना अशुभ तो घट गया। निश्चित ही अभी बहुत कुछ घटेगा। समर-समाप्ति के पूर्व अनेक धुरन्धर योद्धा हत होंगे। छल-छद्म का नग्न नर्त्तन होगा। ऐसे में उसका पात नहीं तो क्या आकाश से पुण्य-वर्षण होगा, मैं सोचता हूँ तथा वर्तमान और भविष्य को भूलकर अतीत की ओर लौटता हूँ। मस्तिष्क की प्रवृत्ति है कि वह बिना सोचे रह नहीं सकता। मन एक क्षण के लिए भी एकाग्र नहीं हो सकता, भटकाव में ही उसकी एकमात्र रुचि है।

मैंने मन-मस्तिष्क को अतीत की वादियों में भटकने की खुली छूट दे दी। समय-यापन का इससे अच्छा कोई यत्न हो नहीं सकता था। मेरा अतीत महत्त्वपूर्ण है। उसी ने मुझे इस स्थिति तक पहुँचाया है अतः यह अतीत-चर्वण महत्त्वपूर्ण भी है।

हस्तिनापुर के सिंहासन पर मेरे यशस्वी पिता शान्तनु आरूढ़ थे। मेरा लालन-पालन एक राजकुमार के अनुकूल ही हो रहा था। सभी राजसी सुख मुझे उपलब्ध थे। पिता की एकमात्र सन्तान होने के कारण मुझे पर्याप्त पितृ-स्नेह उपलब्ध था। मेरी प्रत्येक इच्छा की पूर्ति तत्काल होती थी। इसके फलस्वरूप पिता महाराज शान्तनु के प्रति मेरी श्रद्धा भी असीम थी। मैं युवराज पद पर आसीन था, अतः महाराज की सुख-सुविधा में कोई बाधा नहीं हो, उसकी चिन्ता मुझे सदा लगी रहती।

माता की अनुपस्थिति ने भी स्वभावतः मेरे दायित्व में वृद्धि कर दी थी। उनके लिए मैं पुत्र और भार्या सभी था। प्रतापी पिता शान्तनु के लिए पुनर्विवाह के कई प्रस्ताव आए थे पर उन्होंने सभी को इसी तर्क के आधार पर ठुकरा दिया था कि विमाता के आने से मेरे पुत्र को कष्ट होगा।

मेरी माता मरी नहीं थी अपितु वह मेरे जन्म के पश्चात् ही कुछ मतभेदों के फलस्वरूप उन्हें एकाकी छोड़ चली गई थी।

मेरी माता को लेकर मेरे जन्म को लेकर अद्भुत विवरण मुझे उपलब्ध कराए गए। पर सच कहूँ तो मुझे उन पर ज़रा भी विश्वास नहीं होता। मुझे ज्ञात है कि मिथक के रूप में मेरे मरणोपरान्त भी अनन्त काल तक ये प्रचलित रहेंगे।

हस्तिनापुर से थोड़ी ही दूर पर कल-कल निनाद के साथ प्रवाहित गंगा के तट, विचरण मेरे मुख्य आकर्षणों में एक था। सायं-वायु के सेवन के क्रम में जाह्नवी-तीर घूमते-घूमते मैं यदा-कदा एकाकी तट पर खड़ा होकर गंगा के सतह पर उठती-गिरती लहरों को निर्निमेष निहारा करता। ये लोल लहरें मेरे मन में भाव तरंगों को जाग्रत कर देतीं। उनके नर्तन में एक हर्ष-बोध था जो मेरे मन-वीणा के तारों को भी झंकृत कर देता। मैं प्रसन्नता-पूरित न जाने कब तक इस सलिल-उल्लास को अवलोकित करता रहता।

रात अगर चाँदनी हुई तो मेरे पैरों को देर रात तक किसी चुम्बकीय आकर्षण से तट से बंधा ही रहना था। ऊपर आकाश में विचरते स्वर्ण-थाल सदृश अंशुमाली की स्वर्णिम किरणें जैसे जाह्नवी के जल के साथ अठखेलियाँ करतीं। हर लहर में चाँद प्रतिबिम्बित होकर सैकड़ों-सहस्रों रूपों में जाह्नवी-जल पर प्रकट हो जाता। हर लहर

आकाशीय चन्द्र के संस्पर्श के लिए ही ऊपर की ओर दौड़ती प्रतीत होती।

गंगा का दिवाकालीन स्वच्छ जल इस काल तरल सवर्ण प्रतीत होता। कभी-कभी मैं सोचता इतना स्वर्ण व्यर्थ ही जाह्नवी लिए भागी जा रही है। इसको सागर-गर्भ में उड़ेल देगी। वह तो स्वयं रत्नाकर है, उसमें विविध बहुमूल्य रत्न भरे पड़े हैं। उसे इस स्वर्ण का अर्घ्य देकर गंगा उसे क्या प्रसन्नता प्रदान कर पाएगी?

जाह्नवी-तल पर लहरों का नर्तन, चन्द्रकिरणों की उनसे अठखेलियाँ, विशेषकर पूर्णिमा की रात्रि में, मुझे तट छोड़ने ही नहीं देतीं। रात गहरा जाती तो दूर खड़े अंगरक्षकों का प्रधान मेरे समक्ष खड़ा हो जाता। उसकी उपस्थिति भी मेरी समाधि को भंग नहीं कर पाती तो वह श्रद्धा-भरे स्वर में कर-बद्ध निवेदित करता–

"युवराज!"

"ऐं, ओ।" मैं अपने में लौटने का प्रयास करते बोल पड़ता।

"रात्रि पर्याप्त व्यतीत हो चुकी है।"

"फिर?" मैं अपने मोहक स्वप्न-संसार के बाहर आने का प्रयास करते पूछता।

"राजमहल लौट चलना ही उचित है।"

"क्यों?"

इस क्यों का उत्तर वह देर तक ढूँढ़ता रहता। थोड़ी देर के बाद भीत स्वर में बोलता–"रात्रि के इस काल गंगा का यह तटीय भाग सुरक्षित नहीं है। इस समय हिंस्र नर-भक्षी जीव आस-पास के वनों-काननों से बाहर आ जाते हैं।"

"तो?" मैं उपेक्षा से बोलता। अंग-रक्षकों का प्रभारी किसी तरह अपने अन्दर साहस का संचार करता और जिस बात को कहने से बचना पड़ता था, उसे कह पड़ता–

"इन पर कोई विश्वास नहीं। ये घात लगाकर आक्रमण करने में निष्णात हैं, ईश्वर नहीं करें अगर आपको कुछ हो गया तो हमारी जो दुर्दशा होगी वह तो होगी ही। आप हस्तिनापुर के एकमात्र उत्तराधिकारी हैं। प्रतापी नरेश महाराजा शान्तनु के एक मात्र पुत्र।"

उस समय नियति कहीं अवश्य अपनी मुक्त हँसी हँसती होगी। मैं न तो हस्तिनापुर की राजगद्दी का अधिकारी ही होने वाला था, न पिता शान्तनु का एकमात्र पुत्र। पर उस क्षण तो यही सत्य था। फिर भी मेरे लौट चलने का यह पर्याप्त कारण नहीं था, पर्याप्त क्या मेरी दृष्टि में यह हास्यास्पद भी था। मैं उसे सम्बोधित कर बोलता–"तुम्हें मेरे प्राणों का भय है या अपने प्राणों का? अगर मेरे प्राणों का भय है तो निश्चिन्त हो जाओ। तुम्हें अपने युवराज के आत्मबल का पता नहीं। मैं इसे शारीरिक बल या शस्त्र-ज्ञान भी कह सकता था पर ऐसा करना अहंकार-प्रदर्शन ही होता। अतः इतना सूचित करना पर्याप्त है कि कोई भी हिंस्र जीव तुम्हारे युवराज का कुछ नहीं बिगाड़ सकता। मेरी कमर से लटकती तलवार पर विश्वास रखो, यह बड़े-से-बड़े नरभक्षी को क्षणमात्र में टुकड़े-टुकड़े करने में समर्थ है।

"अपने प्राणों का भय है तब भी निश्चित रहो। अगर तुम्हारे अपने शस्त्रास्त्रों पर विश्वास नहीं है तो तुम्हारी रक्षा भी मेरा दायित्व है। मेरे रहते तुम्हारे तन को एक खरोंच भी नहीं लग सकती।"

अंगरक्षकों का वह नेता पानी-पानी हो आता। मेरा कथन वह काट दे, यह हो नहीं सकता था। मेरी स्वीकारोक्ति के कारण नहीं, मेरी अब तक फैली कीर्ति के कारण। इसे आप मेरे अहंकार की अभिव्यक्ति के रूप में नहीं लें पर मेरे शौर्य-वीर्य की कुछ

झाँकी मेरे इस कैशौर्य-वय में ही लोगों को देखने का अवसर कई बार मिल चुका था।

कोई विद्वेषी नरेश तो हस्तिनापुर के महान् साम्राज्य की ओर दृष्टिपात करने का साहस नहीं कर सकता था पर दस्यु-झुंडों का उत्पात बना ही रहता था, कुछ छोटे-बड़े नगरों पर रात्रि के शान्त प्रहरों में अकस्मात् धावा बोल लूट-खसोट ही इनका धन्धा था।

हर ऐसे अवसर पर एक सैन्य-टुकड़ी को संचालित करने का भार मुझे ही मिलता और अपने श्वेत तीव्रगामी अश्व पर सवार हो मैं इस टुकड़ी से बहुत आगे निकल जाता और एकाकी ही दस्यु-सरदारों को धूल चटा लूटे गए पशु-धन और अन्य वस्तुओं को मुक्त कर उन्हें उनके आशा खो चुके स्वामियों को सौंप देता।

चाहे शस्त्र-युद्ध हो या अस्त्र-युद्ध या खूँखार वय-प्राप्त दस्यु-सरदारों से मल्ल-युद्ध? सबमें उन पर भारी पड़ता और हर मुकाबले में दस्यु-सरदार तो जान गँवाते ही, उनके संगी सिर पर पैर रख पलायन को विवश होते।

मेरे इस पराक्रम के साक्षी मेरे साथ आई सैन्य टुकड़ी के सदस्य तो होते ही और उन्हीं के फलस्वरूप मेरी पराक्रम-गाथा प्रजा के मध्य तो फैलती ही महाराज तक भी इससे अपरिचित नहीं रहते। कई बार वे मेरे मुख पर ही मेरी प्रशंसा के पुल बाँध देते और मुझे पुत्र-रूप में प्राप्त कर अपने को धन्य मानते।

मैं पितृ-मुख से अपने पराक्रम-वर्णन को सुनकर अन्दर-ही-अन्दर पुलकित तो अवश्य होता पर वहाँ से शीघ्र ही यह कहकर लौट आता—

"यह पराक्रम देवव्रत था नहीं शान्तनु-सुत का है। अन्ततः मेरी धमनियों में वीर-शिरोमणि महाराज शान्तनु का ही तो रक्त प्रवाहित है।"

मैं उस क्षण अपने लिए आवंटित भव्य भवन में लौट कर कुछ देर तक विशाल दर्पण में अपने पुष्ट शरीर को निहारता। मेरा, मृगराज की तरह प्रशस्त वक्ष, किसी बड़ी मछली की तरह बलखाते भुजदंड और लौह-स्तम्भ को चुनौती देते जङ्घ, मुझे आश्वस्त करते और मैं सोचता जब मैं युवराज से वास्तविक राजा बनूँगा तब तक अभ्यास, व्यायाम और पौष्टिक खाद्य आदि के द्वारा अपने शरीर को इतना बलिष्ठ कर लूँगा कि कोई यह नहीं कह पाएगा कि शान्तनु-सुत देवव्रत अपने यशस्वी पिता से शौर्य-वीर्य से थोड़ा भी निम्न है।

मैं अपने इस कल्पना-लोक में विचरण करता रहता और मेरे अंगरक्षकों का नायक कुछ भी कहने में असमर्थ मेरे समक्ष करबद्ध खड़ा रहता।

इसी मध्य महाराज का विशेष दूत गंगा-तट पहुँचता और सीधे मुझे सम्बोधित करता—

"महाराज का आदेश है कि आप तत्काल राजमहल को लौटें। इतनी देर तक आपका बाहर रहना उन्हें पसन्द नहीं।" यह पितृ-आज्ञा ही नहीं राज्यादेश भी था, उसका उल्लंघन कहाँ सम्भव था? मैं विवश जाह्नवी-ऊर्मियों और चन्द्र-किरणों की अठखेलियों के आकर्षण से अपने को किसी तरह मुक्त करता और अपने अश्व पर आरुढ़ हो हस्तिनापुर के राज-भवन की ओर लौट जाता।

एक दिन एकान्त में मेरे पिता ने मुझसे गम्भीर शब्दों में वार्तालाप आरम्भ किया—"पुत्र देवव्रत तुम्हें गंगा-कूल विचरण करना बहुत अच्छा लगता है न?"

"हाँ पिताजी जैसे चुम्बक लौहखंड को आकृष्ट करता है, उसी तरह जाह्नवी-तट मुझे आकर्षित करता है और मैं विवश उसकी ओर खिंच जाता हूँ। असम, ऊबड़-खाबड़ तट पर भी विचरण करना मुझे पुलकित कर देता है।"

"और?"

"तट से अधिक मुझे गंगा का अजस्र, अबाध प्रवाह बाँधता है। दिन में उसका शुभ्र जल और रात्रि में, विशेषकर ज्योत्सनापूरित निशिथ काल तो मेरे नेत्र जाह्नवी सतह से हटते ही नहीं। गंगा की लोल लहरियों का नर्तन उनसे क्रीड़ा-रत चन्द्र-रश्मियाँ मेरे मन-प्राण को एक अलौकिक आनन्द से पूरित कर देती हैं। मैं चाँदनी रात में देर तक तट पर खड़ा मन्त्रमुग्ध-सा यह अद्भुत दृश्य अवलोकित करता रहता हूँ, अतः मुझे राज-प्रासाद में वापस आने में कभी-कभी बहुत विलम्ब होता है जिसके लिए मैं क्षमा-प्रार्थी हूँ।" मैंने किसी अपराध-बोध से ग्रसित हो पिता के समक्ष निवेदन किया। उन्होंने मेरी मुखाकृति पर दृष्टिपात करते हुए सबकुछ समझ लिया और कहा–

"उसमें किसी अपराध-बोध से ग्रसित होने की कोई आवश्यकता नहीं। नहीं क्षमा-प्राथी होने की। यह तो अत्यन्त स्वाभाविक है। अच्छा तुम बतला सकते हो कि इसका कारण क्या है?" पिता का स्वर गम्भीर और रहस्यपूर्ण था जो मुझसे छिपा नहीं रहा?

"कारण स्पष्ट है।" मैंने पिता के स्वर में निहीत गाम्भीर्य और रहस्य को कोई महत्त्व नहीं देते हुए कहा।

"क्या?"

'मैं शायद किंचित् अधिक ही संवेदनशील और भावुकता-पूर्ण हूँ। प्रकृति के प्रति मेरा असामान्य अनुराग है। यह सारी दृश्यावली तो प्राकृतिक सुषमा का ही प्रतीक है। मेरी यही अतिरिक्त संवेदनशीलता और भावुकता मुझे जाह्नवी की ओर आकृष्ट करती है।"

"नहीं यही कारण नहीं है।" पिता पुनः गम्भीर हुए।

"तो?" मैं उनकी उक्ति से अन्दर ही अन्दर असहमत होते हुए पूछ बैठा।

"पुत्र देवव्रत!" पिता ने स्नेहिल शब्दों में आरम्भ किया, "बात तुम्हारे प्रकृति-प्रेम की नहीं है।"

"तब? तब मुझे गंगा क्यों इतना आकृष्ट करती है?"

"कारण मैं बताता हूँ। तुम्हारे जन्म को लेकर एक रहस्य है जिसे मैंने अब तक तुम पर नहीं खोला। मेरे और तुम्हारी माता के सिवा उस रहस्य को कोई नहीं जानता। तुम्हारी माता तो रही नहीं, अतः यह रहस्य तुम पर कौन खोलता?"

"क्या है वह रहस्य?" मैंने अदम्य उत्सुकता से भर कर पूछा।

"सुनना ही चाहते हो तो सुन लो, गंगा तुम्हारी माँ है। माँ तो बेटे को खींचेगी ही। यही कारण है तुम्हारे गंगा-आकर्षण का, गंगा-प्रेम का। तुम्हारा एक नाम गांगेय भी है, वह इसीलिए कि तुम गंगा-पुत्र हो।"

मैं विस्मय-विमुग्ध जड़ बन गया। किंकर्त्तव्यविमूढ़। पिता की यह उक्ति, उनका तथाकथित रहस्योद्‌घाटन मेरे लिए पूर्णतया अविश्वसनीय था। पिता के कथन का प्रतिवाद करूँ यह भी मेरे संस्कार में नहीं था। इतना अशिष्ट बनूँ, यह शक्ति नहीं जुटा पा रहा था पर इस असम्भव-से प्रतीत होते कथन को स्वीकार करना भी सम्भव नहीं था, अतः सारी शिष्टता को तिलांजलि दे, मैं बोल ही पड़ा–

"यह कैसा रहस्योद्घाटन पिता जी? सलिल-वाहिनी गंगा मात्र एक अजस्र जल-प्रवाह के अतिरिक्त कुछ नहीं, भले ही यह प्रवाह विशद और क्षिप्र हो। यह गंगा कोई पुत्र जने यह कैसे सम्भव है? आपने क्या मुझे गंगा की धारा पर किसी काष्ठ के सम्पुट में सुरक्षित प्रवाहित प्राप्त किया है? तब तो मैं शान्तनु-पुत्र नहीं होकर किसी अनैतिक कृत्य का कुफल हूँ। फिर मेरी जाति, गोत्र आदि सभी गुप्त हैं। मेरे जनक और जननी अनाम हैं और निश्चित ही कदाचारी भी। मुझ पर यह रहस्य खोलकर आपने मुझे कुंठा-ग्रस्त कर दिया। अगर इतने दिनों तक इस रहस्य को नहीं खोला तो आज ही इसे खोलने की क्या अनिवार्यता आ पड़ी?"

"तुम्हें कुंठाग्रस्त होने की कोई आवश्यकता नहीं। मैं पतित-पावनी सुरसरि गंगा की ही शपथ लेकर कहता हूँ कि मैंने तुम्हें गंगा के प्रवाह पर किसी परित्यक्त शिशु के रूप में नहीं प्राप्त किया है। तुम सचमुच गंगा-पुत्र हो। गंगा ही तुम्हारी जननी है और मैं तुम्हारा जनक। तुम शान्तनु-सुत ही हो गंगा-पुत्र।"

"यह बात मेरी समझ से परे है।" मेरे स्वर पर घोर हताशा वर्तमान थी कोई विक्षिप्त ही नृप शान्तनु के इस कथन पर विश्वास कर सकता था। मात्र एक राशि-राशि प्रवाहित जलपुंज चाहे वह कितना भी पुनीत और तीव्र क्यों न हो गर्भधारण कर कोई शिशु जन सकता है, यह अविश्वसनीय के साथ-साथ अकल्पनीय भी था। तो क्या नृप असत्य कथन कर रहे थे? मेरे किशोर मन ने तर्क किया। असत्य के अतिरिक्त इसे और क्या कह सकते है? पर उसका कारण? मैं तो अपने जन्म से अनभिज्ञ अपने को शान्तनु-सुत मानकर चल ही रहा था। अगर यह सचमुच कोई रहस्य था तो इसे रहस्य ही रहने देना था।

कारण था। मेरा मन तर्क किए जा रहा था, गंगा के प्रवाह से लाकर अपना जन्म-जात घोषित करने की, राजा और रानी की मिथ्या का साक्षी कोई-न-कोई तो हो सकता है। यह कल्पनातीत है कि दोनों अंगरक्षकों से रहित गंगा-तीर घूम रहे हों और नृप ने स्वयं जल में उतर कर मुझे प्रवाह से बाहर किया हो।

हो सकता है कि इन अंगरक्षकों में से कोई नहीं बचा हो, सबके प्राण तत्काल ले लिए गए हों। पर अगर कोई किसी तरह अपने प्राण बचाने में सफल हो गया हो तब? और वह भले ही राज-दंड के भय से इस समय अपना मुख नहीं खोल रहा हो किन्तु भविष्य को कौन जानता है? या राजमहल की, रानी की परिचारिकाएँ? उन्होंने क्या इस मिथ्या को मात्र इसलिए सत्य मान लिया होगा कि परित्यक्त शिशु छिपाकर लाया गया था और रानी ने प्रसव-कक्ष में जाकर मिथ्या पीड़ा का नाटक रच एक बालक-शिशु का जन्म घोषित करा दिया था। माना उन सबों को भी समाप्त कर दिया गया हो, फिर भी इसके पूर्व कोई-न-कोई इस नाटक पर से यवनिका उठा गई हो तब? तब तो हितकर यही था कि किसी के माध्यम से मैं सत्य को जानूँ इसके पूर्व पिता एक बहाना जड़कर मुझे एक सर्वथा असत्य कथन द्वारा मेरे जन्म को वैधत्ता प्रदान कर दें।

मेरी स्थिति विचित्र हो गई थी। मेरा सामना एक सर्वथा अविश्वसनीय उद्घोषणा से हो रहा था जो व्यावहारिक दृष्टि से कहीं से सत्य के समीप नहीं था।

"पुत्र! प्रतीत होता है तुम्हें मेरे कथन पर विश्वास नहीं हो रहा।" मेरी चिन्तना को नृप शान्तनु ने भंग किया।

"...।" मैं मूक। यद्यपि उनका कथन पूर्णतया विश्वास-योग्य नहीं था तथापि

उसे सर्वथा नकार कर मैं हस्तिनापुर के इस प्रतापी और सर्वप्रिय शासक को मिथ्यावादी घोषित कर उनके धवल चरित्र और सदाचरण पर प्रश्न-चिह्न लगाऊँ? मैं कुछ सोच नहीं पा रहा था। आज इस शर-शय्या पर पड़े लगता है कि मेरे विडम्बनापूर्ण जीवन का यह प्रथम अध्याय था। आरम्भिक सोपान।

"क्यों? तुम मूक क्यों हो गए? तुम्हारा सदा प्रसन्न मुख मेघाच्छादित मार्तंड की तरह म्लान हो आया है। मेरे कथन पर तुम्हें विश्वास नहीं हो रहा तो मुझे आरम्भ से ही सबकुछ कहना होगा। यह बात मेरे पिताश्री महाराज प्रतीप से आरम्भ होती है।"

"मेरे परम प्रतापी पितामह प्रातः स्मरणीय महाराज प्रतीप से?" मैंने कुछ नहीं समझकर पूछा।

"हाँ उन्हीं से। सुनो यह अद्भुत गाथा पूर्ण मनोयोग से। मैंने इसे जैसा सुना मैं उसे वैसे ही रख रहा हूँ।"

मेरे पिता महाराज प्रतीप अत्यन्त ही प्रतापी नरेश थे। वे जिस तरह शौर्य-वीर्य से पूर्ण थे उसी तरह सुन्दर और सुपुष्ट देहयष्टि भी उन्हें प्राप्त थी। वह दैहिक सौन्दर्य में कामदेव के समतुल्य थे। उनका आनन पुष्प की तरह सुकोमल एवं स्वर्ण की तरह देदीप्यमान था। धर्म-कर्म में उनकी अतुलनीय रुचि थी तथा वे सत्यनिष्ठ और सदाचारी थे। वे प्रजा के शोषण में नहीं अपितु कल्याण में विश्वास करते थे। प्रशासन-कला में कुशल नरेश प्रतीप छोटे-बड़े में कोई भेद नहीं करते थे। उनकी न्याय-तुला के दोनों पलड़े सदा समान रहते थे। सन्तुलित। राज्य-कोष का अधिकांश का व्यय यज्ञ-यजन में तथा जन-हित में होता था।

एक बार सम्राट् प्रतीप ने अपनी आध्यात्मिक शक्ति में वृद्धि के लिए तथा अन्दर-बाहर से और शुद्ध होने हेतु तप करने का निर्णय लिया। वह हरिद्वार के समीप ऋषिकेश में गंगा-तट पर आसन लगा कठोर तप में रत हो गए। दीर्घकाल तक तप-रत रहने के कारण उनकी कंचन-काया और चमक उठी। सौन्दर्य में वह मनोज के भी प्रतियोगी नहीं रहकर उससे भी अधिक चित्ताकर्षक हो आए।

समीप प्रवाहित देव-नदी पुण्य-तोया गंगा उनके रूप पर आकृष्ट हो, एक अति सुन्दर, आकर्षक एवं स्वर्णाभूषणों से नख-शिख अलंकृत नारी का स्वरूप धारण कर उनके समीप आई। उनके मनोहर रूप ने देवी गंगा की कामेच्छा जाग्रत कर दी और वह उनके शाल-वृक्ष सदृश विशाल एवं तप से कठोर हो आए दाहिने जङ्घु पर जा बैठी। इस व्यवधान ने महाराज प्रतीप का ध्यान भंग कर दिया। उन्होंने रूप में अद्वितीय इस नारी के प्रति रंच-मात्र भी आकृष्ट हुए बिना अत्यन्त सन्तुलित स्वर में जिज्ञासा की :

"देवी! आप कौन हैं? इस विजन में, आप इस रूप में अलंकृत, सुसज्जित एक कामिनी के रूप में कहाँ और किधर से प्रकट हो गईं? आप देखने में स्पष्टतः मानुषी नहीं लगतीं। निस्सन्देह देवांगना हैं आप। मैं एक क्षुद्र मनुष्य आपकी किस सेवा के योग्य हूँ?"

देवी सुरसरि ने मेरे पिता के इस प्रश्न के उत्तर में कहा—"परम प्रतापी एवं पुण्यशाली नरेश! आपका सोच शत-प्रतिशत सत्य है। मैं मानुषी नहीं हूँ। मैं साक्षात् जाह्नवी आपके रूप से आकृष्ट हो आपके उरू पर कामवश आसीन हुई हूँ। सौन्दर्यशाली सम्राट् उसमें मेरा कोई दोष नहीं है। आपके इस रूप पर स्वयं अनंग-प्रिया रति भी

लुब्ध हो सकती है। आप चाहें तो मैं आपको पतिरूप में भी वर कर अपने इस रूप से आपके संग भी रह सकती हूँ। तब आप पर-नारी-गमन पाप के भी भागी नहीं बनेंगे।''

गंगा की इस उक्ति ने प्रतापी नरेश प्रतीप को ज़रा भी विचलित नहीं किया। वह बहुत पूर्व ही काम पर नियन्त्रण प्राप्त कर चुके थे। तप ने उनके आत्म-संयम को सुदृढ़तर कर दिया था। वह पुनः सन्तुलित स्वर में ही बोले–

''देवी! आपका परिचय प्राप्त कर मैं धन्य हुआ पर क्षमा करेंगी, मैं आपको आप्तकाम करने में असमर्थ हूँ। मैं अधर्माश्रित काम पर नहीं उतर सकता। रह गई विवाह की बात तो आपने अपनी स्वयं की गलती से उसे असम्भव कर दिया है?''

''कैसे?'' नारी-रूप-धारिणी गंगा ने सहास्य पूछा। उनकी दन्तावली से फूटे प्रकाश से मानो चतुर्दिक् चाँदनी बिखर गई।

नृप प्रतीप उससे सर्वथा अप्रभावित बोले, ''पुण्यसलिले गंगे! ध्यान दो, तुमने मेरे किस जंघे को अपने आसन के रूप में ग्रहण किया है?''

''दाहिने को।''

''वरांगने! तुम्हें इतना तो ज्ञात होना ही चाहिए कि दक्षिण उरू, पुत्र, पुत्री एवं पुत्र-वधू के लिए सुरक्षित है। वाम उरू ही पत्नी का है। ऐसी स्थिति में तुम्हारी कामेच्छा की पूर्ति तो पृथक् मैं तुम्हें अपनी अर्द्धांगिनी के रूप में भी नहीं स्वीकार कर सकता। मुझे क्षमा करो और मुझे अपनी तपश्चर्या में लगने दो।''

राजा प्रतीप की अस्वीकृति पर गंगा किंचित् क्रोधित हो आईं और बोल पड़ी–''मनुष्यों में श्रेष्ठ नृप! तुम्हें अपनी तपश्चर्या का अहंकार है, पर मैं तुम्हारी अस्वीकृति को आधार बना ही जो श्राप दूँगी, उससे तुम्हारे सारे पुण्यों का क्षय हो जाएगा। विचार कर लो।''

''कौन-सा आधार?'' सम्राट् प्रतीप किंचित् विचलित हुए।

''आधार का ज्ञान आपके सदृश धर्म-मर्मज्ञ श्रेष्ठ राजा को होना चाहिए। क्या आपको यह भी ज्ञात नहीं कि 'कामवती स्त्रियों का त्याग मनीषियों ने गर्हित माना[1] है?''

आधार तो उचित था, महाराज प्रतीप 'किंकर्त्तव्यविमूढ़' हो आए। अगर गंगा ने सचमुच शापित कर दिया तो उनके अब तक के संचित पुण्य तो विनष्ट होंगे ही, गंगा-तट के उस दुष्कर तप का फल भी जाता रहेगा।

उन्होंने इस विकट स्थिति से उबरने की युक्ति सोची और गंगा को सम्बोधित करते हुए कहा–''पुण्य-तोया जह्नु तनया! तुम्हारा कथन सर्वथा शास्त्र-सम्मत है, पर तुम मेरी विवशता पर भी ध्यान दो। तुम मेरी वामांगिनी नहीं होकर दक्षिणांगिनी हुई हो। पुत्री अथवा पुत्र-वधू से वैवाहिक सम्बन्ध भी क्या सम्भव है? तुम मुझे शापित नहीं करो, मैं तुम्हारे समक्ष एक प्रस्ताव रखता हूँ, आशा है, वह अवश्य ही तुझे मान्य होगा। उस पर विवेकपूर्ण रूप से विचार कर ही कोई निर्णय लो।''

''अपना प्रस्ताव बताओ मनुज-श्रेष्ठ!'' गंगा का क्रोध और अपमान से रक्ताभ हो आया मुख कुछ सीमा तक सामान्य हुआ।

''क्योंकि तुम मेरे दाहिने जंघे पर आसीन हुई हो, अतः मैं तुझे पुत्र-वधू के रूप में स्वीकार करने का प्रण लेता हूँ। मुझे विश्वास है मेरे पुण्य-फल के कारण मेरा पुत्र

---

1. 'त्याग : कामवतीनां हि स्त्रीणां सद्भिर्विगर्हितः

–महाभारत, आदिपर्व 95/5

मुझसे अधिक ही प्रतापी और रूपवान होगा। इस प्रस्ताव को स्वीकृत कर तुम मुझे शापित करने का विचार छोड़ दो और मुझे अपना तप पूर्ण करने दो।''

''आपको अभी तक तो कोई पुत्र है नहीं, फिर इस आश्वासन का अर्थ?'' गंगा पूछ बैठी।

''सरिताओं में श्रेष्ठ गंगे!'' मेरे पिता ने आरम्भ किया, ''मैं अभी अपुत्र हूँ पर मैं अपनी अर्द्धांगिनी के साथ पुत्र-हेतु तप करूँगा और तुम्हें पता है मेरा तप व्यर्थ नहीं जाएगा और अतिशीघ्र मेरी भार्या गर्भवती होकर पुत्र ही जनेगी। शुभांगे! उसके वयस्क होने तक तुम्हें प्रतीक्षा करनी पड़ेगी और तब तुम उसे निश्चय ही पति-रूप में प्राप्त करोगी।''

''यह आप कैसे सुनिश्चित करेंगे?'' संशयग्रस्ता गंगा ने पूछा।

''मैं उसके वय-प्राप्त करते ही उसे इस सम्बन्ध में आदिष्ट कर दूँगा और तुम्हें पता है हमारे कुल के पुत्र पितृ-आज्ञा का उल्लंघन नहीं करते।''

''एवमस्तु।'' गंगा ने कहा, ''मैं प्रतीक्षा करूँगी। आपके कुल में एक से एक विख्यात राजा हो गए हैं जिनकी असामान्य साधुता, शासनपरायणता, धर्मज्ञता और सदाचारिता की मैं साक्षी रही हूँ। मुझे आपके कुल की पुत्र-वधू बन, आपके पुत्र को पतिरूप में स्वीकार कर प्रसन्नता होगी। पर राजन् एक शर्त के साथ ही मैं आपके पुत्र का वरण कर सकती हूँ।''

''क्या है वह शर्त?'' प्रतापी प्रतीप ने प्रायः आश्वस्त होकर पूछा। गंगा के शाप से मुक्ति और उसे अपनी पुत्र-वधू के रूप में प्राप्त करने के लिए पिता कोई भी शर्त स्वीकार करने का मन बना चुके थे।

''शर्त यह है राजन् कि मैं तो पूरी निष्ठा से पातिव्रत्य धर्म निभाऊँगी। पति की हर प्रकार से सेवा करूँगी, उन्हें अपने प्रेम से सदा सन्तुष्ट करूँगी, एक आदर्श जीवनसंगिनी के रूप में मैं उन्हें सदा सत्परामर्श दूँगी और जीवन में अकल्पित ऊँचाइयों की प्राप्ति-हेतु प्रेरित और प्रोत्साहित करूँगी पर उन्हें मेरे किसी भी कृत्य में बाधक नहीं बनना होगा और न उस पर कोई प्रश्न चिह्न लगाना होगा। जिस दिन ऐसा होगा, उसी दिन मैं आपके पुत्र को छोड़कर सदा के लिए चली जाऊँगी। कहिए यह शर्त स्वीकार्य हो तो मैं आपको शापित नहीं करने का विचार करूँ?''

पिता को इस शर्त पर क्या आपत्ति हो सकती थी? उन्होंने तत्काल कहा–'तथास्तु! आपकी यह सामान्य-सी शर्त मानने में मुझे कोई आपत्ति नहीं है। मैं इसे सहर्ष स्वीकार करता हूँ।''

''तो मैं भी आपकी सत्यवादिता से परिचित होने के कारण, आपकी सशर्त पुत्र-वधू बनने के आपके कथन का आदर करते हुए आपको मुक्त करती हूँ। आप अपना तप मेरे इस रमणिक तट पर पूर्ण करें। मैंने आपको शापित करने की बात छोड़ी और मैं उस दिन की प्रतीक्षा करूँगी जिस दिन मैं आपकी पुत्र-वधू बन अपने को धन्य मानूँगी।'' इतना कहकर नारी-वेष-धारिणी गंगा पिता के देखते-देखते अगोचर हो गई।

पिता की ये बातें मुझे एक मिथक से अधिक नहीं लगी थीं। इस कल्पित-सी प्रतीत होती कथा में विश्वास करने के लिए मैं प्रस्तुत नहीं था। मैंने पिता के कथन में व्यवधान बनते हुए पूछा–

"क्या आपको यह सब सत्य लगता है?"

"क्यों नहीं?" उन्होंने गम्भीर होकर कहा, "यह सब मैंने अपने सत्यव्रती पिता के मुँह से सुना है। उनके कथन पर अविश्वास का कोई कारण नहीं।"

"कारण तो है।" मैंने दृढ़तापूर्वक कहा।

"कौन-सा? कैसा कारण?"

"सुरसरि गंगा अपने तट पर तपरत किसी व्यक्ति के दैहिक सौन्दर्य पर आकृष्ट होकर वह भी किसी, यक्ष, गन्धर्व या देव पर नहीं अपितु मनुष्य पर मानुषी काम की आकांक्षा करे यह इसकी मर्यादा के अनुकूल मुझे कदापि नहीं लगता। गंगा अन्यों का पाप धोती है, वह स्वयं पापाचार को प्रस्तुत हो, काम-भावना, वासना-ग्रसित हो यह बात कल्पना-योग्य ही नहीं है।"

"एक बात और रह जाती है।" मैंने आगे जोड़ा।

"क्या?" स्तब्ध पिता ने पूछा।

"अगर गंगा मानवी रूप धारण कर प्रणय-निवेदन में लग गई तो उसके वास्तविक स्वरूप—एक निर्बाध सलिल विस्तार—का क्या हुआ? क्या गंगा उस समय निर्जल हो गई थी? इसकी सदा प्रवाहित धारा सूख गई थी? वह सदा-नीरा एक क्षण के लिए भी एक अन्य स्वरूप कैसे ग्रहण कर सकती थी? आप कृपया बताएँ कि नारी-रूप-ग्रहण के पश्चात् गंगधार का क्या हुआ? क्या वह तब भी प्रवाहित थी?"

पिता कुछ देर के लिए मूक रहे। फिर बोल पड़े, "मेरी बुद्धि तुम्हारे सदृश तर्कशील तो नहीं, अतः मैंने यह प्रश्न अपने पिता से पूछा ही नहीं और न उन्होंने इसे बताने की आवश्यकता समझी।"

"तो मैं आपके सम्पूर्ण कथन को कपोल-कल्पना से कुछ अधिक नहीं मानता।" मैंने दृढ़ शब्दों में कहा।

"अर्थात् तुम मेरे सत्यव्रती प्रतापी पिता पर असत्य-कथन का आरोप लगाते हो?"

"नहीं, मैं ऐसा नहीं कर रहा। अपने पितामह के पराक्रम और सत्याचरण की कथा प्रजा की हर जिह्वा पर है, मैं इससे अनभिज्ञ नहीं। मैं उन्हें मिथ्या अथवा मन-गढ़न्त कथन का दोषी स्वप्न में भी नहीं ठहरा सकता।"

"फिर मेरे कथन से तुम्हारी असहमति और उसे कपोल-कल्पना मानने की उक्ति को तुम कैसे सिद्ध कर पाओगे?" पिता ने उत्सुकतापूर्वक पूछा।

"इसका उत्तर है।" मैंने अपने पूर्व निर्णय पर अटल रहते हुए कहा।

"यथा?"

"मेरे पितामह मति-भ्रम के आखेट हो सकते हैं। वे तपोरत थे। हरिद्वार में आकर्षक और ऐश्वर्यशालिनी नारियों की कमी नहीं। ऐसी कोई आभूषणालंकृत कामिनी गंगा-तट पर वायु-सेवन करती हुई तपस्वी पितामह के तेजस्वी रूप और आकर्षक देह-यष्टि से प्रभावित हो उन्हें अपना काम्य मान उनके जंघे पर जा विराजती है। गंगा अगर अपने सलिल-स्वरूप को त्याग कर मानवी रूप धारण करती भी तो इतना अभिज्ञान तो उसे था ही कि दक्षिण जंघे पर बैठने से उसकी वांछा-पूर्ति असम्भव है क्योंकि तपस्वी कोई सामान्य पुरुष नहीं था, वह धर्मनीति और राजनीति के ज्ञाता के साथ एक धर्माचारी तथा श्रेष्ठ आचरण का स्वामी भी था।"

पिता मेरी बात पर क्षणमात्र को सोचने के लिए बाध्य अवश्य हुए पर उन्होंने मेरी आपत्ति से असहमति व्यक्त करते हुए कहा—

"अगर कोई नारी अकस्मात् पिता की ध्यानावस्था में आकर बैठ भी गई तो उसने अपने कामिनी कह लो मानवी रूप को दिखाते हुए स्वयं को गंगा कहने की आवश्यकता क्यों समझी?"

"वह इसलिए कि तपस्वी के तेज-पुंज से प्रभावित, उसे पता था कि उस व्यक्ति को पाना बहुत आसान नहीं है, अगर वह अपने को सर्वपापनाशिनी सुर-नदी गंगा बतलाती है तो उसको काम-मोहित करना आसान होगा।"

"तुम्हारी यह बात मान भी लें तो वह अपनी तात्कालिक इच्छा को त्याग कर महाराज के पुत्र होने और फिर उसके वयस्क होने तक प्रतीक्षा करने को क्यों सहमत हो गई? क्या उतने दिनों तक वह विवाह-योग्य रहती, अपने रूप-यौवन को सुरक्षित रख पाती?"

"वह सहमत इसलिए हो गई कि उसका छल, छल ही बना रहे। गंगा तो कभी भी नवयुवती रूप में प्रकट हो सकती थी, अतः अपने को गंगा ही रहने देने के लिए ही उसने पितामह के प्रस्ताव को स्वीकार लिया। उनसे तो इसे कोई आशा नहीं बची थी, अतः उस नाटक को रचने में ही उसका हित था।"

"अर्थात् वह एक नाटक कर रही थी?"

"मेरी दृष्टि में अवश्य।"

"तो फिर उसने पुत्र-वधू बनने के लिए शर्त क्यों रखी?" पिता ने जैसे अपने तरकश का अमोघ तीर छोड़ा।

"इस नाटक को और विश्वसनीय बनाने के लिए।"

"यह क्यों आवश्यक था?" पिता अपने कथन की सत्यता की पुष्टि के लिए मानो व्यग्र हो आए थे और मेरे हर तर्क को काटने को उद्यत थे। मैं भी प्रत्युत्तर देने में कहाँ पीछे रहने वाला था। असम्भव-सा प्रतीत होता उनका प्रतीप-गंगा-आख्यान मेरे गले नहीं उतर रहा था।

"यह आवश्यक था।" मैंने उनके प्रश्न के उत्तर में कहा।

"क्यों? स्पष्ट कहो।" वह अपने को विजयी बनते देख रहे थे। पर मेरे अकाट्य तर्क ने उनकी मनोकामना नहीं पूरी होने दी। मैंने कहा—

"उस उग्र तेजा की तपोशक्ति से वह परिचित हो गई थी। अगर उसे किंचित् भी सन्देह होता कि वह सुरसरि नहीं होकर साधारण नारी थी तो वह अपनी शक्ति से उसे क्षण भर में भस्म कर सकता था, अतः कोई विश्वसनीय बहाना बनाकर ही वहाँ से टकसना था।"

"................।"

"कुछ देर के मौन के पश्चात् पिता ने अपना अन्तिम प्रश्न उछाला—

"सब कुछ मान भी लें तो इसका क्या उत्तर है कि वह इस संवाद के पश्चात् सहसा विलुप्त कैसे हो गई, तिरोहित? एक मानवी के लिए यह कैसे सम्भव था?"

इस प्रश्न का उत्तर बहुत कठिन नहीं था। मैंने अविलम्ब प्रस्तुत कर दिया, "वह न विलुप्त हुई न तिरोहित। पितामह तो आश्वस्त थे कि वह गंगा ही थी, अतः वार्तालाप-समाप्ति के पश्चात् इसकी गतिविधियों पर उन्होंने विशेष ध्यान नहीं दिया। वह उनके पार्श्व भाग से होकर गंगा के ऊँचे तट के नीचे ओझल हो गई होगी और पुनः जिधर से आगमन किया होगा, उधर प्रस्थित हो गई होगी। पितामह अपने आसन पर तप-रत थे, आशंका भी होती तो वह इधर-उधर देखने जाने वाले नहीं थे। वह

उसे विलुप्त समझकर अपने तप में पुनः रत हो गए होंगे। ध्यान-रत।''

"...।" पिता मूक हो गए थे।

"क्यों मैं आपको अपने तर्क से सन्तुष्ट कर सका?"

"नहीं!" पिता महाराज शान्तनु का स्वर दृढ़ था।

"क्यों नहीं? आप मेरे तर्क को काटें। मैंने आपके हर प्रश्न का उचित उत्तर दिया है। आप अपने पूर्व कथन को कैसे सम्पुष्ट कर सकते हैं?"

"आगे की घटनाओं से।" वह मन्द मुसकान के साथ बोले।

"क्या आगे और भी ऐसी चौंकानेवाली घटनाएँ हैं?"

"अवश्य। अपितु उससे अधिक ही विस्मयकारी। तुम गांगेय ही हो पुत्र! तुम कितना भी चाहो 'गंगादत्त' नाम से अपना पिंड नहीं छुड़ा सकते। यह नाम तुम्हारी माता गंगा का ही दिया हुआ है।"

"इसका अर्थ कि पितामह का दिया वचन सार्थक हुआ और आपने गंगा को पत्नी के रूप में पाया।"

"अवश्य।"

"इस प्रसंग पर प्रकाश डालेंगे?" मैंने किंचित् उत्सुकता पर अधिक अविश्वसनीयता से पूछा।

"अवश्य। क्यों नहीं? तुम अपने को गंगा-पुत्र मानने को प्रस्तुत नहीं हो तो आगे के प्रसंग को उल्लिखित करने के अतिरिक्त उपाय क्या है?" और पिता आगे की कथा सविस्तार ले बैठे।

आज मरण की इस घड़ी अतीत-चर्वण के इस काल मैं सोचता हूँ कि पिता को मुझे अग्रकथन के लिए प्रेरित नहीं करना चाहिए था। उन्होंने अपनी ओर से पूरी तरह सिद्ध कर दिया कि मैं गंगा-पुत्र ही हूँ। इससे मुझमें उत्साह और गौरव का संचार नहीं हुआ अपितु मैं एक सीमा तक हीन-भावना से ग्रसित रहा कि मेरा पौरुष मानवीय नहीं है। स्वयं का अर्जित। यह तो गांगेय को सुरसरिता गंगा से प्रसाद-स्वरूप प्राप्त हुआ है। गंगापुत्र को तो बल, बुद्धि, पराक्रम, शौर्य-वीर्य तथा सदाचरण में सर्वश्रेष्ठ होना ही था।

भिक्षा-स्वरूप प्राप्त ये सारे दैवी गुण मुझे आजीवन ग्राह्य नहीं लगे। ये सबकुछ जन्म-जात ही हैं तो मेरे श्रम, मेरी साधना, मेरे स्वाध्याय, मेरे शिक्षण-प्रशिक्षण का क्या अर्थ? क्या प्रयोजन?

कभी-कभी पिता द्वारा पूर्णतया प्रमाणित सत्य को मैं अपने हठ के खड्ग से काटने का प्रयास करता रहा हूँ—नहीं, मैं नहीं, नारी से उत्पन्न हूँ। नदी चाहे कितनी भी श्रेष्ठ हो, मानवीय सन्तान में वह शक्ति नहीं भर सकती जो मेरे अन्दर है। नहीं, नहीं, मेरे रगों में किसी नदी का जल नहीं बह रहा, विशुद्ध लाल शोणित प्रवाहित हो रहा है। कई बार मैंने अपनी शिराओं को काट कर देखा भी है और वहाँ से उष्ण लाल रक्त प्रवाहित होते देखकर मैंने अपने को आश्वस्त किया है, नहीं मैं नदी-पुत्र नहीं, नारी-पुत्र हूँ। मेरे अन्दर शक्ति, शौर्य और सत्य को भरा है विष्णुपाद-निस्सृत परम वेगवती गंगा ने नहीं, अपितु मेरे अपने प्रयास, अपने अभ्यास एवं परशुराम के सदृश गुरु के शिक्षण-प्रशिक्षण ने। नहीं मैंने नदी-नीर पीकर पौरुष नहीं अर्जित किया

है अपितु किसी शेरनी-सदृश क्षत्राणी के स्तन के दुग्ध पर पल कर मैंने अर्जित की है वह शक्ति जो किसी केसरी (शेर) को भी तलवार के एक प्रहार से दो खंड करने को पर्याप्त है।

नहीं मैं देव-नदी-पुत्र कोई अर्द्ध देव, अर्द्ध-मनुज नहीं हूँ। मैं पूर्ण मनुष्य हूँ, मनुष्यता के अपराजेय प्रताप का धनी, देव-सरि के अनुग्रह का नहीं।

मैंने अपने को गांगेय के रूप में नकारा है। पर अपनी हठधर्मिता से मैं उस सत्य को नहीं नकार सकता जिसे उस दिन पिता शान्तनु ने पूर्णतया प्रमाणित करने का प्रयास किया था। यद्यपि मैंने उनके समस्त कथन को अपने तर्कों से काट दिया था तथापि आज जीवन के इस मोड़ पर न जाने क्यों लगता है कि पिता के तर्कों को काटने वाले मेरे तर्कास्त्र कहीं भोथरे थे। उनसे प्रहार के पश्चात् भी मैं सन्तुष्ट नहीं हुआ था पर आज कैसे प्रतीत होता है कि पिता ने शायद उचित कथन ही किया था। वह कभी भी मतिभ्रम या छल के आखेट नहीं हुए थे। मैं शायद गांगेय ही हूँ, गंगादत्त। पहले के विपरीत सोच को नकारने की प्रवृत्ति क्यों हो रही है? क्या जीवन के अनन्तकाल में हम अधिक आस्थावान हो उठते हैं?

उस दिन पिता से जो वार्तालाप सम्पन्न हुआ वह स्मृति-पटल पर इन एकाकी क्षणों में यथावत प्रतिबिम्बित हो रहा है।

''सुनो देवव्रत!'' पिता ने आरम्भ किया था, ''जो कुछ मेरे पिता के साथ घटा उसका साक्षी कोई नहीं है, न मैं और न तुम, अतः तुम उस घटना को लेकर कुछ भी निष्कर्ष निकालने को स्वतन्त्र हो। तुम उन्हें मतिभ्रम का आखेट भी कह सकते हो पर मेरे साथ जो कुछ घटित हुआ मैं उसे कैसे नकार सकता हूँ? मैं न तो एक तापस के रूप में ध्यानस्थ था न मतिभ्रम का आखेट ही। अपितु मेरे साथ घटी घटनाएँ, तुम्हारे पितामह के साथ घटी घटनाओं को सम्पुष्ट ही करती हैं।

''मैंने युवावस्था प्राप्त करते ही अप्रतिम देह-यष्टि और आकर्षक रूप प्राप्त किया। प्रकृति से मुझे अतीव प्रेम था और मैं अक्सर गंगा-तट के काननों में मृगया-हेतु भ्रमण किया करता था। प्रकृति के आकर्षण में फँसने से लौकिक सौन्दर्य के प्रति विकर्षण का भाव आ गया था पर एक दिन मेरी विरक्ति की दीवार भरभरा कर गिर गई।

''उस समय मैं गंगा-तट पर एकाकी टहलते हुए मृगया-जनित श्रम को मिटा रहा था कि मेरी दृष्टि एक परम रूपवती नारी पर पड़ी। उसके सौन्दर्य का वर्णन कठिन है। उसका रंग कच्चे स्वर्ण की तरह चमकता था।

''उसकी बड़ी-बड़ी आम्र-फांक की तरह आँखें उसे मीनाक्षी बना रही थीं क्योंकि मीन की आँखों का आकर्षण ही उनमें केन्द्रीभूत था। उसकी घनी कज्जल-काली केश-राशि उसके कमर के नीचे तक मचल रही थी। उसकी कटि क्षीण थी और वक्ष-प्रदेश उन्नत। उसने झीने वस्त्र पहन रखे थे जिसके फलस्वरूप उसके अंग-प्रत्यंग का सौन्दर्य स्पष्ट झलक रहा था।

''उस कोमालांगिनी के त्रिभुजाकार मुख पर शुक के चोंच जैसी नासिका थी। उसके अधर पतले एवं पाटल-पुष्प के रंग को मात करते थे। उसके इन सुन्दर अधरों पर एक सुस्मिति जैसे चिपकी पड़ी थी।

''छड़ी की तरह पतली वह ऊँचाई में मुझसे थोड़ी ही निम्न होगी। उसके सम्पूर्ण

शरीर से एक मादक किन्तु मोहक गन्ध फूटती थी जो पता नहीं कितनी दूर तक फैलती थी।

"वह निश्चय ही मानवी नहीं थी।"

"आपने यह निष्कर्ष कैसे निकाल लिया? आप कहते हैं कि आप मति-भ्रम के आखेट नहीं थे, इधर आपने एक नारी को देखते-देखते ही देवी मान लिया?"

"यह स्वाभाविक था। ऐसा सौन्दर्य, ऐसी सुकुमारता, ऐसी अनुपमेय देह-यष्टि अब तक मैंने किसी मानवी में देखी ही नहीं थी। सर्वाधिक महत्त्वपूर्ण यह कि उस अरण्य में एक एकाकी रूपवती नारी आने का साहस कैसे कर सकती थी? और आती भी तो कहाँ से, उधर कोई आबादी भी तो नहीं थी?"

"फिर?"

"फिर क्या जैसा आरम्भ में कहा मेरी विरक्ति मेरी रागहीनता, सर्वदा के लिए निःशेष हो गई और ज्योति पर टूटते पतंगे की तरह मैं उस रूप-शिखा के प्रति आकृष्ट हो गया।

"यही भाव मैंने उसकी आँखों में भी देखा और आश्वस्त हुआ कि वह मेरे प्रेम-निवेदन को ठुकरायेगी नहीं, अतः मैं बोल पड़ा–

'सुभगे! आप यक्ष-कन्या हों, नाग-कन्या अथवा किन्नर-गन्दर्भ-कन्या अथवा साक्षात् देव-कन्या मैं आपको विधिवत् अपनी धर्म-पत्नी के रूप में ग्रहण करने को प्रस्तुत हूँ।"

"यशस्वी राजन् मैं इनमें से कोई नहीं हूँ," उसने मृदु हास के साथ कहा।

"फिर?"

"मैं साक्षात् गंगा हूँ और आप प्रतीप-पुत्र को एकान्त में पाकर ही मैं उसी उद्देश्य से प्रकट हुई हूँ जो आपके मन में है, मैं आपकी कोई भी शर्त मानने को प्रस्तुत हूँ। मैं आपके पिता से वचन-बद्ध हूँ आपकी भार्या बनने के लिए। पर मैं आपकी अर्द्धांगिनी कुछ शर्तों के आधार पर ही बन सकती हूँ अन्यथा नहीं। आपके सत्यवादी पिता ने इस सम्बन्ध में अवश्य आपको अवगत कराया होगा।"

"कराया है।" मैंने निर्निमेष उसके आकर्षक आनन को देखते हुए कहा, "मैं आपकी कोई भी शर्त मानने को प्रस्तुत हूँ। मैं, आपके वास्तविक परिचय के पश्चात् अब पूर्णतया आपसे परिणय-सूत्र में बँधने का आकांक्षी हो गया हूँ।"

"यहाँ पर एक प्रश्न उठता है।" मैंने उनके कथन में व्यवधान दिया।

"क्या?"

"क्या आपने उस युवती की इस बात पर विश्वास कर लिया था कि वह गंगा ही है?"

"नहीं विश्वास करने का कोई कारण नहीं था। वह मानुषी तो थी नहीं, अतः उसने स्वयं उद्घोषित किया तो उसके कथन में अविश्वास का कोई कारण नहीं था।"

"आप तो अपने पिता की तरह तपरत नहीं थे, आपने इस बात पर ध्यान दिया कि गंगा के मानुषी रूप-ग्रहण के पश्चात् उसका प्रवाह वर्तमान था अथवा वह सूख गया था?"

"हाँ मैंने गंगा के प्रवाह को देखा वह यथावत् था।"

मेरी बाँछें खिल गईं और मैं प्रसन्नता-पूरित हो पूछ बैठा, "फिर आप उस नवयौवना को गंगा कैसे मान बैठे? दो-दो गंगाएँ कैसे हो सकती थीं–एक सलिल-स्वरूपा,

सागर-मिलन को क्षिप्रता से यथावत् प्रवाहित और दूसरी नारी-स्वरूपा आपके आकर्षक देह-यष्टि की मुग्धा, आपको पतिरूप में वरण को प्रस्तुत?"

"इसका उत्तर उतना कठिन नहीं जितना तुम समझते हो अपितु उसका निराकरण मुझे पिता-प्रसंग के समय ही कर देना चाहिए था। तुम भले ही अभी किशोर हो पर तुम्हारी शिक्षा-दीक्षा अच्छी हुई है। तुमने स्वाध्याय भी किया है। तुम्हें बताने की आवश्यकता नहीं कि हर देवी-देवता के दो रूप होते हैं अधिभौतिक एवं दूसरा अधिदैविक। उनका मूल रूप अधिदैविक है पर उस रूप को वर्तमान रखते हुए भी वे जब चाहे, जहाँ चाहे अपने अधिभौतिक (मुख्यतः मानुषी) रूप में प्रकट हो सकते हैं।"

"................।" मैं मूक।

"क्यों तुम्हें मेरी बात पर विश्वास नहीं हो रहा? तो इसे इस रूप में समझो। आस्थावादी होने के फलस्वरूप तुम अवतारवाद में विश्वास करते हो न? ईश्वर, अवतार ग्रहण करता है न?" पिता के प्रश्न ने मुझे निःशस्त्र कर दिया।

"इसमें कौन सन्देह कर सकता है?" मुझे कहने को बाध्य होना पड़ा।

"अब तक कितने अवतार हुए हैं?"

"अनेक।"

"यथा?"

"कूर्मावतार, मत्स्यावतार, नृसिंहावतार, वामनावतार, रामावतार।" मैंने अपने ज्ञान के अनुकूल गणना प्रस्तुत कर दी।

"ये सभी विष्णु के अवतार थे न! परम शक्तिशाली, चराचर-स्वामी परमेश्वर के?"

"अवश्य।" सहमति के सिवा कोई चारा नहीं था।

"ये सब अवतार स्पष्टतः विष्णु रूप में नहीं थे, विभिन्न रूपाकार थे उनके। नहीं?"

"अवश्य?"

"तो जब ये अवतार हुए तो क्या भगवान विष्णु ने अपने विष्णु-लोक को खाली कर दिया? राम तो अच्छे-खासे वर्षों के लिए इस पृथ्वी पर रहे तो क्या उतने दिनों तक विष्णु संसार के संरक्षण और पालन-पोषण के दायित्व को छोड़कर राम-रूप में मात्र अयोध्या में अथवा अरण्यों में विराजमान रहे?"

"इसकी कल्पना भी नहीं की जा सकती।" मुझे स्वीकार करना पड़ा।

"अर्थात् विष्णु अपने मूल रूप से अपने धाम में रहकर अपने दायित्वों का संचालन करते रहे और अन्य रूप से यथावसर पृथ्वी पर भी अल्प अथवा अधिक काल के लिए विराजते रहे?"

"आपका कथन सस्त्य है।"

"फिर तुम्हारी शंका का स्वतः समाधान हो गया। गंगा देवी की श्रेणी में हैं साक्षात् विष्णुपाद-प्रसूता। तभी हो उनके जल को चाहे जितनी अवधि तक सुरक्षित रख दो, वह विकृत नहीं होता। इसमें कीड़े नहीं पड़ते। क्यों? संसार की और किसी नदी के जल के साथ यह विशेषता क्यों नहीं संयुक्त है? है तार्किकों के पास इसका उत्तर? अनास्थावादियों के पास? कुछ कहने को कह देते हैं कि वह हिमालय की जड़ी-बूटियों से होकर प्रवाहित होती है, अतः उसके जल में औषधीय तत्व विद्यमान हैं। उस मूर्खता-पूर्ण तर्क का क्या करेंगे? केवल गंगा हिमालय से निस्सृत होती है कि और अनेक नदियाँ

भी? वे क्या जड़ी-बूटियों के मध्य प्रवाहित होकर धरती पर नहीं उतरतीं? तो उनके जल में गंगाजल की विशेषता क्यों नहीं है?

"कौन कहता है कि गंगा सलिल-वाहिनी है? वह अमृतवाहिनी है। पीयूष-पयस्विनी। तभी तो मृतक के मुँह में गंगाजल के दो-चार बूँद उसी आशा के साथ डाले जाते हैं कि कहीं इस अमृत-पान से उसके गत हुए प्राण वापस आ जाएँ। कई बार ऐसा हुआ भी है पर हर किसी को गंगा जीवन-दान देती रहीं तो सृष्टि, संचालन में वह बाधा नहीं बनेंगी?

"कुछ विषयान्तर हो गया," पिता ने रुककर पुनः आरम्भ किया पर यह गंगा के देवी-रूप को रेखांकित करने के लिए आवश्यक था।"

"तो आपका मानना है कि अपने मूल रूप में गंगा यथावत प्रवाहित रही और अपने एक रूप से वह आपकी पत्नी बनी रही?"

"सत्य तो यही है।"

"आगे का कहिए। अभी आपके कथनानुसार आपको पति-रूप में वरण के पूर्व गंगा को अपनी शर्तों की बात करनी है।" इस प्रसंग को सांगोपांग सुनने के अतिरिक्त मेरे पास और कोई यत्न नहीं था।

"हाँ गंगा की शर्तें थीं जो मुझे उस समय बहुत कठोर नहीं लगीं पर आगे चलकर उनका कठोर ही नहीं कठोरतम रूप सामने आया।"

"प्रथम, शर्तों का उल्लेख करने की कृपा करें।"

"शर्तें वे ही थीं जो पिता जी के समक्ष गंगा ने रखी थीं। इस बार देवी ने उसे थोड़ा विस्तार दिया–

"पुरुष-श्रेष्ठ राजन! मेरी शर्तों को स्पष्ट सुनो–मैं भला या बुरा जो कुछ करूँ उसे तुम्हें रोकना नहीं है और उस सम्बन्ध में तुम्हें कोई प्रश्न नहीं पूछना है। साथ ही मुझे कोई अप्रिय वचन भी नहीं बोलना है–

'न वक्तव्या तथाप्रियम्।'[1]

"तो आपने ये सभी शर्तें मान लीं?" मैंने जिज्ञासा की, "इस तरह परिणाम को जाने बिना शर्तों को मानना कहाँ तक उचित था? मान लीजिए वह कोई असम्भव-सी शर्त रखती यथा कि आप राज-काज से संन्यास लेकर सदा मेरे साथ अरण्य-विहार में संलग्न रहें। तब?"

"यह सच है कि मैं उसके रूप पर इतना मुग्ध था कि मैंने शर्तों के सम्भावित स्वरूप पर ध्यान नहीं दिया। मुझे हर हालत में उसे पत्नी के रूप में ग्रहण करना था। मेरे स्वर्गीय पिता का भी यही आदेश था। मैं पितृ-आज्ञा से बँधा हुआ था। पिता के जीवन में उनके किसी आदेश का उल्लंघन नहीं किया तो उनके स्वर्गारोहण के पश्चात् उनके वचनों की मर्यादा-रक्षा नहीं करूँ, यह किधर से सम्भव था?"

"आगे की बात बताएँगे?"

"अवश्य तुम्हारे जन्म तक की।"

मैं आज सोचता हूँ कि मुझे पिता के साथ चल रहे वार्तालाप को यहीं विराम देना चाहिए था। तब मैं स्वीकार करने को विवश नहीं होता कि मैंने सचमुच मानुषी

---

1. महाभारत, आदि पर्व 98/3

द्वारा जन्म-धारण नहीं किया था अपितु एक सलिल-वाहिनी का सुत था जो चाहे जितनी पवित्र हो पर वह मानुषी पय (दूध) पर मुझे पालने में समर्थ नहीं थी। मेरे आचरण में पवित्रता वह जो भर दे मेरी रगों में पौरुष का संचार उसके लिए असम्भव था।

गंगा ने पत्नी के रूप में मुझे समुचित सुख दिया। कहने की आवश्यकता नहीं कि मेरे प्रताप की कथा दिशाओं में व्याप्त थी, अतः मेरे प्रति तन-मन से पूर्णतया समर्पित होकर गंगा ने गौरव की ही अनुभूति प्राप्त की। देवी होकर एक मनुष्य की सेवा-रत होने से वह कभी हीन-भावना का आखेट नहीं हुई।

"उसने आपके राज-काज में कोई व्यवधान नहीं उपस्थित किया?"

"किस हेतु?"

"अपने को अधिक से अधिक समय देने के लिए?"

"नहीं। अपितु ठीक इसके विपरीत जब मैं स्वयं उसकी आसक्ति में पड़कर राज्य-संचालन में शैथिल्य का प्रदर्शन करता तो वह मुझे इस तरह के आचरण से रोकती और उचित परामर्श दे वह मुझको अपने कक्ष से बाहर निकालकर राज-सभा में जाने को प्रेरित करती।"

"उसका क्या अर्थ लगाया जाए?" मैंने पुत्रोचित प्रश्न नहीं पूछा था पर मेरा तार्किक मन पूरी तरह सन्तुष्ट होने पर अड़ा था।

"क्या तात्पर्य? मैंने समझा नहीं।" पिता ने मेरी तरफ सीधे देखते हुए पूछा।

"तात्पर्य यह कि आप जिस तरह उसमें आसक्त थे और समय का हर क्षण उसके सान्निध्य में व्यतीत करना चाहते थे, वैसी प्रकृति उसमें नहीं थी?" मैंने संकोच को किनारे करते हुए पूछा।

"आज सोचता हूँ तो तुम्हारी बात सत्य लगती है। उसकी आसक्ति में कृत्रिमता अधिक थी। यह स्वाभाविक था क्योंकि वह विशेष उद्देश्य से मेरी पत्नी बनी थी, वस्तुतः मेरी ओर अन्तर से आकृष्ट होकर नहीं।" पिता की स्पष्टवादिता से मैं प्रसन्न हुआ।

"क्या था वह विशेष उद्देश्य?" मैंने पूछा और सोचा क्या मुझे एक अभिशप्त जीवन का दान ही तो उसका लक्ष्य नहीं था। सम्पूर्ण 'आर्यावर्त' मुझे गंगा-पुत्र गांगेय ही मानता है अतः मेरे आचरण, व्यवहार और दिनानुदिन के क्रियाकलापों में एक पुनीतता, सत्यपरायणता और दृढ़ता की आवश्यकता से अधिक ही अपेक्षा करता है। क्या आगे चलकर मैंने जो भीष्म प्रतिज्ञा की उसके पीछे मुझे अपने गांगेय स्वरूप की रक्षा, लोगों की अपेक्षा की अधिक नहीं थी। काश मैं यदि लोगों की दृष्टि में गांगेय नहीं होता (अपनी दृष्टि की बात छोड़ता हूँ) तो मैं शायद वह भीषण प्रतिज्ञा नहीं करता जिसने मेरे वर्तमान और भविष्य को तो विषाक्त किया ही, इस नरमेघ का भी कारण बना जिसके फलस्वरूप मैं इस दारुण शर-शय्या पर पड़ा अतीतचर्वण द्वारा समय-यापन को विवश हूँ! हाँ, मैंने पहले भी इंगित किया है, आज भी कर रहा हूँ कि व्यर्थ है इस महासमर के लिए द्रौपदी, दुर्योधन अथवा कर्ण या श्रीकृष्ण को दोष देना। इस सर्वनाशी समर का बीजारोपण तो उसी दिन हो गया था जिस दिन उस शिशु ने मातृ-गर्भ से मुक्त हो इस पुनीत धरती को स्पर्श किया था; जिसका नाम गांगेय पड़ा, 'गंगादत्त' अथवा गंगा-पुत्र। यह रहस्य बहुत सरल है, आपकी समझ में भी आ रहा होगा, नहीं आ रहा तो शायद मैं ही कभी अपने इस आत्म-मन्थन के क्रम में स्पष्ट कर दूँ।

"विशेष उद्देश्य भी तुम्हें ज्ञात हो जाएगा, मेरे कथन को आगे बढ़ने दो।" पिता ने मेरी जिज्ञासा के बदले कहा था।

"आपका दाम्पत्य सदा सुखी रहा?" मैं एक किशोर होते हुए भी प्रौढ़ की तरह पूछ रहा था।

"तुम अब बालक नहीं रहे। नीति कहती है कि पुत्र जब षोड्ष वर्ष का हो जाए तो उससे मित्रवत् व्यवहार करो। अतः, तुमसे कुछ छिपाना नहीं, सबकुछ स्पष्ट कह देना है।" पिता बोले और फिर गम्भीर स्वर में आरम्भ हुए–

"मेरा दाम्पत्य प्रथम पुत्र की उत्पत्ति तक अत्यन्त सुखद रहा भले ही उसमें निहित कृत्रिमता को मैं नहीं पहचान सका। पर प्रथम-पुत्र की उत्पत्ति के पश्चात् वह सामान्य नहीं रहा।"

"क्यों?"

"प्रथम पुत्र की उत्पत्ति के साथ ही उसे लेकर वह गंगा-तट पहुँची और उसे इसके प्रवाह में बहा दिया। मैं भी उसके पीछे-पीछे गया था पर शर्त को ध्यान में रखकर मैंने न तो उसको ऐसा करने से रोका, न कोई प्रश्न ही किया।"

"फिर?"

"यह क्रम सातवें तक इसी प्रकार चलता रहा।"

"अर्थात् वह हर नव जात को गंगाजल को समर्पित करती रही और हर बार आप मूक द्रष्टा बने रहे?"

"हाँ।"

"क्यों?"

"क्योंकि शर्त टूटने पर वह मुझे छोड़ जाती।

"और आप ऐसा नहीं चाहते थे?"

"अवश्य ही नहीं।"

"अर्थात् आप मोहाच्छन्न थे। उसके सौन्दर्य के उपभोग-हेतु आप किसी सीमा तक जाने में किसी हिचक का अनुभव नहीं करने वाले थे?"

"तुम सत्य कथन कर रहे हो।"

"यह तो भरतवंश के प्रतापी नरेश महाराज शान्तनु के आचरण के अनुकूल नहीं था।" मैंने आरम्भ किया, "क्षमा करेंगे जिसके पिता ने अपने जह्नु पर आ बैठी सुन्दरी को अविचलित भाव से वापस कर दिया, आप उसी के रूपाकर्षण के ऐसे वशीभूत हुए कि सारी मानवीय संवेदनशीलता खोकर आप अपने ही एक-दो नहीं, सात-सात पुत्रों की जलसमाधि के मूक साक्षी बने रहे।"

"तुम कटु हो रहे हो देवव्रत पर यह भूल जाते हो कि मैं वचन-बद्ध था।"

"खाक वचन-बद्ध थे।" मैं उसी त्वरा में बोलता गया, "अधिक से अधिक, वचन टूटने पर वह आपको छोड़कर चली जाती। स्वपुत्रों का ही अविकार भाव से भक्षण करनेवाली उस राक्षसिनी से तो उसके एक-दो ऐसे कृत्यों के पश्चात् ही मुक्ति ले लेनी थी। भरत-श्रेष्ठ! जो नारी अपने जने बच्चे को भी निर्ममता से मौत की नींद सुलाए वह संवेदनशून्या मानवी तो हो नहीं सकती, देवी किधर से होगी? वह कृत्या थी, दैत्या जिसने क्षद्मभेष धारण कर आपको मुग्ध किया था और आपको पति के रूप में प्राप्त करने में सफल हो वह अपनी स्वाभाविक शिशुघातिनी स्वभाव के वशीभूत हो अपनी घृणित आकांक्षा की पूर्ति में लग गई थी। आपके साथ छल हुआ था। घोर छल। एकान्त

अरण्य में आप एक अमानुषी के कृत्रिम रूप-जाल में फँसकर न केवल उसे हस्तिनापुर के राजमहल में उठा लाए अपितु उसके चातुर्य और मोहक भाव-भंगिमाओं के आखेट हो उसको अपना पसन्द आसुरी खेल खेलने दिया।''

''मैंने भी अन्ततः तुम्हारी तरह ही सोचा था और जब आठवीं सन्तान के रूप में उत्पन्न तुम्हें भी लेकर वह गंगा-घाट की ओर बढ़ी तो मैं उसके मार्ग में आ गया और कठोर शब्दों में उसे लांछित करते हुए कहा–

''अरी उसका वध न कर। तू कौन है, किससे उत्पन्न हो? क्यों अपने ही पुत्रों की हत्या करती जाती हो? अरी पुत्रघातिनी! तुम पुत्र-हत्या के अत्यन्त गर्हित महान् पाप से युक्त हुई हो।''[1]

''तो आपको भी लग गया कि न तो वह गंगा थी, न कोई देव-कन्या अपितु प्रसन्नचित अपने ही पुत्रों के काल का कारण बनने वाली वह अरण्यवासिनी, स्वेच्छा रूप धारिणी कोई राक्षसी थी, दैत्या?'' मैंने उत्सुकता से पूछा।

''उस क्षण तो यही प्रतीत हुआ। अब तो अति हो गई थी। वह आठवें और अन्तिम पुत्र को भी जल-समाधि देने जा रही थी। उसे राक्षक्षिणी से अधिक क्या समझता?''

''तो आपने आठवें पुत्र अर्थात् मुझे बचा लिया?'' मैंने किंचित् व्यंग्य से कहा जो पिता द्वारा अलक्षित रहा।

''हाँ मैं तुम्हें बचाने में सफल रहा यद्यपि वह शर्त टूटने को आधार बना विलुप्त हो गई।''

''विलुप्त हो गई?''

''हाँ।''

''तब तो उसका दानवी होना पूर्णतः प्रमाणित हो गया। निर्दय भाव से वह स्वजनित पुत्रों की हत्या करती रही और इस प्रक्रिया में बाधा आने पर वह मायाविनी तत्काल लुप्त भी हो गई। तो पिताश्री क्षमा करेंगे, आपने मुझे बचाकर कौन-सा अच्छा कार्य किया? एक दानवी-सुत को? अच्छा होता मेरी नियति भी मेरी अनुजों वाली ही होती और मैं एक दानवी का रक्त अपनी धमनियों में प्रवाहित करके जीवित नहीं रहता। इस जीवन से तो मृत्यु कई गुना अच्छी थी।''

मैं कुछ क्षणों के लिए अत्यन्त चिन्ताकुल हो आया था। ताड़ से पतित होकर खजूर पर गिरने की यह स्थिति अत्यन्त त्रासद थी। कहाँ तो मैं गंगा-पुत्र होने को ही नकारने में लगा था और उस हीन-भावना से मुक्तिकामी था, कहाँ अब दानवी की सन्तान होने को अभिशप्त हो रहा था। कुछ नहीं तो सात-सात पुत्रों की हत्यारिणी के पापगर्भ से उत्पन्न होने की नियति को अपनाने को विवश। मेरी रुचि अब आगे की घटनाओं को सुनने में कदापि नहीं थी। मेरा मुख सहसा विवर्ण हो आया। अशान्ति की दाहक अग्नि में मैं अपने को दग्ध होते अनुभव करने लगा।

''क्यों, क्यों और क्यों? मैं सहसा एक विक्षिप्त की तरह पिता से पूछ बैठा।

अस्थिर हो आए नृप शान्तनु ने सहज शब्दों में कहा, ''क्यों का तात्पर्य? अन्ततः

मा वधीः कस्य कासीति किं हिनस्ति सुतानिति।
पुत्रघ्नी सुमहत् पापं सम्प्राप्तं ते सुगर्हितम्।।

–महाभारत–आदि पर्व–98/16

तुम पूछना क्या चाहते हो?"

"आपने मुझ दानवी-सुत की प्राण-रक्षा क्यों की? अब मैं अपने अर्द्धमानवी एवं दानवी अस्तित्व का क्या करूँगा?"

पिता ठठाकर हँसे।

मुझे उस असमय की हँसी का कुछ कारण समझ में नहीं आया। आश्चर्यचकित मैं पूछ बैठा, "क्यों? आपके इस आकस्मिक हास्य का कारण क्या है?"

"कारण? कारण तुम हो। तुम्हारा विवर्ण मुख। तुम्हारी स्पष्ट अशान्ति अस्थिरता, कह लो तो व्यग्रता ही। ऊपर से विक्षप्तों की तरह तुम्हारे प्रश्न। मैं हँसूँ नहीं तो क्या करूँ?"

"और मैं अपनी नियति पर विक्षिप्त नहीं होऊँ तो क्या करूँ? मेरी रगों में दानवी रक्त प्रवाहित हो, यह मैं सहन नहीं कर सकता। मैं अभी, इसी क्षण अपने कर की मुख्य रक्त-वाहिनी शिरा को चीरकर रक्त-हीन हो प्राण त्याग दूँगा।" मैंने गम्भीर स्वर में कहा।

"ऐसी गलती करने की आवश्यकता नहीं। भूलकर भी ऐसी बात नहीं सोचना।"

"क्यों?"

"क्योंकि मैं निस्सन्तान हो जाऊँगा। वह छोड़कर जा चुकी है।"

"तो आप एक दानवी-सुत को अपनी सन्तान मान सन्तानवान होने का स्वप्न संजोये हैं। यह नहीं होगा। देवव्रत, दानवी-सुत नहीं रहेगा। वह अपने अस्तित्व को निःशेष कर देगा।"

"तुम्हें ऐसा कुछ लगता है जिससे प्रतीत हो कि तुम्हारी नसों में दानवी रक्त प्रवाहित है क्योंकि यह मात्र आज की बात नहीं है। तुमने बाल्यावस्था पार की है, किशोरावस्था पार करने वाले हो तुमने अपने भीतर कभी किसी दानवी प्रवृत्ति को पनपते देखा?"

मैंने दो क्षण मौन रहकर सोचा, न आज, न आज के पहले ही मेरी प्रवृत्ति कभी अवांछनीय नहीं रही। मैंने अब तक सदा अपने अन्दर, सदाचार, करुणा, जीव-दया, श्रद्धा आदि के भाव ही अनुभूत किए हैं। ये दानवी प्रवृत्तियों के द्योतक तो नहीं हैं। तो फिर मैं क्यों अनावश्यक रूप में व्यथित और चिन्तित हो रहा हूँ?

"क्यों तुम कुछ बोल नहीं रहे?" पिता ने मेरे मौन को तोड़ा।

"मुझे नहीं लगता कि बाल्यकाल से लेकर आज तक मुझमें कोई अवांछनीय प्रवृत्ति जाग्रत हुई हो।" मैंने कहा।

"फिर व्यर्थ में तुम मुझे उपालम्भ दे रहे हो कि मैंने तुम्हारी रक्षा की यह जानते हुए भी कि तुम्हारे अन्दर दानवी रक्त प्रवाहित है।" पिता ने उलाहना के स्वर में कहा।

"पर आश्चर्य," मैंने पिता को सश्रद्ध सम्बोधित करते हुए कहा, "दानवी गर्भ-प्रसूत होने पर भी मुझमें दानवी प्रवृत्तियाँ क्यों नहीं विकसित हुईं?"

"कारण स्पष्ट है।"

"क्या?"

"मैंने क्रोध में आकर भले ही उसे निन्दनीया और गर्हित आदि जो कह दिया हो, वह थी गंगा ही। उसके गंगा-रूप में रहते हुए मानवी रूप में पत्नी बने रहने की तुम्हारी शंका का भी मैंने निराकरण कर दिया है।"

"नहीं वह गंगा नहीं थी। कदापि नहीं।" मैंने अपने स्वर पर बल देते हुए कहा।

"तुम ऐसा किस आधार पर कह रहे हो, वह भी साधिकार?"

"ऐसा कहने का कारण है।"

"यथा?"

"वह गंगा होती तो कदापि निर्ममता से अपने ही पुत्रों की हत्या नहीं करती।"

"इसका कारण था।"

"निर्ममता को किसी कारण के रहते हुए भी उचित नहीं ठहराया जा सकता।"

"वह निर्मम नहीं थी और हर बार एक पुत्र को अपने प्रवाह में बहा वह प्रसन्नतापूरित इसलिए हो रही थी कि इस प्रकार वह अपनी उद्देश्य-प्राप्ति के एक कदम और समीप पहुँच जाती थी। मैंने पहले ही कहा इसका विवाह-बन्धन किसी उद्देश्य को लेकर था।" पिता ने समझाने का प्रयास किया।

"क्या उद्देश्य था वह?"

"अब तुम विस्तार से सुनो। अन्यथा तुम दिग्भ्रमित ही रहोगे।"

"आठ वसु हैं। ये देवताओं की श्रेणी में ही आते हैं।

ऋषि वशिष्ठ एक समय गिरिराज मेरू के पार्श्व भाग में एक रमणीय आश्रम में रहते थे। भाँति-भाँति के पुष्पों और लता-वल्लरियों के कारण गुरु वशिष्ठ का आश्रम-प्रकृति की क्रीड़ा-स्थली ही बन गया था। वहाँ के विशाल सरोवर में विविध रंगी कमल और कुमुदिनी पुष्प खिलते थे। इनकी मधुर गन्ध को वायु दूर-दूर तक प्रसारित कर लोगों को प्रमुदित कर देती थी। चाँदनी रात में इस सरोवर की शोभा निराली होती थी। इसके सतह पर लोल लहरियाँ उठती-गिरती थीं जो मन को बाँध-बाँध लेती थीं।

पूर्णिमा की रात में लहरें अति ऊँची उठती थीं, मानो चन्द्र-स्पर्श को आकुल हों।

आश्रम पर्याप्त विस्तृत था और इसमें मृग, नील गौ, बारहसिंघा आदि अहिंसक जीवों के सदा विचरण करते रहने से इसकी शोभा अत्यधिक बढ़ गई थी।

आश्रम में यत्र-तत्र आम्र, जामुन, श्रीफल, नारिकेल के वृक्ष खड़े थे। कुछ अनाम बनैले वृक्ष भी थे। जहाँ वृक्ष होंगे वहाँ पक्षियों का होना भी स्वाभाविक है। इन वृक्षों पर काक, कोयल, पीक आदि के सदृश पक्षी सदा बसेरा बनाए रहते। पीक के पी-पी और कोयल के कुहु-कुहु के संगीत का सरगम सदा गूँजता रहता।

फलदार वृक्षों के अतिरिक्त फूलदार वृक्षों की भी यहाँ कमी नहीं थी। पलास और गुलमोहर के फूल जब खिलते तो पूरा परिवेश रंगमय हो आता। दूर से लगता जैसे आश्रम में अग्नि की लाल-लाल लपटें उठ रही हैं।

वसन्त में इस आश्रम की शोभा अवर्णनीय हो जाती। हर वृक्ष, हर लतावल्लरी हर विटप भाँति-भाँति के, गन्ध-युक्त कुसुमों से लद आते। चतुर्दिक् सुगन्ध का ही साम्राज्य विस्तृत हो आता।

पुष्पों के पराग चूसने में तल्लीन भौरों की गुनगुनाहट एक पृथक् संगीत का ही सृजन करती। हरश्रृंगार के सुगन्ध-बोझिल श्वेत-पीत पुष्पों से धरती पट जाती और उसकी छवि अप्रतिम हो आती। इस समय न जाने कहाँ-कहाँ के, दूर देशों के पक्षी पेड़ों पर आ विराजते। इस आश्रम को देखने और इसमें विचरण करने को सभी लालायित रहते। स्वर्ग के नन्दन-कानन की मनोहारी दैविक शोभा केवल सुनने को मिलती थी।

उसे देखा किसने था? अतः जिस किसी को अवसर मिलता, इसकी एक झाँकी अवश्य लेता। महर्षि वशिष्ठ किसी को मना नहीं करते पर प्रहरी सबको इस हेतु सजग अवश्य कर देते कि फूल-पौधों को कोई हानि नहीं पहुँचे। अपनी डालियों पर डुर्र-डुर्र डोलते कुसुम चाहे जितने चित्ताकर्षक हों, उन्हें अपने वृन्त पर ही क्रीड़ा करने देना था। एक पुष्प के भी चयन की अनुमति नहीं थी।

वशिष्ठाश्रम की इस अनन्यतम प्राकृतिक सौन्दर्य से आकृष्ट हो एक दिन कुछ अन्य देवताओं के साथ आठों वसु भी वहाँ पहुँच गए।

इन लोगों ने महर्षि की अनुपस्थिति में जी भर कर इस अनुपम उपवन का भ्रमण किया। इसके सौन्दर्य और शोभा से अभिभूत वे उद्यान में यत्र-तत्र सर्वत्र भ्रमण करते रहे।

उसी समय वसुओं में एक की पत्नी ने महर्षि वशिष्ठ की हृष्ट-पुष्ट होमधेनु को उस तपोवन में विचरण करते देखा। द्यौ नामक वसु की पत्नी ने उस बड़े-बड़े थनवाली और सुन्दर सींगोंवाली कामधेनु सदृश गौ की ओर अपने पति का ध्यान आकृष्ट किया। द्यौ ने...।''

''आप मुझे गंगा के मानवी रूप धारण करने का उद्देश्य बताने चले थे, आप क्यों वसुओं और महर्षि वशिष्ट की कथा ले बैठे।'' मैंने पिता के धारा-प्रवाह कथन में विराम दिया, ''मैं तो केवल यह जानने को उत्सुक हूँ कि परम पुनीत पुण्य-तोया जाह्नवी को मानवी रूप धारण कर आपको पति रूप में ग्रहण करने का क्या लक्ष्य था, साथ ही यह भी कि उन्होंने हँसते-हँसते अपने ही सात सुतों को मृत्यु के मुँह में झोंका? वह इतनी निर्मम, इतनी निष्ठुर तथा इतनी संवेदन-शून्य कैसे बन गईं?''

''तुम ज़रा धैर्य रखो देवव्रत! मैं तुम्हारी ही जिज्ञासा की शान्ति का प्रयास कर रहा हूँ। तुम जितना कुछ जानने को उत्सुक हो उसके लिए यह दीर्घ कथन आवश्यक था। बिना उसके तुम्हारी जिज्ञासा अपूर्ण ही रह जाती। अब यह निःशेष हो रहा है, मात्र एक पल और मेरे कथन को ध्यानपूर्वक श्रवण करो।''

''ठीक है आप शेष कथन भी कर ही जाइए। यों आपके वशिष्ठाश्रम का वर्णन इतना मोहक था कि मेरी भी इच्छा उसके परिभ्रमण की हो रही है।'' मैंने पिता को प्रोत्साहित करने के लिए कहा।

''वसुओं की दुरवस्था की कहानी सुनोगे तो तुम्हारी यह इच्छा जाती रहेगी।'' पिता ने व्यंग्यात्मक स्वर में कहा।

''तो आप सुना ही दें शेष कथा मैं सबकुछ ध्यानपूर्वक सुन रहा हूँ। पिता के किसी भी कथन में अरुचि होना संस्कारी पुत्र का लक्षण नहीं है।''

''अब तुम्हारे सदृश संस्कारी सुत कम ही रह गए हैं। माता-पिता एवं गुरुजनों की अवहेलना आम हो गई है। द्वापर का अन्त हो जो रहा है। कलि के आगमन पर तो मानवीय-मूल्यों और सम्बन्धों की धज्जियाँ उड़ जाएँगी। मूल्यों की पुनर्प्रतिष्ठा के प्रयास कुछ कम नहीं होंगे? पर युग के प्रभाव से उनमें सफलता नहीं प्राप्त होगी। संयुक्त परिवार बिखरेंगे और पुत्र तभी तक पुत्र रहेगा जबतक उसे पत्नी नहीं प्राप्त हो जाती। फिर वृद्ध माता-पिता, पुत्र के लिए भारस्वरूप ही प्रतीत होंगे।''

आज इस शर-शय्या पर पड़ा मैं पिता की उस भविष्यवाणी को अपने जीवन में घटते

और अपनी उपेक्षा का दंश भोगते सहजता से स्मरण कर पा रहा हूँ। यद्यपि मैं किसी का पिता नहीं था और न कलि का आरम्भ ही हुआ था तथापि मैं कितनों का पितामह तो था! पारिवारिक सम्बन्धों में पितामह का स्थान पिता से उच्चतर ही होता है न? फिर दुर्योधन आदि के युवा होते ही मैं क्यों अपमान और उपेक्षा का आखेट हो गया? मेरा शौर्य-वीर्य तो यथावत् था तो फिर क्यों मुझे हस्तिनापुर के विशाल राजमहल के अति दूर कोने के एक भवन में एकाकी जीवन व्यतीत करने हेतु अभिशप्त कर दिया गया था? क्यों दुर्योधन के इंगित पर अन्ध धृतराष्ट्र भी मेरे परामर्शों की उपेक्षा कर देता था, मुझसे राज-काज सम्बन्धी किसी परामर्श की आवश्यकता तो पृथक् यद्यपि इस वय में भी साम्राज्य की सुरक्षा मेरे ही कारण सभी सुनिश्चित मानते थे तथापि मेरे उचित खान-पान और देख-रेख की चिन्ता किसी को नहीं थी। मैं राज-सभा में नित्य उपस्थित होता था पर मुझे देखते ही, दुर्योधन, दुःशासन, शकुनि तथा कर्ण जैसे व्यक्ति मुँह फेर लेते अथवा उनके मुख पर का उपेक्षा-भाव अलक्षित नहीं रह पाता था। मेरा ही क्या, सभी वृद्धों, गुरुजनों की स्थिति यही थी। द्रोणाचार्य से लेकर कृपाचार्य तक सभी की स्थिति समान थी। सभी उपेक्षा का दंश झेलने को विवश थे।

फिर भी हम सब राज्याश्रय में पल रहे थे और महल से बाहर किसी पर्णकुटीर में तप-रत होने को बाध्य नहीं कर दिए गए थे तो उसका कारण था। हमारे सामरिक महत्त्व का उन्हें पता था और समर कहाँ और कब आरम्भ हो जाए, यह भी कोई नहीं जानता था; अतः हम युद्धाश्वों को अपने खूँटे से बाँध रखना उनकी अनिवार्यता थी, चारा-दाना भले ही अपर्याप्त हो।

यहाँ लेटे-लेटे दूर भविष्य की बात भी सोचता हूँ। अगर नई पीढ़ियों में अधिकांश दुर्योधन और धृतराष्ट्र की ही मानसिकता के सिद्ध हुए तो पारिवारिक वृद्ध जन-पुरुष अथवा स्त्री, पिता अथवा माता जिनकी कोई उपयोगिता शेष नहीं रही होगी, कैसे अपना जीवन-यापन कर पाएँगे? अधिकांश कहीं आत्महन्ता ही तो नहीं बन जाएँगे? आत्मघाती! आत्महत्या को उपेक्षा और अपमान से बेहतर माननेवाले! अथवा मृत्यु से भयभीत कायर प्रकृति के लोग या पुत्र-कलत्र के प्रति एक पक्षीय प्रेम से मोहान्ध वे मात्र उनकी एक झलक से तृप्त होने के लिए वे जैसे रखेंगे, रह लेंगे—अर्द्ध-नग्न, अर्द्ध-पेट। गृह के बरामदे पर निष्कासित वे घर की मर्यादा को अक्षुण्ण रखेंगे मात्र पुत्र और पुत्र-वधू के मुख से निस्सृत एक शब्द सुनने के लिए, आते-जाते उनके पुष्ट शरीर को अपनी ज्योति-खोती आँखों से निहार लेने के लिए।

हे प्रभु भविष्य के पिता-माताओं की तुम्हीं रक्षा करना। पितामह कितनों के बचे रहेंगे स्वार्थ-ग्रस्तता के इस मोहाच्छन्न संसार में? अपनी पत्नी और अपने पुत्र-पुत्री ही परिवार की परिभाषा गढ़ेंगे। शेष उस परिधि से बाहर होंगे।

धर्म की स्थापना के लिए वासुदेव कृष्ण ने अवतार तो लिया है पर मनुज रूप में अवतरित वह कितने दिनों तक इस पृथ्वी पर टिक पाएँगे? उन्हीं से सुने शब्द हैं न—"जातस्य हि ध्रुवो मृत्यु—तो उनके इस पृथ्वी से प्रस्थान के पश्चात् अधर्मी, कृतघ्न और कुसंस्कारी मूल्य-हीन संततियों से माता-पिता की, उपेक्षा और तिरस्कार की अधर्म से रक्षा कैसे होगी? दिनों-दिन ह्रासशील मानवीय मूल्य अनेक धर्म-संकट खड़ा करेंगे, उनसे त्राण कौन दिलाएगा? अभी तो शकुनि और दुर्योधन के सदृश धूर्त एवं पर-राज्य, पर-सम्पत्ति के लोलुप ही मानवता के संहार को अपना दायित्व मानते रहे हैं; उत्कोच और लालच पर अपने सगे-सम्बन्धियों को त्यक्त कर दुराचारी दुर्योधन का पक्ष लेने

वाले शाल्य के सदृश कुछेक लोग ही हैं। क्या आश्चर्य है कि भविष्य में आतंकवादियों और उत्कोच-जीवियों की पंक्ति पर पंक्ति ही खड़ी हो जाएँ। द्रौपदी को भरी सभा में अपमानित कर नारी की अस्मिता रौंदी जा चुकी है, भविष्य की नारियाँ पुरुष की लोलुप दृष्टियों से कितनी सुरक्षित रहेंगी, इसका अनुमान लगाना कठिन नहीं है। द्रौपदी-प्रसंग पर तो मुझे सम्भवतः आना ही पड़ेगा पर अभी ही जो दृश्य स्मृति-पटल पर उभर रहा है, उससे तो यही प्रतीत होता है कि द्रुपद-सुता तो दुर्योधन-दुःशासन के हाथ सम्भावित बल-प्रयोग से बच गईं पर भविष्य की अबलाएँ कलियुगी दुर्योधनों और दुःशासनों के सामूहिक आक्रमण (बल-प्रयोग, बलात्कार) से अपने को कैसे सुरक्षित रख पाएँगी? संवेदनहीन सम्राट् धृतराष्ट्र की उदासीनता के फलस्वरूप ही तो ये घृणित घटनाएँ घट रही थीं! वैसे में नारी कितनी असुरक्षित और अपमानित होगी, इसकी कल्पना सहजता से लगाई जा सकती है।

खाली मस्तिष्क विचारों के अश्वों पर आरूढ़ न जाने कहाँ से कहाँ पहुँच जाता है। कहाँ मैं अपने अतीत को खंगारने को उद्यत था, कहाँ भविष्य की चिन्ता ले बैठा! खैर यह भी आवश्यक था, कोई थोड़ा-सा भी विवेकशील पुरुष भविष्य की, अपनी नहीं तो दूसरों की चिन्ताओं से तो अपने को मुक्त नहीं ही कर सकता। मैं कह चुका हूँ, मेरा, शर-शय्या-सेवी का न कोई वर्तमान है न कोई भविष्य, पर औरों का तो है। मेरी कोई सन्तति नहीं पर 'वसुधैव कुटुम्बकम्' की इस आर्ष उक्ति को मैं कैसे नकार सकता हूँ? इसके आधार पर तो भविष्य की सारी सन्तति इस शर-विद्ध पितामह की ही है। मैं जानता हूँ भविष्य अनन्तकाल तक मुझे पितामह के ही उच्च पद पर आसीन रखेगा और यह पितामह भविष्य के पिता (पितामहों)—माताओं—(मातामहियों) पुत्रियों, पुत्रवधुओं के लिए कुछ नहीं करे, उनकी चिन्ता का सहभागी बन वह मन-ही-मन उनके दर्द, उनकी पीड़ा को बाँटने के प्रयास का सुख तो प्राप्त ही कर सकता है? अब लौटते हैं पितृ-वार्ता पर।

"तुम कहीं खो गए न देवव्रत? तुम तो बड़े ध्यान से मेरे कथन-श्रवण की बात कर रहे थे?" पिता ने ही मेरे विचाराश्वों की वर्गला कसी।

"नहीं, नहीं मैं कहीं अनावश्यक नहीं खोया था। आप ही के एक कथन पर विचार-मग्न हो आया था। शर-शय्या की बात तो मैं क्या करता, उस समय तो इसकी कल्पना भी दूर की बात थी पर मेरे विचार-तरंगों पर जो उनके कथन का तात्कालिक असर पड़ा था, उससे मैंने उन्हें अवगत करा दिया फिर जोड़ा आप वसुओं की दुर्गति की बात कर रहे थे और उसे ही गंगा के मानुषी रूप धारण, पति के रूप में आपके वरण, तथा सात सुतों की अमानुषिक हत्या के मूल में मान रहे थे।"

"हाँ।" पिता ने कथा-सूत्र को पकड़ते हुए कहा, द्यौ नामक वसु ने जब अपनी पत्नी से महर्षि वशिष्ठ की गौ के सम्बन्ध में सुना तो उसने अपनी पत्नी को सम्बोधित करते हुए ऐसा कथन किया कि गौ के प्रति उसकी लिप्सा और वृद्धिशील हो आई। द्यौ ने बताया—

'कजरारे और आकर्षक नेत्रों वाली यह गौ दिव्य है। वरारोहे! यह वरुण-नन्दन वशिष्ठ की गाय ऐसी है कि जो कोई भी इसका दुग्ध-पान कर लेगा उसके स्वास्थ्य और आयु में आशातीत वृद्धि होगी और उसका यौवन स्थाई हो जाएगा। यह गौ ऋषि

ने अपने यज्ञ-यजन के लिए रखी है। इसके दुग्ध में निर्मित खीर आदि से वह प्रतिदिन अग्निहोत्र करते हैं।''

''गौ कि इस ख्याति को सुनकर वसु की पत्नी का लोभ पराकाष्ठा पर पहुँच गया और उसने अपने पति को सम्बोधित करते हुए कहा—''प्राण-पति! हम अजर-अमर देवों के लिए इस गौ अथवा इसके दुग्ध का तो कोई महत्त्व नहीं फिर भी मैं चाहती हूँ कि आप इसका अपहरण कर लें।''

द्यौ ने आश्चर्य-चकित हो पूछा, ''जब इसका हमारे लिए कोई प्रयोजन ही नहीं तो तुम मुझे इस निन्दनीय कृत्य-हेतु क्यों प्रेरित कर रही हो?''

पत्नी चतुर थी। वह हर स्थिति में गौ को चाहती थी। उसने चाटुकारिता के स्वर में कहा—''सदा मेरा प्रिय करने को तत्पर प्राणवल्लभ आप वसुओं में सर्वाधिक वलिष्ठ और आकर्षक हैं। आपके रूप-गुण पर यक्षों, गन्धर्वों और देवों की बालाएँ क्षणभर में मुग्ध हो जाएँगी। मानवी की तो बात ही क्या? प्रियतम! पृथ्वी-लोक में जीतवती नामक मेरी एक सखी है, अत्यन्त रूपवती औरं यौवन-प्राप्त होने के साथ ही परम धार्मिक भी है। अगर यदि यह गौ उसे प्राप्त हो जाए तो वह अपने यौवन को चिरस्थाई कर लेगी, उसकी आयु भी बढ़ जाएगी और हमारा सौहार्द-साहचर्य उससे लम्बे समय तक बना रहेगा। उसकी आध्यात्मिकता के कारण ही मैं अक्सर, अज्ञात रहकर उससे पृथ्वी पर मिल लेती हूँ। वह ऐसी हो भी क्यों नहीं वह सत्यप्रतिज्ञ महर्षि उशीटन की परम प्रिय पुत्री है। वसु-श्रेष्ठ! तुम मेरी प्रसन्नता-हेतु इस कामधेनु-सदृश ऋषि-गौ का इसके वत्स के साथ अपहरण कर लो।''

''अपनी रूपवती पत्नी के मुग्धकारी शब्द-जाल में फँस वसु द्यौ ने प्रभु आदि अपने सहोदरों के साथ उस गौ का अपहरण कर लिया। उस समय वशिष्ठ-आश्रम सूना था और वह उससे दूर अरण्य में एक वृक्ष के नीचे ध्यानस्थ थे।

कुछ काल पश्चात् महर्षियों में श्रेष्ठ वरुणनन्दन वशिष्ठ, ध्यान टूटने के पश्चात् फल-फूल लेकर आश्रम पहुँचे तो उसे अपने होमधेनु से शून्य पाकर विक्षिप्त-से हो गए। उन्होंने अपने शिष्यों के साथ उस कानन को एक छोर से दूसरे छोर तक छान मारा पर वसुओं द्वारा अपहृत की गई गौ को नहीं मिलना था तो वह नहीं ही मिली।

महर्षि स्वभावतः अत्यन्त चिन्तित हुए कि गौ के बिना उनका अग्निहोत्र आदि कार्य विपरीत रूप में प्रभावित होगा।

''उन्होंने ध्यान लगाया कि अन्ततः वह गौ गई कहाँ तो उस त्रिकालदर्शी महर्षि से कुछ छिपा नहीं रहा और उन्हें द्यौ वसु के नेतृत्व में वसुओं द्वारा गौ के अपहरण का पता लग गया।

''वसुओं की इस धृष्टता और चौर्यकर्म पर महर्षि वशिष्ठ ने उन्हें श्राप दे दिया कि तुम लोग पृथ्वी के जीव से आकृष्ट होकर इस निन्दनीय कर्म में प्रवृत्त हुए हो अतः तुम्हें देवत्व से वंचित हो मानव-रूप में पृथ्वी पर जन्मधारण करना पड़ेगा।

''देव-तुल्य वसुओं को इस शाप का अनुमान हो गया और वे, इसके पूर्व कि श्राप प्रभावी हो जाए वशिष्ठ के उस रमणीय आश्रम में पुनः पहुँचे और उन्होंने महर्षि के चरणों में प्रणिपात कर शाप-मुक्त करने का अनुरोध किया। क्रोधित महर्षि मानने को प्रस्तुत नहीं यद्यपि उनकी होमधेनु को भी वसुओं ने उन्हें वापस कर दिया।

''वसु-गण जब ऋषि के चरणों को छोड़ने को ही प्रस्तुत नहीं हुए तो विवश महर्षि वशिष्ठ को अपने श्राप में संशोधन करना पड़ा। उन्होंने उन्हें अपने पैरों पर

से उठाते हुए कहा, "मेरा श्राप व्यर्थ नहीं जा सकता, वह तरकश का वह तीर है जो छुटने के बाद लक्ष्य-भेदन ही करता है वापस नहीं आता फिर भी मैं, तुम लोगों की आतुर अभ्यर्थना को ध्यान-गत रखकर इतना ही कर सकता हूँ कि द्यौ के अतिरिक्त शेष वसु मात्र गर्भ का समय काटकर उत्पन्न होते ही मृत हो पुनः देवलोक को लौट जाएँगे पर इस 'द्यौ' को तो पृथ्वी-लोक पर दीर्घ काल तक रहना पड़ेगा ही।

"इतना कहकर महर्षि अपने सान्ध्य-पूजन में लग गए और शापित वसु देवलोक की ओर लौटे।

"पुत्र देवव्रत!" पिता शान्तनु ने थोड़ा रुककर आरम्भ किया, "अब आगे घटनेवाली घटना, गंगा के उद्देश्य को निर्धारित करेगी जिसका हम बार-बार उल्लेख करते रहे हैं और वही यह सिद्ध करेगी की तुम्हारी माता वस्तुतः निर्मम नहीं थी और किसी भी अन्य मानवीय माता से अधिक ममतामयी थी।"

"मेरी माता अर्थात्?" मैंने सहसा पूछा।

"तुम्हारी माता गंगा और कौन? अभी तुमने इस तथ्य को पूर्णतया नकारा कहाँ है? भले ही तर्कों के भोथरे तीर पर तीर चलाते रहे हो। सुन लो आगे की घटनाएँ, तो तुम्हारे तरकश में एक भी तर्क-तीर शेष नहीं रहेगा।"

"ऐसा तो नहीं हो सकता पर आप सुना जाएँ आगे की घटनाएँ। मैं कम-से-कम यह ज्ञात करने को अवश्य आतुर हो उठा हूँ कि सात सुतों की हत्यारिणी ममता की मूर्ति कैसे सिद्ध होती है?"

"कम-से-कम अपनी जन्मदातृ के प्रति ऐसे कटु कथन नहीं करो, तुम्हारी असहमति और अनिच्छा से क्या होता है, मुझे तो पता है कि तुम गांगेय हो, गंगा ही जननी है तुम्हारी।"

"शालीनता और सांस्कारिता की माँग है कि मैं अपने कटु वचन को वापस लूँ, भले ही मैं जाह्नवी को अपनी जननी नहीं मानूँ। लीजिए मैंने अपने कथन को वापस लिया। आप घटना-क्रम को आगे बढ़ाएँ जिससे गंगा के मानुषी रूप-धारण का उद्देश्य स्पष्ट हो और उन पर लगा निर्ममता का लांछन उन्हीं के स्वच्छ, पवित्र जल में धुल जाए।"

"ठीक है," पिता ने आरम्भ किया, "जिस समय शापित वसु वशिष्ठ के संशोधित श्राप के पश्चात् देव-लोक को लौट रहे थे, उसी समय गंगा अपने अधिभौतिक रूप में कहीं से वापस हो रही थी। वसुओं को उन्हें पहचानने में समय नहीं लगा और उन्होंने उनके पैर 'मातु गंगे!' कहकर पकड़ लिए। गंगा ने उन्हें अपने पैरों से उठाया और कहा, "देवों के समकक्ष वसु-गण तुम्हारे मुख ऐसे विवर्ण क्यों हैं? तुम सकुशल तो हो?"

"मातु गंगे! आप सर्व-समर्थ हैं। जगत् के पाप-ताप की विनाशकारिका आप हमें भी संकट से उबारिये।"

इसके पश्चात् वसुओं ने वशिष्ठ के श्राप और उसके संशोधित रूप का वर्णन किया और गंगा से अनुरोध किया कि वह उनके लिए मानवी रूप धारण कर किसी योग्य व्यक्ति से विवाह कर सात वसुओं को बारी-बारी से जन्म दें और उनके जन्म-ग्रहण करते ही उन्हें जल में प्रवाहित कर दें। आठवें वसु को वह जीवित छोड़ देंगी, जिससे वशिष्ठ का श्राप व्यर्थ नहीं जाए।"

गंगा ने वसुओं के इस प्रस्ताव पर कुछ देर विचार किया और फिर बोली, "यह तो अत्यन्त दुष्कर कार्य है। मैं देवी किस मर्त्य से विवाह करूँगी और कैसे उसकी पत्नी

बन आजीवन उसके संग लगी रहूँगी? नहीं यह सम्भव नहीं है वसुओं! मुझे क्षमा करना।"

"गंगा के प्रत्युत्तर पर वसुओं के दुःख की सीमा न रही। सभी गिड़गिड़ा कर बोले, "आपके अतिरिक्त, किसी मानवी माँ में वह शक्ति नहीं कि हमें गर्भ में धारण करे। रह गई योग्य पति की बात तो आर्यावर्त की धरती प्रतापी और पुण्यात्मा लोगों से शून्य नहीं हो गई है, आप अपने योग्य पति के चयन में समर्थ हो जाएंगी। हम चाहेंगे कि हस्तिनापुरनरेश प्रतापी शान्तनु को आप पति रूप में वरें। इस पति के जीवन-भर साथ रहने की भी आवश्यकता नहीं, हमारा कार्य सम्पादित कर आप उनसे पिंड छुड़ा सकती हैं, इस हेतु आप स्वयं यत्न ढूँढ़ लेंगी, आपको हमें बुद्धि देने की आवश्यकता नहीं। आप कृपा कर हमें इस संकट से मुक्ति दें। आप जगत् के कल्याण हेतु ही उस धरा पर अवतरित हुई हैं। आप हमारे हित-साधन का वचन दें वर्ना ऋषि का श्राप व्यर्थ नहीं जाएगा और हम कहीं नहीं रहेंगे।"

'एवमस्तु।' अन्ततः गंगा दयार्द्र हुई और उसने वसुओं को वचन दे दिया।

"और वे ही सात वसु आपके द्वारा उसके गर्भ से उत्पन्न हुए और गंगा ने उनके पैदा होते ही उन्हें देवलोक प्रस्थित कर दिया अपने ही प्रवाह को समर्पित कर?" मैंने पितृ-कथन के निष्कर्ष को उनके समक्ष रख दिया।

"तुम सत्य कथन कर रहे हो।"

"और आठवाँ वसु?" मैंने कुछ अनुमान लगाते हुए कहा।

"वह तुम हो। द्यौ। द्यौ जिसने गौ की होमधेनु का अपहरण किया था।"

उस समय तो मैं संकोच से गड़ गया था, आज जीवन के अन्तिम क्षण में सोच रहा हूँ। सृष्टि में कार्य-कारण का नियम तो प्रभावी है ही। हर कार्य का कोई-न-कोई कारण होता है। हर कुफल के मूल में कोई कुकृत्य और हर सुफल के मूल में कोई सुकृत्य। रथ से पतन और शर-शय्या की प्राप्ति तो किसी और कारण से हुई (जिस पर मैं यथा-समय लौटूँगा) पर मृत्यु के स्वागत में पड़ा-पड़ा जो मैं यह घोर, पीड़ा झेल रहा हूँ, शव की तरह पड़े जीवित शरीर को भी इधर-उधर घुमाने में अक्षम हूँ इसके मूल में कहीं महर्षि की धेनु के अपहरण सम्बन्धी कृत्य ही तो नहीं है? इस जीवन में अपने जाने ऐसा कोई पाप-कर्म तो नहीं सम्पादित किया जिसके फलस्वरूप इस घोर उत्पीड़न का आखेट होना पड़े। अगर पितृ-कथन सत्य है तो अवश्य ही इस असह्य यातना जिसे मैं अवश झेलने को अभिशप्त हूँ के मूल में वह मेरा चौर्य कर्म ही है, अपहरण वह भी गौ का, वह भी तपोपूत महर्षि वरुणनन्दन वशिष्ठ की होमधेनु का। उनकी यज्ञाहुति में बाधा बनने के फलस्वरूप ही मैं अपनी शोणित-आहुति देने को बाध्य हुआ हूँ, अग्नि में न सही पृथ्वी में ही जो यह सब कुछ सूरज के माध्यम से उन देवताओं तक पहुँचाने में समर्थ है जिनका देय उस गौ के अपहरण से बाधित होता।

अगर पिता की बात सत्य हो तो एक और अकल्पित अपराध-बोध का आखेट होना मेरी नियति में अंकित था। ऐसी स्थिति में भीष्म का प्रताप केवल पुण्यतोया सुरसरि प्रदत्त ही नहीं था भीष्म पितामह इसलिए आर्यावर्त के श्रेष्ठ पराक्रमी थे कि वे देवावतार थे वसु-अवतार। पूर्व के 'द्यौ' जिसने पत्नी के प्रसन्नार्थ अपहरण जैसे निन्द्य कर्म को अपनाया था। पूर्व-जन्म के इस अतिशय और अविचारित भार्या-प्रेम के फलस्वरूप ही शायद मैं आजीवन पत्नी-विहीन रहा। सोचने को विवश होना पड़ता है कि उस दिन

एक मछुआरा-बस्ती में उसके सरदार दशराज के समक्ष जो आजीवन ब्रह्मचर्य व्रत के पालन का व्रत ले रहा था वह हस्तिनापुर का युवराज और उसके स्वर्ण-सिंहासन का एक मात्र उत्तराधिकारी देवव्रत था या उसके अन्दर से उसका पूर्व रूप वसु द्यौ बोल रहा था? अभी इस प्रसंग से आप अवगत नहीं, अतः पुनः अपनी सोच में लौटते हैं अपने पिता के पास उनके वार्तालाप को समाप्ति तक पहुँचाने।

"तो आठवां वसु 'द्यौ' मैं हूँ देवव्रत?" मैंने पिता से पूछा था।

"गंगा ने तो यही कहा था।"

"तो मुझे ही दीर्घकाल तक इस पृथ्वी पर रहना है ऋषि-श्राप के अनुकूल?"

"हाँ श्राप तो यही था।"

"......।" मैं मूक, कुछ कहने को सोच रहा था कि पिता बोल पड़े—

"इसमें आपत्ति या पश्चाताप कैसा? दीर्घ जीवन किसे प्रिय नहीं? और किस पिता की यह कामना नहीं होती कि उसका पुत्र दीर्घ जीवन प्राप्त करे? इसीलिए तो पुत्र के हर प्रणाम के प्रत्युत्तर में पिता उसे 'दीर्घ जीवी भव' का आशीष् देता है।"

"पिताश्री, आप शायद गलत सोच रहे हैं। आपका यह चिन्तन, आपका यह दर्शन सर्वमान्य नहीं हो सकता। नाना विघ्न-बाधाओं, आपत्तियों-विपत्तियों, अयाचित दुःख-सुखों से भरे इस मृत्युलोक में दीर्घजीवन अभिशाप अधिक और वरदान कम है। सुख के क्षण तो यहाँ ओस-बूँद की तरह अल्पजीवी ही होते हैं, दुःख एक शाश्वत सत्य है। पृथ्वी सुखों से ही पटी होती तो महर्षि वशिष्ठ ने वसु 'द्यौ' को यहाँ एक दीर्घावधि व्यतीत करने के लिए शापित ही क्यों किया होता?"

"तुम शायद ठीक कह रहे हो लेकिन तुम्हारी स्थिति में क्या होगा? यह तो आगे के घटना-क्रम ही बताएँगे। अभी से हताशा पालने की आवश्यकता प्रतीत नहीं होती।"

"मैंने पिता नृप शान्तनु की बात पर ध्यान दिया और कहा, 'आगे की बात बताने की कृपा कीजिए और यह भी कि आपको वसुओं के इस आख्यान का पता कैसे चला?' "

"स्वाभाविक है मुझे सब कुछ गंगा ने ही बताया।"

"मुझे कुछ बातें विस्मयकारी लग रही हैं।" मैं कहने को बाध्य हुआ।

"यथा?"

"आप ही के कथन के अनुसार गंगा पहले आपके पिता और मेरे पितामह सम्राट् प्रतीप के समीप कामेच्छा से गई थी और उनकी पत्नी बनने को भी प्रस्तुत थी। ऐसी स्थिति में उनके पुत्र शान्तनु को पति-रूप में वरण करना क्या गंगा की गरिमा के अनुकूल था? मुझे तो यही एक बात यह सोचने को विवश करती है कि जिसने मुझे जना वह गंगा नहीं होकर एक सामान्य सुन्दरी थी जिसने आपको अपने सौन्दर्य-पाश में आवद्ध कर लिया।

"क्षमा करें आप मेरे द्वारा उठाए इस प्रश्न का निष्पादन कैसे कर सकते हैं? गंगा को वसुओं के उद्धार के लिए प्रतापी नरेश नरश्रेष्ठ शान्तनु को ही पति-रूप में ग्रहण करना था, ऐसा वसुओं का अनुरोध था। अगर यह बात सत्य है तो गंगा तपोरत प्रतीक के उरू पर विराजने क्यों गई और पत्नी रूप में भी अपने को उन्हें प्रस्तुत करने के लिए क्यों प्रस्तुत हुई?

पिता शान्तनु को अधरों पर एक मधुर स्मिति खेली और वे मेरे प्रश्न पर किंचित् भी विचलित नहीं हुए–

उन्होंने कहा–"यह तो गंगा की सोची-समझी रणनीति थी।"

"कैसे?"

"गंगा को ज्ञात था कि तपोपूत श्रेष्ठ राजर्षि प्रतीप कभी भी उसे न तो वासना-पूर्ति हेतु अपना सकते थे न उसे अपनी अर्द्धांगिनी का ही स्थान प्रदान कर सकते थे। गंगा को तो मात्र उनसे यह वचन लेना था कि अपनी पुत्रवधू का स्थान वे उसे प्रदान करेंगे। यही कारण था कि वह उनके वामजह्रु पर नहीं बैठकर दक्षिण पर बैठी।

"तो मेरे पितामह राजर्षि प्रतीप ने आपको यह अदिष्ट किया था कि आप गंगा को पत्नी-रूप में स्वीकार करेंगे?"

"हाँ उन्होंने ऐसा किया था इसीलिए अरण्य के एकान्त में गंगा-तट पर जब वह अति आकर्षक मानुषी रूप में मिली तो मैं मात्र केवल उसके बाह्य सौन्दर्य पर आकृष्ट होकर उसे पत्नी रूप में वरण करने को आकुल नहीं हो गया अपितु मेरे अन्तर्मन में पिता का आदेश भी अवस्थित था। मैं सौन्दर्य की उपेक्षा भी कर सकता था किन्तु पिता के आदेश की अवहेलना की बात मैं सोच भी नहीं सकता था क्योंकि उसने स्पष्ट कर दिया था कि वह गंगा है। इस बात का उल्लेख मैं पूर्व में ही कर चुका हूँ।"

"लेकिन मैं अपने को कैसे समझाऊँ कि जो नारी मेरे पितामह की आकांक्षिणी थी अर्थात् जो मेरी पितामही बन रही थी वही मेरी माता बन आई। मैंने पूर्व में ही कहा कि यह गंगा की गरिमा के अनुकूल नहीं था और वह नारी जो कुछ हो गंगा नहीं थी।"

"तुम जो सोचो किन्तु मुझे लगता है कि तुम अपने गांगेय रूप को किसी-न-किसी प्रकार नकारने के लिए सन्नद्ध हो।"

"आप कुछ भी सोचने को स्वतन्त्र हैं। कृपया संक्षिप्त में सात वसुओं की समाप्ति-पश्चात् मेरी उत्पत्ति और रक्षा की गाथा बतलायें।

"क्या तुम उससे सहमत होगे?"

"आप इसकी चिन्ता नहीं करें जब कहानी यहाँ तक पहुँची है तो उसे अपने निष्कर्ष तक पहुँचना ही है।"

"घटना तो प्रायः समाप्ति पर है। मैं बता चुका हूँ कि वह जब तुम्हें गंगा में प्रवाहित करने को चली तो मैंने उसे क्रोधाविभूत होकर अपशब्द कहे और वह शर्त तोड़ने की बात चलाकर मुझे छोड़कर चली गई।"

"फिर मेरा क्या हुआ? मेरा लालन-पालन क्या आप ही ने माता-पिता दोनों के रूप में किया?"

"नहीं, वह तुम्हें अपने साथ लेती गई थी और कहा था इस शिशु को संभालना आपके लिए दुष्कर होगा। मैं इसे विधिवत् पालित-पोषित एवं यथासम्भव शिक्षित कर कुछ वर्षों में ही आपको समर्पित कर जाऊँगी।"

"क्या वस्तुतः ऐसा ही हुआ?" मैं अपनी चरम उत्सुकता को दबाने में समर्थ नहीं हो सका।

"हाँ, ऐसा ही हुआ। कुछ दिनों पश्चात् वह नारी गंगातट पर ही तुम्हें मुझे समर्पित कर गई थी। तुम स्वभावतः पहचान में नहीं आ रहे थे क्योंकि इस अवधि में तुम पर्याप्त हृष्ट-पुष्ट हो गए थे। राजमहल लाकर मैंने तुम्हारी कुछ परीक्षा भी ली। अपनी

अवस्था से अधिक ही तुम शास्त्र और शस्त्र दोनों में निष्णात हो गए थे।''

''आपकी सम्पूर्ण गाथा सुनने के पश्चात् भी मैं अपने इस निष्कर्ष से नहीं हट पा रहा कि वह वस्तुतः गंगा नहीं एक सामान्य नारी थी। मानुषी थी। देवी सुरसरि नहीं थी।'' मैंने दृढ़तापूर्वक अपने को अभिव्यक्त किया।

''यह तुम किस आधार पर कह रहे हो? स्पष्टतः तुम अपने को गंगादत्त अथवा गांगेय कहलाने से बचना चाहते हो। तुम्हारी कुंठा को मैं समझ सकता हूँ पर जो सत्य है वह तो सत्य ही रहेगा।''

पिता ने अपना कथन इस प्रकार रखा जैसे उनको अपने पिता से लेकर उन तक घटी इस विस्मयकारी घटनाक्रम पर संशय की कोई छाया दृष्ट नहीं हो रही थी।

''मुझे तो आपके इस निःशंसय कथन पर कदापि विश्वास होने से रहा।'' मेरी दृढ़ता यथावत थी।

''तुम किस आधार पर अपने इस संशय की पुष्टि कर सकते हो कि वह गंगा नहीं होकर एक सामान्य नारी थी?''

''मैंने पहले ही एक प्रश्न उठाया है कि एक देवी होकर उन्होंने एक मानव अर्थात् आपसे सम्भोग-रत होकर अपनी गरिमा के अनुकूल कार्य नहीं किया। इस देव-नदी के इस आचरण को कोई श्लाघ्य नहीं कह सकता। मेरा सिद्धान्त दूसरा है जो आपको अमान्य नहीं हो सकता।'' मेरे कथन में मेरी दृढ़ता यथावत वर्तमान थी।

''सुनें तुम्हारा सिद्धान्त भी।'' पिता ने अनमनस्य भाव से कहा।

''मैं वस्तुतः गंगा-पुत्र नहीं होकर एक सामान्य नारी द्वारा जनित हूँ। मेरे पितामह से जो गंगा कहकर मिली वह नारी कोई और थी और आपसे जो मिली वह कामिनी कोई और थी। एक पितामह के तपोपूत रूप पर आकृष्ट हुई थी तो दूसरी आपकी सुन्दर मुखाकृति और सुहावनी देहयष्टि तथा सुविख्यात एवं प्रचंड पराक्रम पर खिंची चली आई थी।''

''इसके अतिरिक्त तुम्हारा और कोई तर्क है?''

''है।''

''यथा?''

''अगर आपके अनुसार गंगा को शर्त टूटने के कारण आपको छोड़ना पड़ा तो उसे कैसे पता था कि आप आठवें पुत्र की प्रतिरक्षा के लिए ही उसके समक्ष बाधा बनकर प्रस्तुत होंगे? अगर यह बाधा नहीं आती तो तथाकथित गंगा को आपके शेष आयु-पर्यन्त अपना सान्निध्य देना पड़ता। क्या गंगा के लिए यह सम्भव था?''

''....।'' पिता मूक।

''क्या आपके पास कोई उत्तर नहीं है?''

''उत्तर हो या नहीं मुझे प्रतीत होता है किसी भी तर्क का तुम पर कोई प्रभाव नहीं पड़ने जा रहा है। तुम अगांगेय बने रहने को कटिबद्ध रहने को प्रस्तुत प्रतीत होते हो।''

''आपका कथन चाहे जिस अर्थ में किया गया हो मेरे लिए वही ग्राह्य है। मैं नहीं हूँ गांगेय नहीं जना गंगा ने मुझको। मैं एक सामान्य नारी की सन्तान हूँ और जो कुछ विद्या-बुद्धि और विवेक मुझमें प्राप्त है वह संस्कार-जनित है। आगे मैं जो कुछ प्राप्त करूँगा वह अपने प्रयास, अभ्यास और गुरुजनों जिसमें आप भी सम्मिलित हैं के शिक्षण-प्रशिक्षण से। कृपया मुझे देवव्रत्त नाम से ही पुकारें। ठीक ही मुझे गांगेय

और गंगदत्त नाम स्वीकार्य नहीं हैं।''

मैंने अपनी अन्तिम बात कह दी।

'एवमस्तु' पिता ने कहा, ''तुम जो चाहते हो वही होगा। तुम्हारे शिक्षण-प्रशिक्षण की पर्याप्त व्यवस्था होगी। आर्यावर्त्त के परमवीर परशुराम तुम्हारे गुरु होंगे। तुम, मेरा कथन, भले ही मेरी दृष्टि में सत्य हो, उसे नकारने को पूर्ण स्वतन्त्र हो। अपने मन से सारी कुंठाओं को निष्कासित कर दो। हर व्यक्ति अपना जीवन अपने रूप में जीने को स्वतन्त्र है।

''तुम्हारी माता जो भी हो, वह अब नहीं रही। मेरा यह दायित्व बनता है कि मैं तुम्हारे लिए माता और पिता दोनों की भूमिका निष्ठापूर्वक निभाऊँ।'' कहते-कहते पिता के आयत नेत्रों में अश्रुकण छलक पड़े।

मैं स्वयं भावातिरेक से अन्दर से अव्यवस्थित हो आया और मेरे मुख से निकल पड़ा, ''आपने जो दायित्व लिया है और आपका स्नेह-वर्षण जिस प्रकार मुझ पर होता रहा है उसको दृष्टि में रखकर मैं भी प्रतिज्ञा करता हूँ कि एक अनुशासित, श्रद्धावान एवं आज्ञाकारी पुत्र की मेरी भूमिका में कभी मेरी कोई कमी नहीं पाएँगे। आवश्यकता होने पर मैं अपना सर्वस्व आपकी आज्ञा अथवा इच्छा-पूर्ति हेतु न्यौछावर कर दूँगा।''

आज जब शरशय्या पर पड़ा मैं अतीतचर्वण में रत हूँ तो मुझे विस्मय होता है कि नियति सचमुच मेरे साथ किस प्रकार सदा क्रूर रही है। अगर पिता को, उस भावुक क्षण में मैंने यह वचन नहीं दिया होता तो शायद मुझे वह अकल्पनीय प्रतिज्ञा भी नहीं करनी पड़ती जिसके फलस्वरूप मैं भीष्म बन आया। यह नाम तो स्वयं देवों ने उद्घोषित किया और यह सभी नामों पर इतना भारी पड़ गया कि मैं देवव्रत गांगेय, अथवा गंगादत्त नहीं रहकर केवल भीष्म और यौवन के ढलान पर आते-आते भीष्म पितामह बनकर रह गया। मैंने पहले भी उल्लिखित किया है कि इस महासमर जिसके फलस्वरूप मुझे यह शर-शय्या उपलब्ध हुई के मूल में और कोई नहीं, मैं हूँ और मेरा यह होना उसी प्रतिज्ञा के फलस्वरूप है जिसके कारण मुझ पर गगनचारी देवताओं ने पुष्पवर्षण किया और भीष्म-भीष्म के नाद से अवनि और अम्बर का अन्तराल पट गया। शायद देवता भी दूरदृष्टि-सम्पन्न नहीं होते वर्ना जो प्रतिज्ञा इतने बड़े नरमेध का कारण बनने वाली थी उसके लिए मेरी जय-जयकार नहीं होती। अब जब मैं बार-बार अपने को इस महाभारत के मूल में उद्घोषित कर रहा हूँ तो उचित है कि उस प्रतिज्ञा और उसकी पृष्ठभूमि का भी सम्यक् उल्लेख कर दूँ जिसके कारण मुझे उस प्रतिज्ञा से बद्ध होना पड़ा जिसने मुझे भीष्म की संज्ञा से विभूषित किया। यह प्रकरण अपने में रोचक तो अवश्य है किन्तु मेरे पिता के चरित्र और चिन्तन पर एक बड़ा प्रश्नचिह्न अवश्य लगा जाता है फिर भी मुझे यह कथन करना ही पड़ेगा क्योंकि यह मेरी आत्मकथा का आरम्भिक ही सही एक अत्यन्त महत्त्वपूर्ण अंग है।

मैं अब तक किशोरावस्था और युवावस्था की सन्धि-रेखा पर पहुँच चुका था। युवराज होने के कारण मैं पिता के राज्य-संचालन-कार्य में पूर्ण सहयोग दे रहा था। उनका प्रताप दिग्दिगन्त में पूर्वापेक्षा और प्रचारित-प्रसारित हो रहा था।

प्रथम पत्नी के पश्चात् अपने एकमात्र पुत्र के हित को ध्यान में रखकर उन्होंने जो पुनर्विवाह नहीं किया इससे भी उनकी कीर्ति में अभिवृद्धि ही हुई।

नियति पुनः आड़े आई और पिता-पुत्र दोनों के जीवन में एक अकल्पित अव्यवस्था सृष्ट कर गई।

इधर कुछ दिनों से मेरे पिता प्रतापी हस्तिनापुर नरेश शान्तनु अत्यन्त शान्त रहने लगे थे। किसी कार्य, यहाँ तक कि राजकाज और अपनी नियमित दिनचर्या पर भी उनका ध्यान नहीं रहता था। उनका सदा प्रसन्नता से प्रफुल्ल रहने वाला मुख किसी वासी फूल-सा निस्तेज और विवर्ण हो आया था।

मैंने तो आज शरशय्या पकड़ी है, उन्होंने तो अपनी प्रायः यौवनावस्था में ही शय्या पकड़ ली। अपने महल से बाहर जाने अथवा किसी से वार्तालाप आदि करने में उनकी कोई रुचि नहीं थी। मैंने अति प्रेमपूर्वक उनसे उनके विषाद का कारण जानना चाहा किन्तु उन्होंने मुझ पर अपनी अन्तर्व्यथा प्रकट करने में कोई अभिरुचि नहीं प्रकट की।

हस्तिनापुर के युवराज होने के कारण मैं पिता को इस स्थिति में बहुत दिनों तक नहीं छोड़ सकता था। निःस्सन्देह सम्राट् अगर राजकाज के प्रति तटस्थ हो जाएँ तो साम्राज्य के ऊपर संकट के मेघों को घिरने में कोई अधिक समय नहीं लगता। मैंने महामन्त्री से महाराज की इस स्थिति के सम्बन्ध में जानना चाहा तो एक अत्यन्त अविश्वसनीय किन्तु सत्यकथा सामने आई।

हस्तिनापुर के पास यमुनातट अत्यन्त रम्य था आस-पास के दीर्घ-लघु अरण्य उसे और आकर्षक बनाते थे। इसकी शोभा-सुषमा से आकृष्ट हो सम्राट् कभी-कभी इस तट पर घंटों व्यतीत करते थे, इधर इसी सूर्यतनया-तट पर एक नई घटना घट रही थी। मैं उधर गया नहीं अतः इस नये घटनाक्रम से अनभिज्ञ था। सत्यवती नामक एक निषाद-कन्या इस घाट पर यात्रियों को नौका से इस पार से उस पार ले जा रही थी यद्यपि वह निषाद-दुहिता थी किन्तु यौवनसम्पन्ना यह कन्या रूप-माधुर्य एवं पुष्ट देह-यष्टि में देव-कन्याओं को भी मात दे रही थी। अत्यधिक विस्मयकारी बात यह थी कि मत्स्यकुल में जन्मी वह मत्स्यगंधा नहीं थी अपितु उसके तन से सदा आकर्षक सुगन्ध निस्सृत होती रहती थी जो एक योजन तक सभी दिशाओं को सुगंधित करने में सफल थी। उसका एक नाम इसीलिए योजन-गंधा भी था।

नियति-प्रेरित नृप शांतनु अपने रथ पर आसीन एक सन्ध्या उस तट पर जा पहुँचे। वे तत्काल किसी मधुर गन्ध की मादकता से मत्त हो आए। यह देव-दुर्लभ गन्ध आज यहाँ कहाँ से, पिता शान्तनु ने सोचा और रथ को गन्ध की दिशा में बढ़ा दिया। कुछ ही देर में रथ के तीव्रगामी अश्वों ने उसे गन्ध के स्रोत के पास पहुँचा दिया। धीवर-कन्या नौका-चालन को विराम दे, खड़ी-खड़ी कुछ सोच रही थी। उसके गात से निस्सृत अलौकिक गन्ध से अपने को तृप्त करते हुए नृप ने उसे नख-शिख अवलोकित किया और प्रथम दृष्टया ही वह उसके प्रेम-पाश में आबद्ध हो गए।

"क्या नदी पार जाना है?" उस तरुणी ने स्पष्टतः राजपुरुष प्रतीत होते एक व्यक्ति को आपाद-मस्तक अपने को अवलोकित करते देख किंचित् असंयत शब्दों में पूछा।

"नहीं अब कहीं नहीं जाना है। अपने गन्तव्य पर पहुँच चुका हूँ।"

निषाद-पुत्री योजन-गन्धा इस कथन का कोई अर्थ नहीं निकाल सकी और भौंचक-सी उनकी दिशा में देखती रही। सन्ध्या समाप्ति पर थी और रात की स्याही शीघ्र ही सर्वत्र व्याप्त होने को उद्यत थी। ऐसे में उस धीवर-युवती के दीर्घ नेत्रों में भय-जनित आशंका का भर आना कुछ अस्वाभाविक नहीं था और उसकी यह स्थिति मेरे प्रज्ञावान तथा प्रतापी पिता शान्तनु से अलक्षित नहीं रही। उन्होंने उसे आश्वस्त करने हेतु कहा–

"भय अथवा आशंका का कोई कारण नहीं। सदा अपनी प्रजा को अभय प्रदान-हेतु प्रयत्नशील हस्तिनापुर अधिपति शान्तनु से तुम्हें किंचित् भी भीत होने की आवश्यकता नहीं। मैं अभय-दान के लिए हूँ, शत्रुओं के लिए भले ही शान्तनु नाम भय का पर्याय है।"

नृप की इस उक्ति पर धीवरपुत्री की आँखों में तिरती आशंका का स्थान एक विस्मय ने ले लिया। वह सोच रही थी कि अतिव्यस्त महाराज को उसे देखकर भी नहीं देख आगे बढ़ जाना चाहिए था, उससे संवाद-रत होना उनकी प्रतिष्ठा के अनुकूल नहीं था। उसकी समझ में कुछ नहीं आया तो उसने तत्क्षण नृप के पदत्राणरक्षित पैरों को अपने सुकोमल हाथों से पकड़कर तथा उन पर सिर रोप उन्हें प्रणिपात किया।

"नहीं, नहीं, उठो पैरों से उठो," सम्राट् ने उसके संस्पर्श को आकुल अपने करों को नियन्त्रित कर उसे उठाने का प्रयास किए बिना ही कहा। आदेश-पालन में पैरों से उठकर कंचन कामिनी-सी खड़ी कन्या को सम्बोधित कर सम्राट् शान्तनु ने निस्संकोच कहा, अब तक वह एक अति विचारित महत्त्वपूर्ण निर्णय पर पहुँच चुके थे–"तुम्हारा स्थान मेरे पाद-प्रदेश में नहीं मेरे हृद्स्थल में है सुन्दरी!" साथ ही उन्होंने याचना-भरी अपनी आँखों को उसकी विस्फारित आँखों में डाल अपने मन के सम्पूर्ण समर्पण एवं प्रेमिल भाव को उनमें उड़ेल दिया।

निषाद-कन्या पुनः विचलित हुई और नृप की आँखों की अनाम भाषा को पढ़ने में असमर्थ उसने भी हरिणी-सी कहा, "मैं आपके आशय को समझने में असमर्थ हूँ पर एक बात स्पष्ट कर देने के लिए क्षमा चाहूँगी, 'नृप हो या भृत्य मैं उसकी कामाग्नि की आहुति बनने के बदले अपने प्राण त्याग देना अधिक उचित समझूँगी। आपका बल-प्रयोग का प्रयास व्यर्थ होगा, उसके पूर्व मेरी कमर में खुसा खंजर मेरे हृदय के पार होगा।"

"तुमने मुझे गलत समझा सुन्दरी! राजर्षि प्रतापी सम्राट् प्रतीप का सुत संस्कारविहीन नहीं हो सकता। उससे किसी अभद्र आचरण की अपेक्षा भी पाप-कर्म ही होगा। मैं तुम्हें अपनी तुच्छ वासना-पूर्ति का आखेट बनाने की बात स्वप्न में भी नहीं सोच सकता। मैं तुम्हें अपनी अर्द्धांगिनी बनाने का प्रस्ताव प्रस्तुत कर रहा हूँ प्राणवल्लभे!" लाख प्रयास कर भी अपने प्रेमिल सम्बोधन को अपनी जिह्वा से फिसलने से रोकने में नृप असफल रहे।

धीवर-कन्या की आँखों में विस्मय अपनी सम्पूर्णता में उद्घाटित हो आया। उसने अपने कुल-वंश का परिचय दे नृप की इस योजना पर पानी फेरने का पूर्ण प्रयास किया।

"अपराध मार्जित हो हस्तिनापुरपति! मैं एक तुच्छ निषाद-कन्या हूँ। धीवर-तनया। मैं आपके प्रस्ताव के योग्य कदापि नहीं। अन्धकार घिर रहा है अब मुझे अपने धीवरपल्ली में जाने की अनुमति दें।"

''क्षमा करना हृदयवल्लभे! तुम धीवर-कन्या हो अथवा चर्मकार-सुता, इससे मेरे प्रस्ताव में कोई परिवर्तन नहीं होने जा रहा। प्रतीपपुत्र-शान्तनु के मुख से निकला शब्द और उसके तूणीर से निकला तीर सदा अमोघ होते हैं। तुम्हें मैंने अपनी पत्नी के रूप में वरा तो वरा। अब इस सम्बन्ध को सुनिश्चित करना ही मेरा अगला प्रयास होगा। निषाद्-कन्या सत्यवती के अन्तर में जैसे सहसा कोई तूफान उठ खड़ा हुआ। नृप के इस कथन ने उसके हृदय को अह्लाद से आलोड़ित कर दिया। उसे अपने इस सौभाग्य पर सहसा विश्वास नहीं हो रहा था किन्तु उसे पता था कि नृप शान्तनु सत्यव्रती हैं और वे मिथ्या प्रस्ताव लाकर सामान्यजनों की पंक्ति में अपने को स्थापित करना नहीं चाहेंगे किन्तु उसे अपनी विवशता का भी अभिज्ञान था। उसने करबद्ध नृप से निवेदित किया--''आपका प्रस्ताव किसी भी कन्या के लिए सौभाग्यकारी तथा हर्ष-पूरित करने वाला हो सकता है। मैं भी इसकी अपवाद नहीं हूँ किन्तु एक न्यायप्रिय प्रजापालक होने के फलस्वरूप आपको तो ज्ञात ही होगा कि कोई भी अविवाहिता कन्या अपने परिणय के लिए स्वतन्त्र नहीं होती। उसका पिता ही इस सम्बन्ध में निर्णय लेने को सक्षम है।''

''मैं तुम्हारी वाक्शैली एवं संस्कार-जनित स्पष्टवादिता से अत्यन्त प्रभावित हुआ। तुम मुझे अपने पूज्य पिता के समक्ष उपस्थित होने की अनुमति प्रदान करो।''

''नृप को अपनी प्रजा से मिलने के लिए कब से अनुमति की आवश्यकता पड़ी? आप सहर्ष मेरे जनक से मिल सकते हैं।''

''तब संशय रहित हो रथारूढ़ हो सकती हो। मैं तुम्हारे यशस्वी पिता के समक्ष तुम्हारे पाणिग्रहण का प्रस्ताव रखूँगा।'' नृप शान्तनु ने पास ही खड़े अपने विशाल रथ की ओर इंगित किया। सारथि विस्मय-भरा इन्हीं की ओर अवलोकन कर रहा था।

''मुझे आपके सदृश्य सम्राट के साथ चलने में कोई आपत्ति नहीं। ऐसे भी वार्तालाप में समय लगने से रात्रि घिर आई है। मेरे पिता स्वभावतः चिन्तित होंगे। अन्धकार में मेरा एकाकी आगमन उन्हें निश्चित ही पसन्द नहीं आएगा। आपका साहचर्य मेरे सुरक्षा-कवच का ही कार्य करेगा।'' उपर्युक्त कथन पर सत्यवती रथारूढ़ हो गई और उससे थोड़ी दूर बनाकर नृपशान्तनु ने भी आसन ग्रहण किया। उसके द्वारा इंगित पथ पर, धीवर-पल्ली की ओर रथाश्व तीव्र वेग से दौड़ पड़े।

कुछ ही क्षणों में रथ धीवर-पल्ली में था। यहाँ यत्र-तत्र मत्स्य के आखेट में प्रयुक्त होने वाले जाल एवं यन्त्र पड़े थे। छोटी-छोटी नौकाएँ जहाँ-तहाँ बिछी थीं। कई स्थानों पर छोटी-बड़ी मछलियाँ सूखने के लिए डाली गई थीं। रथ, धीवर-पल्ली के मुखिया दाशराज के द्वार तक नहीं पहुँच सकता था। विवश सम्राट् टेढ़े-मेढ़े मार्ग से कन्या के साथ उसके द्वार तक पहुँच अन्दर आँगन में प्रविष्ट हुए जहाँ उन्हें छोड़कर दाशराज की पुत्री उस पर्णकुटीर के अन्दर विलीन हो गई। अब दाशराज और नृपशान्तनु आमने-सामने थे।

निषाद-पति को हस्तिनापुर-नरेश को पहचानने में विलम्ब नहीं लगा। कई समारोहों में वह उन्हें दूर से ही सही देख चुका था। सम्राट को अपने आँगन में पाकर उसकी बुद्धि एक क्षण के लिए विभ्रम का आखेट हो गई थी। अपने आँगन में उनके आगमन का कारण वह समझ नहीं पा रहा था। कमर से झुककर उनका अभिवादन करते हुए उसने साग्रह पूछा--''यह दास किस दण्ड का अधिकारी है जिसके लिए महाराज को स्वयं यहाँ आने का कष्ट उठाना पड़ा? अथवा मेरी अज्ञान तनया से कोई भूल हो गई

है और उसकी प्रताड़ना के लिए आपको यहाँ आना पड़ा है?"

नृप शान्तनु ने उसे आश्वस्त करते हुए कहा, "तुम किसी भी दण्ड के अधिकारी नहीं हो, अपितु ऐसी संस्कारवती एवं सौन्दर्यवती युवती के पिता होने के कारण तुम पुरस्कार-योग्य हो। विवशता यही है इस हेतु कोई भी पुरस्कार अल्प पड़ेगा। जहाँ तक तुम्हारी सर्वगुणसम्पन्न पुत्री का प्रश्न है वह इतनी संस्कार-युक्त एवं मेधा-सम्पन्न है कि उससे कोई गलती बन ही नहीं सकती। उसकी प्रताड़ना की बात तो स्वप्न में भी नहीं सोची जा सकती। मेरे यहाँ आगमन का उद्देश्य तुम्हारे लिए सर्वथा अकल्पनीय है। आश्चर्य से विस्फारित नेत्रों से निषाद-पल्ली के मुखिया दाशराज ने कहा, "सम्राट् अपने आगमन का कारण स्पष्ट कर मुझे आशंका-रहित करने की कृपा करें।" दाशराज की आँखों में अब भी भय, आशंका और अविश्वास बारी-बारी से तिर रहे थे।

नृपशान्तनु उसकी इस स्थिति को देखकर बोल पड़े, "निषादपति! मैं बिना किसी भूमिका के तुमसे कहना चाहता हूँ कि मैं तुम्हारी भुवनमोहिनी पुत्री को अपना हृदय दे चुका हूँ और उसे अपनी पत्नी के रूप में अपने राजमहल में प्रतिष्ठित करने के लिए उसके पाणिग्रहण के हित तुम्हारी अनुमति का आकांक्षी हूँ। कृपया उसके हाथों को मेरे हाथों में देकर तुम पितृऋण से मुक्त हो जाओ और मेरे अन्दर जलती हुई ज्वाला को भी शान्त करो क्योंकि मैं वर्षों से पत्नीविहीन हूँ और मेरी भावी पत्नी का स्थान, तुम्हारी पुत्री को मेरे द्वारा अवलोकित करने के पश्चात् कोई और नहीं ले सकती।"

नृप शान्तनु की स्वीकारोक्ति के पश्चात् दाशराज जो अब तक अपने सम्पूर्ण प्रयासों के पश्चात् भी भय-मुक्त नहीं हो रहा था सहसा हर्षोन्माद से पूरित हो आया। उसे लगा कि उसके मत्स्य जाल में सहसा कोई विराट मत्स्य फँस आया है।

उसने सारे भय, सम्पूर्ण आशंकाओं और व्यर्थ के अविश्वासों को त्यागकर नत नहीं अपितु उन्नत सिर बोला क्योंकि उसे यह अभिज्ञान हो गया कि संवाद अब एक राजा से नहीं अपितु एक भिक्षुक से हो रहा था जो उसकी अपनी पुत्री के साथ सम्बन्ध का आकांक्षी था—"सम्राट्! अविश्वसनीय सुन विस्मित हो रहा हूँ। स्वप्न में भी कैसे इस बात पर विश्वास किया जा सकता है कि हस्तिनापुर के अधिपति सम्राट् शान्तनु, निषाद-पल्ली में पली एक निरक्षर कन्या से विवाह को आतुर होंगे? क्या आप सत्य कथन कर रहे हैं? मेरी इस धृष्टता को क्षमा करेंगे किन्तु पिता होने के नाते मुझे पूरी तरह आश्वस्त होने का अधिकार बनता है।"

नृप शान्तनु ने विनम्र भाव से कहा—"धीवर कुलाधीश पूर्णश्लोक सम्राट् प्रतीप के पुत्र शान्तनु से मिथ्या कथन की अपेक्षा नहीं की जा सकती। मैं तुम्हारी सारी आशंकाओं और अविश्वासों को निर्मूल करते हुए उद्घोषित करता हूँ कि मैं वस्तुतः तुम्हारी पुत्री के पाणिग्रहण का अभिलाषी हूँ। मैं अपने इस वचन से किसी भी मूल्य पर वापस नहीं होने जा रहा।"

दाशराज की आन्तरिक प्रसन्नता की कोई सीमा नहीं थी। जाल में फँसे मत्स्य को अपने रूप में नचाना वह अंच्छी तरह जानता था। उसने अपने इसी कौशल का प्रयोग करते हुए कहा—"समूल्य तो यह प्रस्ताव है ही बिना मूल्य मैंने अपनी एक मछली भी नहीं बेची तो अपनी इस अमूल्य पुत्री को आपके हाथों में मैं बिना मूल्य नहीं दे सकता। इसे मेरी लिप्सा नहीं मानें अपितु अपनी पुत्री के हित को ही सुनिश्चित करना चाहता हूँ।"

वन-जन्तुओं के आखेट में कुशल नृप मत्स्य-आखेट में अनाड़ी थे। वे दाशराज

के जाल में पूरी तरह फँसते जा रहे हैं इसका अनुमान उन्हें नहीं था। दाशराज द्वारा प्रयुक्त मूल्य को उन्होंने मूल्य के प्रचलित अर्थ में ही लिया और सोचा यह लोभी मत्स्याखेटी अन्ततः कितना मूल्य अपनी इस पुत्री का लेगा? अधिक से अधिक सौ अथवा सहस्र स्वर्णमुद्राएँ, वे निश्चिन्तता से बोल पड़े–

"दाशराज! अगर अपनी पुत्री के लालन-पालन का मूल्य ही वसूल करना है तो निःसंकोच बोलो। कितना मूल्य निर्धारण किया इसका?"

दाशराज ने किंचित् मुसकान के साथ कहा, "सम्राट् गलत नहीं समझें। मैं एक धीवर अवश्य हूँ किन्तु मेरे भी कुछ संस्कार हैं। मूल्य सिक्कों अथवा धरती के किसी टुकड़े के रूप में नहीं है। मेरी पुत्री को आपने अपनी पत्नी के रूप में चयनित किया है तो मूल्य पर हस्तिनापुर का साम्राज्य ही चढ़ा है। ठीक से सोच लें ताकि बाद में पश्चाताप का आखेट नहीं होना पड़े।"

सम्राट विस्मित हुए। दाशराज की इस उक्ति का वह कोई अर्थ निकालने में असमर्थ थे, अतः कहा, "निशादराज! अपने कथन को स्पष्ट करने का कष्ट करो। मैं शायद तुम्हारे विशाल मत्स्यजाल में फँसकर कुछ समझ नहीं पा रहा हूँ।"

दाशराज ने निर्भीक शब्दों में अपनी शर्त रख दी–"सम्राट्! इसमें कुछ समझने नहीं समझने की बात नहीं है। साम्राज्य को ही मूल्य के रूप में प्राप्त करने का मेरा तात्पर्य यह है कि मेरी पुत्री सत्यवती से जो सन्तान उत्पन्न होगी, आपके पश्चात् हस्तिनापुर का सिंहासन उसे ही प्राप्त होगा। युवराज देवव्रत को जो आपके एकमात्र पुत्र हैं मेरी पुत्री के पुत्र के हित में अपने अधिकार से वंचित होना पड़ेगा।" नृप सहसा आकाश से गिरे और दाशराज की बात को पूर्णतः ग्रहण करने के लिए कहा–"अर्थात् भावी सम्राट युवराज देवव्रत्त नहीं होकर तुम्हारी पुत्री का पुत्र होगा यही न?"

"महाराज ने ठीक समझा।" नृप शान्तनु आँगन में खड़े रक्तहीन हो आए और इसके पूर्व कि वे अपना सन्तुलन खो देते उन्हें सारथि ने सहारा देकर रथ के पास ला उस पर आरूढ़ कर दिया।

मुझे पिता की असहनीय स्थिति का पूर्णतया ज्ञान हो गया था। वह द्विविधा-ग्रस्त थे। एक तरफ उद्दाम सौन्दर्य की प्रतिमूर्ति निषाद-कन्या के प्रति आशक्ति कम नहीं हो रही थी अपितु उसे न मिलने की स्थिति में उनकी व्यग्रता वृद्धिशील ही होती जा रही थी। दूसरी तरफ मेरे अधिकार पर अतिक्रमण उनकी न्यायपरक दृष्टि में कदापि उचित नहीं था। वे दो पाटों के मध्य किसी अन्न के दाने की तरह विवश पिस रहे थे। एक तरफ असह्य कामेच्छा दूसरी तरफ न्याय की तुला। उनकी पीड़ा, दुःख-दर्द और व्यग्रता, विरक्तिभाव को समझना कठिन नहीं था।

अब सब कुछ मुझ पर निर्भर था। अगर मैं अपने अधिकार से वंचित होने को प्रस्तुत हो जाता तो पिता की समस्या का समाधान सम्भव था और उनका गिरता स्वास्थ्य वापस आ सकता था। वह व्यर्थ की दुश्चिन्ता से मुक्त हो सकते थे किन्तु ऐसा कुछ करने के पूर्व मुझे उनसे परामर्श करना उचित प्रतीत हुआ।

मैं उनके शयनकक्ष में प्रविष्ट हुआ। उन्हें सम्बोधित कर कहा–"आपकी यह दुर्व्यवस्था मुझसे देखी नहीं जाती। मैं आपका एकमात्र पुत्र हूँ। वय के अनुसार मित्रवत् हूँ। मुझसे कुछ भी गोपन उचित नहीं है। कृपया अपनी समस्या से अवगत कराएँ।

मुझे सहायक ही पाएँगे।"

शय्यासीन पिता ने कुछ क्षण विचार कर अकथनीय कथन किया—"यदि तुम पूछते ही हो देवव्रत्त! तो मुझे इस साम्राज्य के उत्तराधिकारी से सम्बन्धित समस्या सता रही है। दुर्भाग्य से तुम मेरे एकमात्र पुत्र हो। यों मैं तुम्हारे पराक्रम से परिचित हूँ और शस्त्रास्त्र तुम्हारा कुछ नहीं बिगाड़ सकते किन्तु दैव दुर्विपाक से अन्य कारणों से तुम्हें कुछ हो गया तो राज्य का कोई उत्तराधिकारी नहीं बचेगा। ठीक ही कहा गया है कि एक पुत्र अथवा एक आँख का कोई भरोसा नहीं। एक आँख अथवा एक पुत्र रहे या न रहे क्या ठिकाना? नेत्र के नष्ट होने पर मानो शरीर ही नष्ट हो जाता है और पुत्र के नष्ट होने पर कुल-परम्परा ही नष्ट हो जाती है।[1] मैं पुनर्विवाह पर विचार कर सकता था किन्तु तुम्हारे उत्तराधिकार पर अतिक्रमण भी मुझे सह्य नहीं। मैं उसी कारण इस दुःस्थिति का आखेट हुआ हूँ।"

आज इस शर-शय्या पर पड़ा अतीत-चिन्तन में रत मुझे स्मरण हो रहा है कि पिता के इस कथन ने मुझे अन्दर से झकझोर कर रख दिया था। युद्धारम्भ में श्रीकृष्ण ने शायद ठीक ही कहा था कि काम (वासना) ही सभी विपत्तियों के मूल में है। कामग्रस्त पिता एक तरह से मेरे समक्ष गलत कथन कर गए थे। सत्यवती के प्रति अपने आकर्षण को छिपाकर उन्होंने सत्य का ही गला घोंटा था। ऊपर से उत्तराधिकार के ब्याज के आधार पर वह पुनर्विवाह की ओर भी इंगित कर रहे थे। अपनी सत्य-निष्ठा के लिए ख्यात पिता शान्तनु से ऐसी अपेक्षा नहीं की जा सकती थी। अब तो मुझे यह प्रतीत होता है कि गंगा को मेरी माता उद्घोषित करने के पीछे भी सत्य की अनुपस्थिति थी। मैं अगर गंगा-पुत्र अपने को नहीं मानता तो निश्चित ही मैं गलत नहीं हूँ।

मुझे फिर भी पुत्र का कर्तव्य पुकार रहा था। मुझे पता था कि पिता का कल्याण निषाद-कन्या के पट्टमहिषी बनने में ही निहित था।

मैंने अपने साथ कुछ मित्र राजाओं को लिया और दाशराज के स्थान को ढूँढ़ता हुआ निषाद-पल्ली जा पहुँचा। वहाँ की मत्स्यगन्ध हमारी नासिकाओं के लिए असह्य थी किन्तु निषादराज से वार्तालाप भी आवश्यक था। उसके आँगन में प्रवेश करते ही आश्चर्यरूप से असह्यनीय मत्स्य-गन्ध विलुप्त हो गई और दाशराज का प्रांगण एक मादकगंध से ओत-प्रोत लगा। मुझे समझने में विलम्ब नहीं हुआ कि यह गंध योजनगंधा, निषादराज की कन्या की देह से निस्सृत थी। चाहे वह गृह के किसी कोने में अवस्थित हो, कम से कम वार्तालाप के लिए उपयुक्त परिवेश तो प्राप्त हो गया था। मत्स्य गंध यहाँ हमें उत्पीड़ित करने के लिए उपस्थित नहीं थी।

दाशराज हमारे समक्ष खड़ा था। उसकी आँखों में भय तैर रहा था। उस लोभलिप्सा-ग्रस्त मछुआरे को स्पष्टतः लग रहा था कि उसने जो मेरे अधिकार पर अतिक्रमण करने का प्रयास किया था और अपनी पुत्री के शुल्क के रूप में साम्राज्य को ही दाँव पर लगा दिया था, उसी का प्रतिशोध लेने में उपस्थित हुआ हूँ। साथ के मित्र राजाओं ने उसकी इस आशंका को और प्रबल कर दिया। मैं भले निःशस्त्र था किन्तु साथी राजा भले ही शस्त्र नहीं उठाएँ पर राजाओं को शस्त्र-विहीन कहीं जाना राजनीति एवं रणनीति की दृष्टि से उचित नहीं माना गया है।

1. चक्षुरेकं च पुत्रश्य अस्ति नास्ति च भारत। चक्षुर्नाशे तनोर्नाशः पुत्रनाशे कुलक्षयः।।

—महाभारत—आदि पर्व—100/67

दाशराज जो पिता के समक्ष समान स्तर पर बात करने का दुःसाहस दिखा चुका था मेरे समक्ष मानो अश्वत्थ-पत्र की तरह कम्पायमान हो आया था।

उसको निर्भय करने की इच्छा से मैंने संयमित स्वर में कहा "दाशराज! भय की कोई बात नहीं। मैं अपने पिता की हित-कामना हेतु उपस्थित हुआ हूँ। तुम निश्चिन्त होकर अपनी कन्या को मेरी जननी के रूप में मेरे पिता के साथ परिणित कर दो। मैं यह प्रतिज्ञा करता हूँ कि नृप शान्तनु के पश्चात् मैं हस्तिनापुर के सिंहासन पर आसीन नहीं होऊँगा अपितु मेरी माता सत्यवती का पुत्र ही सम्राट के पद को सुशोभित करेगा। अब शीघ्रता करो और अपनी कन्या को रथारूढ़ कर दो जिससे मेरे पिता के साथ उसका परिणय सम्भव हो और उनका सन्ताप निःशेष हो जाए।"

दाशराज सहसा चमत्कृत हो आया। उसका भय जाता रहा और उसने उच्च स्वर में मेरी जयकार करते हुए कहा, "ईश्वर सभी को आपके सदृश त्यागपूर्ण एवं आज्ञाकारी पुत्र प्रदान करे। आप अपने पिता की तरह ही अपितु उनसे कुछ अधिक ही सत्यवती हैं। मैं आपके कथन पर पूर्णतया विश्वास करता हूँ।"

"तो फिर विलम्ब किस बात की? शुभस्य शीघ्रम्। अपनी कन्या को रथारूढ़ करो। मैं अब एक क्षण के लिए भी पिता की वेदना सहन करने में अपने को अक्षम पा रहा हूँ।"

दाशराज की मुखमुद्रा गम्भीर हुई। मानो वह पूरी तरह सन्तुष्ट होने से रह गया था।

मैंने उतावलेपन से पूछा, "अब भी द्विविधा शेष है क्या?"

"द्विविधा है युवराज!"

"उसे भी स्पष्ट कर दो। मैं यहाँ से रिक्त हस्त लौटने वाला नहीं हूँ।"

दाशराज ने लोभलिप्सा की सारी सीमाओं का उल्लंघन करते हुए कहा—"युवराज! क्षमा करेंगे। माना कि आप अपनी प्रतिज्ञा पर दृढ़ रहेंगे और हस्तिनापुर के सिंहासन पर सत्यवती-पुत्र को आसीन कर देंगे किन्तु इतने से सत्यवती का भविष्य सुरक्षित नहीं हो जाता। आपका विवाह होगा। आपकी सन्तान होगी। आपके ज्येष्ठ पुत्र को सिंहासन पर अधिकार जताने से कोई रोक नहीं सकता।"

मैं मन ही मन इस मछुआरे के राजनीतिक चातुर्य पर विस्मित हुआ। साथ ही उसकी दूरदृष्टि से प्रभावित भी। शायद मैं और मेरे साथ उपस्थित राजन्यगण भी इतनी दूर तक नहीं सोच सकते थे।

मैंने क्षणमात्र का विलम्ब किए बिना ही दोनों भुजाओं को उठाकर उद्घोषित कर दिया—"साक्षी हों दिशाएँ, साक्षी हों सूर्य-चन्द्र, साक्षी हों अन्तरिक्ष के देवर्षि और महर्षि तथा देवगण, साक्षी हों पृथ्वी और आकाश, साक्षी हों मेरे संग आए इतने राजन्यगण; मैं शान्तनु-पुत्र देवव्रत यह प्रतिज्ञा करता हूँ कि मैं कभी भी विवाह नहीं करूँगा। आजीवन ब्रह्मचर्य का पालन करते हुए नारी-संग नहीं करूँगा। नारी मात्र का स्पर्श भी नहीं करूँगा। मैं निःसन्तान इस धरती से विदा लूँगा।" मेरे इस प्रण के साथ ही जैसा कि पहले भी उल्लिखित कर चुका हूँ अवनि और अम्बर का अन्तराल भीष्म-प्रतिज्ञा से गूँजित हो उठा। अन्तरिक्ष से मेरे ऊपर पुष्प-वर्षण आरम्भ हो गया।

तभी से मैं भीष्म हो आया और आज भीष्म के रूप में ही इस विकट शर-शय्या को सुशोभित कर रहा हूँ।

पुनः लौटता हूँ दाशराज के प्रांगण पर। निषादपति अब पूर्णतया सन्तुष्ट था।

उसने मेरा झुककर अभिवादन करना चाहा। मैंने उसके हाथों को पैरों तक नहीं पहुँचने दिया और कहा, ''अब आप मेरे पिता के श्वसुर अथवा पिता ही हैं क्योंकि कन्या-दाता को भी पिता ही माना गया है, अतः आप मेरे पूज्य पितामह हैं। मेरे कथन में श्लेष नहीं था फिर भी दाशराज ने उसका क्या अर्थ लगाया उससे मेरा कोई सम्बन्ध नहीं। निषादराज ने क्षण का विलम्ब किए बिना अपनी पुत्री को यथासम्भव सजा सँवारकर रथ में बिठा दिया।

मैंने राजमहल पहुँचने के पूर्व ही माता सत्यवती को रथ से उतार कर शिविका में आसीन किया और सत्यवतीयुक्त शिविका को सम्राट के शयनकक्ष के द्वार पर लगा दिया।

पिता शान्तनु ने एक गहरी दृष्टि सत्यवती पर डाली। उस योजन गंधा की गंध से उसकी उपस्थिति का उन्हें पूर्वानुमान हो गया था। इसके पश्चात् उन्होंने मेरी ओर दृष्टि फेरी। उनकी आँखों में अप्रतिम कृतज्ञता थी। मैंने सिर झुका लिया।

मुझे ज्ञात था कि मैंने पिता की कामेच्छा की पूर्ति की अग्नि में कितनी अमूल्य समिधा अर्पित की थी। मैंने अपने पूरे जीवन को प्रेम, स्नेह एवं नारी की सहज संवेदनशीलता से वंचित कर दिया था। पूर्ण यौवन में ही अपनी कामना-वासना पर अपनी भीष्म प्रतिज्ञा का प्रस्तर डालकर उसे निर्ममता से कुचल दिया था और उर्द्धवरेता बन अपनी वंशवेली को भी समाप्त कर चुका था।

पिता ने उस दिन सायं एकान्त में कहा था, ''पुत्र देवव्रत! तुमने ऐसा कुछ कर दिया जिसे आज तक किसी मनुष्य अथवा प्राणी ने नहीं किया। तुम्हारी भीष्म प्रतिज्ञा 'न भूतो न भविष्यति' की श्रेणी में आएगी। मुझे इसके लिए एक वरदान देने दो यद्यपि मैं पूर्णतः सत्यनिष्ठ नहीं भी हो सकता हूँ तथापि मेरा संचित पुण्य, मेरा देवार्चन तथा मेरे यज्ञ-यजन मुझे वरदान देने में सक्षम बनाते हैं भले ही इस वरदान के बाद मैं रिक्त हो जाऊँ किन्तु मेरा यह वरदान सत्य होकर रहेगा–'यद्यपि यह मृत्युलोक है और एक न एक दिन इसे त्याग कर जाना है किन्तु प्रतीप-पुत्र शान्तनु का यह वरदान है कि तुम इच्छा-मृत्यु के अधिकारी होओगे, मृत्यु तुम तक तभी पहुँच पाएगी जब तुम उसके स्वागत के लिए प्रस्तुत होगे। तुमने मेरे लिए यह जो अकल्पित और जीवधारियों के लिए दुष्कर कार्य किया है उसके प्रतिदान में मेरा यह वरदान कहीं नहीं ठहरता।''

मेरी भीष्म प्रतिज्ञा के फलस्वरूप पिता का पुनर्विवाह तो सम्पन्न हुआ लेकिन आज कुरुक्षेत्र के किनारे बाणों की इस शय्या पर पड़ा मैं सोच रहा हूँ कि मैं अगर यह भीष्म प्रतिज्ञा नहीं करता तो न तो यह महासमर आरम्भ होता न मैं इस दुर्दशा को प्राप्त करता।

मैंने पूर्व में भी कई बार इंगित किया है कि महाभारत-युद्ध के मूल में अगर कोई है तो वह स्वयं मैं हूँ अब बात को पूर्णतया स्पष्ट करना चाहूँगा।

अगर मैं पितृप्रेम में अन्धा होकर भीष्म प्रतिज्ञा नहीं कर बैठता तो हस्तिनापुर के सिंहासन को लेकर किसी समर की आवश्यकता नहीं पड़ती। महाराज शान्तनु अर्थात् मेरी वंशवेली के लोग सिंहासन पर आरूढ़ होते रहते और एक निरन्तरता बनी रहती। फिर कैसा और किससे युद्ध?

निश्चित रूप से दुर्योधन की उद्दंडता और उसकी असहिष्णुता एवं प्रतिशोध-भावना

तथा राज्य पर एकाधिकार की निन्दनीय लिप्सा ने महाभारत-युद्ध को जन्म दिया किन्तु अगर मैं भीष्म प्रतिज्ञा कर अपने को सन्तानविहीन नहीं रखता तो न तो धृतराष्ट्र की उत्पत्ति होती न पुत्र-मोह में आबद्ध इस अंधे नृप के अनुशासनहीन पुत्र दुर्योधन की ही। धृतराष्ट्र की उत्पत्ति की कथा भी बड़ी मनोरंजक है जो मेरे इस आत्मकथन में आने से नहीं रहेगी। पिता शान्तनु को लेकर जीवन की इस विदा-बेला में एक और बात मन में आती है। उन्होंने मुझे जो इच्छामृत्यु का वरदान दिया वह वरदान था अथवा अभिशाप? अगर वह वरदान प्राप्त नहीं होता तो मैं इतने शरों से विद्ध होने के पश्चात् कभी का इस धरा को छोड़ गया होता। उस वरदान के बल पर मैं सूर्य के उत्तरायण होने की प्रतीक्षा में इस शय्या-जनित वेदना को झेलने-हेतु विवश नहीं होता। साथ ही अगर इतनी दीर्घआयु नहीं पाता तो शायद इस समर का सहभागी भी नहीं बनता।

नियति की यह विडम्बना ही है कि पिता का वरदान ही मेरे लिए अभिशाप सिद्ध हुआ। उन्होंने तो हर्षातिरेक में मुझे दीर्घजीवी बना दिया लेकिन इसी दीर्घजीवन के फलस्वरूप मुझे उपेक्षा, अपमान, तिस्कार आदि के दंश झेलने पड़े और अन्ततः अर्जुन के असंख्य शरों से आहत होकर अपने शरीर का बूँद-बूँद रक्त गँवाकर निःसहाय अवस्था में मैं बाणों की शय्या पर पड़ा हुआ हूँ। मेरे जीवन में विडम्बनाएँ ही विडम्बनाएँ क्यों भर दी गई हैं, किस पाप अथवा किस अपराध के फलस्वरूप? मैं इस गुत्थी को सुलझाने में असमर्थ हूँ। इसे जितना ही सुलझाना चाहता हूँ यह उतनी ही उलझती जाती है। महाभारत-समर में योद्धाओं द्वारा छोड़े गए शरों का प्रतिरोध तो मैं निरन्तर करता रहा किन्तु नियति ने अप्रत्यक्ष रहकर मुझ पर जो शर-सन्धान किए उनका प्रतिरोध करने में मैं सदा अक्षम सिद्ध हुआ। सत्यवती के राजमहिषी बन जाने के पश्चात् महाराज शान्तनु भोग-विलास के जीवन के आदी हो गए। सत्यवती के रूप-जाल में वह सदा आकंठ डूबे रहते। इस उम्र में ऐसी पत्नी पाकर ऐसा होना अस्वाभाविक नहीं था।

युवराज होने के कारण राज-काज का भार स्वभावतः मेरे स्कन्धों पर आ गया था। पिता की विलासिता में बाधा बनना उनको जो कुछ अर्जित कर दिया था उससे उन्हें वंचित रखना होता। अतः मैंने स्वेच्छया उन्हें राज-काज के संचालन से दूर ही रहने दिया और इसी अवस्था में हस्तिनापुर के संवर्द्धन एवं संरक्षण का दायित्व अपने ऊपर ले लिया। इस दायित्व को मुझे सिंहासन से वंचित रहकर भी तथा राज-भोग की अभिलाषाओं-लिप्साओं से पृथक् रहकर भी आजीवन निभाना पड़ा। यह कैसा राजत्याग था जिसने मेरे दायित्व को तो और वृद्धिशील कर दिया किन्तु जीवन की सारी अपेक्षाओं-आशाओं से वंचित? अच्छा हुआ, मैंने इस रूप में अपने को सदा व्यस्त रखा। वर्ना कम-से-कम यौवनकाल में कामदेव के प्रहारों को शमित कर अपने आजीवन ब्रह्मचर्य-व्रत की प्रतिज्ञा के पालन में शायद मैं सक्षम नहीं होता।

घटनाओं की आगे की कड़ी स्मृति-पटल पर उभर रही है।

नृप शान्तनु ने सत्यवती के क्षेत्र से मेरे सौतेले भाई चित्रांगद को जन्म दिया।

चित्रांगद के लालन-पालन में नृप-शान्तनु और राजामता सत्यवती ने अपना सारा समय लगाना आरम्भ किया। चित्रांगद वात्सल्य के अतिरेक में भी शायद अपने पूर्व जन्मों के संस्कारों के फलस्वरूप एक सुयोग्य शासक ही सिद्ध हुआ उसके जन्म के कुछेक वर्षों पश्चात् विचित्रवीर्य का जन्म हुआ।

भोग के आधिक्य के फलस्वरूप पिता शान्तनु अपना पूर्ण जीवन नहीं जी सके। उन्हें अल्पायु ही कहना पड़ेगा। दूसरा पुत्र विचित्रवीर्य यौवनावस्था को प्राप्त करे इसके

पूर्व ही वह दिवंगत हो गए। सिंहासन सूना हो गया। मैं तो उस पर आसीन होने से रहा।

राजमाता सत्यवती के परामर्श से ज्येष्ठ पुत्र चित्रांगद को सिंहासनारूढ़ किया गया। चित्रांगद में पराक्रम की कमी नहीं थी। बुद्धि-विद्या की भी नहीं किन्तु उसमें एक ही दोष था जो हस्तिनापुर के नरेश के चरित्र के अनुकूल नहीं था। वह घोर अहंकारी तथा घमंडी स्वभाव का व्यक्ति था। मैंने उसकी अहंकारी प्रवृत्ति पर अंकुश देने का भी प्रयास किया किन्तु माता सत्यवती के अत्यधिक स्नेह-भाजन होने के कारण चित्रांगद मेरे दिशानिर्देशों को उपेक्षित करता रहा। वह अनायास पड़ोसी राज्यों पर आक्रमण कर बैठता। अहंकार में चूर्ण वह किसी का भी अपमान करने में पीछे नहीं रहता था। मनुष्य तो मनुष्य यक्ष, गन्धर्व और देवों को भी वह अपने समतुल्य नहीं मानता था। सब पर आक्षेप करना उसकी प्रवृत्ति थी।

इस अहंकार का मूल्य चुकाना पड़ा। वह जीवन के कुछ ही वसंत देख पाया था कि उसी का नामधारी एक महाबली गन्धर्व उसके समीप उपस्थित हुआ।

इस गन्धर्वराज ने उसको यह कहते हुए युद्ध के लिए ललकारा कि मेरा नाम भी चित्रांगद है और तुम्हारा नाम भी चित्रांगद। इस सृष्टि में मेरे नाम का कोई और हो यह मुझे कदापि सह्य नहीं, तुम मुझसे युद्ध करो अथवा अपना नाम परिवर्तित कर लो।

अहंकारी चित्रांगद ने मुझसे परामर्श की भी आवश्यकता नहीं समझी और गन्धर्वराज से युद्ध के लिए प्रस्तुत हो गया। कहाँ नर और कहाँ गन्धर्व? युद्ध की स्वाभाविक परिणति हुई। चित्रांगद मेरा सौतेला भाई इस युद्ध में मृत्यु को प्राप्त हुआ।

हस्तिनापुर राजमहल शोक-सागर में निमग्न हो गया। सत्यवती और उसके पिता दाशराज की महत्त्वाकांक्षा और अनियन्त्रित राजलिप्सा पर यह प्रथम वज्रपात था। हस्तिनापुर का सिंहासन रिक्त हो गया। विचित्रवीर्य अभी राजकाज की उम्र नहीं प्राप्त कर सके थे। स्थिति विचित्र थी। मैं अपनी प्रतिज्ञानुसार इस स्थिति में भी कुछ वर्षों के लिए भी सिंहासनारूढ़ नहीं हो सकता था। फलतः माता सत्यवती के परामर्श से अल्पवय में विचित्रवीर्य को सिंहासनारूढ़ किया गया।

मैं यह उद्घोषित करने से रह गया हूँ कि मृत्युकाल मेरे पिता महाराज शान्तनु ने मुझे अपनी शय्या के पास बुलाकर मुझे आदिष्ट किया था—"पुत्र देवव्रत! तुमने मेरी अभीष्ट सिद्धि के लिए वह सब कुछ किया जो कोई भी पुत्र पिता के लिए नहीं कर सकता था। इस मृत्युशय्या से तुम्हें मैं अपने जीवन का अन्तिम आदेश दे रहा हूँ। मुझे अपने पश्चात् के शासकों से बहुत आशा नहीं। मेरे अपने ही पुत्र कैसे प्रशासक सिद्ध होंगे यह मुझे ज्ञात नहीं। तुम्हारे प्रचंड पराक्रम से मैं परिचित हूँ और मैं उसका लाभ उठाना चाहता हूँ, अतः अपनी भीष्म प्रतिज्ञा के पश्चात् एक और प्रतिज्ञा करो कि हस्तिनापुर के सिंहासन पर चाहे कोई आसीन हो, राज्य की सुरक्षा और संरक्षण में तुम अपने पराक्रम और बुद्धि-कौशल का पूर्ण उपयोग करोगे और इस हेतु एक चट्टान बनकर खड़े हो जाओगे। जब तक तुम यह वचन नहीं देते हो मेरे कृशकाय शरीर से बाहर निकलने के लिए मेरे प्राण-पखेरू तड़पते ही रहेंगे।"

मृत्युशय्या से माँगा गया यह वचन अदेय नहीं हो सकता था और मैंने नतमस्तक हो इसे स्वीकार कर लिया और इसके पश्चात् ही पिता के प्राण प्रस्थित हो गए। अतः स्वभाविक था कि किशोर और अनुभवशून्य विचित्रवीर्य के राजसिंहासन पर आसीन

होते ही मुझे परोक्ष रूप से राज्य संचालन करना था और उसकी सुरक्षा और संवर्द्धन को सुरक्षित करना था भले ही अपनी प्रतिज्ञा की रक्षा के लिए भी मुझे अपने को राजसी सुखों से पृथक् ही रखना पड़े।

विचित्रवीर्य अपने अग्रज के पराक्रम के समक्ष कहीं नहीं ठहरता था। वह इन्द्रीय-लोलुप और क्षीणवीर्य था। मुझे उसके शासनकाल में सिंहासन की सुरक्षा के लिए कुछ अधिक ही सतर्क रहना पड़ा।

इसके युवावस्था प्राप्त करते ही माता सत्यवती ने मुझे उसके विवाह का प्रबन्ध करने हेतु अदिष्ट किया।

मेरी स्थिति विचित्र थी। आजीवन ब्रह्मचर्यव्रत को प्रतिज्ञाबद्ध मैं औरतों के सम्बन्ध में नहीं के बराबर ही जानता था। अपनी प्रतिज्ञा-रक्षा के क्रम में किसी रूपवती महिला पर अपनी दृष्टि भी मैंने यथाशक्य नहीं पड़ने दी थी। ऐसे में मैं विवाह-योग्य कन्याओं का चयन कैसे कर सकता था?

मैंने माता सत्यवती से अनुरोध किया, "यह दुष्कर कार्य किसी और को सौंपे तो अच्छा है।"

सत्यवती को यह बात नहीं सुहायी। असामान्य लोभ-लिप्सा-ग्रस्त पिता की पुत्री होने के कारण वह इन अवगुणों से रहित नहीं थी और मेरे अस्वीकार का उसने गलत अर्थ लगाया। विचित्रवीर्य की कुख्याति के फलस्वरूप हस्तिनापुर महल में उसके लिए कोई विवाह-प्रस्ताव नहीं आ रहा था। ऐसे में यदि उसके विवाह का प्रबन्ध नहीं होता तो सत्यवती की वशंवेली टूट जाती। लिप्सांध राजमाता को यह भय हुआ कि विचित्रवीर्य शायद अपने दुर्बल स्वास्थ्य के कारण अकालमृत्यु को प्राप्त हो और उसके पश्चात् मैं सिंहासनारूढ़ हो जाऊँ।

माता ने विक्षुब्ध होकर कहा—"तुम अपने स्वर्गीय पिता शान्तनु के समक्ष हस्तिनापुर राज्य की सुरक्षा और उसके संवर्धन के लिए प्रतिज्ञाबद्ध हो, अतः सिंहसान कभी रिक्त नहीं हो इस हेतु विचित्रवीर्य का विवाह आवश्यक है और इसलिए भी कि मेरी वंशवेली का ही प्रभुत्व राजसिंहासन पर बना रहे। तुम न तो अपनी भीष्म प्रतिज्ञा को विस्मृत कर सकते हो न मरणासन्न पिता को दिए गए वचन को ही।"

यह सबकुछ मेरी अग्नि-परीक्षा से कुछ कम नहीं था।

मैं किधर से और कैसे अपने इस प्रायःनिर्वीर्य सौतेले भाई के लिए विवाहयोग्य कन्या का सन्धान करता लेकिन नियति को मेरे साथ एक और खेल खेलना था और उसके द्वारा वह मुझे कलंकित करने को प्रतिबद्ध थी।

काशिराज द्वारा अपनी तीन कन्याओं के लिए आयोजित स्वयंवर में एक विचित्र स्थिति पैदा हो गई थी। विवाह के इच्छुक यौवन-प्राप्त नरेशों के मध्य एक प्रायः सफेदकेश एवं अर्द्धश्वेत श्मश्रुयुक्त व्यक्ति अपनी ग्रिवा ऊँची किए हुए, उपस्थित था। सभी उस पर कटाक्ष कर रहे थे—इस वय में यह चले हैं स्वयंवर में भाग लेने।"

काशिराज के लिए भी यह विस्मयकारी घटना थी क्योंकि यह व्यक्ति अनाहूत और अनामंत्रित था। अपने हाथों में वरमाला लिए काशिराज की तीनों कन्याएँ अम्बा, अम्बिका और अम्बालिका ने इस प्रौढ़ श्वेतकेशी व्यक्ति की ओर देखकर भी नहीं देखा। इधर स्वयंवर में सम्मिलित नृपों का कटाक्ष और व्यंग्य-वाण इस व्यक्ति को बेधते ही

जा रहे थे। यह प्रौढ़ व्यक्ति कोई और नहीं मैं स्वयं था। जब यह सबकुछ असह्य हो गया तो मैंने खड़े होकर कहा–"मैं शान्तनु-पुत्र भीष्म स्वयं के लिए नहीं अपितु अपने भाई हस्तिनापुर-नरेश विचित्रवीर्य के विवाह के लिए इस स्वयंवर में उपस्थित हुआ था किन्तु इतना कुछ सुनने के पश्चात् मैं इस स्वयंवर को सम्पन्न होने का अवसर प्रदान करने नहीं देने जा रहा। क्षत्रियों में कन्या-हरण समुचित माना गया है। मैं अपने सौतेले अनुज के लिए इन तीनों कन्याओं का बलपूर्वक हरण करता हूँ। जिस किसी में शक्ति हो मेरा सामना करे।"

उच्च स्वर में यह उद्घोषित कर मैंने अम्बा, अम्बिका और अम्बालिका तीनों को स्वयंवर-मंच से खींचकर पास ही खड़े अपने रथ पर आसीन कर लिया और सारथि को, वेग से रथ-संचालन हेतु आदिष्ट किया।

रथ द्रुत गति से भागा। उसके पीछे कई सशस्त्र नरेश दौड़े किन्तु मैंने क्षिप्रता से असंख्य बाण छोड़ एक ऐसी दीवार खड़ी कर दी जिसे पार करना किसी के लिए सम्भव नहीं था।

अम्बा, अम्बिका और अम्बालिका को मैं हस्तिनापुर-राजमहल में लेकर आ पहुँचा।

मेरे इस कुत्सित कृत्य ने मुझे पहले भी कई बार उत्पीड़ित किया है। जीवन की इस सांध्यवेला में भी मेरा यह पराक्रम-प्रदर्शन मुझे पूर्णतया पश्चातापग्रस्त होने को बाध्य कर रहा है। मेरे अनचाहे कृत्य मुझे शान्ति से मरने भी नहीं देंगे। मैंने बार-बार विचार किया है कि आजीवन नारी-स्पर्श से वंचित रहने को प्रतिज्ञाबद्ध मैं अम्बा, अम्बिका और अम्बालिका के हरण में अपनी प्रतिज्ञा से च्युत हुआ या नहीं। निश्चित ही हुआ लेकिन इस दोष का परिमार्जन भी कैसे और कहाँ सम्भव था?

हस्तिनापुर की सुरक्षा और सत्यवती की वंशवेली की निरन्तरता बनाए रखने के लिए मुझे यह कर्म करना पड़ा था। चाहे कोई भी बहाना हो पर मेरे सदृश तथाकथित सत्यनिष्ठ, न्यायप्रिय एवं प्रतिज्ञाबद्ध ब्रह्मचारी के लिए यह कार्य समुचित कदापि नहीं ठहराया जा सकता है। स्वयंवर द्वारा अपने-अपने मनचाहे वरों के चयन के लिए एकत्रित काशिराज की कन्याओं की भावनाओं, संवेदनाओं और इच्छाओं को निर्ममता से अपने पराक्रमी पैरों से कुचलकर मैंने क्या एक अति निंद्य कार्य नहीं किया था? स्वयं नारी की छाया से दूर रहकर भी और अपने सम्पूर्ण यौवन को और यौवन-जनित प्रबल कामेच्छाओं को अपनी भीष्म प्रतिज्ञा की आहुति बनाने वाले भीष्म को किसी अन्य के विवाह के लिए ऐसा दुःसाहसी कार्य क्यों करना था?

मेरे जीवन की अनेक विडम्बनाओं में यह शायद सर्वोपरि बिडम्बना है और मेरी दृष्टि में मेरे अपकृत्यों में सबसे जघन्य अपकृत्य।

स्थिति तो उस समय और विचित्र बन गई जब बहनों में बड़ी अम्बा ने विचित्रवीर्य के साथ तीनों बहनों के परिणय की बात सुनकर मुझसे करबद्ध कहा, "कुरुश्रेष्ठ! आप निश्चय ही अत्यन्त पराक्रमी हैं। हम तीन बहनों को अपने बल से विजित कर यहाँ लाए हैं किन्तु आपकी प्रतिष्ठा एक सत्यनिष्ठ और धर्मज्ञ पुरुष के रूप में भी है। मैं आप पर एक रहस्य खोल अपनी मुक्ति की कामना चाहती हूँ। अगर आदेश हो तो मैं अपना निवेदन प्रस्तुत करूँ?"

मैं कुछ सोच में पड़ गया किन्तु उसके आग्रह को ठुकराने का कोई आधार भी नहीं था अतः मैंने अपनी सहमति प्रदान की।

तदन्तर अम्बा ने निवेदित किया–"मैंने पूर्व में ही राजा शाल्व जिनके पास सौभ

नामक गगनचारी विमान है, को पति के रूप में वरण कर लिया है और उन्होंने भी मुझसे परिणय की इच्छा प्रकट कर दी है। इसके अतिरिक्त धर्मज्ञ भीष्म, मेरे पिता काशिराज की भी यही आकांक्षा थी कि मेरा विवाह शाल्व के साथ ही सम्पन्न हो। मैं स्वयंवर-सभा में उनके वरण को ही प्रस्तुत थी। मेरे हाथों में पड़ी वरमाला उन्हीं की ग्रिवा को सुशोभित करती यदि आप बलपूर्वक मेरा हरण नहीं कर लेते। ऐसे में मुझ वागदत्ता को किसी और के साथ विवाह-सूत्र में बाँधना कहाँ तक उचित है, आप स्वयं विचार कर लें।''

अम्बा की यह बात मुझे पश्चाताप से भर गई। वह स्वयंवरा थी और उसकी इच्छा ज्ञात किए बिना मैं उसे बलपूर्वक हर लाया। यह मेरे उतावलेपन का ही द्योतक था। अन्ततः शादी केवल एक व्यक्ति अर्थात् विचित्रवीर्य की होनी थी। ऐसे में तीन-तीन कन्याओं का उनकी आशा-आकांक्षा को जाने बिना अपहृत कर लेना कहाँ तक उचित था?

मैंने अम्बा के इस प्रस्ताव पर विवाह-कार्य सम्पन्न कराने हेतु उपस्थित वेदज्ञ ब्राह्मणों से विमर्श किया।

विमर्शोपरान्त मैंने अम्बा को इस विवाह से मुक्त कर दिया और उसे विश्वसनीय व्यक्तियों के साथ रथारूढ़ कर राजा शाल्व के यहाँ प्रेषित कर दिया।

शेष दो बहनों अम्बिका, अम्बालिका ने मन मारकर यह विवाह स्वीकार किया।

मेरे इस कृत्य का कुफल पूरी तरह आना शेष था। विचित्रवीर्य का विवाह सम्पन्न कर मैं कुछ निश्चिन्त हो गया था और अपने दुःसाहसिक कृत्य से उत्पन्न पश्चाताप पर विजय प्राप्त करने का प्रयास कर रहा था कि तीन-चार दिनों में ही अम्बा अपने हाथों में स्वयंवर-माला लिए राजमहल में मेरे समक्ष उपस्थित हो गई।

मैं विस्मय से भरा इस नाटकीय मोड़ पर कुछ सोच पाता कि वह बोल पड़ी—''राजा शाल्व ने मुझे स्वीकार करने में सहमति नहीं जताई। वह पश्चातापग्रस्त हैं कि वे अपनी वाग्दत्ता को आप द्वारा अपहृत करने से बचाने में समर्थ सिद्ध नहीं हुए। इस अपराधबोध से ग्रस्त होने के कारण वे मुझसे विवाह सम्पन्न कर, अपने सम्पूर्ण जीवन को कुंठित करना नहीं चाहते।''

''फिर?''

''फिर यह कि आपने स्वयंवर-सभा से बलात् मेरा अपहरण किया है, अतः न्यायतः आपको ही अब मुझसे विवाह सम्पन्न करना चाहिए। यह वरमाला मैं आप ही की गर्दन में डालने को दृढ़प्रतिज्ञ हो चुकी हूँ।''

मेरी स्थिति का अनुमान आसानी से लगाया जा सकता है। एक ओर न्याय की माँग थी कि मैं इस कन्या को वरण करूँ, उससे विधिवत् विवाहसम्पन्न करूँ। दूसरी ओर मेरी भीष्म प्रतिज्ञा जो मुझे आजीवन ब्रह्मचर्य के लिए बाध्य कर रही थी।

मुझे न्याय और प्रतिज्ञा में एक को चुनना था।

यहाँ भी मेरा स्वार्थ अथवा मेरी विवशता मुझ पर हावी रही। प्रतिज्ञा तोड़कर मैं अपनी भीष्म-छवि को नहीं तोड़ना चाहता था दूसरी ओर मुझ जैसा आजीवन नारी-सम्पर्क से रहित व्यक्ति सर्वगुण-सम्पन्न काशिराज की सौन्दर्यवती कन्या के विवाह-हेतु अकल्पित एवं आयाचित प्रस्ताव पर अपनी प्रतिज्ञा को तोड़कर न्याय के बहाने इस सौर्न्यशालिनी कामिनी का कर थाम लेता किन्तु न्याय का पक्ष लेने की शक्ति मुझमें नहीं थी और अपनी और दूसरों की कामनाओं को पद दलित करने के लिए मैं अपने भीष्मरूप पर अड़े रहने और इस हेतु प्रतिष्ठित होते रहने के लिए कटिबद्ध था।

न्याय की तुला को असन्तुलित कर मैंने अम्बा के प्रस्ताव को निर्ममता से ठुकराते हुए कहा—"काशिराज कन्या! पुण्यवती अम्बा, तुम्हें मेरी भीष्म प्रतिज्ञा का ज्ञान होना चाहिए। मैंने पिता के हित-साधन के लिए आजीवन ब्रह्मचर्य का व्रत लिया है। ऐसी स्थिति में तुम्हारा अथवा किसी अन्य कन्या का पाणिग्रहण मेरे लिए असम्भव है।"

क्रोध से उबलती हुई अम्बा ने कहा, "आपको स्वयंवर-सभा में जाने के पूर्व अपनी भीष्म प्रतिज्ञा का स्मरण क्यों नहीं रहा? मुझे ज्ञात है आपने नारी-स्पर्श से भी वंचित रहने की प्रतिज्ञा की थी। ओ तथाकथित धर्मज्ञ! आपकी भीष्म प्रतिज्ञा तो उसी समय पूर्णतया खण्डित हो गई जब आपने तीन-तीन स्वयंवरा कन्याओं का स्पर्श ही नहीं किया अपितु उन्हें बलात् अपनी भुजाओं में उठा अपने रथ में आरूढ़ कर लिया। अब कहाँ की और कैसी भीष्म प्रतिज्ञा? यदि आपमें किंचित् भी न्याय और धर्म शेष हैं और स्वयंवर की मर्यादाओं से आप परिचित हैं तो अपनी प्रतिज्ञा को खण्डित होने के पश्चात् अपने ही द्वारा अपहृत मुझ अम्बा को आप अपनी अर्द्धांगिनी बनाने का साहस दिखाइए।

"..................।"

"क्यों आप मूक क्यों हो गए?" अम्बा ने कहा, "मैं आपको अन्तिम अवसर देती हूँ। आप मुझे अपनाते हैं या नहीं इसे स्पष्ट करें। मेरे लिए सारे मार्ग अवरुद्ध हो चुके हैं। शाल्व तो शाल्व कोई भी स्वाभिमानी व्यक्ति एक अपहृत कन्या से विवाह करना नहीं चाहेगा। अगर आपने ठुकराया तो मैं किस ठौर जाऊँगी?"

मुझे विवश मुँह खोलना पड़ा, "कर सको तो मुझे क्षमा कर देना अम्बा! किन्तु मैं भी अन्तिम रूप में स्पष्ट करता हूँ कि मैं अपनी तथाकथित खण्डित प्रतिज्ञा के पश्चात् भी आजीवन किसी भी नारी के साथ विवाह-बन्धन में नहीं बँधने जा रहा।"

"फिर मैं कहाँ जाऊँ?" अम्बा के मुँह से निकला।

"मैं इस सम्बन्ध में कुछ कहने में विवश हूँ।" मैंने न्यायतुला को पुनः बुरी तरह विचलित करते हुए कहा।

"भीष्म!" अम्बा ने दहकती अग्नि का रूप ग्रहण करते हुए कहा—"मैं अपने इस अपमान को कदापि नहीं भूल सकती और आपको इस अन्याय का मूल्य चुकाना पड़ेगा। इस जन्म में न सही तो दूसरे जन्म में मैं आपका पीछा नहीं छोड़ने वाली। इस हेतु अगर मुझे अकालमृत्यु का भी वरण करना पड़े तो मैं प्रस्तुत हूँ।" इतना कहकर अम्बा वायु के प्रबल झोंके की तरह राजमहल से बाहर हो गई।

मुझे शीघ्र ही एक नए संकट का सामना करना पड़ा।

कुछ ही दिनों में मेरे गुरु परशुराम युद्ध का आह्वान करते हस्तिनापुर की सीमा पर आ पहुँचे। स्पष्टतया अम्बा ने अपनी व्यथा-गाथा वीर-शिरोमणि परशुराम से कही थी और उनसे मेरी पराजय को सुनिश्चित मान मुझसे प्रतिशोध लेने का प्रयास किया था। न्यायप्रिय एवं क्रोधी, क्षत्रियों के घोषित विरोधी महर्षि परशुराम अपने परमप्रिय शिष्य के विरोध में भी अपना परशु उठाने को प्रस्तुत हो गए।

मैं हस्तिनापुर की सुरक्षा को दृढ़प्रतिज्ञ था, अतः सीमा पर पहुँचे गुरु ही सही परशुराम से मुझे युद्धरत होने को विवश होना पड़ा।

गुरु परशुराम एकाकी थे अतः मैं भी सैन्य-रहित उनसे युद्ध करने सीमा पर पहुँचा। गुरु से भी युद्ध करने का पाप मुझे अपने आतंकवादी कृत्य के फलस्वरूप अर्जित करना पड़ा।

हम दोनों के मध्य कई दिनों तक युद्ध चला। गुरु शिष्य में कोई एक-दूसरे से कम नहीं सिद्ध हो रहा था। हस्तिनापुर की सुरक्षा की वचनबद्धता ने मुझमें शायद कुछ अधिक बल का ही संचार कर दिया था और मैं शक्ति में गुरु के समकक्ष हो आया।

अन्ततः गुरु-शिष्य युद्ध प्रायः हताश और अनिर्णित ही रहा और हताश परशुराम अपनी पर्णकुटीर को लौट गए।

मेरी सूचना के अनुसार, मुझे परास्त कराने में असमर्थ तथा अपने सारे पथों को अवरुद्ध पा अम्बा ने अपने को अग्नि के हवाले कर इस प्रण के साथ आत्मदाह कर लिया कि शीघ्र ही पुनर्जन्म ग्रहण कर वह मुझसे प्रतिशोध ले सके। इस प्रतिशोध ने ही अन्ततः मुझे इस शर-शय्या पर पहुँचाया है पर यह प्रसंग फिर कभी।

विचार भटकते-भटकते पुनः हस्तिनापुर के राजमहल में प्रविष्ट हुए हैं।

माता सत्यवती का दूसरा पुत्र विचित्रवीर्य दो पत्नियों के साथ केलि-रत रहते हुए अपने को अल्पायु कर गया और शीघ्र ही मृत्यु का शिकार हुआ।

हस्तिनापुर के सिंहासन के लिए एक अकल्पनीय संकट उपस्थित हो गया। निषादपल्ली के मुखिया दाशराज और उसकी दुहिता सत्यवती के सपने चूर-चूर होने को आए। अब किस तरह उनकी वंशवेली का ही कोई हस्तिनापुर के सिंहासन पर आरूढ़ होता क्योंकि वह वंशवेली तो विचित्रवीर्य के साथ ही निःशेष हो गई। मैं तो राज-काज की चिन्ताओं से विरक्त केवल हस्तिनापुर-साम्राज्य की सुरक्षा के दायित्व-पालन में अपने को रत रखे हुए था। सिंहासन पर कौन और कैसे आरूढ़ हो यह चिन्ता राजमाता सत्यवती की थी। प्रतिज्ञाबद्ध भीष्म की नहीं। राजसिंहासन को रिक्त रखना राजनीति के अन्तर्गत नहीं आता। इस रिक्ति को यथाशीघ्र भरना था। किसी को सिंहासनारूढ़ होना था। पर वह व्यक्ति कहाँ था?

सत्यवती पुत्र-निधन की पीड़ा को यथासाध्य विस्मृत कर इस समस्या के समाधान में लग गई थी। मैं परिणाम की अपेक्षा कर रहा था। पाप-वृक्ष का बीज-वपन सत्यवती के पिता और सत्यवती ने ही किया था। अब जब विष-फल सामने आने लगे थे तो उनका सामना करने के लिए दाशराज तो नहीं था किन्तु उसके द्वारा स्थापित पट्टमहिषी सत्यवती तो वर्तमान थी।

अन्ततः सत्यवती ने एक आश्चर्यपूर्ण निर्णय लिया। शायद नियति के हाथों उसने हार स्वीकार कर ली थी, अतः उसने मुझे अपने महल में आमन्त्रित कर यह अद्भुत प्रस्ताव मेरे समक्ष रखा—"पुत्र भीष्म! तुम्हारी राजमाता सत्यवती आज तुमसे भिक्षा माँग रही है क्योंकि वह जानती है कि तुम आसानी से अपनी भीष्म प्रतिज्ञा को तोड़ नहीं सकते किन्तु मेरा सुविचारित मत है कि तुम अब प्रतापी नृप शान्तनु के इस सिंहासन को ग्रहण करो अन्यथा रिक्त सिंहासन, रिपुओं को आकृष्ट करेगा और तब शायद हस्तिनापुर-साम्राज्य का अस्तित्व भी शेष नहीं रहेगा।"

थोड़ी देर के लिए मैं विस्मयविमुग्ध तथा किंकर्तव्यविमूढ़ रहा और पुनः सहसा बोल पड़ा, "क्षमा करेंगी मातु! आज जो स्थिति पैदा हुई है इसका दायित्व सीधे आपके पिता और आपको जाता है। मैं इस संकट के समाधान का आपके द्वारा प्रदर्शित मार्ग का पक्षधर नहीं बन सकता। आप ही लोगों के दुराग्रह के फलस्वरूप की गई अपनी

भीष्म प्रतिज्ञा का उल्लंघन कदापि किसी मूल्य पर नहीं कर सकता। हस्तिनापुर का स्वर्ण-सिंहासन मेरे लिए अस्पृश्य रहा है और आजीवन रहेगा। मैं आपकी इस इच्छा-पूर्ति में सहायक बनने में अपने को सर्वथा असमर्थ पाता हूँ।''

सत्यवती राजमाता की भूमिका निभाने को कटिबद्ध थी और यह उचित भी था।

उसने पुनः कहा, ''पुत्र भीष्म! कोई आपद् धर्म भी होता है। उस समय किसी वचन अथवा प्रतिज्ञा का कोई अर्थ नहीं रह जाता। हस्तिनापुर पर मंडराता संकट इसी आपद् धर्म की ओर इंगित करता है। तुम भी नहीं चाहोगे कि शून्य सिंहासन के फलस्वरूप या राजा-विहीन होने के कारण हस्तिनापुर का साम्राज्य समाप्त हो जाए। अतः, ऐसी स्थिति में तुम अपनी प्रतिज्ञा को तिलांजलि दे सिंहासन की शोभा बढ़ाओ। अगर प्रतिज्ञा कराने में सत्यवती का भी हाथ है तो वही माता सत्यवती अपने पुत्र भीष्म से आग्रह कर रही है कि तुम इस प्रतिज्ञा को तोड़ दो। ऐसे में तुम्हें प्रतिज्ञा भंग का दोष भी नहीं लगेगा।''

''मातेश्वरी! इस पुत्र को क्षमा करेंगी। जो प्रतिज्ञा आज तक नहीं टूटी वह मेरे केशों के श्वेत हो आने पर टूटने से रही। फिर साथ ही एक बात यह भी सोच लें कि मैं प्रतिज्ञा तोड़कर सिंहासनारूढ़ हो भी जाता हूँ तो समस्या का समाधान नहीं हो सकता क्योंकि मेरे बाद कौन का प्रश्न बना रहेगा।

''यह समस्या नहीं रहेगी। मैं तुम्हें विवाह करने की भी स्वतन्त्रता प्रदान करती हूँ। तुम्हारे पश्चात् तुम्हारी सन्तान सिंहासन पर विराजमान होगी। मैंने पिता और अपनी पराजय स्वीकार कर ली। नियति के गर्भ में क्या छिपा है यह किसी को विदित नहीं, अतः मुझे अपनी पराजय का किंचित् भी दुःख नहीं; अब सिंहासन पर नृप शान्तनु की वंशावली का ही अधिकार हो इसके अतिरिक्त साम्राज्य की सुरक्षा के लिए और कोई यत्न नहीं बचता।''

मैं ठठाकर हँसना चाहता था किन्तु वह घड़ी इसकी अनुमति नहीं देती थी, अतः मैंने पुनः विनयपूर्वक कहा, ''मातेश्वरी! यहाँ तो एक नहीं दो-दो प्रतिज्ञाओं को तोड़ने की बात आ पहुँची है। मैं सिंहासन नहीं ग्रहण करने की प्रतिज्ञा तोड़ भी दूँ तो मेरे विवाह का तो कोई प्रश्न ही नहीं उठता। आपसे कैसे बताऊँ कि जिसने यौवनावस्था में अनंग के अनेक पुष्प-शरों की पीड़ा हँसते-हँसते झेली और मार (कामदेव) पर सदा के लिए विजय प्राप्त कर ली और जो काम-वासना से आजीवन अपरिचित रहा, वह इस प्रौढ़ावस्था में कैसे और किस प्रकार किसी नारी से शारीरिक सम्बन्ध स्थापित कर सकता है, भले ही वह उसकी विवाहिता पत्नी ही क्यों नहीं हो?''

सत्यवती का राजमाता रूप अपनी पूरी समग्रता में प्रकट हुआ। उसने प्रायः क्रोधाधिभूत होकर कहा, ''देवव्रत! तुम समझते हो कि मैं पूरी तरह विवश हूँ? मुझे पंगु बना देने पर तुम उद्यत हो। किन्तु सत्यवती इतनी दुर्बल नहीं अगर तुम्हें सम्राज्य-रक्षा का कोई मार्ग नहीं दिखाई पड़ रहा अथवा तुम इस ओर से आँखें मूँदना चाहते हो तो मुझे मार्ग निकालना आता है।'' सत्यवती का यह आक्रोश अकारण था। मैं सदा साम्राज्य की हित-चिन्ता में ही रहा—भले ही राजकाज के संचालन में सत्यवती को पर्याप्त रुचि लेते देख मुझे तटस्थ होकर मात्र सिंहासन की सुरक्षा और यथासम्भव साम्राज्य के विस्तार पर ही ध्यान केन्द्रित रखना पड़ा। अब जब महाकाल ने हमें इस चौराहे पर ला खड़ा किया था जहाँ से मात्र अन्धी गलियाँ ही निलकती थीं तो मैं क्या कर सकता था?

सत्यवती के लिए मैंने अपना सर्वस्व न्यौछावर कर दिया था—अपने उत्तराधिकार से लेकर अपने यौवन और वंशवेली तक। उसके निर्वीर्य पुत्र के लिए मैंने अपनी सफेद चादर पर कालिमा पोतते हुए पत्नियों की व्यवस्था भी कर दी थी, इसके पश्चात् भी अगर मैं उसका विश्वास नहीं अर्जित कर सका तो यह मेरे जीवन की एक और बड़ी विडम्बना थी।

सत्यवती को साम्राज्य पर जो खतरा गंडराता दिख रहा था वह तत्काल मात्र काल्पनिक था। मैं भले सिंहासन पर नहीं था लेकिन सिंहासन के पीछे अपनी पूर्ण शक्ति से अड़ा खड़ा था। आर्यावर्त के सभी वीरों को पता था कि हस्तिनापुर के संरक्षण का भार मेरे स्कन्धों पर था, अतः कोई इस ओर दृष्टिपात करने की हिम्मत नहीं कर सकता था।

किन्तु मेरे बाद का प्रश्न वस्तुतः बना हुआ था जिसका उत्तर मेरे पास भी नहीं था।

अगर सत्यवती अपने पिटारे से कोई रहस्य निकालने में समर्थ थी तो उसका अभिज्ञान उसी को होगा।

अन्ततः उसने जो रहस्योद्घाटन किया वह मुझे सिर से पैर तक चौंका गया। सत्यवती ने अपने हर शब्द पर जोर देते हुए कहा, "यदि कोई उपाय नहीं दृष्टिगत होता तो नियोग के द्वारा अपने पुत्र-वधुओं से सन्तान उत्पन्न कराऊँगी। यह आपद् धर्म है और इसकी स्वीकृति शास्त्रों से भी प्राप्त है।

मुझे इस प्रस्ताव पर कोई आपत्ति नहीं थी किन्तु मैंने जब पूछा कि यह नियोग किसके द्वारा होगा तो माता सत्यवती के उत्तर को सुनकर मैं विस्मय एवं अविश्वास से भर आया। उन्होंने कहा मेरे ही एक पुत्र द्वारा। मैंने साश्चर्य पूछा, "माता को इन दो मृत पुत्रों के अतिरिक्त कोई और पुत्र है?"

सत्यवती ने कहा, "हाँ।"

"मुझे विश्वास नहीं हो रहा किन्तु आप इस रहस्य पर से पर्दा उठाने की कृपा करें तो मुझे अस्थिरता और असन्तुलन से मुक्ति मिल सके।

सत्यवती ने बिना किसी संकोच के कहा, "नियति पर किसी का अधिकार नहीं है। जो घटित होने को होता है वह घटकर रहता है। मैं तुम्हें बताना चाहती हूँ कि जिस समय मैंने यात्रियों को निःशुल्क नौका से यमुना पार कराना आरम्भ किया उस समय मेरी यौवनावस्था का आरम्भ ही था। एक दिन महर्षि पराशर मेरी नौका पर आ बैठे। नौका जब बीच धार में पहुँची तो मुनिश्रेष्ठ मुझ पूर्ण यौवना को देखकर काम के वशीभूत हो उठे और उन्होंने मुझसे रति की याचना की। उन्होंने बहुत मधुर शब्दों में मेरे शरीर के उपयोग की आकांक्षा जताई। इतने बड़े ऋषि की इस याचना पर मैं भी पिघल आई किन्तु मुझे अपने पिता का भय था साथ ही यह दिन का समय था और हम दोनों सभी ओर से दृष्ट थे। मैंने ऋषि पराशर से अपनी विवशता प्रकट की यद्यपि मेरी इच्छा भी बलवती हो आई थी। ऋषि ने अपनी शक्ति से नोका के चारों तरफ कुहेलिका उत्पन्न की और सब कुछ अन्धकार से आवृत्त हो गया। इसी अन्धकार का लाभ उठा हम दोनों ने एक-दूसरे की कामेच्छा की पूर्ति की।

"ऋषि ने अपने को उपकृत समझा और मुझसे कहा कि तुम इस यमुना नदी के मेरे ही द्वीप पर अपने गर्भ से एक पुत्र को जनोगी। इसके अतिरिक्त उन्होंने मुझ पर दो और अनुकम्पाएँ कीं। प्रथम यह कि अपने तपोबल से उन्होंने मुझे पुनः अक्षत-योनि

बना दिया और द्वितीय यह कि मत्स्य-कुल से पैदा होने के फलस्वरूप मेरे तन से मछली-सी जो असह्य दुर्गंध निकलती थी वह समाप्त हो गई और उसके बदले मेरे वपु से एक मादक सुगन्ध निस्सृत होने लगी जो योजन भर की दूरी तक व्याप्त होती थी। इसी के फलस्वरूप मेरा नाम योजनगंधा पड़ा। मेरा वह पुत्र द्वैपायन नाम से विख्यात है और चारों वेदों का विस्तार करने से उसका नाम व्यास भी पड़ा है। उसके शरीर का रंग काला है अतः उसे कृष्णद्वैपायन भी कहते हैं। अगर तुम्हारी रहमति हो तो मैं अपने इसी कानीन पुत्र को बुलाकर उससे नियोग द्वारा अपनी वधुओं से सन्तान उत्पन्न करूँ?''

मैं कुछ उत्तर दूँ इसके पूर्व सोचने लगा, नियति ने किस तरह पल-पल पर मुझे छला है। अगर मेरे पिता शान्तनु को यह ज्ञात होता कि इस योजनगंधा धीवर-कन्या की सुगन्ध का रहस्य क्या था तो क्या वह किसी भी स्थिति में उस पर काम-मोहित हो उसे अपनी पट्टमहिषी बनाने को प्रस्तुत होते? अगर नहीं होते तो मैं भीष्म प्रतिज्ञा करने हेतु भी विवश क्यों होता? तो माता सत्यवती हस्तिनापुर-राजमहल में आकर ही सन्तानवती नहीं हुई हैं। पिता शान्तनु से सम्पर्क के पूर्व भी उनका किसी और से सम्पर्क हो चुका है चाहे वह ऋषि पराशर के सदृश श्रेष्ठ पुरुष ही क्यों न हो? मेरे मुँह पर कुछ देर के लिए वितृष्णा एवं घृणा का भाव उतर आया जो माता सत्यवती से अलक्षित नहीं रहा।

उन्होंने मेरी द्विविधा को दूर करने का प्रयास करते हुए कहा, ''इस रहस्य को लेकर कुछ अधिक सोचने की आवश्यकता नहीं भीष्म! ऐसी अनहोनी घटनाएँ यौवन-प्राप्त कई कन्याओं के साथ घट जाती हैं। मुझे और सबके अतिरिक्त एक ऐसे व्यक्ति से पाला पड़ा था कि अगर उसकी इच्छा की पूर्ति मैं नहीं करती तो वह मुझे अपने श्राप से भस्म कर सकता था। मेरी विवशता समझो पुत्र! और मुझे क्षमा कर महर्षि व्यास को आमन्त्रित कर मेरी पुत्र-वधुओं के नियोग को सम्भव करो।''

आज मैं इस शर-शय्या पर पड़ा सोचता हूँ कि कुरु-वंश को किस अभिशाप ने डंसा था कि इसकी प्रायः सारी सन्तान जारज ही हुईं। धनुर्धर कर्ण की जन्म-कथा बहुतों के लिए गोपन रही किन्तु मुझे वह ज्ञात हो गई थी।

कुन्ती को मैंने ही सत्यवती पांडु के लिए पत्नीरूप में चुना था। किन्तु उस समय अगर मुझे कुन्ती के कानीन पुत्र कर्ण के सम्बन्ध में ज्ञात होता तो क्या मैं कुन्ती को हस्तिनापुर के राजमहल में लाता? विवाह-पूर्व कन्या के सम्बन्ध में पूरी तरह ज्ञान प्राप्त कर लेना मेरा कर्तव्य बनता था कि नहीं? जो तथ्य मुझे कुन्ती के विवाहोपरान्त ज्ञात हुआ वह विवाह-पूर्व भी ज्ञात हो सकता था। यद्यपि कुन्ती ने अपनी श्रद्धाभाव और विनम्र प्रकृति से पौत्रवधू के रूप में मुझे मुग्ध कर दिया था किन्तु क्या मैं कुन्ती को, कर्ण-कथा ज्ञात रहने पर, किसी भी स्थिति में पांडु की पत्नी बनाकर लाता? यहाँ मेरी कूटनीति असफल हुई कि नहीं? दूसरे राजाओं के दोष-गुणों को जानना हर राजा का दायित्व होता है। हस्तिनापुर का मैं सम्राट नहीं होते हुए भी निश्चित सम्राट ही था। यह मेरा ही कर्तव्य बनता था कि अन्य राजाओं से सम्पर्क कर उस राजघराने के सम्बन्ध में पूरी तरह अभिज्ञान प्राप्त करता जिसकी कन्या मैं अपने राजमहल में ला रहा था। प्रायः हर डग पर चुकने वाला मैं यहाँ भी क्या नहीं चुका?

कुन्ती को मैं सर्वथा निर्दोष मान लूँ ऐसा मेरा मन नहीं मानता। हुआ यह था

कि एक बार अपने क्रोध के लिए कुख्यात महर्षि दुर्वासा, कुन्ती के (पालक) पिता कुन्ती-भोज के अतिथि बने। उनकी समुचित परिचर्या के लिए उन्होंने अपनी अविवाहिता पुत्री कुन्ती को नियुक्त कर दिया। कुन्ती ने बड़ी निष्ठा से क्रोधी दुर्वासा की सेवा-शुश्रुषा की। उनकी पूजा-पाठ के लिए उनके पूजा-पात्रों को मलकर शुद्ध करने से लेकर आसन बिछाने, पुष्प-चयन करने, पूजोपरान्त उनके प्रातरात (जलपान) एवं दोनों शामों के भोजन की व्यवस्था में वह प्रातः से उनके शयनकाल तक सन्नद्ध रहती। जाते समय दुर्वासा ने उसे बुलाकर कहा, ''पुत्री! तुम्हारी परिचर्या से मैं अत्यन्त प्रसन्न हुआ। मैं तुम्हें एक वरदान देना चाहता हूँ। तुम मेरे द्वारा बताए जा रहे इस मन्त्र को कंठाग्र कर लो। इसे पढ़कर जिस किसी देवता को तुम आहूत करोगी वह तुम्हारी कामेच्छा-पूर्ति के लिए उपस्थित हो जाएगा।''

ऋषि के प्रस्थान के पश्चात् कुन्ती ने एक दिन अपने महल की छत पर खड़ी होकर गगन-मंडल में चमकते सूर्य को देखा। उनके तेज से मुग्ध होकर कुंती ने उन्हें मन्त्र पढ़कर आहूत कर दिया। सहसा उसके समक्ष सूर्यदेव स्वर्णकिरीट धारण किए एक प्रकाशवंत पुरुष के रूप में उपस्थित हो गए।

कुंती ने वस्तुतः ऋषिप्रदत्त मन्त्र की परीक्षा के लिए सूर्य को आहूत किया था। उसने कर जोड़कर उनके काम-निवेदन को ठुकराना चाहा पर सूर्य का कथन था कि उनका आगमन व्यर्थ नहीं जा सकता। विवश कुंती को स्वयं को समर्पित करना पड़ा और उसे कर्ण, सूर्यपुत्र के रूप में प्राप्त हुआ।

इस नवजात पुत्र को कुंती ने चुपचाप एक काष्ठपेटिका में सुरक्षित कर उसे गंगा में प्रवाहित कर दिया। पेटिका जाह्नवी-धार पर प्रवाहित होती हस्तिनापुर के आसपास पहुँची और उसे हस्तिनापुर महल में नियुक्त रथचालक अधिरथ ने धार से छान लिया और निःसंतान अधिरथ ने अपनी पत्नी के साथ मिलकर कर्ण का अच्छी तरह पालन-पोषण किया।

कभी-कभी मैं सोचता हूँ कि कुंती पर मेरा गुप्त आक्रोश व्यर्थ ही है। दूर-दृष्टि सम्पन्न दुर्वासा ने निश्चित ही जानबूझ कर ही उसे यह वरदान दिया था क्योंकि यह वरदान नहीं होता तो युधिष्ठिर, भीम, अर्जुन, नकुल, सहदेव भी कैसे पैदा होते?

पांडु तो पुत्रोत्पत्ति में अक्षम थे। कुंती ने उनकी अनुमति से ही धर्मराज से युधिष्ठिर को, इन्द्र से अर्जुन को, पवन से भीम को तथा इसी मंत्र के प्रभाव से पाडु की दूसरी पत्नी माद्री से अश्विनीकुमारों द्वारा नकुल और सहदेव को उत्पन्न कराया।

मैं इन सारे रहस्यों को जानने और अपने ही अन्दर गुप्त रखने को अभिशप्त रहा किन्तु अन्ततः यह रहस्य रहा नहीं। युधिष्ठिर, भीम, अर्जुन, नकुल और सहदेव की उत्पत्ति भले ही कुंती और माद्री के पति पांडु से नहीं हुई हो फिर भी यह कोई अक्षम्य अपराध नहीं था किन्तु कर्ण-प्रसंग कुंती के चरित्र पर एक कलंक-सा चिपका था। अन्ततः इस युद्ध के दौरान कृष्ण और कुंती दोनों ने कर्ण पर उसके जन्म-रहस्य को खोला।

पांडु प्रसंग यथासमय इस आत्मकथन में आएगा किन्तु यह यक्षप्रश्न तो मुझे सताता ही रहेगा कि इतनी जारज सन्तान का पितामह बनने को मैं आजीवन विवश रहा। एक बात यह भी मुझे रह-रहकर विस्मित कर जाती है कि पांडु की संतान नहीं होने पर भी युधिष्ठिर, भीम, अर्जुन, नकुल और सहदेव पांडव क्यों कहलाए। यद्यपि

मैंने भी उन्हें सदा इसी संज्ञा से विभूषित किया, मेरे इस तर्क का मेरे पास भी कोई उत्तर नहीं है।

पांडु और पांडुपुत्रों का प्रसंग मैंने अपने इस आत्मकथन में असमय ही ला दिया क्योंकि अभी तो पांडु का जन्म भी नहीं हुआ है अतः लौटते हैं हस्तिनापुर-महल में ही माता सत्यवती के पास।

माता सत्यवती अपनी कौमार्यावस्था में उत्पन्न अपने पुत्र कृष्णद्वैपायन को अपनी पुत्र-वधुओं से नियोग-हेतु, मुझे आमंत्रित करने को कह रही थी।

सत्यवती के इस दाँव के समक्ष मुझे मात खानी ही थी। ऐसे भी नियोग जैसा कि सत्यवती ने कहा शास्त्र-सम्मत था। मेरी आपत्ति इसलिए भी नहीं थी कि अबतक कृष्णद्वैपायन ने वेद-व्यास के रूप में पर्याप्त ख्याति अर्जित कर ली थी। सरस्वती का वरदपुत्र यह तपोनिष्ठ महर्षि अगर नियोग-हेतु प्रस्तुत हो जाए तो सत्यवती की पुत्रवधुओं को जो संतान पैदा होगी उसकी मेधा अकल्पनीय ही होगी। मेरा भी दायित्व हलका होगा और हस्तिनापुर के सिंहासन पर सत्यवती की पुत्र-वधुओं की संतानबेली अबाध विराजती रहेगी। मुझे यह संशय अवश्य था कि अब तक तपोरत और स्वाध्याय एवं सद्ग्रन्थों की रचना में रत महर्षि कृष्णद्वैपायन इस वय में माता सत्यवती के इस प्रस्ताव को स्वीकार करेंगे अथवा नहीं।

मैंने उन्मुक्त भाव से कहा, "मातेश्वरी! आपने जो अपनी कौमार्यावस्था के रहस्य का उद्घाटन किया यह आप ही के सदृश साहसी नारी के लिए सम्भव था। आपने विलम्ब से ही सही यह सत्य कथन किया अतः आपका सत्यवती नाम भी सार्थक हो गया। यह बात पृथक् है कि अगर इस रहस्य का पता मेरे पिता शान्तनु को होता तो आज मैं आपको हस्तिनापुर के इस महल में माता के रूप में नहीं पाता। फिर भी साम्राज्य के भविष्य को देखते हुए मैं आपके प्रस्ताव में बाधक बनने की बात सोच भी नहीं सकता। मैं आपके आदेश का पालन करते हुए महर्षि वेदव्यास को आपकी ओर से आमन्त्रित करने के लिए नीति-निपुण दूतों को उनके आश्रम में सम्प्रेषित कर रहा हूँ। वे आपके आमन्त्रण को ठुकराएँगे नहीं क्योंकि उनकी प्रज्ञा ने उनके जन्म रहस्य को उन पर अब तक अवश्य ही उद्घाटित कर दिया होगा। मातृ-आज्ञा का उल्लंघन महर्षि द्वैपायन कदापि नहीं कर सकते। आगे की बात आप जानें।"

"ठीक है शेष सब तुम मुझ पर छोड़ दो। तुम मात्र मेरे तपस्वी पुत्र को यहाँ उपस्थित करा दो।"

मैं सत्यवती को अब तक पूरी तरह नहीं जान पाऊँ यह हो नहीं सकता था। असफलता शब्द से उनका परिचय ही नहीं था। एक के पश्चात् एक विजय को येन-केन प्रकारेण प्राप्त करती हुई वह आत्मबल से भर आई थी और किसी कार्य को असंभव नहीं मानती थी। वह अश्वस्त थी कि वह अपने तपस्वी पुत्र की तपस्या अपने स्वार्थ-साधन-हेतु भंग करा कर रहेगी।

मैंने यथाशीघ्र कृष्णद्वैपायन के आश्रम में एक सुसज्जित रथ सुविज्ञ व्यक्तियों के साथ प्रेषित कर दिया। माता सत्यवती के आमन्त्रण का उल्लेख कर इन्हें ही ऋषि को राजमहल तक लाना था।

आशानुकूल, दूसरी संध्या महर्षि राजमहल में उपस्थित हो गए। मेरा दायित्व निःशेष

हो गया। मैंने यथोचित आदर-सत्कार के पश्चात् उन्हें माता सत्यवती के महल में प्रेषित कर दिया और स्वयं अपने निर्धारित वास-स्थल में आकर सन्तोष की सांस ली।

माता सत्यवती ने अपनी सारी राजनीतिक, कूटनीतिक एवं नारी-सहज कौशल को कृष्णद्वैपायन को अपने अनुकूल करने के लिए लगा दिया। उनके लिए एक सर्वप्रकारेण सुसज्जित आवासगृह की व्यवस्था हुई। दास-दासियों की सेना उनकी सेवा में नियुक्त कर दी गई। आजीवन फल-मूल पर पले महर्षि के लिए विविध प्रकार के राजसी भोग प्रस्तुत होने लगे।

अरण्य-सेवन के आदी पर्ण-कुटी-वासी तपस्वी को यह सब कुछ रास आने से रहा। वे दो-चार दिनों में ही अपने आतिथ्य से ऊब आए।

माता सत्यवती उनका कुशल-क्षेम जानने के लिए प्रायः उनके पास पहुँचती ही रहती थी। इसी क्रम में उसने उनके जन्म-रहस्य को भी अपनी ओर से उनके समक्ष उद्घाटित कर अपने मातृ-अधिकार को स्थापित करने का प्रयास किया।

"मुझे सब कुछ ज्ञात है। दुःख केवल यह है कि आपने अपनी कुक्षि तो मुझे प्रदान की परन्तु अपनी ममता से मुझे वंचित ही रखा फिर भी मुझे कोई संताप नहीं। अगर मैं इस तरह उपेक्षित जीवन जीने को बाध्य नहीं होता तो आज जिस शीर्ष स्थान पर मैं पहुँचा हूँ वहाँ शायद ही पहुँच पाता। आप इधर राजमहल में राजमाता-पद पर आसीन हो हस्तिनापुर के सदृश साम्राज्य का सुखोपभोग करती रहीं, उधर में आतप-शीत एवं वर्षा की मार झेलता हुआ अब तक तपस्या एवं स्वाध्याय तथा लेखन के अतिरिक्त जीवन में कुछ नहीं जाना। फलतः इस वय में ही मेरे सिर के केश एवं श्मश्रु अर्द्ध श्वेत हो आए। धूप में तपता मेरा कृष्णवर्ण कृष्णतम हो आया। जटाजूटधारी मेरे इस स्वरूप को देखकर बच्चे भय से भाग खड़े होते हैं। फिर भी मुझे अनुरोध करना है कि मैं आपके राजमहल में कई दिनों से पड़ा हूँ। आप इतनी बात तो समझ ही सकती हैं कि यह परिवेश मेरे अनुकूल नहीं। मुझे यथाशीघ्र अपने आश्रम को लौटने की अनुमति दें।"

अपने कानीन पुत्र वेदव्यास की इस युक्ति ने सत्यवती को सचेत कर दिया। जिस उद्देश्य से उसने उन्हें आमन्त्रित किया था उसे अब तक संकोचवश वह प्रकट नहीं कर पाई थी। अब अवसर आ गया था कि वह अपनी अभिलाषा को अपने तपस्वी पुत्र के समक्ष रखे और उसकी पूर्ति करने को उन्हें जैसे भी हो प्रस्तुत करे।

"पुत्र द्वैपायन! मैं तुम्हारी स्थिति को समझती हूँ। तुम्हारे सदृश उन्मुक्त पक्षी के लिए यह राजमहल एक पिंजरे से अधिक नहीं। तुम इसमें अधिक दिनों तक बन्दी बनाकर नहीं रखे जा सकते। किन्तु तुम इतने बुद्धिमान तो अवश्य हो कि मेरे आमन्त्रण को निरुद्देश्य नहीं समझोगे। अन्ततः इतने दिनों के पश्चात् तुम्हें स्मरण करने का कोई कारण तो होगा? क्या मेरे उद्देश्य को बिना जाने और उसकी पूर्ति किए बिना तुम यहाँ से प्रस्थान करने की इच्छा रखते हो?"

'मातेश्वरी! आपने निश्चित ही किसी उद्देश्य की पूर्ति-हेतु ही मुझे आमन्त्रित किया होगा वरना इसके पूर्व भी आप अपने इस परित्यक्त पुत्र को स्मरण कर सकती थीं। मैं इसे अन्यथा नहीं लेने जा रहा। आप कृपया अपने उद्देश्य को मेरे समक्ष रखें। मुझे जानना आवश्यक है कि इस उद्देश्य की पूर्ति में मैं कहाँ तक समर्थ हो सकता

हूँ।" महर्षि व्यास ने गम्भीर शब्दों में कहा।

"पुत्र द्वैपायन! मैंने तुम्हें पूर्व में स्मरण नहीं किया या तुमसे सम्पर्क करने का कोई प्रयास भी नहीं किया, इस हेतु मैं अपराध-बोध से ग्रस्त हूँ। मेरी विवशता तुम समझ सकते हो। यह मेरी जैसी किसी भी नारी की विवशता हो सकती है। मैंने तुम्हें जिस कार्य-हेतु आमन्त्रित किया है उसे सुनकर तुम विस्मित हो सकते हो किन्तु यह कार्य तुमसे सम्पादित कराने को मैं विवश हूँ।" महर्षि कुछ गम्भीर हुए इसके पूर्व कि ध्यानस्थ हो वह मातृ-उद्‌देश्य को पता करने का प्रयास करते, राजमाता सत्यवती बोल पड़ी–

"पुत्र! तुम हस्तिनापुर के संकट से परिचित हो, यहाँ का सिहांसन रिक्त पड़ा है। मैंने भीष्म से उसे ग्रहण करने का अनुरोध किया किन्तु वे अपनी भीष्म प्रतिज्ञा पर अटल हैं। ऐसे में इस संकट से उबारने के लिए तुम्हारे सिवा और कोई सक्षम व्यक्ति मेरे ध्यान में नहीं है।"

महर्षि व्यास आश्चर्यचकित-से बोले, "मैं अरण्यवासी तपस्वी वेद-वेदान्त की बातें जो जानता होऊँ, राज-काज की बातों से मेरा कभी कोई सम्बन्ध नहीं रहा। धर्मनीति का धारक मैं राजनीति को कहाँ तक जानूँगा? ऐसे में यह तपस्वी आपको इस संकट से कैसे उबार सकता है? मैं तो सिंहासनारोहण करने से रहा।"

इस स्थिति में भी सत्यवती के चेहरे पर एक मुसकान खिलने को हुई जिसे उसने बलात् दबा दिया और बोली, "संन्यास-दण्ड धारण करनेवाले से राजदण्ड धारण करने की अपेक्षा मैं कैसे कर सकती हूँ? तुम्हें मैंने किसी और उद्‌देश्य से आमन्त्रित किया है।"

"कृपया इस उद्‌देश्य को शीघ्र स्पष्ट करें जिससे मैं अनावश्यक आशंका एवं संशय से मुक्त हो सकूँ।" महर्षि ने अपनी दाढ़ी के श्वेत बालों में अपनी उँगलियाँ फँसाते हुए कहा।

सत्यवती ने अपने अकल्पनीय साहस का परिचय देते हुए स्पष्टोक्ति की, "मैंने तुम्हें अपनी पुत्र-वधुओं अम्बिका और अम्बालिका के क्षेत्र से सन्तानोत्पत्ति-हेतु आमन्त्रित किया है जिससे सिंहासन के लिए मैं उत्तराधिकारी प्राप्त कर सकूँ।"

महर्षि विस्मय-विमूढ़। कुछ भी बोलने में असमर्थ।

सत्यवती को उनकी द्विविधा पकड़ने में अधिक समय नहीं लगा। उसने कहा, "क्या तुम्हें मेरे इस प्रस्ताव पर आपत्ति है?"

महर्षि किसी तरह मुँह खोल सके, "आपत्ति ही आपत्ति है मातेश्वरी! भला आजीवन तपस्या-रत अपने इस ब्रह्मचारी पुत्र से आप इस निन्दनीय कार्य के निष्पादन की आकांक्षा कैसे पालती हैं? मुझे तो यह सुनकर ही घोर विस्मय हो रहा है।"

"हस्तिनापुर राज्य की निरन्तरता को बनाए रखने के लिए तुम्हें नियोग-विधि द्वारा सन्तानोत्त्पत्ति में कोई आपत्ति नहीं होनी चाहिए। तुम्हारी माता जो अब राजमाता की भूमिका में है की दायित्व-पूर्ति हेतु ही तुम्हें ऐसा करने को विवश किया जा रहा है।"

"मैं वस्तुतः विवश हूँ मातेश्वरी! आपके इस उद्‌देश्य का पूर्व में ही पता होता तो मैं आपके आमन्त्रण पर आने को कदापि प्रस्तुत नहीं होता। मुझे क्षमा करें और अपने अरण्य में लौट जाने की अनुमति दें।" यह कहकर महर्षि अपना दण्ड-कमंडलु और मृग-चर्म सहेजने लगे।

सत्यवती के तो होश ही हवा हो गए। उसने अब तक जीवन में जो चाहा था वही पाया था। अब जो कुछ वह चाह रही थी वह उसके हाथ में आकर भी फिसलने वाला था। अतः, उसने अन्तिम किन्तु अव्यर्थ प्रयास किया, "तुम धर्मज्ञ हो। वेद-पुराणों का अध्ययन ही नहीं उसका विस्तार भी किया है। अंततः मैं तुम्हारी माता तो हूँ ही। मातृ-आज्ञा के उल्लंघन का अधिकार किसी पुत्र को प्राप्त नहीं है भले ही वह राजर्षि हो अथवा महर्षि।" महर्षि कृष्ण द्वैपायन ने सामग्रियों को सहेजते अपने करों को रोका और सोचा यह कैसी विचित्र नारी है जो अपनी उद्देश्य-पूर्ति के लिए किसी सीमा तक जा सकती है। 'मातृ देवो भव' की आर्ष उक्ति से वह अज्ञान नहीं थी। माता जब देवता अथवा देवी की श्रेणी में है तो उसकी आज्ञा अनुल्लंघनीय है। उसके पालन करने में पाप नहीं, नहीं पालन करने में ही पाप है। राजनीति-कुशल राजमाता ने सब कुछ समझते हुए उन्हें मातृ-ऋण चुकाने के लिए ही बाध्य किया है। अब उनके अब तक के तप तथा यज्ञ-यजन और ब्रह्मचर्यव्रत का जो हो उन्हें इस ऋण से उऋण होने के अतिरिक्त और कोई यत्न नहीं। उन्होंने विवश होकर कहा, "मैंने सब कुछ सोच लिया है मातेश्वरी, आपका मुझे इस धरती पर लाने का जो ऋण है उसे चुकाने का मैंने संकल्प ले लिया है। प्रथम और अन्तिम बार मैं आपके हित के लिए अपने ब्रह्मचर्य को खण्डित करूँगा। इसके पश्चात् भी आपकी मनोकामना पूरी तरह पूर्ण होगी, यह आश्वस्ति नहीं दे सकता।"

"कोई बात नहीं, तुम अपना कार्य सम्पादित करो। नियति तो अपना खेल खेलती ही रहती है। मैंने उसके बहुत खेल देखे हैं एक-दो और देख लूँगी।" सत्यवती ने अविचलित भाव से कहा।

"ठीक है। मुझे भी शीघ्रता है। अतः, आप आज की रात्रि से ही नियोग का विधान करें।" महर्षि व्यास ने अपने संकल्प को दृढ़तर करते हुए कहा।

सत्यवती ने उसी सन्ध्या अम्बिका को सारी स्थिति से अवगत करा दिया। अम्बिका को बाध्य होकर अपने को किसी अभिसारिका की तरह रत्नाभूषणों से अलंकृत कर, वेणी में सुगन्धित पुष्प-गुच्छों को सजाकर अपने शनयकक्ष में महर्षि की प्रतीक्षा-हेतु बाध्य होना पड़ा।

महर्षि वेदव्यास रात्रि में यथा-समय अम्बिका के शयनकक्ष में पहुँचे। वह अब तक खुली आँखों से उनकी प्रतीक्षा कर रही थी। उसने देखा एक घोर काला जटाजूट-धारी अति कुरूप व्यक्ति उसके समीप आ रहा है। उसने भय से अपनी आँखें बन्द कर लीं। ऋषि को तो मातृ-आज्ञा का पालन करना था। उन्होंने एक नृशंस बलत्कारी की तरह अम्बिका की इच्छा की चिन्ता किए बिना उससे शारीरिक सम्बन्ध स्थापित किया और तत्पश्चात् अपने कक्ष में लौट आए।

प्रातःकालीन पूजा आदि से निवृत्त हुए तो माता सत्यवती उपस्थित हो गई। महत्त्वाकांक्षिणी राजमाता ने प्रायः निर्लज्ज होकर पूछा, "पुत्र सब कुछ ठीक तो रहा?"

महर्षि को तो माता के प्रश्न का उत्तर देना ही था। उन्होंने भी सारे संकोचों को त्याग कर निवेदित किया, "मैंने अपना कार्य सम्पन्न कर दिया किन्तु उसका परिणाम भी मैं देख सकता हूँ।"

"अर्थात्?" राजमाता ने सशंकित होकर पूछा।

"अम्बिका ने मेरे स्वरूप को देखते ही भय से आँखें बन्द कर ली थीं। उसी अवस्था में उसके साथ सम्बन्ध स्थापित हुआ, अतः जो सन्तान पैदा होगी वह नेत्र-हीन होगी।"

"फिर उससे राजकाज कैसे चलेगा?" सत्यवती ने निराश स्वर में कहा।

"इस हेतु मैं क्या कर सकता हूँ? आपने जो आज्ञा दी उसका मैंने अपना धर्म समझकर पालन किया।"

"मैं सहज हार मानने वाली नहीं। इस रात तुमको अम्बालिका के शयनकक्ष में जाना होगा।

महर्षि ने मन ही मन सोचा जब ऊखल में सिर दिया तो चोटों का क्या डर? करा लें मेरी इस यात्रा में अपनी मनमानी राजामता। पुनः तो मैं यहाँ आने से रहा। इसी यात्रा में पूर्ण ऋण-शोधन हो जाएगा।

इस रात्रि सत्यवती ने अम्बालिका को अभिसारिका की भूमिका में बुलाया। वह भी सजधज कर अपने शयन-कक्ष में महर्षि की प्रतीक्षा करने को बाध्य हुई। अम्बिका से उनके रूप-रंग का वर्णन सुनकर वह पहले से ही भीत थी। वह अधखुली आँखों से शयन-कक्ष के द्वार की ओर देख रही थी। दीपाधार पर स्थित एक घृत-दीप कक्ष में मन्द-मन्द प्रकाश फैला रहा था। महर्षि के कक्ष में प्रवेश करते ही कक्ष में व्याप्त पीत प्रकाश की तरह ही वह भय से पीली पड़ गई। उसकी यह अवस्था मन्द प्रकाश में भी महर्षि से अलक्षित नहीं रही। उनका अन्तर्मन उस कृत्य से उन्हें रोक रहा था जिसके लिए वह उपस्थित हुए थे किन्तु मातृ-आज्ञा का पालन आज करें या कल, उसे तो करना ही था, अतः बाध्य होकर महर्षि को बलात्कारी की भूमिका में आना पड़ा और भय से पीली पड़ी अम्बालिका के साथ उन्होंने देह-सम्बन्ध स्थापित किया।

दूसरे प्रातः पूर्व की तरह माता सत्यवती पुनः उनके समक्ष उपस्थित हुई।

उसके पूछने के पूर्व ही उन्होंने स्पष्ट कर दिया, "मेरे दर्शन-मात्र से ही अम्बालिका भय से पीली पड़ गई थी। सम्बन्ध में उसने कोई सहयोग नहीं दिया किन्तु मैंने आपकी आज्ञा का पालन किया।"

सत्यवती आगे का कथन सुनने के पूर्व ही हर्षित होकर बोली यह संतान तो राजकाज संभाल लेगी क्योंकि यह कम-से-कम दृष्टिहीन तो नहीं होगी।

महर्षि ने स्पष्ट कहा, "जिस अवस्था में उसके साथ सम्बन्ध स्थापित हुआ है उसको दृष्टिगत रखते हुए मैं यह कहने को विवश हूँ कि उससे जो सन्तान उत्पन्न होगी वह दुर्बल, पीतवर्णी अर्थात् प्रायः रक्तशून्य होगी। वह कितना और किस प्रकार राजकाज चला पाएगी यह समझने में आप स्वयं सक्षम हैं।" सत्यवती का मुख लटक आया। वह जीवन में शायद पहले-पहल पराजय का मुख देखने जा रही थी किन्तु यह उसकी प्रकृति में नहीं था। उसने अपने तपस्वी पुत्र को सम्बोधित करते हुए कहा, "एक बार और कष्ट करना पड़ेगा पुत्र।"

"क्यों?" अब तो आपकी दोनों पुत्र-वधुओं से मेरा सम्बन्ध स्थापित हो चुका अब कोई तीसरी तो है नहीं?" महर्षि व्यास ने साश्चर्य पूछा।

"एक बार अम्बिका को पुनः अवसर देना चाहती हूँ। इसके पश्चात् तुम्हें मुक्त कर दूँगी।"

महर्षि कुछ सोचने लगे और फिर मन मार कर कहा, "किन्तु मातेश्वरी यह अन्तिम बार ही होगा। इसके पश्चात् मुझे इस प्रकार कि किसी आज्ञा के पालन-हेतु विवश नहीं कीजिएगा।"

"तथास्तु।" सत्यवती ने कहा।

उस रात राजमाता ने अम्बिका को पुनः अपने सामने सुसज्जित किया और उसके लाख मना करने पर भी उसे पुनः एक बार शयन-कक्ष में अपने तपस्वी बेटे की प्रतीक्षा करने हेतु अदिष्ट किया।

महर्षि ने जब शयन-कक्ष में प्रवेश किया तो सज-धज कर शय्या पर पड़ी नारी ने रति-कार्य में पूर्णमनोयोग से भाग लिया और अपने को तृप्त-तृप्त समझा। उसके चेहरे के अवगुंठन को महर्षि ने हटा दिया और पाया कि वह अम्बिका नहीं अपितु उसकी निजी सेविका अर्थात् दासी थी। वह मन मार कर अपने कक्ष में लौट आए।

सत्यवती पहले की तरह दूसरे प्रातः अपने महर्षि पुत्र के समक्ष आशाभरी दृष्टि के साथ उपस्थित हुई। महर्षि द्वैपायन प्रस्थान के लिए प्रस्तुत थे। अपनी अल्प सामग्रियों को उन्होंने पहले ही सहेज लिया था।

राजमाता के प्रवेश करते ही उन्होंने कहा, "मैं आपसे अवकाश लेने की ही प्रतीक्षा कर रहा था। आपके पूछने के पूर्व ही मैं परिणाम बता देना उचित समझता हूँ। कल रात्रि जिस नारी से मेरा सम्बन्ध स्थापित हुआ उसने अपनी सारी संवेदना और समर्पण-भावना के साथ मुझे अपनाया। उससे एक अत्यन्त ही बुद्धिमान राजनीति-कुशल एवं धर्मज्ञ पुत्र उत्पन्न होगा किन्तु...।"

"तब तो हमारा प्रयास सफल हो गया।" सत्यवती ने प्रसन्नातिरेक में अपने कानीन पुत्र को उसका कथन पूर्ण नहीं करने दिया।

उसकी सारी आशाओं पर पानी फेरते हुए और प्रस्थान के लिए उठते हुए महर्षि व्यास ने कहा, "आपने मेरा सम्पूर्ण कथन तो सुना नहीं। वह पुत्र तो सर्वगुण-सम्पन्न होगा किन्तु वह राज्याधिकारी नहीं हो पाएगा क्योंकि वह दासीपुत्र होगा। अम्बिका ने छल-पूर्वक अपनी दासी को ही सुसज्जित कर अपने शयन-कक्ष में स्थापित कर दिया था। अब मुझे आज्ञा दें।" इतना कहकर महर्षि व्यास ने राजमाता का चरण-स्पर्श किया।

सत्यवती पुत्र की इस उद्घोषणा पर हतप्रभ अवश्य हो आई थी किन्तु उसने अपने को सन्तुलित करते हुए कहा, "तुम्हें रोकने का अधिकार अब मुझे नहीं रहा। तुमने मेरे लिए जो कुछ किया वह तुम्हारे सदृश श्रेष्ठ मातृ-भक्त ही कर सकता था। ईश्वर तुम्हें यशस्वी बनाएँ किन्तु जाने के पूर्व प्रातःरात ग्रहण कर लो। इस मध्य रथ भी तैयार हो जाएगा। तुम्हें जिस सम्मान के साथ आमन्त्रित किया है वैसे ही सम्मान-पूर्वक विदा करूँगी।"

महर्षि के प्रस्थान के पश्चात् सत्यवती के षड्यन्त्र और अपने तपस्वी पुत्र के साथ कथोपकथन का ज्ञान मुझे उन विश्वस्त दासियों से हुआ जिन्हें मैंने गुप्तचरियों के रूप में नियुक्त कर रखा था। राजनीति में यह सब कुछ करना एक बाध्यता है। मैंने हस्तिनापुर के सिंहासन का भार अपने ऊपर ले रखा था, अतः राजमहल और उसके बाहर की सभी गतिविधियों से अवगत रहना मेरा दायित्व बनता था।

इस शर-शय्या पर लेटे-लेटे मैं मानने को विवश हूँ कि महर्षि व्यास वस्तुतः दिव्य-दृष्टि सम्पन्न थे। उन्होंने आनेवाली सन्तानों के सम्बन्ध में जो भविष्यवाणियाँ की थीं वे सत्य सिद्ध हुईं।

समय पाकर अम्बिका ने एक पुत्र को जन्म दिया जो जन्मान्ध था। उसके नामकरण

संस्कार में मैं भी सम्मिलित था और उसे धृतराष्ट्र नाम दिया गया।

अम्बालिका ने वस्तुतः एक पीतवर्णी कृषकाय प्रायः रक्त-रहित अति दुर्बल पुत्र को जन्म दिया। इसके रंग को ही आधार बनाकर उसे पाण्डु नाम प्रदान किया गया।

अम्बिका की दासी ने एक सर्वथा हृष्ट-पुष्ट पुत्र को जन्म दिया इस दासी-पुत्र का नाम विदुर पड़ा।

राजमहल में इन तीनों पुत्रों का भली-भाँति लालन-पालन हो रहा था। पाण्डु पर विशेष ध्यान देकर उन्हें पुष्टिकर भोजन सामग्रियों—सुअन्न, फूल-फल, मिष्टान्न, पकवान, आसव आदि के आधार पर पालित किया जा रहा था। शीघ्र ही वह भी एक सामान्य बालक की तरह स्वस्थ हो आया।

मैं आज स्मरण करता हूँ कि मेरे जीवन का यह कालखण्ड शायद सर्वोत्तम था। राजमहल में तीन-तीन बच्चों की किलकारियाँ गूँज रही थीं। राजमाता सत्यवती हर्ष से पूरित थीं।

मैंने इस कालखण्ड का प्रयोग दिग्विजय के लिए किया। हस्तिनापुर साम्राज्य काफी विस्तृत हो गया। इस प्रदेश का एक नाम कुरुजांगल भी पड़ा। धृतराष्ट्र पाण्डु और विदुर तीनों पर मेरा पुत्रवत्त स्नेह था और तीनों के शिक्षण-प्रशिक्षण पर मैंने पर्याप्त ध्यान दिया। शस्त्र और शास्त्र दोनों में वे निपुण हो गए। शर-संचालन अश्वारोहण, गदायुद्ध तथा नीतिशास्त्र, इतिहास, पुराण एवं वेद-वेदांगों में वे सभी पारंगत हो आए।

धनुर्विद्या में पांडु के सदृश पराक्रमी उस समय कोई नहीं था। धृतराष्ट्र शारीरिक बल में सबसे बढ़-चढ़कर थे। विदुर सर्वाधिक नीतिनिपुण एवं धर्म-परायण निकले।

राज्य की श्री-वृद्धि के फलस्वरूप राजधानी हस्तिनापुर-नगर की शोभा और वृद्धिशील हो आई। सैंकड़ों महलों से युक्त यह नगर देवराज इन्द्र की अमरावती की शोभा का मुँह चिढ़ाता प्रतीत हो रहा था। वहाँ के लोग नदियों, वन खण्डों, बावलियों, छोटे-बड़े जलाशयों, पर्वतशिखरों तथा रम्य काननों में प्रसन्नता पूर्वक विहार करते थे।

मेरे आदेश पर स्थान-स्थान पर देवस्थल निर्मित हो गए थे और यत्र-तत्र यज्ञ-स्तम्भ भी खड़े हो गए थे।

मेरी देख-रेख में तीनों भ्राताओं के यथासमय यज्ञोपवित संस्कार आदि सोल्लास सम्पन्न हुए।

मेरे नहीं चाहने पर भी मेरे पराक्रम के साथ-साथ मेरी धर्मज्ञता का प्रचार-प्रसार सभी दिशाओं में हो रहा था। अम्बा और अम्बालिका ने नियोग में चाहे जो बाधा दी हो किन्तु इन तीनों भ्राताओं के पराक्रम के फलस्वरूप उनकी प्रशंसा सर्वत्र हो रही थी।

सभी ओर एक ही बात की चर्चा थी—"वीर पुत्रों को जन्म देने वाली नारियों में काशीराज की दो पुत्रियाँ सर्वश्रेष्ठ हैं, सभी देशों में कुरुजांगल देश सर्वश्रेष्ठ है, धर्मज्ञों में भीष्म जी का स्थान सर्वोपरि है तथा नगरों में हस्तिनापुर सर्वोत्तम है।"[1]

मुझे यह सब कुछ प्रियकर लग रहा था किन्तु अपनी प्रशंसा का श्रवण मुझे स्वभावतः नहीं भाता था। इससे अहंकार की उत्पत्ति सम्भव थी एवं अहंकार विनाश

---

1. वीरसुनां काशिसुते देशानी कुरुजांगलम।
   सर्वधर्मविदां भीष्मः पुराणां गजसायग्।।

—महाभारत सम्भव पर्व—108/24

के मूल में है किन्तु लोगों के मुखों को बन्द करना मेरे हाथ में नहीं था पराक्रमी, सत्यवती सदाचारी साथ ही धर्मज्ञ के रूप में मेरी ख्याति बढ़ती ही गई।

सत्यवती को यह ज्ञात था कि मेरे संरक्षण के बिना हस्तिनापुर कुरु-साम्राज्य की सुरक्षा सम्भव नहीं थी अतः कृत्रिम अथवा अकृत्रिम रूप में वह मुझे पुत्रवत् स्नेह ही प्रदान करती थी। पिता की तरह उसने भी मुझसे वचन ले लिया था कि सिंहासनारूढ़ कोई हो साम्राज्य का सुरक्षा-कवच बनकर मुझे ही खड़ा रहना था।

मैं प्रतिज्ञाओं में आबद्ध होता जा रहा था। सर्वप्रथम भीष्म प्रतिज्ञा और उससे कुछ कम कठिन नहीं साम्राज्य के संरक्षण-सम्बर्द्धन सम्बन्धी प्रतिज्ञाओं में बँधा मेरा जीवन दूसरों की सुख-सुविधा और सुरक्षा के प्रयास में ही व्यतीत हो गया। अपना कहने को कोई नहीं था फिर भी सब अपने ही थे।

प्रतिज्ञाओं, विडम्बनाओं और विसंगतियों से भरे इस जीवन का अन्त अब समीप है किन्तु इस अन्त के पूर्व भी अभी बहुत कुछ देखना निःशेष है क्योंकि भहाभारत—समर समाप्त नहीं हुआ है। यदि वह कालखण्ड जिसका मैंने वर्णन किया मेरे जीवन का स्वर्णकाल था तो अभी मैं अपने जीवन के इस उत्तरार्द्ध में उस कालखण्ड से गुजर रहा हूँ जो सर्वाधिक तमाच्छन्न है। यह काल केवल मेरी शर-शय्या से आरम्भ हुआ हो ऐसी बात नहीं अपितु जब माता सत्यवती का देहान्त हुआ और धृतराष्ट्र-पुत्र उद्दण्ड दुर्योधन का युवराज के रूप में उदय हुआ तभी से मेरे जीवन का तमाच्छादित अध्याय आरम्भ हुआ किन्तु इसकी चर्चा यथासमय ही उचित होगी। पुनः लौटते हैं हस्तिनापुर-राजमहल को। धृतराष्ट्र, पाण्डु और विदुर तीनों में पाण्डु कनिष्ठतम थे फिर भी राजा के रूप उन्हीं का अभिषेक हुआ। धृतराष्ट्र अन्धत्व के कारण और विदुर शूद्र (दासी-पुत्र) होने के फलस्वरूप सिंहासनारुढ़ नहीं हो पाए।

वय में श्रेष्ठ होने के कारण सभी के शुभ का दायित्व मैंने स्वयं उठा रखा था।

तीनों भ्राताओं के युवावस्था प्राप्त करते ही मुझे उनके विवाह की चिन्ता हुई।

मैंने इस सम्बन्ध में विदुर से परामर्श किया। मुझे ज्ञात था कि यदुवंशी शूरसेन की पृथा नामक कन्या जिसे राजा कुन्तिभोज ने गोद लिया था, विवाह योग्य हो चुकी थी। साथ ही गान्धार राज्य सुबल के यहाँ भी एक सुन्दर कन्या थी जिसका नाम गान्धारी था। मद्रनरेश के यहाँ उनकी पुत्री माद्री थी।

विदुर से विचार-विमर्श के पश्चात् यह निश्चित पाया गया कि सर्वप्रथम ज्येष्ठ पुत्र धृतराष्ट्र के लिए गांधार प्रस्ताव भेजा जाए।

मैंने गान्धारराज सुबल के यहाँ विवाह-प्रस्ताव प्रेषित किया। धृतराष्ट्र के अन्धत्व के फलस्वरूप आरम्भ में नृप सुबल कुछ हिचकिचाहट के शिकार हुए किन्तु हमारे कुल के वंश एवं हस्तिनापुर की प्रशस्ति को ध्यानगत रखकर विवाह में अपनी स्वीकृति प्रदान कर दी।

इस सम्बन्ध में गान्धारी से उन्होंने कुछ पूछने की आवश्यकता नहीं समझी यद्यपि मैं धृतराष्ट्र के विवाह को उद्यत था किन्तु सुबल का यह आचरण मुझे पित्रोचित नहीं लगा। एक ओर जहाँ कन्याओं को स्वयंवरा बनने का अधिकार था वहीं दूसरी ओर एक नेत्रहीन को पति रूप में ग्रहण करने-हेतु गान्धारी की सम्मति की भी आवश्यकता नहीं समझी गई।

गान्धारी ने पिता के वचन देने और भावी पति के अन्धे होने की बात सुनी तो उसने तत्काल एक रेशमी वस्त्र की पट्टी अपनी आँखों पर बाँध ली और कहा

कि जब पति जन्म से ही कुछ नहीं देख पा रहे तो मैंने अब से सब कुछ देखना छोड़ दिया।

गान्धार राजकुमार शकुनि स्वयं अपनी बहन गान्धारी को साथ लेकर हस्तिनापुर पहुँचे और उन्होंने सादर अपनी बहन धृतराष्ट्र को सौंप दी। तदन्तर मैंने शकुनि और गान्धारी दोनों की सहमति से धृतराष्ट्र के साथ गान्धारी का विधिवत् विवाह सम्पन्न कराया। मैं आज भी गान्धारी के पातिव्रत्य की प्रशंसा में नतमस्तक होने को इच्छुक हूँ किन्तु मेरी स्थिति इसकी अनुमति कहाँ देती है?

मैं मात्र यह स्मरण कर कुछ क्षणों के लिए पुलकित हो जाता हूँ कि श्रेष्ठ पतिव्रताओं की गणना हो तो गान्धारी सर्वदा पांक्तेय रहेगी।

परपुरुष पर दृष्टिनिक्षेप का तो प्रश्न ही निःशेष हो गया था, गान्धारी ने कभी अपनी जिह्वा पर-परपुरुष का नाम भी नहीं चढ़ने दिया। आज इस समारांगण के किनारे वाणों की शय्या पर पड़ा मैं सोचा रहा हूँ कि अपने ही पुत्र दुर्योधन की दुर्मति के फलस्वरूप पतिव्रता गान्धारी को अपने सौ पुत्रों में से अधिकांश को गँवाना पड़ा और शेष भी समर की समाप्ति तक समाप्त ही हो जाएँगे।

सौ पुत्रों के निधन को सहन करना आसान नहीं है। मैं सोचता हूँ कि आजीवन नेत्रों पर पट्टी बाँध कर रखने वाली पतिव्रता गान्धारी के पुण्य का फल इसी रूप में क्यों मिलना था? मेरी तो आँखें खुली थीं। मैंने सुकृत्य और कुकृत्य दोनों किए होंगे। मुझे यदि अग्नि-परीक्षा का सामना करना पड़ रहा है तो इसमें कोई बहुत आश्चर्य की बात नहीं किन्तु स्वेच्छया आँखों की ज्योति को सम्पुटित करने वाली गान्धारी को किस कुकृत्य का फल प्राप्त हो रहा है? अवश्य ही यह पूर्व जन्मकृत कोई कर्म होगा जिसका कुफल भोगने को वह विवश है किन्तु यह असंदिग्ध है कि इस जन्म की इस अकल्पनीय तपस्या ने उसे असाधारण शक्ति से सम्पन्न कर दिया होगा और उसके वरदान और श्राप दोनों अमोघ होंगे।

मैं एक क्षण के लिए इस प्रसन्नता से भी पूरित हो आता हूँ कि पति धृतराष्ट्र, पुत्र दुर्योधन और दुःशासन तथा भ्राता शकुनि आदि की उपेक्षा का पात्र होने के उपरान्त भी मैं सदा गान्धारी के सम्मान का ही पात्र बना रहा। पुत्रों की उद्दण्डता पर उसका वश कम ही था किन्तु राजरानी के रूप में उसने सदा मेरी सुख-सुविधा का ध्यान रखा और दासियों के माध्यम से मेरा कुशल-क्षेम सदा पूछती रही। आज गान्धारी का दुःख भी मेरा ही दुःख हो आया है।

लौटते हैं फिर हस्तिनापुर, धृतराष्ट्र का विवाह सम्पन्न हो गया तो पाण्डु एवं विदुर का विवाह करना आवश्यक हो गया था। इधर कुन्ती-भोज ने अपनी पोषिता पुत्री कुन्ती अथवा पृथा के स्वयंवर का आयोजन किया था। पाण्डु इस समय तक पर्याप्त हृष्ट-पुष्ट और कान्ति-युक्त हो आए थे। स्वयंवर में आमन्त्रित पाण्डु रंग-मंच पर बैठे सभी राजाओं को अपने तेज से निस्तेज कर रहे थे। हाथों में वरमाला धारण किए सुलक्षणा कुन्ती रंग-भूमि में नरपुंगव पाण्डु को देखकर उन्हें वरण को व्याकुल हो गई। उसने अन्य राजाओं की ओर दृष्टिनिक्षेप करने की भी आवश्यकता नहीं समझी और सलज्ज भाव से नृपपाण्डु के गले में जयमाला डाल दी।

इसके पश्चात् मेरी अनुमति से कुन्तिभोज ने अपने पालिता पुत्री पृथा का विवाह वेदमन्त्रों के उच्चारण के साथ वेदज्ञ ब्राह्मणों द्वारा सम्पन्न कराया।

विवाहोपरान्त पुत्री एवं जामाता को विदा करते समय कुन्ति-भोज ने राशि-राशि

रत्नों एवं गजाश्वों के अतिरिक्त अन्य बहुमूल्य सामग्रियाँ प्रदान कीं।

राजा पाण्डु के हस्तिनापुर-प्रवेश का दृश्य अब भी मुझे पूर्णतः स्मरण है। विशाल रथ पर पृथा को अपने पार्श्व में बैठा, बाजे-गाजे एवं सैन्य पंक्तियों के साथ उन्होंने नगर के महाद्वार से प्रवेश किया था।

पाण्डु के स्वागत में प्रजा राजपथों पर उमड़ आई थी। इन पथों को सुगन्धित जल से सिंचित किया गया था तथा स्थान-स्थान पर स्वर्णकलश स्थापित थे। तोरण और वन्दनवारों से सारा नगर सुसज्जित था। नगर-प्रवेश के साथ ही महलों की अटारियों और छतों से, पाण्डु के रथ पर पुष्प-वर्षण होने लगा। एक क्षण को मैं कुरुश्रेष्ठ पितामह जैसे पाण्डु से पीछे पड़ गया किन्तु मुझे यह अच्छा ही लगा क्योंकि अब इन राजकुमारों के हाथों में ही हस्तिनापुर का भविष्य आ पड़ा था। यदि सिंहासनारूढ़ पाण्डु को प्रजा की पर्याप्त वत्सलता प्राप्त हो रही थी तो यह एक शुभ सन्देश था किन्तु महाकाल जैसे कुरुवंश के पीछे हाथ धोकर ही पड़ा था। पाण्डु को लेकर मैंने जो स्वप्न संजोये थे कुछ दिनों में वे सभी दुःस्वप्न में परिवर्तित हो गए।

इन घटनाओं पर आऊँ इसके पूर्व पाण्डु के एक और सौभाग्य का वर्णन आवश्यक है। मैंने यह शायद ठीक ही सोचा कि सिंहासनारूढ़ पाण्डु के लिए एक और पत्नी आवश्यक थी। मैं किसी सुकन्या के सन्धान में लग गया। माद्री का उल्लेख मैं पहले ही कर चुका हूँ। तत्काल मुझे वही पाण्डु की द्वितीय पत्नी के रूप में सर्वथा उपयुक्त लगी। मैं वृद्ध मन्त्रियों, ब्राह्मणों महर्षियों तथा हस्तिनापुर-साम्राज्य के योग्य सैन्य के साथ मद्रराज की राजधानी पहुँच गया। इस राज के अधिपति राजा शल्य ने नगर से बाहर आकर मेरा स्वागत किया और सभी को अपनी राजधानी के अन्दर ले गए।

हमें पाद्य अर्घ्य तथा मधुपर्क का अर्पण कर उन्होंने करबद्ध मेरे वहाँ आगमन का परियोजन जानना चाहा। मैंने निनम्र शब्दों में उन्हें सम्बोधित कर कहा, "ऋपुदमन! मुझे तुम कन्या-हेतु ही आया समझो। मुझे ज्ञात हुआ कि तुम्हें एक अत्यन्त सुन्दरी एवं यशस्विनी बहन है जो अत्यन्त ही विनम्र एवं साधु-स्वभाव-युक्त है। उसका नाम जहाँ तक मुझे पता है माद्री है। मैं उसी पुण्य-शालिनी का अपने पाण्डु के लिए वरण करने यहाँ उपस्थित हुआ हूँ। शत्रुदमन! तुम हमारे यहाँ सम्बन्ध स्थापित करने हेतु सर्वथा सुयोग्य हो और हम भी तुम्हारे योग्य हैं। मद्रेश्वर! विधि-पूर्वक विचार कर अपने निर्णय से मुझे अवगत कराओ। इस सम्बन्ध से दोनों कुलों का कल्याण सुनिश्चित है।"

मद्रराज ने मेरे कथन को ध्यानपूर्वक सुना और निवेदन किया, "कुरुश्रेष्ठ! आपके कुल में सम्बन्ध स्थापित कर मैं अपने को धन्य समझूँगा। यह सम्बन्ध मुझे सर्वथा प्रिय है किन्तु मेरी एक विवशता है जिससे आपको परिचित करा देना उचित समझता हूँ।"

"आप निःसंकोच अपनी बात रखें। जब मैंने आपकी बहन का पाण्डु के लिए वरण का निश्चय कर लिया है तो हर बाधा को दूर कर अपनी इस कामना की पूर्ति करना चाहूँगा।" मैंने मद्रराज को आश्वस्त करते हुए कहा।

"मेरे कुल की यह परम्परा है कि पुत्री निःशुल्क नहीं दी जाती।"

मुझे इसका पता था और मैंने सहर्ष कहा, "मुझे आपके कुल की मर्यादा की रक्षा करनी है। आपके पूर्वजों ने जो परम्परा स्थापित की है उसका पालन तो आपको करना ही चाहिए। सौभाग्यवश हस्तिनापुर-साम्राज्य धन-धान्य-सम्पन्न है। मैं अपने साथ पर्याप्त शुल्क रथों में लाद कर लेता आया हूँ। मैं अभी उसे आपके समक्ष उपस्थित करता हूँ।"

तत्पश्चात् मैंने बहुमूल्य रत्नों, स्वर्णाभूषणों, रेशमी वस्त्रों आदि से भरे रथों को शल्य के राजमहल के द्वार पर उपस्थित करा दिया। उनके साथ ही पर्याप्त पशु-धन यथा गज, अश्व आदि भी महल द्वार पर बड़ी संख्या में खड़ा कर दिया गया।

राजा शल्य इतनी सम्पदा पाकर अत्यन्त प्रसन्न हुए। उन्होंने अपनी बहन को मेरे साथ कर दिया। हस्तिनापुर लाकर माद्री का विवाह विधिपूर्वक पाण्डु के साथ, मैंने सम्पन्न कराया।

आज वह अवसर आया है कि अपने साथ शल्य के इस कृत्य पर पुनर्विचार करूँ। मुझे यह सम्बन्ध माद्री के रूप-गुण की प्रशंसा के कारण करना पड़ा था।

हस्तिनापुर के सिंहासन पर निरन्तर संकट पड़ते हुए देखने को अभिशप्त हो गया मैंने सोचा था कि पता नहीं एक पत्नी से कौन-सी और कैसी सन्तान हो अतः राजा पाण्डु के लिए दो पत्नियों का प्रबन्ध सिंहासन के उत्तराधिकारी के प्रति हमारी आश्वस्ति का कारण बनेगा किन्तु मैंने मद्रराज की लिप्सा की उपेक्षा कर अच्छा नहीं किया। कन्याओं को दासी की तरह विक्रित करने की बात कभी भी समुचित नहीं ठहराई जा सकती। नारी, नारी है वह कोई वस्तु नहीं कि उसका क्रय-विक्रय हो। साथ ही शल्य के इस प्रस्ताव से ही मुझे उसके चरित्र के सम्बन्ध में अनुमान लगा लेना चाहिए था। जो अपनी बहन का सौदा कर अपने राजकोष को भरने को लालायित है उसका चरित्र तो संदिग्ध होना ही चाहिए। ऐसा व्यक्ति कभी भी लोभ-लिप्सा का आखेट हो अकरणीय कर सकता है।

मैंने अपनी अत्यन्त प्रचारित बुद्धिमत्ता के ठीक प्रतिकूल भी कई कार्य किए हैं। जीवन की अन्तिम घड़ियों में ही जैसा कि मैंने आरम्भ में ही कहा, हमारे सारे कृत्यों, कुकृत्यों और सुकृत्यों को महाकाल हमारे समक्ष ला खड़ा करता है।

शल्य का चरित्र अन्ततः इसी महाभारत-युद्ध के ठीक पूर्व स्पष्ट हो गया। युद्ध में अपने भांजों नकुल, सहदेव के कारण पांडवों की ओर से भाग लेने हेतु शल्य ने राज्य से प्रस्थान किया। चतुर दुर्योधन शायद उसके लालची स्वरूप को जानता था। उसने स्थान-स्थान पर शल्य और उसकी सेना के स्वागत के लिए पर्याप्त प्रबन्ध किया। सभी प्रकार के खाद्य पदार्थों और पेय पदार्थों से उनकी प्रचुर सेवा की गई। पहले तो शल्य ने समझा कि यह सब पांडवों की ओर से हो रहा है लेकिन अन्त में दुर्योधन ने उपस्थित होकर इन सारे प्रबन्धों के सम्बन्ध में स्पष्ट कर शल्य को अपने पक्ष से लड़ने के लिए आमन्त्रित किया तो लिप्सा का आखेट शल्य कुछ और प्राप्ति की ही आशा में अपने रक्त–सम्बन्धियों को त्यागकर दुर्योधन के पक्ष में जा मिला।

मुझे शल्य के इस चरित्र का अनुमान पहले ही होना चाहिए था किन्तु जैसा मैंने कहा मेरी तथाकथित बुद्धिमत्ता ने सदा मेरा साथ नहीं दिया है। शल्य के इस कृत्य की भर्त्सना कितने भी कटु शब्दों में की जाए कम होगी।

शल्य के सदृश लोभी और लिप्सा-ग्रस्त लोगों की इस धरती पर कमी नहीं और उसी का परिणाम है यह महासमर।

माद्री से विवाह सम्पन्न होने के पश्चात् कुछ दिनों तक पाण्डु ने अपनी दोनों पत्नियों के साथ भोग-विलास में समय व्यतीत किया। पाण्डु एक पराक्रमी प्रशासक थे। उन्हें

राजमहल की चहारदीवारियाँ बहुत दिनों तक कैद कर नहीं रख सकती थीं। एक माह पश्चात् ही उन्होंने मुझसे अनुमति लेकर दिग्विजय के लिए प्रस्थान करने का कार्यक्रम बनाया। हस्तिनापुर की विशाल सेना जिसमें अनेक रथी, गजारोही, अवश्वारोही के साथ-साथ पदाति-सेना थी, के साथ वह हस्तिनापुर से प्रस्थित हो गए।

उन्होंने प्रायः सम्पूर्ण आर्यावर्त पर विजय प्राप्त की। सर्वप्रथम उन्होंने विंध्य पर्वत के पूर्व-दक्षिण प्रदेश जिसकी राजधानी विदिशा थी को विजित किया। तत्पश्चात् वापस आ उन्होंने मगध प्रदेश में प्रवेश किया जहाँ राजगृह में अनेक राजाओं को प्रताड़ित और पराजित करने वाले मगधराज दीर्घ को युद्ध में परास्त कर उसकी हत्या की और उसके द्वारा संचित अपार धन राशि को अपने अधिकार में कर मिथिला पर आक्रमण किया जहाँ उन्होंने विदेहवंशी राजाओं को परास्त किया।

पराक्रमी पाण्डु ने काशी पुण्ड्र आदि के राजाओं को अत्यन्त अल्प समय में परास्त किया। अब स्थिति यह थी कि वह जहाँ भी पहुँचते वहाँ का राज्याधिकारी स्वयं ही आकर अपनी पराजय स्वीकार कर लेता और साथ ही अपने साथ लाई अथाह सम्पत्ति उन्हें प्रदान कर देता।

पाण्डु की कीर्ति दसों दिशाओं में व्याप्त हो गई और जब वे अथाह सम्पत्ति एवं अपरिगणनीय पशुबल के साथ कुरुराज की राजधानी हस्तिनापुर वापस आए तो प्रजा का उत्साह चरम पर पहुँच गया। पारिवारिक जन भी अत्यन्त प्रसन्न हुए। पाण्डु मर्यादा से अपरिचित नहीं थे। अतः, उन्होंने राजमाता सत्यवती के पूर्व अपने पितृव्य मुझ भीष्म का चरण स्पष्ट कर आशीर्वाद लेना आवश्यक समझा। मैंने उनका सिर सूँघकर उन्हें यशस्वी होने का आशीर्वाद दिया। तत्पश्चात् वह माता सत्यवती के पास पहुँचे तथा अन्य गुरुजनों का आशीर्वाद भी ग्रहण किया।

आज मैं सोचने को बाध्य होता हूँ कि महाराज प्रतीप और सम्राट शान्तनु के पश्चात् पाण्डु ही कुरुवंश के पराक्रम के प्रतीक बने। उनके दिग्विजय के पश्चात् हस्तिनापुर का प्राचीन गौरव पुनः वापस आ गया। मैं सोचने को विवश हो रहा हूँ कि यह साम्राज्य जिसके लिए पांडवों और कौरवों में संग्राम सम्पन्न हो रहा है वह पांडवों के पिता पाण्डु का ही गढ़ा हुआ है। इसे न्यायतः पांडवों को ही प्राप्त होना चाहिए था अथवा कम-से-कम इसका अर्द्धभाग तो उन्हें मिलना ही था। ऐसी स्थिति में इस महासमर की कहाँ आवश्यकता थी? किन्तु इस समर के आरम्भ के मूल में जो लोग हैं उनमें क्या मैं नहीं हूँ अगर मैं निर्लज्ज भाव से, राज्याश्रीय अथवा परान्नभोगी होने के फलस्वरूप अन्यायी दुर्योधन के पक्ष में नहीं खड़ा हो जाता तो क्या समर आरम्भ करने के पूर्व उसे कई बार सोचना नहीं पड़ता? माना कर्ण को वह अपना कर्णधार मानता था लेकिन अगर मैं यह उद्घोषित कर देता कि मैं न्याय के पक्ष में युद्ध करूँगा और पाण्डवों की ओर से करूँगा तो पाण्डवों की शक्ति मुझे और अर्जुन को मिलाकर निःसन्देह अपराजेय हो जाती और दुर्योधन ऐसे समर के लिए कभी भी प्रस्तुत नहीं होता। कई कारणों से मैं भी इस महासमर का कारण बनता हूँ, दुर्योधन तो लोभ-लिप्सा-ग्रस्त था ही, ऐसे अन्यायी एवं अहंकारी युवराज के पक्ष में पुण्यशाली एवं सदाचारी पाण्डवों के विरुद्ध खड़ा होना मेरे सदृश कुरुवृद्ध के लिए कहाँ तक समुचित था विशेषकर तब जब मैं पितामह केवल कौरवों का ही नहीं, पांडवों का भी था। मुझ तथाकथित सत्यव्रती, भीष्म प्रतिज्ञाधारी, न्यायप्रिय देवव्रत के लिए यह कदापि उचित नहीं था। इतिहास मेरे पराक्रम एवं अन्य सद्गुणों के कारण मुझे शायद शीघ्र ही क्षमा कर दे किन्तु मैं स्वयं ही अपने

को क्षमादान देने में असमर्थ हूँ। यह कहना व्यर्थ है कि अर्जुन ने अपने ही निःशस्त्र और वृद्ध पितामह को शरविद्ध कर न्यायोचित कार्य नहीं किया है। एक अन्यायी पितामह के साथ उनके अनावश्यक पक्षपात के लिए पार्थ ने जो कुछ किया वह कहीं से निंद्य नहीं है।

व्यर्थ पश्चाताप से क्या लाभ? हस्तिनापुर राजमहल तो लौटना ही होगा। पाण्डु के लिए वहाँ एक भीषण अभिशाप प्रतीक्षारत था।

दिग्विजय के पश्चात् पाण्डु ने कुछ समय अरण्यों काननों और गिरि-पर्वतों के मध्य व्यतीत करने का निर्णय लिया। मेरी दृष्टि में यह अनावश्यक था किन्तु दिग्विजयी पाण्डु की अभिलाषा को ठुकराया भी नहीं जा सकता था।

पाण्डु को मेरी सहमति प्राप्त करनी ही थी क्योंकि उनकी अनुपस्थिति में साम्राज्य के संरक्षण का भार मेरे ही ऊपर आना था। था तो वह पहले से ही किन्तु पराक्रमी पाण्डु के कारण वह कुछ न्यून हो आया था। अब पुनः पूरी तरह इस दायित्व को उनकी अनुपस्थिति में संभालना था यद्यपि पाण्डु सिंहासन धृतराष्ट्र को सौंप गए थे।

मैंने सहमति दे दी और पाण्डु भार्याओं के साथ वन-विहार को निकल गए। वहाँ पर उनकी सुख-सुविधा का भार उठाने के लिए मैंने कुछ राज्य-कर्मचारियों को आदिष्ट कर दिया। उन्हें यथावश्यक सामग्रियाँ हस्तिनापुर से जाती रहीं।

पाण्डु आखेट-प्रिय थे। मृगों के शिकार में उन्हें विशेष आनन्द आता था। एक दिन आखेट के दौरान उन्होंने किंदम मुनि को जो मृग के रूप में, अपनी पत्नी को भी मृगी में परिवर्तित कर उसके साथ मैथुन-रत थे, अपने बाण का आखेट बना लिया। मुनि मरणान्तक पीड़ा से भर उठे और पाण्डु से पूछा, "धनुर्धर! इस तरह अकारण शत्रु की भी हत्या नहीं करते फिर प्रतापी और नीतिज्ञ होकर भी ऐसा निंद्यकार्य आप क्यों कर बैठे?"

पाण्डु ने जवाब दिया था, "मृगों का वध तो राजा करते ही हैं। मैंने ऐसा कर कौन-सा अपराध किया है?"

मृत्यु को प्राप्त हो रहे मुनि ने कहा, "मैं लोकलाज के कारण मृग के रूप में अपनी पत्नी के साथ सम्भोगरत था। मैं एक न्यायोचित क्रिया द्वारा प्रसन्नता-प्राप्ति में लगा था। साथ ही यह प्राकृतिक क्रिया भी थी। धर्मयुक्त काम (वासना) ही सृष्टि के मूल में है। तुम्हें मेरी क्रिया की समाप्ति तक मेरी प्रतीक्षा करनी थी। मुझ अर्द्धतृप्त का वध कर तुमने निश्चित ही एक जघन्य पाप-कार्य किया है जो कहीं से नीति-सम्मत नहीं है। मैं निश्चय ही मरने के पूर्व तुम्हें इस विवेकहीन कार्य के लिए श्राप दूँगा और वह श्राप यों है–

"चूँकि तुमने मेरे मैथुन-रत रहते हुए मेरी हत्या की है, अतः तुम निर्वीर्य हो जाओगे, रति-योग्य नहीं रहोगे। साथ ही कभी काम-प्रेरित हो जब तुम अपनी पत्नी के साथ इसी तरह सम्भोग-रत रहोगे तो तुम्हारे प्राण तत्काल निकल जाएँगे।"

इस श्राप के पश्चात् कंदम मुनि ने प्राण त्याग दिए। वह जीवित रहते तो पाण्डु उनसे श्राप वापस लेने की प्रार्थना भी करते किन्तु यह अवसर भी हाथ से जाता रहा।

अत्यन्त दुःखी पाण्डु ने अपनी पत्नियों से सारा वृतान्त कहा। उन्होंने उन्हें त्याग कर संन्यास ग्रहण करने की बात की तथा तप करते हुए अपने पाप का मार्जन कर स्वर्ग-प्राप्ति का उद्देश्य प्रकट किया। कुन्ती और माद्री को स्वभावतः यह प्रस्ताव पसन्द नहीं आया और उन्होंने सम्मिलित अनुरोध किया, "आप यों हमें परित्यक्त कर नहीं

जा सकते। आप हमारे साथ रहकर भी तप कर सकते हैं। आपको प्राप्त अभिशाप से हम दोनों परिचित हो चुकी हैं, अतः हम आपकी तपस्या में अपनी काम-भावना को आड़े नहीं आने देंगी। साथ ही आपकी समुचित सेवा सुश्रुषा भी तन-मन से करती रहेंगी।''

पाण्डु इस प्रस्ताव पर सहमत हो गए।

''ब्रह्मचर्य-जीवन व्यतीत करते हुए पाण्डु अपनी दोनों पत्नियों के साथ अरण्यवास में समय-यापन करने को बाध्य हुए।

उन्हें इस समय भी इस बात की पीड़ा सालती रही कि वह सन्तानहीन हैं और मुनि-श्राप के पश्चात् तो वह सन्तानोत्पत्ति के योग्य भी नहीं रहे।

उन्होंने कुन्ती को बुलाकर कहा, ''हमें निःसन्तान इस संसार से विदा लेना उचित नहीं। अपना पति अगर सन्तानोत्पत्ति में अक्षम हो तो किसी श्रेष्ठ पुरुष द्वारा वंश-रक्षा के लिए सन्तान-प्राप्ति शास्त्र सम्मत है। मैं तुम्हें इसकी स्वतन्त्रता देता हूँ कि तुम अपने को सन्तानवती बनाकर मेरे सन्ताप को निःशेष करो।

कुन्ती ने उन्हें आश्वस्त किया, ''इस कार्य-हेतु किसी मनुष्य की आवश्यकता नहीं पड़ेगी। किशोरावस्था में महर्षि दुर्वासा को अपनी सेवा से सन्तुष्ट कर मैंने एक मन्त्र प्राप्त किया है जिसके द्वारा मैं किसी भी देवता को आमन्त्रित कर उससे पुत्र प्राप्त कर सकती हूँ।''

पाण्डु की प्रसन्नता की सीमा नहीं रही। उन्होंने कहा, ''तुम इस मन्त्र का प्रयोग कर मेरी मनोकामना की पूर्ति करो।''

कुन्ती ने बारी-बारी से धर्मराज, पवन तथा इन्द्र को आमन्त्रित कर क्रमशः, युधिष्ठिर, भीम एवं अर्जुन को उत्पन्न किया।

कुन्ती के जब तीन पुत्र हो गए तो माद्री का चिन्तित होना स्वाभाविक था।

उसने समय पाकर पाण्डु से एकान्त में कहा, ''कुन्ती सन्तानवती हो गई किन्तु मैं मातृसुख से वंचित रही। आप कुछ ऐसा करें जिससे मुझे भी पुत्र प्राप्त हो।''

पाण्डु ने माद्री को उसकी इच्छा-पूर्ति का वचन दिया और उसके जाने के पश्चात् कुन्ती को बुलाकर कहा, ''भद्रे! तुम तो ईश्वर की कृपा से तीन-तीन पुत्रों की जननी बन गईं। माद्री तुम्हारी बहन के सदृश है। वह अगर मातृ-सुख से वंचित रहती है तो उसका सारा जीवन कुण्ठाग्रस्त ही रहेगा। तुम अपनी मन्त्र-शक्ति से उसका भी कल्याण करने में समर्थ हो। यदि अन्यथा नहीं लो तो मैं कहना चाहूँगा कि माद्री की सन्तानेच्छा की पूर्ति का प्रबन्ध यथाशीघ्र करो।''

कुन्ती ने सविनय कहा, ''पति की आज्ञा सर्वोपरि है। यों शायद ही कोई नारी सौत को सुखी देखना चाहती है। मैं आपकी आज्ञानुसार माद्री को सन्तानवती बनाने का अवश्य प्रयास करूँगी।

तत्पश्चात् कुन्ती ने माद्री को अपने समीप बुलाया और मन्त्र पढ़ते हुए कहा जिस किसी देवता से तुम सन्तानेच्छुका हो उसका ध्यान करो। माद्री ने अश्विनी-कुमारों को स्मरण किया। वे प्रकट हो गए तो कुन्ती वहाँ से अपने पति पाण्डु के कक्ष में आ गई। पाण्डु के पूछने पर उसने सूचित कर दिया कि माद्री भी शीघ्र ही पुत्र उत्पन्न करेगी।

समय पाकर माद्री के गर्भ से जुड़वा सन्तान उत्पन्न हुई। इन दो पुत्रों का नाम नकुल और सहदेव पड़ा। मैं इस तथ्य का उल्लेख पहले भी किसी अन्य प्रसंग में कर चुका हूँ किन्तु इसे यहाँ विस्तार से बताना मैंने आवश्यक समझा।

इन सभी बातों का अभिज्ञान मुझें कुन्ती के द्वारा ही हुआ था जब वह बहुत कुछ खोकर हस्तिनापुर में रोती-बिलखती लौटी थी।

हुआ यह था कि एक दिन कुन्ती को तपस्वियों की सेवा में छोड़कर पाण्डु माद्री को साथ ले अरण्य के रम्य भाग में भ्रमण हेतु निकल गए थे। इधर अरण्य का आकर्षण कुछ अधिक ही था। वृक्ष एवं लतावल्लरियाँ सुगन्धित पुष्पों से बोझिल थे। शीतल मन्द वयार बह रही थी, मानो मलय-पवन का झोंका ही उधर भटकता हुआ आ गया हो। वृक्षों की शाखाओं पर विविधवर्णी पक्षी कलरव कर रहे थे। जिससे पूरा परिवेश एक मधुर संगीत से भर आया था। ऐसा प्रतीत होता था कि अरण्य के इस खण्ड में असमय ही, ऋतु राज का आगमन हो गया हो।

यद्यपि पाण्डु किंदम मुनि के श्राप से निर्वीर्य हो गए थे किन्तु इस मादक-मोहक परिवेश ने और रूपवती माद्री के संग से उनके अन्दर अदम्य कामेच्छा जागृत हो आई। उन्होंने माद्री को अकस्मात् आलिंगित किया और उससे अपनी कामेच्छा की पूर्ति करनी चाही। माद्री ने उनके इस प्रयास को विफल करना चाहा किन्तु वह असफल रही। पाण्डु उसके साथ सम्भोग क्रिया में रत हुए किन्तु तत्काल मुनि-श्राप वश अपने प्राणों से हाथों धो बैठे।

माद्री बिलख-बिलखकर रुदन करने लगी जिससे आस-पास के कई व्यक्ति वहाँ उपस्थित हो गए। उन्होंने कुन्ती को जब यह सूचना दी तो वह आँखों से अश्रु-धार बहाती और अपने ललाट का सिंदूर पोंछती खुले-केशों को हवा के हवाले करती वहाँ पहुँची जहाँ माद्री और मृत पाण्डु धरती पर एक साथ पड़े थे।

कुन्ती को सब कुछ समझने में समय नहीं लगा और वह अश्रुभीगे किन्तु कठोर शब्दों में माद्री को सम्बोधित करती हुई बोली, ''पापाचारिणी! तुम्हें यह सब करते न तो शर्म आई, न अपने तथा मेरे पति के प्राणों की चिन्ता रही। तुम्हें मुनि-श्राप का अभिज्ञान था तब भी तुम अपनी वासना-पूर्ति के लिए इन्हें यहाँ एकाकी खींच लाई। इसका परिणाम तुम्हें वैधव्य के सिवा क्या मिला?''

माद्री ने विलाप करते हुए किसी तरह कहा, ''दीदी! ये स्वयं अत्यन्त कामुक हो आए थे। मेरे लाख प्रतिवाद के पश्चात् भी नियति-प्रेरित उन्होंने अपनी काम-ज्वाला की शान्ति मुझसे करनी चाही। मुनि-श्राप को तो व्यर्थ जाना नहीं था, अतः हम दोनों आज इस दिन को देखने को बाध्य हैं। मैं इस प्रसंग में सर्वथा निदोष हूँ।''

कुन्ती ने माद्री की बातों में अविश्वास करने का कोई कारण नहीं देखा। उसने स्थिति के अनुकूल अपने को ढालने का प्रयास किया।

माद्री पति के साथ चितारोहण को प्रस्तुत हुई। कुन्ती भी ऐसा ही करना चाहती थी किन्तु माद्री ने उसे यह कहकर ऐसा नहीं करने को बाध्य किया, ''मैं तो दीदी! इस घटना के पश्चात् आजीवन एक असमाप्य अपराध-बोध से ग्रसित रहूँगी; अतः मैंने चितारोहण का निर्णय लिया है। आप ऐसा करेंगी तो हमारे पाँच पुत्रों का क्या होगा? एक छोटी बहन के रूप में मैं आग्रह करूँगी कि आप अपने तीनों पुत्रों और मेरे दोनों पुत्रों के लालन-पालन एवं शिक्षण-प्रशिक्षण को सुनिश्चित करने के लिए त्याग करें। मैं समझ सकती हूँ कि वैधव्य को काटना आपके लिए कितना कठिन होगा किन्तु इसके अतिरिक्त हमारे पास और कोई उपाय नहीं बचता। इन सबों की उम्र बहुत कम है। माता की ममता के साये से रहित होकर वे शायद ही जीवित रह सकें, अतः आप मेरा अनुरोध स्वीकार कर मेरे साथ चितारोहरण नहीं करें।''

अन्दर से उद्वेलित कुन्ती को माद्री के कथन में व्यावहारिक दृष्टि की प्रतीति

हुई। उसने अपने को बलात् इस क्रिया से रोका किन्तु वह पाण्डु और माद्री के शवों को चिता में जलते हुए देखने में अपने को असमर्थ पा रही थी, अतः क्रन्दन करती और आँखों से अविरल अश्रुधारा प्रवाहित करती वह अपनी पर्णकुटी को लौट आई।

पाँचों पुत्रों को उसने अपने क्रोड़ में समेटने का प्रयास किया।

अरण्य के निवासियों मुख्यतः वहाँ तपरत ऋषि-मुनियों ने शव-दाह से निवृत्त होकर आसन्न समस्या पर विमर्श किया।

उन्होंने निश्चित किया कि पाण्डु और माद्री की अस्थियों को संगृहीत कर एक पोटली में बाँध लिया जाए तथा कुन्ती और पाण्डु के पाँचों पुत्रों को साथ लेकर हस्तिनापुर के लिए प्रस्थान किया जाए।

उन्होंने वही किया और रोती-बिलखती कुन्ती और नवजातों को साथ लेकर वे हस्तिनापुर राजद्वार पर उपस्थित हुए। प्रहरियों ने अन्दर जाकर बाहर की सूचना दी। सुनते ही मैं, धृतराष्ट्र, विदुर तथा अन्य गणमान्य लोग बाहर आए। तपस्वियों ने अस्थि की पोटली एवं कुन्ती तथा नवजातों को हमारे हवाले किया। हम सभी इस दृश्य से विचलित हो गए थे। सभी के हृदय में हाहाकार की आँधी प्रवाहित होने लगी थी। मैंने अपने अश्रुओं पर यथाशक्य नियन्त्रण किया किन्तु विदुर की आँखों से अश्रुधार प्रवाहित हो चले। धृतराष्ट्र की अन्धी आँखों से भी अश्रु-बूँदें टपक पड़ीं। गान्धारी के पास, कुन्ती को पाँच पुत्रों के साथ प्रेषित कर दिया गया। धर्मपरायणा गान्धारी ने भी धैर्य खो दिया और उसकी आँखों की अंधपट्टियों को छेदकर अश्रुधारा बह चली।

मेरे लिए यह परीक्षा की घड़ी थी। पाण्डु के प्रताप से सम्पूर्ण आर्यावर्त परिचित हो चुका था। उनका यश दिनानुदिन चतुर्दिक् विस्तारित हो रहा था। पाण्डु निःसंदेह मुझे अत्यंत प्रिय थे। उनका नहीं रहना मुझे कुछ दिनों के लिए अन्दर से अस्थिर कर गया। मैंने एक टूटन का भाव अन्दर-ही-अन्दर अनुभूत किया किन्तु मुझे पता था कि इस समय धैर्य खोने से काम नहीं चलेगा।

अरण्य के लिएं विदा होते समय तो पाण्डु ने धृतराष्ट्र को सिंहासन और स्वर्णदंड समर्पित कर ही दिए थे। मैं आशान्वित था कि एक-न-एक दिन पाण्डु अरण्यवास से ऊब कर राजधानी वापस आ जाएँगे और मेरा कार्य-भार हल्का हो जाएगा क्योंकि धृतराष्ट्र के सिंहासनारूढ़ रहने पर उनकी अन्धता के कारण साम्राज्य को सम्भालने का पूर्ण दायित्व मेरे ही स्कन्धों पर आ गया था।

इस दायित्व के अतिरिक्त पाण्डु-पुत्रों की समुचित व्यवस्था का भी दायित्व मेरा ही था क्योंकि वे पितृ-हीन थे।

मैंने कुछ निर्णय लिया और गान्धारी के पास पहुँचकर कहा, "इन पाँच पाण्डु-पुत्रों को अपने ही पुत्र समझो और यह मान लो कि तुम्हें एक सौ नहीं अपितु एक सौ पाँच पुत्र हैं क्योंकि कुन्ती अभी ऐसी स्थिति में नहीं है कि इन पर पर्याप्त ध्यान दे सके।

गान्धारी ने मेरी बात को शिरोधार्य किया। अपने सारे आवेगों को रोककर उसने कुन्ती के साथ मिलकर धृतराष्ट्र और पाण्डु के पुत्रों के समुचित लालन-पालन की व्यवस्था की।

इस मध्य घटी कुछ घटनाओं को उद्धृत करने से रह गया हूँ। मेरी जैसी स्थिति है उसमें विषयान्तर होना स्वाभाविक है। घटनाएँ कभी-कभी अपने क्रम में ही मेरे स्मृति पटल

पर नहीं उभरतीं। यदा-कदा व्यतिक्रम हो ही जाता है।

मुझे विदुर के विवाह का उल्लेख करना चाहिए था। जब धृतराष्ट्र और पाण्डु को मैंने विवाह-बन्धन में बाँध दिया तो विदुर को अविवाहित नहीं छोड़ सकता था।

मुझे प्रतीत होता है कि धृतराष्ट्र, पांडु और विदुर की उत्पत्ति के साथ ही मेरा पारिवारिक मोह कुछ अधिक ही प्रगाढ़ हो आया था। सत्यवती की पुत्र-वधुओं से उत्पन्न इन्हें मैं अनजाने ही अपना पुत्रवत् प्रेम प्रदान करने लगा था। इसका एक प्रमाण यह है कि विचित्रवीर्य के विवाह के समय मैंने जहाँ बहुत कुछ सोचा था और विवाह-योग्य कन्याओं के चयन में अपनी असमर्थता का अनुभव किया था वहीं धृतराष्ट्र और पाण्डु का विवाह कराने में मैंने अतिरिक्त उत्साह का ही प्रदर्शन किया था अपितु पाण्डु के दूसरे विवाह के लिए तो मैं स्वयं मद्रनरेश शल्य के यहाँ जा पहुँचा था और उनकी सशुल्का बहन को भी ब्याह लाने में किंचित् भी पाश्चाताप-ग्रस्त नहीं हुआ। पाण्डु के वनगमन के पश्चात् मुझे विदुर के विवाह की चिन्ता हुई। विदुर दासी-पुत्र थे। अतः उनके लिए योग्य कन्या का संधान कुछ कठिन था। मैंने अपनी इच्छा कई लोगों पर प्रकट की जिसके फलस्वरूप मुझे पता लगा कि राजा देवक के यहाँ एक विवाह-योग्य कन्या थी जो शूद्र स्त्री से एक ब्राह्मण द्वारा उत्पन्न की गई थी। वह रूपवती एवं विनयशील थी। मैंने उसे हस्तिनापुर राजमहल में आमन्त्रित कर उसके साथ विदुर का विवाह सम्पन्न कर दिया।

एक बात यह भी उल्लिखित करनी है कि युधिष्ठिर का जन्म जब कानन में हुआ तो उसकी सूचना हस्तिनापुर भी पहुँची थी। गान्धारी ने जब यह बात सुनी तो उसे चिन्ता ने ग्रस्त कर लिया। उसे अब तक कोई पुत्र प्राप्त नहीं हुआ था किन्तु उसे उस समय महर्षि व्यास से सौ पुत्रों का वरदान प्राप्त हुआ था जब एक दिन भूख-प्यास से व्याकुल राजमहल में पधारे ऋषि के भोजन और विश्राम का प्रबन्ध गान्धारी ने अत्यन्त निष्ठाभाव से किया था।

गान्धारी दो वर्षों से गर्भ-धारण कर बैठी थी किन्तु परिणाम कुछ नहीं निकल रहा था।

उसने दुःख और क्रोध से आविष्ट हो अपने उदर पर किसी कठोर वस्तु से आघात कर दिया जिसके फलस्वरूप उसका गर्भ स्खलित हो गया और एक लोहे के समान कड़ा मांस-पिंड सामने था। इसे ही उसने दो वर्षों तक धारण किया था, अतः क्रोधाधिभूत हो उसने इस लौह-पिंड को कहीं फेंक देने का विचार किया।

त्रिकाल-दर्शी महर्षि को गान्धारी के इस संकल्प का अनुमान हो गया और वह योगबल से राजमहल में गान्धारी के समक्ष उपस्थित हो गए। उन्होंने गान्धारी से ऐसे कुकृत्य में संलग्न होने का कारण पूछा।

गान्धारी ने उदास स्वर में कहा, "कुन्ती ने एक तेजस्वी पुत्र को जन्म दिया है। आपने मुझे सौ पुत्रों का वरदान दिया था परन्तु दो वर्षों तक गर्भ में धारण करने के पश्चात् भी जो प्राप्त हुआ है वह यह लौह के सदृश कठोर मांसपिंड है।"

"तो तुम इसे फेंकने जा रही थीं?" महर्षि ने पूछा।

"हाँ, मैं यही करने को प्रस्तुत थी। इस मांसपिंड को रखकर क्या करती?"

"सबकुछ मेरे वरदान के अनुसार ही घट रहा है एक तो तुमने इस मांसपिंड को स्खलित कर दिया और तत्पश्चात् इसे फेंकने को भी तत्पर हो आईं। अब भी कुछ

नहीं बिगड़ा है। तुम सौ मटके मँगाओ और उन सभी को घृत-पूरित कर दो।

जब ऐसी व्यवस्था हो गई तो महर्षि ने उस मांसपिंड पर शीतल-जल डालने का आदेश दिया। ऐसा करते ही उसके एक सौ एक टुकड़े हो गए। महर्षि को ज्ञात हो गया कि गान्धारी सौ पुत्रों के साथ एक पुत्री की भी कामना रखती थी, इसीलिए इस मांसपिंड के एक सौ के बदले एक सौ एक टुकड़े हुए। महर्षि ने एक और घृत-पूर्ण मटका मँगाया और एक-एक मटके में एक-एक टुकड़े को डालकर उन्हें ढक दिया और यह आदेश दिया कि दो वर्षों के पश्चात् ही इन ढक्कनों को हटाया जाए।

दो वर्षों के पश्चात् गान्धारी ने जैसे-जैसे एक-एक मटके को खोला उसी तरह उसे एक सौ पुत्र प्राप्त हुए। अन्तिम मटके से उसकी इच्छानुसार एक पुत्री की प्राप्ति हुई जिसका नाम दुःशला पड़ा।

मुझे धृतराष्ट्र की एक चारित्रिक दुर्बलता ने बहुत व्यथित किया था। उसने गान्धारी जैसी पतिव्रता पत्नी जिसने उसके लिए अपनी आँखों पर पट्टी बाँध ली थी और स्वप्न में भी किसी पर-पुरुष के सम्बन्ध में नहीं सोचा था, को धोखा दिया। जब वह गर्भावस्था में थी और अपने अप्रत्याशित बोझ के फलस्वरूप पति की सेवा नहीं कर सकती थी तो उसने एक वैश्य-जाति की सेविका धृतराष्ट्र के लिए नियुक्त कर दी थी। धृतराष्ट्र अपने पर नियन्त्रण नहीं रख पाए थे और उन्होंने उसके साथ समागम किया। फलस्वरूप एक पुत्र का जन्म हुआ जिसका नाम युयुत्सु पड़ा। मैंने धृतराष्ट्र को कभी इस अपराध के लिए अन्तर्मन से क्षमा नहीं किया।

गान्धारी ने सर्वप्रथम जिस मटके को खोला उससे दुर्योधन का जन्म हुआ अतः वह उसके सौ पुत्रों में ज्येष्ठ था।

मुझे पूर्णतया स्मरण है कि दुर्योधन के जन्म लेने के साथ ही घोर अपशकुन हुए। आकाश सहसा भयंकर मेघों से घिर आया और सूर्य के पूर्णतः ढक जाने से दिन में ही रात्रि का आभास होने लगा। रात्रि समझकर बहुत से रात्रिचर जीव जैसे उल्लू, गीदड़, वृक आदि कोलाहल करने लगे साथ ही चारों दिशाओं में आँधी-तूफान ने भयंकर उत्पात आरम्भ किया। धरती के सारे जीव इन अप्रत्याशित घटनाओं से त्रस्त हो गए। स्यार चारों तरफ अमंगल-सूचक स्वर में चिल्लाने लगे।

इन अपशकुनों को देख-सुनकर धृतराष्ट्र अत्यन्त चिन्तित हो आए। उन्होंने मन्त्रणा-कक्ष में मुझे, विदुर तथा ब्रह्मवेता ब्राह्मणों को आमन्त्रित किया।

धृतराष्ट्र ने कहा, "पाण्डुपुत्र युधिष्ठिर कौरव पांडव सभी भाइयों में ज्येष्ठ हैं अतः वे राज्य पाने के अधिकारी हो चुके हैं किन्तु उनके पश्चात् मेरा यह पुत्र ही ज्येष्ठ है। क्या इसका राजयोग बनता है? क्या, कभी इसे भी हस्तिनापुर का स्वर्ण-सिंहासन उपलब्ध होगा?"

मैं इस सम्बन्ध में मौन रहा। मेरे लिए यही उचित था। यद्यपि मैं इन अपशकुनों का अर्थ लगा सकता था किन्तु दूरदर्शी विदुर तथा वेदज्ञ ब्राह्मणों ने अपना जो मन्तव्य स्पष्ट किया वह मुझे अब भी स्मरण है। और महाभारत-युद्ध के इस कारण-पुरुष दुर्योधन के कुकृत्यों पर ध्यान देता हूँ तो स्पष्ट प्रतीत होता है कि इसके सम्बन्ध में जो विचार प्रकट किए गए थे उनके अनुसार कार्रवाई आवश्यक थी। अगर वह सम्पन्न हुई रहती तो यह महासमर सम्पन्न होने से रह जाता।

धृतराष्ट्र को इस रूप में परामर्शित किया गया था, "राजन् आपके पुत्र के उत्पन्न

होने के साथ ही जो घोर अपशकुन हुए हैं उनसे यह स्पष्ट होता है कि आपका यह पुत्र सम्पूर्ण कुल का संहार करेगा। उचित यह है कि इसका परित्याग कर दिया जाए। यदि इसे त्यक्त कर दिया गया तो सभी विघ्न शान्त हो जाएँगे और अगर ऐसा नहीं किया गया तो भविष्य में घोर उपद्रव अवश्यंभावी हैं। नीति कहती है कि सम्पूर्ण कुल के हित के लिए एक व्यक्ति को त्याग दें, ग्राम के हित के लिए एक कुल को त्याग दें, देश के हित के लिए एक गाँव का परित्याग कर दें और आत्मकल्याण के हेतु सम्पूर्ण पृथ्वी का त्याग कर दे।'

धृतराष्ट्र ने पुत्र स्नेहवश इस सत्परामर्श पर ध्यान नहीं दिया अपितु दुर्योधन जैसे-जैसे बड़ा होता गया वैसे-वैसे उसके प्रति उनका स्नेह भी वृद्धिशील होता गया। माता सत्यवती की तत्कालीन स्थिति स्मरण हो रही हैं। पाण्डु के श्राद्ध आदि के सम्पन्न होने के पश्चात् महर्षि-व्यास उसकी पीड़ा को ध्यानगत रख अकस्मात् उसके समक्ष उपस्थित हुए और उन्होंने अपनी माता को सम्बोधित करते हुए कहा–"मातु! अत्यन्त ही भयंकर समय उपस्थित होने वाला है। क्रमशः अति बुरे दिन उपस्थित होने वाले हैं पृथ्वी गतयौवना हो गई। अब ऐसा घोर समय आएगा जिसमें चारों तरफ छल-कपट और माया का बाजार विस्तृत होगा। धर्म-कर्म एवं सदाचार सर्वदा के लिए लुप्त हो जाएँगे, अतः मेरा सुविचारित परामर्श होगा कि आप यहाँ से चली जाएँ और तपोवन में निवास कर तपस्या द्वारा अपने शरीर को त्यागकर सद्‌गति प्राप्त करें।"

माता सत्यवती को अपने कानीन किन्तु तपस्वी पुत्र का परामर्श अत्यन्त रुचिकर प्रतीत हुआ और उन्होंने महल के अन्दर जाकर अपनी पुत्रवधू अम्बिका को सम्बोधित किया था–"अन्यथा नहीं लेना अम्बिके! मुझे यह ज्ञात हुआ है कि तुम्हारे बड़े पौत्र के अत्याचार एवं अन्याय के फलस्वरूप असंख्य भरतवंशी वीर तथा इस नगर के लोग अपने सम्बन्धियों के साथ नष्ट हो जाएँगे। अगर तुम सहमति दो तो पुत्रशोक से पीड़ित अम्बालिका को साथ लेकर मैं वन में तप करने चली जाऊँ। तदन्तर अम्बालिका के साथ-साथ अम्बिका भी तपोवन जाने को प्रस्तुत हो गई। इन तीनों ने घोर तप कर कुछ ही दिनों में अपने शरीर को त्याग कर सद्‌गति प्राप्त कर ली।

मैं अम्बिका, अम्बालिका और सत्यवती के निर्णय के विरोध का साहस नहीं जुटा सका क्योंकि दुर्योधन के जन्म के साथ ही हुए अपशकुनों का अर्थ तो मैंने भी लगा ही लिया था।

मुझे स्मरण है कि जिस समय दुर्योधन मटके से उत्पन्न हुआ था उसी समय कुन्ती के गर्भ से भीम की उत्पत्ति हुई थी। पवन-पुत्र होने के कारण भीम अत्यन्त बलशाली थे। बाल्यावस्था में ही इनके अद्‌भुत बल का पता लग गया था। कुन्ती से ही मैंने सुना था एक बार वह अरण्य में किसी कार्यवश निकली हुई थी कि उसकी दृष्टि एक व्याघ्र पर पड़ी। उसे देखते ही एवं उसकी विकट गर्जना सुनते ही कुन्ती भयभीत हो उछल पड़ी। यद्यपि पाण्डु ने तत्काल आकर अपने धनुष से तीन बाण छोड़कर व्याघ्र को हत कर दिया किन्तु कुन्ती के काँपते हाथों से भीम एक भारी चट्टान पर गिर गए। उनके गिरते ही वह पर्वत-शिला चूर-चूर हो गई।

---

1. त्यजेदेकं कुलस्यार्थे ग्रामस्यार्थे कुलं त्यजेत्।
ग्रामं जनपदस्यार्थे आत्मार्थे पृथिवीं त्यजेत्।।

–महाभारत, सम्भव पर्व–114/38

कौरव और पांडव धीरे-धीरे बड़े होने लगे। वें एक साथ खेलते-कूदते और वन-विहार करते। सभी के आवश्यक संस्कार मेरी देखरेख में पूर्ण हुए।

भीमसेन खेलकूद में कौरवों से अधिक सफल सिद्ध होते। दौड़-प्रतियोगिता में दूर रखी किसी वस्तु को वहाँ सर्वप्रथम पहुँचकर उठा लेते। धृतराष्ट्र के एक सौ पुत्र यद्यपि कुछ कम बलवान नहीं थे तथापि भीमसेन उनके सम्मिलित झुंड पर सदा भारी पड़ते और अकेले ही उन सबों को अपने वश में कर लेते।

भीम का पौरुष कई रूपों में प्रकट होता। जब धृतराष्ट्र-पुत्र किसी वृक्ष पर चढ़कर फल तोड़ते तो भीमसेन पैर की ठोकर से ही पूरे वृक्ष को हिला देते और पेड़ से फल तो टूटकर भूमि पर गिर ही पड़ते, धृतराष्ट्र-पुत्र भी नीचे टपक जाते।

भीम का यह पराक्रम देखकर दुर्योधन अत्यन्त चिन्तित होता। धर्म से सदा दूर रहने वाले दुर्योधन का मन पापकर्मों में ही लगता और मोह तथा ऐश्वर्य के लोभ से ग्रस्त उसके मन में सदा पाप-पूर्ण विचार भरे रहते। भीम के प्रति वह संशय-ग्रस्त रहने लगा। उसे भय था कि अकेले भीम ही उसके सौ भाइयों के साथ उसको परास्त करने में समर्थ हैं। एक दिन उसने गंगा में विहार करने का कार्यक्रम बनाया। हस्तिनापुर से कुछ दूर सूती और ऊनी वस्त्रों के माध्यम से उसने एक बड़ा पांडाल निर्मित कराया। वहाँ खान-पान का भी प्रबन्ध हुआ।

तत्पश्चात् दुर्योधन ने युधिष्ठिर से निवेदन किया कि सभी भाई क्रीड़ा के लिए गंगातट के मंडप में पहुँचे। वहाँ खाने-पीने की व्यवस्था के लिए उसने कई रसोइये भी बुला लिए थे। सभी प्रकार की उत्तमकोटि की समाग्रियाँ तैयार हुईं। दुर्योधन यहाँ अपनी दुष्टता पर उत्तर आया और अकरणीय कर बैठा। उसने भीमसेन के भोजन में कालकूट विष मिलवा दिया।

भोजनोपरान्त पांडव तथा कौरव प्रसन्नता के साथ गंगा में जल-क्रीड़ा करने लगे। स्नान से थककर सभी उस सुन्दर मंडप में उपस्थित हुए और शीघ्र ही सभी निद्राग्रस्त हो गए। दुर्योधन जगकर भीमसेन की स्थिति अवलोकित कर रहा था। विष का प्रभाव उनके सम्पूर्ण शरीर में व्याप्त हो गया था और वे संज्ञाहीन हो चुके थे। इस अवस्था में दुर्योधन ने भीम को लताओं द्वारा कसकर बाँधा और इसी अवस्था में उन्हें गंगा के जल में फेंक दिया।

भीम से छुट्टी पा दुर्योधन शेष कौरवों-पांडवों के साथ नगर को लौट आया।

वहाँ भीमसेन को नहीं पाकर सभी चिन्तित हुए। कुन्ती ने युधिष्ठिर से भीम के सम्बन्ध में चिन्ता जताई। युधिष्ठिर साधु स्वभाव के व्यक्ति थे, अतः उनका दुर्योधन के षड्यन्त्र की ओर ध्यान नहीं गया। उन्होंने अपनी माता से निवेदन किया, "भीमसेन कहाँ गया, इसका कुछ पता नहीं लग रहा। नगर-प्रस्थान के पूर्व मैंने उसे चारों ओर ढूँढ़ा था किन्तु उसके नहीं मिलने पर मैंने यही सोचा कि बलवान भीम हम लोगों से पहले ही नगर पहुँच गया होगा मगर वह तो यहाँ कहीं नहीं है।"

कुन्ती अत्यन्त चिन्तित हुई और उन्होंने विदुर से कहा, "भगवन्! भीमसेन कहीं दृष्टिगोचर नहीं होता।"

दुर्योधन की कुदृष्टि उस पर सदा पड़ी रहती थी। मुझे प्रतीत होता है कि जलक्रीड़ा के बहाने दुर्योधन ने भीम को अवश्य ही समाप्त कर दिया है। अब मैं भीम के बिना जीवित रहकर भी मृत हूँ।"

नीतिज्ञ विदुर ने कुन्ती की बातों की कोई चिन्ता नहीं की थी और उसे आश्वस्त

करते हुए कहा था, "महर्षि व्यास ने पहले ही मेरे समक्ष उद्घोषित किया था कि तुम्हारे ये सभी पुत्र दीर्घजीवी होंगे, अतः इस सम्बन्ध में कोई दुश्चिन्ता से ग्रस्त होने की आवश्यकता नहीं। भीम शीघ्र ही सभी विघ्न-बाधाओं को परास्त कर तुम्हारे समक्ष उपस्थित होगा।"

उधर गंगा में गिरते ही भीम किसी मार्ग से होते हुए नागलोक पहुँच गए थे। वहाँ नागों ने उन्हें भरपूर डंसा। उनके दंश से उनका सारा विष निःशेष हो गया और आठवें दिन उनकी संज्ञा लौट आई थी। तत्पश्चात् नदी से बाहर आ वे शीघ्र ही अपनी माता कुन्ती के पास पहुँचे थे और अपने साथ घटी सम्पूर्ण घटना सुना दी थी।

युधिष्ठिर ने जब यह बात सुनी तो भीम को आदेश दिया कि वह इस घटना को प्रचारित न करें, इससे व्यर्थ ही धृतराष्ट्र-पुत्रों से मन-मुटाव बढ़ेगा जो किसी के हित में नहीं होगा।

भीम को सकुशल लौट आए देख दुर्योधन की चिन्ता बढ़ी और उसने पहले से भी अधिक मारक विष उनके भोजन में डलवा दिया किन्तु भीम विष पचाने में पूर्णतया समर्थ हो गए थे और अब उनपर किसी विष का प्रभाव पड़ने वाला नहीं था।

पाण्डवों विशेषकर भीम के पराक्रम को देखते हुए दुर्योधन, कर्ण तथा दुर्योधन का मातुल शकुनि सदा उन्हें समाप्त करने के षड्यन्त्र में लगे रहते।

पाण्डु-पुत्र अब सतर्क हो गए थे, अतः दुर्योधन की सभी चालें परास्त हुईं। विदुर के परामर्श के अनुसार चलते हुए धृतराष्ट्र-पुत्रों के सारे षड्यन्त्रों को जानते हुए भी वे चुप रहे ताकि आपस में और अधिक वैमनस्य नहीं पनपे।

मेरे किए अब बहुत कुछ नहीं हो रहा था। धृतराष्ट्र सिंहासन पर थे और पुत्र-मोह में ग्रस्त थे। दुर्योधन पर अंकुश लगाना उनका ही कार्य था किन्तु वह इस ओर से उदासीन थे। अन्ततः उन्हें मैंने परामर्श दिया कि राजकुमारों के शिक्षण-प्रशिक्षण की व्यवस्था होनी चाहिए। शस्त्र-शास्त्र दोनों में उन्हें पारंगत करना आवश्यक है। ऐसा नहीं होने से वे व्यर्थ ही खेल-कूद और विवाद में अपना समय नष्ट कर रहे हैं।

धृतराष्ट्र को मेरा यह परामर्श भा गया और उन्होंने अपने पुत्रों और पाण्डु-पुत्रों के लिए गुरु का अन्वेषण आरम्भ कर दिया।

ऋषि द्रोण उस समय धनुर्विद्या के श्रेष्ठ अधिकारी थे। वे कुछ दिनों से अपने बालसखा राजा दुपद से अपमानित होकर हस्तिनापुर के आस-पास ही गौतम गोत्र में उत्पन्न कृपाचार्य के साथ उनके घर में गुप्त रूप से निवास करने लगे।

द्रोणाचार्य तो अपने को गुप्त रखने को समर्थ हुए लेकिन अपनी धनुर्विद्या को गुप्त नहीं रख सके।

एक दिन कौरव-पांडव सभी हस्तिनापुर से बाहर एक अरण्य में गुल्ली-डंडा का खेल खेलने में लगे थे। इसी मध्य उनकी गुल्ली छिटककर एक सूखे कुएँ में जा गिरी। वे अत्यन्त चिन्तित हुए और गुल्ली निकालने का कोई उपाय नहीं देख उनका उत्साह भंग हो गया। उसी समय उन्होंने कुछ दूर खड़े एक श्यामवर्णी ब्राह्मण को देखा। वह अपना अग्निहोत्र सम्पन्न कर किसी कार्य से वहाँ रुके थे। निश्चय ही वह आपद्ग्रस्त थे। उनके सिर के सभी केश श्वेत हो गए थे और शरीर अत्यन्त दुर्बल प्रतीत हो रहा था। फिर भी उनके चेहरे से एक अप्रतिम तेज प्रकट हो रहा था। सभी भाई उनसे प्रभावित हो उनके पास पहुँचकर उन्हें घेरकर खड़े हो गए।

द्रोण ने उसके आशय को सुना तो उस शुष्क कूप के पास पहुँचे और अपने

हाथ की अँगुली से अँगूठी निकालकर जहाँ पर गुल्ली गिरी थी वहीं गिरा दी।

इसके पश्चात् उन्होंने राजकुमारों को सम्बोधित करते हुए कहा, "तुम लोग कैसे क्षत्रीय हो कि एक कुएँ में गिरी गुल्ली भी नहीं निकाल सकते। देखो मैं गुल्ली और अँगूठी दोनों को कैसे इस कुएँ से बाहर करता हूँ। तत्पश्चात् उन्होंने एक मुट्ठी सींकें अपने हाथ में लीं। पहली सींक से गुल्ली को बिंधा। दूसरी से पहली सींक को तीसरी से दूसरी को और इस प्रकार अन्तिम सींक कुएँ के बाहर तक पहुँच गई। उसे खींचकर गुल्ली को बाहर कर दिया। तत्पश्चात् प्रायः इसी क्रिया का प्रयोग करते हुए उन्होंने अपनी अँगूठी को भी बाहर कर लिया।

मुझे स्मरण है राजकुमारों ने राजमहल लौटने के पश्चात् मुझे अत्यन्त विस्मित शब्दों में इस घटना को बताया था। उन्होंने कहा कि हमने उनसे उनका परिचय पूछा तो उन्होंने कहा कि महाप्रतापी भीष्म से यह सारी घटना सुनाओ वे स्वयं सबकुछ समझ लेंगे।

मुझे सचमुच यह अनुमान लगाने में विलम्ब नहीं हुआ कि द्रोणाचार्य के अतिरिक्त धनुर्वेद का ऐसा ज्ञाता और कोई नहीं हो सकता।

मैंने तत्काल उस स्थान के लिए प्रस्थान किया जहाँ पर यह अद्‌भुत घटना घटी थी।

मैंने पहुँचते ही उनसे इधर आगमन का कारण पूछा। उनकी स्थिति देखकर मैं समझ गया था कि वे आर्थिक कष्ट में हैं फिर भी सबकुछ उनके मुँह से सुनना उचित था। द्रोणाचार्य ने मेरे प्रश्न का उत्तर इस रूप में दिया, "शस्त्रधारियों में श्रेष्ठ भीष्म! मैं आपको अपनी विपत्ति-गाथा सुनाता हूँ। मैं पांचाल राजकुमार द्रुपद के साथ महर्षि अग्निवेष के आश्रम में ब्रह्मचर्य का पालन करते हुए, धनुर्विद्या की शिक्षा ले रहा था। द्रुपद मेरे घनिष्ठ मित्र बन गए थे। हमारी मित्रता दिनोंदिन वृद्धिशील होती गई।

"एक दिन द्रुपद ने न जाने किस भावना के वशीभूत होकर अपना उद्‌गार यों प्रकट किया—"मित्र द्रोण! मैं अपने पिता का अत्यन्त ही प्रेम-भाजन हूँ। आज न कल वे मुझे पांचाल-राज के सिंहासन पर अभिषिक्त करेंगे। उस समय वह राज जैसा मेरा होगा वैसा ही मेरे मित्र द्रोण का भी। मैं सत्य की शपथ खाकर वचन देता हूँ कि सारे राजसी भोगों में तुम मेरे सहभागी रहोगे।

कुछ दिनों के पश्चात् द्रुपद अपनी शिक्षा पूरी कर अपने राज्य को लौट गए। उनकी बात को सत्य मानकर मैंने उसे सदा स्मरण रखा। कुछ दिनों के पश्चात् मेरा विवाह शरद्वान् की पुत्री कृपी से हुआ। कुछ दिनों पश्चात् उसके गर्भ से मेरे पुत्र अश्वत्थामा का जन्म हुआ। महाव्रती भीष्म! एक दिन कुछ ऋषिकुमार गाय का दूध पी रहे थे। उन्हें दुग्धपान करते देख बाल-स्वभाववश मेरा पुत्र अश्वत्थामा भी गो-दुग्ध-पान के लिए मचल उठा।

"मेरा मन व्याकुल हो आया मैं गाय का दूध कहाँ से लाता फिर भी मैंने कोई गाय प्राप्त करने के लिए एक स्थान से दूसरे स्थान का भ्रमण किया।

"लेकिन दूध देनेवाली गौ मुझे कहीं प्राप्त नहीं हुई। लौटा तो देखता हूँ कि वही ऋषिकुमार आटे को पानी में घोलकर और उसे दूध बताकर मेरे पुत्र को दे रहे हैं और वह "मैंने भी दूध पी लिया, मैंने भी दूध पी लिया।" ऐसा कहते हुए प्रसन्नता से नृत्य कर रहा है। मैं यह देखकर शर्म से गड़ गया। उसी समय कुछ लोगों ने कटाक्ष किया, "देखो इस द्रोण को जो धनार्जन नहीं करता और अपने बेटे को दूध के बदले

आटा घुला हुआ जल पीते हुए देखकर भी उसे सन्ताप नहीं होता।"

"मैंने तत्काल यह निर्णय किया, मेरा मित्र द्रुपद जो अब राजसिंहासन पर आरूढ़ हो गया है के समीप जाकर अपनी दुःस्थिति को स्पष्ट करूँगा।

"तत्पश्चात् मैं अश्वत्थामा और अपनी पत्नी कृपी के साथ सिंहासनारूढ़ द्रुपद के पास पहुँचा। मैंने स्मरण कराया, "नृपश्रेष्ठ! अपने सखा द्रोण को पहचानो। हम लोग गुरु-गृह में साथ-साथ पढ़े थे और तुमने सत्य की शपथ लेकर वचन दिया था कि जब तुम सिंहसनारोहण करोगे तो राजसी भोगों में मेरा भी तुम्हारे सदृश अधिकार होगा।"

"मेरी यह बात सुनकर द्रुपद ठठाकर हँसा और बोला–'ब्राह्मण! तुम विक्षिप्त प्रतीत होते हो। राजा और रंक में कैसी मैत्री? मैं तो तुम्हें पहचान भी नहीं पा रहा हूँ फिर भी अगर मैंने तुमसे मित्रता की हो तब भी उसका कोई महत्त्व नहीं। जैसे इस संसार में सबकुछ क्षणस्थायी है उसी तरह मित्रता भी अनन्तकाल तक नहीं चलती। यदि यथार्थ सुनना चाहते हो तो सुनो जैसे विद्वान् की मूर्ख से, धनवान की दरिद्र से, शूरवीर की कायर से, श्रोत्रीय की अश्रोत्रीय से, रथी की अरथी से मित्रता नहीं हो सकती उसी तरह जो राजा नहीं है उसकी राजा से मित्रता कैसे सम्भव है? तुम उस तथाकथित मित्रता को भूल जाओ। मैंने राजभोग में समान अधिकार देने की जो प्रतिज्ञा की थी वह मुझे स्मरण नहीं है। ब्राह्मण! यदि तुम चाहो तो एक रात के लिए मैं तुम्हारे आतिथ्य का प्रबन्ध कर सकता हूँ। इससे अधिक की आशा नहीं करो।"

"मैं यह सब सुनकर अविलम्ब सपरिवार द्रुपद के राजमहल से बाहर आ गया था। चूँकि द्रपुद ने यह सब कुछ अपने दरबारियों के सामने कहा था, अतः मैं अपने को घोर अपमानित अनुभव कर रहा था। मैंने मन-ही-मन प्रण किया कि अपने गुणवान शिष्यों के द्वारा मैं इस अपमान का बदला अवश्य लूँगा। यही सब सोचकर मैं पांचाल से कुरुराज्य के हस्तिनापुर के समीप पहुँचा हूँ।"

द्रोणाचार्य के इस कथन ने मुझे अन्दर से दुःखित कर दिया। उनके अपमान की ज्वाला से मानो मैं स्वयं दग्ध होने लगा। मैं अपने स्वर में अतिरिक्त विनम्रता भर कर बोला–"आचार्य द्रोण! आप उचित स्थान पर पहुँचे हैं। हमारे राज्य में आपको उचित सम्मान मिलेगा। द्रुपद ने भले ही अपने राजभोग में आपको अपना सहभागी नहीं बनाया, मैं हस्तिनापुर के साम्राज्य के संरक्षक होने के नाते आपको वचन देता हूँ कि यहाँ का राज्य-वैभव आप ही का है। समस्त कौरवों को अपने अधीन ही समझिए और यहाँ सपरिवार रहकर मनोवांछित भोगों का उपभोग कीजिए। आप धनुर्वेद के अप्रतिम ज्ञाता हैं, अतः आपके योग्य मैं कार्य भी दे रहा हूँ। आप इन सब राजकुमारों को धनुर्वेद एवं अन्य अस्त्र-शस्त्रों की उत्कृष्ट शिक्षा प्रदान करें। आपके श्याला कृपाचार्य शास्त्रों में उन्हें दीक्षित कर ही रहे हैं।"

तदन्तर मैं द्रोणाचार्य को लेकर महल में पहुँचा। उनके वस्त्र आदि परिवर्तित करा सबके समक्ष उन्हें विधिवत् सम्मानित और पूजित किया जिससे सभी की श्रद्धा इस महातेजस्वी अस्त्र-शस्त्र–वेत्ता के प्रति जाग्रत हो जाए।

इसके पश्चात् उन्हें सुस्वादु भोजन करा एक सभी प्रकार से सुसज्जित भवन में स्थापित किया जहाँ वे सपरिवार सानन्द रहने लगे।

कुछेक दिनों के पश्चात् ही मैंने सभी राजकुमारों को उनका शिष्य बना दिया और उनकी शिक्षा-दीक्षा की ओर से मैं निश्चिन्त हो गया।

उन्होंने इस हेतु एक अलग आश्रम की व्यवस्था की। इस आश्रम में उनसे शस्त्रास्त्र की शिक्षा ग्रहण करने के लिए कौरवों और पांडवों के अतिरिक्त अन्य देशों के राजकुमार भी उनकी प्रतिभा से आकृष्ट हो पहुँचने लगे। दुर्योधन और उसके अनुज स्वभावतः गुरुद्रोण से शिक्षा ग्रहण करने लगे।

द्रोण के मन से अपने पूर्व मित्र तथा अब पांचाल-नरेश द्रुपद के प्रति प्रतिशोध की भावना प्रबल से प्रबलतर होती जा रही थी। एक दिन उन्होंने अपने सभी शिष्यों से कहा, "अपनी शिक्षा पूर्ण करने के पश्चात् तुम्हें मेरी एक इच्छा पूर्ण करनी होगी। कहो तुम्हें क्या कहना है?"

द्रोण की इस उक्ति पर सभी मौन रहे किन्तु अर्जुन ने उन्हें आश्वस्त किया कि वह गुरु की किसी भी इच्छा को पूर्ण करने में किसी प्रकार का कोई संकोच या प्रमाद नहीं करेगा। इस पर गुरु द्रोण हर्ष-पूरित हो आए और उन्होंने अर्जुन को अपने वक्ष से लगा उसके माथे को सूंघा और उनकी आँखों से प्रेमाश्रु प्रवाहित होने लगे।

तत्पश्चात् अर्जुन के प्रति वे विशेष ध्यान देने लगे। ऐसे भी अर्जुन सभी शिष्यों में सर्वाधिक प्रतिभाशाली था। गुरुद्रोण कोई उसके प्रति पक्षपात नहीं कर रहे थे।

इसी क्रम में एक बात ज्ञात कर मुझे अत्यन्त कष्ट हुआ। आज भी मैं सोचता हूँ कि महान् से महान व्यक्ति भी दुर्बलता के शिकार हो जाते हैं। अन्य के साथ द्रोणपुत्र अश्वत्थामा भी उनसे शिक्षा ग्रहण करता था। वह उसे अन्य शिष्यों की अपेक्षा अधिक योग्य बनाने के इच्छुक थे। इसके लिए उन्होंने एक यत्न निकाला। वे सभी शिष्यों को जल भरने के लिए कमंडलु देते और अश्वत्थामा को एक बड़े मुँह का पात्र जिसके फलस्वरूप अश्वत्थामा शीघ्र ही जल भर कर लौट आता। जब तक दूसरे शिष्य लौटते तब तक गुरुद्रोण अश्वत्थामा को अस्त्र-संचालन की कोई श्रेष्ठ क्रिया बता देते।

अर्जुन को इस भेद का पता लग गया। अतः, वह शीघ्र ही वारुणास्त्र का प्रयोग कर अश्वत्थामा के साथ ही गुरु के पास पहुँच जाता। इस तरह वे गुरु-पुत्र से अस्त्र-ज्ञान में किसी प्रकार भी न्यून नहीं रहा।

अर्जुन वस्तुतः अस्त्र-चालकों में श्रेष्ठ थे। गुरु की सेवा-पूजा हेतु भी सभी प्रकार के यत्न करने में आगे रहते थे। फलस्वरूप अर्जुन उनके सर्वप्रिय शिष्य हो गए। द्रोणाचार्य से एक और भूल हो गई जिसके लिए मेरे मन में बहुत दुःख रहा। द्रोण के समान धर्मज्ञ आचार्य को ऐसा आचरण नहीं शोभता।

एक दिन निषादराज हिरण्यधनु का पुत्र एकलव्य द्रोण का शिष्य बनने की इच्छा से उनके समक्ष उपस्थित हुआ किन्तु उसे निषाद-पुत्र समझकर उन्होंने उसके शिष्यत्व को स्वीकार नहीं किया।

एकलव्य उनके चरणों में प्रणाम निवेदित कर अपने स्थान को लौट गया और उनकी मिट्टी की मूर्ति बना उसी के समक्ष उसने धनुर्विद्या का अभ्यास आरम्भ किया। एक दिन द्रोण से अनुमति लेकर सभी राजकुमार रथों पर बैठकर आखेट को निकले। उनके साथ एक कुत्ता भी था। वे जब आखेट में लग गए तो कुत्ता इधर-उधर घूमता हुआ अभ्यासरत एकलव्य के पास पहुँच गया और उसके अभ्यास से काले पड़ गए शरीर को देखकर जोर से भौं-भौं करने लगा। एकलव्य ने एक ही साथ कुत्ते के खुले मुख में सात बाण मारकर उसके मुँह को भर दिया। इसी रूप में कुत्ता राजकुमारों के पास लौट आया। इनमें से कोई भी यहाँ तक कि अर्जुन भी इस प्रकार का असम्भव कार्य नहीं सम्पन्न कर सकता था।

चिन्तित अर्जुन गुरुद्रोण के पास पहुँचकर बोला, "मुझसे भी बड़ा धनुर्धर इस धरती पर है। ऐसे में मै आर्यावर्त्त का सर्वश्रेष्ठ धनुर्धारी कैसे सिद्ध हो सकता हूँ?"

आचार्य द्रोण कुछ देर सोचते रहे फिर उस कुत्ते को आगे कर वहाँ पहुँचे जहाँ एकलव्य धनुर्विद्या का अभ्यास कर रहा था।

एकलव्य ने आगे बढ़कर गुरुद्रोण का स्वागत किया। उनके यह पूछने पर कि तुमने किस गुरु से ऐसा श्रेष्ठ ज्ञान अर्जित किया है, उसने उन्हें ले जाकर उनकी मिट्टी की मूर्ति के समक्ष खड़ा कर दिया।

"तो मैं तुम्हारा गुरु हूँ?" गुरुद्रोण ने पूछा।

"हाँ, जब आपने मेरे शिष्यत्व को ठुकरा दिया तो आपकी मूर्ति को ही मैंने गुरु मानकर अभ्यास आरम्भ किया।"

"तुम्हें पता होगा कि जब तक गुरु को दक्षिणा नहीं दो कोई भी विद्या सफल नहीं होती?" द्रोण ने छलेच्छा से कहा।

"मैं आपको गुरु-दक्षिणा देने में कहाँ तक समर्थ हूँ? मेरी स्थिति को देखते हुए आपकी जो इच्छा हो माँग लें। मैं सहर्ष आपकी इच्छित वस्तु आपको प्रदान कर दूँगा।"

"तो फिर तुम अपने दाहिने अँगूठे को गुरु-दक्षिणा में दो।" द्रोण ने एक क्रूर प्रस्ताव रख दिया। उन्हें आशा नहीं थी कि एकलव्य उनके इस प्रस्ताव से सहमत होगा किन्तु एकलव्य ने बिना कुछ कहे प्रसन्न भाव से अपना दाहिना अँगूठा काटकर दक्षिणा के रूप में अर्पित कर दिया।

मैंने इस कृत्य का मन-ही-मन अति विरोध किया किन्तु द्रोण से कुछ कहना उचित नहीं समझा। आश्चर्य है कि गुरु-शिष्य दोनों इस घटना से अत्यन्त प्रसन्न थे। यौवनावस्था के चौखट पर पहुँचा अर्जुन निश्चिन्त हो गया था कि उसके समतुल्य कोई धनुर्धर आर्यावर्त्त में नहीं था। गुरु प्रसन्न थे कि उन्होंने अपने शिष्य को एक घोर प्रतिद्वन्द्वी से रहित कर दिया।

जो हो द्रोणाचार्य हस्तिनापुर राजमहल में पर्याप्त सम्मान पाने लगे क्योंकि अस्त्र-शस्त्र की शिक्षा से कौरव-पांडव दोनों पक्षों के राजकुमार अत्यन्त लाभान्वित हुए।

गदायुद्ध में दुर्योधन और भीमसेन सर्वोत्कृष्ट निकले किन्तु दोनों एक-दूसरे के प्रति स्पर्द्धा से भरे रहते थे। नकुल और सहदेव तलवारचालन में कुशल हुए। युधिष्ठिर रथ पर बैठकर युद्ध करने वालों में सबसे बढ़कर निकले। अर्जुन तो सभी में श्रेष्ठ था ही।

गुरुपुत्र अश्वत्थामा धनुर्वेद के रहस्यों को सर्वाधिक जानता था। कुमारों के शिक्षण के पश्चात् गुरुद्रोण ने उनकी परीक्षा लेने का निश्चय किया इसका उल्लेख पूर्व में किया जा चुका है।

कुमारों की परीक्षा एक और रूप में हो गई। एक बार गुरुद्रोण अपने सभी शिष्यों के साथ गंगा-स्नान करने हेतु गए। गुरु ने जैसे ही जल में कुछ दूर तक प्रवेश किया एक ग्राह ने उनकी पिंडली को पकड़ लिया। गुरु यद्यपि अपने को छुड़ाने में समर्थ थे तथापि शिष्यों की श्रद्धा और योग्यता की परीक्षा हेतु वह चिल्ला पड़े, "अरे कोई ग्राह को मारकर मेरे प्राण बचाए।"

सभी राजकुमार जहाँ के तहाँ खड़े रहे। उनकी समझ में नहीं आ रहा था कि क्या करें क्या नहीं। किन्तु अर्जुन ने पाँच तीक्ष्ण बाणों द्वारा पानी में डूबे उस ग्राह पर प्रहार किया। उसके बाणों से ग्राह के टुकड़े-टुकड़े हो गए और वह द्रोण की पिंडली छोड़ मर गया।

गुरु द्रोण अपने प्राणरक्षक शिष्य अर्जुन पर बहुत प्रसन्न हुए और उन्होंने पुरस्कार-स्वरूप अर्जुन को ब्रह्मशिर नामक एक दिव्यास्त्र प्रदान किया और कहा यह अस्त्र सभी अस्त्रों में श्रेष्ठ है। सभी वीर इसको धारण भी नहीं कर सकते किन्तु मेरे आशीर्वाद से तुम इसे धारण करने में सक्षम हो। एक बात ध्यान देने योग्य है कि अल्प तेजवान् पुरुष पर इससे प्रहार किया गया तो वह उसको भस्म करने के साथ ही सम्पूर्ण संसार को भस्म कर देगा, अतः उचित यही है कि इसे, यदि किसी अमानव शत्रु से सामना हो तभी प्रयोग में लाओ।

अर्जुन ने नतमस्तक हो उस अस्त्र को ग्रहण किया। द्रोण ने उसे अपने आशीष-कवच से मण्डित करते हुए कहा—"संसार में तुम्हारे सदृश कोई और धनुर्धर नहीं होगा।"

भूत की बातें कभी-कभी सम्पूर्ण मन प्राणों को पुलकित कर जाती हैं। ऐसे तो जैसा आपको प्रतीत हो रहा होगा इस शर-शय्या की तरह मेरा जीवन भी काँटों की शय्या ही रहा है किन्तु मरुस्थल में मरुद्यान की तरह कभी-कभी इस जीवन में भी आनन्द और उल्लास के कुछ क्षण आए हैं। मन की एकाग्रता ही आनन्द के स्रोत में है। यह एकाग्रता कभी-कभी ही उपलब्ध होती है।

उस समय मैं बहुत प्रसन्न हुआ था जब कुमारों की शिक्षा के पश्चात् गुरुद्रोण मुझे तथा विदुर एवं कृपाचार्य को लेकर धृतराष्ट्र के पास पहुँचे तथा कहा, "राजकुमारों का शिक्षण-प्रशिक्षण समाप्त हो चुका है। मैं चाहता हूँ कि अगर आपकी अनुमति हो तो मैं उनकी अस्त्र-संचालन कला के प्रदर्शन का प्रबन्ध करूँ?" धृतराष्ट्र इस प्रस्ताव से सहमत हुए। उन्होंने विदुर को यह भार सौपा कि वह रंग-मंडप के निर्माण का कार्य पूरा करें। विदुर ने द्रोण को साथ लेकर रंग-मंडप के निर्माण-हेतु भूमि पसन्द की। इस भूमि पर वास्तु-पूजन आदि सम्पन्न कर द्रोण ने शिल्पियों को एक विशाल प्रेक्षागृह के निर्माण का आदेश दिया। राजन्य-गण और राजमहल की स्त्रियों को बैठने के लिए पृथक् किन्तु आकर्षक भवन बनाया गया। अन्य व्यक्तियों के हित उच्च और विस्तृत मंच बनाए गए। स्त्रियों को लाने के लिए बहुमूल्य एवं आकर्षक शिविकाएँ निर्मित हुईं। जिस दिन राजकुमारों द्वारा अपने कौशल प्रदर्शन करने थे उस दिन सभी लोग यथास्थान बैठ गए।

इस समय द्रोणाचार्य श्वेत वस्त्र एवं श्वेत ही यज्ञोपवीत धारण कर अपने पुत्र अश्वत्थामा के साथ उपस्थित हुए। उनके सिर के केश एवं दाढ़ी-मूँछ के बाल तो काश के फूल की तरह श्वेत हो ही गए थे, वह श्वेत पुष्पों की माला और श्वेत चन्दन से ही चर्चित हो अत्यन्त दिव्य प्रतीत हो रहे थे।

आचार्य ने पहले देव-पूजा सम्पन्न की और वेदज्ञ ब्राह्मणों से स्वस्ति पाठ कराया।

राजा धृतराष्ट्र ने द्रोणाचार्य एवं कृपाचार्य को रत्न, स्वर्ण, मणि आदि तथा बहुमूल्य वस्त्रों का दान किया।

तत्पश्चात् हवन एवं अस्त्र-शस्त्र-पूजन सम्पन्न हुआ। इन सारे विधि-विधानों के पश्चात् कुमारों का कौशल-प्रदर्शन आरम्भ हुआ। सर्वप्रथम यथाक्रम कौरव-राजकुमारों ने अपने अस्त्र संचालन का परिचय दिया। धनुष लेकर उन पर ज्या चढ़ाई और उससे भिन्न-भिन्न आकृति के बाणों का संधान किया।

दर्शकों में कुछ बाण लग जाने के भय से अपना सिर झुका लेते। कुछ साहसी

प्रेक्षक निर्भय हो सब कुछ देखते रहते।

ये राजकुमार फिर अश्वों पर सवार होकर अत्यन्त तेजी से छोड़े गए बाणों द्वारा लक्ष्य-भेदन करने लगे। सभी दर्शक उनके रण-कौशल से विस्मय-विमुग्ध हो आए।

फिर इन कुमारों ने रथ-संचालन की क्रिया—कभी आगे जाना, फिर पीछे लौटना, फिर दाएँ जाना, बाएँ जाना और रथ को मंडलाकार चलाने की कला प्रदर्शित की। इसके बाद मल्लयुद्ध तथा घोड़े, हाथी की पीठ पर बैठकर युद्ध करने के चातुर्य का भी अद्भुत प्रदर्शन किया।

जैसा मैंने पूर्व में कहा एकाग्रता आनन्दकारिका होती है। अन्य दर्शकों के साथ मैं भी एकाग्रचित हो आया था, अतः सभी चिन्ताओं से मुक्त हो कनिष्ठ राजकुमारों के प्रदर्शन को देखकर प्रमुदित हो रहा था।

इसी समय गदाधारियों में श्रेष्ठ भीम और दुर्योधन ने रंगभूमि में प्रवेश किया। वे दोनों महावीर दो पर्वतों की भाँति ही शोभायमान हो रहे थे। वे अपने-अपने पुरुषार्थ प्रदर्शन—हेतु आमने-सामने खड़े थे और सिंह की तरह गर्जना कर रहे थे।

ये महावली योद्धा दो मदोन्मत्त गजों की तरह मस्त चाल से प्रेक्षामंडल के अन्दर चक्कर काटने लगे।

निस्सन्देह यह अब तक के प्रदर्शनों में सर्वाधिक रोमांचकारी था।

धृतराष्ट्र एवं आँखों में अन्ध पट्टी बाँधे गान्धारी भी इस प्रदर्शन विशेषकर दुर्योधन के प्रदर्शन को देखने-जानने को व्यग्र थे किन्तु वे ऐसा कर नहीं सकते थे क्योंकि धृतराष्ट्र तो जन्मांध थे ही, गान्धारी ने जानबूझ कर अपितु स्वेच्छया अन्धता ग्रहण कर ली थी।

इस स्थिति में विदुर ने धृतराष्ट्र की आँखों का कार्य किया और कुन्ती ने गान्धारी की आँखों का। गदा-युद्ध में भीम और दुर्योधन लीन हुए तो जैसे एक प्रलयंकारी दृश्य ही उपस्थित हो गया।

प्रतीत होता था कि दो सुमेरू पर्वत एक-दूसरे से टकरा रहे हैं। दोनों वेग-पूर्वक एक-दूसरों के अंगों पर प्रहार करने के लिए टूटते किन्तु गदा-से गदा भिड़ जाती और घोर स्वर के साथ उनसे चिनगारियाँ फूटने लगतीं। दोनों पैंतरेबाजी में एक-दूसरे से कम नहीं थे। कभी झुककर, कभी खड़ा होकर तो कभी समीप से तो कभी दूर से, तो कभी मंडलाकार चक्रायित होकर वे एक-दूसरे पर वार कर रहे थे। दर्शक दो भागों में विभक्त हो गए। यह निश्चित ही पक्षपात के फलस्वरूप था। कोई कहता, "धृतराष्ट्र कुमार दुर्योधन कैसा पराक्रम दिखा रहे हैं, तो कोई बोल पड़ता कि पाण्डु-नंदन भीम तो अभूतपूर्व कौशल प्रदर्शित कर रहे हैं।

भीमसेन और दुर्योधन मानो युद्ध-कौशल दिखाने के बदले एक-दूसरे से युद्धरत ही हो आए थे। उनकी गदाओं की टकराहट से चमकते स्फुलिंग तो प्रकट हो ही रहे थे, गदाओं की टक्करों के भीषण स्वर से दिशाएँ गुंजित-प्रतिगुंजित हो रही थीं।

अब वे गदाओं पर प्रहार के बदले एक-दूसरे के तन पर ही प्रहार करने लगे थे। दर्शकों में इस दृश्य को देखकर हा-हाकार मच गया। द्रोण और कृप के साथ मैं भी चिन्तित हुआ। भीम और दुर्योधन समान बलशाली थे। एक-दूसरे की हत्या भले ही न हो लेकिन दोनों बुरी तरह घायल हो सकते थे। किसी का वक्षस्थल अथवा सिर ही किसी की गदा से विदीर्ण हो जाए, इसकी भी सम्भावना कम नहीं थी।

द्रोण ने मेरे इंगित को समझा और उन्होंने अपने पुत्र अश्वत्थामा को आदिष्ट किया कि वह इन दोनों को और अधिक कौशल दिखाने से रोके। अश्वत्थामा तीव्र

वेग से उन दोनों की ओर दौड़े और उनके के मध्य खड़ा होकर उच्च स्वर में कहा, "गान्धारी नंदन दुर्योधन एवं कुन्ती-सुत भीमसेन कृपया आप लोग अब अपने कौशल का प्रदर्शन समाप्त करें। आप लोगों की प्रतिस्पर्धा हिंसक रूप लेती जा रही है। आप दोनों के गुरु और मेरे पिता परम पूज्य द्रोणाचार्य का आदेश है कि आप तत्काल अपना-अपना स्थान ग्रहण करें।

मुझे यह देखकर निश्चिन्तता हुई कि गुरु-पुत्र अश्वत्थामा के बीच में आ जाने से दोनों प्रतिस्पर्धी वीर अपने-अपने प्रहारों को रोकने के लिए विवश हो गए और अपने स्थानों को लौट गए।

हम सभी एवं अन्य दर्शकों ने भी आश्वस्ति की सांस ली।

इसके पश्चात् श्वेत अश्व पर आरूढ़ हो अपने तन पर स्वर्ण-निर्मित कवचों को धारण किए एवं एक विशाल धनुष पर शर-संधान किए जो वीर उपस्थित हुआ उसके दर्शन-मात्र से सम्पूर्ण उपस्थिति चमत्कृत हो गई।

हमें तृतीय पांडव सव्यसाची अर्जुन को पहचानने में देर नहीं लगी किन्तु दर्शकों ने भी तत्क्षण उन्हें पहचान लिया और आपस में वार्तालाप आरम्भ किया, "यही तृतीय कुन्ती-पुत्र अर्जुन हैं जो आर्यावर्त के सर्वश्रेष्ठ धनुर्धर हैं। इनके कारण हम सभी सुरक्षित हैं, हस्तिनापुर का साम्राज्य सुरक्षित है।"

प्रेक्षकों के उच्च स्वर धृतराष्ट्र के कानों में भी पड़े और उन्होंने पास बैठे विदुर से पूछा, "धर्मज्ञ विदुर! स्पष्ट करने का कष्ट करो कि दर्शकों के मध्य यह तुमुल निनाद क्यों खड़ा हुआ है?"

मैंने सुनी विदुर की स्पष्टोक्ति, "कुरुसाम्राज्याधिपति! यह निनाद तेजस्वी तृतीय पांडव धनंजय की उपस्थिति से उत्पन्न हुआ है। गुरु द्रोण प्रशिक्षण के समय ही अर्जुन को अपने शिष्यों में सर्वश्रेष्ठ घोषित कर चुके हैं अतः उनको देखते ही दर्शक-वृन्द उसी तरह उल्लसित हो चुके हैं जैसे पूर्णचन्द्र को देखकर सागर की लहरें तरंगायित हो उठती हैं।"

मुझे आश्चर्य हुआ कि धृतराष्ट्र के अन्दर अभी तक अपने पुत्रों और पाण्डु-पुत्रों के मध्य अन्तर देखने का भाव प्रकट नहीं हुआ था। उन्होंने विदुर की बात सुनने के पश्चात् कहा, "नीतिज्ञ विदुर! मुझे कुन्ती के तीनों पुत्रों पर गर्व है। मुझे शिक्षण-प्रशिक्षण का प्रतिवेदन विश्वस्त चरों द्वारा प्राप्त होता रहा है। मैंने सुना है कि ज्येष्ठ पांडव युधिष्ठिर रथयुद्ध में सर्वोपरि हैं। भीम के प्रदर्शन को तो हम अभी देख ही चुके हैं। अर्जुन की धनुर्विद्या की प्रशंसा मैंने पर्याप्त सुनी है। आज तुम्हारी आँखों के माध्यम से उसके अद्भुत कौशल को देखकर मैं निःसन्देह अपने को कृत्य-कृत्य समझूँगा।"

अर्जुन ने द्रोण सहित अपने सभी श्रेष्ठजनों के चरणों में प्रणिपात कर हमारा आशीर्वाद संजोया और गुरु का आदेश प्राप्त कर अपना अस्त्र-संचालन कौशल दिखाना आरम्भ किया।

उसकी क्रियाएँ अद्भुत थीं जिन्हें देखकर मैं भी मन्त्रमुग्ध हो गया। यों मैं स्वयं आर्यावर्त के परमवीर के रूप में परिगणित होता था किन्तु मेरी विशेषज्ञता अस्त्र-शस्त्र संचालन की किसी एक कला में नहीं थी। धनुर्वेद का ज्ञाता मैं भी था किन्तु मुझे यह स्वीकार करने में कोई आपत्ति नहीं कि इस क्षेत्र में अर्जुन का वैशिष्ट्य मुझे प्राप्त नहीं था।

मैं भी एकाग्रचित हो अर्जुन का प्रदर्शन देखने लगा। गुरु द्रोण ने निश्चित ही उसे धनुर्विद्या की सारी कलाओं में दक्ष कर दिया था।

हमारे देखते-देखते उसने आग्नेयास्त्र से अग्नि पैदा कर दी। वह दूर तक फैलती इसके पूर्व ही उसे वरुणास्त्र से शमित कर दी। वायव्यास्त्र से आंधी चला दी और पार्जन्यास्त्र से आकाश को मेघाच्छन्न कर दिया किन्तु उसी के द्वारा उत्पन्न प्रचण्ड आँधी ने इन मेघों को तितर-बितर कर दिया।

पार्वतास्त्र से पर्वतों को उत्पन्न कर दिया और सभी को आश्चर्यचकित करते हुए अन्तर्धानास्त्र का प्रयोग कर स्वयं ही अदृश्य हो गए।

दर्शकों का कौतूहल एक बार पुनः चरम पर चढ़ा। सभी आश्चर्यचकित इधर-उधर देखने लगे कि अन्ततः तृतीय पांडव गए कहाँ? उनके प्रकट होने में कुछ बिलम्ब हुआ तो सामान्य दर्शकों के साथ हम भी चिन्तित हुए कि कहीं पार्थ की भूल से पृथ्वी ने ही तो उन्हें नहीं ग्रस लिया।

किन्तु हमारी चिन्ता को निःशेष करते हुए वह पुनः प्रकट हो गए।

मैंने पहले ही कहा कि एकाग्रता आनन्द-प्रसूता है। अर्जुन के कौशलों को देखकर मैंने ऐसी एक एकाग्रता प्राप्त की थी जैसी अब तक कभी नहीं की थी, अतः मैं पूर्ण मनोयोग से अर्जुन के प्रदर्शन को देखते हुए आनन्दातिरेक से भर रहा था।

उसकी सारी क्रियाएँ अकल्पनीय थीं। उसकी क्षिप्रता सर्वाधिक प्रशंसनीय थी जो संग्राम के समय अत्यन्त उपयोगी सिद्ध होती है। वह एक क्षण में रथ की धूरी पर खड़ा हुआ दृष्टिगत होता तो दूसरे ही क्षण रथ के मध्य में दिखाई पड़ता। पुनः पलक मारते ही वह पृथ्वी पर आसीन हो अस्त्र-कौशल प्रदर्शित करने लगता।

लक्ष्य-भेदन में भी वह अप्रतिम था।

गुरु द्रोण ने लक्ष्य-भेदन के लिए कई प्रकार की वस्तुएँ रखी थीं। धनुर्धारी के लिए लक्ष्य-भेदन उसकी सफलता को सुनिश्चित करता है। यही कारण है कि प्रशिक्षण-प्राप्ति के पश्चात् द्रोण ने कृत्रिम पक्षी की आँख को लक्ष्य बनाकर उसे भेदने के लिए अपने शिष्यों को आदिष्ट किया था और उसमें भी अर्जुन ने ही सफलता प्राप्त की थी।

आज रंग-भूमि में गुरु द्रोण ने सूक्ष्म, सुकुमार तथा भारी सभी प्रकार के लक्ष्य रखे थे जिन्हें ज़रा भी हिलाये-डुलाए अर्जुन ने शरों से विद्ध कर दिया।

मंच से कुछ दूर लौह-निर्मित एक सूअर इस प्रकार टंगा था कि वह क्षिप्रता से चक्रायित हो रहा था। उस घूमते हुए सूअर के मुख में अर्जुन ने एक ही साथ एक बाण की तरह पाँच बाण भर दिए। आश्चर्य कि ये पाँचों बाण एक-दूसरे से सटे भी नहीं।

एक स्थान पर गाय का सींग एक हिलती हुई रस्सी में लटकाया गया था। लक्ष्य-भेदी अर्जुन ने सींग के एक छिद्र में विस्मयकारी हस्तलाघव प्रदर्शित करते हुए इक्कीस बाण चुभो दिए। इस तरह अर्जुन ने और कई विस्मयकारी कौशल प्रदर्शित किए। पता नहीं किस कला से क्षणमात्र में ही अत्यन्त दीर्घ हो जाता और क्षणमात्र में ही अत्यन्त लघु।

द्रोण ने हाथ के इंगित से अर्जुन को रोका। जो कुछ देखा जा चुका था वह पर्याप्त से अधिक था। तत्पश्चात् उन्होंने खड़े होकर उच्च स्वर में उद्घोषित किया :

"मैं तो पूर्व में ही जानता था कि अर्जुन आर्यावर्त का अप्रतिद्वन्द्वी धनुर्धर है किन्तु आज आप सभी ने अपनी आँखों से इसके कौशल का अवलोकन किया। मुझे आप सभी के समक्ष यह स्वीकार करने में प्रसन्नता का बोध हो रहा है कि अर्जुन निश्चित ही इस आर्य-भूमि का सर्वश्रेष्ठ धनुर्धारी है। उसका कोई प्रतिद्वन्द्वी नहीं। वह......।"

"अपनी उद्‌घोषणा पर पुनर्विचार करें गुरु-प्रवर!" इसके पूर्व कि गुरुद्रोण अपना कथन समाप्त करते एक अत्यन्त ही तेजस्वी वीर, कवच-कुंडल-मंडित और कृष्ण अश्व पर आसीन रंग-भूमि में प्रवेश कर बोला, "आप किस आधार पर ऐसा उद्‌घोषित कर सकते हैं कि अर्जुन एक अप्रतिद्वन्द्वी धनुर्धर है? क्या प्रतिद्वन्द्वी से इसका आमना-सामना हुआ है या मात्र इसके अपने ही प्रदर्शन से प्रफुल्लित हो आप ऐसी उद्‌घोषणा कर रहे हैं? अर्जुन ने जो कुछ दिखाया है मैं उससे अधिक ही दिखाने का समर्थ रखता हूँ। मैं अर्जुन के साथ एकल युद्ध को प्रस्तुत हूँ। दोनों में जो एक-दूसरे को पराजित कर देगा वही आर्यावर्त्त का सर्वश्रेष्ठ धनुर्धर सम्बोधित होने का अधिकारी होगा अन्यथा यह उद्‌घोषणा व्यर्थ और असत्य है।"

मुझे यह समझते विलम्ब नहीं हुआ कि यह और कोई नहीं बल्कि सारथि अधिरथ का पुत्र राधेय-कर्ण है। उसकी तेजस्विता से अन्य जो आतंकित हों, मैं एक क्षण के लिए प्रफुल्लित ही हुआ। पता नहीं क्यों मैं कर्ण के लिए अपने अन्दर एक विशेष दुर्बलता का अनुभव कर रहा था। शायद वह उसके हतभाग्य होने के कारण था। एक क्षत्राणी-पुत्र होने के बावजूद वह सूतपुत्र-सम्बोधित होने को बाध्य था। इस सूर्य-पुत्र की यह विडम्बना ही थी कि वह सूत अधिरथ और उसकी पत्नी राधा के द्वारा पालित-पोषित होकर अपने वास्तविक परिचय से रहित रह गया था। जैसा पूर्व में कहा अपने गुप्तचरों की सूचना के आधार पर मैं उसके जन्म-परिचय से अनभिज्ञ नहीं था किन्तु मैं भी अन्तर्मन से यही चाहता था कि यह विस्फोटक रहस्य, रहस्य ही बना रहे। सम्पूर्ण हस्तिनातपुर का सम्मान इस रहस्य के उद्‌घाटित होते ही जैसे किसी भीषण विस्फोट का आखेट हो चूर्ण-चूर्ण हो जाता।

उधर द्रोण तथा पाँचों पांडव विस्मित हो एक-दूसरे की ओर देख रहे थे। अर्जुन इस अपरिचित योद्धा के आमन्त्रण को स्वीकार करने की मुद्रा में था किन्तु द्रोण कोई खतरा उठाने को तैयार नहीं थे। उन्होंने कर्ण को सम्बोधित करते हुए कहा, "वीर! अर्जुन पांडु-पुत्र है एवं माता कुन्ती इसकी जननी हैं। तुम भी अपने कुल-वंश का परिचय दो तभी अर्जुन तुमसे युद्ध करने को प्रस्तुत हो सकता है। एक राजकुमार किसी ऐसे-वैसे से युद्धरत नहीं हो सकता।"

कर्ण का उत्साह सहसा ठंडा पड़ गया। उसने एक बार आसमान की ओर अवलोकित कर सूर्यदेव को मन ही मन नमन किया और फिर सिर झुकाकर खड़ा हो गया।

दुर्योधन और दुःशासन ने आपस में मन्त्रणा की। अर्जुन के प्रदर्शन से वे पूर्व से ही आतंकित थे। उसकी समानता करने वाला कौरवों में कोई नहीं था, अतः उनके लिए एक अयाचित वरदान कर्ण के रूप में उपस्थित हो गया था। मन्त्रणोपरान्त दुर्योधन ने खड़े होकर यह उद्‌घोषणा की, "योद्धाओं और नदियों के मूल को जानना अत्यन्त कठिन है। वीर की पहचान उसकी वीरता से होती है न कि जाति-वंश से। मैं यहाँ हो रहे अन्याय को सहन नहीं कर सकता, अतः मैं कर्ण को अंग राज्य का अधिपति मनोनीत करता हूँ। इसका विधिवत् अभिषेक अभी सम्पन्न होगा और तत्पश्चात् यह अर्जुन से एकल युद्ध के योग्य हो जाएगा।"

मैं मूक सबकुछ देखता सुनता रहा। एक विकट स्थिति उत्पन्न होने वाली थी जिसमें कर्ण या अर्जुन में कोई निश्चित ही मृत्यु का वरण करता। मैं यह कदापि नहीं चाहता था। दोनों में कोई भी स्थिति मेरे लिए असह्य होती किन्तु दुर्योधन अब तक

अपनी उद्दंडता के लिए कुख्यात हो चुका था। भरी सभा में उसका विरोध करना अपने अपमान को ही आमन्त्रित करना था।

शीघ्र ही वेदज्ञ ब्राह्मण तीर्थ-जल तथा अन्य आवश्यक पूजन-सामग्रियों के साथ उपस्थित हो गए। दुर्योधन के आदेश पर दुःशासन ने राजकोष से एक स्वर्ण-किरीट भी मँगा लिया। ब्राह्मणों ने मन्त्रोच्चारण के साथ कर्ण को विधिवत् अंग-प्रदेश के नरेश के रूप में अभिषिक्त कर दिया। दुर्योधन ने अपने हाथों अंगराज के उन्नत सिर पर स्वर्णकिरीट स्थापित किया। मैं अवश्यंभावी का अनुमान लगा अन्दर से विचलित एवं उद्वेलित होने लगा। इस एकल युद्ध को जो अब आरम्भ ही होने वाला था रोका नहीं गया तो जो अनिष्ट उपस्थित होगा उसकी कल्पना कर ही मैं पूर्णतः उद्विग्न होने लगा था। मैं इसे रोकने में अक्षम था किन्तु मेरा कार्य सम्पन्न किया भीमसेन ने।

हुआ यह कि दर्शकों में बैठा अधिरथ अपने पालित पुत्र कर्ण को अंगराज के रूप में अभिषिक्त होते देख अपने को रोक नहीं सका और रंगमंच के समीप आ गया। कर्ण ने यह देखा और अपनी भावनाओं पर नियन्त्रण खोकर अधिरथ के पैरों पर जा पड़ा।

यह देखते ही भीमसेन के पीछे खड़े कुछ दर्शकों ने मन्द स्वर में कहा, ''अरे यह तो अधिरथ-पुत्र कर्ण है।''

इतना सुनना था कि भीमसेन ने आगे आकर कर्ण को ललकारते हुए कहा, ''अरे सूत-पुत्र! तुम चाहे कितने ही राज्यों के अधिपति बन जाओ, हो तो एक सारथी-पुत्र ही। क्षत्रियों का रक्त तुम्हारी धमनियों में प्रवाहित नहीं। तुम्हारे साथ पाण्डु-पुत्र धनंजय एकल युद्ध के लिए प्रस्तुत हो जाएँ यह हम पांडवों को कदापि मान्य नहीं। अरे! अधिरथ-पुत्र तुम्हारे हाथों में तो अश्वों की बल्गा ही शोभा पाएगी, यह धनुष तुम्हारे हाथों में पड़ अशुद्ध हो रहा है। इसे त्यागो और अपने सारथि पिता के साथ अपनी झोंपड़ी को लौट जाओ।

भीमसेन की बात काटने की हिम्मत किसी में नहीं थी। उनके पराक्रम से तो सभी भीत थे ही उन्होंने एक अकाट्य तर्क भी प्रस्तुत कर दिया था। अपमानित और तिरस्कृत कर्ण कभी गुरुद्रोण की ओर तो कभी मुझ तथाकथित कुरुश्रेष्ठ की ओर देखता।

आज इस शर-शय्या पर पड़े सोचता हूँ कि मैंने, सत्यव्रती भीष्म ने भले कभी असत्य का सहारा नहीं लिया हो किन्तु उस दिन जानबूझ कर सत्य का गला घोटना क्या एक असत्य आचरण नहीं था? दुर्योधन के उदयोपरान्त मैं निरन्तर उपेक्षा और तिरस्कार का पात्र रहा। इसके उपरान्त भी कुल-वंश की मर्यादा को अपने स्कन्धों पर उठाए रखने के लिए मैं क्यों विवश था? अन्ततः जिस कुल की मर्यादा-रक्षा के लिए मैं व्यग्र था उसका सर्वनाश तो इस महासमर में ही हो गया।

उस दिन भीमसेन की चुनौती का प्रत्युत्तर किसी के पास नहीं था। थोड़ी ही देर में सूर्यास्त हो गया और गुरु द्रोण के आदेश पर राजकुमारों का कौशल-प्रदर्शन भी समाप्त हुआ।

एक बात मुझसे अलक्षित नहीं रही। कर्ण सदा के लिए दुर्योधन का ऋणी हो गया। अंग-नरेश का मुकुट धारण किए ही वह दुर्योधन के वक्षस्थल से चिपक गया और बोला, ''मैं आपके इस अकारण स्नेह का ऋण कैसे उतार सकता हूँ? आपने मुझे सूत-पुत्र से सहसा अंग देश का नृप बना दिया। जिन हाथों में भीमसेन अश्व की बल्गा सहजने को कहता था, उन हाथों से मैं अब शासन-सूत्र संचालित करूँगा। मैं आपके

इस ऋण से किस प्रकार उऋण हो पाऊँगा?"

"मैं बताऊँ कैसे?" दुर्योधन अब पूरी तरह राजनीति-कुशल हो आया था।

"अवश्य बताइए।"

"आजीवन मेरा मित्र रहकर। अब से यह आदरसूचक आप कहना बन्द करो अंगराज! तुम, केवल तुम कहो मुझे और मित्रता के मेरे प्रस्ताव पर अपनी स्वीकृति की मुहर लगाओ।" दुर्योधन कह गया।

"मैं अपनी माता राधा की शपथ लेकर कहता हूँ कि मैं इस मित्रता का आजीवन निर्वहन करूँगा। तुमने मुझे जिस तरह सम्मानित किया है, उसके बदले मैं तुम्हारे हित के लिए अपने प्राणों की भी बलि चढ़ाने में संकोच नहीं करूँगा।"

"मैं भी तुम्हें कभी नहीं त्याग सकता। तुम्हारी सम्मान-वृद्धि के लिए जो भी सम्भव होगा मैं करता रहूँगा।" यह कहकर दुर्योधन ने कर्ण को और जोर से अपने हृदय से चिपका लिया।

जीवन के जिस मोड़ पर मैं खड़ा हूँ वहाँ से इस अद्भुत मित्रता को फूलते-फलते मैं भली-भाँति देख सकता हूँ। अपने अतीत-चर्वण के इस क्रम में मैं अनेक बार कर्ण को अत्यन्त अविचारित रूप में दुर्योधन का पक्ष लेते पाता हूँ। दुर्योधन के प्रबल शत्रु अर्जुन के लिए वह कालसर्प बनकर ही उभरा था और यही बात मेरे लिए सर्वाधिक चिन्ता का कारण थी। मर्यादित अर्जुन को कर्ण के विरुद्ध विष-वमन करते मैंने कभी नहीं पाया। किन्तु कर्ण सदा अर्जुन के लिए अपमानजनक शब्दों का ही प्रयोग करता था। रंगमंच पर हुए अपने अपमान के लिए वह न तो भीमसेन को क्षमा कर सका था न अर्जुन को।

उसका चलता तो वह इस समरांगण में भीमसेन का वध किए बिना भी नहीं रहता किन्तु कुन्ती से प्रतिज्ञाबद्ध होने के कारण अर्जुन को छोड़कर किसी और पाण्डव-बन्धु की हत्या वह अवसर मिलने पर भी नहीं कर सकता था।

दुर्योधन और उसके भाइयों की उद्दण्डता दिनानुदिन अनियन्त्रित होती जा रही थी। प्रजा की हित-साधना की बात नहीं सोचकर कौरव शत भ्राता सदा उसके शोषण और प्रताणना में ही उद्यत रहते, अतः उनकी लोकप्रियता निरन्तर घटती जा रही थी।

उधर युधिष्ठिर को, सभी कौरव-पांडव-भाइयों में ज्येष्ठ मानकर हम लोगों से परामर्शोपरान्त धृतराष्ट्र ने युवराज का पद प्रदान कर दिया था।

युधिष्ठिर धर्म-पूर्वक धृतराष्ट्र को राज-काज-संचालन में सहायता प्रदान करते। प्रजा-हित को ध्यान में रखकर सम्राट को सदा उचित परामर्श देते। अर्जुन, भीम, नकुल और सहदेव भी प्रजा की रक्षा में तत्पर रहते। लुटेरों और छोटे-बड़े शत्रुओं से उनकी सम्पत्ति एवं पशुधन की रक्षा करते।

फलतः युधिष्ठिर और शेष चार पांडवों का प्रजा में सर्वत्र प्रशस्ति-गान होने लगा। सबकी जिह्वा पर इन्हीं की प्रशंसा थी। कौरव-बंधुओं के लिए अपशब्द चाहे न हों दुर्योधन-सहित उसके किसी बन्धु के लिए सम्मान का एक शब्द भी हस्तिनापुर-राज्य की प्रजा के पास नहीं था।

पांडवों विशेषकर भीम और अर्जुन का जन्म से ही द्रोही दुर्योधन के लिए यह स्थिति असह्य हो आई।

वह राजमहल में पांडवों की उपस्थिति भी नहीं सहन कर सकता था। युधिष्ठिर का युवराज-पद पर आसीन रहना तो उसे और असह्य था।

मुझसे तो कुछ कहने का साहस उसे नहीं था क्योंकि उसे पता था कि पांडवों की विनम्रता एवं सदाशयता के कारण वे मेरे प्रिय पात्र थे और वह यह भी जानता था कि उसके अनावश्यक अहंकार और उद्दंडता के फलस्वरूप मैं कभी उसका पक्षधर नहीं हो सकता था। वह विदुर से अवश्य तर्क करता–''पाण्डु-पुत्र युधिष्ठिर के युवराज पद पर सुशोभित रहने का अधिकार किधर से बनता है? मेरे पिता सम्राट् धृतराष्ट्र सिंहासनारूढ़ हैं, अतः युवराज का पद स्वतः मुझे प्राप्त हो जाता है।''

विदुर न्यायप्रिय होने के साथ ही निर्भीक भी थे। वह उसका मुँह बन्द करने के लिए कहते, ''तुम धृतराष्ट्र के ज्येष्ठ पुत्र हो सकते हो परन्तु कौरव-पांडव-भाइयों में ज्येष्ठ तो युधिष्ठिर ही हैं, अतः सिंहासन पर कोई हो युवराज पद का अधिकारी तो वही बनते हैं। एक बात और ध्यानगत रखने की है।'

''क्या?'' दुर्योधन पूछता।

''यह साम्राज्य युधिष्ठिर के पिता पाण्डु का ही गढ़ा हुआ है और धृतराष्ट्र को अपने वन-गमन के पूर्व उन्होंने स्वयं सिंहासन और राजदंड समर्पित कर दिए थे। पाण्डु अगर वन गमन नहीं करते तो शायद कालकवलित भी नहीं होते और सिंहासन पर भी आज वही आरूढ़ होते। यह तो भाग्यचक्र की सराहना करो कि कम-से-कम तुम्हारे पिता पाण्डु प्रदत्त राज्य के अधिकारी हैं। इसके फलस्वरूप तुम उनके ज्येष्ठ पुत्र के अहंकार से ग्रस्त हो, उद्दण्डता चाहे जिस रूप में प्रदर्शित कर लो, नीति के अनुसार युवराज-पद को युधिष्ठिर द्वारा सुशोभित होने से तुम रोक नहीं सकते।''

दुर्योधन ने धृतराष्ट्र के समक्ष भी अपनी महत्त्वाकांक्षा प्रकट की थी किन्तु धृतराष्ट्र पुत्र-मोह में कितने भी अन्धे हो चुके हो, यह साहस जुटाने में वह सर्वथा असमर्थ थे कि पाण्डु से उन्होंने सिंहासन तो प्राप्त कर ही लिया था, उनके ज्येष्ठ पुत्र युधिष्ठिर को भी वे युवराज पद से वंचित कर दें। अन्तर्मन से चाहे वह दुर्योधन की हर दुरेच्छा की पूर्ति में भले प्रस्तुत हों और उसकी सभी अभिसन्धियों में अपना समर्थन देने को जो प्रस्तुत हों किन्तु स्पष्ट रूप से वह युधिष्ठिर के विरुद्ध जाकर दुर्योधन का पक्ष नहीं ले सकते थे।

वे मुझसे डरें या नहीं किन्तु मुझे अप्रसन्न भी नहीं कर सकते थे क्योंकि उन्हें पता था कि इस सिंहासन पर वास्तविक अधिकार मेरा था और मेरे ठुकरा दिए जाने पर ही वह उन्हें प्राप्त हो सका था अर्थात् सिंहासन का वास्तविक अधिकारी मैं अब भी जीवित था। धृतराष्ट्र के समान जन्मांध एवं पुत्रमोहांध व्यक्ति को प्रतिज्ञा की पवित्रता का क्या पता? वह निश्चित ही सदा इस आशंका से ग्रस्त रहता होगा कि कब मैं अपनी भीष्म प्रतिज्ञा को तोड़ और उसके अन्धत्व का लाभ उठा सिंहासन पर अपना अधिकार घोषित कर दूँ। इसके अतिरिक्त मेरे पराक्रम से भी वह परिचित था, अतः मुझे रुष्ट करने का विचार भी उसके मन में कदापि नहीं उठ सकता था।

दुर्योधन के अनुरोध को वह टाल जाता था और विदुर से सम्पर्क करने को आदिष्ट करता था विदुर तो उससे सहमत होने से रहे, अतः वह किसी ऐसे यत्न के अन्वेषण में था जिससे पांडवों से वह मुक्ति पा सके और अपनी प्रतिष्ठा एवं लोकप्रियता पर निरन्तर लग रहे ग्रहण से वह सदा के लिए मुक्त हो सके।

मैं दुर्योधन की इस दुर्भावना से अपरिचित नहीं था तथा मैं यह भी जानता था

कि अपनी उद्देश्यपूर्ति के लिए दुर्योधन किसी सीमा तक जा सकता था।

इधर दुर्योधन, दुःशासन, शकुनि और कर्ण की एक चौकड़ी निर्मित हो गई थी। ये स्वयं आपस में परामर्श कर कुछ गोपनीय निर्णय लेते और उन्हें क्रियान्वित करते रहते।

दुर्योधन की इस नई चाल के फलस्वरूप राजदरबार में लिए गए निर्णयों का अब कोई महत्त्व नहीं रह गया था। सभासद के रूप में मैं धृतराष्ट्र के दरबार में अवश्य उपस्थित होता किन्तु वहाँ लिए गए निर्णयों के क्रियान्वित नहीं होने से मेरा असन्तोष बढ़ता जाता और राजदरबार में मेरी अनुपस्थिति अनियमित होने लगी। मेरी अनुपस्थिति को किसी ने कोई महत्त्व नहीं दिया अपितु वह अधिकों के लिए सुविधाजनक ही होती। विदुर की स्थिति भी प्रायः वही हो गई थी। उनकी नीति की बातों को धृतराष्ट्र इस कान से सुनता और उस कान से बाहर कर देता।

ऐसे में चांडाल-चौकड़ी की बन आई और जो कुछ निर्णय दुर्योधन, दुःशासन शकुनि और कर्ण आदि नीतिविहीन लोग करते, दुर्योधन के दबाव में आकर उन्हें ही उसे क्रियान्वित करना पड़ता।

पांडवों की वृद्धिशील लोकप्रियता तथा प्रजा में इसके फलस्वरूप अपनी अवमानना के कारण दुर्योधन किसी प्रकार पांडवों से सदा के लिए मुक्त होना चाहता था।

अपने दुर्मति परामर्श-दाताओं के साथ मिलकर वह किसी भी निकृष्ट से निकृष्ट कार्य को सम्पादित करने में चूकने वाला नहीं था।

पिता के पश्चात् अथवा उनके जीवित रहते ही हस्तिनापुर के सिंहासन पर आरूढ़ होने की इसकी इच्छा निरन्तर बलवती होती जा रही थी। पांडवों के रहते इस इच्छा की पूर्ति सम्भव नहीं थी विशेषकर तब जब युवराज के पद पर युधिष्ठिर आसीन थे।

इधर चांडाल-चौकड़ी की बैठक नित्य मध्य रात्रि में होने लगी थी। मेरे गुप्तचर इन बैठकों की सूचना मुझ तक पहुँचाते रहते। मैं स्वभावतः पांडवों की सुरक्षा को लेकर चिन्तित हो आया। सरल स्वभाव के पांडव, दुर्योधन के किसी भी दुश्चक्र में फँस सकते थे।

मैंने विदुर से इस सम्बन्ध में चर्चा की। उन्होंने कहा, "मुझे भी इन रात्रि-बैठकों का पता था किन्तु मैं आपको अनावश्यक रूप में चिन्ताग्रस्त नहीं करना चाहता था इसीलिए मैंने बात को अपने ही तक सीमित रखा।"

मैंने विदुर के कथन से असहमति जताते हुए कहा, "आपका ऐसा सोचना ठीक नहीं था। पांडवों के हित की चिन्ता हम दोनों को समान रूप से है। ऐसी स्थिति में मुझे कौरवों की किसी भी कुचाल से अनभिज्ञ रखना समुचित नहीं होगा। आप व्यर्थ ही ऐसा सोचते हैं कि मैं उनके विरुद्ध दुर्योधन द्वारा चलाए जा रहे किसी षड्यन्त्र की सूचना पर अव्यवस्थित हो जाऊँगा। ठीक इसके विपरीत मेरी सतर्कता और बढ़ जाएगी। आप तो अपनी नीतिज्ञता और धर्मपरायणता के फलस्वरूप धर्म-भीरु पांडवों के पक्ष में हैं ही मैं भी उनकी हित-कामना ही करता रहता हूँ।

हम दोनों के अतिरिक्त शायद ही कोई और पांडवों के हित के लिए इस रूप में सन्नद्ध हो। ऐसी स्थिति में हम दोनों को एक-दूसरे से सूचनाओं और विचारों का आदान-प्रदान करते रहना चाहिए। नीति की बात है कि एक से दो सदा अच्छे रहते हैं।"

विदुर ने मेरे कथन में सहमति जताई और आगे से जो भी सूचना प्राप्त हो उससे मुझे अवगत कराते रहने का वचन दिया।

विदुर अक्सर मेरे एकान्त महल में चले आते। मैंने इसी कारण दुर्योधन के अनुरोध के पश्चात् भी अधिक प्रहरियों या दास-दासियों को अपनी सेवा में नहीं रखा था। जिन्हें रखा था उनका चयन भी मैंने स्वयं किया था और उन्हें यह आदेश दे रखा था कि यहाँ की गतिविधियों के सम्बन्ध में किसी और को कुछ नहीं बताएँ। वे मेरे प्रति पूरी तरह समर्पित थे, अतः विदुर के आने-जाने की सूचना दुर्योधन या उसकी चांडाल-चौकड़ी तक नहीं पहुँच पाती थी।

विदुर ने अपने विश्वस्त गुप्तचरों को लगा रखा था जो इस चौकड़ी की गतिविधियों की सूचना सदा उन्हें देते रहते थे।

यदा-कदा मैं देर रात एकाकी नगर से बाहर भ्रमण को निकल जाता। कभी-कभी गंगा या यमुना के तट पर भी क्षिप्रगति से पहुँच जाता और अपनी प्रकृति के अनुसार इन महानदियों पर अठखेलियाँ करतीं लोललहरियों को अवलोकित कर मुदित होता रहता। ऐसे में लौटने में विलम्ब हो जाना स्वाभाविक था। एक दिन लौटते समय मैंने बैलगाड़ियों की एक दीर्घ पंक्ति को हस्तिनापुर के राजमार्ग से जाते हुए देखा। इन गाड़ियों में पता नहीं, बोरों में भर-भर कौन-सी सामग्री रखी हुई थी। मैंने इन गाड़ियों की पंक्ति रोक दी। मुझे देखते ही अगली गाड़ी से हस्तिनापुर का प्रमुख शिल्पी पुरोचन उतरा। मैंने उससे जिज्ञासा की। वह निःसन्देह बात को टाल गया और उसने कहा इनमें खाद्य-सामग्री है जो वारणावत के मेले को दृष्टिगत रख जा रही है।

"किसके आदेश से?" मैंने पूछा।

"दुर्योधन के।" मेरे मन में किसी प्रकार की आशंका नहीं हुई और मैंने बैलगाड़ियों को जाने दिया किन्तु मुझे यह चिन्ता अवश्य हुई कि राजदबार में तो इस सम्बन्ध में ऐसा कोई निर्णय नहीं लिया गया था। ऐसी स्थिति में दुर्योधन को ऐसा आदेश देने का अधिकार कैसे प्राप्त होता था?

मैंने स्वभावतः विदुर से जब वे अगली सन्ध्या मुझसे मिलने आए इस सम्बन्ध में जिज्ञासा की।

विदुर ने कहा, "अवश्य ही यह निर्णय चांडाल-चौकड़ी द्वारा लिया गया है। मुझे कुछ सूचनाएँ मिलीं हैं जिन्हें मैं आपके पास पहुँचाना चाहता था किन्तु कल आप उपलब्ध नहीं थे। आपने सामग्रियों की परीक्षा नहीं की यह उचित नहीं हुआ फिर भी इससे कोई अन्तर नहीं पड़ता।

"मेरे विश्वस्त सूत्रों ने सूचित किया है कि वरणावत में एक ऐसे महल का निर्माण हो रहा है जिसमें ज्वलनशील सामग्रियों का प्रयोग होगा। यह महल किस कार्य में आएगा इसका अनुमान अभी नहीं लग सका है।" मैं यह सुनकर चकित रह गया और बोला, "तो क्या गाड़ियों पर पुरोचन के नेतृत्व में ज्वलनशील सामग्रियाँ ही जा रही थीं?"

"अवश्य ही यह सम्भव है। इन सामग्रियों में सन, लाक्षा, तैल, धृत आदि होंगी।" मेरी समझ में कुछ नहीं आया। मैं सोच रहा था कि अगर इन ज्वलनशील सामग्रियों से कोई महल निर्मित भी होता है तो उसका उपयोग क्या होगा। मैंने विदुर से इस सम्बन्ध में जिज्ञासा की।

उनका मन्तव्य था कि स्थिति पर पूर्ण दृष्टि रखना आवश्यक है। इसके पीछे दुर्योधन और उसके परामर्शदाताओं की कोई भयावह योजना हो सकती है।

मैंने विदुर को सतर्क किया कि वे हस्तिनापुर और वारणावत में अपने गुप्तचरों को सतर्क कर दें जिससे पल-पल की सूचना उन्हें प्राप्त होती रहे और जब भी कोई

महत्त्वपूर्ण सूचना उन्हें मिले उससे वह मुझे अवश्य अवगत कराएँ।

एक दिन विदुर ने सूचित किया कि वारणावत में एक विशाल महल का निर्माण हो रहा है इसमें उन्हीं सामग्रियों का उपयोग हो रहा है जो यहाँ से बैलगाड़ियों पर गई हैं। इनके अतिरिक्त स्थानीय सामग्री जैसे घास-फूस, बाँस आदि का भी उपयोग किया जा रहा है।

''किन्तु इस भवन का क्या उपयोग होगा?'' मैंने विदुर से साश्चर्य पूछा।

''यही तो देखना है। मुझे इसमें किसी भयानक षड्यंत्र की गन्ध आ रही है।'' मैं कुछ चिन्तित अवश्य हुआ पर मैं इस तथ्य से अवगत था कि चिन्ता के बदले यत्न करना सदा उचित है।

मैंने विदुर से कहा, ''अब हमें अधिक सतर्क रहने की आवश्यकता है। आप सदा सतर्क रहें और स्थिति पर ध्यान रखें।''

पुरोचन एक सिद्धहस्त शिल्पी था और निश्चय ही उसके साथ उसके अनेक सहायक लगे होंगे। इसी के फलस्वरूप वारणावत में एक अत्यन्त आकर्षक एवं विशाल महल शीघ्र ही निर्मित हो गया।

विदुर ने आकर मुझे यह सूचना दी।

मैंने पूछा, ''क्या आपके गुप्तचरों ने इसे पूरी तरह देखा है? यदि हाँ तो उसके रंग-रूप के सम्बन्ध में वे क्या कहते हैं? क्या देखने-मात्र से यह प्रतीत होता है कि वह ज्वलनशील पदार्थों से निर्मित है?''

''मैंने अपने गुप्तचरों से अनेक प्रश्नों द्वारा जो कुछ इस महल के सम्बन्ध में अभिज्ञान प्राप्त किया है उसके अनुसार यह महल किसी सम्राट को भी रहने के लिए लालायित करने में समर्थ है किन्तु इसको देखने से यह कदापि प्रतीत नहीं होता कि इसके निर्माण में सामान्य सामग्रियाँ नहीं प्रयुक्त हुई हैं। अच्छे-से-अच्छे पारखी की दृष्टि धोखा खा सकती है।''

''पर इसमें रहेगा कौन? ऐसे कभी भी धू-धू कर जल उठने वाले महल में?''

विदुर ने गम्भीर होकर कहा, ''यह तो सहज स्पष्ट है कि कौरव अथवा उनके कोई शुभचिन्तक उसमें नहीं रहने जा रहे। इसका भेद पुरोचन और उसके सहायकों के अतिरिक्त दुर्योधन की चांडाल-चौकड़ी को ही पता है। मुझे ज्ञात है कि पुरोचन को तो जिंदा छोड़ दिया गया है किन्तु उसके सभी सहायकों को तलवार के घाट उतार दिया गया ताकि ये किसी को कुछ नहीं बता सकें।''

''अगर कौरवों या उनके अतिथियों या मित्रों को इस महल में नहीं रहना है तो निश्चित ही पांडवों के लिए ही यह निर्मित हुआ है।'' मैंने आशंका जताई।

''किन्तु पांडव वहाँ क्यों रहने जाएँगे?'' विदुर ने कुछ सोचते हुए पूछा।

''यह तो आपके सदृश राजनीति-निपुण व्यक्ति को जानना चाहिए। यह चांडाल-चौकड़ी कैसी-कैसी चाल चलने में समर्थ है इसका अनुमान हमें लगाना सम्भव नहीं है। हम इतना ही कर सकते हैं कि इस सम्बन्ध में अत्यन्त सतर्क रहें। कुछ ही दिनों में सारा भेद सामने आ गया। विदुर ने गुप्तचरों के माध्यम से यह सूचित किया कि वारणावत में लगनेवाले मेले के प्रबन्ध के लिए युवराज युधिष्ठिर को वहाँ भेजने के लिए दुर्योधन और उसके परामर्शदाताओं ने सम्राट धृतराष्ट्र पर दबाव डाला है और वह इसके लिए प्रस्तुत हो गए हैं।

''तो यह स्पष्ट हो गया कि यह महल पांडवों के लिए ही निर्मित हुआ है और

इसका उपयोग उन्हें जीवित जला मारने के लिए होगा। मेरे मुँह से निकला।''

''आपका सोचना समुचित है।'' विदुर ने कहा।

ऐसी स्थिति में पांडवों को वहाँ जाने से रोक क्यों नहीं दिया जाए? क्योंकि वारणावत में रहने का तो कोई और प्रबन्ध है नहीं, अतः निवास तो उन्हें उसी महल में करना पड़ेगा। मैंने विदुर से परामर्श किया।

''यह कैसे सम्भव है? युधिष्ठिर किसी भी स्थिति में धृतराष्ट्र के आदेश का उल्लंघन नहीं कर सकते।''

''हमारा तो अब सम्राट पर कोई वश चलता नहीं, सम्राट पूरी तरह मोहान्ध हैं। क्या आप बता सकते हैं कि उन्हें इस महल के निर्माण की सूचना है अथवा नहीं?''

''मेरी सूचनानुसार धृतराष्ट्र को सब कुछ पता है।'' विदुर ने कहा।

''तो इसका तात्पर्य यह है कि अन्धे सम्राट भी अपने दुष्कर्मी पुत्र के कृत्यों में सहभागी हैं और वे भी पांडवों को समाप्त कर दुर्योधन के पथ को निष्कंटक करना चाहते हैं?''

''आप उचित कथन कर रहे हैं। धृतराष्ट्र भी युवराज के पद से युधिष्ठिर को हटाकर दुर्योधन के राज्यारोहण को सुनिश्चित करना चाहते हैं।''

हमारी वार्ता के एक दो दिनों पश्चात् ही धृतराष्ट्र ने युधिष्ठिर को अपने पास बुलाकर आदिष्ट किया, ''पुत्र युधिष्ठिर! बहुत दिनों से राज-काज में सहयोग करते तुम अवश्य ही थक गए होगे अतः मेरा प्रस्ताव है कि तुम अपने सभी भाइयों और माता कुन्ती के साथ कुछ दिनों तक वारणावत में वास कर वहाँ की प्राकृतिक सुषमा का सपरिवार आनन्द उठाओ और वहाँ लगनेवाले वार्षिक मेले के प्रबन्ध को भी अपने हाथों में लो। पूर्ण विश्राम कर लो तो पुनः हस्तिनापुर लौट आना और यथावत् युवराज के दायित्व को संभाल लेना।''

''आपके आदेश का पालन होगा। मैं आज ही माता कुन्ती और अपने अनुजों के साथ वारणावत के लिए प्रस्थान कर जाऊँगा। वहाँ पर इस समय शिव-पूजा के लिए जो मेला आयोजित होने वाला है उसे अवलोकित कर माता कुन्ती भी अत्यन्त प्रसन्न होंगी।'' युधिष्ठिर ने कहा।

इसके पश्चात् युधिष्ठिर सपरिवार प्रस्थान के लिए सहसा प्रस्तुत हो गए। धर्मप्राण युधिष्ठिर धृतराष्ट्र के आदेश के पीछे स्थित छल को नहीं समझ सके और वारणावत के लिए प्रस्तुत रथ पर आसीन होने के लिए परिवार के साथ चल पड़े। उन्होंने प्रस्थानपूर्व सभी गुरुजनों का आशीर्वाद ग्रहण किया और धृतराष्ट्र के साथ-साथ मेरे विदुर, द्रोण, कृपाचार्य के चरणों को स्पर्श कर रथ पर आरूढ़ हो गए।

रथ जब आगे बढ़ा तो उसके साथ हस्तिनापुर के बहुत से नागरिक भी लग गए और आपस में वार्तालाप करने लगे—''अरे यह धृतराष्ट्र कैसा स्वार्थी एवं अन्यायी सम्राट है? पांडवों के पिता पाण्डु ने ही इतना बड़ा साम्राज्य गढ़कर उसे दिया। अब अपने पुत्रों के कारण वह पांडु के मात्र पाँच पुत्रों और उनकी विधवा पत्नी को भी राजमहल से निष्कासित कर वारणावत में भेज रहा है जो किसी प्रकार सामान्य व्यक्तियों के रहने लायक भी नहीं है। वे सुकोमल राजकुमार वहाँ कैसे रह पाएँगे?''

नगरवासियों ने यह भी उद्घोष किया कि यह अन्याय सहन वे नहीं कर सकते और इनके साथ वे भी हस्तिनापुर छोड़कर, जहाँ ये रहेंगे, वहीं निवास करेंगे।

इस पर युधिष्ठिर ने उन्हें सम्बोधित करते हुए कहा, ''राजा धृतराष्ट्र मेरे पिता

एवं गुरु के सदृश हैं। उनकी जो भी आज्ञा हो उसका पालन मुझे अवश्य ही करना है। आप सभी मेरे शुभचिन्तक हैं, अतः आपसे आग्रह है कि राजाज्ञा के पालन में बाधा नहीं डालें। आप सभी हमें अपने आशीर्वाद-कवच से मंडित करते हुए अपने-अपने गृहों को वापस लौट जाएँ। हमें जब भी आवश्यकता होगी आपको बुला लेंगे।''

युधिष्ठिर के बहुत आग्रह पर नगरवासी लौट गए। मैंने विदुर को युधिष्ठिर के साथ कुछ दूर जाने का परामर्श दिया था और यह भी कहा था कि वह किसी न किसी प्रकार युधिष्ठिर को आसन्न संकट से अवगत करा दें।

जब सभी नगरवासी लौट गए तो विदुर ने कूट भाषा में युधिष्ठिर से जो कुछ कहा, उसका तात्पर्य यह था–''बुद्धिमान अपनी हर प्रकार से रक्षा करते हैं। शत्रु के षड्यन्त्र में पूरी तरह घिर जाने पर भी वे कोई न कोई मार्ग निकाल लेते हैं। एक ऐसा भी उपाय है जिसको अपनाकर शत्रु बिना शस्त्र-प्रयोग के ही अपने प्रतिपक्षी को नष्ट कर देता है। वन में रहनेवाले मूसक आदि जीव घोर अग्नि फैल जाने पर भी अपने द्वारा निर्मित बिलों के माध्यम से अपने प्राण बचा लेते हैं।

''मनुष्य अन्धकार में रहने पर भी नक्षत्रों के सहारे दिशाओं का पता कर लेता है तथा दिन में घूम-फिर कर सभी मार्गों का ज्ञान कर लेता है और आवश्यकता पड़ने पर उनका सहारा ले संकट से भाग खड़ा होता है।''

विदुर के इस कथन को सुनकर युधिष्ठिर ने सविनय कहा–''मैंने आपकी सभी बातें ग्रहण कर लीं।''

विदुर के लौट आने के पश्चात् कुन्ती युधिष्ठिर से बोलीं, ''पुत्र! हम सबों की उपस्थिति में विदुर ने जो बात किसी नहीं समझने योग्य भाषा में कही वह मेरी समझ में नहीं आई। अगर उसका अर्थ बताने में कोई दोष नहीं हो तो मैं उनके कथन के रहस्य को जानने के लिए उत्सुक हूँ।''

युधिष्ठिर अपनी माता की किसी इच्छा को अपूर्त नहीं रख सकते थे। अतः, उन्होंने देवी कुन्ती से यह कहा, ''माता धर्मज्ञ विदुर जी ने एक ऐसी सांकेतिक भाषा का प्रयोग किया जिससे वह और मैं दोनों परिचित हैं। उनके कथन का तात्पर्य है कि हम जिस घर में ठहरेंगे वहाँ आग लगने का भय है। हमें बाहर के सारे मार्गों और दिशाओं को अच्छी तरह जान लेना चाहिए तथा जैसे चूहे छिद्र बनाकर रहते हैं वैसे ही उस महल से बाहर निकलने के लिए हमें सुरंग खोद लेना चाहिए।''

आज मैं सोचने को बाध्य होता हूँ कि हम अर्थात् विदुर, कृपाचार्य, मैं एवं द्रोण इस तरह दुर्योधन से आतंकित क्यों थे? अथवा अपना दायित्व क्यों भूल बैठे थे कि हम स्पष्ट रूप में युधिष्ठिर और उनके अनुजों तथा देवी कुन्ती को वारणावत जाने से रोक नहीं सके। शायद हमने यह समझा कि धृतराष्ट्र का आदेश मात्र एक पिता-तुल्य व्यक्ति का ही आदेश नहीं था अपितु वह राज्यादेश था, अतः हमारे लाख समझाने पर भी नीति-निपुण युधिष्ठिर इस आदेश का उल्लंघन नहीं करते और राज्यादेश के उल्लंघन का परामर्श देना भी राजद्रोह के अन्तर्गत ही आता।

किन्तु हम यह तो कर ही सकते थे कि धृतराष्ट्र को ऐसा अनुचित एवं अनिष्टकारी आदेश देने से रोकें अथवा उसे वापस करने के लिए उन्हें विवश करें।

हम ऐसा भी नहीं कर सके तो निश्चित ही हम मात्र आतंकित ही नहीं थे अपितु राज्याश्रय में पलने की सुविधा को नहीं छोड़ना चाहते थे। जीवन की इस घड़ी में अपनी इस दुर्बलता पर मुझे अत्यन्त क्षोभ का शिकार होना पड़ रहा है। दैव-योग से अथवा

विदुर के परामर्श का अक्षरशः पालन कर युधिष्ठिर सपरिवार सुरक्षित रह गए किन्तु यदि नन्हीं-सी भूल से भी वे अग्नि का शिकार हो सभी के साथ जल मरते तो मैं अपने को कैसे क्षमा कर पाता?

युधिष्ठिर सपरिवार जब वारणावत पहुँचे तो पुरोचन ने उनका इस रूप में स्वागत किया जैसे वे कब के उसके आत्मीय रहे हों। इस अति को देखकर युधिष्ठिर को विदुर का परामर्श याद आ गया और उन्होंने सतर्क रहने की अपनी प्रतिज्ञा और दृढ़ कर ली। वस्तुतः दुर्योधन ने पुरोचन को बहुत से पुरस्कारों का लोभ दे अपने पक्ष में कर कहा था, ''तुम, हम कौरवों के लिए कल्याणकारी कार्य करने में सक्षम हो। इस भेद को अब तुम्हीं जानते हो कि वह महल लाक्षा-गृह है। तुम्हारे सहायकों को तो कभी का नष्ट कर दिया गया। तुम सदा सतर्क रहना और पांडव जब पूरी तरह निश्चिन्त हो जाएँ कि महल सभी प्रकार से ठीक-ठाक एवं सुरक्षित है तो एक रात जब वे सभी सोए पड़े हों तुम उस गृह में आग लगाकर भाग आना। पांडव-रूपी कंटक हमारे मार्ग से निकल गया तो हम तुम्हें इच्छित वरदान देंगे?''

बुद्धिमान युधिष्ठिर ने वारणावत पहुँचते ही सभी को अपनी उपस्थिति से प्रसन्न कर दिया। वे श्रेष्ठ ब्राह्मणों के घर गए और उनका आशीर्वाद ग्रहण किया।

ब्राह्मणों के अलावा भी अन्य जातियों यथा वैश्यों और शूद्रों के यहाँ भी गए जो उनके आगमन को देखकर हर्ष से पुलकित हो उठे। अब तक कोई राजन्य वर्ग का व्यक्ति उनके घरों पर नहीं आया था। युधिष्ठिर की इस महानता ने उन्हें अभिभूत कर दिया।

तत्पश्चात् युधिष्ठिर ने आगे की योजना बनाई और विदुर के कथन को ध्यान में रखते हुए महल के चारों ओर के जंगलों में पथों का सन्धान किया। साथ ही रात्रि में जब सभी सो जाएँ तो महल के एक छोर पर उन्होंने सुरंग खोदने की योजना बनाई।

वस्तुतः सुरंग खोदने के लिए विदुर ने हस्तिनापुर का एक खनक भेजा था। उसने आकर गुप्त रूप में युधिष्ठिर से सम्पर्क किया था। विश्वास दिलाने के लिए उसने युधिष्ठिर और विदुर के मध्य सम्पन्न सांकेतिक भाषा में हुए वार्तालाप की चर्चा की थी। जब धर्मराज को विश्वास हो गया कि खनक वस्तुतः महात्मा विदुर द्वारा ही उनके हित-साधन के लिए भेजा गया था तो उन्होंने सुरंग खोदने के काम में उसे लगा दिया। वह इस कार्य में कुशल था, अतः भीमसेन की मदद से उसने शीघ्र ही एक गुप्त सुरंग तैयार कर दी थी।

खनक ने पांडवों को सूचित कर दिया कि कृष्ण चर्तुदशी की रात को पुरोचन इस महल में आग लगा देगा। अब तक पांडवों को वहाँ रहते एक वर्ष हो गया था।

युधिष्ठिर ने अपने सभी भाइयों और माता कुन्ती से परामर्श किया था। भीमसेन ने युधिष्ठिर की इस शंका को सम्पुष्ट किया था कि महल की दीवारों से जो गन्ध आ रही है, उससे प्रतीत होता है कि सम्पूर्ण महल घृत, लाक्षा, तैल, सन, चर्बी आदि ज्वलनशील पदार्थों से निर्मित है।

पांडव निर्धारित तिथि के पहले ही सुरंग द्वारा निकल भागने का निश्चय कर चुके थे। एक दिन कुन्ती ने कई लोगों को भोज पर आमन्त्रित किया था। उसमें एक भिलनी और उसके पाँच लड़के भी थे। वे मदिरा पीकर मदहोश थे। सभी चले गए लेकिन वे उसी भवन में एक स्थान पर सो गए जिसका पता किसी को नहीं लगा।

पुरोचन द्वार पर बैठा हुआ था। रात्रि घिरते ही वह भी गहरी निद्रा में सो गया। पांडव सजग थे। यह निकल भागने का अच्छा अवसर था। भीमसेन ने पहले द्वार के पास आग लगाई फिर सभी दीवारों में आग लगाकर भाइयों और माता कुन्ती को साथ लेकर सुरंग के मार्ग के बाहर निकल गए।

आखेट के बहाने उन लोगों ने आस-पास के सभी मार्गों का सन्धान कर लिया था। उनमें जो सर्वाधिक सुगम था उससे वे क्षिप्रता-पूर्वक रात्रि के अन्धकार में भी बढ़ते हुए। भीमसेन सबसे आगे थे और वे मार्ग की बाधाओं को यथासम्भव दूर करते चलते थे। वृक्ष उनके झटके से ही धराशायी हो जाते। लता-बल्लरियों को वे नोच फेंकते। तीव्रता से भागने के फलस्वरूप भीमसेन के अतिरिक्त शेष सभी थक गए। उनके शरीर, विशेषकर पाँव रक्त-रंजित हो आए। उनके लिए चलना दुष्कर हो रहा था।

भीमसेन ने और कोई उपाय नहीं देखकर माता कुन्ती को कन्धे पर बिठा लिया। नकुल सहदेव को बाजुओं में भर लिया तथा युधिष्ठिर और अर्जुन के हाथ पकड़कर पवनपुत्र भीमसेन पवन-वेग से ही बढ़ते गए। वे किसी के भी द्वारा अलक्षित ही प्रातः होते-होते गंगातट पर पहुँच गए थे।

इधर लाक्षागृह धू-धूकर जल उठा। ऊँची-ऊँची लपटों को अवलोकित कर वारणावत के निवासी इस भवन के आसपास एकत्रित हो गए और उन्होंने आग बुझाने का अपनी ओर से पूर्ण प्रयास किया। साथ ही वे यह भी चिल्ला रहे थे कि "हाय! निर्दोष पांडव अपनी माता के साथ इस भवन में जल मरे। पापी पुरोचन भी भागने में सफल नहीं हुआ और अपने ही जाल में फँसकर वह भी अग्नि की लपटों के हवाले हो गया क्योंकि वह कहीं दृष्टिगोचर नहीं हो रहा था।"

लपटें भयंकर थीं। जैसे वे अग्नि-लहरें आकाश चूमने को आतुर थीं। भिन्न-भिन्न वस्तुओं से निर्मित महल से निकलती ये लपटें भी विविध रंगी थीं। इनकी भयानकता के कारण इन्हें बुझाना प्रायः असम्भव था। आस-पास इतना जल भी नहीं था जिससे इन खूँखार लहरों पर नियन्त्रण प्राप्त किया जा सके।

बुझानेवालों के प्रयास निरर्थक सिद्ध हो रहे थे। अन्ततः कुछ देर के ही पश्चात् वह महल जलकर खाक़ हो गया और लहरें भी निःशेष हो गईं।

राख के ठंडी होने पर नगरवासियों ने सात शव ढूँढ़ ही निकाले। एक तो द्वार ही के पास था जिसे उन्होंने पुरोचन का जला हुआ शरीर मान लिया क्योंकि वह द्वार के पास ही सदा सोया करता था। अन्दर भी छः शव मिले। ये भिलनी और उसके पुत्र के थे।

पुरवासियों को पक्का विश्वास हो गया कि पाँचों पांडव और माता कुन्ती इस भीषण अग्निकांड में जल मरे। शव इस तरह जल गए थे कि उनकी पहचान कठिन थी।

सभी धृतराष्ट्र, दुर्योधन, दुःशासन, शकुनि, कर्ण के साथ-साथ मेरी भी भर्त्सना करने लगे। उनका कहना था कि शेष तो सभी पांडवों के विरोधी और कुकर्मी ही थे, सत्यव्रत भीष्म ने उन्हें क्यों नहीं रोका? कुरुश्रेष्ठ होने के नाते उनका यह दायित्व बनता था। वे धृतराष्ट्र और दुर्योधन आदि के षड्यन्त्र से अपरिचित हों ऐसा हो नहीं सकता।

मेरी विवशता यह थी कि मैं कुछ भी करने में असमर्थ था। इस बात को मैं लोगों को कैसे समझाता?

ऐसे विराधाभासों का मुझे अपने दीर्घ जीवन में कितनी बार सामना करना पड़ा है।

उधर गंगा-तट पर जब पांडव अपनी माता के साथ पहुँचे तो एक नाविक एक सजी-धजी नाव के साथ उनकी प्रतीक्षा कर रहा था। उसने उन्हें सूचित किया कि महात्मा विदुर ने मुझे आपको गंगा पार कराने के लिए प्रेषित किया है।

नीतिज्ञ युधिष्ठिर ने पूछा था यह कैसे मान लें कि तुम विदुर द्वारा ही प्रेषित हो। तुम शत्रु-पक्ष के भी हो सकते हो?

नाविक ने कहा आप लाक्षागृह से, जलने से बचकर सुरंग के मार्ग से भाग निकले हैं, यही इस बात को सिद्ध करता है कि मैं सारी सूचनाएँ रखता हूँ और ये महात्मा विदुर द्वारा ही मुझे दी गई हैं।

युधिष्ठिर ने अपने सभी भाइयों और माता कुन्ती से परामर्श किया तथा इस निर्णय पर पहुँचे कि इस नाविक की सेवा लेने में कोई आपत्ति नहीं है। उस नौका में शीघ्र चालन हेतु यन्त्र लगा हुआ था। पांडव माता कुन्ती के साथ शीघ्र ही गंगा पार कर गए और तत्पश्चात् उन्होंने दक्षिणदिशा में तीव्रतापूर्वक चलना आरम्भ किया। उन्हें कौरवों के गुप्तचरों का भय था, अतः, दिन में वे घोर अरण्यों से होकर यात्रा करते थे। ये अरण्य दिन में भी अन्धकारग्रस्त रहते थे किन्तु भीमसेन बल-प्रयोग द्वारा मार्ग निकाल लेते थे।

रात्रि में तारों के मद्धिम प्रकाश में मार्ग सन्धान करते। क्षिप्रता से चलते हुए वे पर्याप्त दूर निकल गए किन्तु क्षुधा-पिपासा एवं थकान से वे त्रस्त हो रहे थे। ऐसे में किसी छोटे से अरण्य-गाँव में उन्होंने विश्राम किया और वहाँ के अबोध अरण्यवासियों ने उनकी भाषा नहीं समझते हुए भी अपनी ओर से उनका प्रचुर आतिथ्य किया। जंगल के फल-मूल, शहद आदि से उनकी क्षुधा की तृप्ति की और समीप झरते झरने के सुस्वादु जल से उनकी पिपासा शान्त की। अब वे इतनी दूर आ गए थे कि कौरवों की दृष्टि में पड़ना असम्भव था, अतः वे बहुत हद तक निश्चिन्त हो आए।

इधर कौरवों के दूत, वारणावत से पांडवों और माता कुन्ती के जल मरने के समाचार को सम्पुष्ट कर लौट आए थे। धृतराष्ट्र ने कृत्रिम शोक प्रकट करते हुए दुर्योधन आदि राजकुमारों को भेजकर शवों को मँगाया और उनकी दाह-क्रिया सम्पन्न हुई। इसी के साथ सभी ने उन्हें जलांजलि दी तो नागरगण बिलख-बिलखकर हाय कुन्ती! हाय युधिष्ठिर! हाय भीम! हाय अर्जुन, आदि पुकार रहे थे और परोक्ष में आपस में यह कथन कर रहे थे कि पुत्रान्ध धृतराष्ट्र ने ही पांडवों को उनकी माता सहित जला मारा है और अब जलांजलि देने का नाटक सम्पन्न हो रहा है।

मुझे इस बात का पता नहीं था कि पांडव बचकर निकलने में सफल हुए हैं। मैं जलांजलि देने के लिए उपस्थित हुआ तो अन्दर से अत्यन्त विह्वल था। मुझे इसका अनुमान नहीं लग पा रहा था कि जिन पांडवों को ऋषियों ने दीर्घायु घोषित कर रखा था वे सभी के सभी देवपुत्र अकाल काल-कवलित कैसे हो गए। कुन्ती ने तो अब तक केवल दुर्भाग्य ही दुर्भाग्य देखा था। पति की चिता पर वह आरोहण करने से भी रह गई क्योंकि पाँच पुत्रों के पालन का भार उसी पर था। वैधव्य-पूर्ण एक दीर्घ अवधि ही वह इस आशा में व्यतीत कर चुकी थी कि एक-न-एक दिन पांडवों के सौभाग्य का कपाट खुलेगा और उसके अच्छे दिन वापस आएँगे।

मेरी आन्तरिक पीड़ा की कोई सीमा नहीं थी। मैंने बलात् अपने अश्रुओं को प्रवाहित होने से रोक रखा था किन्तु मेरे मन की व्यथा मेरे आनन से स्पष्ट हो रही थी। मेरा सदा गम्भीर एवं प्रसन्न मुख दुःख से विवर्ण हो आया था।

विदुर से मेरी यह स्थिति अलक्षित नहीं रही। वे मुझे एक किनारे ले गए जहाँ से अन्य लोगों तक हमारा वार्तालाप नहीं पहुँच सकता था।

विदुर ने मुझे आश्वस्त किया कि पांडव पंच भ्राता माता कुन्ती के साथ सुरक्षित हैं।

मुझे आश्चर्य हुआ और मैंने जिज्ञासा की, यह आप कैसे कह सकते हैं? लाक्षागृह में तो पुरोचन के अतिरिक्त छः शवें मिली हैं जिनमें एक स्त्री की भी थी।

विदुर ने कहा, "जब से पांडवों ने वारणावत के लिए प्रस्थान किया था उन्होंने अपने विश्वस्त गुप्तचरों को सतर्क कर दिया था। वे पल-पल की सूचना रखते थे। उनके माध्यम से वहाँ जो कुछ घटित हुआ था उसकी वास्तविकता से उन्होंने मुझे परचित करा दिया और कहा, "पितामह चिन्तित होने की आवश्यकता नहीं पांडव अपने बुरे दिनों तक छिपकर रह लें यही अच्छा। अनुकूल समय आने पर ही उन्हें अपने को प्रकट करना उचित होगा।"

मैं अधिक कुछ सुनने में रुचि नहीं रखता था। मेरे लिए यह जानना ही पर्याप्त था कि पांडव माता कुन्ती के साथ सुरक्षित हैं।

विदुर ने मुझसे कहा, "कुरुश्रेष्ठ! हम लोगों को पांडवों और माता कुन्ती के नाम पर जलांजलि देना उचित नहीं है क्योंकि नीति के अनुसार जिनके प्राणगत हो गए हैं, जलांजलि के पात्र वही हैं। जीवित पांडवों और माता कुन्ती के लिए जलांजलि दें हम उनके लिए अपशकुन-कारक ही सिद्ध होंगे।" विदुर की धर्मज्ञता में मुझे अल्प भी सन्देह नहीं था, विदुर ने और मैंने गंगास्नान सम्पन्न कर जलांजलि का नाटक मात्र ही किया। बिना उनका नाम लिए और बिना मन्त्र पाठ के हमने जलांजलियाँ दे दीं ताकि औरों को कोई सन्देह नहीं हो।

सोचता हूँ मोह तो मोह है, प्रेम तो प्रेम है, चाहे वह जो कराए। पांडवों के प्रति मेरे प्रेम ने ही मुझे यह मिथ्या आचरण करने को बाध्य किया था। मेरा सोच आगे बढ़ता है और मैं विचार करता हूँ ऐंसी स्थिति में मैं सत्यव्रती कैसे रह गया? अपने अत्यन्त आत्मीय जनों के लिए विदुर और मेरे सदृश धर्म-पालकों को भी मिथ्या आचरण का सहारा लेना पड़ता है, इससे बड़ी विडम्बना क्या हो सकती है?

दुर्योधन और उसके षड्यन्त्रकारी मित्र निश्चिन्त थे कि पांडव अपनी माता के साथ इस लोक से प्रस्थान कर गए। उनके यहाँ उत्सव का माहौल था। वे वास्तविकता से अपरिचित थे। दुर्योधन की एकमात्र इच्छा थी कि वह सम्पूर्ण हस्तिनापुर-साम्राज्य पर निष्कंटक राज्य करे। राज्य का विभाजन नहीं हो किन्तु पांडवों के जीवित रहते यह सम्भव नहीं था। वे तो अपना अर्द्धभाग लेकर ही रहते। अब वे नहीं रहे तो युवराज के पश्चात् वह राजा के पद पर आसीन होता और सम्पूर्ण हस्तिनापुर उसके अधीन होता।

हस्तिनापुर में केवल विदुर और मैं तटस्थ भाव से सबकुछ देख रहे थे किन्तु चांडाल चौकड़ी के हर्ष की कोई सीमा नहीं थी। इनमें सबसे अधिक प्रसन्न था शकुनि। उसका प्रवेश अब अन्तःपुर तक निर्बाध हो गया था। वह किसी को अपने अनुसार परामर्श देने में सक्षम हो गया था। दुर्योधन पर तो उसका पूर्ण नियन्त्रण था ही और इसी के फलस्वरूप कोई भी मामा शकुनि की बात को न तो काटने में समर्थ था न ऐसा साहस ही कर सकता था। वह 'भांजे दुर्योधन!' आदि सम्बोधित कर दुर्योधन को आविष्ट

किए हुए था और उसे अपनी उँगलियों पर नचाने में समर्थ था।

शकुनि के पिता द्यूत-विशारद थे। उन्होंने शकुनि को छलपूर्ण द्यूतक्रीड़ा में पारंगत कर दिया था। वह कभी-कभी मन बहलाने के लिए चांडाल-चौकड़ी में भी द्यूत का चौपड़ बिछा देता और वे मन बहलाव के लिए द्यूतक्रीड़ा में रत हो आते। शकुनि का प्रभुत्व दिनानुदिन वृद्धिशील होता गया।

पांडवों के लाक्षा-गृह में दग्ध हो जाने की सूचना के दो तीन दिनों पश्चात् ही आचार्य द्रोण मेरे एकाकी कक्ष में उपस्थित हुए थे। उनके म्लानमुख को देखकर मुझे उनकी आन्तरिक व्यथा का अनुमान हुआ। उन्हें पांडवों-सम्बन्धी वह सूचना उपलब्ध नहीं थी, जो मुझे थी।

द्रोण ने अपना आसन ग्रहण करते हुए कहा, ''पितामह! पांडवों की ऐसा दुर्भाग्यपूर्ण अन्त होगा इसका मुझे अनुमान नहीं था। वे सामान्य मृत्यु मरते तो मुझे अधिक पीड़ा नहीं होती किन्तु उन्हें असमय ही मृत्यु का वरण करना पड़ा। वे अग्नि की लपटों में दग्ध होकर मरे। पता नहीं मृत्युकाल उन्हें और कुन्ती को कितनी पीड़ा पहुँची होगी। इस अकालिक मृत्यु के कारण तो वे प्रेतयोनि को ही प्राप्त करेंगे। मैं पांडवों विशेषकर अर्जुन के वियोग से अत्यन्त अव्यवस्थित हो रहा हूँ।''

मैंने प्रसंग बदलने के लिए कहा, ''सुना अर्जुन ने राजाद्रपुद से आपका प्रतिशोध भी ले लिया था।''

द्रोण आरम्भ हुए, ''आपका कहना उचित है। राजकोष से तो दक्षिणा के रूप में स्वर्ण-मुद्राएँ और रत्न आदि मिले किन्तु मेरे अन्दर जो प्रतिशोध की अग्नि धधक रही थी उसे अर्जुन ने ही शान्त की।''

मैंने प्रायः सबकुछ जानते हुए भी पूछा, ''यह कैसे सम्भव हुआ? कुछ विस्तार से बताएँगे?''

''राजकुमारों का शिक्षण समाप्त हुआ तो मैंने सबको एकत्रित कर उन्हें सम्बोधित करते हुए कहा, मुझे तुमसे अपनी गुरुदक्षिणा लेनी है। बोलो तुममें कौन सक्षम है? कौरव-कुमार तत्काल उसके लिए प्रस्तुत हो गए। दुर्योधन अपने कई भाइयों के साथ द्रुपद पर चढ़ाई करने के लिए प्रस्तुत हुआ, साथ में कर्ण भी था। द्रुपद ने अपने भाई के साथ मिलकर कौरवों का सामना किया। द्रुपद अत्यन्त बलशाली एवं पराक्रमी राजा थे। उनके सामने कौरव कहीं नहीं ठहरे। कर्ण आदि सभी पलायन कर गए।

लौट वे हस्तिनापुर को आ गए।

उन्हें विवश लौटते देख मेरी आशा जाती रही किन्तु अर्जुन ने कहा, ''मैं एकाकी ही आपकी दक्षिणा चुकाऊँगा और वह रथ पर सवार हो अपना गांडीव धारण कर द्रुपद से युद्ध करने चल पड़ा। द्रुपद अर्जुन के गांडीव की टंकार सुनकर अपने भाई के साथ उससे युद्ध-हेतु नगर से बाहर आए। दोनों ओर से घमासान युद्ध हुआ। अर्जुन ने बाणों की बौछार से उनके रथ को आच्छादित कर दिया, मानो वह अन्धकार से ग्रस्त हो आया।

द्रुपद और उनके भाई ने अर्जुन को परास्त करने का पूर्ण प्रयास किया किन्तु वे उसमें सफल नहीं रहे। द्रुपद के अनुज अर्जुन के बाणों से त्रस्त होकर लौट गए। द्रुपद एकाकी पड़ गए। अर्जुन ने अपने रथ से उछलकर उनके रथ-दंड को पकड़ लिया

और उनके रथ पर सवार हो उन्हें बन्दी बना लिया।

द्रुपद को बन्दी-स्थिति में अर्जुन ने मेरे समक्ष प्रस्तुत किया। मेरे प्राणों को बहुत शान्ति मिली। द्रुपद से मैंने कहा, "तुमने मुझे अपने द्वार से अपमानित कर लौटाया था। मेरे एकमात्र पुत्र अश्वत्थामा के लिए एक दूध देनेवाली गाय देने को भी तुम प्रस्तुत नहीं हुए यद्यपि ऋषि अग्निवेश के आश्रम में अपनी मित्रता की शपथ लेते हुए तुमने कहा था कि राजसिंहासन पर आरूढ़ होने पर तुम्हारा और मेरा दोनों का राज के उपभोग में समान अधिकार होगा। अब बोलो तुम्हें इस तरह मेरे शिष्य के हाथ बन्दी होकर कैसा लग रहा है?"

द्रुपद ने कुछ नहीं कहकर सिर झुका लिया। धनंजय ने मुझे प्रसन्न करने के लिए उन्हें सांकल में बाँध रखा था।

मैंने अपनी ओर से द्रुपद को पुनः सम्बोधित किया और कहा, "यद्यपि अर्जुन ने तुम्हें परास्त कर तुम्हारे सम्पूर्ण राज्य को गुरु-दक्षिणास्वरूप मेरे चरणों में डाल दिया और तुम्हें बन्दी भी बना लिया है किन्तु मैं अपनी पुरानी मित्रता को स्मरण कर तुम्हें बन्धन-मुक्त करता हूँ और तुम्हारे आधे राज्य को वापस करता हूँ। गंगा के उत्तर मेरा राज्य होगा और दक्षिण तुम्हारा। यह कहकर द्रुपद की सांकल मैंने खोल दी और उन्हें रथ पर आरूढ़ कर उनकी राजधानी काम्पिल्यनगर को उन्हें भेज दिया।

"आपने ब्राह्मण होने के कारण ऐसी उदारता दिखाई किन्तु मैं नहीं समझता हूँ कि क्षत्रिय द्रुपद इस अपमान को विस्मृत कर पाएँगे।" मैंने अपना मन्तव्य रखा।

हुआ वही जो मैंने कहा था। अपमान की ज्वाला सर्वाधिक दग्धकारी होती है। मनीषी मृत्यु का वरण अपमान से श्रेयस्कर मानते हैं। यों 'क्षमा वीरस्य भूषणम्' के रूप में प्रशंसित हुई है। क्षमा, अक्रोध, अपरिग्रह, अनैषणा, निर्लिप्सा, सत्य, धैर्य सभी मानवोचित गुण हैं। महापुरुषों के धारण करने योग्य हैं। पर वह क्षत्रिय ही क्या जो क्षात्र-कर्म के पालन से विमुख हो? क्षात्र-धर्म में अपमान सह्य नहीं है। क्षत्रिय और भुजंग की प्रकृति एक ही है। दोनों प्रहार करने पर प्रतिप्रहार में पीछे नहीं रहते।

जैसा कि मैंने सोचा था द्रुपद प्रतिशोध की ज्वाला से निरन्तर दग्ध होने लगे। द्रोण की अनुकम्पा से उन्हें जो राज्य-भाग प्राप्त हुआ था उससे वे कदापि सन्तुष्ट नहीं थे। कहाँ पूर्ण राज्य और कहाँ अर्द्धराज्य वह भी एक ब्राह्मण से भिक्षा में प्राप्त! इस राज्य के संचालन में उनका मन नहीं लग रहा था। मन तो कहीं और भटक रहा था। द्रोण से प्रतिशोध लेने की भावना प्रबल से प्रबलतर होती जा रही थी। परन्तु इसका कोई यत्न दृष्टि में नहीं आ रहा था। द्रोणाचार्य के पास तो अपराजेय योद्धा थे विशेषकर धनुर्धारियों में श्रेष्ठ अर्जुन। द्रुपद इन योद्धाओं को पराजित कर द्रोण को दंड देने का उपक्रम कैसे कर सकते थे? उन्हें द्रोण द्वारा अपमानित होने का सन्ताप इस रूप में कष्ट दे रहा था कि वे केवल द्रोण को अपनी तरह सांकल-आबद्ध मात्र ही नहीं करना चाहते थे अपितु उनकी मृत्यु की कामना ही वह करने लग गए थे। इसके लिए आवश्यक था कि उनके समान अस्त्र-विशेषज्ञ को हत करने वाला कोई योद्धा प्राप्त हो जाए किन्तु वह कहाँ था?

द्रुपद ने निश्चय किया वह ऐसी स्थिति में स्वयं एक ऐसा पुत्र उत्पन्न करेंगे जो द्रोण को युद्ध में परास्त कर उनका सिरोच्छेदन कर सके। यह कार्य आसान नहीं

था। सामान्य रूप में जो पुत्र उन्हें अपनी पत्नी के गर्भ से प्राप्त होता उसमें ऐसी क्षमता नहीं हो सकती थी, अतः वे यज्ञकामी हुए। पुत्रेष्टि यज्ञ कराने को उद्यत हुए। ऐसा यज्ञ जिससे द्रोण के वध-योग्य पुत्र प्राप्त हो सके।

प्रतिशोध की भावना से ग्रस्त द्रुपद विभिन्न दिशाओं में योग्य ब्राह्मण के अन्वेषण में निकल पड़े, ऐसा याज्ञिक ब्राह्मण जो उन्हें इच्छितपुत्र प्रदान कर सके जिससे उनकी प्रतिशोध-भावना सदा के लिए शमित हो जाए। वे अपने इस अन्वेषण के क्रम में गंगा और यमुना दोनों के तटों पर उद्विग्न-सा भ्रमण करते रहे। तपस्वी एवं धर्मनिष्ठ ब्राह्मण, पवित्र नदियों के तट पर ही उपलब्ध होते हैं। क्षत्रिय होने के कारण वे उस तथ्य से पूर्णतया अवगत थे।

अन्ततः वे एक ऐसे ग्राम में पहुँचे जहाँ के सभी ब्राह्मण ब्रह्मचर्य-व्रत का पालन करते हुए वेद-वेदांग का अध्ययन और अग्निहोत्र में ही अपना काल-यापन करते थे।

इसी ग्राम में उन्होंने दो कठोर व्रती ब्रह्मर्षियों के सदृश देदीप्यमान ब्राह्मणों को देखा। ये दोनों सहोदर भ्राता थे। ब्राह्मण गायत्री के उपासक एवं सूर्य-पूजक थे। इन दोनों की ब्रह्मशक्ति से अत्यन्त अनुकूल रूप में प्रभावित हो द्रुपद ने निश्चय किया कि इन्हीं से उनका कार्य सिद्ध होगा। इनके नाम याज और उपयाज थे। उपयाज, याज का अनुज होते हुए भी अपने अग्रज से ज्ञानोपासना एवं कर्मकांड में श्रेष्ठतर थे।

द्रुपद ने पहले उपयाज से ही सम्पर्क किया और उनका यथायोग्य सेवा-सत्कार कर अपनी मनोभावना प्रकट की। साथ ही यह भी कहा कि उन्होंने यज्ञ सम्पन्न कर उनके लिए द्रोण-हन्ता पुत्र उत्पन्न करा दिया तो वे उन्हें एक अर्बुद (अर्थात् दस करोड़) गायें प्रदान करेंगे। इसके अतिरिक्त जिस देय वस्तु की वह कामना करेंगे उसे वह उन्हें सहर्ष अर्पित करेंगे।

प्रतिशोध की भावना से पीड़ित राजा द्रुपद एक वर्ष तक उपयाज की सेवा में लगे रहे। इस समय राज्यसंचालन का दायित्व उनके मन्त्रियों एवं अमात्यों पर ही था। वर्ष के अन्त में उपयाज ने कहा—''राजन् मैं लोभ-ग्रस्त नहीं होने वाला। दस करोड़ क्या उससे दुगनी या चारगुनी गायें भी आप प्रदान करें या अपना सम्पूर्ण साम्राज्य ही मेरे चरणों पर रख दें तब भी मैं यह कार्य सम्पादित करने नहीं जा रहा।''

राजा द्रुपद अपने एक वर्ष के प्रयास को असफल होते देख अत्यन्त चिन्तित एवं निराश हो गए। अब आशा की कोई किरण उन्हें कहीं भी दृष्टिगोचर नहीं हो रही थी।

उन्होंने अन्तिम प्रयास किया और ब्रह्मर्षि उपयाज से जिज्ञासा की, ''वेदज्ञों में श्रेष्ठ तथा कर्मकांड-प्रवीण ब्रह्मर्षि उपयाज! अगर आप यह कार्य नहीं कर सकते हैं तो आपकी महती अनुकम्पा हो यदि आप इस कार्य-हेतु किसी और सुयोग्य व्यक्ति का नाम बता सकें।''

द्रुपद के इस कथन पर उपयाज ने कहा, ''राजन्! आप मेरी अस्वीकृति को अन्यथा नहीं लें। सभी वस्तुएँ ग्रहणीय नहीं होतीं। गुण-दोष का भी विचार करना पड़ता है। राजाओं की सम्पत्ति अक्सर शोषण अथवा अन्याय-पूर्वक दूसरे राजाओं के कोषों को लूटकर अर्जित की होती है। ऐसी सम्पत्ति को कोई अविवेकी ब्राह्मण ही ग्रहण कर सकता है। आपकी सेवा-पूजा से प्रसन्न मैं स्वयं तो यह कार्य सम्पादित नहीं कर सकता किन्तु मुझे प्रतीत होता है कि मेरे अग्रज याज आपके प्रस्ताव से सहमत हो जाएँगे।''

द्रुपद की सुषुप्त आशा जाग्रत हो आई और उन्होंने पूछा, ''यह आप निश्चितरूप

से कैसे कह सकते हैं? याज तो आपके अग्रज हैं। वे कहीं आपसे भी कठोर व्रती निकले तो?''

उपयाज ने कहा, ''मैं ऐसा इस आधार पर कह रहा हूँ कि मेरे अग्रज वस्तुओं के ग्रहण करते समय उनकी ग्राह्यता अथवा अग्राह्यता पर ध्यान नहीं देते। एक समय वे मेरे आगे-आगे चल रहे थे और उन्होंने एक अपवित्र स्थान पर गिरे फल को ग्रहण कर लिया। उसकी शुद्धि-अशुद्धि पर विचार करने की उन्होंने कोई आवश्यकता नहीं समझी। अतः, वे शायद आपके इस प्रस्ताव को स्वीकार कर लें क्योंकि देने को आप बहुत कुछ दे रहे हैं।''

उपयाज की बात सुनकर द्रुपद याज के पास पहुँचे और निवेदन किया, ''ब्रह्मर्षि याज! मेरे सन्ताप को निःशेष करने में आप ही समर्थ हैं। द्रोणाचार्य कोई सामान्य धनुर्धर नहीं हैं। इस समय इस धरती पर कोई भी ऐसा वीर नहीं जो द्रोण का सामना कर सके। धनुर्धारियों में वे अपने शिष्य अर्जुन के समकक्ष ही नहीं उससे भी श्रेष्ठतर हैं। छः हाथों का उनका धनुष अत्यन्त ही लम्बा दिख पड़ता है और उससे जब वे बाण-समूहों को छोड़ते हैं तो समरांगण में उनके समक्ष कोई भी योद्धा टिक नहीं पाता। इस द्रोण से मैं अपमानित होकर आपकी शरण में आया हूँ।''

आप पुत्रेष्टि-यज्ञ द्वारा मुझे ऐसा पुत्र प्रदान करें जो इस अद्भुत पराक्रमी द्रोण का वध करने में समर्थ हो। इस हेतु मैं आपको दस करोड़ गौयें प्रदान करूँगा।''

याज इस प्रस्ताव पर सहमत हो गए किन्तु कहा, ''यह कार्य अत्यन्त दुष्कर है। मैं इसे अवश्य सम्पन्न करूँगा किन्तु उपयाज की सहायता के बिना यह सम्भव नहीं है।'' और उन्होंने अपने अनुज को समीप बुलाकर कहा, ''तुम कुछ भी ग्रहण नहीं करना। इस हेतु मैं तुमको बाध्य भी नहीं करूँगा किन्तु यज्ञ-सम्पादन में तुम मेरी सहायता करो।''

उपयाज अग्रज की बात को आदेश मानकर यज्ञ सम्पन्न कराने को प्रस्तुत हो गए। उन्होंने यज्ञ में प्रयुक्त होने वाली सामग्रियों की सूची द्रुपद को पकड़ा दी और उचित समय में उनकी राजधानी में प्रस्तुत होने का वचन दिया।

राजा द्रुपद के यहाँ शीघ्र ही यह यज्ञ सम्पन्न हुआ। कई दिनों तक मन्त्रोच्चारण-पूर्वक याज के नेतृत्व में यज्ञ चला। यज्ञ की अन्तिम आहुति के समय याज ने द्रुपद की पत्नी को आमन्त्रित किया कि वह आकर हविष ग्रहण करें। रानी अभी स्नान आदि से निवृत्त नहीं हुई थी अतः उन्होंने तत्काल आने में अपनी असमर्थता प्रकट की।

इस पर याज ने उद्घोषित किया, ''महारानी! आपके लिए हम अभिमन्त्रित हविष को रोककर नहीं रखेंगे और यह कहकर याज ने उच्च स्वर से मन्त्रोच्चारण कर हविष्य को अग्नि को समर्पित कर दिया। इस हविष के पड़ते ही एक अत्यन्त तेजस्वी कुमार प्रकट हो गया। वह अग्नि के सदृश ही दीप्तिवान था। उसने सिर पर स्वर्ण-किरीट धारण किए हुए था। शरीर पर स्वर्ण-कवच ही शोभित था। हाथों में धनुष-बाण और खड्ग थे। वह तत्काल रथारूढ़ हो गया और जोर से गर्जना करने लगा। उसी समय आकाशवाणी हुई, ''यह राजकुमार द्रुपद के सन्ताप को समाप्त करने के लिए उत्पन्न हुआ है। श्रेष्ठ धनुर्धर द्रोणाचार्य का वध इसी के द्वारा सम्पन्न होगा।''

द्रुपद को जैसे मनोवांछित मिल गया। वे शोक-रहित हो गये। उन्हें अब कुछ नहीं चाहिए था किन्तु नियति को इतने से सन्तोष नहीं हुआ। यज्ञवेदी से एक कुमारी कन्या भी प्रकट हुई। वह पूर्ण यौवना थी। उसका सौन्दर्य अवर्णनीय था। उसके केश काले और

घुँघराले थे। उसकी आयत आँखें मानो समुद्र की गहराई लिए हुई थीं। उसके शरीर से कमल की-सी सुगन्ध प्रकट होकर कई क्रोश की परिधि में व्याप्त हो रही थी। यह यज्ञ-प्रसूता पृथ्वी पर उस समय सर्वाधिक रूपवती कन्या थी। उसी समय आकाशवाणी हुई, "यह कन्या अन्यायियों के संहार के लिए उत्पन्न हुई है। कौरवों के विनाश का यह कारण बनेगी।" इसका रंग श्याम है अतः इसका नाम कृष्णा पड़ा।

यह सुनकर राजा द्रुपद और सभी पांचाल्य अत्यन्त प्रफुल्लित हुए। राजा द्रुपद की प्रसन्न्ता इस रूपवती कन्या को प्राप्त कर सीमा नहीं थी।

कहाँ उन्होंने मात्र एक पुत्र की कामना की थी, कहाँ पुत्र के साथ एक युवती और सौन्दर्यवती पुत्री भी प्राप्त हो गई।

मेरे गुप्तचरों ने द्रुपद के यहाँ प्राप्त पुत्र और पुत्री की कथा मुझे बताई थी। मुझे यह ज्ञात कर आन्तरिक पीड़ा हुई कि द्रोण का प्राणघाती शत्रु उत्पन्न हो गया। द्रोण तो शस्त्र-गुरु के रूप में निश्चिन्त रहते थे और राजदरबार में यदा-कदा भाग लेते हुए भी कहाँ क्या घटित हो रहा है इससे अनभिज्ञ ही थे। विदुर को अवश्य मुझसे भी अधिक इन घटनाओं की जानकारी रहती थी जो हस्तिनापुर-साम्राज्य और पार्श्ववर्ती राज्यों में जो महत्त्वपूर्ण घटनाएँ घटती थीं उनकी सूचना उनके विश्वसनीय सूचना-तन्त्र से शीघ्र ही मिल जाती थी।

अधिकांश सूचनाएँ जो मुझ तक नहीं पहुँच पाती थीं उन्हें विदुर ही मुझ तक पहुँचाते थे।

मैंने द्रुपद के यहाँ जो कुछ घटित हुआ था। उससे द्रोण को अनभिज्ञ ही रखा था। विदुर को भी इसका सन्धान अवश्य हो गया होगा लेकिन उन्होंने न तो द्रोण को इसकी सूचना दी, न मुझे ही इससे अवगत कराना आवश्यक समझा। यह उन्हें मेरी और द्रोण की निकटता के कारण करना पड़ा।

आज जब विगत की घटनाओं विशेषकर महाभारत-युद्ध के बीते दिनों का स्मरण करता हूँ तो मुझे यह सोचकर आश्चर्य होता है कि द्रुपद का पुत्रेष्टि यज्ञ सचमुच कितना सफल था और उस समय हुई आकाशवाणी कितनी सत्य थी।

युद्ध के दसवें दिन मेरे परास्त होने के पश्चात् द्रोणाचार्य को सेनापति का पद समर्पित किया गया था। इस पद पर अभिषिक्त होने के पश्चात् द्रोण मेरा आशीर्वाद लेने के लिए इस शर-शय्या तक पहुँचे थे। मैंने उन्हें अपने आशीर्वाद-कवच से मंडित करना चाहा पर उनकी दुर्भाग्य-कथा मुझे ज्ञात थी, उनका वध करने वाला द्रुपद-पुत्र धृष्टद्युम्न अभी जीवित था।

मेरे चरणों को स्पर्श कर सेनापति द्रोण मुझसे 'यशस्वी भव' अथवा 'विजयी भव' के आशीर्वाद हेतु खड़े थे किन्तु मेरी विवशता थी कि मैं इन दोनों में कोई भी आशीर्वाद नहीं दे सकता था।

अन्ततः द्रोण ने मुझसे पूछ ही लिया, "पितामह! मुझे आशीर्वाद नहीं दे रहे। इसका मैं क्या अर्थ लगाऊँ? मैंने बहुत सोचकर कहा, "ईश्वर आपकी रक्षा करे।"

द्रोण इस आशीर्वाद पर थोड़ा चकित हुए और पूछा, "पितामह! यह क्या कह रहे हैं? क्या मेरी सुरक्षा पर किसी संकट का आभास हो रहा है? मैंने आँखें नीची कर कहा, "आचार्य द्रोण! सुरक्षा और असुरक्षा अपने हाथों में है क्या? यह तो महाकाल

के अधिकार में है। नियति हमें विविध नाच नचाती है। किसे पता था कि मैं तथाकथित अपराजेय पितामह केवल पतन को ही नहीं प्राप्त करूँगा अपितु इस दारुण शर-शय्या को भी ग्रहण करूँगा? द्रोण! हम दोनों बहुत दिनों तक हस्तिनापुर-राजमहल में साथ रहे। युद्ध-क्षेत्र में भी मेरे सेनापतित्व में तुमने कई दिनों तक युद्ध किया। युद्ध कितना अनिश्चित एवं अप्रत्याशित परिणामों को लेकर आता है इससे तुम अपरिचित नहीं। मैं जो स्वयं युद्ध में परास्त एवं मृत्यु की घड़ियाँ गिन रहा हूँ तुम्हें कैसे और कौन-सा आशीर्वाद देने का अधिकारी रह गया हूँ? मैं केवल इतना ही परामर्श दूँगा कि सावधानीपूर्वक अपने कर्त्तव्य का निर्वहन करना ही हमारे हाथ में है। इससे अधिक हम क्या कर सकते हैं! शेष सब कुछ नियति के हाथों गुप्त है। जैसा कि माधव ने युद्ध के आरम्भ में कहा था और मैंने समीप होने के कारण सुना था, ''कर्म में ही हमारा अधिकार है फल में नहीं। तुम जाओ, युद्ध करो। क्या और कैसा परिणाम समक्ष आएगा इसकी चिन्ता किए बिना सेनापतित्व के दायित्व का निर्वहन करो।''

ऐसे लम्बे आशीर्वाद जिसका कोई अर्थ नहीं निकलता था कि अपेक्षा द्रोण ने कदापि नहीं की थी। उन्होंने पुनः मेरे चरणों में प्रणिपात किया और रणक्षेत्र की ओर प्रस्थित हो गए।

मुझे धृष्टद्युम्न के हाथों उनके वध का पता यथासमय लग गया था। द्रोणाचार्य जब निर्ममता-पूर्वक शत्रु-संहार में लीन थे और पांडव-पक्ष में त्राहि-त्राहि मची थी तो छलपूर्वक उनके वध का आयोजन किया गया था।

भीमसेन ने अश्वत्थामा नामक एक हाथी को गदा प्रहार से समाप्त कर दिया था और चारों तरफ यह बात फैल गई थी कि अश्वत्थामा मारा गया। द्रोण ने भी यह बात सुनी थी और अपने पुत्र अश्वत्थामा के मारे जाने की बात पर उन्हें विश्वास नहीं हुआ था और उन्होंने कहा था कि यदि युधिष्ठिर कह दें अश्वत्थामा मारा गया तो मैं उसपर विश्वास कर लूँगा। युधिष्ठिर ने कहा, 'अश्वत्थामा हतो नरो वा कुंजरो' (अश्वत्थामा मारा गया नर अथवा हाथी)।

युधिष्ठिर ने जान-बूझकर 'वा कुंजरो' को धीरे से कहा था जिसे कि वह द्रोण को कर्णगत नहीं हो सके। द्रोण ने समझा कि उनका पुत्र अश्वत्थामा वीरगति को प्राप्त हुआ।

पुत्र सबकी दुर्बलता है। द्रोण को तो अश्वत्थामा विशेष रूप से प्रिय था। उनके सदृश आचार्य भी पुत्र-वध की बात सुनकर अपना सन्तुलन खो बैठे। उन्होंने अस्त्र-शस्त्र त्याग दिए। ऐसी स्थिति में धृष्टद्युम्न के बाण के एक ही तीखे प्रहार ने उनकी ग्रिवा विच्छिन्न कर दी।

युधिष्ठिर के समान सत्यवादी भी अपने सत्य-धर्म पर अटल नहीं रह सके। उन्हें अपने बंधुओं को कष्ट में देखकर अर्द्धसत्य का सहारा लेकर उनके पथ को निष्कंटक करना पड़ा। यह ज्ञात कर मुझे आन्तरिक पीड़ा हुई। मैं तो देखने के लिए नहीं रहूँगा किन्तु युधिष्ठिर को इसका कुफल भोगना ही पड़ेगा।[1]

---

1. युधिष्ठिर जब सशरीर अपने भाइयों और द्रौपदी के साथ कैलास-पर्वत होकर स्वर्गारोहण कर रहे थे तो द्रौपदी के साथ सभी पांडव बर्फ में गल मरे किन्तु इस अर्द्धसत्य के कारण युधिष्ठिर के दाहिने पैर का अंगूठा गल गया।

द्रुपद के यहाँ पुत्र और पुत्री के जन्म लेने से द्रोण के जीवन पर जो ग्रहण लग गया किन्तु द्रौपदी के रूप में एक अप्रतिम, अनिंद्य राजकन्या इस धरती को अवश्य उपलब्ध हो गई थी जिसने आगे चलकर हस्तिनापुर ही क्या सम्पूर्ण आर्यावर्त के इतिहास को ही बदल दिया।

इसके पूर्व द्रुपद के यहाँ जो यह घटना घटी थी और जिसने मुझे इस स्थिति तक पहुँचाया है उसका अभिज्ञान मुझे अपने गुप्तचरों के द्वारा उसी समय हो गया था।

आत्मघात के द्वारा अपने को समाप्त करनेवाली अम्बा ने द्रुपद के यहाँ कन्या रूप में जन्म-धारण किया था। उसका नाम शिखंडिनी पड़ा किन्तु द्रुपद और उनकी पत्नी पुत्र की कामना करते थे अतः उसे बालिका नहीं किन्तु बालक के स्वरूप में पालित-पोषित किया और उसका नाम शिखंडिनी के बदले शिखंडी रख दिया।

मेरे गुप्तचरों ने मेरे समक्ष उस आकाशवाणी का उल्लेख किया था जिसमें कहा गया था, "अपने घोर शत्रु भीष्म से बदला चुकाने के लिए ही अम्बा ने द्रुपद के यहाँ जन्म धारण किया है।"

मैं यह सब सुनकर स्वभावतः चिन्तित हो गया था। भय मेरी प्रकृति में नहीं था किन्तु अम्बा का भय पता नहीं क्यों मेरा पीछा नहीं छोड़ रहा था।

मैंने उसके साथ स्पष्टतः अन्याय किया था और प्रतिशोध की भावना से जलती हुई उसने मेरी समाप्ति के लिए कुछ उठा नहीं रखा।

उस समय मैंने सोचा था शिखंडी जो कुछ हो एक नारी थी और एक अबला से मुझे क्यों और कैसे भय होना चाहिए? महाभारत-युद्ध की उस समय परिकल्पना भी नहीं थी कि मैं आज की अपनी इस स्थिति का पूर्वानुमान लगा सकूँ।

शिखंडी ने मुझे इस शर-शय्या तक पहुँचाने में कैसे और कौन-सी भूमिका निभाई, इसे मैं यथासमय प्रकट करूँगा। अभी मुझे नियति के सदा सही होने का जो आभास हो रहा है उसकी चर्चा आवश्यक समझता हूँ।

द्रोण को मैंने सदा अपना प्रेम, श्रद्धा सब कुछ दिया था क्योंकि दुर्योधन के वर्चस्व के आरम्भ से हस्तिनापुर राजमहल में जिस चांडाल-चौकड़ी का गठन हुआ उसके पश्चात् विदुर, द्रोण, कृपाचार्य और मैं सहमत हो गए थे कि ऐसी परिस्थिति में हम सबों का एक-दूसरे के समीप आना आनिवार्य था।

विदुर हम सबों में इस अर्थ में श्रेष्ठ थे कि उनकी नीतिज्ञता, धर्मज्ञता एवं सत्यप्रियता में उनके समक्ष हम शेष तीनों में कोई नहीं ठहर सकता था। वे अन्यायग्रस्त पांडवों के सर्वाधिक उल्लेखनीय हितैषी थे। उनमें दोषदृष्टि रखना कदापि उचित नहीं था। कृपाचार्य शास्त्रज्ञ थे 'शास्त्र वाक्यं प्रमाणं' में विश्वास करते थे अतः शास्त्रानुकूल आचरण उनमें स्वभावतः प्राप्त था। द्रोण में कुछ त्रुटियाँ थीं जिनका उल्लेख कई प्रसंगों में आया है। सर्वाधिक था उनका पुत्र-प्रेम। इसका प्रथम उदाहरण अस्त्र-संचालन के शिक्षण के समय ही मिला था जब वे अन्य राजकुमारों को अनुपस्थित कर अपने पुत्र अश्वत्थामा को कुछ विशेष ही सिखाना चाहते थे। इसके पूर्व वे इसी पुत्र के लिए द्रुपद से वैर मोल ले चुके थे और इसी वैर का मूल्य उन्होंने अपने प्राणों की आहुति देकर चुकाया।

द्रोण की लिप्सा भी उन्हें प्रशंसनीय नहीं बनाती थी। जीवन भर दारिद्र्य का शिकार रहे द्रोण जैसे ही हस्तिनापुर-राजमहल में प्रविष्ट हुए, उनकी भोग-लिप्सा कुछ

अधिक ही जाग्रत हो आई। हम लोगों ने अगर अन्यायी कौरवों का साथ दिया तो यह कुछ सीमा तक समझने वाली बात थी किन्तु द्रोण पांडवों और कौरवों के समान रूप-से गुरु थे। गुरु पितातुल्य होता है। किसी एक पुत्र का पक्ष लेना उसके लिए शोभनीय नहीं।

मैंने उस दिन वारणावत की बात द्रोण पर प्रकट करना उनकी इसी चारित्रिक अस्थिरता के कारण ही उचित नहीं समझा। अगर उनकी जिह्वा ज़रा भी स्फलित हुई तो विदुर और मैंने जिस भेद को अपने तक सीमित रखा है वह चारों ओर प्रचारित हो जाता। ऐसी स्थिति में पांडव जो गुप्त रूप से जीवन-निर्वहन कर रहे हैं, कौरवों के प्रतिशोध का आखेट हुए बिना नहीं रहेंगे। वे अभी मित्रहीन, साधनहीन तथा विपत्ति-ग्रस्त हैं। दुर्योधन युवराज के पद पर आसीन है। इसके पास सेना है, साधन हैं। शकुनि के समान चतुर परामर्शी है और कर्ण के सदृश श्रेष्ठ धनुर्धारी मित्र है। पांडवों को मृत समझ दुर्योधन आश्वस्त है। अगर उसे यह पता लग गया कि पांडव लाक्षागृह से सकुशल बाहर हो गए तो उसके असन्तोष और क्रोध की सीमा नहीं रहेगी और वह उन्हें समाप्त करने के लिए कुछ भी उठा नहीं रखेगा।

द्रोणाचार्य को सान्त्वना देने के लिए मैंने कहा, "नियति पर किसका अधिकार है? जो हो रहा है उसे देखते रहिए आगे क्या होगा उसको भी हम नहीं जानते।"

"क्या वारणावत में कोई दुश्चक्र की रचना हुई थी? मैंने सुना कि इस महल में पांडवों को रखा गया था वह बात की बात में खाक हो गया। निश्चित ही ज्वलनशील पदार्थों से निर्मित होगा।" द्रोण ने कहा।

"मैंने भी यही सुना है।" मैंने वार्तालाप को संक्षिप्त करने के लिए कहा।

क्या महाराज धृतराष्ट्र को इस दुष्चक्र का पता होगा? मैं जो नहीं चाहता था वही प्रश्न द्रोण ने पूछ लिया। मैं अनिर्णय की स्थिति में आ गया। असत्य कथन करना मैं चाहता नहीं था और सत्य का क्या परिणाम होता यह भी मुझे पता था। फिर मैंने विचार किया सत्य से मेरा भी क्या परिचय? मैं तो स्वयं इस षड्यन्त्र से अनभिज्ञ रहा। विदुर ने जो कुछ बताया वही मैं जानता हूँ और विदुर ने भी गुप्तचरों के माध्यम से ही जाना है ऐसी स्थिति में सत्य क्या है यह वस्तुतः मैं नहीं जानता। अतः अगर मैं धृतराष्ट्र को इस षड्यन्त्र में सम्मिलित होने की अपनी अनभिज्ञता भी प्रकट करता हूँ तो यह असत्य आचरण में नहीं आएगा। अन्ततः मैंने विदुर से कहा, "महाराज धृतराष्ट्र की संलिप्तता की बात मैं नहीं जानता।"

"जो हो मैं अर्जुन के वियोग को सहन करने की स्थिति में स्वयं को नहीं पा रहा।" द्रोण ने दीर्घ निःश्वास भरते हुए कहा।

"यह सर्वथा उचित है अर्जुन को आप पुत्रवत मानते थे, अतः उस पर आपका द्रवित होना स्वाभाविक है किन्तु जैसा मैंने पूर्व में कहा जो स्थिति समुपस्थित हो गई है उसका धैर्यपूर्वक सामना करने में ही बुद्धिमत्ता है।"

द्रोणाचार्य मेरे इस कथन के बाद अपने अश्रुओं को बलात् रोकते मेरे कक्ष से बाहर हो गए थे। नियति कौन-सी करवट लेने वाली थी और जीवित होते हुए भी पांडव कब तक मृतक की तरह रहेंगे, इसका अनुमान मुझे भी नहीं था। मैं उनके भविष्य

को लेकर चिन्तित हो आया था। मेरी यह चिन्ता पता नहीं कब तक चलती कि इसी मध्य एक समाचार ने मुझे अपनी चिन्ता से मुक्त होने की भूमिका गढ़ दी।

यह प्रचारित हो गया कि द्रुपद-नरेश अपनी पुत्री द्रौपदी अथवा कृष्णा के लिए स्वयंवर-सभा का आयोजन करने जा रहे हैं।

द्रोपदी यज्ञ की वेदी से उत्पन्न हुई थी, अतः उसका एक नाम याज्ञसेनी भी था। नीलोत्पल-गन्ध को योजन तक निस्सृत करनेवाली परम सुन्दरियों में अग्रणी कृष्णा के लिए उपयुक्त वर का अन्वेषण आसान नहीं था। द्रुपद ने सोचा था कि आर्यावर्त का सर्वश्रेष्ठ धनुर्धर धनंजय के हाथों अपनी पुत्री का हाथ दे वे निश्चिन्त हो जाएँगे किन्तु वारणावत में धनंजय के ही निःशेष हो जाने की घटना सुनकर उनकी चिन्ता बढ़ गई थी कि आखिर कृष्णा के उपयुक्त पति वह कहाँ से प्राप्त कर सकेंगे।

अन्ततः वासुदेव कृष्ण ने ही उन्हें परामर्श दिया था कि वे स्वयंवर की व्यवस्था करें।

मैंने विदुर से यह बात सुनी थी और कहा था, "कृष्ण स्वयं द्रौपदी को क्यों नहीं वर लेते। वे तो एक-पत्नीव्रत के बंधन में नहीं बंधे हैं। रुकिमणि के साथ जामवन्ती, सत्यभामा आदि के अलावा तथाकथित साठ हजार कन्याओं के प्राण-बल्लभ हैं। इसके अतिरिक्त वृषभानु-सुता राधा के भी परम प्रेमी हैं। ऐसे में कृष्णा को भी स्वीकार कर अपना कृष्ण नाम सार्थक कर लेते तो इसमें क्या आपत्ति थी?"

विदुर ने मेरे भ्रम को तोड़ा, "उन्होंने कहा कृष्णा को कृष्ण किसी और रूप में प्रयुक्त करना चाहते हैं। उसके द्वारा वह अन्याय का संहार कर न्याय की स्थापना करना चाहते हैं। अतः, वे कृष्णा से अपना वैवाहिक सम्बन्ध नहीं स्थापित करना चाहेंगे।"

"तो स्वयंवर से क्या बनेगा?" मैंने पूछा।

विदुर को प्रायः सबकुछ का अनुमान हो जाता था। उन्होंने कहा, "स्वयंवर पांडवों के सन्धान का कारण बन सकता है।"

"यह कैसे?" मैंने अपनी शंका उपस्थित की।

"स्वयंवर-समाचार पाकर शायद पांडव कांपिल्यनगर पहुँच जाएँ।"

द्रुपद ने स्वयंवर की घोषणा कर दी थी। इसकी शर्तों के अनुसार ऊपर चक्र में घूमते हुए एक छोटी-सी मछली की दायीं आँख में नीचे स्पटिक-से स्वच्छ जल में उसकी छाया देखकर उसकी दाहिनी आँख में जो एक साथ पाँच वाण भेद सकेगा, उसी से द्रुपद-कन्या का विवाह होगा। मेरे समक्ष इस समय विदुर और द्रोण दोनों थे।

"यह शर्त तो अत्यन्त कठिन है।" मेरे मुँह से निकला। तृतीय पांडव की अनुपस्थिति में इस शर्त को कौन पूर्ण करेगा?

विदुर ने परिहास में किन्तु सत्य कथन ही किया, "इस प्रकार के शरसन्धान में चार ही व्यक्ति निपुण हैं। एक स्वयं पितामह भीष्म, दूसरे आचार्य द्रोण तीसरा अंग-नरेश कर्ण और चौथा कुन्ती-पुत्र सव्यसाची।"

द्रोण ने इस पर अपना अभिमत दिया, "आपकी दृष्टि से तो दो ही सक्षम व्यक्ति इस कार्य हेतु बचते हैं। पितामह तो बालब्रह्मचारी हैं। वे स्वयंवर में भाग लेने से रहे। मैं वयोवृद्ध भी इसमें कहा भाग लेने जा रहा? बच गए दो, तृतीय पांडव एवं अंगाधिपति अधिरथ पालित राधेय कर्ण। लाक्षगृह की घटना के पश्चात् अर्जुन का तो पता नहीं तब तो मात्र कर्ण ही बचता है इस शर्त की पूर्ति के लिए।" मैंने अपनी आशंका व्यक्त की।

विदुर ने कहा कृष्णा शायद ही सूतपुत्र का वरण करे? क्या वह एक सारथि के पुत्र को अपना पति चयन करेगी?

विदुर ने इसका समाधान रखा, "मुझे पता हैं कृष्ण कांपिल्य नगर में द्रुपद का अतिंथि बनकर गए थे। वहाँ कृष्णा से उनकी मुलाकात हुई थी। द्रौपदी ने उनसे पूछा था, "आर्यावर्त के सर्वश्रेष्ठ धनुर्धर आपके अभिन्न मित्र अर्जुन तो निःशेष हो गए। अब स्वयंवर की शर्त को कौन पूर्ण करेगा? मैं तो रह गई अपरिणिता।"

कृष्ण ने उत्तर दिया था, "कृष्णे! अर्जुन के समान धनुर्धारी ऐसे षड्यन्त्र के शिकार हो प्राण गँवा बैठे यह सम्भव प्रतीत नहीं होता। फिर भी स्वयंवर की शर्त की पूर्ति करने वाला एक और व्यक्ति है, वह हैं हस्तिनापुर के सारथि अधिरथ का पुत्र धनुर्धारी कर्ण किन्तु क्या राजमहीषी स्वयंवर में कुल-मर्यादाहीन व्यक्ति को केवल शर-सन्धान के आधार पर अपने योग्य समझ लेंगी?"

मैंने पूछा, "पांचाली की इस पर क्या प्रतिक्रिया हुई थी?"

विदुर ने कहा, "जैसा मेरे गुप्तचरों ने पांचाली की दासियों से पता किया था, पांचाली कृष्ण की इस बात पर गम्भीर हो गई थी। सम्भवतः उसने मन-ही-मन कोई संकल्प लिया था।"

पांडवों के जीवित रहने का तो मुझे विदुर के कथन के बाद पूर्ण विश्वास हो गया था किन्तु उनको न देख पाने की पीड़ा मुझे कष्टकारक लग रही थी विशेषकर अर्जुन की अनुपस्थिति मुझे बहुत अव्यवस्थित कर रही थी।

इसी समय चेदीराज शिशुपाल का समाचार मिला। शिशुपाल वासुदेव का बहुत बड़ा शत्रु था। वह उन्हें अपमानित करने की हर सम्भव चेष्टा करता।

वह उनसे खार खाए बैठा था।

कांपिल्यनगर में होने वाले स्वयंवर में शिशुपाल भी भाग लेने वाला था। वह यह ज्ञात कर आश्वस्त था कि अर्जुन के नहीं रहने पर स्वयंवर-सभा में विजय प्राप्त करना बहुत कठिन नहीं होगा।

किन्तु इधर शिशुपाल के साथ एक अप्रत्याशित दुर्घटना घट गई थी। रुक्मिणी के विवाह की बात चली तो उसके बड़े भाई रुक्मी ने अपने पिता और अन्य राजन्य जनों को प्रभावित कर यह निर्णय लिया था कि रुक्मिणी का विवाह उसके मित्र शिशुपाल से ही सम्पन्न होगा।

इस हेतु सारी तैयारियाँ हो चुकी थीं। रुक्मिणी रथ पर आरूढ़ हो, देवी-पूजन को जा रही थी। उसने मन-ही-मन वासुदेव कृष्ण को अपना पति मान लिया था। कृष्ण को उसका सन्देश भी प्राप्त हो गया था। ऐसे में कृष्ण रुक्मिणी के मन को तोड़ते ऐसा सम्भव नहीं था, अतः उन्होंने उसके हरण की बात सोची।

वे एकाकी ही रथारूढ़ हो विवाह-स्थल पर जा पहुँचे। रुक्मिणी जिस राजमार्ग से देवी-पूजन के लिए प्रस्थान करने वाली थी उसे सैनिकों और पुरवासियों ने पूरी तरह दोनों ओर से घेर रखा था किन्तु रुक्मिणी इतनी सौन्दर्यवती थी कि सभी की टकटकी उसी पर बँधी थी।

किधर क्या हो रहा इसका पता किसी को नहीं था।

श्रीकृष्ण ने इसी स्थिति का लाभ उठाया और रक्षापंक्ति को तोड़ कर रुक्मिणी को रथ से उठाया और अपने रथ में रखकर तीव्र वेग से द्वारका की ओर चल पड़े।

रुक्मी और शिशुपाल ने बहुत दूर तक उनका पीछा किया किन्तु दोनों अपने

सैनिकों के साथ पराजित हो वापस आ गए।

शिशुपाल का स्वप्न भंग हुआ था। वह उस दिन हस्तिनापुर के राजमहल में अतिथि बनकर आया था। वह यह जानता था कि कृष्ण को परास्त करने के लिए कौरवों की सहायता अपेक्षित होगी। मुझे इस बात का दुःख था कि सभी अपने-अपने अपमान का बदला लेने के लिए कौरवों के खेमे में आते जा रहे हैं।

पांडु द्वारा गठित सैन्य बल की अब कोई महिमा नहीं रह गई थी। उसमें सभी प्रकार के षड्यन्त्रकारी एवं किसी-न-किसी के प्रति ईर्ष्याद्वेष से भरे लोग प्रतिशोध की भावना से भरे जा रहे थे। मनुष्य तो मनुष्य दैत्यों-दानवों का भी प्रवेश उसमें अबाध हो गया था।

इधर अम्बरीश नामक एक नरभक्षी अपने भाई वक के मारने वाले एक भिक्षाभोगी ब्राह्मण की तलाश कर रहा था। वह हस्तिनापुर पहुँचा था।

हुआ यह था कि एकचक्रा नगरी के पास वक राक्षस डेरा डाले हुए था। ग्रामीणों को मार-मार खाता जा रहा था। ऐसे में पूरी नगरी ही समाप्त हो जाती, अतः राक्षस और नागरिकों के बीच एक सन्धि हुई जिसके अनुसार राक्षस के लिए प्रतिदिन एक गाड़ी खाद्य एवं पेय पदार्थ, एक व्यक्ति के साथ भेजना था। राक्षस अन्य सामग्रियों के साथ उस व्यक्ति को भी अपना आहार बना लेता।

एक दिन एक भिक्षाजीवी ब्रह्माण सपरिवार एक नागरिक का अतिथि बनकर ठहरा हुआ था। उसने प्रातः यह पाया कि उस घर के सभी लोग विलाप कर रहे हैं और किसी की समझ में कुछ नहीं आ रहा।

उस अतिथि ने गृहस्वामी से पूछा, "क्या बात है जो आपके यहाँ शोक-साम्राज्य व्याप्त है?"

गृहस्वामी ने रोते हुए कहा, "एक राक्षस हमारी नगरी की सीमा पर अवस्थित है। उसे प्रतिदिन बारी-बारी से हर घर से एक व्यक्ति को उसके भोजन रूप में समर्पित करना पड़ता है। आज हमारी बारी है। हम तय नहीं कर पा रहे कि किसको भेजें। मैं जाने को कहता हूँ तो मेरा पुत्र जाने को तैयार हो जाता है। मेरी पत्नी न मुझे जाने देना चाहती है न अपने पुत्र को। ऐसे में मैं अनिर्णय की स्थिति में फँस गया हूँ। इस आकस्मिक विपत्ति से हम सभी व्याकुल होकर विलाप कर रहे हैं।"

भीमकाय अतिथि ने कहा, "किसी को जाने की आवश्यकता नहीं। मैं आज स्वयं उसके समक्ष अपने को उसके भोजन के रूप में प्रस्तुत करूँगा।"

गृहस्वामी इस पर सहमत नहीं हो रहा था किन्तु अतिथि की माँ और भाइयों ने उसे आश्वस्त किया। तब अतिथि एक बैलगाड़ी में खाद्य एवं पेय पदार्थ भरकर उसे लेकर स्वयं वक राक्षस के पास पहुँचा। वहाँ जाकर उसके देखते-देखते उसने बैलगाड़ी के सभी खाद्य एवं पेय पदार्थों को स्वयं ग्रहण करना आरम्भ किया। राक्षस इस पर बहुत क्रोधित हुआ और उसने कहा, "यह कौन दुष्टात्मा है जिसे मेरा भय नहीं और मेरी खाद्य सामग्रियों को स्वयं खा रहा है और मेरे पेय पदार्थों को स्वयं पिये जा रहा है।"

अतिथि ब्राह्मण ने उसकी बातों पर कोई ध्यान नहीं दिया और खाने-पीने में मग्न रहा।

राक्षस ने फिर आपत्ति की तो उसने कहा, "मुझे पेट भर लेने दो इसके बाद तुम्हारे प्रश्न का उत्तर दूँगा।"

राक्षस क्रोधाभिभूत होकर बोला, "तुम तो मेरा भोजन बनकर आए हो। अब मैं तुमको और अवसर नहीं देकर तुम्हें खाने जा रहा हूँ।"

अतिथि ने खाना छोड़कर कहा, "ठीक है तुम मुझे खा लो।" इसके बाद दोनों में घोर युद्ध हुआ और उस महाबली अतिथि ने वक राक्षस को मार डाला।

एकचक्रा नगरी के लोग अत्यन्त प्रसन्न हुए क्योंकि उनके ऊपर से एक महान् संकट टल गया।

विदुर के इस कथन पर मेरे अन्दर एक पुलक जाग उठी। विदुर की आँखों में भी चमक थी। वहाँ उपस्थित दुर्योधन, शकुनि, दुःशासन आदि शायद इस मर्मभरी बात को नहीं समझ सके।

मुझे और विदुर को भी स्पष्ट लगा कि वह ब्राह्मण अतिथि भीमसेन के अलावा और कोई नहीं था। पता नहीं दुष्टबुद्धि दुर्योधन और उसकी चांडाल-चौकड़ी के सदस्यों को इतनी-सी बात क्यों नहीं समझ में आई कि किसी राक्षस का वध भीमसेन के सदृश बलशाली व्यक्ति ही कर सकता है। वह किसी साधारण व्यक्ति के वश की बात नहीं थी। अगर उनकी बुद्धि इतनी ही तीव्र होती तो वे उसी समय से पांडवों के अन्वेषण में लग जाते किन्तु वे मन्दबुद्धि तो निश्चिन्त थे कि पांडव अपनी माता के साथ लाक्षागृह में जल मरे। वे नियति के चक्र और अपने भाग्य की विडम्बना को समझने में असमर्थ था।

कांपिल्यनगर से स्वयंवर का निमन्त्रण हस्तिनापुर राजमहल में भी आ चुका था। दुर्योधन यद्यपि विवाहित था तथापि स्वयंवरों में विवाहित-अविवाहित की बात कहाँ देखी जाती है? दुर्योधन स्वयंवर में भाग लेने के लिए उत्सुक हो रहा था। उसकी पत्नी वसुमती ऊपर-ऊपर से कुछ नहीं प्रकट होने देना चाहती थी। नीति के अनुसार वह दुर्योधन की यात्रा में बाधक भी नहीं बन सकती थी। किन्तु विदुर को बुलाकर एक दिन उसने एकान्त में कहा था, "युवराज कांपिल्यनगर जाने को उद्यत हैं। वे हमारे रोकने से रुक नहीं सकते और मैं रोकने की अधिकारिणी भी नहीं हूँ। मैं आपसे केवल प्रार्थना कर सकती हूँ कि मुझे आशीर्वाद दीजिए क्योंकि आपके सदृश धर्मज्ञ हस्तिनापुर राज्य में और कोई नहीं। आप आशीर्वाद दें कि युवराज अपनी आकांक्षा की पूर्ति में सफल नहीं हों।"

उन्होंने वसुमती को सम्बोधित करते हुए कहा, "युवराज्ञी! निश्चिन्त रहें। मेरे आशीर्वाद में क्या रखा है? लेकिन मेरा अनुमान शत-प्रतिशत सही है कि आपके एकाधिपत्य पर कोई आँच नहीं आने वाली।"

वसुमती बुद्धिशालिनी थी। वह इस इंगित को समझ गई। उसने पुनः करबद्ध कहा, "मैं पूज्य पित्रृव्य की बात को समझ सकती हूँ किन्तु भय मुझे अंगराज राधेय का है। वह लक्ष्य-भेदन में सफल हुआ तो मेरे पति से उसकी मित्रता इतनी गहरी है कि द्रौपदी को विजित करने के पश्चात् भी वह उसे उन्हें ही सौंप देगा।

विदुर ने कहा था, "जब मैंने एक बार कहा कि आप निश्चिन्त रहें तो युवराज्ञी को दुश्चिन्ता पालना उचित नहीं। वैसा कुछ नहीं होगा जिसका भय आपको सता रहा है।"

"पूज्य पितृव्य कहते हैं तो मैं आश्वस्त होकर जाती हूँ और दुर्योधन की यात्रा के लिए औपचारिक शुभ-सूचक शकुन–चिह्न भी यथा मंगलकलश, घृतदीप आदि महल-द्वार पर सजा देती हूँ।

विदुर की उक्ति थी, "आप सारे शकुन उपस्थित कर दें किन्तु दुर्योधन को अपशकुन का ही सामना करना पड़ेगा। आपका शुभ और उसका अशुभ दोनों सुनिश्चिन्त हैं।"

विदुर के कथन से आश्वस्त हो वसुमती चेहरे पर कृत्रिम मुसकराहट लाकर दुर्योधन को विदा करने में लग गई।

दुर्योधन, दुःशासन, कर्ण तथा एक दो और कौरव भ्राता एक तीव्रगामी रथ पर आरूढ़ हो प्रातः ही कांपिल्यनगर के लिए प्रस्थान कर गए और एक ही दिन में सन्ध्या होते-न-होते वे अपने गन्तव्य पर पहुँच गए। स्वयंवर-सभा आरम्भ होने में अभी दो दिनों का विलम्ब था। उनकी इस उतावली पर कई लोगों कि मुसकराहट उभरते-उभरते रही।

कांपिल्यनगर में द्रुपद ने स्वयंवर की पूरी तैयारी कर ली थी। दूर-दूर के राजा यहाँ तक कि दक्षिण के राज्यों के भी बलशाली राजा और राजकुमार उपस्थित हुए थे। स्वयंवर-मंच अत्यन्त सुसज्जित था। अतिथियों के बैठने के लिए ऐसी व्यवस्था थी कि प्रतिभागी उच्च स्वर्ण-सिंहासनों पर आसीन हों तथा दर्शक कुछ कम ऊँचे एवं सामान्य आसनों पर बैठें, जिससे वे प्रतिभागियों को अच्छी तरह देख सकें।"

रंग-मंच से नीचे खुले स्थान में दर्शकों से थोड़ी दूर पर वह सरोवर बना था जिसमें जैसा पूर्व में कहा स्पटिक-सा स्वच्छ जल भरा था और उसी के ऊपर वह यन्त्र लगा था जिसका प्रतिबिम्ब सरोवर में स्पष्ट दृष्टिगत होता था। सरोवर के किनारे पड़ा था एक बड़ा-सा धनुष जिस पर प्रत्यंचा चढ़ाना भी दुष्कर था। धनुष के पास ही पाँच तीक्ष्ण बाण पड़े हुए थे। इन्हीं के माध्यम से मीन के दाहिने चक्षु को भेदना था।

एक-एक कर प्रत्याशी उस सरोवर के पास जाने लगे। कितनों से वह धनुष ही नहीं उठा। कितनों से उठा भी तो वे उस पर प्रत्यंचा नहीं चढ़ा सके। कितनों ने प्रत्यंचा चढ़ा भी ली तो धनुष से छूटा शर मीन तक कहाँ पहुँचता घूमते हुए चक्र से ही टकराकर दूर जा गिरता।

प्रायः सभी प्रत्याशी असफल रहे। शेष बचे लोगों में अपने पूर्ववर्तियों की दुर्दशा देख अपने आसन से उठने की हिम्मत ही नहीं थी। दुर्योधन यद्यपि महत्त्वाकांक्षा से भरा वहाँ पहुँचा था किन्तु उसने अपनी दुर्गति नहीं कराने में ही अपना भला देखा और अपने आसन से चिपका रहा। अंगेश कर्ण ठीक उसके पास बैठा था। वह द्विविधा में था।

इसी समय द्रौपदी के भाई धृष्टद्युम्न ने मंच से उद्घोषित किया—"अब तक कोई भी वीर लक्ष्यभेद नहीं कर सका। कोई आगे भी नहीं आ रहा है। इसका तात्पर्य क्या मैं यह मानूँ कि आर्यावर्त की भूमि वीरों से शून्य हो गई? मेरी बहन पांचाली को अविवाहित रखना ही नियति का निर्णय है क्या?"

अंगराज कर्ण द्विविधा से मुक्त हुआ। वह अपने आसन से उठ खड़ा हुआ तथा मस्त गजराज की चाल में सरोवर की ओर बढ़कर उसने धनुष उठा लिया और बात की बात में प्रत्यंचा भी चढ़ा ली।

इसी समय द्रौपदी के कान के पास उसकी एक सहेली ने कहा, "यह है सूतपुत्र कर्ण। अंगनरेश।'

यह सुनते ही द्रौपदी रंग-मंच से ही उच्च स्वर में बोल पड़ी, "शर-सन्धान अनावश्यक है। लक्ष्य-भेद हो भी तो मैं सूतपुत्र का वरण करने नहीं जा रही।"

कर्ण को जैसे काटो तो खून नहीं। वह एक क्षण के लिए सिर झुकाए सरोवर-तीर खड़ा घोर अपमान-बोध से ग्रस्त रहा फिर वाण को यथास्थान रखकर मन्द चाल से अपने आसन पर लौट गया। अन्दर-ही-अन्दर वह कितना आहत हुआ था, इसका अनुमान नहीं लगाया जा सकता। दुर्योधन ने उसे अवश्य सान्त्वना देनी चाही किन्तु अपमान-जनित क्रोध से रक्ताभ हो आए उसके मुँह को देखकर वह कुछ बोलने का साहस नहीं कर सका।

स्वयंवर-सभा में कुछ देर तक सन्नाटा छाया रहा। धृष्टद्युम्न पुनः कुछ कहने वाला था। उसी समय दर्शक-मंडली से एक ब्राह्मण-युवक खड़ा हुआ। डील-डौल में वह वहाँ उपस्थित सभी लोगों से उत्कृष्ट था और चेहरे पर भस्म लिप्त होने के पश्चात् भी उससे एक प्रकार का तेज प्रकट हो रहा था। वह शीघ्रता से सरोवर के पास पहुँचा और उसी शीघ्रता से उसने चक्रायित मीन की आँख में पाँचों बाण उतार दिये।

स्वयंवर-सभा में अभूतपूर्व कोलाहल व्याप्त हो गया। सभी की जिह्वा पर एक ही वाक्य था, "यह ब्राह्मण, क्षत्रियों से भी बलशाली एवं धनुर्विद्या में निपुण निकला।"

कुछ यह भी कह रहे थे कि ब्राह्मण-वेश में यह कोई और है। दुर्योधन तक यह स्वर पहुँचा। उसने ध्यान से उस युवक को देखा और उसके मुख से अनायास निकला, 'कुन्ती-पुत्र धंजय'। कर्ण ने भी उस युवक को ध्यान से देखा और दुर्योधन की आँखों में अर्थपूर्ण दृष्टि डाली। अब इन दोनों को कोई सन्देह नहीं रहा कि लक्ष्य-भेद करने वाला और कोई नहीं अपितु ब्राह्मण-वेशधारी अर्जुन ही है।

दुर्योधन को यह दुश्चिन्ता सताने लगी कि अर्जुन लाक्षागृह से जीवित कैसे बच गया। अगर वह बचा है तो उसके अन्य भाई और माता कुन्ती भी बचे होंगे।

उधर ब्राह्मण-युवक द्वारा लक्ष्यभेद करते ही द्रौपदी ने रंगमंच से उतरकर अर्जुन के गले में वरमाला डाल दी।

उपस्थित राजाओं में अब दूसरी चर्चा आरम्भ हुई, "क्या यह क्षत्रिय बाला एक भिक्षुक ब्राह्मण का वरण करेगी?"

धृष्टद्युम्न ने इसी मध्य रंग-मंच के पीछे आसीन कृष्ण से कोई मन्त्रणा की थी और उसने मंच से सहर्ष उद्घोषित कर दिया, "जिस व्यक्ति ने शर-संधान में सफलता प्राप्त की है और जिसका वरण द्रौपदी ने कर लिया है उसी से पांचाली का विवाह सम्पन्न होगा।"

यह घोषणा सुनते ही स्वयंवर-सभा रणस्थली में परिवर्तित हो गई। कई राजाओं ने मिलकर यह कहकर अर्जुन को द्रौपदी के ले जाने में आपत्ति की कि इतने क्षत्रियों के रहते यह ब्राह्मण-कुमार एक क्षत्राणी को अपनी विवाहिता नहीं बना सकता। कई राजा और राजकुमार अर्जुन पर टूट पड़े और उस पर शास्त्रास्त्रों से प्रहार आरम्भ किया। अर्जुन ने द्रौपदी को अपने पीछे कर लिया और गांडीव से क्षिप्रतापूर्वक बाण छोड़ते हुए कई लोगों को घायल और कुछ एक को मृत्यु के घाट भी उतार दिया, पर राजाओं की संख्या अधिक थी। अर्जुन से कोई पार तो पाता नहीं किन्तु अनावश्यक विलम्ब अवश्य होता, अतः भीमसेन अपनी भारी गदा के साथ अर्जुन के पक्ष में जा उतरे और उनके पराक्रम के आगे किसी का टिकना मुश्किल हो गया।

क्षणमात्र में ही पाँच ब्राह्मण-वेशधारी युवक द्रौपदी को एक ओर लेकर चल दिए। अब कोई प्रतिरोध करने वाला तो था नहीं।

हस्तिनापुर में बैठे-बैठे मेरे और विदुर तथा द्रोणाचार्य और कृपाचार्य के पास कांपिल्य नगर की सारी सूचनाएँ विदुर के गुप्तचर पहुँचाते रहे। विदुर का गुप्तचर-तन्त्र अत्यन्त प्रभावी था। पल-पल की सूचना हमारे पास पहुँचती रहती थी।

हमें ज्ञात हुआ कि कुन्ती से एक भारी भूल हो गई। पाँचों पांडव जब द्रौपदी को साथ ले कुम्हार-टोली की अपनी कुटी में पहुँचे तो कुन्ती दरवाजा बन्द कर कुछ काम कर रही थी। युधिष्ठिर ने दरवाजे के बाहर से ही कहा, "देखो माँ! आज हम कौन-सी वस्तु लेकर पहुँचे हैं। कुन्ती ने अन्दर से बिना सोचे-विचारे कह दिया, "जो कुछ लाए हो उसे अपने में बराबर बाँट लो।"

मेरे विचार से युधिष्ठिर के कथन में ही कुछ दोष था। अगर वह द्रौपदी को वस्तु के रूप में नहीं पुकारने तो कुन्ती शायद ही ऐसा आदेश देती।

दुर्योधन, जब कर्ण और अपने भाइयों के साथ स्वयंवर-सभा से निराश पहुँचा तो राजसभा में कुछ लोगों के समक्ष व्यंग्यात्मक स्वर में बोला, "युधिष्ठिर को एक राजकुमारी भी वस्तु प्रतीत हो रही थी। इस धर्मराज की लिप्सा ने ही उन्हें ऐसा कहने को बाध्य किया। अगर वे द्रौपदी को वस्तु के रूप में नहीं प्रस्तुत करते तो कुन्ती ऐसा आदेश नहीं देती।" इस प्रकार दुर्योधन ने धर्मराज के आचरण पर भी प्रश्नचिह्न लगा दिया।

कुटी का दरवाजा खोलने के पश्चात् जब कुन्ती को वस्तुस्थिति का ज्ञान हुआ तो उसे अपने कथन पर बहुत अफसोस हुआ। उसने कहा मेरे मुख से यह कैसी बात निकल गई, "यह वस्तु कहाँ, यह तो एक शुभलक्षणा राजकुमारी है। तुम लोगों ने इसे कहाँ पाया?"

युधिष्ठिर ने कहा, "यह द्रुपद-तनया पांचाली है। अर्जुन ने इसे स्वयंवर में, सभी राजाओं को पराजित कर और स्वयंवर की शर्त पूरी कर प्राप्त की।"

कुन्ती ने पश्चाताप की मुद्रा में कहा, "तब तो मुझसे भारी भूल हो गई। इसने अर्जुन का विधिवत् वरण किया है अतः अर्जुन ही इसका पति हो सकता है। इसे पाँचों भाइयों के मध्य वितरित करना न्याय-संगत नहीं है। मैं अपना कथन वापस लेती हूँ।"

अर्जुन बोल पड़े, "क्षमा करना मातेश्वरी! मातृ-आज्ञा का पालन हमारा धर्म है। आपके मुख से जो कुछ निकल गया वही हमारे लिए आदेश है। पांचाली हम पाँच भाइयों की होकर रहेगी।"

मुझे ज्ञात हुआ कि इस आदेश के पालन की अद्भुत व्यवस्था कर दी गई पांचाली एक-एक वर्ष के लिए एक-एक पांडव के पास जाती। यह भी नियम बनार गया कि अगर पांचाली किसी भाई के भवन में है तो कोई दूसरा भाई गलती से भ वहाँ प्रवेश कर जाता है तो उसे बारह वर्षों का वनवासी जीवन व्यतीत करना पड़ेगा

कौरवों के मध्य अब इस बात को लेकर चिन्ता व्याप्त हो गई थी कि उनवं सारे षड्यन्त्र-असफल हो गए और पांडव अन्ततः अपनी माता के साथ जीवित रह गए। शकुनि, कर्ण, दुर्योधन और दुःशासन इसको लेकर स्वभावतः अधिक चिन्तित हुए अब पांडवों से छुटकारे का कोई उपाय दृष्टिगोचर नहीं हो रहा था।

गांधारी के पास जब यह सूचना पहुँची तो उसने धृतराष्ट्र से कहा, "अब बहुत हुआ। पांडव अगर जीवित हैं और उन्होंने पांचाली को अपनी पत्नी बनाया है तो वह राजवधू हुई। पांडवों तथा कुन्ती और वधू-पांचाली को सादर राजमहल में लाने का उपक्रम किया जाए। बहुत विचार-विमर्श के बाद धृतराष्ट्र ने इस प्रस्ताव में सहमति दी। दुर्योधन एवं शकुनि आदि ने यह सोचकर सन्तोष किया कि एक बार वे राजमहल में आ जाएँ तो किसी-न-किसी प्रकार बात बनेगी ही।

मेरी प्रसन्नता की कोई सीमा नहीं रही। पांडवों विशेषकर अर्जुन के आगमन से मैं प्रफुल्लित हो उठा। मैं उस दिन की प्रतीक्षा कर रहा था जब मैं अर्जुन को अपने अंक में समेट पाऊँगा। वह दिन भी आया। पांडव, कुन्ती और द्रौपदी के साथ विदुर द्वारा राजमहल लाए गए। सभी पांडवों ने चरण स्पर्श कर मेरा आशीर्वाद लिया। अर्जुन ने भी वैसा ही किया किन्तु मैंने जब उसे प्रेमवश अपनी गोद में समेटना चाहा तो वह छिटककर भाग गया जैसे वह उलाहना दे रहा हो कि आपके रहते लाक्षागृह का कांड कैसे घट गया यह तो भाग्य कि बात है कि मैं बच गया अब आप कौन-सा स्नेह प्रदर्शित कर रहे हैं?

मैं हक्का-बक्का रह गया। वस्तुतः लाक्षागृह के षड्यन्त्र में मेरा हाथ होने का तो कोई प्रश्न ही नहीं था उसकी जानकारी भी विदुर द्वारा मुझे आधी-अधूरी ही मिली थी। पांडवों और उनकी माता की सुरक्षा का भार विदुर ने स्वयं उठा लिया था। ऐसी स्थिति में मैं पांडवों की ओर से निश्चिन्त था। विदुर पर जब सुरक्षा का भार हो तो चिन्ता करने की क्या आवश्यकता थी?

पांचाली, गान्धारी से पूरी तरह हिलमिल गई थी। गान्धारी उसे पुत्र-वधू के रूप में पर्याप्त स्नेह दे रही थी। द्रौपदी भी सभी की सेवा में तत्पर थी। उसे राजमहल में व्याप्त वैमनस्य का पूरा पता था किन्तु वह अपनी ओर से सबको प्रसन्न रखने का पूर्ण प्रयास कर रही थी।

अंग नरेश कर्ण राजमहल में आता-जाता रहता था। द्रौपदी के प्रति उसके अन्दर जैसे कालकूट विष भरा हो। उसके द्वारा अपमानित होने की बात वह भूल नहीं सका था। मेरी चिन्ता यही थी। कर्ण प्रतिशोध लेने में कभी पीछे नहीं रहता था। मुझे इसी बात का भय था कि पता नहीं वह अपने अपमान का बदला पांचाली से किस रूप में चुकाए। पांचाली के प्रति उसकी दुर्भावना यदा-कदा प्रकट होती रहती थी।

एक दिन राजमहल में कोई विशिष्ट अतिथि आया था। पांचाली और गान्धारी पाकगृह में थी। अतिथि के लिए कई विशेष व्यंजन निर्मित हो रहे थे। कर्ण बाहर दुर्योधन के साथ खड़ा था। भोजन का समय हो चला था। कर्ण घर जाने को प्रस्तुत हुआ। दुर्योधन ने आग्रहपूर्वक कहा, "तुम यहीं भोजन ग्रहण कर जाना। कर्ण ने श्लेष का प्रयोग करते हुए कहा, "तुम्हारी पाकशाला की वस्तुएँ मेरे लिए ग्राह्य नहीं है क्योंकि वे पंचवल्लभा द्रौपदी द्वारा प्रस्तुत हो रही हैं।" यह कहकर वह क्षिप्र गति से वहाँ से चल पड़ा। द्रौपदी ने इसे नहीं समझा हो यह हो नहीं सकता किन्तु वह कर्ण के स्वभाव से धीरे-धीरे परिचित हो चुकी थी अतः, मन मारकर रहने के सिवा और कोई उपाय नहीं था। कर्ण द्रौपदी को अपमानित करने के ऐसे अवसर ढूँढ़ता ही रहता था।

पांचाली के स्वभाव से सभी प्रसन्न थे किन्तु चांडाल-चौकड़ी अर्थात् दुर्योधन, दुःशासन, शकुनि के मन में जो काँटा चुभा था उसे निकालना आसान नहीं था। वे द्रौपदी-सहित पांडवों को हस्तिनापुर-महल में किसी भी मूल्य पर देखना नहीं चाहते थे।

यह षड्यन्त्र पांडवों के लिए भारी पड़ता। धृतराष्ट्र भी अपने पुत्रों और पांडु-पुत्रों के मध्य फैले वैमनष्य से अस्थिर हो रहे थे। वे चाहते थे कि कोई ऐसा उपाय हो जिससे ये दोनों अलग-अलग रह सकें। हस्तिनापुर राज का बँटवारा तो धृतराष्ट्र अपने जीवन-काल में कभी नहीं होने देंगे किन्तु उन्हें एक उपाय समझ में आ रहा था। खांडवप्रस्थ एक वीरान एवं जंगली इलाका था। वे चाहते थे कि पांडवों को वहीं प्रेषित कर दिया जाए।

एक दिन उन्होंने मुझसे और विदुर तथा द्रोण से इस सम्बन्ध में चर्चा की। मुझे यह बात अत्यन्त कष्टदायक लगी, "कहाँ हस्तिनापुर का समृद्ध साम्राज्य और कहाँ खांडवप्रस्थ का जंगल? पांडवों का निर्वाह उसमें कैसे हो सकता था?"

हमारी बातों का अथवा परामर्शों का प्रभाव धृतराष्ट्र पर नहीं पड़ा और उसने एक दिन राजसभा में घोषित कर दिया कि खांडवप्रस्थ हस्तिनापुर के बराबर ही है अतः आपसी वैमनष्य की समाप्ति के लिए यह आवश्यक है कि पांडव सपरिवार खांडवप्रस्थ में बस जाएँ।

कृष्ण को जब इस संवाद का पता लगा तो उन्हें इसमें सहमत होने में अल्प विलम्ब भी नहीं लगा। अपनी दूरदृष्टि से उन्हें पता था कि पांडव अपने बाहुबल के आधार पर खांडवप्रस्थ को भी स्वर्ग में परिवर्तित कर लेंगे। इसके अतिरिक्त उन्हें अपने सहयोग और स्रोतों पर भी विश्वास था।

धृतराष्ट्र की आज्ञा पाते ही युधिष्ठिर अपने भाइयों और माता कुन्ती के साथ खांडवप्रस्थ जाने के लिए तत्काल प्रस्तुत हो गए। रथ सज गए और पांडव, अपनी माता कुन्ती के साथ रथारूढ़ हो सदा-सर्वदा के लिए हस्तिनापुर से विदा होने लगे।

नगरवासी भी अपने को रोक नहीं सके। उन्हें राज्य का यह बँटवारा रास नहीं आ रहा था। पांडवों के साथ घोर अन्याय उनकी सहनशीलता की परीक्षा ले रहा था। उन्हें पता था कि हस्तिनापुर का राज्य पांडु का गढ़ा हुआ है। ऐसी स्थिति में पांडवों को वीरान तथा चट्टानों और जंगलों से भरे खांडवप्रस्थ में भेजने की बात उन्हें पसन्द नहीं आ रही थी। दुर्योधन और उसके दुष्टबन्धु हस्तिनापुर के समृद्ध राज्य का उपभोग करें और पांडव खांडवप्रस्थ के जंगल की खाक छानें, यह कहाँ का न्याय था? किन्तु पुरवासियों के किए क्या हो सकता था? अतः हस्तिनापुर की आधी प्रजा पांडवों के साथ लग गई। धृतराष्ट्र और दुर्योधन तथा उसकी चांडाल-चौकड़ी के सदस्यों के रोकने का कोई प्रभाव उन पर नहीं पड़ा।

खांडवप्रस्थ में वस्तुतः कुछ था नहीं सिवा ऊबड़-खाबड़ भूमि और छोटे-बड़े चट्टानों तथा घोर अरण्यों के। यह भूमि उर्वरा भी नहीं थी अतः, कृषि-योग्य इसे नहीं माना जा सकता था। कृषि ही राजकोष की वृद्धि तथा राज्य की सम्पन्नता के मूल में थी।

कृष्ण के निदेश में खांडवप्रस्थ का उद्धार आरम्भ हुआ। युधिष्ठिर भले ही हताश हो गए हों किन्तु भीम और अर्जुन ने उनका साहस बंधाया। भीम एकाकी ही कितने चट्टानों को समाप्त कर देने में समर्थ थे। सर्वप्रथम कार्य यह किया गया कि वनों को जलाकर खांडवप्रस्थ को उनसे मुक्ति दिलाई गई। भूमि को अब कृषि-योग्य बनाना आसान हो गया था। सिंचाई की व्यवस्था यमुना नदी के समीप होने से कोई बहुत बड़ी समस्या नहीं रही।

आवश्यकता अब इस बात की थी कि खांडवप्रस्थ में अच्छे-अच्छे महल और ऊँची अट्टालिकाएँ खड़ी हों जिससे उसे एक आकर्षक नगर का रूप मिल सके।

कृष्ण की इच्छामात्र से यह सब रातोंरात सम्पन्न हो गया। हस्तिनापुर से आए

बहुत से वणिकों ने बहुमूल्य वस्तुओं तथा खाद्यान्नों से खांडवप्रस्थ की दुकानों में ढेर लगा दिये। वे दूर-दूर तक व्यापार को भी निकलने लगे और इस तरह खांडवप्रस्थ की समृद्धि में उन्होंने महत्त्वपूर्ण योगदान दिया। भीमसेन और अर्जुन की बुद्धिमता से एक सशस्त्र सेना भी तैयार हो गई। हस्तिनापुर से आए युवावर्ग के सदस्य सेना में खुलकर भर्ती हुए। उनमें जो पूर्व प्रशिक्षित थे उन्होंने शेष सैनिकों को प्रशिक्षण देना आरम्भ किया। अर्जुन और भीम ने भी सेना के प्रशिक्षण में अपना पूर्ण समय दिया। युधिष्ठिर राजकाज के संचालन में लगे थे। कृषि एवं वाणिज्य से प्राप्त आय का एक भाग खांडवप्रस्थ की प्रजा प्रसन्नता से राजकोष में दे रही थी। किसी पर कोई दबाव नहीं था और न युधिष्ठिर के राज्य में कोई कर-वंचना ही करता था। यथा राजा तथा प्रजा का सिद्धान्त यहाँ पूरी तरह क्रियान्वित होते देखा जा सकता था। युधिष्ठिर चूँकि धर्मज्ञ थे अतः उनकी सारी प्रजा धर्म-परायण थी। सभी गौ-ब्राह्मण और देवताओं के पूजन तथा अग्निहोत्र में पर्याप्त समय देते थे। महलों और अट्टालिकाओं के अलावा यत्र-तत्र देवस्थलों का भी निर्माण हुआ था। अधिकांश प्रजा मन्दिरों में देव-दर्शन को जाती थी। सन्ध्या में जब ये मन्दिर दीपमालिकाओं से सजाए जाते थे तो इनकी शोभा अवर्णनीय होती थी। झिलमिलाती दीप-शिखाओं के फलस्वरूप प्रतीत होता था कि आकाश के प्रज्ज्वलित नक्षत्र ही धरा पर उतर आए हैं। इन मन्दिरों से सान्ध्य आरती के समय संगीत और प्रार्थना का जो स्वर उठता था उससे आस-पास का सम्पूर्ण परिवेश संगीतमय हो आता था।

खांडवप्रस्थ अब धन-धान्य एवं समृद्धि में हस्तिनापुर से थोड़ा भी पीछे नहीं था। राजकोष तो हस्तिनापुर के राजकोष से अधिक ही भरा-पूरा था। एक कमी सबको खल रही थी, इसकी एक सुन्दर राजसभा होनी आवश्यक थी। कामचलाऊ राजसभा तो थी किन्तु नगर की समृद्धि एवं शोभा के अनुकूल एक भव्य राजसभा का नहीं होना खल रहा था। एक बार वृष्णिवंशी श्रीकृष्ण अपने सारथि दारूक के साथ पांडवों की खोज-खबर लेने खांडवपस्थ पहुँचे। इसका नाम अब लोगों ने इन्द्रप्रस्थ रख दिया था। द्रौपदी एवं पाँचों भाइयों ने उनके स्वागत-सत्कार में कुछ उठा नहीं रखा। माता कुन्ती भी उनको पाकर अतीव प्रसन्न थीं। कृष्ण ने भी यह अनुभव किया कि इन्द्रप्रस्थ की समृद्धि के अनुकूल वहाँ राजसभा विद्यमान नहीं थी। उन्होंने पांडवों को आश्वस्त किया कि वह शीघ्र ही उनके लिए अत्यन्त आकर्षक राजसभा का निर्माण करा देंगे जिसके टक्कर की राजसभा कहीं पर नहीं होगी। पांडवों का पर्याप्त आतिथ्य प्राप्त कर वह द्वारका लौट गए और मय राक्षस को यह आदेश दिया कि वह पांडवों के लिए एक अत्यन्त सुन्दर राजसभा का निर्माण करे। श्रीकृष्ण की आज्ञा मय राक्षस कब टाल सकता था? वह देवताओं का शिल्पी था और उसने रातोंरात एक सुन्दर महल खड़ा कर दिया। यह महल अपने में अभूतपूर्व था। इस विशाल महल का सौन्दर्य दर्शनीय था। महल में यत्र-तत्र कृत्रिम पुष्प लगे थे, मालूम पड़ता था कि वे कृत्रिम नहीं होकर सच्चे और वास्तविक पुष्प हों। बहुमूल्य रत्नों और मणियों की सहायता से मय ने इन पुष्पों को निर्मित किया था।

महल के दोनों ओर अट्टारियों पर राजघराने की महिलाओं के बैठने की व्यवस्था थी।

इस राजसभा की विशेषता यह थी कि सतह कुछ इस प्रकार बनी थी कि जहाँ पर सूखा स्थल हो वहाँ जल होने का आभास हो और जहाँ वस्तुतः जलाशय हो वहाँ

सूखे स्थल का आभास होता था। जलाशय प्रतीत होने के लिए सूखे स्थलों पर कमल एवं कुमुदनी पुष्पों का आभास कराने के लिए मणि-माणिक्यों के विचित्र संयोग से अपनी अद्‌भुत कला के माध्यम से मय ने इन पुष्पों का निर्माण कर दिया था। जहाँ जलाशय थे वहाँ भूमि एकदम समतल थी और जलाशय के चारों तरफ प्रयुक्त प्रस्तरों का रंग जल के रंग से भिन्न नहीं था। इसके लिए निश्चित ही जल में ऐसा रंग घोला गया था जिससे वह जल की वास्तविकता को छिपा सके और आस-पास के स्थानों पर जटित मणि-माणिक्यों के रंग से मेल खा जाए।

इन्हीं स्थलों ने दुर्योधन को भ्रम में डाला था जिसकी चर्चा हम इसके पश्चात् करेंगे।

इन्द्रप्रस्थ जब पूरी तरह श्री-सम्पन्न हो गया तो वासुदेव कृष्ण के परामर्श पर युधिष्ठिर ने राजसूय यज्ञ सम्पन्न करने का निर्णय लिया। यद्यपि युधिष्ठिर को अनावश्यक मार-काट एवं युद्ध में विश्वास नहीं था किन्तु राजसूय यज्ञ आवश्यक था। अतः भीम, अर्जुन एवं नकुल, सहदेव के नेतृत्व में सभी दिशाओं में सेनाएँ भेजी गईं। मुख्य सेना की पाँच टुकड़ियाँ हुईं और भीम ने अपनी गदा के बल पर, अर्जुन ने अपने गांडीव के बल पर तथा नकुल एवं सहदेव ने अपनी तलवारों के बल पर चार टुकड़ियों का नेतृत्व किया। पाँचवीं राजधानी की सुरक्षा में रही।

आर्यावर्त के सभी राजा-महाराजाओं ने इन टुकड़ियों के सामने आत्मसमर्पण कर दिया और इन्द्रप्रस्थ की अधीनता को स्वीकार कर लिया। इन लोगों ने चारों पांडवभ्राताओं को बहुमूल्य एवं पर्याप्त भेंटे प्रदान कीं।

कुछ ही दिनों में दिग्विजय सम्पन्न कर चारों भाई इन्द्रप्रस्थ वापस आ गए। इन्हीं के साथ जैसे राजलक्ष्मी चार-चार दीर्घ स्रोतों में इन्द्रप्रस्थ में प्रवाहित हो आई।

युधिष्ठिर की राजलक्ष्मी की तुलना में हस्तिनापुर ही क्या आर्यावर्त की किसी राजा की राजधानी में श्री-सम्पदा उपलब्ध नहीं थी।

युधिष्ठिर राजसूय यज्ञ सम्पन्न करने के लिए सर्वथा उपयुक्त थे।

शुभ समय में यज्ञ का आरम्भ हुआ। इस हेतु सभी सगे-सम्बन्धियों और मित्र-राजाओं को निमन्त्रण प्रेषित हुआ। हस्तिनापुर के सभी बंधु-बांधवों को विशेष रूप से आमन्त्रित किया गया। दुर्योधन के साथ उसके शत भ्राता और उसके मित्रगण भी थे। शकुनि अपने भांजों की इस यात्रा में सोत्साह सम्मिलित हुआ।

मैं, द्रोण एवं कृप भी विशेष आमन्त्रण प्राप्त कर राजसूय यज्ञ में सम्मिलित होने के लिए पहुँचे। कृष्ण भी द्वारका से रुक्मिणी के साथ पधार चुके थे।

मैं आज भी अगले दृश्य को स्मरण करता हूँ तो रोमांच हो आता है। शर-शय्या का कष्ट कुछ देर के लिए विस्मृत कर जाता हूँ। यह घटना ही ऐसी रोमांचक थी। बात अग्रपूजा को लेकर उठी। युधिष्ठिर एवं उनके चार भ्राताओं ने यह निर्णय ले लिया था कि अग्रपूजा वासुदेव कृष्ण की होगी। वही इसके सर्वथा योग्य हैं। मुझसे परामर्श लिया गया तो मैंने भी इसमें अपनी सहमति दे दी।

कृष्ण की विधिवत् अग्रपूजा सम्पन्न हुई। चेदिराज शिशुपाल इससे अत्यन्त क्रोधित हो आया और उसने सारी मर्यादाओं का उल्लंघन करते हुए खड़े होकर उच्च स्वर में बोलना आरम्भ किया, "इतने सारे श्रेष्ठ नृपों के होते हुए जो कुल और वंश से एवं जाति से भी क्षत्रिय होने के कारण इस यादव कृष्ण से सर्वथा ऊँचे हैं, इसकी अग्रपूजा

किस आधार पर की गई? यह तो वंचकों, धोखेबाजों और रसिकों की श्रेणी में आता है। किशोरावस्था में इसने गोकुल की गोपियों के साथ रासलीला की। विवाहिता वृषभानुसुता राधा को अपनी प्रेमिका ही नहीं अंकशायिनी भी बनाया। साठ हजार रानियों का पति होकर यह अग्रपूजा का अधिकारी किधर से होता है? इसने तो अपने मामा कंस को भी नहीं छोड़ा और उनकी भी जान ले ली। यह किधर से और क्यों अग्रपूजा का अधिकारी बनता है? यह तो अधिक-से-अधिक एक लम्पट है।' शिशुपाल का यह कहना था कि कृष्ण ने उठ कर कहा, "बस शिशुपाल! सौंवी गाली तुम्हारे मुँह से निकल गई। तुम्हारी माता को मैंने वचन दिया था कि तुम्हारी निन्यानवे गाली तो मैं सहन कर लूँगा किन्तु जहाँ सौवीं गाली तुम्हारे मुख से बाहर हुई मैं तुम्हारी हत्या कर दूँगा।" इतना कहकर कृष्ण ने सुदर्शन चक्र को अपनी तर्जनी पर आहूत किया और बात की बात में इस चक्र ने शिशुपाल की गर्दन काट डाली। उसकी कटी ग्रिवा से रक्त का एक बड़ा फव्वारा उठा और उससे कइयों के वस्त्ररंजित हो गए। शिशुपाल के इस वध का किसी ने कोई विरोध नहीं किया क्योंकि कृष्ण की शक्ति से सभी परिचित हो गए थे अपितु पहले से ही परिचित थे।

कृष्ण के चक्रचालन के स्वरूप उनकी तर्जनी में कुछ खरोंच आ गई थी और उससे रक्त-प्रवाहित होने लगा था। कई लोग चिन्तित हुए और इस रक्त को बन्द करने का यत्न सोचने लगे। कोई कहता था इस पर कपड़े के टुकड़े का आवेष्टन देना चाहिए, कोई कुछ और कोई कुछ। लेकिन कोई कुछ करता नहीं था। द्रौपदी ने इस रक्त-प्रवाह को देखा और व्यथा से चिल्ला पड़ी, जैसे उँगली कृष्ण की नहीं, उसी की क्षतिग्रस्त हुई हो। उसने पीड़ित स्वर में कहा, "हाय यह क्या हुआ और उसने तत्काल अपनी बहुमूल्य रेशमी साड़ी जिसे उसने यज्ञ-हेतु पहन रखी थी से आँचल का एक टुकड़ा फाड़कर कृष्ण की उँगलि को आवेष्टित कर दिया। मैं इस शर-शय्या पर पड़े हुए पुनः-पुनः सोचने को बाध्य होता हूँ कि कृष्ण ऋण-शोधन में कितने तत्पर हैं। एक गुना लिया तो उसे कई गुना कर लौटाने की बात तो कोई उनसे सीखे। मेरे इस प्रसंग में हस्तिनापुर राजसभा में घटी द्रौपदी के चीरहरण की बात नहीं आई है किन्तु मैं अभी ही स्पष्ट कर दूँ तो अधिक उचित होगा कि कृष्ण ने द्रौपदी के वस्त्र को जो इस रूप में वृद्धिशील कर दिया था कि कई हाथियों का बल रखने वाला दुःशासन उसे खींचते-खींचते संज्ञाशून्य हो गया था तो द्रौपदी के इस वस्त्रवृद्धि के पीछे मात्र उसके आँचल का फटा हुआ एक टुकड़ा था।

द्रौपदी की इस व्यथा-कथा पर तो फिर लौटेंगे। अभी राजसूय यज्ञ की बातें करते हैं। सबकुछ शान्त हो जाने के पश्चात् यज्ञ का कार्य आरम्भ हुआ था। सब लोगों ने अपना-अपना दायित्व संभाल लिया था। श्रीकृष्ण ने एक अद्भुत दायित्व का अपने लिए चयन किया था। वे आमन्त्रित अतिथियों का चरण-प्रक्षालन करने को प्रस्तुत हो गए थे। कई लोगों ने उन्हें ऐसा करने से मना किया।

मैं विशेषकर कृष्ण की इस योजना से मन-ही-मन आहत हुआ। कृष्ण को मैं, भले ही आप उसे मेरी दुर्बलता कह लें, नर नहीं नारायण मानता था। इसका एक कारण यह भी था कि मैंने उनके व्यक्तित्व की गरिमा के साथ-साथ उनके अद्भुत पराक्रम और विश्वविजयी मोहक स्वरूप के फलस्वरूप उनके प्रति एक विस्मयकारी श्रद्धा से पूरित हो आया था। इसके पश्चात् तो युद्धारम्भ के पूर्व कृष्णार्जुन संवाद को सुनने के साथ-साथ उनके विराट रूप के भी दर्शन कर लिए थे। फिर तो मेरी इस अवधारणा

पर मोहर लग गई थी कि कृष्ण सामान्य नहीं असामान्य थे। वे हम सभी से सर्वथा भिन्न थे।

कृष्ण को चरण-प्रक्षालन कार्य से रोकूँ यह मेरे वश में नहीं था। कृष्ण मेरे आदेश के अनुसार चलें यह भी मुझे स्वीकार्य नहीं था। वे हम सभी में श्रेष्ठतम थे, अतः उनकी चिन्तना भी श्रेष्ठतम ही होगी। उस पर प्रश्नचिह्न लगाने का मेरा कोई अधिकार नहीं बनता था। यों अतिथियों में कई प्रकार के लोग होते हैं। सभी का पद-प्रक्षालन कृष्ण करें यह भी उचित नहीं था क्योंकि ऐसी स्थिति में वे कइयों के कुकृत्यों को भी प्रक्षालित कर देंगे और उन्हें अपने इन कृत्यों का परिणाम नहीं मिल पाएगा। मैंने सोचा, यह भी ठीक है; राजसूय यज्ञ के अवसर पर इन बेचारों का भी कृष्ण के हाथों कुछ कल्याण हो जाए तो अच्छा ही है।

दुर्योधन अपना दायित्व स्वयं नहीं चुन सका तो युधिष्ठिर ने स्वयं उसे एक अत्यन्त महत्त्वपूर्ण कार्य में लगा दिया। यह था यज्ञ में भाग लेने आनेवाले अतिथियों की भेंटों को ग्रहण करना। मेरी समझ में नहीं आ रहा था कि इतना विश्वसनीय कार्य धर्मराज ने दुर्मति दुर्योधन को क्यों सौंप दिया। धर्मराज की अपनी सोच थी। उनके लिए कोई अच्छा या बुरा नहीं था। सभी में वे समान दृष्टि रखने को विवश थे।

दुर्योधन को यह कार्य बहुत भारी पड़ रहा था। राशि, भेंट-सामग्री आती जा रही थी। बहुमूल्य रत्न, आभूषण, वस्त्र एवं गज, अश्व आदि असंख्य मात्रा में पहुँच रहे थे जिनको सहेजना आसान नहीं था। इन भेंटों को समेटते-समटते दुर्योधन श्रान्त-क्लान्त हो गया था।

दुर्योधन अपने इस दायित्व के निर्वहन में किसी तरह सफल हो सका और फिर थकावट से चूर हो बैठ गया।

राजसूय यज्ञ सफलतापूर्वक सम्पन्न हुआ तो सभी लोग अपने-अपने स्थान को लौट गए। मैं भी हस्तिनापुर वापस आ गया लेकिन दुर्योधन और शकुनि का अभी कोई अता-पता नहीं था। मैंने उनके बारे में पता किया तो मुझे ज्ञात हुआ कि दुर्योधन और शकुनि युधिष्ठिर के साथ द्यूतक्रीड़ा के लिए रुक गए थे। प्रायः तीन दिनों तक वे युधिष्ठिर की द्यूत-कुशलता का अनुमान लगाते रहे और इस मध्य उन लोगों ने युधिष्ठिर की द्यूत सम्बन्धी विद्या-बुद्धि का पूरा अनुमान लगा लिया।

दुर्योधन और शकुनि जब इन्द्रप्रस्थ से लौटे तो दुर्योधन ने अपने सभी भाइयों और कर्ण के साथ परामर्श किया। उनका मानना था कि थोड़े ही दिनों में उजाड़ एवं वीरान खांडवप्रस्थ कहाँ से कहाँ पहुँच गया और हस्तिनापुर की राजलक्ष्मी उसके समक्ष कहीं नहीं ठहरती थी। यह चिन्ता दुर्योधन ने अपने अन्धे पिता धृतराष्ट्र तक भी पहुँचाई और यह कहा कि हस्तिनापुर अब आर्यावर्त का सर्वश्रेष्ठ साम्राज्य कहने भर को है। राजलक्ष्मी तो अब पैर तोड़कर पांडवों के यहाँ बैठ गई है। यह स्थिति आप नेत्रहीन होने के कारण नहीं देख सकते किन्तु हम तो इसके प्रत्यक्षदर्शी रहे हैं। हम इसे कैसे भूल सकते हैं? धृतराष्ट्र की चिन्ता दुर्योधन की ही चिन्ता थी। वह हर स्थिति में अपने पुत्रों के साथ था चाहे वे जितने भी उद्दंड हों। दुर्योधन की सभी अच्छी-बुरी कामनाओं की पूर्ति करने के लिए वह सदा उद्यत रहता और उसके कहने पर कुछ भी कर सकता था।

दुर्योधन ने, शकुनि के साथ परामर्श किया। दुर्योधन ने कहा, "मामा! पांडवों की समृद्धि को देखकर मेरे कलेजे पर साँप लोट गया। इतने दिनों तक हम पांडवों

से ईर्ष्या द्वेष में रत रहे। उन्हें उनके हिस्से में खांडवप्रस्थ की जंगल भरी अनुर्वरा भूमि प्रदान की जिसमें तातश्री का प्रचुर सहयोग रहा। उनका मेरे प्रति स्नेह स्पष्ट है। वे मुझे दुखी नहीं देख सकते और मेरे लिए वे किसी सीमा तक जा सकते हैं। मैं यह चाहता हूँ कि किसी-न-किसी प्रकार पांडवों की राजलक्ष्मी हमें प्राप्त हो जाए और हम इन्द्रप्रस्थ और हस्तिनापुर दोनों के एकक्षत्र स्वामी हो जाएँ।

''यह युद्ध से सम्भव नहीं होगा भांजे! क्योंकि युद्ध सामग्रियों एवं सेनाओं में इन्द्रप्रस्थ हस्तिनापुर से बहुत आगे निकल गया। माना कि हमारे यहाँ कर्ण, अर्जुन के समकक्ष धर्नुधर उपलब्ध है और युद्ध में तुम भीमसेन से किसी प्रकार कम नहीं फिर भी राजसूय यज्ञ के पश्चात् पांडवों के साथ बहुत सारे राजन्यगण संयुक्त हो गए। उनके मित्रों की संख्या हमसे कहीं अधिक है। अगर युद्ध हुआ तो उनकी ओर से संग्राम में भाग लेने वालों की संख्या हमारी ओर से भाग लेने वालों की अपेक्षा कहीं अधिक होगी। ऐसे में युद्ध विकल्प नहीं है।''

''तो फिर क्या विकल्प है मातुल?''

''विकल्प वही है जिसका अभ्यास राजसूय यज्ञ की समाप्ति के पश्चात् हम युधिष्ठिर से तीन दिनों तक करते रहे हैं।'' शकुनि ने कुटिल मुसकान के साथ कहा।

''अर्थात् द्यूत?'' दुर्योधन ने साश्चर्य पूछा।

''और क्या भांजे? जहाँ बल से काम नहीं चलता है वहाँ छल का प्रयोग करना पड़ता है। यही राजनीति एवं कूटनीति दोनों हैं।''

''तो क्या छल के आधार पर आप पांडवों की महति सेना के रहते हुए भी उन पर विजय प्राप्त कर लेंगे? अथवा उनकी राजलक्ष्मी हमारी हो जाएगी?''

''अवश्य भांजे! राजनीतिज्ञ मानते हैं कि जहाँ पर शक्ति से काम नहीं चले वहाँ युक्ति लगाई जाए।''

''तो क्या आप समझते हैं कि मात्र द्यूत के द्वारा हम पांडवों की राजलक्ष्मी को अपनी बना सकते हैं?'' दुर्योधन ने अविश्वासपूर्वक कहा।

''भांजे! तुमने युधिष्ठिर के साथ सम्पन्न हमारी द्यूतक्रीड़ा का अवलोकन किया है। मैंने द्यूत-विशारद कहे जाने वाले युधिष्ठिर के द्यूत-कौशल की परीक्षा ले ली है। वह मेरे सामने कहीं नहीं ठहरते। अधिकतर उन्हें ही जीतने का अवसर दे मैंने उन्हें विश्वास दिला दिया है कि वे द्यूतक्रीड़ा में मुझे पराजित कर सकते हैं।''

''लेकिन मातुल! आप क्या आश्वस्त हैं कि आप युधिष्ठिर को पूरी तरह द्यूतक्रीड़ा में पराजित कर देंगे?''

''भांजे! मैं तुम पर एक भेद प्रकट करता हूँ। अगर द्यूत के मान्य नियमों के अनुसार क्रीड़ा हुई तो युधिष्ठिर विजयी होंगे किन्तु मैं इन नियमों का उल्लंघन कर एक ऐसी द्यूतक्रीड़ा का आयोजन करूँगा जिसमें युधिष्ठिर सब कुछ गँवा बैठेंगे।''

''आप किसी भेद अथवा रहस्य का उद्घाटन करनेवाले थे। शायद आप उसे नहीं कर सके।''

''मेरी द्यूत-कुशलता का भेद तुम जान ही लो तब तुम्हें इस बात की आश्वस्ति हो जाएगी कि अगर द्यूतक्रीड़ा आयोजित हुई तो विजय निश्चित रूप से हमारे पक्ष की होगी। जिस रहस्य की तुम बात कर रहे थे, उसे भी सुन लो। मेरे पिता बहुत बड़े द्यूत-विशेषज्ञ थे। इस क्रीड़ा-सम्बन्धी सारे छल क्षद्मों से पूरी तरह परिचित थे। उन्होंने अपनी यह विद्या अथवा अविद्या मुझे सिखा दी। इतना ही नहीं उनके मरणोपरान्त

मैंने उनकी उँगलियों को काटकर और उन्हें सुखाकर उनके ही पासे बना लिए थे। ये पासे कभी मात नहीं खाते।

"मातुल! आपने तो अद्‌भुत कहानी सुनाई। क्या आप इस द्यूत से और विशेषकर इन पासों से पांडवों का सबकुछ हरण कर लेंगे?

"भांजे! मैं उन्हें राह का भिखारी बना दूँगा तुम एक बार सम्राट् को इस बात के लिए सहमत करो कि वे युधिष्ठिर को सपरिवार यहाँ आमन्त्रित करें, फिर देखना किस तरह तुम इन्द्रप्रस्थ और हस्तिनापुर दोनों के युवराज और अन्ततः सम्राट् बन बैठते हो।

दुर्योधन के लिए यह कोई कठिन कार्य नहीं था। उसने अपने पिता, सम्राट् धृतराष्ट्र से निवेदन किया, "पांडवों ने हमें राजसूय यज्ञ में बुलाकर हमारा बहुत सम्मान किया। हमें इसका बदला अवश्य चुकाना चाहिए। मैं चाहता हूँ कि सभी पांडव भाइयों को माता कुन्ती और पांडवों की शुभलक्षणा पत्नी द्रौपदी के साथ आमन्त्रित किया जाए। हस्तिनापुर राजमहल में उनका प्रचुर स्वागत हो। अगर आप ऐसा उचित समझें तो आपकी ओर से इन्द्रप्रस्थ निमन्त्रण प्रेषित कर दिया जाए।

धृतराष्ट्र ने इस सम्बन्ध में मुझसे, द्रोण तथा विदुर से भी परामर्श किया। मेरी तो प्रसन्नता का पारावार नहीं था। मैंने सोचा, इसी बहाने कुछ दिनों तक पांडवों का साथ रहेगा। उनसे विशेषकर अर्जुन से अन्तरंग बातें हो पाएँगी। राजसूय यज्ञ के समय तो सभी व्यस्त थे। आपसी वार्तालाप का तो कोई विशेष अवसर ही नहीं प्राप्त हुआ।

द्रोण ने पता नहीं क्या कुछ समझा और मात्र इस आशा में अपनी पूर्ण सहमति जता दी कि अपने प्रिय शिष्य अर्जुन से उन्मुक्त होकर उन्हें कुछ बातें करने का अवसर प्राप्त होगा।

विदुर हम सभी लोगों में एकमात्र राजनीति एवं कूटनीति के विशेषज्ञ थे। उन्होंने अपनी ओर से कुछ नहीं कहा। इस पर धृतराष्ट्र कहाँ चुप रहने वाले थे। उन्होंने विदुर को सम्बोधित कर कहा, "क्यों आपको मेरा परामर्श पसन्द नहीं? विदुर ने गम्भीरतापूर्वक उत्तर दिया, "परामर्श आपका रहता तो मेरे लिए अवश्य विचारणीय होता किन्तु यह प्रस्ताव हस्तिनापुर सम्राट् धृतराष्ट्र का नहीं होकर युवराज दुर्योधन का है अतः मुझे इस सम्बन्ध में कुछ नहीं कहना।"

"प्रस्ताव या परामर्श जिस किसी का हो अगर यह निर्दोष है तो इसमें सहमति मिलनी ही चाहिए।"

विदुर पुनः मौन हो गए। उनके मौन को ही 'मौनं स्वीकार लक्षणम्' के आधार पर धृतराष्ट्र ने उनकी सहमति मान ली। और हम लोगों की परामर्श-सभा विसर्जित हो गई।

कुछ ही देर के पश्चात् विदुर को मैंने अपने कक्ष में आमन्त्रित किया था और उनसे स्पष्ट पूछा था कि धृतराष्ट्र के प्रस्ताव में सहमति देने में उन्हें क्या बाधा थी? विदुर ने कहा था, "पितामह! आप राजनीति के छल-क्षद्‌म से तो परिचित नहीं। हमें तो इस आमन्त्रण में किसी भारी षड्‌यन्त्र का आभास हो रहा है। यह प्रस्ताव दुर्योधन, शकुनि, कर्ण एवं दुःशासन की चांडाल-चौकड़ी ने बहुत सोच समझकर प्रस्तुत किया है। मुझे प्रतीत होता है कि दुर्योधन और शकुनि को इन्द्रपस्थ की समृद्धि नहीं भा रही। वे ईर्ष्याग्नि में दग्ध हो रहे हैं। इस प्रस्ताव के मूल में यह जो कुविचार है उससे मैं आशंकाग्रस्त हूँ। भविष्य के गर्भ में क्या छुपा है यह तो महाकाल ही जाने किन्तु

पांडवों को हस्तिनापुर आने का अकस्मात् निर्णय मेरी दृष्टि में विध्वंसकारी है।''

मैं आज जब अतीत-चर्वण पर उतरा हूँ तो मुझे स्पष्ट दिखाई दे रहा है कि महाभारत का बीजारोपण इसी आमन्त्रण के साथ हो गया। आगे की घटनाएँ इसको स्पष्ट करेंगी। मेरी दृष्टि में राजसूय का आयोजन तो उचित था किन्तु दुर्बुद्धि दुर्योधन को राजकोष का अधिकारी अथवा राजाओं-महाराजाओं से प्राप्त, भेंट का अधिकारी बनाना धर्मराज की बहुत बड़ी भूल थी। इसी सीधे-साधे एवं साधु-स्वभाव के व्यक्ति के निर्णयों के फलस्वरूप इसके भाइयों और माता कुन्ती के साथ द्रौपदी को भी बहुत कष्ट झेलने पड़े। अगर इन्द्रप्रस्थ की समृद्धि का इस तरह प्रदर्शन वह भी दुर्योधन के समक्ष नहीं होता तो मैं समझता हूँ यह महासमर भी नहीं आरम्भ होता।

हस्तिनापुर का आमन्त्रण प्राप्त कर युधिष्ठिर ने वहाँ जाने का तत्काल निर्णय ले लिया। किसी को दुर्योधन के छल का आभास नहीं लग सका। द्वारकाधीश वासुदेव श्रीकृष्ण भी राजसूय यज्ञ में भाग लेने के पश्चात् अपनी राजधानी लौट गए थे अतः, उनका परामर्श भी पांडवों को उपलब्ध नहीं हो सका। मेरे विचार से दूरदृष्टि-सम्पन्न मधुसूदन किसी भी स्थिति में पांडवों को हस्तिनापुर की यात्रा नहीं करने देते वह भी सपरिवार।

पांडवों का हस्तिनापुर में चार-पाँच दिनों तक भव्य स्वागत हुआ। इसके पश्चात् शकुनि और दुर्योधन के परामर्श पर धृतराष्ट्र ने एक दिन युधिष्ठिर को सम्बोधित कर कहा, ''मैं चाहता हूँ कि आप अपनी इस यात्रा का भरपूर आनन्द उठाएँ। आप तो द्यूतप्रिय हैं। राजाओं की यह सम्मानजनक क्रीड़ा का भी आनन्द उठा लें जिससे आपकी यात्रा पूरी तरह आनन्दमयी हो सके।

द्यूत युधिष्ठिर की दुर्बलता थी। उनके स्वच्छ चरित्र में यही सबसे बड़ा दोष था और इसी ने पांडवों को अप्रत्याशित संकटों में डाला। युधिष्ठिर इसके लिए तत्काल प्रस्तुत हो गए। द्यूत का दिन निर्धारित हुआ। राजसभा आहूत हुई। सभी गणमान्य व्यक्ति अपने-अपने आसनों पर सुशोभित हुए। मैं भी मन मारकर अपने स्थान पर बैठा। द्यूत में मेरी कोई रुचि नहीं थी तथापि राजसभा के इस विशेष सत्र में उपस्थित होना मेरा दायित्व बनता था। मैं एक मूकद्रष्टा की तरह अपने निर्धारित आसन पर जा बैठा। मैं मन-ही-मन युधिष्ठिर की दुर्बुद्धि को कोस रहा था।

राजसभा के बीचोबीच द्यूत का चौसर बिछ गया। युधिष्ठिर और उनके अनुज एक तरफ बैठे। दूसरी तरफ दुर्योधन, दुःशासन और उनके कुछ बन्धु विराजमान हुए। कुछ देर के पश्चात् दुर्योधन ने अपने स्थान पर शकुनि को बैठा दिया और स्वयं द्यूत-क्रीड़ा से पृथक् हो गया। युधिष्ठिर ने इस पर उससे पूछा भी कि आप ऐसा क्यों कर रहे हैं तो दुर्योधन ने उत्तर दिया, ''मुझमें और मामा शकुनि में कोई अन्तर नहीं समझें। मैं इन्हें अपनी ओर से सर्वाधिकार देकर अपनी जगह पर बैठा रहा हूँ। इनका निर्णय मेरा निर्णय होगा। ये जो कुछ चाहें दाव पर लगाने को स्वतन्त्र हैं।''

शकुनि और युधिष्ठिर के मध्य द्यूतक्रीड़ा आरम्भ हुई। शकुनि ने पहले युधिष्ठिर को जीतने का पूरा अवसर दिया जिससे उनका मनोबल बढ़े और वे द्यूत में खुलकर दाँव लगा सकें। थोड़ी ही देर में युधिष्ठिर का पासा उल्टा पड़ने लगा। वे निरन्तर बाजी हारते गए। धीरे-धीरे वह अपना सारा साम्राज्य हार गए। इसके पश्चात् उन्होंने अपने भाइयों को एक-एक कर दाँव पर लगाया और उन्हें भी हार बैठे। जब कुछ नहीं बचा तो उन्होंने स्वयं को दाव पर लगा दिया और खुद को भी हार बैठे। अब उनके पास

दाव पर लगाने को कुछ नहीं बचा था। वह स्तब्ध होकर कुछ सोचने लगे। तभी शकुनि ने कहा, "भांजे! अभी पूरी तरह खेल हारे नहीं हो। अभी एक ऐसी चीज तुम्हारे पास है जिसके बल पर बाजी पलट सकती है।"

युधिष्ठिर की समझ में कुछ नहीं आया और उन्होंने पूछा कि अब क्या शेष रहा सब कुछ तो मैं गँवा चुका।

शकुनि कब चूकने वाला था उसने कहा, "भांजे! अभी तो आर्यावर्त की सर्वश्रेष्ठ सुन्दरी पांचाली आपके तूणीर के अन्तिम तीर के रूप में बची है। हो सकता है इस शुभलक्षणा के दाव पर लगाने से तुम्हारी रूठी हुई राजलक्ष्मी मान जाए और तुम जो कुछ खो चुके हो उसे पुनः प्राप्त करने में सफल हो जाओ।

सब कुछ गँवा चुके युधिष्ठिर को इस प्रस्ताव से सहमत होने के अतिरिक्त और कोई मार्ग नहीं बचा था। उन्होंने तत्काल द्रौपदी को भी दांव पर लगा दिया। परिणाम वही हुआ जो होना था। युधिष्ठिर यह दांव भी हार गए और द्रौपदी को कौरवों के हाथ गँवा बैठे। द्रौपदी के हारते ही दुर्योधन और दुःशासन की प्रसन्नता की कोई सीमा नहीं रही। दुर्योधन ने तत्काल दुःशासन को आदेश दिया कि वह अन्तःपुर से खींचकर द्रौपदी को राजसभा में लाए। दुःशासन अन्दर गया। द्रौपदी रजस्वला होने के फलस्वरूप एकवस्त्रा थी। दुःशासन ने उसे सम्बोधित कर कहा, "युवराज दुर्योधन ने तुम्हें राजसभा में बुलाया है। तत्काल उसकी आज्ञा का पालन करो। द्रौपदी को सारी स्थिति का पता नहीं था और उसने दुःशासन को कड़े शब्दों में सम्बोधित किया, "मैं इन्द्रप्रस्थ की पट्टमहीषी हस्तिनापुर के राजमहल में अतिथि हो सकती हूँ पर मैं किसी की दासी नहीं चाहे वह युवराज ही क्यों न हों कि मैं उनके आदेश पर पुरुषों की सभा में उपस्थित हो जाऊँ।"

दुःशासन इस पर अट्टहास कर बोला, "द्रुपद नन्दिनी! अपना अहंकार छोड़ो उसे तो कभी का तुम्हारा पति युधिष्ठिर ने धूल-धूसरित कर दिया। वे द्यूत में तुम्हें हार बैठे हैं और अब तुम इन्द्रप्रस्थ की महारानी नहीं होकर हस्तिनापुर-राजमहल की दासी ही हो। दासी के साथ हर प्रकार का व्यवहार उचित है और तुम्हारे लिए भी यही उचित है कि सीधे मन से राजसभा में चलकर उपस्थित हो और युवराज की आज्ञा का पालन करो।"

"मैं एकवस्त्रा हूँ। ऐसी स्थिति में जिस देश में नारी को देवी के समान पूज्य माना गया है उस देश की एक राजसभा में मुझ एकवस्त्रा स्त्री को ले जाने की हठ कहाँ तक उचित है?

"मेरे पास अधिक समय नहीं है। तुम तत्काल राज-सभा के लिए प्रस्थान करो अन्यथा मुझे बलपूर्वक तुम्हें वहाँ ले जाना पड़ेगा।"

द्रौपदी ने किंचित् क्रोध में कहा, "माना कि राजा युधिष्ठिर मुझे द्यूत में हार गए हैं किन्तु मैं यह जानना चाहूँगी कि उन्होंने पहले अपने को हारा या मुझको, यदि वह स्वयं को हारने के बाद मुझे दांव पर लगाते हैं तो उनको इसका कोई अधिकार नहीं; अतः मैं राजसभा में जाने में अपनी स्वीकृति देने में असमर्थ हूँ।"

इस पर दुःशासन क्रोधाभिभूत हो आया और उसने कहा, "यह प्रश्न तुम राजसभा में चलकर ही पूछना। मैं तुम्हें और विलम्ब का अवसर नहीं दे सकता हूँ।" यह कहकर द्रौपदी के केशों को पकड़कर उसे घसीटता हुआ वह राजसभा में उपस्थित हुआ। द्रौपदी जोर-जोर से बिलख रही थी और दुःशासन को श्राप भी दे रही थी। उसे एकवस्त्रा

और उन्मुक्तकेशी देखकर मैंने सिर झुका लिया और किसने क्या किया यह देखने का मुझे होश नहीं था। जिस राजसभा और जिस राज की महिमा तथा गरिमा की रक्षा के लिए मैंने अपना प्रायः सारा जीवन उत्सर्ग कर दिया वह इस रूप में पतन को प्राप्त होगा इसकी परिकल्पना भी मैं नहीं कर सकता था।

राजसभा में द्रौपदी को दुःशासन बलात् घसीटते चल रहा था। वह जोर-जोर से रुदन करती हुई दुःशासन को इस कृत्य से मना कर रही थी। उसका कहना था मुझ रजस्वला और एकवस्त्रा को इस तरह भरी सभा में जहाँ हमारे गुरुजन बैठे हैं तुम्हें घसीटना उचित नहीं। भगवान के लिए मुझे अन्तःपुर में जाने दो। दुःशासन द्वारा घसीटे जाने के क्रम में द्रौपदी का वस्त्र शरीर के ऊपर से खिसक गया था और इसे देखकर दुर्योधन, दुःशासन, कर्ण और शकुनि आदि चटकारे ले-लेकर हँस रहे थे। द्रौपदी ने किसी तरह अपने हाथों से अपनी लाज की रक्षा करते हुए सभी सभासदों से पूछा, ''हस्तिनापुर के इस प्रतिष्ठित राजसभा में उपस्थित राजन्यगण यह बताएँ कि मेरे किस दोष के कारण मुझे इस प्रकार इस नृशंस दुःशासन द्वारा प्रताड़ित किया जा रहा है? यह मुझे बार-बार दासी कहकर पुकारता है। मैं इन्द्रपस्थ की पट्टमहिषी हस्तिनापुर में आते ही दासी के स्तर पर कैसे पहुँच गई? जो हो यह प्रश्न तो अनुत्तरित ही है कि राजा युधिष्ठिर स्वयं को हार जाने के पश्चात् मुझे दांव पर लगाने में सक्षम थे कि नहीं?''

इसके पश्चात् द्रौपदी ने सीधे मुझे सम्बोधित किया, ''कुरुश्रेष्ठ पितामह यहाँ विराजमान हैं। वे हम सभी कौरवों और पांडवों के अभिभावक होने के अतिरिक्त धर्मज्ञ एवं नीतिज्ञ भी हैं। मैं उनसे ही पूछती हूँ कि वह किस कारण मौन हैं? पराक्रम में भी पूरे आर्यावर्त में उनके सदृश कोई अंन्य योद्धा नहीं है। उन्हें किस बात का और किससे भय है? वे न्याय का पक्ष लेकर स्पष्ट करें कि क्या मैं सचमुच द्यूत में जीती गई हूँ। अगर यह सत्य है कि मुझे हारने के पहले युधिष्ठिर स्वयं को हार चुके थे तो मुझे दाँव पर लगाने का उन्हें क्या अधिकार था? अगर अधिकार नहीं था तो मैं द्यूत में जीती गई हूँ कि नहीं जीती गई हूँ इसका निर्णय पितामह स्वयं करें।''

आज मैं उस घड़ी को स्मरण कर यह सोचता हूँ कि द्रौपदी के इस प्रश्न का उचित उत्तर मैं क्यों नहीं दे सका। मैं कौरवों के अन्न पर पल रहा था और इसी अन्न ने या तो मुझे विवश किया था या मेरी बुद्धि को भ्रष्ट कर दिया था। मैं जो अब तक आँखें झुकाए बैठा था सहसा बोल पड़ा, ''द्रौपदी! तुम धर्म की बात करती हो किन्तु धर्म अति सूक्ष्म है। उसकी व्याख्या बहुत आसान नहीं। क्या धर्म है क्या अधर्म है यह कहना मेरे सदृश तथाकथित धर्मवेत्ता के लिए भी आसान नहीं। अतः तुम जीती गई अथवा नहीं जीती गई यह निर्णय देने में मैं अपने को अक्षम पाता हूँ। युधिष्ठिर स्वयं धर्मराज के अवतार हैं। इस विषय में उन्हीं से जिज्ञासा करो तो अधिक उचित हो।''

द्रौपदी ने एक क्षत्राणी की तरह कहा, ''जब पितामह के सदृश धर्मनिपुण एवं पराक्रमी कौरवों के भय अथवा अपने राज्याश्रय के छीने जाने की आशंका से न्याय का पक्ष नहीं ले सकते तो द्रोणाचार्य और कृपाचार्य आदि के सदृश राजकोष पर पल रहे वेतनभोगियों से क्या अपेक्षा की जा सकती है? सभी अपना-अपना सिर झुकाए बैठे हैं कोई इस अन्याय के विरुद्ध मुँह खोलने को प्रस्तुत नहीं।''

मैं औरों की बात क्या सोचूँ? मुझे जीवन की इस अन्तिम घड़ी में स्वयं पर

पुनः-पुनः पश्चाताप हो रहा है कि द्रौपदी ने एक अवसर मुझे प्रदान किया था। मैं उसका भी उपयोग नहीं कर सका। प्रत्यक्ष हो रहे अन्याय के विरुद्ध मैंने एक टालनेवाली बात कहकर अपना पिंड छुड़ा लिया। यह मेरे लिए कहाँ तक उचित था? जीवन की पर।क्षा-भरी घड़ियों में मैं सदा असफल क्यों होता रहा हूँ? आज यह सोचकर अत्यन्त व्यथित हो रहा हूँ। ऐसी बातें इस शर-शय्या से भी अधिक दुःखदायी हैं। मैं सोचता हूँ कि क्या सचमुच मैं ही था जिसने द्रौपदी की पुकार पर एक अस्पष्ट-सा निर्णय सुना दिया था? द्रौपदी को मुझसे बहुत आशा थी। यह ख्यात था कि पांडव मेरे प्रिय थे। इसके पश्चात् भी पांडवों की निरीह पत्नी द्रौपदी के लिए मेरे मुख से सहानुभूति का एक शब्द भी नहीं निकला। धृतराष्ट्र जन्मान्ध होने के कारण कुछ देख नहीं सकते थे परन्तु द्रौपदी की करुण पुकार उनके कानों तक नहीं पहुँचती थी यह बात भी नहीं थी। सब कुछ सुनकर भी वह मौन थे। उनके मौन रहने पर कोई और कुछ बोले यह हो नहीं सकता था। द्रौपदी को न्याय नहीं मिला।

भीम मन-ही-मन उबल रहे थे उन्होंने नकुल को पुकारते हुए कहा, "हमारे ज्येष्ठ भ्राता सदा हमारे आदर के पात्र रहे। इन्होंने जो कुछ अदिष्ट किया हम सभी ने उसका अपना धर्म समझ पालन किया किन्तु इनके इस कुकृत्य ने इन्हें हमारी श्रद्धा का पात्र नहीं रखा। क्या सोचकर इन्होंने द्रुपदकुमारी और पाँच पतियों की पत्नी पांचाली को जुए के दाँव पर लगा दिया? यह केवल इनकी पत्नी तो नहीं थी? हम शेष चार भाइयों की भी भार्या थी। जो भी हो एक अबला को द्यूत के दाँव पर लगाना कहीं से उचित नहीं है। तुम अग्नि लाओ मैं इनके उन दोनों हाथों को जला दूँगा जिससे इन्होंने हमारी पांचाली को दाँव पर लगाकर हारा है। नारी के प्रति यह अपमान मुझे कभी सह्य नहीं हो सकता।

भीम का यह रौद्र रूप देखकर अर्जुन विचलित हुए और उन्होंने भीम को समझाया, "अपने ज्येष्ठ भ्राता के प्रति ऐसी धारणा नहीं रखते और न ऐसी बात बोलते हैं।"

अर्जुन के समझाने पर भीम कुछ शान्त हुए किन्तु उनके क्रोध का कोई अन्त नहीं था। वे किसी छेड़े हुए विषधर की तरह फुफकार रहे थे। उनके दोनों नथुने फूल गए थे और वे रह-रहकर अपनी दोनों भुजाओं को ऊपर हवा में लहरा रहे थे।

इधर दुःशासन द्रौपदी के साथ वही व्यवहार कर रहा था और उसे दासी-दासी कहकर पुकार रहा था।

द्रौपदी इस स्थिति में भी जोर से विफरी—"अरे दुरात्मा! मैंने कई बार कहा कि मैं दासी नहीं पाँच पांडवों की पत्नी हूँ।"

मुझे स्मरण हो रहा है कि कर्ण ने इस समय बहुत चुभनेवाली बात कही थी। उसके लिए यह स्वाभाविक था। जब से वह स्वयंवर-सभा में द्रौपदी के द्वारा अपमानित हुआ था तभी से उससे प्रतिशोध लेने का कोई अवसर वह चूकता नहीं था। दुःशासन कुछ बोले इसके पहले ही कर्ण बोल पड़ा, "अरी तुम तो दासी से भी गई बीती हो। दासी का भी एक पति होता है किन्तु तुम्हारे तो पाँच-पाँच पति हैं। तुम तो वेश्या की श्रेणी में आती हो। तुम्हें दासी कहना तो दासी का भी अपमान है।"

कर्ण के इस कथन पर सभी सभासद मूक रहे। उसके पराक्रम से सभी परिचित थे किन्तु भीम कब चुप रहने वाले थे? उन्होंने युधिष्ठिर को सम्बोधित कर कहा, "अगर आपकी आज्ञा हो तो मैं अभी इस सूत-पुत्र को अपनी गदा के एक प्रहार से ही यमलोक भेज देता हूँ।" अर्जुन ने भीम को पुनः रोका और कहा, "मैंने पहले भी कहा था,

ज्येष्ठ भ्राता के निर्णय पर प्रश्नचिह्न नहीं लगाते।"

भीम फिर भी शान्त नहीं हो रहे थे। युधिष्ठिर ने उन्हें धर्मनीति समझाने की कोशिश की, "भीमसेन यह मान लो कि हम स्वेच्छा से द्रौपदी को द्यूत में हार गए हैं। यह भाग्य की बिडम्बना ही थी किन्तु इस पर हमारा कोई अधिकार नहीं। स्थिति से समझौता करना सीखो। इसी में सबका हित है।"

मैं इस समय अपनी दृष्टि ऊपर किए हुए सब कुछ देख रहा था। दुःशासन द्रौपदी की साड़ी को खींचकर उसे निर्वस्त्र करने के उपक्रम में था और दुष्ट दुर्योधन ने अपने पुष्ट जंघे को अनावृत्त कर द्रौपदी को इंगित किया, अर्थात् वह उसके लौहस्तम्भ की तरह कड़े जंघे पर बैठे।

इसी समय भीमसेन ने दो भीषण प्रतिज्ञाएँ कीं। उसने दुःशासन को सम्बोधित करते हुए कहा, "तुमने द्रौपदी का जो अपमान किया है। इस एकवस्त्रा को केशों से घसीटा है और इसे दासी कहकर पुकारा है; इसके बदले मैं एक दिन तुम्हारे वक्षस्थल को चीरकर उससे बहते रक्त से अपनी प्यास बुझाऊँगा।"

दुर्योधन को ललकार कहा, "जिस जंघे को अनावृत्त कर तुमने द्रौपदी को बैठने के लिए इंगित किया है उसे मैं समरांगण में अपने गदे के एक प्रहार से तोड़कर रख दूँगा।"

भीमसेन की इन प्रतिज्ञाओं पर चारों ओर भय छा गया। सभी उनके पराक्रम से परिचित थे और सबको लग गया कि एक-न-एक दिन भीम इस प्रतिज्ञा को पूरी कर रहेंगे। तब दुःशासन और दुर्योधन की क्या स्थिति होगी? दुर्योधन ने दुःशासन को आदेश दिया कि सभी पांडव और द्रौपदी हमारे दास-दासी हैं, अतः इनके वस्त्र उतार लो।

युधिष्ठिर, भीम, अर्जुन, नकुल और सहदेव ने अपने उत्तरीय उतारकर रख दिए। द्रौपदी ऐसा नहीं करती, अतः दुःशासन ने उसके वस्त्र को और जोरों से खींचना आरम्भ किया।

द्रौपदी प्रायः नग्न होने को थी। सोचते हुए मेरी आँखें भर आती हैं और हृदय पश्चाताप से विदीर्ण होने लगता है। ऐसी घटना विश्व के किसी भी राजसभा में न घटी है न भविष्य में कभी घटेगी। जहाँ एक-से-एक पराक्रमी एवं तथाकथित धर्मज्ञ व्यक्तियों की उपस्थिति में एक अबला, एकवस्त्रा नारी को निर्वस्त्र करने का प्रयास हो रहा हो और सभी उपस्थित लोग न जाने किस भय से भीत हो अपने-अपने होंठों को सी बैठे हों। मैं सोचता हूँ कि मुझसे इस समय जो अपराध बन पड़ा वैसा अपराध न उसके पूर्व बना, न उसके पश्चात्। मेरे जीवन के जघन्यतम अपराधों में है यह, जब मैं न केवल इस घटना का मूकद्रष्टा रहा (भले ही कभी-कभी आँखें मूँद लेता था) अपितु मैं न जाने किस आवेग में आकर द्रौपदी को यह भाषण भी दे बैठा कि धर्म-अधर्म का निर्णय बहुत कठिन है। मुझे तो स्पष्ट कहना था कि वहाँ जो कुछ घट रहा था वह गलत था और द्रौपदी एक स्वयं को हारे हुए पति द्वारा दाँव पर लगा देने से किसी और की नहीं हो सकती।

अगर यह शर-शय्या मेरे जीवन के पापों के फलस्वरूप प्राप्त हुई है तो इसमें मेरे इस पाप का बहुत बड़ा भाग होना चाहिए। मैंने आजीवन अपने को अपनी इस विवशता और अकर्मण्यता तथा एक नारी की क्रूरतम प्रताणना का साक्षी बने रहने के लिए कभी क्षमा नहीं किया।

मैं उस दिन सहसा आश्चर्यचकित हो गया था। मुझे अपनी आँखों पर स्वयं विश्वास नहीं हो रहा था। मेरी ही स्थिति औरों की हो गई थी। एक अद्भुत घटना जो राजसभा में अकस्मात् घटने लगी थी, उसने सबकी आँखों को बाँध लिया था।

हुआ यह था कि द्रौपदी जब प्रायः नग्न होने को आ गई थी तो सहसा उसके शरीर पर विविध रंगी वस्त्र प्रकट होने लगे। दुःशासन जोरों से वस्त्रों को खींचने लगा लेकिन उनका कोई अन्त ही नहीं हो रहा था। उसकी चांडाल-चौकड़ी के लोग कर्ण आदि उसे उत्साहित कर रहे थे। वह थक चुका था पर लोगों के द्वारा उत्साहित होने से द्रौपदी का चीर-हरण करने का कार्य उसने जारी रखा किन्तु अन्ततः द्रौपदी के वस्त्रों का अन्त नहीं हुआ। रंग-बिरंगे कपड़ों का पहाड़-सा वहाँ खड़ा हो गया किन्तु वस्त्र थे कि समाप्त ही नहीं हो रहे थे। दस हाथियों का बल रखने वाला दुःशासन अन्ततः हार थककर वस्त्रों के इसी पहाड़ पर जा गिरा और अर्धमूर्च्छित हो गया।

वस्तुतः हुआ यह था कि द्रौपदी ने जब अपनी रक्षा का कोई उपाय नहीं देखा तो उसने वासुदेव कृष्ण को विह्वल होकर पुकारना आरम्भ किया। वासुदेव कब अन्तर्पुकार को अनसुनी करनेवाले थे? वह तत्काल योगबल से राजसभा में अदृश्य रूप से प्रकट हो गए और उन्हीं ने वस्त्रों का अम्बार लगा दिया। द्रौपदी ने उन्हें कई यथा, कृष्ण, गोविन्द, नारायण, गोपी बल्लभ, गोपाल, यशोदा-नन्दन, राधा-बल्लभ आदि नामों से पुकारा था। इसी कारण वस्त्र विविध रंगी हो गए थे।

इस भेद का पता मुझे बाद में लगा था जब द्रौपदी ने स्वयं कभी मुझे उलाहना देते हुए इस घटना को सुनाया था। मैंने सोचा था चलो जिस कार्य को करने में हम लोग अक्षम रहे, उसे द्रौपदी के कृष्ण-प्रेम ने आसान कर दिया।

मैंने पहले भी इंगित किया है कि सुदर्शन-चक्र से कृष्ण की अंगुली के क्षत होने से द्रौपदी ने जो अपने आंचल का टुकड़ा फाड़कर उनकी अंगुली को आवेष्टित किया था उसी का बदला उन्होंने इस रूप में दिया था। मैं केवल यह सोचकर अपने को सन्तुष्ट कर लेता हूँ कि अन्ततः कृष्ण को तो अपने ऋण से उऋण होना ही था अतः यह अवसर उन्हीं की इच्छा से प्रकट हुआ था शायद इसीलिए हम सबों की विशेषकर मेरी बुद्धि काम नहीं कर पा रही थी। अगर हम द्रौपदी की रक्षा में तर्क दे बैठते और उस पर अडिग रहते तो कृष्ण को यह अवसर कहाँ प्राप्त होता?

लेकिन यह तो मन बहलाने की बातें हैं। हमें जो कुछ करना चाहिए था हमने नहीं किया। राजसभा में सभी आश्वस्त हुए जब चीर-वृद्धि समाप्त हुई।

धृतराष्ट्र ने इस अद्भुत दृश्य का वर्णन विदुर से सुना। चीरवृद्धि के बाद से सभा में एक स्तब्धता-सी छा गई थी। सभी आकुल दृष्टि से इस दृश्य को ही देख रहे थे। इस पर धृतराष्ट्र को कुछ संशय हुआ और उसने विदुर से पूछा, "यह अशान्ति कैसे समाप्त हो गई और सभा में श्मशान की-सी शान्ति कैसे छा गई?"

विदुर ने इसके पूर्व अपना मुँह नहीं खोला हो ऐसी बात नहीं। उन्होंने धृतराष्ट्र को एक बार कड़े शब्दों में उलाहना दिया था, "मैंने दुर्योधन के जन्म के समय के अपशकुनों के समय ही आपसे कहा था कि इस पुत्र से मुक्त हो लीजिए वरना यह वंश का संहार का कारण बनेगा। किन्तु आपने उस समय मेरी बातों पर तथा अपने अन्य शुभेच्छुओं की बातों पर भी ध्यान देना आवश्यक नहीं समझा। दुर्योधन किसी नीचता पर उतर सकता है इसका अनुमान आपको नहीं हो सकता। काश! आप थोड़ी देर पहले घट रही घटना को अपनी आँखों से देख सकते! लेकिन दुर्भाग्य है कि आपके

नेत्र ही नहीं। पांचाल कुमारी द्रौपदी इस राजसभा में दुर्योधन के आदेश से नग्न होते-होते रही। अब भी अपने होश सँभालिए। दुर्योधन को आदिष्ट कीजिए कि वह दुःशासन को वह करने से रोके जो वह कर रहा है।" किन्तु धृतराष्ट्र ने कुछ नहीं बोलने की आवश्यकता समझी थी अब जब सभा में व्याप्त नीरवता ने उसे आशंकित कर दिया था तब वह विदुर से इसका कारण जानना चाहता था। विदुर को सब कुछ पता था। उनके सदृश धर्मज्ञ को चीर-वृद्धि का कारण ज्ञात नहीं हो यह हो नहीं सकता था उन्होंने धृतराष्ट्र को सम्बोधित करते हुए कहा, "पता नहीं अभी-अभी जो राजसभा में अकल्पनीय घटना घटी है और राज-वधू का जो निकृष्टतम अपमान हुआ है उसका कुफल कौरव-कुल को किस रूप में भोगना पड़े? जानना ही चाहते हैं तो यह जान लीजिए कि वृष्णिवंशी वासुदेव कृष्ण पांडवों के अति अनुकूल हो गए हैं। उन्होंने ही अपने योग-बल और संकल्प-शक्ति से द्रौपदी की चीरवृद्धि कर उसकी लज्जा की रक्षा की है। मैं नहीं समझता हूँ कि वासुदेव श्रीकृष्ण ऐसी जघन्य घटना को विस्मृत कर पाएँगे। पांडवों को अपने अपमान का बदला लेने के लिए उनका पूर्ण सहयोग प्राप्त होगा। जिस निस्तब्धता की बात आप कर रहे है उसके मूल में रंग-बिरंगे वस्त्रों का अम्बार है जो वासुदेव द्वारा एक नारी-तन को ढँकने के लिए प्रस्तुत किया गया। इसी असम्भव-सी घटना को लक्षित कर आपके सभी सभासद और आपके पुत्र स्तब्ध हो गए हैं।"

धृतराष्ट्र ने बहुत गम्भीरता से कुछ सोचा और फिर द्रौपदी को अपने पास उपस्थित होने को कहा। विदुर ने धृतराष्ट्र के आदेश पर सभा में उच्च स्वर में घोषित किया और द्रौपदी को दासियों की सहायता से धृतराष्ट्र और गान्धारी के समक्ष उपस्थित किया गया। द्रौपदी कृष्ण-प्रदत्त विविध रंगीं वस्त्रों में आवेष्टित थी। उसके मुख से कोई स्वर नहीं निकल रहा था। उसके केश अब भी अव्यवस्थित थे। उसके नेत्रों से प्रवाहित अश्रुधारा उसके सुन्दर कपोलों पर रेखाएँ बनाती हुई सूख गई थीं। नेत्रों में फिर भी अपमान-बोध के कारण आँसू उमड़-उमड़ आते थे। धृतराष्ट्र को द्रौपदी के पहुँचने का आभास हो गया। दृष्टिहीन होने से अन्य इन्द्रियाँ स्वभावतः अधिक ही जाग्रत हो आती हैं। साथ ही इसके अतिरिक्त उसके तन से निस्सृत हो रही नीलोत्पल-गन्ध उसके समीप आने से कुछ अधिक ही अनुभूत होने लगी थी।

धृतराष्ट्र ने सहानुभूति-पूर्ण शब्दों में पांचाली को सम्बोधित किया, "पांडव-पट्ट महिषी, मेरी पुत्रवधू पांचाली! तुम्हें पाकर हमारा राजवंश धन्य हुआ है। तुम वस्तुतः राजलक्ष्मी हो। तुम्हारे कारण ही पांडव इस उत्कर्ष पर पहुँचे हैं लेकिन आज द्यूत में सब कुछ गवाँकर श्रीहीन हो गए हैं। तुम्हारे रहते उनकी यह दुःस्थिति बनी नहीं रह सकती। मैं तुम्हें वरदान माँगने का अवसर देता हूँ। तुम मुझसे मनचाहा वरदान माँग लो।"

द्रौपदी ने निम्न स्वर में कहा, "भरतवंशशिरोमणि! यदि आप मुझे वर देने को उद्यत हैं तो कृपया यह वर दीजिए कि सदा धर्म का आचरण करनेवाले युधिष्ठिर, दास-भाव से मुक्त हो जाएँ। मेरा एक पुत्र प्रतिविन्ध्य है। अगर राजा युधिष्ठिर दास भाव से मुक्त नहीं होते हैं तो मेरा पुत्र दासपुत्र कहलाएगा। जो कभी राजपुत्र कहलाता रहा वह दास-पुत्र कहलाए यह उचित नहीं होगा।"

मैं द्रौपदी के इस वरदान पर उसकी मन-ही-मन प्रशंसा करने से अपने को रोक नहीं सका। यह था माता की ममता का उद्भुत प्रदर्शन। मातृत्व की जैसे साक्षात् प्रतिमा ही थी पांचाली। मैं मन-ही-मन ऐसी सुलक्षणा पुत्रवधू को प्राप्त कर गद्-गद् हो रहा था। उसने न भीम, न अर्जुन, न नकुल, न सहदेव, न अपनी मुक्ति माँगी अपितु अपना

पुत्र दास-पुत्र न कहलाए इस हेतु मात्र युधिष्ठिर को दासत्व से मुक्त कराना चाहा।

धृतराष्ट्र ने प्रसन्नतापूर्वक कहा, "महाभागे! मैंने तुम्हारा वांछित वर दिया। अब तुम दूसरा वर मांगो।"

द्रौपदी ने कहा, "राजन्! अगर आप सचमुच मुझसे प्रसन्न हैं और एक और वर देने के इच्छुक हैं तो दूसरा वर यही दें कि हमारे शेष चार पति भीम, अर्जुन, नकुल और सहदेव भी अपने रथों एवं अस्त्र-शस्त्रों के साथ दास-भाव से मुक्त हो स्वतन्त्र हो जाएँ।"

धृतराष्ट्र ने कहा, "कल्याणी! तुम जैसा चाहती हो वैसा ही हो। तुम्हारे सभी पति अपने अस्त्र-शस्त्रों और रथों के साथ मेरे द्वारा मुक्त किए जाते हैं। अब तुम तीसरा वर माँगो। इन दो वरों को देने से मुझे सन्तुष्टि नहीं हुई।"

द्रौपदी ने कहा, "राजन्! मैं तीसरे वर की अधिकारिणी नहीं, अतः मैं इन दो वरों से ही सन्तुष्ट हूँ।"

द्रौपदी को ये वर प्राप्त हो गए तो कर्ण कहाँ चूकने वाला था उसने पांडवों की ओर कटाक्ष करते हुए कहा, "धन्य है पांचाली जिसने अपने चातुर्य से अपने पतियों का कल्याण कर दिया। ये तो निवीर्य सिद्ध हुए अपनी पत्नी को भी खो बैठे किन्तु इसी पत्नी ने इनका कल्याण किया। अन्ततः अपने डूबते पोत की रक्षा इन तथाकथित बलशालियों ने एक अबला के बल पर ही की। धिक्कार है ऐसे तथाकथित वीरों को। द्रौपदी को अब भी प्रतीत होना चाहिए कि उसने स्वयंवर-सभा में किस प्रकार के वीरों का चयन किया।"

कर्ण के इस कथन पर भीमसेन क्रोध से प्रज्ज्वलित अग्नि की तरह धधक उठे और पुनः एक बार युधिष्ठिर से कहा, "अब तो यह सूत-पुत्र सारी सीमाओं का उल्लंघन कर रहा है। यदि आपका आदेश हो तो मैं इसकी उद्दंडता का दंड देने के साथ ही यहाँ उपस्थित सभी तथाकथित वीरों को, एकाकी ही अपनी गदा के प्रहार से यमलोक प्रेषित कर दूँ। मेरे प्रचंड क्रोध ने मेरी शक्ति को द्विगुणित-त्रिगुणित कर दिया है। जैसे वनाग्नि जंगल को देखते-देखते जला डालती है वैसे ही मैं इन पापियों, जिनका पुण्य एक अबला को प्रताड़ित होते देख क्षीण हो गया है को समाप्त कर दूँगा।" इतना कहकर भीमसेन वस्तुतः गदा लेकर क्रोध से उबलते हुए आगे बढ़ने ही वाले थे कि युधिष्ठिर ने उनका हाथ पकड़कर उन्हें रोक लिया। अर्जुन ने भी उन्हें पकड़ लिया तथा नकुल सहदेव उनके क्रोध को शान्त करने के लिए उनके पैरों पर गिर गए। भीमसेन फिर भी जोर-जोर से हुँकार कर रहे थे जिससे सभा-स्थल चारों ओर से ध्वनित-प्रतिध्वनित हो रही थी।

युधिष्ठिर ने ऐसी स्थिति में कुछ उच्च स्वर में भीम को सम्बोधित किया, "तुम्हारा क्रोध उचित नहीं है। महाराज धृतराष्ट्र ने अभी-अभी हमें दासत्व से मुक्त किया है। यह उनकी उदारता है। इसका तुम्हें सम्मान करना चाहिए। कर्ण की बातों पर जाने की कोई आवश्यकता नहीं। उसका तो संस्कार ही ऐसा है। उसके दुर्वचनों के कारण हम अपने संस्कार को नहीं खो सकते। तुम शान्त होकर अपने स्थान पर बैठो।"

धृतराष्ट्र ने युधिष्ठिर का यह कथन सुन लिया और एक क्षण के लिए उनका हृदय परिवर्तित हुआ। उनके आदेश पर युधिष्ठिर को उनके समीप बुलाया गया। युधिष्ठिर ने आते ही उनके पैरों में प्रणिपात किया और कहा, "तातश्रेष्ठ! मैं पांडु-पुत्र युधिष्ठिर आपके समक्ष उपस्थित हूँ। पिता के नहीं रहने पर आप ही ने हम सबों को पिता का

प्यार दिया और हम सभी आपको पितृतुल्य ही मानते रहे। आपके वरदान ने हमें दासत्व से मुक्त कर दिया है। आप मुझे आदिष्ट करने की कृपा करें कि मेरे लिए अब क्या करणीय है?"

धृतराष्ट्र ने युधिष्ठिर को सम्बोधित कर कहा, "तुम कौरव-पांडव भाइयों में वय में ही ज्येष्ठ नहीं विद्या-बुद्धि और धर्माचरण में भी सबसे आगे हो। तुम्हें जो कुछ इस सभा में भोगना पड़ा उसका मुझे आन्तरिक दुःख है। हस्तिनापुर-सम्राट् के नाते मैं तुम्हें यह आदेश देता हूँ कि तुम अपनी सारी खोई हुई सम्पत्ति वापस लो और अपने भाइयों और पत्नी के साथ अपनी राजधानी लौटकर सुख-पूर्वक प्रजा-पालन में रत हो जाओ। जीवन में सुख-दुःख आते ही रहते हैं, अतः जो व्यतीत हो गया बुद्धिमान उसकी चिन्ता नहीं करते, आगे की देखते हैं।"

धृतराष्ट्र का आदेश राज्यादेश था, इसमें कोई बाधा नहीं डाल सकता था। दुर्योधन, कर्ण, शकुनि सभी देखते रह गए और युधिष्ठिर के लिए राज्यादेश से रथ सुसज्जित हो गया जिसमें अपने राजसी वस्त्रों में सवार वे अपनी पत्नी पांचाली के साथ इन्द्रप्रस्थ लौट गए।

मैं सोचता हूँ इस अध्याय को इसी जगह समाप्त हो जाना चाहिए था किन्तु नियति को कुछ और मंजूर था।

युधिष्ठिर के सपरिवार प्रस्थान के पश्चात् चांडाल-चौकड़ी की चिन्ता का कोई पारावार नहीं था।

खिन्न बैठे दुर्योधन के पास पहले पहल शकुनि पहुँचा था। उसने दुर्योधन को सम्बोधित करते हुए कहा, "भांजे! मेरे सब किए-कराए पर अन्धे सम्राट ने पानी फेर दिया। कितने चातुर्य और धोखाधड़ी से मैंने पांडवों का सर्वस्व, उनकी विश्व-सुन्दरी पत्नी के साथ तुम्हारे अधिकार में दे दिया था। तुम अब इन्द्रप्रस्थ और हस्तिनापुर दोनों के एकमात्र उत्तराधिकारी होते। राजभोग के साथ ही पांचाली के सदृश नीलोत्पल-गन्ध-युक्ता पत्नी का भी भोग करते किन्तु मेरे श्याला और तुम्हारे पिता ने, मैंने जो कुछ अर्जित किया था उसे अपनी दयालुता के प्रदर्शन में खो दिया। मैं इस घटना से बहुत दुःखी हूँ। अब हमें इस सम्बन्ध में चुप बैठने के बदले कुछ सोचना चाहिए जिससे हमारा दुर्भाग्य सौभाग्य में परिवर्तित हो सके।"

इसी मध्य कर्ण भी वहाँ उपस्थित हो गया था। क्रोध के कारण उसका मुख रक्तवर्णी हो आया था। उसको सबसे अधिक दुःख अर्जुन और द्रौपदी के मुक्त हो जाने का था। अर्जुन को वह अपना एकमात्र प्रतिद्वन्द्वी धनुर्धर मानता था। उसके दासत्व-प्राप्ति से कर्ण का धनुर्संचालन के क्षेत्र में एक-क्षत्र साम्राज्य स्थापित हो गया था जो धृतराष्ट्र के इस कृत्य के कारण समाप्त हो गया। पांचाली उसके हृदय की सबसे बड़ा काँटा थी। उसके द्वारा किए गए अपमान को वह आजीवन विस्मृत नहीं कर सकता था। पांचाली की दुर्दशा से उसे आन्तरिक प्रसन्नता हुई थी। द्यूत में विजित हो जाने के पश्चात् वह दासी की श्रेणी में आ गई थी। कर्ण के अपमान का प्रतिशोध पूर्ण हो चुका था। उसके मन में निश्चित ही पांचाली की यह बात निरन्तर सालती रही होगी, "शर-सन्धान से कोई लाभ नहीं होगा, मैं सूत-पुत्र से विवाह करने नहीं जा रही।" द्रौपदी जब अपने पट्टमहिषी के आसन से च्यूत होकर दासी-पद को प्राप्त हो गई

तो उसके मन की सारी व्यथा जाती रही। लेकिन यह काँटा तो धृतराष्ट्र के कारण पुनः कर्ण के कलेजे में वापस आ गया था। अगर धृतराष्ट्र के इस निर्णय से कोई सर्वाधिक मर्माहत हुआ था तो वह कर्ण ही था। दुर्योधन का तो राज्य गया था लेकिन कर्ण को यह भी पता था कि दुर्योधन के दो राज्यों के संयुक्त सम्राट होने पर वस्तुतः कर्ण ही अपने को सम्राट की इस पदवी से विभूषित समझता। कर्ण के सदृश ईर्ष्यालु एवं प्रतिशोध की अग्नि में दग्ध होते रहनेवाले व्यक्ति के लिए धृतराष्ट्र का निर्णय वज्रपात से कम नहीं था।

मेरे गुप्तचर सभी सूचनाएँ मुझ तक पहुँचाते रहते थे। इन्हीं के द्वारा मुझे पता लगा कि चांडाल-चौकड़ी की एक बैठक अर्द्धरात्रि को आयोजित हुई थी। उसमें जो कुछ निर्णय लिया गया उसका प्रतिफल दूसरे दिन ही सामने आ गया था।

मुझे पता लगा कि दुर्योधन एकान्त में धृतराष्ट्र से मिला था और उसने स्पष्ट रूप में कहा था, "महाराज! आप हस्तिनापुर के सम्राट हैं किन्तु मेरा भी इस राज्य में कोई महत्त्व है। मैं युवराज के पद पर आसीन हूँ, अतः राज्य के हित-अहित की चिन्ता मुझे आपसे कम नहीं होनी चाहिए और न वैसा है ही। आपने अपने एक आदेश से राज्य को घोर संकट में डाल दिया। शकुनि ने हमारे लिए इन्द्रप्रस्थ को द्यूत में विजित कर केवल हमें एक अतिरिक्त और अत्यन्त समृद्धशाली राज्य ही नहीं प्रदान किया था अपितु उसने हमें अजातशत्रु कर दिया था। क्षमा करेंगे, आप तो नेत्रों के अभाव में बहुत कुछ देख-समझ नहीं पाते। आपकी गुप्तचर-सेवा भी सुदृढ़ नहीं है। आपको प्रतीत होता है कि मैं यों ही पांडवों से खार खाए रहता हूँ किन्तु वास्तविकता इससे भिन्न है। पांडव हमारे सहोदर भ्राता नहीं, अतः वे सदा इस चिन्ता में रहते हैं कि कैसे वे हमसे सदा आगे बढ़ते रहें। खांडवप्रस्थ को इन्द्रप्रस्थ के समान समृद्धशाली राज्य मे परिवर्तित कर उन्होंने यह दिखा दिया कि वे किस तरह हमसे अवांछित प्रतियोगिता पर उतरे हुए हैं। उनका पराभूत रहना ही हमारे हित में है। अर्जुन के पराक्रम के सम्बन्ध में आपको बताने की आवश्यकता नहीं। अर्जुन का प्रतिद्वन्द्वी हमारे यहाँ कर्ण उपलब्ध है किन्तु युधिष्ठिर के रथ-युद्ध में प्रवीण होने के कारण तथा भीम के गदा-युद्ध में पारंगत होने के कारण एवं नकुल सहदेव के तलवार-कौशल के फलस्वरूप पाँचों पांडव हम शत भ्राताओं से बढ़-चढ़कर हैं। आप यह नहीं समझ सकते किन्तु हमारी दृष्टि के समक्ष यह पूर्णतया स्पष्ट है कि एक दिन पांडव इन्द्रप्रस्थ से ही सन्तुष्ट नहीं रहेंगे अपितु हस्तिनापुर को भी अपने साम्राज्य में संयुक्त कर लेंगे। आप वह दिन देखने को रहें या नहीं रहें किन्तु क्या आप चाहेंगे कि आपके एक गलत निर्णय से आपके सौ पुत्र संकटापन्न हों?"

दुर्योधन के इस दीर्घ भाषण ने धृतराष्ट्र को विचलित कर दिया। अन्धे सम्राट को प्रतीत हुआ कि सचमुच वह जो नहीं देख पा रहे हैं उनका पुत्र दुर्योधन वह सब कुछ देख पाने में समर्थ है। उनके पुत्र-मोह ने उन्हें यह सोचने को विवश किया कि दुर्योधन भविष्य का जो भयावह दृश्य प्रस्तुत कर रहा है वह सर्वथा सही है। पांडव सचमुच केवल बलशाली ही नहीं किन्तु महत्त्वाकांक्षी भी हैं और हस्तिनापुर के साम्राज्य पर उनकी लालच-भरी दृष्टि लगी है। धृतराष्ट्र को लगा कि उसने वस्तुतः शीघ्रता में कोई गलत निर्णय ले लिया है। शकुनि ने जिस राज्य को जीतकर न केवल उनके पुत्रों को एक विशाल साम्राज्य का अधिपति बना दिया था अपितु शत्रुओं से भी उन्हें रहित कर दिया था उसे उनके निर्णय ने चौपट कर दिया। वह वस्तुतः चिन्तित हो आया

और उसने दुर्योधन से कहा, "तुम्हारी बात मेरी समझ में आ रही है। मैंने शायद सचमुच एक गलत निर्णय ले लिया। राज्य की ही बात रहती तो कोई बात नहीं थी। बात तो यहाँ शत्रु की है। मैंने तुम्हारा मार्ग जो निष्कंटक हो गया था उसे पुनः कंटकाकीर्ण कर दिया। पांडव सचमुच बलशाली हैं और अगर वे महत्त्वाकांक्षी भी हैं तो हमारे लिए यह खतरे की बात है। तुम्हारा सोचना शायद ठीक है कि पांडव एक-न-एक दिन हस्तिनापुर को भी इन्द्रप्रस्थ में सम्मिलित कर सकते हैं। मैं ऐसा कुछ नहीं चाहता। अपनों का मोह सबको होता है। तुम और तुम्हारे भाई स्वभावतः पांडवों की अपेक्षा मुझे अधिक प्रिय हैं। अब तो मुझसे जो गलती हो गई वह हो गई उसे किस प्रकार सुधारा जाए इसकी बात सोचनी चाहिए। अपनी गलती सुधारना कभी बुरा नहीं होता। तुम भाइयों में सबसे बड़े हो, तुम्हीं उनकी रक्षा में भी समर्थ हो, उनके कल्याण को सुनिश्चित करने में भी। अब तुम जो मार्ग सुझाओ, मैं उसी का अनुकरण करूँगा।"

पिता की बात सुनकर दुर्योधन को जैसे अपना मनचाहा मिल गया था। चांडाल-चौकड़ी में जो निर्णय हुआ था, उसी के आधार पर उसने धृतराष्ट्र से निवेदन किया, "अगर आप सचमुच कौरव-कुल अथवा अपने पुत्रों के हितैषी हैं तो मैं जो कुछ कहने जा रहा हूँ, उसे आपको अक्षरशः क्रियान्वित करना पड़ेगा। अगर आप यह वचन दें तो मैं अपना प्रस्ताव रखूँ।"

धृतराष्ट्र ने कहा तुमने जो भविष्य का भयकारी दृश्य उपस्थित किया उससे मैं अपने और अपने वंश के भविष्य को लेकर वस्तुतः चिन्तित हो गया हूँ मैं यह वचन देने को विवश हूँ कि तुम जो भी प्रस्ताव रखोगे उसका मैं निश्चित ही अनुमोदन करूँगा।"

दुर्योधन ने सुअवसर देखकर कहा, "महाराज हम लोग गहन विचार-विमर्श कर इस निर्णय पर पहुँचे हैं कि युधिष्ठिर को पुनः द्यूत-क्रीड़ा के लिए आमन्त्रित किया जाए। इस बार मात्र एक ही शर्त रहे अगर वे पराजित होते हैं तो मृगचर्म धारण कर बारह वर्षों के लिए वनों में निवास करेंगे और तेरहवें वर्ष में गुप्त वास करेंगे। अगर इस अवधि में वे किसी के द्वारा लक्षित हो गए तो उन्हें पुनः बारह वर्ष और वनवास भोगना होगा। इसी प्रकार यदि हमारा पक्ष पराजित हुआ तो हमें यही शर्त निभानी होगी।" धृतराष्ट्र वचन हार चुके थे अतः दुर्योधन के प्रस्ताव को स्वीकृति देनी पड़ी। सम्राट ने कहा यद्यपि द्यूत अच्छी चीज नहीं है फिर भी मैं वचन हार चुका हूँ अतः मुझे इसकी स्वीकृति देनी पड़ती है किन्तु मान लो अगर पासा उलटा पड़ा और पांडवों के बदले तुम्हीं लोग द्यूत में पराजित हुए तो क्या होगा? फिर तो मैं तुम लोगों के संकट की चिन्ता करते-करते असमय ही कालकवलित हो जाऊँगा।"

"पिताश्री! आप निश्चिन्त रहें द्यूत-क्रीड़ा में विजय हमारी ही होगी। हमारे शकुनि मामा ने हमें एक बार विजय दिलाई है वे पुनः विजय दिलाकर रहेंगे। पासे फेंकने में आर्यावर्त में वे सर्वकुशल हैं। क्षमा करेंगे हमारे हित के लिए वे छल-क्षद्म का ही प्रयोग कर हमारी विजय को सुनिश्चित करेंगे। हमारे पराजित होने का तो कोई प्रश्न ही नहीं उठता। जब तक वे बारह वर्ष तक वन में रहेंगे तब तक हम अपनी समृद्धि और सैन्य-शक्ति में और वृद्धि कर लेंगे। अगर वे तेहरवाँ वर्ष भी गुप्त रहकर व्यतीत कर लेंगे तो उनके लौटने पर हम अपनी शक्ति के बल पर उन्हें परास्त कर देंगे और हस्तिनापुर तथा इन्द्रप्रस्थ पर हमारा एकाधिकार स्थापित हो जाएगा। इस मध्य हमारे मित्रों की संख्या भी बढ़ जाएगी अतः, वे हमारे समक्ष कहीं नहीं टिक पाएँगे। राजन्! अगर आप सचमुच अपने पुत्रों के हितैषी हैं तो तत्काल युधिष्ठिर को द्यूत-क्रीड़ा के लिए पुनः आमन्त्रित करें।"

धृतराष्ट्र ने कहा, "तुम जो चाहते हो वही हो यद्यपि पांडव अब तक काफी दूर निकल गए होंगे तथापि उन्हें मेरी ओर से द्यूत-क्रीड़ा का आमन्त्रण प्रेषित करो।"

धृतराष्ट्र के इस निर्णय की सूचना बात ही बात में चारों तरफ फैल गई। मैं इस बार दुर्योधन को अपनी मनमानी नहीं करने देने पर दृढ़ निश्चय था। मैंने अपने साथ द्रोणाचार्य, कृपाचार्य, विदुर और विकर्ण को लिया और धृतराष्ट्र के पास पहुँचकर कहा, "जो कुछ निर्णय आपने लिया है वह उचित नहीं है। अब तक हम आपके सभी निर्णयों को आँख मूँदकर मानते रहे। उसका परिणाम भी हमने देखा और भोगा। द्यूत से घृणित कोई भी चीज नहीं है यह राजाओं का बहुत बुरा व्यसन है। अभी-अभी इसी के कारण राजसभा में अघटनीय घटना घटी। उसके साक्षी हम सभी है। कुलवधू द्रौपदी का जो अपमान हुआ वह इतिहास-पृष्ठों में काले अक्षरों में अंकित होगा। आपकी दयालुता से पांडव और उनकी पत्नी अन्ततः ससम्मान यहाँ से वापस हो गए। उन्हें अपने राज्य में शान्तिपूर्वक निवास करने दीजिए। पुनः द्यूत जैसी घृणित क्रिया के लिए उन्हें हस्तिनापुर आमन्त्रित करने की बात सोचे भी नहीं।"

पुत्रान्ध धृतराष्ट्र को हमारी बात पसन्द नहीं आई और उसने छूटते ही उत्तर दिया, "अब तो मैं अपना आदेश प्रेषित कर चुका हूँ उसे लौटाना सम्भव नहीं है।"

विकर्ण जो धृतराष्ट्र के सौ पुत्रों में ही एक था किन्तु उनसे प्रकृति में सर्वथा भिन्न था और वह न्याय का पक्ष लेने के कारण कौरवों की अपेक्षा पांडवों का अधिक शुभेच्छु था उसने अपने पिता को सम्बोधित किया, "क्षमा करेंगे अगर मैं छोटे मुँह बड़ी बात करता हूँ। दुर्योधन के प्रति आप आवश्यकता से अधिक ही दुर्बलता प्रदर्शित करते हैं। दुर्योधन युवराज है और मेरे अग्रज हैं मैं उनके विरुद्ध कुछ नहीं बोल सकता किन्तु अन्यांय के विरुद्ध आवाज उठाना तो सबका कर्तव्य होता है। अब तक दुर्योधन ने जो कुछ किया है उससे किसी का हित नहीं सधा है। पांडव तो अपनी पत्नी के साथ घोर अवमानना के शिकार हुए ही हैं, द्यूत क्रीड़ा से आपके यश में भी अभिवृद्धि नहीं हुई अतः मैं आपके पुत्र होने के कारण अनुरोध करूँगा कि आप पुनः अन्याय का पक्षधर नहीं बनें और एक और विपत्ति को आमन्त्रित नहीं करें। अगर पुनः द्यूत-क्रीड़ा होती है और पांडव पराजित भी हो जाते हैं तो कुछ दिनों के लिए हम निश्चिन्त जो होलें परन्तु अन्ततः उनकी प्रतिशोधाग्नि में सब कुछ भस्म नहीं हो जाएगा, ऐसा नहीं कहा जा सकता।

हम सभी को देखकर घोर आश्चर्य हुआ कि युवराज दुर्योधन का जादू धृतराष्ट्र पर ऐसा चल चुका था कि उसने अपने पुत्र विकर्ण की बात को भी कोई महत्त्व नहीं दिया। उसने उसे डाँटते हुए कहा, तुम्हें मर्यादा नहीं भूलनी चाहिए। भाइयों में तुम ही एकमात्र पृथक् विचार रखते हो। अन्य सभी दुर्योधन के साथ हैं जो तुम सभी में उम्र और बल दोनों में श्रेष्ठ हैं। मेरे समक्ष उसके विरुद्ध बोलना तुम्हारी मर्यादाहीनता का ही सूचक है। मैं युवराज के सामने तुम्हारी बात को कोई महत्त्व नहीं देने जा रहा हूँ।"

धृतराष्ट्र ने इसके बाद ताली बजाई। उसको ले जाने वाली दासियाँ उपस्थित हुईं और वह अपने शयन-कक्ष की ओर चल पड़ा। हम विवश-से उठ खड़े हुए और मन मारकर अपने-अपने स्थानों को लौट आए। मैंने मन-ही-मन सोचा नियति पर मेरा कभी अधिकार नहीं रहा तो अब कैसे हो जाएगा?

धृतराष्ट्र का आदेश मिल चुका था। दुर्योधन ने हस्तिनापुर की दिशा में प्रतिगामी को प्रेषित कर दिया। उसने जाकर युधिष्ठिर से निवेदन किया, "आपके पितृतुल्य महाराज धृतराष्ट्र ने द्यूत-क्रीड़ा के लिए आमन्त्रित किया है।"

युधिष्ठिर और उनके चारों भाइयों तथा द्रौपदी को घोर आश्चर्य हुआ।

भीम पर इसकी प्रतिक्रिया विशेष रूप से हुई। उन्होंने सारी मर्यादाओं का उल्लंघन करते हुए धर्मराज को सम्बोधित किया, "अग्रज होने के कारण हम आपके सभी आदेशों का श्रद्धापूर्वक अनुपालन करते रहे हैं। अभी-अभी हम द्यूत-क्रीड़ा के दुष्परिणाम को किस तरह भोगे हैं उससे आप पूरी तरह परिचित हैं। द्रुपद-तनया और हमारी भार्या पांचाली को जिस अपमान को सहन करना पड़ा वह हमारे लिए कितना असह्य था इसका अनुमान भी आपको होगा। प्रतिगामी पुनः द्यूत-क्रीड़ा का आमन्त्रण लेकर आ पहुँचा। एक क्रीड़ा को बीते अभी चौबीस घंटे भी नहीं हुए कि पुनः दूसरी क्रीड़ा आयोजित होने की भूमिका गढ़ गई। इसके पीछे स्पष्टतः कौरवों की कोई कुटिल चाल है। धृतराष्ट्र ने तो प्रथम बार हम सबको मुक्त कर दिया और हमारी धन-सम्पदा भी वापस कर दी। अब पुनः वे दुर्योधन आदि के अनुरोध पर द्यूत के बहाने एक नया षड्यन्त्र रचने जा रहे हैं। कौरवों के बिछाये इस बार के जाल से मुक्त होना हम लोगों के लिए कठिन होगा। अतः मेरा अनुरोध है कि आप कड़े शब्दों में इस आमन्त्रण का विरोध कर प्रतिगामी को वापस कर दें। नियति की अनुकूलता से हमारा सब कुछ वापस मिल गया है। हमें किसी का कुछ लेना नहीं। अपने इन्द्रप्रस्थ राज्य को ही समृद्ध से समृद्धतर कर पट्टमहिषी पांचाली के साथ हम राज्य-सुख का भोग करें। अत्यधिक लोभ-लिप्सा को शास्त्रों में निंद्य बताया गया है।"

युधिष्ठिर इस तर्क से प्रभावित नहीं हुए। उन्होंने कहा—"भीम तुम युद्ध-नीति जानते होगे पर राजनीति और कूटनीति से तुम्हारा दूर का भी सम्बन्ध नहीं। तुम्हें ज्ञात होना चाहिए कि क्षत्रिय राजा दो आमन्त्रणों को नहीं ठुकरा सकते, प्रथम है युद्ध और दूसरा द्यूत। मैं प्रतिगामी को अपनी अस्वीकृति के साथ वापस नहीं कर सकता।"

द्रौपदी का चेहरा इस बीच क्रोध और अपमान से विचित्र रूप से विकृत हो आया था। उसने धर्मराज को बहुत कुछ कहने का मन बना लिया था। समीप बैठे धनंजय को इसका अनुमान हो गया। उन्होंने द्रौपदी का हाथ पकड़कर इंगित किया और वह मन मारकर राजमहल को वापस हो गई। अर्जुन ने तत्पश्चात् विनम्र शब्दों में अपने अग्रज से अनुरोध किया—"भीम ठीक ही कह रहे थे महाराज! ईश्वर ने कृपा कर हमें एक महान् विपत्ति के मुख से बाहर किया है। अब हमें पुनः ऐसी किसी विपत्ति का वरण करना उचित नहीं होगा। द्यूत तो द्यूत है। उसका परिणाम किसी को ज्ञात नहीं। सम्भव है हम पुनः पहले की तरह ही पराजय का मुख देखें। शकुनि क्षद्म-क्रीड़ा में अद्वितीय है। आप धर्मराज एवं नीति-निपुण हैं। मेरा पूर्ण विश्वास है कि आप जय नहीं पराजय का ही मुख देखिएगा। अतः, मेरा भी सुविचारित मन्तव्य है कि आप भीमसेन की बातों पर ध्यान दें और द्यूत को सदा-सर्वदा के लिए परित्याग दें। प्रतिगामी को इसी सूचना के साथ वापस कर दें जिससे पुनः हस्तिनापुर ऐसा निमन्त्रण भेजने का दुःसाहस न करे।"

धर्मराज इस मध्य अपना विचार बना चुके थे। उन्होंने दृढ़तापूर्वक कहा, "परिणाम चाहे जो हो। मैंने अपना मन्तव्य स्पष्ट कर दिया है। युद्ध और द्यूत का निमन्त्रण चाहे जहाँ से और जितनी बार आए एक क्षत्रियनृप के रूप में उसको मैं अस्वीकृत नहीं

कर सकता। तुम सभी हस्तिनापुर चलने के लिए अविलम्ब प्रस्तुत हो जाओ। पांचाली को भी मेरा आदेश सुनाओ। माता कुन्ती तो हम जहाँ जाएँगे, जाएँगी ही क्योंकि उनके प्राण हमीं में बसते हैं। मेरे इस कथन के पश्चात् भी अगर किसी को कोई आपत्ति हो तो वह अपना मन्तव्य रखने को स्वतन्त्र है।''

''....।'' कोई कुछ नहीं बोला। सभी सिर झुकाकर खड़े रहे।

''तो मेरा निर्णय अन्तिम रहा। सभी चलने के लिए तैयार हों और रथों को सुसज्जित किया जाए।''

पांडवों के पास कोई चारा नहीं था। कुछ ही देर में सुसज्जित एवं रक्षा-कर्मियों की पंक्तियों से रक्षित रथ इन्द्रप्रस्थ-हस्तिनापुर राजपथ पर द्रुतगति से दौड़ने लगे। युधिष्ठिर को छोड़कर प्रायः सभी के मुख म्लीन और तनावपूर्ण थे।

हस्तिनापुर की सीमा पर दुर्योधन, शकुनि, दुःशासन, कर्ण एवं अन्य कई कौरव-भ्राताओं ने पांडवों का उत्साह-पूर्वक स्वागत किया। पांडवों को ऐसा प्रतीत हुआ कि हस्तिनापुर में उनके लिए पलक-पावड़े बिछा रखे हैं।

युधिष्ठिर अपने अनुजों, माता और पत्नी के साथ राजमहल में प्रविष्ट हुए। मैं, विदुर, द्रोणाचार्य, कृपाचार्य आदि सभी पांडवों के पुनरागमन की बात सुनकर धृतराष्ट्र के इर्द-गिर्द आसन ग्रहण कर चुके थे। युधिष्ठिर और उनके परिवार ने सर्वप्रथम स्वभावतः मेरे चरणों को स्पर्श कर अपना नमन निवेदित किया। तत्पश्चात् कुन्ती और द्रौपदी अन्तःपुर को चली गईं।

धृतराष्ट्र ने युधिष्ठिर को स्वयं सम्बोधित कर कहा, ''मेरे आमन्त्रण पर तुम सपरिवार पधारे। इसका मुझे हर्ष है। वस्तुतः मेरी उदारता मेरे पुत्रों विशेषकर दुर्योधन को पसन्द नहीं आई और उन्होंने एक बार और केवल एक बार पुनः द्यूत के आयोजन के लिए मुझको बाध्य किया। इस प्रस्तावित-क्रीड़ा में कोई जटिलता भी नहीं है। सामान्य शर्त है कि पासे केवल एक बार फेंके जाएँगे जो विजयी होगा वह इन्द्रप्रस्थ और हस्तिनापुर दोनों राज्यों का अधिपति होगा और जो पराजित होगा वह बारह वर्षों के लिए वनवास का भागी बनेगा। तेहरवाँ वर्ष गुप्तवास होगा। उसमें अगर सम्बन्धित पक्ष का पता लग गया तो उसे पुनः बारह वर्षों का वनवासी जीवन व्यतीत करना पड़ेगा। विजय तुम्हारी भी हो सकती है, मेरे पुत्रों की भी। अतः, तटस्थ भाव से इस द्यूत-क्रीड़ा में भाग लो और उसके कुपरिणाम अथवा सुपरिणाम जो सामने आए उसको सहर्ष भोगने के लिए प्रस्तुत रहो।''

युधिष्ठिर ने सिर झुका कर धृतराष्ट्र के आदेश को ग्रहण किया। शेष चारों भाई मूक थे।

राजाज्ञा से पुनः द्यूत का आयोजन राज-सभा के मध्य हो गया। चौपड़ के एक ओर युधिष्ठिर अपने भाइयों के साथ बैठे और दूसरी ओर शकुनि के नेतृत्व में दुर्योधन और दुःशासन आदि कौरव-भ्राता विराजमान हुए। एक ही चाल में निर्णय हो गया। पांडव पराजित हुए और उन्हें अपने शस्त्रास्त्र बहुमूल्य आभूषण और वस्त्र आदि त्याग कर बल्कल धारण करना पड़ा। द्रौपदी ने भी अपने पतियों का वनवासिनी रूप में अनुगमन किया। कुन्ती भी अपने पुत्रों और पुत्र-वधू के साथ वन-गमन को प्रस्तुत हुई किन्तु उसकी उम्र को देखकर मैंने विदुर से अनुरोध किया कि वे कुन्ती को अपने पास रख लें। कुन्ती सहर्ष इसके लिए प्रस्तुत हो गई क्योंकि विदुर के धर्मज्ञ और सदाचारी होने के कारण उनके घर का वातावरण उसके अनुकूल था। यों पुत्रों और पुत्र-वधू से बिछुड़ने

की पीड़ा तो उसके अन्तःकरण को व्यथित कर ही रही थी। स्थिति के साथ समझौता करना तो कोई कुन्ती से सीखे।

पांडव जब राजपथ पर बढ़े तो नगरवासियों क़ा झुंड उनको विदा देने के लिए उमड़ पड़ा। दूर तक वे उनके साथ पैदल गए। सभी दुर्योधन और धृतराष्ट्र को कोस रहे थे। सबकी मान्यता थी कि अन्धे राजा धृतराष्ट्र ने पुत्र-मोहांधता के कारण सत्यव्रतधारी और धर्मनिपुण, न्यायी पांडवों को वनवास दे दिया। नागरिकों में अधिकांश पांडवों के साथ वन में ही रहने का मन बना चुके थे किन्तु युधिष्ठिर ने उन्हें बहुत समझा-बुझाकर वापस किया।

लोग रोते-बिलखते अपने घरों को वापस आ गए। मैं और विदुर एकान्त में बैठे बहुत देर तक मूक रहे। किसी को यह नहीं सूझ रहा था कि क्या बोलें। दोनों एक-दूसरे की वेदना को पूरी गहराई से अनुभूत कर रहे थे। मेरा हृदय तो जैसे पांडवों के दीर्घ वियोग की कल्पना में विदीर्ण ही हो रहा था। द्रौपदी की, वनवासिनी रूप में दुर्दशा की क़ल्पनामात्र ही मैं कर सकता था। तृतीय पांडव अर्जुन के प्रति मेरा प्रेम सर्वविदित था। विदुर भी इस तथ्य से अनभिज्ञ नहीं थे।

मेरी पीड़ा विदुर से कहीं अधिक थी। विदुर तो शास्त्रों के स्वाध्याय में मुझसे कहीं अधिक निपुण थे। दुःख-सुख, मान-अपमान, उपलब्धि-अनुपलब्धि के द्वन्द्वों से सर्वथा ऊपर थे। पारिवारिक मोह थोड़ा बहुत स्वाभाविक था किन्तु मेरी तरह व्यथित होने के आदी वे नहीं थे।

स्वाभाविक था कि विदुर को मैं क्या समझाता। उन्होंने ही मुझे सान्त्वना देना आरम्भ किया। शास्त्र-वाक्यों को उद्धृत कर उन्होंने मुझे जीवन के उतार-चढ़ाव से अवगत कराते हुए मेरे मन की पीड़ा को कम करने का यथासाध्य प्रयास किया।

दोनों इस बात से सहमत थे कि शकुनि का सहारा पाकर दुर्योधन पांडवों को अपनी ईर्ष्या का आखेट बना रहा है और अपनी अन्तहीन भोग-लिप्सा की तुष्टि में अपने जनक की तरह ही अन्धा हो रहा है। हम दोनों अपनी सीमाओं से परिचित थे क्योंकि दुर्योधन अब तक पर्याप्त उद्दंड हो चुका था और अपने सम्राट् पिता की अनावश्यक अनुकम्पा प्राप्त कर वह किसी को अपमानित करने से नहीं चूकता था।

इतनी बड़ी घटना घट गई। इन्द्रप्रस्थ और हस्तिनापुर का एकाधिकार दुर्योधन को प्राप्त हो गया। पांडव सपत्नीक वनवासी हो गए। समय अपनी गति से चलता रहा। उस पर किसी का क्या अधिकार था?

युधिष्ठिर के मना करने के पश्चात् भी कुछ लोग विशेषकर ब्राह्मणों और उनके पुरोहित उनके साथ दूर तक गए। कुछ के लौटने पर मुझे पांडवों की वन-यात्रा का विवरण प्राप्त हुआ। सर्वप्रथम वे गंगातट स्थित प्रमाणकोटि नामक महान् वटवृक्ष के समीप आए जहाँ पहुँचकर सदाचारी पांडवों ने सन्ध्या-वन्दन आदि नित्य-क्रिया सम्पन्न की तथा वनवास की यह प्रथम रात्रि वट-वृक्ष के नीचे ही व्यतीत की। उनके पास भोजनादि की व्यवस्था नहीं थी, अतः उन्होंने जल पीकर ही रात्रि व्यतीत की। जो ब्राह्मण उनके साथ आए थे उन्होंने भी निराहार ही रात्रि व्यतीत की।

सन्ध्या व्यतीत होने पर रात्रि-आगमन हुआ। वन में हिंसक जीवों की कोई कमी नहीं थी, अतः ब्राह्मणों ने अग्नि प्रज्ज्वलित कर अग्निहोत्र का कार्य किया। अग्नि की

धधकती ज्वाला से हिंसक जीव इनसे अलग ही रहे।

प्रातःकाल पांडव वन में आगे बढ़ने के लिए उद्यत हुए। स्वभावतः उनके साथ लगे ब्राह्मण भी उनकी यात्रा में सम्मिलित होने को प्रस्तुत हो गए। धर्मराज युधिष्ठिर ने सोचा ये लोग व्यर्थ ही मेरे साथ कष्ट उठाएँगे, अतः उन्होंने करबद्ध निवेदन किया, "द्विज-श्रेष्ठ! आप सभी को ज्ञात है कि मैं कपट द्यूत में सब कुछ हार चुका हूँ। मैं राज्यलक्ष्मी से वंचित हो चुका हूँ। हम सभी भाइयों ने यह प्रण किया है कि हम फल-मूल एवं भिक्षाटन के आधार पर ही अपना वन-जीवन व्यतीत करेंगे।

"इसके अतिरिक्त वनों में हिंसक प्राणियों तथा सर्प-बिच्छुओं आदि का भी भय बना रहता है। हम क्षत्रीय तो इन सभी कष्टों को सहने के आदी हैं। ब्राह्मणों का गात सुकोमल होता है। उनके लिए वनों का कष्ट वहन करना सहज नहीं। अतः मैं, आपसे निवेदन करूँगा कि आप अपने-अपने स्थानों पर लौट जाएँ। ब्राह्मण सहज सहमत नहीं हो रहे थे। उन्होंने कहा, "आप धर्मज्ञ हैं। आपको हमें विदा करने की बात नहीं करनी चाहिए। देवता भी अपने भक्तों का परित्याग नहीं करना चाहते। आप ऐसा क्यों कर रहे हैं? हम आप जैसे रहेंगे वैसे ही रह लेंगे। वन के कष्टों का हमें भी ज्ञान है। हम उन्हें झेलने को प्रस्तुत हैं। आप कृपया हमें लौटाने का प्रयास नहीं करें।"

इस पर धर्मराज युधिष्ठिर ने कहा था, "मुझे भी आपका साथ अच्छा लगता है। हम भी नहीं चाहते कि धर्मज्ञ ब्राह्मणों से पृथक् रहें किन्तु हमारी विवशता को समझें। हम आपको वुभुक्षित और पिपासित नहीं रख सकते। फल-मूल एवं शहद आदि एकत्रित कर जो हमारा आहार प्रस्तुत कर सकते थे वे मेरे सभी भाई दुःख, क्लेश और पीड़ा से उद्विग्न हो रहे हैं। इसके अतिरिक्त द्रौपदी के दुःख और राज्यापहरण के कारण ये अव्यवस्थित हैं, अतः हम आपके भोजनादि की कोई व्यवस्था करने में अक्षम हैं और आपको अपने साथ रखकर हम पाप का भागी नहीं बनना चाहते। अतः मैं पुनः अनुरोध करूँगा कि आप हमें अपने भाग्य पर छोड़कर अपने-अपने स्थान को लौट जाइए।"

युधिष्ठिर के बार-बार के अनुरोध पर भी ब्राह्मण लौटने को प्रस्तुत नहीं थे। इसके पश्चात् युधिष्ठिर ने अपने कुल-पुरोहित धौम्य से कहा, "मेरे अनुरोध पर भी ये त्यागी ब्राह्मण वन छोड़कर वापस जाने को प्रस्तुत नहीं। ऐसी स्थिति में हमें क्या करना चाहिए जिससे वे भूखे रहकर हमारा साथ देने को विवश नहीं हों? हम तो वनचारी होने के कारण कृषि आदि के द्वारा अन्न भी उत्पन्न नहीं कर सकते। इनकी क्षुधा की शान्ति हम कैसे करेंगे?"

पुरोहित धौम्य ने धर्मराज को उपदेश दिया—"धर्मराज! देवताओं में सूर्य सर्वश्रेष्ठ हैं। वे अलक्षित भी नहीं लक्षित हैं। ऐसा तीनों लोकों में कोई नहीं है जो सूर्य की समानता कर सके। उनके कारण ही सारी सृष्टि पोषित है। वे केवल अपने तेज से इस सृष्टि को आलोकित और प्राणवंत ही नहीं करते अपितु जगत् का आहार—फल-फूल सभी प्रकार के अन्न आदि के उत्पादनकर्ता भी वहीं हैं। ग्रीष्म ऋतु में अपनी प्रचंड किरणों से पृथ्वी से जल एवं औषधि-रस आदि को खींचकर, वर्षाकाल में उनका वर्षण कर देते हैं जिससे पृथ्वी धन्य-धान्य पूरित हो जाती है। औषधियाँ जागृत हो आती हैं। पृथ्वीवासी स्वस्थ और अधि-व्याधि-रहित रहते हैं। सूर्य के लिए कुछ भी अदेय नहीं है। आप इसी अंशुमाली जगत्पति भगवान भास्कर की आराधना कीजिए। वह अवश्य ही आपकी समस्या का समाधान कर देंगे।"

मुझे पता चला कि युधिष्ठिर ने धौम्य द्वारा बताई गई विधि से सूर्य की उपासना की। उनके एक सौ आठ नामों का जप भी किया। इनमें सूर्य, अर्यमा भूताश्रय, विश्तोमुख, प्रभाकर, भानु, धर्मध्वज, स्कन्द, विश्वकर्मा आदि प्रसिद्ध थे।

पुरोहित धौम्य ने यह भी कहा कि जो मनुष्य सूर्योदय के समय एकाग्रचित हो इन नामों का पाठ करता है वह मनचाही वस्तुओं को प्राप्त कर लेता है।[1]

धर्मराज ने धौम्य द्वारा बताए गए रूप से सूर्य की उपासना की। वह कई दिनों तक जल में कमर तक खड़ा होकर भगवान भास्कर की अस्तवन करते रहे। एकाग्रचित से की गई इस आराधना से भुवन-भास्कर, युधिष्ठिर पर शीघ्र ही प्रसन्न हो गए और उन्होंने मनुष्य रूप में युधिष्ठिर को दर्शन देकर कहा—"धर्मराज तुम्हारा जो कुछ अभीष्ट है वह तुम्हें प्राप्त होकर रहेगा। बारह वर्षों तक मैं तुम्हारे परिवार और तुम्हारे अतिथियों के लिए अन्न प्रदान करूँगा।"

यह कहकर सूर्यदेव ने एक ताम्रपात्र युधिष्ठिर को प्रदान करते हुए कहा था—"पुरु श्रेष्ठ! मेरे द्वारा प्रदत्त इस ताम्रपात्र को ग्रहण करो। इसमें जो भी भोजन-खाद्य, पेय आदि बनाया जाएगा वह तब तक अक्षुण्ण रहेगा जब तक द्रौपदी भोजन नहीं ग्रहण कर लेती।"

जैसा मुझे ज्ञात हुआ सूर्यदेव ने उसी समय स्पष्ट कर दिया था कि चौदहवें वर्ष में युधिष्ठिर अपना राज्य पुनः प्राप्त कर लेंगे। (इतश्चतुर्दशे वर्षे भूयो राज्यमवाश्यासि—महाभारत—वनपर्व) सूर्यदेव से वरदान प्राप्त कर धर्मराज युधिष्ठिर जल से बाहर आए थे और उन्होंने पुरोहित धौम्य के चरणों पर प्राणिपात कर उनका साधुवाद किया था। वे पुनः द्रौपदी के पास पहुँचे थे और उसे सूर्यप्रदत्त उस अक्षयपात्र को प्रदान करते हुए उसकी विशेषता बतला दी थी।

सूर्यदेव द्वारा प्रदत्त इस अक्षयपात्र से पांडवों के भोजन की समस्या का समाधान हो गया। ब्राह्मण भी उनके साथ प्रसन्न मन वन में निवास करने लगे। धर्मराज को सन्तोष हुआ कि कोई भी ब्राह्मण अब भूखा नहीं रहता था। यदा-कदा आनेवाले अतिथियों का स्वागत भी इस अक्षयपात्र के भोजन से होने लगा। द्रौपदी दिन ढलने पर सदा अन्त में ही भोजन ग्रहण करती थी क्योंकि सूर्य के वरदान की इस शर्त का उसे अभिज्ञान था कि उसके भोजन ग्रहण कर लेने के पश्चात् उस पात्र से पुनः कुछ प्राप्त नहीं होगा।

ब्राह्मणों के समुदाय से घिरे रहने के कारण तथा अपनी धार्मिक प्रवृत्ति के कारण भी युधिष्ठिर नित्य यज्ञादि क्रियाओं का सम्पादन करते रहते थे।

युधिष्ठिर आगे बढ़े और ब्राह्मणों और अपने परिवार के साथ काम्यक वन को प्रस्थित हो गए।

इस समय एक विशेष घटना घटी। विदुर ने मुझसे परामर्श किया और पांडवों से मिलने के लिए काम्यक वन की यात्रा का प्रण लिया। विदुर मुझसे कहीं अधिक दृढ़व्रती और साहसी थे। किसी कार्य के सम्बन्ध में मैं सोचता ही रह जाता और वे उसका सम्पादन कर देते। मेरी भी इच्छा थी कि पांडवों के पास जाकर उनका कुशलक्षेम प्राप्त किया जाए और कुन्ती को भी इससे परिचित कराया जाए। विदुर को, इस कार्य के लिए मैंने सर्वथा उचित समझा और मैंने भी उन्हें काम्यक वन जाने की अनुमति दे दी।

1. महाभारत, वनपर्व 3/30-31

वन-गमन के पूर्व विदुर ने धृतराष्ट्र से परामर्श करना उचित समझा। वस्तुतः इस परामर्श के लिए धृतराष्ट्र ने विदुर को स्वयं आमन्त्रित किया था। धृतराष्ट्र निश्चित रूप से अब तक घटी घटनाओं के कारण अपराध-बोध से ग्रस्त थे। यद्यपि उन्होंने द्यूत-क्रीड़ा की अनुमति देकर पांडवों को वनवास के लिए बाध्य किया था तथापि उनकी अन्तरात्मा उनको कचोट रही थी। उन्होंने विदुर को उचित आसन देकर कहा, "विदुर! तुम बुद्धि एवं राजनीति में शुक्राचार्य के सदृश हो। तुम सूक्ष्म-से-सूक्ष्म धर्म-तत्व को जानते हो। सबके प्रति तुम्हारी समदृष्टि है। कौरव और पांडव दोनों तुम्हारा समान रूप से सम्मान करते हैं। मेरी प्रार्थना है कि तुम मुझे कुछ ऐसा बताओ जिसके फलस्वरूप मैं अपने दायित्व का समुचित रूप में निर्वहन कर सकूँ। मेरे पुरवासी मेरे प्रति पूर्ववत् श्रद्धा रखें। साथ ही मुझे पांडवों से भय भी लगता है, अतः कुछ ऐसी विधि बताओ जिससे पांडव मुझे जड़-मूल से उखाड़ नहीं फेंके। मुझे पूर्ण विश्वास और आशा है कि तुम मुझे उचित मार्ग का निर्देश करोगे। धृतराष्ट्र द्वारा स्वयं इस प्रकार का प्रश्न पूछने पर विदुर ने अत्यन्त विनम्रता-पूर्वक कहा था—"महाराज! धर्म, अर्थ और काम इन तीनों की प्राप्ति का मूल धर्म ही है। आपके राज्य की जड़ भी धर्म में ही अवस्थित है। अतः आप धर्म के मार्ग का अनुसरण करते हुए न्यायपूर्वक पांडवों और कौरवों तथा अपनी प्रजा का पालन कीजिए। सच्चाई से आप परिचित हैं। यदि उसे पुनः स्मरण कराने की आवश्यकता है तो ध्यान दीजिए, शकुनि आदि पापकर्मियों ने द्यूत-सभा में धर्म के साथ धोखा किया। आपके पुत्र दुर्योधन ने सत्य प्रतिज्ञ धर्मराज युधिष्ठिर को हस्तिनापुर राजमहल में आमन्त्रित कर उन्हें कपट-पूर्वक पराजित किया। इस सब में आपकी भी पूर्ण भागीदारी है। कुरुराज! आपके शासन में आपके पुत्रों ने पापाचार को प्रश्रय दिया है और धर्म को तिरस्कार किया है। इस पाप की शान्ति का उपाय मैं आपको अवश्य बता सकता हूँ जिसके फलस्वरूप आपके पुत्र विशेषकर दुर्योधन पाप-मुक्त हो, प्रजा की प्रतिष्ठा प्राप्त कर सकें। धर्मयुक्त आचरण यही होगा कि आपने पांडवों को जो राज्य दिया था वह उन्हें पुनः प्राप्त हो जाए। सबसे बड़ा राजधर्म यही है कि राजा अपनी सम्पदा से ही सन्तुष्ट रहे और दूसरे की सम्पत्ति पर लोभ-पूर्ण दृष्टि नहीं डाले।

"यदि आपने मुझसे पूछा ही है तो मैं कहूँगा कि मेरे द्वारा इंगित मार्ग पर चलने से आपके यश का विस्तार होगा। भाइयों में कलह नहीं होगा और आपको धर्म की प्राप्ति होगी। सारे अत्याचारों के मूल में शकुनि की भूमिका रही है, अतः आपका यह दायित्व बनता है कि आप शकुनि को हस्तिनापुर-राजमहल से बाहर करें तथा पांडवों को न्याय देकर उन्हें सन्तुष्ट करें। राजन्! अगर आप ऐसा नहीं करते हैं तो कौरव-कुल का विनाश निश्चित समझें। वनवास के पश्चात् पांडव स्थिर नहीं बैठने वाले हैं। ऐसे में क्रोध के अवतार भीमसेन तथा श्रेष्ठ धुनर्धारी अर्जुन अपने शत्रुओं की सेना को ध्वस्त किए बिना नहीं रहेंगे। सम्पूर्ण अस्त्र-विद्या में निपुण सव्यसाची जिनका गांडीव धनुष त्रिलोक में चर्चित है, के शरों के प्रहार से कोई भी जीवित नहीं बच सकता।

"अब मैं दुर्योधन के सम्बन्ध में कुछ कहना चाहूँगा। दुर्योधन यदि आपके कथनानुसार नहीं चलता है तो आप उसका त्याग कर दीजिए। उसके जन्म के समय ही जो अपशकुन हुए थे उनके आधार पर भी सभी विचारवानों ने यह मन्तव्य दिया था कि आप इस पुत्र का परित्याग कर दें लेकिन आपने उस समय ऐसा नहीं किया। आप पांडवों को न्याय दिलाने के लिए दुर्योधन को नियन्त्रित कीजिए। यदि दुर्योधन

आपके कथनानुसार आचरण नहीं करता है तो मेरा सुविचारित मत है कि आप सभी भाइयों में श्रेष्ठ और धर्मज्ञ युधिष्ठिर को सिंहासन पर आरूढ़ कर दीजिए क्योंकि वे अजातशत्रु हैं। प्रजा उनके धर्म-आधारित शासन से हम सभी के अनुकूल हो जाएगी। राजन्! मैं यह परामर्श देने में भी पीछे नहीं रहूँगा कि दुर्योधन, शकुनि तथा सूतपुत्र कर्ण सारे ईर्ष्या, द्वेष और विद्वेष को भूलकर पांडवों को प्रेमपूर्वक अपनाएँ।

"दुःशासन ने भरी सभा में द्रौपदी का जो अपमान किया था उसके लिए वह वैसी ही सभा में पांचाली से क्षमा-याचना करे। अन्त में मैं पुनः यही चाहूँगा कि यदि हस्तिनापुर में धर्मराज्य की स्थापना करनी है तो धर्मराज युधिष्ठिर को ही राजा के रूप में अभिषिक्त कीजिए। ऐसा कर आप कृत्य-कृत्य हो जाएँगे। आपने अपने हित की बात पूछी है, अतः मेरी समझ में जो उचित प्रतीत हुआ, उसे मैंने आपके समक्ष निवेदित कर दिया। अब यह आपके ऊपर है कि आप अपने हठ पर अड़े रहते हैं अथवा मेरे परामर्श के अनुसार आचरण करते हैं।"

विदुर ने मुझे बताया था कि धृतराष्ट्र को उनका कथन बिच्छू के डंक के सदृश ही लगा था। मोहान्ध सम्राट ने विदुर का लगभग अपमान करते हुए कहा था—"विदुर! मैंने तो तुम्हें धर्मज्ञ एवं न्यायप्रिय व्यक्ति समझकर तुमसे परामर्श लिया था किन्तु तुम्हारा मन्तव्य स्पष्टतः एकपक्षीय है। इसे स्वीकार करने को मेरा मन प्रस्तुत नहीं हो रहा। तुम्हारा कथन पांडवों के लिए तो हितकर है पर मेरे पुत्रों के लिए अहितकर।

"तुम्हारे आज के इस व्यवहार से यह स्पष्ट हो गया कि तुम पांडवों के हित के ही पक्षधर हो और मेरे हितैषी कदापि नहीं। तुम्हारा यह कथन कि मैं पांडवों के लिए अपने पुत्र को त्याग दूं कहाँ तक उचित है? इसमें सन्देह नहीं कि पांडव भी मेरे पुत्र हैं पर दुर्योधन साक्षात् मेरे शरीर का अंश है। ऐसी स्थिति में समता की दृष्टि रखने वाला कौन किसी को ऐसा उपदेश देगा कि तुम दूसरे के हित के लिए अपने शरीरांश का ही त्याग कर दो। मैं तुम्हारा अधिक सम्मान करता रहा हूँ किन्तु दुर्भाग्यवश तुम मुझे कुटिलतापूर्ण परामर्श दे रहे हो। अब तुम्हारी जैसी इच्छा हो वही करो। तुम यहाँ रहो अथवा चले जाओ तुमसे मेरा कोई प्रयोजन नहीं। सत्य ही कहा गया है कि पथभ्रष्टा नारी को कितना भी प्रेम दिया जाए वह केवल एक की होकर नहीं रहती, यह धर्म के विरुद्ध है और इसी प्रकार तुम्हारा परामर्श भी धर्माधारित होने के पश्चात् भी अधर्म एवं पक्षपातपूर्ण ही है।" ऐसा कहकर धृतराष्ट सहसा उठकर महल के भीतर चले गए थे। तब विदुर ने मन ही मन यह कहा था कि इस कुल का विनाश अवश्यम्भावी है और वह उठकर मेरे पास आए गए थे। मैंने विदुर से पूरी बातें सुनीं और मैं भी इस भय से आशंकित हो उठा कि धृतराष्ट्र जब पुत्रों और राज्य के मोह में इस तरह अन्धे हो रहे हैं तो अन्याय की नींव पर टिका हस्तिनापुर का साम्राज्य बहुत दिनों तक नहीं चलने का और पता नहीं यह अपने साथ कितने सैनिकों, योद्धाओं और राज्यवंशों को निगलकर रहेगा। विदुर और हम उस दिन बहुत देर तक विचार-विमर्श करते रहे थे और हस्तिनापुर तथा इन्द्रपस्थ के सम्मिलित साम्राज्य पर आसन्न संकट की आशंका में व्यथित होते रहे थे। विदुर अब वन में ही रहने का मन बना रहे थे अन्ततः हम इस निष्कर्ष पर पहुँचे कि विदुर को काम्यक वन जाकर पांडवों से मिलना ही चाहिए और उनकी स्थिति को देखकर यथा आवशक परामर्श देना चाहिए। विदुर जब तक चाहें वन में रहें।

विदुर एक शीघ्रगामी अश्वों द्वारा खींचे जानेवाले रथ पर सवार हो काम्यक वन

पहुँचे और उस स्थान को ढूँढ़ ही निकाला जहाँ युधिष्ठिर एकान्त में याज्ञसेनी तथा अपने अनुजों और ब्राह्मणों के साथ बैठे थे।

युधिष्ठिर ने अपने पितृव्य विदुर को दूर से ही देख लिया था। रथ की घड़घड़ाहट एवं अश्वों के खुरों के स्वर ने उनका ध्यान आकृष्ट कर लिया था। विदुर के प्रति सदा श्रद्धाशील रहनेवाले युधिष्ठिर के मन में भी आशंका के सर्प ने सिर उठाया। उन्होंने भीम को सम्बोधित करते हुए कहा, 'पितृव्य विदुर, काम्यक वन पधार रहे हैं। मुझे तो भय लग रहा है कि धृतराष्ट्र ने पुनः कोई षड्यन्त्रकारी योजना बनाई है। शायद शकुनि के माध्यम से वह पुनः द्यूत-क्रीड़ा का आयोजन करना चाहते हैं। अब तक तो हमारी पूर्ण दुर्दशा हो चुकी। द्यूत के नए आयोजन से काम्यक-वन से भी क्या हमें निष्कासित करना है?''

भीमसेन ने अपनी गदा को उछालते हुए कहा था, ''द्यूत-क्रीड़ा निमन्त्रण, स्वयं पितृव्य ला रहे हैं तब भी हम उसे स्वीकार नहीं करेंगे और यह भी स्पष्ट सुन लीजिए कि द्यूत और युद्ध के निमन्त्रण को अस्वीकृत नहीं करने की आपकी नीति का कुफल हम पर्याप्त भोग चुके हैं, अतः इस बार हम द्यूत में भाग लेने के आपके आदेश का उल्लंघन करने को भी बाध्य होंगे।''

भीम ने कितने कड़े शब्दों में यह उद्घोषणा की थी वह भी अपने परमपूज्य ज्येष्ठ भ्राता धर्मराज के समक्ष कि मुझे अपनी भीष्म प्रतिज्ञा का स्मरण हो आया था, जब विदुर ने लौटकर यह चर्चा छेड़ी थी।

भीमसेन को ऐसा कुछ करने की आवश्यकता नहीं पड़ी। विदुर के सौम्य एवं शान्त आनन को देखकर युधिष्ठिर तत्काल खड़े हो गए और उनके चरणों में साष्टांग पड़कर अपना सम्मान प्रकट किया। अनुजों ने अग्रज का अनुकरण किया तथा भीम, नकुल और सहदेव सभी ने पितृव्य का प्राणिपात किया। विदुर ने सबको अपने आशीर्वाद से प्रसन्न किया। एक उच्चासन पर उन्हें विराजमान कर सभी पांडवों एवं ब्राह्मणों तथा वनवासियों ने उन्हें घेर लिया और उनसे नीतिपरक उपदेश सुनाने का अनुरोध करने लगे।

विदुर ने उन्हें सम्बोधित कर कहा, ''महाभागो, मैं अभी किसी उपदेश अथवा प्रवचन की मुद्रा में नहीं हूँ। धृतराष्ट्र से मेरी बातें हुई हैं। मैंने उन्हें न्याय की बात बताई। पांडवों और कौरवों को समदृष्टि से देखने को कहा। और भाइयों में ज्येष्ठ होने के कारण युधिष्ठिर को राजसिंहासन सौंप देने की बात भी सम्राट से की किन्तु दुर्भाग्यवश उन्होंने मेरे मन्तव्य को उचित परिप्रेक्ष्य में नहीं लिया और पांडवों का हितैषी समझ मुझे राजमहल छोड़कर अन्यत्र चले जाने को भी कहा यद्यपि हम दोनों सगे भाई हैं। इसी दुःख से पीड़ित होकर मैं धर्मराज युधिष्ठिर के पास आया हूँ। अब विचारणीय यह है कि ऐसी स्थिति में क्या करणीय है और क्या अकरणीय?''

युधिष्ठिर अवश्य ही मन-ही-मन लज्जित हुए होंगे तथा भीमसेन भी कि वे विदुर के बारे में क्या सोच रहे थे और वे क्या निकले। भीमसेन ने युधिष्ठिर को कुछ बोलने का अवसर दिए बिना कहा, ''पूज्य पितृव्य! आपके अपमान से हम सब आहत हैं। तेरह वर्षों की अवधि पूर्ण किए बिना तो हम हस्तिनापुर लौट नहीं सकते किन्तु आप अगर वहाँ अपने को असहज अनुभव करते हैं तो हमारे मध्य आपका सदा स्वागत है। ईश्वर और वनदेवी की कृपा से हमें किसी वस्तु की कोई कमी नहीं। ब्राह्मणों का साथ एवं वनवासियों की सेवा हमें उपलब्ध है। सूर्यप्रदत्त अक्षय पात्र हमें मनोवांछित

खाद्य एवं पेय पदार्थ प्रदान करता है। हम राजमहल की सुविधा तो नहीं प्रदान कर सकते किन्तु यह भीं वचन देते हैं कि हम आपको कोई कष्ट भी नहीं होने देंगे।''

भीमसेन की बात पूर्ण होते-न-होते एक दूसरा रथ वहाँ उपस्थित हो गया। सभी ने आश्चर्य-पूर्वक उसकी दिशा में देखा। रथ से जो व्यक्ति अवतरित हुए वह धृतराष्ट्र के परमसहयोगी संजय थे। संजय जब रथ से नीचे आए तो उन्होंने सर्वप्रथम युधिष्ठिर को अंक में लेकर उन्हें सम्मान दिया। फिर सभी उपस्थित लोगों ने संजय के प्रति अपनी श्रद्धा निवेदित की।

हुआ यह था कि विदुर के राजभवन छोड़ते ही धृतराष्ट्र अत्यन्त अव्यवस्थित हो आए थे। उन्हें अपनी भूल का पूर्ण अनुभव हुआ था। उन्हें पता था कि तीनों भाइयों में विदुर ही न्यायप्रिय, नीतिज्ञ एवं धर्माचारी थे। वे कदापि अनुचित परामर्श नहीं दे सकते। इसके अतिरिक्त विदुर ने अपना परामर्श धृतराष्ट्र के आदेश पर ही दिया था और इस परामर्श में विदुर ने कोई अशोभनीय कथन भी नहीं किया था। उनका परामर्श सत्याधारित था। अगर दुर्योधन की उद्दंडता और युधिष्ठिर की धर्मज्ञता की बात उन्होंने कही थी तो उस समय यह कथन चाहे जितना कष्टकारी लगा हो लेकिन यह सत्य से परे नहीं है। धृतराष्ट्र की बन्द आँखें भी जैसे खुल गई थीं और वह यह अनुभव करने लगे थे कि अपने एकमात्र भाई को भी उन्होंने अपनी मूर्खता से अपने से पृथक् कर दिया। विदुर के राजमहल छोड़ने की सूचना पाते ही धृतराष्ट्र उद्विग्न हो गए थे। रात्रि-पर्यंत वे अपने पर्यंक पर करवटें बदलते रहे थे। नींद पता नहीं कहाँ भटक रही थी।

प्रातः उठे तो उनका मुख विवर्ण था। उन्होंने नित्य-क्रिया से निवृत्त हो दूत भेजकर संजय को महल में आहूत किया और उनसे अनुरोध किया कि वे उनके द्वारा हुई गलती के प्रायश्चित में साथ दें। विदुर के बिना उनके जीने और मरने का कोई अर्थ नहीं था। उनकी संगति से उन्हें आन्तरिक शान्ति प्राप्त होती है। विदुर सदा न्याय और नीति की बातें ही करते हैं। ऐसे महात्मा का परित्याग धर्म की हत्या है। अतः संजय काम्यक वन जाकर विदुर को किसी प्रकार हस्तिनापुर वापस लाएँ।

धृतराष्ट्र की इस व्यग्रता का अनुमान मुझे अपने गुप्तचरों के माध्यम से लग गया था। संजय के काम्यक वन-प्रस्थान का भी पता उन्हीं के माध्यम से लगा था।

संजय पर मेरा विश्वास कभी नहीं रहा। विदुर, द्रोणाचार्य और कृपाचार्य की संगति में मैं अपने को सदा सहज अनुभव करता रहा। विशेषकर विदुर की संगति मुझे सर्वाधिक सम्मोहक लगती थी।

विदुर यद्यपि इस समय मुझसे दूर थे फिर भी मुझे इस बात का सन्तोष था कि वे पांडवों की हित-साधना में गए हैं और उनकी उपस्थिति से पांडवों का वन-गमन सम्बन्धी क्लेश तो कम होगा ही उन्हें वनचारी जीवन जीने का उचित दिशा-निदेश भी विदुर से प्राप्त हो जाएगा। संजय वस्तुतः धृतराष्ट्र के निजी सचिव के सदृश थे। उनकी बात धृतराष्ट्र की ही बात थी अर्थात् उनका कथन विदुर के लिए राजाज्ञा का ही कार्य करता। मुझे आन्तरिक भय ने ग्रस लिया कि संजय के काम्यक वन पहुँचने के पश्चात् विदुर का वहाँ रहना कठिन हो जाएगा। यह बात मुझे पसन्द नहीं थी पर अब हो भी क्या सकता था?

अन्ततः हुआ वही जिसकी मुझे आशंका थी। संजय विदुर को प्रभावित करने

में सफल हो गए उन्होंने अनुनय भरे शब्दों में कहा, ''परम विद्वान विदुर! हस्तिनापुर नरेश धृतराष्ट्र ने आपको तत्काल आमन्त्रित किया है। वे आपके ज्येष्ठ भ्राता हैं। उनकी आज्ञा का उल्लंघन आपके लिए कदापि उचित नहीं है। उन्होंने आपके साथ जो व्यवहार किया वह क्षणिक मोह के फलस्वरूप था। उससे वह स्वयं दुखी हैं। उनका कथन है कि आप उन सारी बातों को विस्मृत कर जाएँ और अपने अग्रज की प्रसन्नता के लिए पूर्ववत् उनके सम्पर्क में बने रहने के लिए राजमहल प्रस्थान करें।''

विदुर संजय की बात पर विवश हो गए थे और उन्हें राजमहल लौटना पड़ा था। धृतराष्ट्र से मिलने और उन्हें सान्त्वना देने के पश्चात् और उनका प्रचुर प्यार ग्रहण करने के उपरान्त वह मेरे एकान्त-कक्ष में आए थे और उन्होंने सारी बातें विस्तार से बताई थीं। वह संजय को न नहीं कह सकते थे। वे नीतिज्ञ थे और उन्हें ज्ञात था कि राजाज्ञा का उल्लंघन एक उत्तरदायी नागरिक के लिए उचित नहीं। इसके अतिरिक्त सम्राट् धृतराष्ट्र उनके अग्रज भी थे। अग्रज का आदेश भी अनुल्लंघनीय है। धृतराष्ट्र के पश्चातापग्रस्त होने के बाद विदुर को संजय के साथ नहीं लौटना किसी भी दृष्टि से उचित नहीं होता।

जिस उद्‌देश्य की पूर्ति के लिए विदुर काम्यक वन गए थे वह पूर्णतया सफल नहीं हुआ था। उन्होंने संक्षेप में पांडवों को धैर्य बँधाने के पश्चात् कहा था, जीवन में आनेवाली आपदाओं-विपदाओं को साहस-पूर्वक झेलना ही पुरुषार्थ है। उन्होंने इंगित से यह भी कह दिया था कि बुरे दिनों के बाद अच्छे दिन भी आते हैं और उनका भी समय पलटेगा। विदुर और युधिष्ठिर दोनों कूट भाषा के ज्ञाता थे, इसका उल्लेख मैं युधिष्ठिर के वारणावत-यात्रा के समय ही कर चुका हूँ जब विदुर ने उन्हें लाक्षागृह के संकट से उभरने का यत्न बताया था और युधिष्ठिर ने सब कुछ समझकर उन्हें आश्वस्त किया था।

न्यायप्रिय विदुर ने इसी कूट भाषा का प्रयोग कर युधिष्ठिर को आनेवाले दिनों के लिए प्रस्तुत रहने का परामर्श दिया था और सहायकों, सुहृदों तथा अस्त्र-शस्त्र की वृद्धि करने की बात बतला दी थी। दिव्यास्त्रों के लिए स्वयं अथवा अपने अनुजों विशेषकर अर्जुन द्वारा तपस्या की बात भी कही थी। उनके समक्ष समय नहीं था, अतः वे पांडवों, समुपस्थित ब्राह्मणों एवं वनवासियों के साथ पूर्ण वार्तालाप भी नहीं कर सके फिर भी हमें सन्तोष हुआ कि विदुर ने जो कुछ कूटभाषा में युधिष्ठिर को कहा था उससे वह लाभ उठाएँगे और स्वयं तथा अपने अनुजों को आनेवाले समय के लिए प्रस्तुत करने के लिए कुछ नहीं उठा रखेंगे।

विदुर का आगमन धृतराष्ट्र के लिए चाहे जितना प्रसन्नतादायक हो परन्तु उनके पुत्र दुर्योधन के लिए विदुर का हस्तिनापुर लौट आना एक अभिशाप की तरह ही था। उसने अपनी चांडाल-चौकड़ी के सदस्यों यथा दुःशासन, शकुनि और कर्ण आदि को अभिमन्त्रणा के लिए आमन्त्रित किया और उसने उनके समक्ष अपनी पीड़ा की अभिव्यक्ति की। उसका कहना था कि सम्राट का परम विश्वासपात्र विदुर पुनः लौट आया है। सम्राट उसके प्रभाव में हैं किन्तु वह पांडवों का मित्र एवं शुभाकांक्षी है तथा उन्हीं के हित-साधन में लगा रहता है। उसका पूर्ण प्रयास होगा कि पांडव पुनः वन से वापस लौट आएँ और युधिष्ठिर को राज्यसिंहासन पर प्रतिष्ठित कर दिया जाए। मैं इस स्थिति को कभी सहन नहीं कर सकता। यदि मैंने पांडवों का यहाँ आना देख लिया तो जल का भी परित्याग कर अपने प्राणों को समाप्त कर दूँगा। मैं विष खा लूँगा। फाँसी लगा

लूँगा। अपने आपको स्वयं ही शस्त्र से मार डालूँगा अथवा प्रज्ज्वलित अग्नि में प्रवेश कर जाऊँगा।

शकुनि को कम-से-कम एक बार सद्बुद्धि आई थी और उसने दुर्योधन को सम्बोधित करते हुए कहा था, "भांजे! तुम भी क्या बे-सिर-पैर की बातें करते हो। पांडव सत्यव्रती हैं। वे बारह वर्षों का वनवास और एक वर्ष का गुप्तवास पूर्ण किए बिना हस्तिनापुर वापस नहीं आने जा रहे। तुम व्यर्थ ही आशंकित हो। तुम्हारे पिता के आदेश पर भी वे वनावधि को पूर्ण किए बिना वापस होने से रहे। फिर भी यदि वे वापस आ भी गए तो हम राजा की आज्ञा का पालन करते हुए उन पर ध्यान रखेंगे और उनके छिद्रों का अवलोकन करते रहेंगे और उनका लाभ उठाकर उन्हें विनाश के कगार पर पहुँचा देंगे। दुःशासन ने भी प्रायः इसी प्रकार की बात की और वह बोला कि मामा शकुनि जो कुछ कहते हैं उसमें तथ्य होता है। कर्ण ने भी स्पष्ट कहा, "मित्र! दुर्योधन हम तुम्हारी अभिलाषा की पूर्ति के लिए सदा सचेष्ट हैं। इस सम्बन्ध में हम लोगों ने पूर्ण विचार कर लिया है। मामा शकुनि का यह कहना भी सत्य से परे नहीं है कि सत्यानुरागी पांडव वनवास की अवधि को पूर्ण किए बिना वापस नहीं आएँगे। अगर आए भी तो मामा शकुनि की बुद्धि उन्हें शान्ति से नहीं बैठने देगी। द्यूत-क्रीड़ा के द्वारा हम उन्हें पुनः पराजित कर देंगे।"

दुर्योधन को इन सारी बातों से कोई प्रसन्नता नहीं हुई और उसने कर्ण की ओर उदासीन दृष्टि से देखकर अपना मुख फेर लिया। कर्ण ने दुर्योधन का आशय समझ लिया और उसने दुःशासन आदि को सम्बोधित करते हुए कहा, "हम सभी राजा दुर्योधन के परम हितैषी हैं। इस सम्बन्ध में मेरा मत स्पष्ट है। हम सभी इनकी भुजाएँ और इनके किंकर हैं। हम सब मिलकर इनका प्रिय कार्य करेंगे। मेरी यह सुविचारित सम्मति है कि हम अस्त्र-शस्त्र से सज्जित हो तथा रथ पर आरूढ़ हो, वनवासी पांडवों पर आक्रमण कर उन्हें मार डालें। उनकी मृत्यु के पश्चात् दुर्योधन का इन्द्रप्रस्थ और हस्तिनापुर पर निष्कंटक राज्य स्थापित हो जाएगा। पांडव जब तक वन में हैं, क्लेश में पड़े हैं तथा शोक-मग्न हैं, मित्रों एवं सहायकों से वंचित हैं तभी तक उन पर विजय प्राप्त की जा सकती है। इस सुअवसर का लाभ उठाना चाहिए।"

कर्ण की उक्ति से सहमति जताते हुए चांडाल-चौकड़ी के सदस्य पृथक्-पृथक् रथों में आसीन हो तथा विभिन्न शस्त्रास्त्रों से युक्त हो पांडवों के वध का निश्चय कर नगर से बाहर निकल पड़े।

मुझ तक इस संवाद को पहुँचने में विलम्ब नहीं हुआ। मैं घोर चिन्ता से ग्रस्त हो आया। एक ओर वनवास के दुःख से दुःखित पांडव, शस्त्रास्त्रों से प्रायः रहित और पदाति, दूसरी ओर शस्त्रास्त्रों एवं रथों से युक्त अकस्मात् आक्रमणकारी कुटिल कौरव। पांडवों का अहित निश्चित होने पर भी वे रथारूढ़ इन अन्यायियों का वध कर सकते थे परन्तु आकस्मिक आक्रमण का सामना वे सफलतापूर्वक कर पाएँगे इसमें मुझे सन्देह था। कहने की आवश्यकता नहीं कि मुझे सर्वाधिक चिन्ता अपने अत्यन्त प्रिय अर्जुन के लिए थी। अर्जुन, गांडीवधारी था किन्तु कर्ण भी धनुर्विद्या में उससे कम नहीं था और वह रथारूढ़, शरों से भरे तूणीरों से युक्त था। ऐसे में कर्ण पर विजय प्राप्त करना अर्जुन के लिए भी कठिन सिद्ध होता। भीमसेन के गदा-कौशल पर भी मुझे विश्वास था पर ऐसी स्थिति में सम्पन्न होनेवाले गदा-युद्ध में सफलता किसे वरण करेगी यह कहना असम्भव था।

नकुल और सहदेव तलवार चालन में निश्चित ही कुशल थे किन्तु ये अश्विनीकुमार सुकुमार भी थे। वनों के कष्टों ने इन्हें जर्जर कर दिया होगा। वे इस आकस्मिक आक्रमण में अपनी भी रक्षा करने में समर्थ नहीं होंगे, अपने पक्ष को विजय किधर से दिलाएँगे?

मेरी चिन्ता पंचाल-कन्या द्रौपदी को लेकर सर्वोपरि थी। उसके सम्भावित भविष्य को लेकर मेरे हृदयाकाश पर आशंका के मेघ उमड़-घुमड़ रहे थे। मैं ज्येष्ठ कौरव हस्तिनापुर की उस सभा में द्रौपदी की लज्जा के रक्षार्थ कुछ नहीं कर सका था। वह तो कृष्ण ने उसकी लाज बचाई थी। अब जब पांडव कौरवों से काम्यक वन में बुरी तरह परास्त हो जाएँगे अथवा मृत्यु को ही प्राप्त करेंगे तो द्रौपदी की दशा क्या होगी? दुर्योधन और दुःशासन की कुदृष्टि उस पर सदा लगी रही है। सर्वाधिक आशंका कर्ण से थी क्योंकि वह स्वयंवर-सभा में अपमानित हुआ था और इस अपमान को वह अभी तक नहीं भूल सका था।

मैं इसी चिन्ता में निमग्न था और वासुदेव से मन-ही-मन प्रार्थना कर रहा था कि वे पांडवों की इस आकस्मिक विपत्ति से रक्षा करें तभी जैसे चमत्कार हो आता है। विदुर के गुप्तचरों ने उपस्थित होकर बताया था कि पता नहीं कैसे महर्षि व्यास हस्तिनापुर के राजदरबार में उपस्थित हो गए थे और उन्होंने धृतराष्ट्र से लम्बी वार्ता की। इस वार्ता का प्रायः यथावत् वर्णन उन्होंने दिया था।

महर्षि व्यास को अकस्मात् समुपस्थित जान धृतराष्ट्र विस्मय-विमुग्ध हो गए थे। उन्होंने तत्काल खड़े होकर अपने पिता एवं महर्षि का स्वागत किया था। उनके चरणों को गांधारी के साथ प्रक्षालित कर तथा उन्होंने भलीभाँति पाद्य, अर्घ्य आदि से उन्हें प्रसन्न कर उन्होंने पूछा था, "महर्षि! अपने आकस्मिक आगमन का कारण बताएँ।"

व्यास प्रायः कुपित होकर बोले, "मैंने सुना है कि तुम्हारे पुत्र दुर्योधन के आदेश पर उसके कई कुविचारी साथी पांडवों के निवास काम्यक-वन के लिए प्रस्थान कर चुके हैं। वे रथारूढ़ और शस्त्रास्त्रों से सुसज्जित हैं। उनका एकमात्र घृणित उद्देश्य पांडवों का वध करना है। तुम भी सोच सकते हो कि यह किसी आतंकवादी कार्यवाही से कम नहीं है। असावधान तथा रथ-शस्त्रविहीन पांडवों पर आक्रमण करने की यह योजना लज्जाजनक एवं कायरतापूर्ण है। यह वीरोचित कार्य कदापि नहीं। मुझे कहना पड़ता है कि मैं तुम्हारा ही नहीं दिवंगत पांडु का भी पिता हूँ। पांडवों पर होने वाला यह अत्याचार मैं कदापि सहन नहीं कर सकता। यदि मेरी बातों का कुछ महत्त्व है तो तुम तत्काल दुर्योधन के दुर्मति सहकर्मियों को वापस बुलाओ। अब बहुत हो चुका। युधिष्ठिर को राजपद नहीं भी देना है तो उन्हें उनके अपने इन्द्रप्रस्थ राज्य को वापस करो जो कपट द्यूत में विजित किया गया है। इसमें शकुनि के सदृश घोर कपटी, कुटिल और अन्यायी व्यक्ति का हाथ है। अगर हस्तिनापुर का भला चाहते हो तो उसे तत्काल उसके राज्य गंधार वापस भेजो। तुमने धर्मज्ञ विदुर को राजमहल से निष्कासित किया था किन्तु यह ईश्वर द्वारा प्रदत तुम्हारी सुबुद्धि ही थी जिसके फलस्वरूप तुमने संजय को भेजकर विदुर को वापस बुला लिया।

बात मात्र केवल शकुनि की नहीं है। तुम्हारा पापात्मा और मूर्ख पुत्र सदा पांडवों के प्रति क्रोधाभिभूत रहता है उसी के हठ के कारण उसके दुराचारी साथी काम्यक वन पांडवों की हत्या के लिए गए हैं। तुम्हारा यह बुद्धिहीन पुत्र यह क्यों नहीं समझता है कि अगर पांडवों पर इसी तरह अत्याचार होता रहा और उन्हें वनवास में भी स्थिर नहीं रहने दिया गया तो क्लेशों का स्मरण कर वनवास के तेरहवें वर्ष की समाप्ति

पर कुपित पांडव कौरवों पर विष-सदृश घातक अस्त्र-शस्त्रों का प्रयोग कर उन्हें कहीं का नहीं छोड़ेंगे। इस पुत्र को शान्त करो वर्ना वनवासी पांडवों को मारने की इच्छा रखने वाला यह तुम्हारा पुत्र एक दिन स्वयं अपने प्राणों से हाथ धो बैठेगा।

"महाप्राज्ञ! स्वजनों के साथ अनावश्यक कलह निंद्य है। यह अपयशकारी एवं अधर्म को प्रश्रय देनेवाला है। अतः तुम पारिवारिक कलह से पृथक् रहकर न्याय का पथ अपनाओ। मेरा अन्तर्मन कहता है कि अगर तुमने दुर्योधन के विचारों की उपेक्षा नहीं की और उसे शासित नहीं किया तो उसका कुविचार एक महान् अत्याचार की सृष्टि कर सकता है। यदि तुम्हारा यह मन्दबुद्धि पुत्र एकाकी बिना किसी सहायक के पांडवों के साथ ही वन में निवास करे तो उसका संस्कार भी उनके संसर्ग में शुद्ध हो जाएगा और उसके मन में यदि अपने पांडव-भाइयों के प्रति स्नेह उत्पन्न हो जाए तो तुम अपने जीवन की धन्यता प्राप्त कर लोगे।"

मैंने तथा विदुर ने गुप्तचरों के माध्यम से यह भी सुना कि महर्षि व्यास ने चलते-चलते यह भी कहा कि इस विषय में तुम भीष्म, द्रोण, विदुर आदि से भी परामर्श ले लो।

धृतराष्ट्र ने महर्षि व्यास को सम्बोधित करते हुए कहा था, "भगवन् द्यूत का यह कार्य मुझे भी अरुचिकर प्रतीत हुआ था किन्तु विधाता ने जैसे मेरी मति भ्रष्ट कर दी हो। भीष्म, द्रोण और विदुर की भी इसमें सहमति नहीं थी। मेरी पत्नी गांधारी को भी यह द्यूत-क्रीड़ा पसन्द नहीं थी किन्तु मैंने ही पुत्र-मोहवश सबको जूए में झोंक दिया। महर्षि व्यास ने कहा था, "मैं तुम्हारी दुर्बलता को समझ सकता हूँ और मैं यह भी जानता हूँ कि यदि तुम यह चाहते हो कि समस्त कौरव जीवित रहें तो तुम्हें कुछ ऐसा यत्न करना पड़ेगा जिससे तुम्हारा दुर्विनीत पुत्र दुर्योधन पांडवों के साथ शान्ति से रहे। धृतराष्ट्र ने करबद्ध निवेदन किया, "महर्षि यदि आपकी मुझ पर थोड़ी भी अनुकंपा है तो मेरे लोभ-लिप्सा-ग्रस्त दुराचारी पुत्र दुर्योधन को स्वयं शिक्षा देकर उचित मार्ग पर लाइए।" महर्षि व्यास ने कहा, "अगर मेरे पास अवकाश होता तो मैं स्वयं यह शुभकार्य सम्पन्न कर देता किन्तु आपके सौभाग्य से महर्षि भगवान मैत्रेय यहाँ पधार रहे हैं। वही कौरव-कुल की रक्षा के लिए तुम्हारे पुत्र दुर्योधन को उचित शिक्षा देंगे। एक बात यह भी ध्यान में रखने की है कि मैत्रेय जो कुछ कहें उसका निश्चित पालन होना चाहिए अन्यथा वह कुपित होकर श्राप भी दे सकते हैं।

इतना कहकर महर्षि व्यास चले गए और मैत्रेय आते हुए दृष्टिगत हुए। राजा धृतराष्ट्र ने पाद्य, अर्घ्य आदि द्वारा उनका पूजन कर उनसे सविनय पूछा, "भगवन्! इस कुरु देश में आपका आगमन निष्कंटक एवं सुखपूर्वक तो हुआ? आप शायद मेरे वनवासी पुत्रों—पंच पांडवों से मिलकर आ रहे हैं। वे सभी सकुशल तो हैं? आप कृपा कर यह भी बताइए कि सत्यनिष्ठ पांडव अपनी प्रतिज्ञा पर स्थिर तो रहना चाहते हैं? साथ ही यह भी कि सभी कौरवों में मैत्रीभाव तो अखंड बना रहेगा?"

महर्षि मैत्रेय ने कहा था, "कुरुपति! मैं तीर्थ-यात्रा के प्रसंग में भ्रमण करता हुआ अकस्मात् कुरुजांगल देश चला आया हूँ। काम्यक वन में धर्मराज युधिष्ठिर से भी मेरी मुलाकात हुई। मुझे आश्चर्य हुआ कि जटाजूट एवं मृगचर्म धारण कर तपोवन में निवास करने वाले महामना धर्मराज के दर्शन के लिए वहाँ एक-से-एक ऋषि और मुनि पधारते रहते हैं।

"राजन् मैंने यह भी सुना है कि तुम्हारे पुत्रों की बुद्धि भ्रष्ट हो गई है। वे द्यूत

के वश हो अकरणीय कर रहे हैं। अगर उन्हें जूए से इतना ही प्रेम है तो एक दिन उन पर बड़ा भारी भय उपस्थित होने वाला है।

"तुम्हारे पुत्रों की भ्रान्त बुद्धि की बात सुनकर मैं कौरवों की स्थिति देखने के लिए यहाँ पहुँचा हूँ। तुम्हें पता है कि कौरव-भ्राताओं में मैं तुम्हें सबसे अधिक चाहता हूँ। महर्षि मैत्रेय ने मुझे भी समेट लिया था और धृतराष्ट्र से कहा था तुम्हारे और भीष्म के रहते यह उचित नहीं प्रतीत होता है कि तुम्हारे पुत्र इस तरह षड्यन्त्रकारी कार्यों में लीन हों।"

मुझे जब मैत्रेय के इस कथन की बात बताई गई तो मुझे स्वभावतः लगा कि मैं व्यर्थ में ही कौरव-बन्धुओं के कुकृत्यों के लिए उत्तरदायी ठहराया जा रहा हूँ। मेरी विडम्बनाओं में से एक यह भी है कि बाहर के लोग यह समझते हैं कि कुरुश्रेष्ठ होने के नाते सभी मेरी आज्ञा का अनुसरण करते हैं किन्तु आन्तरिक स्थिति को कोई नहीं जानता। दुर्योधन तो दुर्योधन, धृतराष्ट्र भी मुझसे परामर्श लेना आवश्यक नहीं समझते थे। मैं अपने भाग्य की इस विडम्बना पर रोऊँ या हँसूँ मुझे कुछ पता नहीं चलता।

महर्षि मैत्रेय ने धृतराष्ट्र से यह स्पष्ट कहा था, "कुरुनन्दन! तुम्हारी राजसभा में डाकुओं की भाँति जो बर्ताव हुआ है उसके कारण तुम मनीषियों की सभा में शोभा नहीं पा सकते।"

मुझे मैत्रेय का यह कथन बड़ा रोचक लगा था। सचमुच हस्तिनापुर-राजमहल में जो कुछ घटा था वह डाकुओं के कृत्य से कम नहीं था। महर्षि मैत्रेय ने इसके पश्चात् दुर्योधन को सम्बोधित किया था, "महाबाहु दुर्योधन! मैं तुम्हारे हित की बात ही कर रहा हूँ। पांडवों से द्रोह करना बन्द करो तथा अपने पांडवों, कुरुकुल तथा चराचर जगत के हित की बात सोचो। साथ ही यह बात भी नहीं भूलो कि पांडव पराक्रमी, युद्धकुशल और महान् शूरवीर हैं। उन्होंने महान् पराक्रम दिखाकर कई भयंकर राक्षसों का वध किया है जिनमें हिडिम्ब तथा किर्मीर के सदृश दुर्द्धर्ष दैत्य सम्मिलित हैं।

मैत्रेय की बातों का इतना की प्रभाव पड़ा कि चांडाल-चौकड़ी के लोग वापस बुला लिए गए।

मुझे इसी समय हिडिम्ब-बध की वह घटना याद आई थी जो लाक्षागृह से पांडवों के भागने पर घटी थी। उस समय पांडव वनों में यत्र-तत्र भटकते फिर रहे थे। रात्रि में वे किसी विशाल वृक्ष के नीचे आश्रय ग्रहण करते। भीमसेन का यह दायित्व था कि वह सोए हुए पांडवों और माता कुन्ती की सुरक्षा में जगे रहें।

इस वन में हिडिम्ब नाम का एक भयानक राक्षस का निवास था। इस नरभक्षी राक्षस में कई हाथियों का बल था। मानव-मांस उसे अत्यन्त सुस्वाद लगता था लेकिन यह इस घोर जंगल में यदा-कदा ही उपलब्ध हो पाता था। पांडवों की देहगन्ध उसने दूर से ही सूँघ ली और बहुत समय बाद नर-मांस खाने का अवसर उपस्थित देख उसकी प्रसन्नता की सीमा नहीं रही। उसकी एक बहन थी हिडिम्बा। उसने उसे यह देखने के लिए भेजा कि उसके आहारों की संख्या कितनी है और वे वस्तुतः किस स्थान पर हैं।

हिडिम्ब अपनी बहन से सूचना पाकर उस स्थान पर जाता और माता कुन्ती-सहित सभी पांडवों का भक्षण कर जाता। हिडिम्बा मानवगन्ध की दिशा में बढ़ी। उसने देखा चार सुन्दर पुरुष और एक अर्द्धवृद्धा स्त्री सोए पड़े हैं और उनकी रक्षा में एक अत्यन्त बलिष्ठ और रूपवान युवक जिसका डील-डौल किसी मत्त गजराज से कम नहीं था और

जिसका रंग कच्चे स्वर्ण के सदृश गोरा था, जिसकी आँखें बड़ी-बड़ी और नासिका उठी हुई थी, जिसकी ग्रीवा बड़ी थी और जिसके लम्बे काले केश पीछे की ओर मुड़े हुए थे एवं जिसका उठा हुआ माथा था उनकी रक्षा में बैठा है। भीमसेन के इस रूप को देखकर हिडिम्बा अपने भाई के आदेश को भूल गई और भीमसेन के रूप-रंग और बलिष्ठ देह-यष्टि पर मुग्ध हो गई। कामासक्त हिडिम्बा ने राक्षसी माया से स्वयं को अत्यन्त रूपवती युवती में परिवर्तित कर लिया तथा भीमसेन के समक्ष प्रकट होकर कहा, "महाभाग! आप कौन हैं? इतना रूपवान और बलशाली युवक तो मैंने त्रैयलोक्य में कहीं देखा नहीं। आप जिनकी सुरक्षा कर रहे हैं, वे आपके कौन हैं? यदि उचित समझें तो अपना और उन सबों का परिचय देकर मुझे कृतार्थ करें।"

भीमसेन ने इस सुन्दर युवती पर एक उड़ती हुई दृष्टि डाली और उसके प्रश्नों का सहज रूप में उत्तर दिया, "भद्रे! मैं पाण्डु-पुत्र भीमसेन हूँ और यहाँ जो विश्राम कर रहे हैं वे मेरे भाई हैं तथा जिस स्त्री की ओर तुम इंगित कर रही हो वह हम सबों की माता महारानी कुन्ती हैं। मैंने तुम्हारी जिज्ञासा शान्त कर दी। अब तुम बताओ कि इस घोर वन में तुम्हारे सदृश लावण्यमयी रूपवती कैसे और कहाँ से प्रकट हुई? तुम्हारी सुन्दरता और वार्तालाप का ढंग मानवोचित नहीं है। तुम कोई देव-कन्या, गन्धर्वकन्या अथवा किन्नरी या परी, कौन हो? तुम्हें इस भयानक वन में विचरण करते भय क्यों नहीं लगता?"

हिडिम्बा अब तक भीमसेन के ऊपर पूरी तरह आसक्त हो चुकी थी और अपनी कामेच्छा की पूर्ति के लिए व्यग्र हो रही थी। अब वह अपने भाई की नहीं होकर भीमसेन की ही हो गई थी। भीमसेन को प्राप्त करने की लालसा में उसने सबकुछ खोलकर रख दिया। अपने प्रियतम से अब कुछ गोपन रखने का प्रश्न नहीं था। उसने स्पष्ट कहा, "इस जंगल में एक घोर नर-भक्षी राक्षस रहता है। वह मेरा स्वयं का भाई हिडिम्ब है। उसमें अपार बल है। वह बड़े-से-बड़े मनुष्य-वीर को देखते-देखते उदरस्थ कर सकता है। मैं नहीं चाहती कि तुम उसके आखेट बनो। वह मेरे लौटने में बिलम्ब होते देख शीघ्र ही यहाँ पहुँचेगा और तुम सबों को क्षणमात्र में अपना आहार बना लेगा। इसके पूर्व कि वह यहाँ पहुँचे, हम दोनों भाग चलें और किसी एकान्त गुहा में रमण कर जीवन का आनन्द उठाएँ।"

भीमसेन ने मुसकराते हुए हिडिम्बा की ओर देखकर कहा, "तुम्हारा प्रस्ताव मुझे मान्य नहीं। तुम चाहे जितनी भी आकर्षक एवं रूपवती हो, मैं तुम्हारे साथ शारीरिक सम्बन्ध स्थापित करने की बात सोच भी नहीं सकता क्योंकि मेरे ज्येष्ठ भ्राता जो यहाँ अपने शेष तीन भाइयों और माता के साथ विश्राम कर रहे हैं और जो देखने में दीर्घकाय एवं तेजवान हैं, अभी तक अविवाहित हैं। ऐसी स्थिति में स्त्री-प्रसंग नहीं कर सकता चाहे वह नारी स्वयं उर्वशी अथवा रम्भा ही क्यों न हो और मुझे अपने भाई हिडिम्ब का भय नहीं दिखलाओ। वह चाहे कितना भी बलवान हो, मेरे समक्ष वह टिक नहीं सकता। मैं द्वन्द्व युद्ध में उसके प्राण हर लूँगा और वन को इस नरभक्षी के भय से मुक्त कर दूँगा।"

हिडिम्बा घबराई और बोली, "यदि किसी स्त्री का मन किसी पुरुष पर आ जाए तो उसे सन्तुष्ट नहीं करना पाप से कम नहीं है। मैं तुम्हारे संग के लिए व्यग्र हो रही हूँ। यदि इसी बीच मेरा भाई पहुँच जाता है तो मेरी कामना अपूर्त ही रह जाएगी। अतः तुम यहाँ से खिसक कर मेरे साथ पुरुषोचित व्यवहार करो अन्यथा जैसा कहा

मुझ वासना-पीड़िता को यों ही तड़पते छोड़ने का जो घोर पाप होगा, उसके भागी बने बिना तुम नहीं रह सकते।"

भीम बोले, "मुझे तुम्हारे भाई हिडिम्ब का किंचित् मात्र भी भय नहीं है। यह मैं पूर्व में स्पष्ट कर चुका हूँ। यदि वह यहाँ पहुँच ही जाता है तो वह काल-प्रेरित ही यहाँ आएगा। तुम देखते रहना, तुम्हारे समक्ष ही मैं उसे कैसे यमलोक पहुँचा देता हूँ।"

इसी बीच हिडिम्ब घोर गर्जन करता हुआ उस स्थान पर पहुँच गया। उसकी काया कई गजराजों की सम्मिलित शक्ति समेटे हुए थी। उसके दाढ़ अत्यन्त ही विकराल थे। उसके शरीर की लम्बाई जैसे वृक्ष-शिखरों को स्पर्श कर रही थी। उसकी भुजाएँ पेड़ों की डालियों की तरह मोटी थीं और उसके उरु अत्यन्त ही पुष्ट और चट्टान के सदृश कठोर थे। उसने हिडिम्बा को उस रूप में देखकर उस पर घोर क्रोध करते हुए कहा, "तुम राक्षसी-रूप त्याग कर इतनी आकर्षक नितम्बिनी तथा आश्चर्यजनक रूप से लावण्यमयी बनी मानवी रूप में क्या कर रही हो? अवश्य ही मैंने जिस उद्देश्य-हेतु तुम्हें भेजा था उसकी पूर्ति में पहरे पर बैठा यह युवक बाधा बना। तुम इसके रूप और देह पर मुग्ध होकर अपने भाई को भी भूल गई। अब मैं इसको और इसके कुटुम्बियों को आहार बनाने के पहले तुम्हें ही तुम्हारी कामुकता का दंड दूँगा और अपना प्रथम आहार तुम्हें ही बनाऊँगा।"

यह कहकर हिडिम्ब अपनी बहन की ओर मुँह फाड़कर दौड़ा। इसके पूर्व कि वह अपनी बहन को ही चटकर जाता भीमसेन अपनी स्वर्ण-गदा को हवा में लहराते हुए उठ खड़े हुए और हिडिम्ब का मार्ग अवरुद्ध करते हुए बोले, "अरे पापी! कोई भी निकृष्ट से निकृष्ट व्यक्ति महिला की हत्या नहीं करता। अगर तुममें शक्ति है तो तुम मुझसे भिड़ो और तब तुम्हें समझ में आएगा कि तुम्हारा कैसे व्यक्ति से पाला पड़ा है। मैं अपने भाइयों तथा माता की निद्रा को भंग नहीं करना चाहता, अतः यहाँ से थोड़ी दूर हटकर हम युद्ध करें और अपनी-अपनी शक्ति की परीक्षा दें।"

हिडिम्ब ने पुनः घोर गर्जना करते हुए कहा, "अरे मूर्ख! तुमने मेरी बहन को अपने रूप-जाल में फाँस लिया है। मैं तुम्हें किसी स्थिति में जीवित नहीं छोड़ सकता। ऐसे भी मानव-मांस से मुझे बहुत प्रेम है और मैंने इस विश्वासघातिनी को इसी उद्देश्य से यहाँ भेजा था जिससे वह तुम लोगों का सही पता और विवरण दे सके। मैं तुम सबों को यों भी नहीं छोड़ने वाला था परन्तु जब तुमने मेरी बहन पर ही अपने रूप और बल का जादू चला दिया तो तुम्हें मैं किसी मूल्य पर छोड़ने से रहा।"

भीमसेन ने भी थोड़ी दूर जाकर हिडिम्ब को ललकारते हुए कहा, "वीर व्यर्थ की बातें नहीं करते, युद्ध में अपने पराक्रम का प्रदर्शन करते हैं। यदि तुममें वस्तुतः किसी को भी परास्त कर देने की शक्ति है तो तुम उस अबला नारी को छोड़कर यहाँ आकर मुझसे युद्ध करो। मैं नहीं चाहता कि मेरे प्रहार से तुम्हारे अन्दर से जो चीख निकले उससे मेरे सुषुप्त भाइयों और मेरी परमादरणीया माता की निद्रा में बाधा पड़े।

हिडिम्ब भी भीम की ओर एक विशाल वृक्ष उखाड़कर बढ़ते हुए बोला, "ठीक है हम अभी अपना शक्ति-परीक्षण कर लेते हैं। राक्षस-राज को अपनी तरफ एक विशाल वृक्ष के साथ बढ़ते हुए देख भीम ने भी तत्काल एक उससे भी विशाल वृक्ष उखाड़ लिया। दोनों ने एक-दूसरे के मस्तक पर वृक्षों से प्रहार किया और दोनों के वृक्ष खण्ड-खण्ड हो गए। इसके पश्चात् दोनों ने एक-दूसरे पर चट्टानों से आक्रमण आरम्भ किया। किन्तु देर तक चले इस चट्टान-युद्ध में भी कोई पराजित नहीं हुआ। हिडिम्ब उत्साह

में आकर घोर गर्जना करने लगा। उसके कर्कश स्वर से शेष पांडव एवं माता की निद्रा भंग हो गई। उन लोगों ने चारों तरफ देखा और भीमसेन को कहीं नहीं पाकर घोर चिन्ता में निमग्न हो गए। उन्हें लगा, कोई नरभक्षी राक्षस भीमसेन को उठा ले गया। जिस दिशा से आवाज आ रही थी, उसी दिशा में बढ़ने के लिए सभी आतुर हो गए। माता कुन्ती भी हाय-भीम, हाय-भीम कहकर विलाप करने लगी। अर्जुन ने युधिष्ठिर को सम्बोधित करते हुए कहा, "आप इन लोगों की रक्षा कीजिए। मैं जाकर भीमसेन को ढूँढ़ता हूँ और यह प्रण करता हूँ कि वे काल के मुँह में भी समा गए होंगे तो मैं उन्हें वहाँ से निकाल लाऊँगा।"

ऐसा कहकर अर्जुन अपने गांडीव एवं तीरों से आकंठ भरे तूणीरों को लेकर उस दिशा में बढ़े जिधर से युद्ध का भीषण स्वर आ रहा था। अर्जुन ने आश्चर्यपूर्वक देखा कि महाबली भीम एक विशालकाय राक्षस से युद्धरत हैं। दोनों के शरीर रक्त और पसीने से लथ-पथ हो रहे हैं और दोनों एक-दूसरे पर उन्मत्त भैंसों की तरह प्रहार किए जा रहे हैं।

अर्जुन ने भीम को सम्बोधित करते हुए कहा, "यह महाकाय राक्षस घोर बलशाली लग रहा है। इससे युद्ध करते आपको पर्याप्त समय लग गया है किन्तु यह परास्त होने का नाम नहीं ले रहा। मैं इसे अपने गांडीव से छोड़े हुए एक शर से ही यमलोक का मार्ग दिखा देता हूँ। अब आप किनारे हो जाइए और विश्राम कीजिए। भीमसेन ने अर्जुन के इस कथन को सुनकर कहा, "धनंजय! आप बीच में आने का कष्ट नहीं करें। यह मेरा प्रतिद्वन्द्वी है और मैं ही इसे समाप्त करूँगा।"

इतना कहने के पश्चात् भीमसेन क्रोध से भरकर रौद्र रूप में आ गए और उन्होंने रिक्त हाथों ही हिडिम्ब से मल्लयुद्ध आरम्भ कर दिया। कभी हिडिम्ब उनको पृथ्वी पर दे मारता कभी भीमसेन उसे उठकार उससे भी अधिक जोर से उसे पृथ्वी पर पटक देते! अर्जुन निरन्तर यह सब कुछ मौन भाव से देख रहे थे। भीमसेन ने सोचा कि अब इस राक्षस को परास्त करने में देर करने से मेरा ही अपमान होगा। उन्होंने कुछ दूर पीछे हटकर पूरी शक्ति से अपने दाएँ पैर से हिडिम्ब के वक्षस्थल पर प्रहार किया जिससे वह नरभक्षी राक्षस हाहाकार करते हुए किसी मूल-विहीन वृक्ष की तरह जमीन पर जा गिरा। भीमसेन ने तत्काल उसके वक्षस्थल को अपने दाहिने घुटने से जोर से दबाया। हिडिम्ब रक्त वमन करने लगा और भीम से अपनी मुक्ति के लिए प्रार्थना करने में भी बाज नहीं आया किन्तु बलशाली भीम ने उसकी प्रार्थना पर ध्यान देने की आवश्यकता नहीं समझ उसकी गर्दन को इक्ष-दण्ड की तरह मरोड़ दिया। एक घोर चित्कार के साथ हिडिम्ब सदा के लिए शान्त हो गया।

इस चित्कार को सुनकर युधिष्ठिर, नकुल, सहदेव और माता कुन्ती अपने को रोक नहीं सके और सभी चित्कार की दिशा में बढ़े। वहाँ की स्थिति देखकर सबके रोंगटे खड़े हो गए। भीमसेन राक्षस से अलग हटकर खड़े थे। उनके शरीर से रक्त और पसीने की नदियाँ प्रवाहित हो रही थीं।

माता कुन्ती उनकी इस दशा को देखकर अत्यन्त द्रवित हो गईं और उन्होंने अपने पुत्र के पास जाकर अपने आंचल से यथासाध्य भीम के शरीर को पोंछना शुरू किया। साथ ही साथ वह पूछती रही यह कैसे हुआ, क्यों हुआ?

अर्जुन ने भीम की वीरता का वर्णन करते हुए कहा, "मेरे अग्रज ने जो कार्य कर दिखाया है वह किसी भी मनुष्य के लिए सम्भव नहीं है। इन्होंने इस महाबलशाली

नरभक्षी राक्षस हिडिम्ब का वध कर इस वन-प्रान्तर को सभी के लिए सुरक्षित कर दिया है। मेरे पूज्य अग्रज भीमसेन में सचमुच दस हाथियों से अधिक का बल है। मैं इनकी सहायता करना चाहता था किन्तु इन्होंने मुझे किनारे कर एकाकी ही इस नरभक्षी का वध किया। इनके पराक्रम की जो भी प्रशंसा की जाए वह कम है। भीमसेन को अब स्नानादि सम्पन्न कर अपने को स्वस्थ करना चाहिए।'' कुन्ती देर तक भीमसेन को प्यार करती रही और फिर उसने उन्हें पास के सरोवर में स्नान करने की अनुमति दे दी।

अपने शेष पुत्रों के साथ जब वह अपने शयन-स्थान पर वापस आई तो उसने वहाँ खड़ी एक रूपवती नारी को देखा जिसकी ओर किसी का ध्यान इस हड़बड़ी में नहीं गया था। घोर वन में ऐसी रूपराशि को देखकर कुन्ती को आश्चर्य हुआ और उसने उसे सम्बोधित कर पूछा, ''तुम इस विकट जंगल में कौन रूपसी कहाँ से अवतरित हुई हो? तुम्हें देखकर तो मेरे विस्मय की सीमा नहीं। तुम मानवी तो लगती नहीं। देव, यक्ष, किन्नर, गन्धर्व आदि किस लोक से आती हो और तुम्हारा प्रयोजन क्या है?''

हिडिम्बा ने हाथ जोड़कर निवेदित किया, ''मातेश्वरी! जिस राक्षस हिडिम्ब का आपके प्रतापी पुत्र भीमसेन ने वध किया मैं उसी की बहन हिडिम्बा हूँ। राजमाते! मुझे क्षमा करेंगी। मेरा मन आपके पुत्र भीमसेन पर आ गया है। मैं पूरी तरह उन पर आसक्त हूँ। उनके बिना मेरा जीना कठिन है। अगर आपका आदेश हो तो मैं अब आप ही लोगों के साथ रहूँगी।''

भीमसेन बीच में बोल पड़े, ''मातु! मैं पहले ही इसे मना कर चुका हूँ। यह राक्षसी है और अपने बड़े भ्राता के अविवाहित रहने तक मैं इससे विवाह-सम्बन्ध तक भी स्थापित नहीं कर सकता। आप इसकी बातों में नहीं आइए।''

कुन्ती का मातृहृदय द्रवित हो उठा और उसने भीम को सम्बोधित करते हुए कहा, ''यह चाहे जो हो किन्तु इसी के कारण हम सभी के प्राणों की रक्षा हुई है। इसने हमारे लिए अपने भाई हिडिम्ब की हत्या कराने में भी एक प्रकार से सहयोग ही दिया। ऐसी स्थिति में इसे ठुकराना उचित नहीं होगा। जहाँ तक ज्येष्ठ भ्राता युधिष्ठिर का प्रश्न है, वे धर्मराज हैं। वे कभी भी ऐसा निर्णय नहीं दे सकते कि स्नेह से शरणागत हुई किसी कुमारी कन्या को उसके स्वाभाविक अधिकार से वंचित कर दिया जाए। यह मेरा आदेश ही समझो कि तुम्हें हिडिम्बा के साथ वैवाहिक सम्बन्ध स्थापित करना चाहिए। आज से वह हमारे साथ ही रहेगी।''

भीमसेन के पास मातृ-आदेश के बाद अब कोई चारा नहीं रह गया था। विवश हो भीमसेन ने हिडिम्बा को भार्या-स्वरूप ग्रहण किया था। कुछ दिनों के पश्चात् भीमसेन के औरस से हिडिम्बा ने एक पुत्र को भी जन्म दिया, जिसका नाम घटोत्कच पड़ा। शर-शय्या पर पड़े जिन वीरों के पराक्रम को स्मरण कर मैं पुलकित होता रहा हूँ, उनमें एक घटोत्कच भी है। इस भीम-पुत्र ने, पांडव जब कौरवों की मार से व्यथित हो रहे थे और उनकी सेना में भगदड़ मच गई थी, अत्यन्त साहस का परिचय देते हुए असंख्य कौरव-वीरों को मृत्यु के घाट उतार दिया। राक्षस-कुल का होने के कारण उसे मायावी युद्धों का अच्छा अभ्यास था। उसने युद्ध करते समय कभी हड्डी-मांस की वर्षा की, कभी असंख्य तीरों की झड़ी लगा दी, कभी अन्धकार से पूरे समरांगण को आवृत्त कर दिया, कभी अदृश्य हो गया, तो कभी रणभूमि के दूसरे छोर पर भयंकर रूप में प्रकट हो गया।

घटोत्कच ने उस दिन समरांगण में ऐसा विभत्स दृश्य उत्पन्न किया कि कौरव-सेना में त्राहि-त्राहि मच गई। ऐसा प्रतीत हुआ कि शत्रु-पक्ष का शायद ही कोई वीर आज बच पाएगा। कोई भी अतिरथी अथवा महारथी उसका सामना करने को प्रस्तुत नहीं था। समरांगण में वह निर्भीक विचर रहा था, जैसे प्रचंड वायु को रोकने की शक्ति किसी में नहीं होती, उसी तरह घटोत्कच के शौर्यवीर्य के समक्ष कौरव-पक्ष का कोई सेनानी नहीं ठहर पा रहा था। हाथी-घोड़े इधर-उधर भागकर अपनी ही सेना को रौंद रहे थे। पदाति सैनिक हाय दुर्योधन, हाय कर्ण, हाय द्रोण आदि बोलते हुए रणक्षेत्र से पलायन करते जा रहें थे। प्रतीत हो रहा था कि इसी दिन कुरुक्षेत्र-युद्ध का समापन हो जाएगा और पांडव विजय-श्री से मंडित हो जाएँगे।

दुर्योधन के लिए यह स्थिति असह्य हो रही थी। इस आकस्मिक आपदा से त्राण का कोई उपाय उसे नहीं सूझ रहा था।

अन्ततः वह कर्ण के समक्ष पहुँचा और बोला, "घटोत्कच रूपी इस महान् आपदा से तुम्हीं मेरी रक्षा कर सकते हो।"

कर्ण ने उत्तर दिया था, "इस मायावी घटोत्कच से मैं भी पार नहीं पा सकता। राक्षसी माया के द्वारा इसने यह उत्पात रचा है। शास्त्रास्त्र सम्बन्धी मेरी कोई शिक्षा यहाँ किसी काम की नहीं है। मैं इस सम्बन्ध में कुछ करने में असमर्थ हूँ। मुझे इस हेतु क्षमा करेंगे। मैं आपकी मित्रता के लिए अपने प्राण भी उत्सर्ग करने को सदा तत्पर रहता हूँ किन्तु यहाँ अपने प्राणों को विसर्जित कर भी मैं घटोत्कच-रूपी झंझावात को रोकने में असमर्थ हूँ।"

दुर्योधन ने अपने हर शब्द पर बल देते हुए कहा, "महाबली कर्ण! तुम अपनी शक्ति को विस्मृत कर रहे हो। तुम अभी क्षणमात्र में घटोत्कच को मृत्यु के घाट उतार कर कौरव-सेना की रक्षा करने में सर्वथा समर्थ हो।"

कर्ण ने कहा था, "आप किस आधार पर यह कह रहे हैं?" दुर्योधन बोला, "तुम्हारे पास इन्द्र प्रदत्त अमोघ शक्ति है। इसके प्रयोग से तुम घटोत्कच की दानवी लीला अभी समाप्त कर सकते हो।"

यहाँ मुझे यह बात स्मरण आ रही है जब इन्द्र ने धोखे से कर्ण से उसका कवच-कुंडल प्राप्त किया था। अर्जुन इन्द्र का पुत्र था। देवेन्द्र को पता था कि जब तक कर्ण कवच-कुंडल से मंडित रहेगा तब तक अर्जुन द्वारा वह पराजित नहीं हो सकता अपितु इसकी सम्भावना ही अधिक है कि वह अर्जुन को ही परास्त कर दे। इन्द्र इस बात को लेकर अत्यन्त चिन्तित थे किन्तु एक मार्ग भी था। इन्द्र को पता था कि कर्ण महादानी है जिस समय गंगा-स्नान कर वह सूर्योपासना से निवृत्त होता है, उस समय उससे याचक द्वारा जो कुछ माँगा जाता है, वह उसे देकर रहता है। कोई भी उसके पास से रिक्त हाथ नहीं लौटता।

इन्द्र ने इसी अवसर का लाभ उठाया। एक प्रातः जब कर्ण गंगास्नान कर और सूर्यदेव की उपासना कर गंगातट से वापस ही होने को था कि इन्द्र ब्राह्मण के वेश में उसके समक्ष पहुँचे। एक ब्राह्मण को आया देख कर्ण ने उसे अपना प्रणाम निवेदित किया और आने का कारण पूछा।

इन्द्र चतुर थे उन्होंने कहा, "मैं एक दीनहीन ब्राह्मण हूँ। मुझे कुछ याचना करनी

है। आप त्रैलोक में विख्यात दानी हैं। पहले आप वचन दें कि मैं जो कुछ माँगूँगा उसे आप निःसंकोच प्रदान करेंगे।"

कर्ण ने अपनी आदत के अनुसार कहा, "यह जगत्-विख्यात है कि इस समय मुझसे जो कुछ माँगा जाता है वह मैं देकर रहता हूँ। ऐसे में मेरे वचनबद्ध होने की क्या आवश्यकता? फिर भी आप वचन लेना चाहते ही हैं तो मैं यह सत्य प्रतिज्ञा करता हूँ कि आप जो कुछ माँगेंगे, वह अगर मेरे वश में है तो आपको अवश्य प्रदान करूँगा।"

इन्द्र बोले, "मैं ऐसा कुछ नहीं माँग रहा जो आपके वश में नहीं है।"

कर्ण ने कहा, "तब देर किस बात की? आप अपनी मनोकामना मेरे समक्ष रखिए।"

ब्राह्मण वेशधारी इन्द्र ने कहा, "महादानी कर्ण! देना ही है तो मुझे अपने जन्म-जात कवच-कुंडल शरीर से उतार कर समर्पित कर दो।"

कर्ण को जैसे वज्राघात-सा लगा। एक क्षण में वह समझ गया कि यह ब्राह्मण क्षद्मवेशी इन्द्र है और अर्जुन के हित के लिए मुझे कवच-कुंडल-विहीन करना चाहता है। कर्ण ने स्पष्ट कहा, "इन्द्रदेव इस क्षद्म वेश में आप नहीं भी आते तो भी आपकी मनोकामना पूर्ण होकर रहती। जब मैं किसी को अपने यहाँ से निराश नहीं लौटाता हूँ तो आप वज्रधारी महेन्द्र के रूप में भी आते तो आप अपनी इच्छित वस्तु लेकर ही जाते।" इतना कहकर कर्ण ने अपनी कटार से, बहुत कठिनाई से जन्म के साथ ही प्राप्त अपने कवच-कुंडलों को अपने शरीर से पृथक् किया। इस क्रम में उसका शरीर रक्तरंजित हो आया। उसने रक्त से सने कवच-कुंडलों को इन्द्र के हाथों में प्रदान कर दिया।

इन्द्र उसके महान् त्याग पर कुछ द्रवित हुए। उन्होंने अपने वास्तविक रूप में आकर कहा, "महादानी अंगनरेश! तुमने आज जो कुछ किया है तीनों लोकों में वैसा करनेवाला कोई नहीं है। अपने प्राणों की बाजी लगाकर तुमने स्वयं को सुरक्षाकवच से विहीन कर दिया है। मैं तुम पर अत्यन्त प्रसन्न हूँ। तुम मुझसे कोई एक याचना करो। मैं उसकी पूर्ति अवश्य करूँगा।"

कर्ण ने उत्तर दिया, "सुरेन्द्र! कर्ण याचक से कोई याचना नहीं करता। आप सर्वसमर्थ हैं। यदि आप स्वयं अपने मन से मुझे कोई एक वस्तु प्रदान करना चाहते हैं तो, उसे आपके हाथों प्राप्त करने में मुझे प्रसन्नता ही होगी।"

इन्द्र ने विह्वल शब्दों में कहा, "धनुर्धारियों में श्रेष्ठ कर्ण! तुमने अपने प्राणों की चिन्ता किए बिना अपने बहुमूल्य कवच-कुंडलों को अपने शरीर से पृथक् कर मुझे प्रदान कर दिया है और अपने को अत्यन्त असुरक्षित कर लिया है। तुम्हारे इस श्लाघ्य कृत्य के लिए मैं तुम्हें एक अमोघ शक्ति प्रदान करता हूँ। इसका जिस किसी पर प्रयोग किया जाएगा वह नष्ट होने से शेष नहीं रहेगा किन्तु इसके साथ शर्त यही है कि इसका प्रयोग केवल एक बार किया जा सकता है। प्रयोग के बाद वह तत्काल मेरे पास लौट आएगी। मैं तुम्हें तुम्हारे त्याग के फलस्वरूप प्रसन्न-मन इसे तुम्हें प्रदान करता हूँ। तुम सम्मानपूर्वक इस महान् अमोघ शक्ति को ग्रहण करो!"

कर्ण ने इन्द्र को प्रणाम करते हुए उस शक्ति को ग्रहण कर लिया। इन्द्र तत्काल उसके कवच-कुंडलों के साथ अदृश्य हो गए।

कर्ण ने पुनः गंगा में स्नान किया और वस्त्रों से अपने को इस तरह आच्छादित किया कि किसी को यह पता न चले कि वह कवच-कुंडल विहीन हो गया है।

वह अपने मित्र दुर्योधन से कुछ भी छिपा नहीं रख सकता था। अतः उसने

दुर्योधन को गंगातट पर घटी सारी घटनाओं को बता दिया जिसमें इन्द्र द्वारा प्रदत्त अमोघ शक्ति की भी बात थी।

आज जीवन के इन क्षणों में मैं यह सोचने को बाध्य हो रहा हूँ कि दुर्योधन वास्तव में किस सीमा तक स्वार्थी एवं कपटी था। कर्ण के लिए मित्रता चाहे जो महत्त्व रखती हो किन्तु दुर्योधन को शायद मैत्री शब्द का अर्थ भी ज्ञात नहीं था। वह स्वार्थी अपनी स्वार्थसिद्धि के लिए अपने बड़े-से-बड़े शुभेच्छुओं का भी बलिदान कर सकता था।

घटोत्कच रूपी महान् भय से अपनी और अपनी सेना की रक्षा के लिए उसने कर्ण से स्पष्टतः कहा, "तुम कैसे कह सकते हो कि घटोत्कच से निपटने के लिए तुम्हारे पास कोई यत्न नहीं है? तुम कैसे भूल जाते हो कि इन्द्र द्वारा जो अमोघ शक्ति तुम्हें प्राप्त हुई है उसके प्रयोग से घटोत्कच के प्राण एक क्षण में अनन्त पथ के पथिक बन जाएँगे। तुम इसका तत्काल प्रयोग करो और इस महान् भय से हमें मुक्ति दिलाओ।"

कर्ण आश्चर्य से भर आया और दुर्योधन की बातों पर उसे सहसा विश्वास नहीं हुआ। उसने पुनः सम्पुष्ट करने के लिए पूछा, "मित्र दुर्योधन! क्या तुमने सचमुच कहा कि मैं इन्द्र द्वारा प्रदत्त अमोघ शक्ति का प्रयोग घटोत्कच पर करूँ?"

दुर्योधन ने दृढ़ता से कहा, "हाँ, मैं सचमुच यही कह रहा हूँ।"

"क्या तुम्हें पता नहीं इस शक्ति का प्रयोग केवल एक बार हो सकता है और प्रयोग के पश्चात् वह इन्द्र के पास वापस हो जाएगी? मैंने क्या यह बात तुम्हें नहीं बताई थी?"

"तुमने अवश्य ही यह बात मुझे बताई थी। पर समय आ गया है कि इस शक्ति का प्रयोग तुम करो।" दुर्योधन के शब्दों में निश्चय था।

कर्ण विस्मित हुआ और बोला, "मित्र दुर्योधन! तुम्हें पता है कि मैंने इस शक्ति को मात्र अर्जुन के लिए सुरक्षित रखा है। मैं कवच-कुंडल विहीन हूँ। अगर यह शक्ति मैंने सुरक्षित नहीं रखी तो अर्जुन का वध कठिन ही नहीं असम्भव हो जाएगा। साथ ही मेरे प्राण भी संकट में पड़ सकते हैं। तुमने इन सारी बातों पर ध्यान कैसे नहीं दिया?"

दुर्योधन प्रायः चीखते हुए बोला, "तुम्हें अपने की पड़ी है और यहाँ सब कुछ समाप्त होने जा रहा है। अगर घटोत्कच के कारण मेरी सेना के साथ मैं और मेरे शतभ्राता भी नहीं रहे तो, तुम्हारी शक्ति किस काम की? अतः, तुम अर्जुन-वध और अपने प्राणों की चिन्ता किए बिना घटोत्कच-रूपी महान् बाधा से हमें मुक्त करो।"

"क्या यह आपका आदेश है?" कर्ण ने विवर्णमुख पूछा।

"हाँ हस्तिनापुर के युवराज के रूप में मेरा यह आदेश ही समझो।"

कर्ण ने दुर्योधन की इस बात को बहुत गम्भीरता से लिया कि उसे केवल अर्जुन-वध और अपने प्राणों की पड़ी है। उसने अपने क्रोध, निराशा और भय को नियन्त्रित करते हुए इन्द्र-प्रदत्त अमोघ-शक्ति का आह्वान किया और उसे घटोत्कच के ऊपर छोड़ दिया। घटोत्कच एक कर्णभेदी चित्कार के साथ तत्काल मृत्यु को प्राप्त हुआ। उस समय उस भीम-पुत्र का शरीर आश्चर्यजनक रूप में बड़ा हो गया था और पृथ्वी पर गिरते-गिरते भी उसने कौरव-सेना के कई जवानों, गजों, अश्वों और रथियों को मृत्यु के मुँह में झोंक दिया था।

घटोत्कच के वध के साथ ही कौरव और पांडव दोनों शिवरों में प्रसन्नता की लहर दौड़ गई थी। कौरवों में इसलिए कि एक महाविध्वंसकारी राक्षस का वध हुआ था, पांडवों में इसलिए कि कर्ण के हाथ में जो अमोघ शक्ति थी और जिससे अर्जुन का वध सम्भव था वह शक्ति कर्ण के पास से निकल चुकी थी।

भीमसेन अपने इस असुर-पुत्र के वध से कुछ चिन्तित अवश्य हुए थे किन्तु कृष्ण के यह समझाने पर कि घटोत्कच के वध से अर्जुन के ऊपर से एक संकट टल गया था वह आश्वस्त हो गए थे। घटोत्कच का बलिदान निश्चित ही कौरवों के लिए अभिशाप और पाडंवों के लिए वरदान सिद्ध हुआ, भले ही कुछ देर के लिए कौरवों को लगा हो कि उनके ऊपर से एक महान् आपदा टल गई।

जहाँ तक किर्मीक वध का प्रश्न है इस पर कुछ अधिक प्रकाश डालने की बात नहीं। काम्यक-वन में पांडवों के प्रवेश के समय महान् शक्तिशाली दैत्य किर्मीक पांडवों का मार्ग रोककर खड़ा हो गया था। निश्चय ही उससे पार पाना सामान्य आदमी के बलबूते की बात नहीं थी। भीमसेन ने उसका सामना किया था और एक अकल्पनीय युद्ध के पश्चात् उसका वध कर काम्यक वन के निवासियों को एक भारी भय से मुक्त कर दिया था।

मैत्रेय इसी किर्मीक के वध की चर्चा दुर्योधन से कर रहे थे और उसे यह समझाने का प्रयास कर रहे थे कि पांडव कौरवों की अपेक्षा बल और पराक्रम में बहुत बढ़े-चढ़े हैं, अतः उसे उनके साथ ईर्ष्यापूर्ण नहीं अपितु मैत्रीपूर्ण व्यवहार रखना चाहिए। मुझे विदुर के दूतों से ज्ञात हुआ था कि दुर्योधन ने महर्षि मैत्रेय की बातों पर कोई ध्यान नहीं दिया था और कर्ण तथा शकुनि के साथ हँसते हुए, उनकी उपेक्षा कर वहाँ से जाने को हुआ था! इस पर मैत्रेय अत्यन्त क्रोधित हो गए थे और उन्होंने दुर्योधन को श्राप दे दिया था, 'तुमने अपने अहंकार में आकर मेरा अपमान किया है, उसके फलस्वरूप तुम आसन्न युद्ध में पराजित होगे और तुम्हारी दोनों जांघें तोड़ दी जाएँगी।'

मैत्रेय के इस श्राप पर धृतराष्ट्र अत्यन्त चिन्तित हुए थे और उन्होंने महर्षि से अपने श्राप को वापस लेने की प्रार्थना की थी। मैत्रेय ने कहा था, 'मेरे मुख से निकले हुए शब्द वापस नहीं हो सकते किन्तु यदि आप इतना ही चिन्तित हैं तो मैं इस श्राप में संशोधन करते हुए इतना ही कहूँगा कि यदि दुर्योधन ने अपने पांडव-भाइयों के साथ विद्वेष छोड़कर उनके साथ प्रेमपूर्वक रहना सीख लिया तो मेरा श्राप निष्फल हो जाएगा।'

उद्दंड दुर्योधन ने मैत्रेय के इस परामर्श पर कोई ध्यान नहीं दिया था और पांडवों को निरंतर प्रताड़ित करने की योजना पर ही मन्त्रणा करता रहा। इस संदर्भ में मुझे जो एक अद्भुत घटना का स्मरण हो रहा है वह ऋषि दुर्वासा को लेकर है।

दुर्वासा अपने क्रोध के लिए विख्यात थे। दुर्योधन ने उनके क्रोध का प्रयोग पांडवों के विनाश के लिए करना चाहा। उसने महर्षि दुर्वासा को एक दिन अपने राजमहल में आमन्त्रित किया और उन्हें पूर्ण सेवा सत्कार से प्रसन्न कर लिया। दुर्वासा ने अपने आतिथ्य से तुष्ट होकर दुर्योधन से कुछ माँगने को कहा।

दुर्योधन इसी सुअवसर की तलाश में था। उसने विनम्र-भाव से कहा, "महर्षि! अगर आप मुझसे प्रसन्न हैं तो मेरा एक मनोवांछित कार्य पूर्ण कीजिए। मेरे चचेरे भाई पांडव वन में निवास कर रहे हैं। आप कृपया अपने दस हजार शिष्यों के साथ उनके पास जाकर उनका कुशल समाचार लीजिए और उनका भी आतिथ्य ग्रहण कर उन्हें अपने आशीष-कवच से मंडित कीजिए। हाँ, यह ध्यान रहे कि आप अपराह्नोपरान्त वहाँ

पहुँचे। दिन के शेष समय में पांडव नित्य-क्रिया एवं यज्ञ-यजन में लगे रहते हैं।"

मेरे पास यह सूचना पहुँची तो स्वाभावतः मैं पांडवों को लेकर अत्यन्त शोकाकुल हो आया। दुर्वासा के क्रोध का मुझे ज्ञान था। यदि वे क्रुद्ध होकर श्राप दे देते हैं तो पांडव समाप्त हो जाएँगे और दुर्योधन का पथ स्वयं ही निष्कंटक हो जाएगा। मैं कल्पना भी नहीं कर सकता था कि पांडवों को अपने मार्ग से हटाने के लिए दुर्मति दुर्योधन के पास कौन-कौन से यत्न इसकी रहस्यमयी पिटारी में छिपे हुए थे। यह भी शकुनि का ही पढ़ाया हुआ पाठ था अथवा दुर्योधन का स्वयं का कुविचार, यह मैं नहीं ज्ञात कर सका। विदुर को भी शायद इसका पता नहीं होगा।

महर्षि दुर्वासा दुर्योधन द्वारा इंगित वन-स्थल पर पांडवों से मिलने पहुँचे। युधिष्ठिर ने दस हजार शिष्यों के साथ दुर्वासा को आते हुए दूर से ही देख लिया। उन्होंने आगे बढ़कर उनका स्वागत किया और उनके शिष्यों के साथ उन्हें अपने स्थान पर आमन्त्रित किया। पाद्य-अर्घ्य आदि द्वारा महर्षि का पूजन कर उन्होंने उनके आगमन का कारण पूछा।

युधिष्ठिर ने बिना आगे पीछे सोचे, दुर्वासा से कह दिया, आप नदी में स्नान कर अपने शिष्यों के साथ वापस आएँ। आपकी क्षुधा-पूर्ति का प्रबंध रहेगा।

'तथास्तु' कहकर महर्षि दुर्वासा नदी-स्नान के लिए अपने शिष्यों के साथ प्रस्थित हो गए।

इसी मध्य द्रौपदी ने स्पष्ट किया कि वह अपना भोजन ग्रहण कर चुकी है और ताम्रपात्र को मलकर रख दिया है। अब उससे एक आदमी का भी भोजन नहीं प्राप्त हो सकता।

द्रौपदी की इस उद्घोषणा पर पाँचों पांडव अत्यन्त चिन्तित हुए। उन्हें लगा कि क्रोध के लिए जगत्-विख्यात दुर्वासा से अब कोई त्राण नहीं। सभी पांडव उनके क्रोध से भस्म होकर मृत्यु को वरण करेंगे। सबकी मुख-मुद्रा चिन्ता से म्लान हो आई। युधिष्ठिर को लगा कि एक बार पुनः उन्हीं की गलती से उनका और उनके भाइयों का अहित होने जा रहा है। द्यूत-क्रीड़ा के द्वारा तो उन्होंने उन्हें कहीं का न छोड़ा। अब दुर्वासा का भी क्रोध अर्जित कर वे उनके विनाश का ही कारण बन रहे हैं।

इधर द्रौपदी ने हिम्मत नहीं हारी और इस अकथनीय संकट से निवृत्ति के लिए वासुदेव कृष्ण से प्रार्थना आरम्भ कर उसने आँखों से अश्रु प्रवाहित करते हुए, हे कृष्ण, हे वासुदेव, हे गोपाल, हे मधुसूदन आदि की रट लगाते हुए कहा कि आप ही मेरे सखा और शुभचिंतक सभी हैं। कौरवों की राजसभा में एक बार आपने मेरी लज्जा रखी थी। आज भी इस संकट में हमारा सहायक बन हमारे पाँच पतियों को दुर्वासा के क्रोध से रक्षित करें। आप तो नर नहीं साक्षात् नारायण है। आपके लिए कोई कार्य कठिन अथवा असंभव नहीं। आप शीघ्र हमारी रक्षा को प्रस्तुत हों अथवा सारे दोषों की भागी आपकी सखी कृष्णा ही होगी। अगर आप इस समय हमारे आसन्न संकट का निवारण नहीं करते हैं तो आपको अपने भक्तवत्सल नाम को छोड़ना पड़ेगा।'

द्रौपदी की इस प्रार्थना के पूरी होते-न-होते कृष्ण उसकी पर्णकुटि में उपस्थित हो गए। उनके मुख पर एक मन्द मुसकान खेल रही थी। एक हाथ में बाँसुरी और दूसरे में पद्मपुष्प शोभित हो रहा था। द्रौपदी उन्हें देखते ही प्रसन्नता से नृत्य कर उठी। वह भी किंचित् मुसकराहट के साथ बोली, हम सब यहाँ महान् संकट से जुझ रहे हैं और आपको मुसकान सूझ रही है?

कृष्ण पुनः मुसकुराए और बोले, मेरे आगमन के पश्चात भी मेरी खी अगर व्यथित रहे तो मेरा आना न आना व्यर्थ ही हैं। कहो तो, अब भी वापस चला जाऊँ। सागर-तीर स्थित द्वारका से दौड़ा-दौड़ा पहुँचा हूँ। तुम्हें यह भी चिन्ता नहीं कि क्षुधा और पिपासा से मैं व्याकुल होऊँगा?'

द्रौपदी सलज्ज बोली, "मेरे प्यारे मधुसूदन! आपकी सखी विवश है। मैं आपको अभी खाने पीने के लिए कुछ भी देने में असमर्थ हूँ। क्योंकि सूर्य-प्रदत्त ताम्रपात्र से सबको खिलाने के पश्चात् मैने स्वयं भी भोजन ग्रहण कर लिया है और उसे अच्छी तरह मलकर रख दिया है। उधर दुर्वासा अपने दस हजार शिष्यों के साथ नदी-स्नान सम्पन्न कर आतिथ्य ग्रहण करने के लिए प्रस्तुत होने वाले हैं। इसी आपदा से रक्षा के लिए मैंने आपको आमन्त्रित किया है। सखे! मुझे दुःख है कि मैं अपने स्थान पर आपका कुछ भी आतिथ्य करने में अक्षम हूँ। अभी तो आप कुछ ऐसा कीजिए कि हमारे पति पर और मुझ पर जो संकट उत्पन्न हुआ है। उससे हमारी रक्षा हो।"

कृष्ण ने पुनः मुसकराते हुए कहा, "कृष्णे! अभी तुम्हें केवल अपनी पड़ी है। मेरे भूख-प्यास की तुम्हें कोई चिन्ता नहीं। इसका स्वयं प्रबंध करूँगा। तुम सूर्यप्रदत्त ताम्रपात्र को मेरे हाथों में दे दो।"

द्रौपदी ने कहा, "कृष्ण! इससे कोई लाभ नहीं। मैं भोजन ग्रहण कर चुकी हूँ और इस पात्र को अच्छी तरह मलकर मैंने रख दिया है। अब उससे कुछ भी प्राप्त होने का नहीं।'

कृष्ण मुसकुराते हुए ही बोले, "तुम मुझे वह पात्र दो तो, या तुम मुझे उसे देखने भी नहीं दोगी?"

द्रौपदी ने सूर्यप्रदत्त ताम्रपात्र को रसोईघर से लाकर कृष्ण के हाथों में थमा दिया। साथ ही बोली, "व्यर्थ है इसमें कुछ ढूँढ़ना। मैंने इसे पूरी तरह भीतर-बाहर से मलकर स्वच्छ कर दिया है।"

कृष्ण ने मुसकुराते हुए कहा, "दैव्य मुझसे इतना रुष्ट नहीं है। लाओ मेरे लिए इसमें कुछ मिल ही जाएगा।"

कृष्ण ने ताम्रपात्र को अपने दाहिने हाथ से अन्दर में अच्छी तरह टटोला और उसकी गर्दन में फँसे एक छोटे से शाक-पत्र को अपनी उँगलि पर निकाल लिया और द्रौपदी से बोले, "मुझसे भी छल? यह क्या है?"

द्रौपदी अच्छी तरह स्वच्छ किए उस अक्षयपात्र में उस शाक-पत्र को देखकर आश्चर्यचकित हुई। वह कुछ कहना ही चाहती थी कि कृष्ण उस शाक-पत्र की ओर देखते हुए बोल पड़े, "इस नन्हें से शाकपत्र से सम्पूर्ण चराचर की क्षुधा शान्त हो जाए।"

कृष्ण के इस कथन का प्रभाव यह पड़ा कि दुर्वासा के सारे शिष्यों ने स्नानोपरान्त डकार लेना शुरू किया, मानो उनके पेट आकंठ भर गए हों। वे अपने पेटों पर हाथ फेरते हुए नदी से बाहर निकले और महर्षि दुर्वासा की ओर आशंकित आँखों से देखा। महर्षि की स्थिति भी वही थी जो उनके शिष्यों की थी। वह भी डकार पर डकार ले रहे थे और उदर पर हाथ फेरे जा रहे थे।

शिष्यों ने महर्षि से निवेदन किया, "हमारे पेट न जाने अकस्मात् कैसे भर गए हैं? एक अन्न का दाना भी खाने की स्थिति में हम नहीं हैं।"

दुर्वासा ने कहा, "आश्चर्य, यही स्थिति मेरी भी है। मेरी क्षुधा न जाने कहाँ चली गई। मैं तो यह सोच रहा हूँ कि पांडवों के यहाँ मैं किस मुँह से लौटूँ! उन्होंने

हम सभी के लिए भिन्न-भिन्न प्रकार के भोजन बना रखे होंगे। जब तुम लोग भी खाने की स्थिति में नहीं हो तो दस हजार आदमियों का भोजन बर्बाद होगा। ऐसी स्थिति में पांडव हमें श्राप दे देंगे जिससे बचना कठिन होगा। मेरा तो विचार यह है कि हम सब पांडवों के इस श्राप से बचने के लिए यहाँ से खिसक चलें। शिष्यों ने भी हामी भरी तथा महर्षि दुर्वासा अपने दस हजार शिष्यों के साथ वहाँ से भाग खड़े हुए।

इधर युधिष्ठिर उनके आगमन में देर होते देखकर चिन्तित हो रहे थे। अतः, उन्होंने सहदेव को महर्षि को ढूँढ़ने के लिए नदी तट भेजा। सहदेव ने इधर-उधर देखा और महर्षि तथा उनके शिष्यों का कुछ पता नहीं चला। कुछ आगे बढ़ने पर पथिकों से ज्ञात हुआ कि महर्षि व्यास और उनके शिष्य क्षिप्रगति से विपरीत दिशा में चले जा रहे थे।

सहदेव ने आकर युधिष्ठिर को यह सूचना दी। उनके शेष भाई भी वहीं पर अवस्थित थे। दुर्वासा के नहीं लौटने की चिन्ता उन्हें भी हुई और इसका वे कोई कारण नहीं समझ सके। उन्हें चिन्तित देख कृष्ण हँसते हुए उनके पास पहुँचे और उन्होंने कहा, ''आप सभी व्यर्थ चिन्तित हो रहे हैं। दुर्वासा के नहीं लौटने से आपके सिर से एक बहुत बड़ी बला टल गई। यह तो द्रौपदी की बुद्धिमता है कि उसने मुझे पुकार लिया। धर्मराज युधिष्ठिर तो धर्मराज ही ठहरे। यह भी नहीं जाना कि द्रौपदी ने भोजन कर लिया है अथवा नहीं और दुर्वासा को उनके दस हजार शिष्यों के साथ आमन्त्रित कर दिया। यह दुर्योधन की चाल थी। दुर्वासा अगर अपने शिष्यों के साथ बुभिक्षित ही लौटते तो पांडवों का कुशल नहीं था। उन्हें वे अपने श्राप से दग्ध कर देते। अब आप सभी प्रसन्न होइए। दुर्योधन इस तरह की कुचेष्टाएँ करता ही रहेगा, पर जहाँ धर्म है विजय भी वहीं हैं, अतः आप सबों का अनिष्ट नहीं हो सकता।''

यह कहकर कृष्ण द्वारकापुरी जाने के लिए प्रस्तुत हो गए।

''इतना शीघ्र?'' युधिष्ठिर ने। पूछा शेष भाइयों के मुख पर भी यही प्रश्न प्रतिबिम्बत हुआ।

''हाँ, वहाँ बिना किसी को सूचित किए, द्रौपदी की पुकार पर दौड़ा हूँ। स्वभावतः सभी चिन्तित होंगे, अतः, मुझे तत्काल द्वारका लौटना ही चाहिए।''

कृष्ण को प्रस्थान करने से रोकने में कोई सफल नहीं हुआ। द्रौपदी भी नहीं।

द्वारकाधीश के लौट जाने पर पाँचों पांडवों ने अपने में देर तक विमर्श किया और वासुदेव की अकारण अनुकम्पा के लिए उनका जी खोलकर साधुवाद किया। द्रौपदी के प्रत्युत्पन्नमतित्व के लिए भी पाँचों ने पांचाली की प्रशंसा की।

पांडव अब द्वैत वन आ गए थे और वहाँ एक सरोवर-तीर सुख-पूर्वक रहने लगे थे। वनवासी एवं ऋषि, मुनि उनको सदा घेरे रहते, अतः उनका समय सुख-पूर्वक कट रहा था।

मेरी एक विडम्बना यह थी कि हस्तिनापुर में लिए जा रहे निर्णयों से मुझे अपरिचित ही रखा जाता था। यह मेरे भाग्य का कौन-सा दोष था कि कभी-कभी मुझसे परामर्श लेते-लेते भी नहीं लिया जाता था और घटनाओं के घटने के उपरान्त ही मुझे सूचना मिलती थी।

द्वैत वन में पांडवों के सुख-पूर्वक रहने की बात दुर्योधन तक पहुँची और दुष्ट-बुद्धि

युवराज को वनवासी पांडवों से ईर्ष्या हो आई। वह प्रकृति से इतना ही नीच था कि वन में भी पांडवों को वह चैन से रहते नहीं देख सकता था।

उसने अपने मन की बात कर्ण, दुःशासन एवं शकुनि से की। उसके मित्रों ने उसे सान्त्वना दी कि वे उसके मनस्ताप को हरने में सहायक हो सकते हैं। कर्ण ने दुर्योधन का मनोबल बढ़ाते हुए कहा, "अभी तुम पृथ्वी के सर्वश्रेष्ठ नृप हो। पहले जो राजलक्ष्मी इन्द्रप्रस्थ में विराजती थी, वह अब तुम्हारे यहाँ शोभा पा रही है। पृथ्वी के सभी राजा तुम्हें कर देते हैं। अतः तुम्हारा राज-कोष सर्वदा आकंठ भरा रहता है। तुम्हारे आभूषणों, वस्त्रों और अलंकारों से तुम्हारी समृद्धि टपकती रहती है। तुम्हारे अनुयायियों के साथ भी यही बात है। उनके परिधानों और अलंकरणों से भी हस्तिनापुर की समृद्धि स्पष्ट रूप से परिलक्षित होती है। यही बात तुम्हारी रानियों और उनकी सेविकाओं के साथ है। उनके रत्न-जटिल स्वर्णाभूषण और उनके बहुमूल्य परिधान तुम्हारी समृद्धि के साक्षी हैं।

"मेरे विचार से वनवासी पांडवों को अपमानित और व्यथित करने का इससे अच्छा उपाय और कुछ नहीं हो सकता है कि तुम अपने सहस्रों सैनिकों, अनुयायियों तथा बहुमूल्य आभूषणों से शोभित हजारों रानियों-स्त्रियों के साथ द्वैत वन पहुँचो। इससे स्वयं उनका दारिद्र्य उन्हें और चुभने लगेगा और तुम्हारी राजलक्ष्मी को देखकर वे ईर्ष्या से भर आएँगे। उन्हें जलाने का इससे अच्छा उपाय और कोई नहीं हो सकता। हो सकता है कि इस मध्य किसी-न-किसी बहाने उनसे युद्ध भी हो जाए। ऐसी स्थिति में अपने सैनिकों के बल पर हम सैन्य-रहित पांडवों को सदा के लिए समाप्त भी कर सकते हैं।"

दुःशासन और शकुनि ने भी कर्ण की इस उक्ति से सहमति जताई।

दुर्योधन ने कहा आप सबों की बातें मुझे भी पसन्द आ रही हैं किन्तु द्वैत वन जाने की अनुमति मेरे पिता सम्राट् धृतराष्ट्र से सहज रूप से मिलने से रही। उन्हें पता है कि द्वैत वन में पांडव निवास कर रहे हैं। पांडवों के द्वारा वन में नाना प्रकार के कष्टों के सहने के कारण पिता के मन में उनके प्रति सहानुभूति जग आई है और हमारे वहाँ जाने के प्रस्ताव पर वह निश्चित ही आशंकित होंगे।"

शकुनि ने कहा, "राजा धृतराष्ट्र से द्वैत वन जाने की आज्ञा प्राप्त करना कोई कठिन कार्य नहीं है। द्वैत-वन में ही आजकल हमारी गौवें रह रही हैं। वे सहस्रों की संख्या में हैं। उनके बछड़े भी उनके साथ हैं। इन सबों की गणना के लिए युवराज को द्वैतवन जाने से महाराज को नहीं रोकना चाहिए। भले ही वे हमारी यात्रा को लेकर सशंकित हों।"

दुर्योधन ने कहा, "आप सबों का मन्तव्य हमें मान्य है किन्तु मुझे प्रतीत होता है कि पितामह भीष्म और धृतराष्ट्र के सम्मुख यह प्रस्ताव रखा जाए तो शायद हम सफल हो जाएँ। पितामह भीष्म सीधे-सादे व्यक्ति हैं। अगर वे यह समझ लेंगे कि मात्र गौवों और बछड़ों की देखभाल और गणना के लिए हम घोष (गौशाला) यात्रा कर रहे हैं तो वह हमें प्रसन्नतापूर्वक आदेश दे देंगे और इस आदेश का उल्लंघन सम्राट् धृतराष्ट्र भी नहीं करेंगे। ऐसी हालत में हम आसानी से द्वैत-वन पहुँचकर पांडवों के साथ मनमानी करने को स्वतन्त्र होंगे।

जैसा कि पहले कहा विडम्बना मेरी चिर सहयोगिनी है। यद्यपि मेरे समक्ष ही धृतराष्ट्र से आदेश लेने की बात दुर्योधन[1] ने की थी किन्तु परामर्श का समय आने

1. वचो भीष्मस्य राज्ञश्च निशम्य गमनं प्रति—महाभारत—वन पर्व—235/16

पर मेरी उपेक्षा कर दी गयी। दुर्योधन और उसके घनिष्ट साथियों ने मात्र धृतराष्ट्र को अपने मधुर वचनों से बहलाने का प्रयास किया और वे धृतराष्ट्र से द्वैत वन जाने की आज्ञा लेने में सफल हो गए। अगर मैं रहता तो इस आदेश का निश्चित ही घोर विरोध करता क्योंकि पांडवों को अपमानित और उद्विग्न तथा अवसर मिलने पर वध कर देने की भी दुर्योधन की अभिलाषा की पूर्ति मैं किसी तरह नहीं होने देता। दुर्योधन को शायद मेरा पांडव-प्रेम स्मरण हो आया हो और उसने अन्तिम क्षण में अपना निर्णय बदल लिया हो।

जो हो, दुर्योधन और उसके सैनिकों, सहायकों तथा स्त्रियों के साथ की गई यह यात्रा अन्ततः उसके प्रतिकूल और पांडवों के अनुकूल ही रही। दुर्योधन ने जब अपने अनुयायियों के साथ द्वैतवन में प्रवेश करना चाहा तो गंधर्वों ने उसके मार्ग को अवरुद्ध कर दिया और कहा, ''गन्धर्वराज चित्रसेन इस वन में विहार कर रहे हैं। इधर जाना मना है।''

दुर्योधन के सैनिकों ने यह सूचना लौटकर दुर्योधन और उसके साथियों तक पहुँचाई। दुर्योधन ने क्रोधाभिभूत हो पहले से अधिक सैनिकों को द्वैत वन के प्रवेश-द्वार तक भेजा। वे सभी सैनिक भी वापस लौट आए। उनमें कुछ हताहत भी हुए।

वापस आये सैनिकों से गन्धर्वों के अपमान की बात सुनकर दुर्योधन और उसके सभी साथी, सैनिकों के साथ गन्धर्वों से युद्ध करने को उद्यत हो गए। उन्होंने पूरे वेग से उन पर आक्रमण किया। इधर गन्धर्वों ने अपने राजा चित्रसेन को कौरवों के आक्रमण की सूचना दे दी। चित्रसेन क्रोधित होकर स्वयं युद्ध के लिए आगे बढ़ा। उसके साथ कई महान् गन्धर्व-वीर भी उपस्थित हुए थे। दोनों ओर से घमासान युद्ध हुआ। कर्ण, दुशासन आदि सभी कौरव वीरों ने डटकर गन्धर्वों का मुकाबला किया। गन्धर्वों ने कर्ण को निशाना बनाया और कई ओर से उस पर बाणों की बौछार आरम्भ कर दी। कर्ण यथाशक्ति चित्रसेन और उसके वीर सैनिकों का मुकाबला करता रहा किन्तु अन्ततः गन्धर्वों ने उसके रथ के ध्वज को काट दिया, सारथी का वध कर दिया और रथाश्वों को भी मृत्यु के घाट उतार दिया। अब कर्ण के प्राणों के लाले पड़ गए और इसके पूर्व कि उस पर किसी भयानक अस्त्र का प्रयोग कर गन्धर्व उसके प्राण ले लेते वह विकर्ण के रथ पर सवार होकर, घोड़ों को स्वयं हाँकते हुए वहाँ से भाग चला।

दुर्योधन, दुःशासन आदि गन्धर्वों से मार खा-खाकर भी मैदान में डटे रहे। युवराज दुर्योधन को संग्राम में पीठ दिखाना उचित नहीं लगा और उसके भाइयों और कुछ समीपी सेनापतियों ने भी उसी का अनुसरण किया। कर्ण तो भाग निकला परन्तु दुर्योधन, दुःशासन आदि गन्धर्वों के द्वारा बन्दी बना लिए गए।

युधिष्ठिर के पास दुर्योधन आदि के गन्धर्वों द्वारा बन्दी बनाने की सूचना पहुँची तो उन्होंने अपने सभी भाइयों को दुर्योधन और उसके साथियों को छुड़ाने के लिए भेजा।

पांडवों, विशेषकर अर्जुन और भीम ने चित्रसेन और उसके साथियों के साथ घोर युद्ध किया। चित्रसेन ने बन्दी बने दुर्योधन और दुःशासन को लाकर युधिष्ठिर को समर्पित कर दिया। युधिष्ठिर ने कौरवों को अभय दान दे मुक्त कर दिया।

सभी पांडव युधिष्ठिर के पास लौट आए। भीमसेन यह कहने से अपने को रोक नहीं पाए, ''हमारे पूज्य ज्येष्ठ भ्राता! हम तो आपके अनुचर हैं और आप महान् धर्मधारी। शत्रु को स्वयं अपने कृत्यों का दंड मिल चुका था। गन्धर्व-राज चित्रसेन दुर्योधन और दुःशासन में से किसी को छोड़ने वाला नहीं था! इसमें हमारा कोई हाथ भी नहीं था,

अतः हमें कोई दोष भी नहीं देता और बैठे बिठाए हम वनवास से निवृत्त हो हस्तिनापुर और इन्द्रप्रस्थ राज्यों के अधिकारी हो जाते।''

युधिष्ठिर ने किंचित् क्षुब्ध शब्दों में कहा, ''भीम! इस बात को ध्यान में रख लो कि धर्म के उल्लंघन से कभी किसी का हित नहीं हुआ। पड़ोसी अथवा भाइयों की रक्षा करना भी धर्म है। अपने में शक्ति होते हुए निर्बल को सताये जाते देखना अधर्म की श्रेणी में आता है, अतः दुर्योधन और उसके भाइयों को छुड़ाकर हम लोगों ने धर्म का ही आचरण किया है और अधर्म से बचे हैं। इसके साथ ही यह सोचना कि दुर्योधन आदि के नहीं रहने से हम वनवास की अवधि पूर्ण किए बिना हस्तिनापुर लौट जाएँ और वहाँ के सिंहासन पर आरूढ़ हो जाएँ तो यह बात सर्वथा धर्म-विरुद्ध होगी। दुर्योधन अथवा धृतराष्ट्र या उस वंश का कोई भी नहीं रहे तब भी हम बारह वर्ष का वनवास और एक वर्ष का गुप्तवास सफलतापूर्वक सम्पन्न कर ही नगर-प्रवेश करेंगे।''

युधिष्ठिर की बातों का उत्तर भीमसेन देते इसके पूर्व ही अर्जुन ने इंगित से उन्हें मना कर दिया।

उधर दुर्योधन, दुःशासन आदि म्लान मुख जब वापस लौटे तो कर्ण मार्ग में खड़ा था। उसका मुख विवर्ण था और अपमान से उसका सिर नत। उसने कभी सोचा भी नहीं था कि उसका कोई प्रतिद्वन्द्वी भी है जिससे वह पराजित हो सकता है लेकिन यहाँ तो पराजय मुख बाए खड़ी थी। इतना ही नहीं क्षत्रियों के लिए जो सबसे निन्द्य कार्य है अर्थात् रण में पीठ दिखाना वह भी उसे करना पड़ा था। दुर्योधन आदि को सकुशल लौटते देख कर्ण की दुश्चिन्ता बहुत सीमा तक कम हुई और वह आगे बढ़कर दुर्योधन से प्रशंसात्मक स्वर में बोला, ''यह अतीव प्रसन्नता की बात है कि आप चित्रसेन के सदृश महाबली गन्धर्व को परास्त कर अपने भाइयों के साथ सकुशल लौट आए। मैं भले युद्ध क्षेत्र से पीठ दिखाकर भाग आया किन्तु आपने गन्धर्वों से युद्ध में विजयश्री का वरण कर मेरे मनःसन्ताप को दूर कर दिया।''

कर्ण की यह बात सुनकर दुर्योधन का मुख शर्म से झुक आया और उसने किसी प्रकार कहा, ''कर्ण यह बात नहीं, वास्तविकता तो यह है कि चित्रसेन ने हम सभी भाइयों को परास्त कर बन्दी बना लिया था और हमें युधिष्ठिर को बन्दी रूप में ही सौंप दिया था। यह तो पांडवों की कृपा है कि उन्होंने हमें बन्धन-मुक्त कर हस्तिनापुर लौट जाने की अनुमति दे दी।''

कर्ण ने साश्चर्य पूछा, ''क्या सचमुच ऐसा हुआ? तब तो बहुत बुरा हुआ युधिष्ठिर ने ऐसा कर तुम्हें अपमानित ही किया।''

दुर्योधन बोला, ''तुमने यह बात सर्वथा उचित कही, मैं अपमान की अग्नि में दग्ध हो रहा हूँ। मैं पांडवों से अपमानित होने के पश्चात् जीवन-धारण की कोई इच्छा नहीं रखता। मैं हस्तिनापुर भी लौटने नहीं जा रहा। मैं अन्न, जल का त्याग कर इसी स्थान पर अपने प्राण त्याग दूँगा। मेरे स्थान पर दुःशासन राज्य का संचालन करेंगे। मैं अभीं उन्हें हस्तिनापुर के राजा के रूप में अभिषिक्त करता हूँ। ब्राह्मणों एवं समुचित पूजा सामग्री तथा गंगाजल की व्यवस्था हो। इसके पहले कि कर्ण कुछ बोलता दुःशासन अपने अग्रज के पैरों से लिपट गया और बोला, ''आप ऐसा कुछ नहीं कीजिए आपके बिना हस्तिनापुर शून्य हो जाएगा। मुझे राज्यारोहण की कोई अभिलाषा नहीं। आपकी तुलना में सम्पूर्ण सृष्टि का साम्राज्य भी मुझे स्वीकार्य नहीं। अतः आप कृपया अनशन की बात छोड़कर हस्तिनापुर लौटें और अपने साम्राज्य का समुचित रूप से संचालन करें। मैं यह दायित्व कदापि नहीं लेने जा रहा।''

कर्ण भी इसी मध्य बोल पड़ा, "दुःशासन का कथन सर्वथा उचित है। युधिष्ठिर ने ऐसा कुछ नहीं किया है जिससे उनके मान में वृद्धि हुई हो और हमारा अपमान हुआ हो। प्रथम दृष्टया मुझे प्रतीत हुआ था कि हम अपमानित हुए हैं किन्तु सावधानी से विचार करने पर मुझे सब कुछ ठीक ही लग रहा। युधिष्ठिर जो भी हों, आपके चचेरे भाई हैं, अतः उनका यह कर्तव्य था कि गन्धर्वों के द्वारा बन्दी-रूप में प्राप्त आपको मुक्त कर वह वापस कर दें। हम पराजित भी हुए हैं तो गन्धर्वों से पांडवों से नहीं। अतः यहाँ मान-अपमान का कोई प्रश्न नहीं उठता। मैं भी यही कहूँगा कि आप आमरण अनशन की बात ध्यान में भी नहीं आने दें और हस्तिनापुर लौटकर आनेवाले दिनों की तैयारी करें। जब तेरह वर्ष की अवधि सफलता-पूर्वक सम्पन्न कर पांडव हस्तिनापुर लौटेंगे तो उनका आचरण वही नहीं होगा जो अभी था। उस समय वे भाई के रूप में नहीं अपितु शत्रु के रूप में हमारे सामने होंगे। तब हमारे वध का वह कोई प्रयास नहीं उठा रखेंगे। अतः बुद्धिमता इसी में है कि समय रहते हम अपने को अवश्यम्भावी युद्ध के लिए प्रस्तुत कर लें। यदि एक क्षण के लिए यह मान भी लिया जाए कि हमें अपमान का सामना करना पड़ा है तो आप तो बुद्धिमान हैं। बुद्धिमता इसी में है कि मान-अपमान, सुख-दुःख, सम्पत्ति-विपत्ति, आदर-अनादर में समदृष्टि रखी जाए। अतः कहाँ का मान और कैसा अपमान?"

कर्ण के इस दीर्घ भाषण का असामान्य स्थिति का सामना कर लौटे, दुर्योधन पर कोई प्रभाव नहीं पड़ा और वह अपने संकल्प पर दृढ़ रहा। वह मन-ही-मन सोच रहा था कि यदि युधिष्ठिर को बन्दी बनाकर उसके हाथों में सौंप दिया जाता तो क्या वह उन्हें इस तरह मुक्त कर देता? कदापि नहीं, उसने सोचा, वह तो हर्ष से पागल हो जाता और ज्येष्ठ पांडव को या तो मृत्यु के घाट उतार कर अपने पथ को सदा के लिए निष्कंटक कर लेता अथवा उन्हें ऐसे बन्दीगृह में डालता, जहाँ हवा भी नहीं पहुँचती। ऐसी स्थिति में युधिष्ठिर ने उस पर कृपा तो की ही है और उस रूप में अपनी सहानुभूति का पात्र भी बनाया है। उसे किसी की सहानुभूति नहीं चाहिए, विशेषकर पांडवों की, तथाकथित धर्मराज की। उसे इस अपमानित और अभिशप्त जीवन की साँसों को ढोने में कोई रुचि नहीं और वह अन्न-जल का त्याग कर अपने प्राणों का अन्त कर देगा।

दुर्योधन को अपने प्रण पर अड़े देख, सभी कौरव-भाइयों और कर्ण को अत्यन्त चिन्ता हुई। कर्ण का तो एकमात्र सुहृद्, सखा और शुभेच्छु दुर्योधन ही था। उसी के लिए वह जीवन धारण किए हुए था, अपितु दुर्योधन ने ही अंग के अतिरिक्त कई और राज्यों का अधिपति बना उसे जीवन का सामना करने का बल दिया था, अन्यथा सारथी अभिरथ-पुत्र अथवा सूत-पुत्र के रूप में ही, अपनी सारी योग्यताओं के रहते हुए भी वह जीवन-यापन को अभिशप्त था।

जो हो, कइयों के कई प्रकार से समझाने और कर्ण द्वारा अपना धनुष स्पर्श कर प्रतिज्ञा करने के पश्चात् दुर्योधन अन्ततः अपना अनशन तोड़ने को प्रस्तुत हुआ। यह अनशन कई लोगों की दृष्टि में नाटक से अधिक नहीं था।

कौरवों के वापस लौटने और दुर्योधन की दुर्दशा की मुझे सूचना मिली तो मेरा मन क्षुब्ध हो उठा। अब तक जिस साम्राज्य की सुरक्षा और सम्मान की रक्षा के लिए मैं

अपने जीवन को उत्सर्ग कर रहा था, उसका गन्धर्वों द्वारा मान-मर्दन हो चुका था। हस्तिनापुर-नरेश उनसे पराजित होकर बन्दी बना लिया गया था और आकाश-मार्ग से ले जाकर गन्धर्व राज चित्रसेन अन्तरिक्ष के किस स्थल पर उसे छटपटाने को छोड़ देता, इसका कोई पता नहीं था। यह तो चित्रसेन और अर्जुन की पुरानी मित्रता थी जिसने अर्जुन के अनुरोध पर अपने अपराधी दुर्योधन को युधिष्ठिर को सौंपने के लिए वह प्रस्तुत हुआ।

किसी ने इस घटना को बहुत महत्त्व दिया हो या नहीं पर शर-शय्या पर आसीन मुझे इस बात का घोर पश्चाताप हो रहा है कि मेरे जीवन भर की साधना को धृतराष्ट्र के अहंकार ने क्षण-मात्र में धूल-धूसरित कर दिया था। राजा के बन्दी होने पर राज्य भी बन्धक हो जाता है। दुर्योधन के साथ हस्तिनापुर का साम्राज्य भी हाथ से निकल गया था। ऐसी स्थिति में पिता शान्तनु और माता सत्यवती को साम्राज्य की रक्षा सम्बन्धी मेरा दिया वचन किस काम का? मैं हस्तिनापुर-साम्राज्य का सुरक्षा-कवच कहाँ सिद्ध हुआ?

यह निश्चित ही मेरे परामर्श के बिना, अन्धे धृतराष्ट्र को बहला-फुसलाकर द्वैत वन में जाने की अनुमति लेने का ही कुपरिणाम था।

मैं भले ही हस्तिनापुर-महल में तथा राज-सभा में भी उपेक्षा और तिरस्कार का पात्र बन गया होऊँ पर मैं कहने योग्य बात को बिना कहे भी नहीं रह सकता था। दुर्योधन ने उद्दंडता, अनुशासनहीनता और अन्याय-अनीति की सारी सीमाएँ तोड़ दी थीं, अतः मुझे तो उसे उसके अपराधों तथा हस्तिनापुर साम्राज्य की मर्यादा से परिचित कराना ही था, अतः उसे मैंने अपने समक्ष उपस्थित होने की सूचना भेजी। वह ना नहीं कर सकता था क्योंकि यह एक 'न भूतो न भविष्यति' घटना थी जिसने कुरु-साम्राज्य के सम्मान पर अकल्पनीय चोट पहुँचाई थी।

दुर्योधन उपस्थित हुआ तो मेरे अन्दर का क्रोध चरम पर था। इस समय मैं एक बार पुनः शान्तनु-नन्दन भीष्म बन आया था। दुर्योधन के अन्न पर पलने वाला पराश्रयी पितामह नहीं। परान्नजीवी।

आज, इस शर-शय्या के बाण मुझे जिस कष्ट का बोध करा रहे हैं उससे कई गुणा अधिक कष्ट मुझे हस्तिनापुर-साम्राज्य के मान-मर्दन पर हुआ था।

मैंने धृतराष्ट्र को उच्च एवं अमर्षपूर्ण शब्दों में सम्बोधित करते हुए कहा था, "तुम्हें पता नहीं कि इस साम्राज्य के सम्मान की रक्षा मैंने अपने जीवन की सारी आकांक्षाओं, इच्छाओं और अभिलाषाओं का होम कर की है? मैंने अपने पिता शान्तनु और माता सत्यवती को वचन दिया था कि राज्य-सिंहासन पर कोई भी आरूढ़ रहे, साम्राज्य की सुरक्षा का दायित्व मेरा होगा। समय के साथ तुम लोगों की नई पीढ़ी के प्रभाव से मैं इस महल में उपेक्षित और तिरस्कृत होता रहा फिर भी अपने दायित्व पर से मैंने मुँह नहीं मोड़ा। साम्राज्य पर जब भी संकट के बादल उमड़े, मैंने साम्राज्य की सुरक्षा को सुनिश्चित किया किन्तु तुमने मेरे अब तक के सारे प्रयासों को व्यर्थ कर दिया।

"गन्धर्व राज ने तुम्हें बन्दी बना साम्राज्य को भी बन्दी बना लिया। हस्तिनापुर का मान-मर्दन हो गया। अच्छा हुआ यह मेरी अनुपस्थिति में ही हुआ वर्ना मैं साम्राज्य की इस मर्यादा-भ्रष्टता के पश्चात् अपने जीवन को धारण करने में असमर्थ होता। आजीवन मेरा लक्ष्य इस साम्राज्य का सुरक्षा-कवच बने रहना रहा किन्तु आज तुम्हारे

अदूरदर्शी सहयोगियों और तुम्हारी अहमन्यता के कारण मेरा आजीवन का प्रयास विफल हुआ।

"मैं स्पष्ट कहूँ कि मुझे तुम्हारा द्वैतवन जाना कदापि अच्छा नहीं लगा और तुमने वहाँ जाकर जो कुछ किया वह तो हमारा सिर नत कर गया। शत्रुओं ने तुम्हें पराजित कर बन्दी बनाया और धर्मज्ञ युधिष्ठिर के कारण ही तुम्हें मुक्ति मिली जिस कारण तुम यहाँ हस्तिनापुर-महल में दृष्टिगत हो रहे हो। क्या तुम्हें अपने कृत्य पर लज्जा नहीं आती गान्धारी-नन्दन! जिस कर्ण को तुम अपराजेय मानकर अहंकार में फूले रहते थे वह सूतपुत्र कर्ण तो सेना-सहित युद्धभूमि से भाग निकला! तुम चीखते-चिल्लाते रहे किन्तु तुम्हारी सहायता में तुम्हारा मित्र कर्ण नहीं अपितु जिन्हें तुम अपना विद्वेषी मानते रहे वही पांडव तुम्हारी रक्षा में आगे आए और अपना पराक्रम प्रदर्शित कर गन्धर्वों को नीचा दिखाया। मेरा यह सुनिश्चित मत है कि धर्माचरण, धनुर्वेद और शौर्य में कर्ण पांडवों की तुलना में चौथाई योग्यता भी नहीं रखता, अतः मैं कहूँगा कि अब भी देर नहीं हुई है। तुम अपने पांडव-भ्राताओं से सन्धि कर लो।"

मुझे घोर आश्चर्य हुआ कि दुर्योधन मेरी इस बात पर मुसकराकर वहाँ से चल दिया। मुझे आज भी अफसोस हो रहा है कि मैंने व्यर्थ ही दुर्योधन के समक्ष ऐसा प्रस्ताव रखा। मेरी मिट्टी तो पहले से ही इस राजमहल में पलीद हो रही थी, मुझे अपना और अपमान नहीं कराना था।

मेरे गुप्तचरों ने आकर बताया कि दुर्योधन वहाँ से लौटकर सीधे कर्ण और शकुनि के पास गया था और मेरा उपहास करते हुए मेरे परामर्श की चर्चा की थी। विशेषकर कर्ण के सम्बन्ध में मैंने जो कुछ कहा था वह उसे रास नहीं आया था और उसने यथावत मेरी बात उनके समक्ष रख दी थी। इस पर कर्ण बोला था, "मित्र दुर्योधन! मैं तुमसे जो कुछ कह रहा हूँ उस पर ध्यान दो। भीष्म सदा हमारी निन्दा और पांडवों की प्रशंसा करते आए हैं। तुम्हारे प्रति द्वेष रखने के फलस्वरूप वह हमारी निन्दा भी तुमसे करते हैं, अतः उनकी बातों पर ध्यान देने की आवश्यकता नहीं। मैं तुम्हारी निन्दा नहीं सुन सकता। उन्होंने जो पांडवों की यश-गाथा गाई है और तुम्हारे विरुद्ध अकथनीय कथन किया है उसे मैं बरदाश्त नहीं कर सकता। उनको समुचित उत्तर देने के लिए मैं सारी पृथ्वी का दिग्विजय कर दिखा दूँगा।"

आज मैं बार-बार सोचता हूँ कि जिस तरह मैं पूर्व में दुर्योधन, दुःशासन, कर्ण और शकुनि से दूरी बनाकर रखता था वैसे ही उस समय भी यह दूरी वर्तमान रखनी थी किन्तु गन्धर्वों के हाथों दुर्योधन की दुर्दशा ने मुझे विचलित कर दिया था और साम्राज्य की मर्यादा भंग होने से मैं अकरणीय तथा कथनीय-अकथनीय में अन्तर करने में भूल कर गया था। मुझे समझना चाहिए था कि हस्तिनापुर-राजमहल में मैं अस्तबल के उस अश्व के सदृश था जिसकी आवश्यकता रथ में जुतने के समय ही होती है।

समय व्यतीत होते देर नहीं लगती। पांडवों के बारह वर्ष का वनवास येन-केन प्रकारेण व्यतीत हो गया था। अब उनके गुप्तवास का काल आ पहुँचा था। सभी भ्राताओं ने अपने साथ लगे वनवासियों ब्राह्मणों तथा धौम्य पुरोहित को सम्बोधित करते हुए कहा कि अब तक आप लोगों का सुखद साहचर्य पाकर हम लोगों की वनवासावधि बहुत अच्छी तरह बीत गई। अब हमारे गुप्तवास का समय आ गया है जो कल से ही आरम्भ

हो रहा है अतः हम कष्ट के साथ आपसे विदा लेना चाहते हैं। आप कृपया अपने-अपने स्थानों को लौट जाइए।"

सभी लोगों ने आँखों से अश्रु प्रवाहित करते हुए पांडवों से विदा ली थी। उस रात सभी पांडव-भ्राताओं ने एकत्रित हो यह परामर्श किया था कि गुप्तवास को वह कहाँ और कैसे व्यतीत करेंगे। सभी ने अपने-अपने रूप में ऐसे राज्यों के नाम बताए थे जहाँ गुप्तवास आसानी से हो सकता था। अन्ततः विराट नगर का चयन सर्वसम्मति से हुआ था। विराट के राजा पांडवों के अनुकूल भी थे। विराट नगर में एक वर्ष का समय व्यतीत करने के लिए कार्यक्रम बना। धर्मराज चिन्तित थे कि विराट नगर में वे अपने स्वरूप को कैसे परिवर्तित कर सकेंगे। उनकी चिन्ता देखकर उनके पिता स्वयं धर्मराज उपस्थित हो गए थे और भगवान धर्म ने युधिष्ठिर को सम्बोधित करते हुए कहा, "तुम्हें चिन्ता करने की कोई आवश्यकता नहीं। मैं अभी तुम सभी के स्वरूप को परिवर्तित कर देता हूँ। तत्पश्चात् पाँचों पांडव कम्डलु और पगड़ी धारण कर त्रिदंडधारी तरुण ब्राह्मण बन गए थे। उनके शरीर पर सुन्दर लाल वस्त्र शोभित होने लगे तथा उनके सिर पर शिखा प्रकट हो गई। वे हाथ में कुश लिए अत्यन्त तेजस्वी रूप में दृष्टिगोचर होने लगे।

तत्पश्चात् सभी ब्राह्मण-वेशधारी पांडव महाराज विराट की सभा में बारी-बारी से प्रविष्ट हुए। उनको आते देख विराट एवं सभी सभासद् आश्चर्यचकित हो गए। लोगों ने आपस में विमर्श करना शुरू किया ऐसे तेजस्वी पुरुष कहाँ से आ गए? देखने में तो ये ब्राह्मण प्रतीत होते हैं किन्तु उनका तेज क्षत्रियों के सदृश है। कोमलता के साथ-साथ कठोरता भी इनके आनन से झलक रही है। पांडवों ने बारी-बारी से अपना परिचय देना आरम्भ किया। युधिष्ठिर बोले महाप्रतापी नरेश! मेरा नाम कंक है। मैं पहले युधिष्ठिर के साथ रहता था। उन्हें द्यूत का बहुत शौक था। उनके साथ रहकर मैं चौसर खेलने तथा पासे फेंकने में अत्यन्त कुशल हो गया। राजा विराट ने प्रसन्न होकर कहा, "द्विजश्रेष्ठ! मुझे भी द्यूत-क्रीड़ा अत्यन्त पसन्द है। द्यूत-क्रीड़ा में निपुण, चतुर और चालाक मनुष्य मुझे बहुत प्रिय हैं। धर्मराज युधिष्ठिर के साथ रहकर तो आप इस कला में अत्यन्त पारंगत हो गए हैं। आप मुझसे ब्राह्मण होने के कारण कोई वर माँग लें। मैं उसे देने में कोई संकोच नहीं कर सकता। मैं यह इसलिए कह रहा हूँ कि मैं नहीं चाहता कि आप मेरे राज-दरबार में रहकर मुझे सुख और प्रसन्नता प्रदान करें। ब्रह्मन्! आप शीघ्र ही दो वरदान मुझसे माँग लें।"

इस पर युधिष्ठिर ने कहा, "यों तो मुझे किसी वरदान की अभिलाषा नहीं। मैं आपकी संगति प्राप्त कर ही प्रमुदित हूँ फिर भी आप मुझे वरदान देना ही चाहते हैं तो प्रथम वरदान यह दें कि किसी हीन व्यक्ति से मुझे विवाद नहीं करना पड़े और दूसरा वरदान यह दें कि कोई भी व्यक्ति द्यूत में मुझे हारे धन को स्वयं नहीं रख ले, मुझे मेरा देय प्रदान कर दे।"

"बस!" राजा विराट बोले, "इतने साधारण वरदान! मैंने इन्हें आपको दिया। अब आप सुख-पूर्वक मेरे साथ रहें और मुझे द्यूत कला में पारंगत करते हुए, मेरा मनोरंजन भी करते रहें।"

युधिष्ठिर जब विराट के राजमहल में द्यूत-विशारद के रूप में प्रतिष्ठित हो गए तो क्रमशः शेष पांडव और द्रौपदी भी अपने नाम परिवर्तित कर भिन्न-भिन्न कार्यों में लग गए। भीमसेन ने बल्लव के रूप में रसोइया का भार संभाला। सहदेव ने ग्वाला

का वेश धारण कर अरिष्नेमि नाम से विराट की गाँवों की रक्षा और गणना का भार संभाला। विराट के पास एक लाख गौवें थीं और राजा विराट ने सभी गौवों और गोपालकों को अरिष्नेमि नामधारक सहदेव के अधीन कर दिया।

द्रौपदी सैरन्ध्री के रूप में राजमहल में विराट की पत्नी सुदेष्णा की सेवा में लग गई। द्रौपदी को केशों का शृंगार करना अच्छी तरह आता था तथा उबटन और अंगराग पीसने में भी वह दक्ष थी। उसने रानी से कहा, "महाभागे! मैं उत्पल, कमल, चम्पा, मल्लिका आदि पुष्पों के बहुत सुन्दर एवं अद्भुत हार गूँथना भी जानती हूँ।"

अर्जुन विचित्र वेशभूषा में विराट से मिले। उन्होंने स्त्रियों की तरह आभूषण पहन रखे थे, अपने लम्बे केशों की चोटी बना रखी थी। कानों में बड़े-बड़े कुंडल और हाथों में शंख की चूड़ियाँ पहन रखी थीं।

विराट के पूछने पर उन्होंने कहा, "मैं कलीब हूँ। मैं स्त्रियों का शृंगार अच्छी तरह करना जानता हूँ। मैं वेषी-रचना अच्छी तरह कर सकता हूँ। फूलों के हार तथा ओढ़ने की चुन्नरियाँ सुन्दर रूप में बनाना जानता हूँ। मैं स्त्रियों को स्नान करा सकता हूँ। दर्पण की सफाई कर सकता हूँ और चन्दन आदि से अनेक प्रकार की रेखाएँ बनाकर सुन्दर स्त्रियों का शृंगार कर सकता हूँ। मैं बालकों और स्त्रियों को नृत्य और संगीत की शिक्षा भी दे सकता हूँ। विराट ने अर्जुन के क्लीब होने की परीक्षा तरुणी स्त्रियों से कराई और उसमें उन्हें सफल पाकर उन्हें राजमहल में स्त्रियों विशेषकर विराट की कन्या उत्तरा को नृत्य वाद्य और संगीत की शिक्षा देने के लिए नियुक्त कर लिया। अर्जुन ने अपना नाम वृहन्नला बताया था और इसी नाम से वह राजमहल में प्रसिद्ध हुए।

नकुल, अश्वों की देखभाल और निरीक्षण के लिए नियुक्त हो गए। उन्होंने विराट को बताया था कि मैं अश्वों को प्रशिक्षित करने में अत्यन्त निपुण हूँ। मैं दुष्ट घोड़ों की दुष्टता दूर करने में भी समर्थ हूँ तथा मुझे घोड़ों की नस्ल की भी पहचान है। मैं राजा युधिष्ठिर के घोड़ों की देखभाल करता था और मेरा नाम ग्रांथिक था।"

विराट नरेश ने नकुल की अश्व-विद्या से प्रभावित होकर उन्हें अपनी विशाल अश्वशाला का प्रभारी बना दिया। इस तरह पांडवों का गुप्तवास राजा विराट के यहाँ सुचारू-रूप से चलने लगा।

जब तक विराट के यहाँ से लौटकर पांडवों ने अपनी कहानी स्वयं नहीं बताई तब तक मैं भी उनके गुप्तवास से अपरिचित ही रहा और सोचता रहा, पता नहीं इस अवधि को व्यतीत करने में वे किस प्रकार सफल होंगे। इसी मध्य कीचक-वध की घटना मत्स्यराज विराट के यहाँ से फैलती हुई हस्तिनापुर तक पहुँची। कीचक सम्राट विराट का महाबली सेनापति था। उसके सदृश बलवान इस धरती पर शायद ही कोई हो विराट ने इसी कारण राज्य का सारा भार उसके ऊपर छोड़ दिया था और वे कहने मात्र को राजा थे।

कीचक वध की बात असामान्य थी। हस्तिनापुर में यह संवाद पहुँचा तो मैंने और विदुर ने एक-दूसरे को अर्थपूर्ण दृष्टि से देखा। हमें इसमें कोई सन्देह नहीं रहा कि कीचक का वध भीमसेन के अलावा कोई नहीं कर सकता, अतः पांडव विराट् नगर में ही सुरक्षित अपना गुप्तवास व्यतीत कर रहे हैं।

यह तो पांडवों के लौटने पर ज्ञात हुआ कि कीचक ने सैरन्ध्री की सुन्दरता पर मुग्ध होकर उसके साथ रमण की इच्छा प्रकट की थी जिस पर भीमसेन ने कीचक की हत्या गुप्त रूप से विराट की नृत्यशाला में कर दी थी।

मेरे जीवन की विडम्बनाओं में अभी कमी नहीं आई थी। एक दिन मैंने अपने को रथारूढ़ हो युद्ध में संलग्न पाया। नहीं, यह महाभारत-युद्ध नहीं था। पर उस भयानक युद्ध की पूर्वपीठिका यह अवश्य था। बहुत दिनों के पश्चात् मुझे धनुष-संचालन को बाध्य होना पड़ा था। कवच बाँधने पड़े थे और अपने रथ में तीरों से भरे अनेक तुणीरों को लादकर युद्ध के लिए प्रस्थित होना पड़ा था। अस्वीकार करने का भी मुझे कोई अधिकार नहीं था। मैं तो राजमहल में इसीलिए डाला गया था कि आवश्यकता पड़ने पर मेरे पराक्रम का प्रयोग हो सके।

कीचक-वध की बात दुर्योधन ने भी सुनी थी और उसने अपने सहयोगियों–कर्ण, दुःशासन और शकुनि आदि को विश्वास दिलाया था कि कीचक को मारने वाला भीमसेन के अतिरिक्त और कोई नहीं हो सकता है। दुर्योधन ने जोर देकर कहा, "इस समय भू-तल पर चार ही ऐसे पुरुष-सिंह हैं जो आत्मबल, शारीरिक शक्ति, बाहुबल तथा धैर्य में इन्द्र के सदृश हैं। इनके नाम हैं बलदेव, भीमसेन, शल्य तथा कीचक। बलदेव तथा शल्य की कीचक-वध में कोई रुचि नहीं हो सकती, अतः स्पष्टतः भीमसेन ने ही सैरन्ध्री की मान-रक्षा के लिए कीचक का वध किया। मैं समझता हूँ कि यह सैरन्ध्री द्रौपदी के सिवा कोई नहीं है। इससे स्पष्ट हो रहा है कि भीमसेन और द्रौपदी ही नहीं बल्कि सभी पांडव विराट नगर में ही निवास कर रहे हैं अतः मेरा विचार है कि हमें मत्स्य देश पर आक्रमण कर देना चाहिए। राजा विराट का गोधन अत्यन्त समृद्ध है। आक्रमण में यदि अज्ञातवास का समय-पूर्ण होने के पूर्व ही हम पांडवों को पहचान लेते हैं तो उन्हें पुनः बारह वर्षों के लिए वनवास जाना पड़ेगा। ऐसा नहीं होने पर भी कम-से-कम विराट के गोधन पर तो हम अधिकार कर ही सकते हैं। दोनों में हमें लाभ-ही-लाभ है।"

यही सोचकर दुर्योधन ने मत्स्य देश पर आक्रमण की योजना बनाई थी। हस्तिनापुर की ओर से युद्ध हेतु रणभेरी बजे और यहाँ के सभी शूरवीर युद्ध के लिए प्रस्थान नहीं करें यह हो नहीं सकता था। कौरवों ने आक्रमण कर पहले तो राजा विराट् के सारे गोधन पर अधिकार कर लिया। विराट् की सेना पर कौरवों ने यह आक्रमण पीछे से किया था। विराट् विचलित हो गए थे। उन्हें युधिष्ठिर पर पूर्ण विश्वास था और उन्होंने उनसे अपनी विपत्ति की चर्चा की। युधिष्ठिर ने अपने सभी भाइयों और स्वयं को कौरवों से युद्ध के लिए प्रस्तुत कर लिया। वे सभी अपने वास्तविक रूप में आ गए और विराट को उन्हें पहचानकर बहुत प्रसन्नता हुई। दुर्योधन ने भी पांडवों को देखकर अपना हर्ष प्रकट किया और कहा कि अज्ञातवास पूर्ण करने से पहले वे पहचान में आ गए, अतः उन्हें पुनः बारह वर्ष का वनवास झेलना पड़ेगा।

मैंने दुर्योधन की इस प्रसन्नता पर पानी फेरते हुए कहा, "दुर्योधन! तुम्हारी गणना गलत है। समय के बढ़ने-घटने और पक्ष-मास आदि में कमी अथवा अधिकता के कारण वर्ष एक समान नहीं होते। मैंने गणना कर देख लिया है कि पांडवों ने अब तक तेरह वर्ष ही नहीं अपितु तेरह वर्ष पाँच महीने बारह दिन वनवास में व्यतीत किए हैं, अतः तुम उन पर अज्ञातवास के दौरान ही पहचाने जाने का आरोप नहीं लगा सकते।"

इसके पश्चात् जो युद्ध हुआ था उसमें पांडव और कौरव पक्षों के सभी वीरों

ने अपनी पूरी शक्ति लगा दी थी। यहाँ मैं केवल अपनी दुर्दशा को स्मरण करना चाहता हूँ। अर्जुन ने अकेले कृपाचार्य और द्रोणाचार्य को परास्त कर दिया था। कर्ण भी अर्जुन से परास्त होकर भाग चला था। ऐसी स्थिति में अर्जुन का सामना करने के लिए मैं ही बचा था। यह मेरे लिए बहुत दुखद तथा साथ ही त्रासद भी था। कितने दिनों से अपने प्रिय अर्जुन के दर्शन के लिए मैं भाव-विह्वल हो रहा था और आज उसके दर्शन भी हुए तो युद्ध के प्रतिद्वन्द्वी के रूप में।

अर्जुन सभी कौरव महारथियों पर विजय प्राप्त कर आगे बढ़ता आ रहा था। कौरव-सेना का मनोबल गिर चुका था। मैंने जोर से शंख बजाकर कौरवों का हर्ष बढ़ाया और दाहिनी ओर मोड़कर अर्जुन को आगे बढ़ने से रोका।

युद्ध में सहानुभूति अथवा दया का कोई अर्थ नहीं होता। मरने-मारने पर उतारू व्यक्ति शत्रु के अतिरिक्त कुछ नहीं होता। मैंने अर्जुन की ध्वजा पर अत्यन्त वेगशाली आठ तीर छोड़े जिससे उसके ध्वज को काफी क्षति पहुँची। अर्जुन ने क्रोध में आकर एक विशाल भल्ल के द्वारा मेरे छत्र को काट दिया जो पृथ्वी पर जा गिरा। इसके पश्चात् उसने मेरे पार्श्व-रक्षकों तथा सारथि को भी घायल कर दिया। मैं अपने सैनिकों पर किए गए इस नृशंसता को सहन नहीं कर सका। क्रोध में ऐसा अभिभूत हो गया कि अपने प्रिय तृतीय पांडव पर दिव्यास्त्रों के प्रयोग में भी पीछे नहीं रहा। हम दोनों में भयानक युद्ध आरम्भ हुआ।

अर्जुन ने अपने गांडीव को चक्र के सदृश घुमाकर उससे दाएँ-बाएँ अनेक बाण फेंके जिससे मेरा रथ बाणों के मध्य छिप गया। मैंने तत्काल सैकड़ों तीव्र बाणों को छोड़कर बाणों की इस कैद से मुक्ति पाई। तदुपरान्त अर्जुन ने छुरे के धार सदृश एक बाण से मेरे स्वर्ण-धनुष को काट डाला। मैंने तत्काल दूसरा धनुष लेकर उस पर प्रत्यंचा चढ़ाई और क्रोध में अर्जुन पर भयंकर तीखे बाणों की बौछार आरम्भ कर दी। मैं पूरी निष्ठा से युद्ध कर रहा था किन्तु युद्ध अनिर्णीत ही चल रहा था। मेरा सारा पराक्रम मेरे किसी काम नहीं आ रहा था।

मैंने अर्जुन पर कठोरता प्रदर्शित करते हुए अत्यन्त शीघ्रता में छोड़े बाणों से उसका बायाँ पार्श्व वेध डाला। इस पर अर्जुने ने भी हँसकर गिद्ध के पंख वाले तथा मोटी धार वाले बाणों से मेरा धनुष काट दिया। विजय के लिए प्रयत्नशील धनंजय ने मेरी छाती में दस बाण मारकर गहरी चोट पहुँचाई जिससे पीड़ित हो मैं रथदंड पकड़कर बहुत देर निश्चेष्ट बैठा रहा।

सारथि ने अपना कर्तव्य निभाया। मुझ संज्ञा-हीन को संग्राम-भूमि से दूर हटा ले गया।

अर्जुन के हाथों मेरी यह पराजय मेरे लिए दुःख और सुख दोनों का कारण बनी।

आज इस शर-शय्या पर मैं सोचता हूँ कि उस दिन अर्जुन से परास्त होने के पश्चात् मैं किस आत्मबल से पुनः महाभारत-युद्ध में अर्जुन का सामना करने को प्रस्तुत हुआ और इस युद्ध में भी अर्जुन नौ दिनों तक भी मुझे परास्त क्यों नहीं कर सका कि उसे शिखंडी का सहारा लेकर मेरे पतन को सुनिश्चित करना पड़ा।

भीष्म और अर्जुन में कौन सर्वाधिक पराक्रमी है इसका निर्णय कौन करेगा? काल देवता? महाकाल? किन्तु निर्णय तो अब हो चुका है। छल से ही सही मैं परास्त हो चुका हूँ और मेरे ऊपर विजय प्राप्त करने की प्रतिष्ठा अर्जुन को प्राप्त हो चुकी।

मैं अधिक-से-अधिक यहाँ पड़ा पड़ा अर्जुन के शरों की असह्य पीड़ा भोगने को अभिशप्त हूँ और इस युद्ध के सुनिश्चित परिणाम को जानने तक जीवित रहने को विवश भी।

महाभारत-युद्ध आरम्भ हो चुका था। यह मैं कह चुका हूँ अपने सुदूर अतीत के चर्वण के पूर्व ही। यहाँ सम्पूर्ण युद्ध का सांगोपांग वर्णन मेरा अभिष्ट नहीं। स्वयं से सम्बन्धित घटनाओं और कुछ महत्त्वपूर्ण घटनाएँ ही मेरे मानस-पटल पर प्रतिबिम्बित हो पाएँगी—घटनाएँ जिन्हें, नहीं घटना चाहिए था, घटनाएँ जिन्होंने अनीति और अन्याय की सारी सीमाएँ तोड़कर कितने महापुरुषों और महाबलियों के जीवन-इतिहास को सदा के लिए कलंकित कर दिया। धर्मक्षेत्र-कुरुक्षेत्र को अधर्मक्षेत्र में परिवर्तित कर इसकी माटी को युगों के लिए रक्तवर्णी ही नहीं अपावन भी कर दिया। धर्म-स्थापना के नाम पर जो युद्ध हुआ उसमें धर्म के तो सभी पैर उखड़ गए पर अधर्म निरन्तर अपनी विजय पर अट्टहास करता रहा। मैंने श्रीकृष्णार्जुन-सम्वाद के समय श्रीकृष्ण-मुख से ही सुना था, धर्म की स्थापना के लिए ही वह प्रत्येक युग में अवतरित होते हैं, **'धर्म संस्थापनार्थाय संभवामि युगे युगे।'** उनसे, इस शर-शय्या से ही जिज्ञासा करने का मन करता है—युद्धोपरान्त धर्म की स्थापना होगी या अधर्म की, यह देखने के लिए तो मैं नहीं रहूँगा, पर युद्धकाल में विभिन्न महारथियों ने जो धर्मोन्मूलन किया है और इस कृत्य में आपका भी सहयोग जो यदा-कदा रहा है, उन्हें लेकर क्या कहना है? धर्म की स्थापना-हेतु अधर्म का साहाय्य आवश्यक है? तो अधर्म, धर्म से अधिक श्रेयस्कर है न? पर नहीं, मैं वासुदेव कृष्ण के कृत्यों पर, कथनों पर प्रश्नचिह्न नहीं लगा सकता। वे मेरे पूज्य हैं, उनके नररूप में मैं नारायण को देखने का आदी हूँ। मैं उनके कृत्यों का अन्धानुकरण नहीं कर सकता पर उनकी समीक्षा करना भी मेरी कल्पना के परे है। इतना ही सोचकर सन्तोष करना पड़ रहा है कि वासुदेव कृष्ण सारे मानदंडों के ऊपर हैं। अगर उन्होंने अनीति और अन्याय, अधर्म को भी प्रश्रय दिया तो जन-मंगल के लिए ही। लोक-कल्याण हेतु ही। किसी ने ठीक ही कहा, "कृष्ण ने जो किया, उसका अनुसरण नहीं करो, उन्होंने जो कहा उसे विश्वासपूर्वक जीवन में उतारो।" हाँ, यही श्रीकृष्ण-भक्ति का मूल मन्त्र है।

प्रथम दिवस के युद्ध का वर्णन मैं संक्षिप्त में करना चाहूँगा क्योंकि इसमें मेरी भूमिका पर्याप्त रही है। यह कहना भी उचित होगा कि आरम्भ में यह दिन भीमसेन के नाम गया। उन्होंने युद्ध में अद्भुत पराक्रम प्रकट किया और उनकी प्रशंसा में एक-दूसरे को पीछे छोड़ने लगे। भीम के इस महातांडव से जब कौरव-पक्ष की सेना में त्राहि-त्राहि मच गई तो दुर्योधन को स्वयं भीमसेन से युद्ध करने के लिए उपस्थित होना पड़ा। इन दोनों गदाधारियों ने देर तक एक-दूसरे पर गदाघात किया लेकिन इनका युद्ध अनिर्णीत रहा। आज के युद्ध में अर्जुन-पुत्र अभिमन्यु ने भी अपना युद्ध-कौशल प्रदर्शित किया। मेरा सामना भी अर्जुन से पूर्णरूप से हुआ किन्तु अर्जुन मेरे क्रोध के समक्ष टिक नहीं सका। अपने गांडवी से छोड़े शरों के द्वारा उसने मेरे रथ को आच्छादित अवश्य कर दिया, किन्तु क्षण-मात्र में ही उसके शरों को काटकर उसे अन्यत्र खिसकने को मैंने बाध्य कर दिया।

प्रथम दिन के इस युद्ध में सभी महारथी, अतिरथी और सैनिक अश्रान्त एवं उत्साह से पूर्ण थे, अतः यह युद्ध अत्यन्त भयंकर सिद्ध हुआ। इस भयानक युद्ध में न पुत्र पिता को पहचानता था और न पिता पुत्र को। भाई-भाई को मारने के लिए

उद्यत था और मामा अपने बहन-पुत्र अर्थात् भांजे के प्राण लेने में पीछे नहीं रहता था। अनेक गजों तथा अश्वों ने इस भयंकर युद्ध में घबरा कर अपने रथियों और अश्वारोहियों को स्वयं ही कुचलकर यमलोक पहुँचा दिया।

पांडवों ने कौरवों को इस प्रकार त्रस्त करना आरम्भ किया कि मुझे पुनः मोर्चा संभालना पड़ा। मैं अपने विशाल रथ जिसमें चाँदी के बने हुए पाँच तारों से युक्त तालांकित ध्वज लगा हुआ था पर सवार होकर पांडव-वीरों का सामना करने लगा।

अर्जुन-पुत्र अभिमन्यु पुनः पूर्ण वेग से समारांगण के मध्य आ पहुँचा। उसने मेरा सामना करने का साहस दिखाया तो मुझे अर्जुन का स्मरण हो आया। यह धनंजय-कुमार कहीं से अपने पिता से कम नहीं लग रहा था। इस किशोर पर आक्रमण करना मुझे समुचित नहीं लगता था फिर भी युद्ध में विकराल कर्त्तव्य दिखाने वाले इस अर्जुन-नंदन पर मुझे भयानक अस्त्र छोड़ने को बाध्य होना पड़ा। अभिमन्यु ने घोर गर्जना करते हुए मेरे तालांक्ति ध्वज को छेद डाला उसके लक्ष्यभेद की सफलता से मुझे प्रसन्नता तो हुई किन्तु शत्रु-पक्ष के मनोबल को बढ़ाना मेरे सदृश अनुभवी योद्धा के लिए उचित नहीं था। अभिमन्यु के धनुष से छूटे बाणों से भय खाकर अनेक कौरव-वीर समरभूमि छोड़कर भागने लगे थे अतः मैंने नौ शीघ्रगामी बाणों द्वारा शीघ्र ही अभिमन्यु को वेधकर उसके वेग को रोका। साथ ही तीन बाणों से उसके सारथि की भी हत्या कर दी। अभिमन्यु ने शायद पीछे हटना नहीं सीखा था। उसने सिंह-नाद करते हुए मेरे स्वर्णभूषित, उच्च्य एवं तालचिह्नयुक्त ध्वज को अपने बाणों से काटकर पृथ्वी पर गिरा दिया। यह देखकर पांडव-पक्ष को अत्यन्त प्रसन्नता हुई विशेषकर भीमसेन ने सुभद्रा-कुमार अभिमन्यु के इस रणकौशल पर उसका हर्ष बढ़ाते हुए घोर गर्जना की। अभिमन्यु का पराक्रम और बढ़ा और वह मुझ पर फिर आत्मघाती हमला करे इसके पूर्व ही मैंने दिव्यास्त्रों को प्रकट कर उस पर सहस्रों बाणों की वर्षा कर दी। यह देखकर पुत्र-सहित विराट, द्रुपद कुमार धृष्टद्युम्न, भीमसेन पंचभ्राता केकय-राजकुमार तथा सात्यकि सभी महान् धनुर्धर अभिमन्यु की रक्षा के लिए आगे बढ़े। मैंने सभी का सामना किया और भीमसेन के सिंह-चिह्न-युक्त ध्वज को काटकर पृथ्वी पर फेंक दिया। भीमसेन ने क्रोध में आकर मुझे तीन बाणों से घायल किया।

इसी मध्य विराट कुमार उत्तर ने मद्रदेश के राजा शल्य पर धावा बोल दिया। शल्य एक महान् वीर थे। उत्तर जिस गजराज पर आसीन था उसने शल्य पर धावा बोल दिया। शल्य ने बाणों से उसे रोका जिससे कुपित होकर उस गजराज ने अपना एक पैर रथ के जूए पर रखकर शल्य के चारों विशाल घोड़ों को मृत्यु के घाट उतार दिया। इस पर क्रुध होकर महाबली शल्य ने एक भयंकर शक्ति चलाई जो सर्प के सदृश भयंकर थी और इसने विराट्-पुत्र उत्तर के प्राण ले लिए। यह प्रथम दिन की एक चिन्तनीय घटना थी। युद्ध में सबकुछ चलता है। मुझे विवश होकर न चाहते हुए भी उत्तर की हत्या होने पर क्षुब्ध हुए श्वेत द्वारा कौरव-वीरों को निर्दयतापूर्वक मौत के घाट उतारे देख उसका वध करना पड़ा। इस किशोर की हत्या के लिए मैंने आजतक अपने को क्षमा नहीं किया। इसके पश्चात् भी पांडवों का उत्साह कम नहीं होते देख मैं प्राणपन से युद्ध करने लगा और दिव्यास्त्रों के प्रयोग से मैंने कई सहस्र रथियों का संहार कर दिया।

मेरे इस पराक्रम से पांडव सेना पीछे हटती गई। आत्मप्रशंसा करने को बाध्य होना पड़ता है कि प्रथम दिन का युद्ध मेरे नाम ही रहा। सूर्यास्त के साथ युद्ध समाप्त

हुआ। सन्ध्या में मेरी प्रचंडता से भयभीत हो युधिष्ठिर ने कृष्ण के पास जाकर उन्हें सम्बोधित करते हुए कहा कि इस युद्ध में भीष्म सभी पर हावी हो रहे हैं। उनके भय से मेरे पक्ष के वीरों में उत्साह की कमी हो रही है। केवल भीमसेन अपने गदा-कौशल से पांडव पक्ष को कुछ सान्त्वना दे पा रहे हैं। सव्यसाची अर्जुन के गांडीव को मानो काठ मार गया है। ऐसे में इस युद्ध का अन्त प्रथम दिन से ही स्पष्ट होने लगा है मेरी अब इसमें कोई रुचि नहीं रही। अगर पराजय ही मिलनी है तो मैं सबकुछ छोड़कर संन्यास ग्रहण करने को प्रस्तुत हूँ। मुझे आप इसकी अनुमति प्रदान करें। कृष्ण ने धर्मराज को समझाते हुए कहा, "आप व्यर्थ की चिन्ता कर रहे हैं। एक बार अर्जुन को मोह हुआ था इस बार आप मोहग्रस्त हुए हैं। युद्ध के प्रथम दिन ही हतोत्साह होना आपके सदृश वीर के लिए शोभा नहीं देता। यह नहीं समझें कि भीष्म सदा इस समरांगण में बने रहेंगे। उनका भी पतन होगा और तब विजय के प्रति आप आश्वस्त होइएगा। जिस कार्य को आरम्भ किया है उसे बीच में छोड़ना मनीषियों का कार्य नहीं है। आप देखते रहिए युद्ध में कैसे-कैसे उतार-चढ़ाव होते हैं। कभी एक पक्ष दूसरे पर हावी होता है, कभी दूसरा पहले पर। अतः कल की प्रतीक्षा कीजिए और इस रात्रि को शान्तिपूर्वक व्यतीत कीजिए। चिन्ता मनुष्य की शक्ति को प्रतिकूल रूप से प्रभावित करती है अतः धर्मज्ञ होकर आप इस चिन्ता-व्यालिनी से ग्रस्त नहीं हों। कल के युद्ध का प्रबन्ध करें।

दूसरे दिन युधिष्ठिर के कहने पर पांडव-सेनापति धृष्टद्युम्न ने 'क्रौंचारुण' नामक व्यूह की रचना की। युधिष्ठिर ने धृष्टद्युम्न का उत्साह बढ़ाते हुए कहा कि सेनापति के रूप में तुम हमारी विजय को सुनिश्चित करने में पूर्ण समर्थ हो। पराक्रम में तुम साक्षात् वासुदेव कृष्ण की तरह हो। जिस तरह पूर्व काल में भगवान् कार्तिकेय, देवासुर-संग्राम में देवताओं के सेनापति थे, उसी तरह इस युद्ध में उन्हीं की तरह प्रचंड तेज वाले तुम हमारे सेनापति हो। पुरुष सिंह, कल हम रण में भीष्म के समक्ष कहीं नहीं टिके। आज ऐसा तांडव मचाओ कि हमारे योद्धाओं का मनोबल वापस आ जाए।

युधिष्ठिर के इस कथन पर धृष्टद्युम्न ने उनका हर्ष बढ़ाते हुए कहा था, "धर्मराज युधिष्ठिर! आप व्यर्थ की चिन्ता नहीं करें। कल की बात भूल जाएँ कल युद्ध का प्रथम दिन था और मेरे सैनिक तथा योद्धा अच्छी तरह संभल नहीं पाए थे किन्तु आज मैं समरांगण में कल का बदला लेकर रहूँगा। मैं भीष्म, कृपाचार्य, द्रोणाचार्य, शल्य एवं जयद्रथ इन समस्त योद्धाओं का सफलतापूर्वक सामना कर कौरव-सेना में त्राहि-त्राहि मचा दूँगा।"

धृष्टद्युम्न द्वारा जिस व्यूह की रचना की गई उसके सबसे आगे गांडीवधारी अर्जुन को खड़ा किया गया। इसके शिरोभाग पर राजा द्रुपद अपनी विशाल सेना के साथ विराजमान थे। कुन्तीभोज और हृष्टकेतु दोनों नेत्रों के स्थान पर प्रतिष्ठित हुए। इस तरह व्यूह के विभिन्न भागों पर अपराजेय महारथी शोभित हुए।

इस व्यूह का भेदन अत्यन्त कठिन था। इसे अवलोकित कर कौरव-पक्ष की चिन्ता बढ़ गई। दुर्योधन दौड़ा-दौड़ा मेरे पास आया और मेरा उत्साह बढ़ाने के लिए उसने कहा, "आपके नेतृत्व में हम इस व्यूह को तोड़कर रहेंगे। आप अकेले ही इसमें समर्थ हैं तथापि आपकी सहायता के लिए मैं दुःशासन, शूरसेन, महाबलशाली विकर्ण तथा महारथी द्रोण आदि को संयुक्त करता हूँ। मैंने अश्वत्थामा, कृपाचार्य, काशिराज तथा

कृत्य वर्मा को भी अपने साथ लगाया। इसके पश्चात् कौरव-पक्ष ने घोर शंखनाद किया। इसी प्रकार पांडव-पक्ष ने भी शंखध्वनि से समरांगण को गूंजित किया।

सेनापति होने के कारण मुझे ही आगे बढ़कर पांडव-वीरों का सामना करना था। मेरे साथ अनेक शूरवीरों को देखकर अर्जुन भयभीत हो गया और उसने कृष्ण से कहा, "यशोदानन्दन! आज भीष्म प्रलयकारी रूप धारण किए हुए हैं। वे हमारे अनेक वीरों को काल के गाल में झोंक देंगे। उनका सामना पांडव-वीरों में कोई नहीं कर सकता, अतः आप मुझे उन्हीं के पास ले चलिए। मुझे प्रतीत होता है कि भीष्म आज द्रोण, कृप, शल्य, विकर्ण तथा दुर्योधन आदि की सहायता से पांचाल-योद्धाओं का विनाश कर डालेंगे अतः अपनी सेना की रक्षा के लिए मैं भीष्म का वध कर दूँगा।"

तदन्तर श्रीकृष्ण ने अर्जुन के रथ को चलाते हुए उसको मेरे सामने खड़ा कर दिया और कहा, "अब तुम्हारी जो इच्छा हो करो। अर्जुन को सामने देखकर मुझे अब वही करना था जो एक सेनापति के लिए उचित था। गांडीवधारी अर्जुन का सामना, मेरे, द्रोण अथवा कर्ण के सिवा और कोई नहीं कर सकता था। अर्जुन की गति को रोकने के लिए मैंने उस पर सत्तरह बाण चलाए। उसी तरह द्रोण ने पच्चीस, कृपाचार्य ने पचास, दुर्योधन ने चौंसठ, शल्य ने नौ, जयद्रथ ने नौ, शकुनि ने पाँच तथा विकर्ण ने दस, तीक्ष्ण बाणों द्वारा अर्जुन को बिंध डाला। मुझे आश्चर्य हुआ कि इतने बाणों द्वारा चारों ओर से विद्ध होने पर भी अर्जुन पर कोई प्रभाव नहीं पड़ा। ऐसा प्रतीत होता था कि मानो किसी पर्वत को बाणों से बेध दिया गया हो। अर्जुन ने शरों से विद्ध होने के उपरान्त भी मुझे पच्चीस, कृपाचार्य को नौ, द्रोण को साठ, विकर्ण को तीन, शल्य को तीन तथा दुर्योधन को पाँच बाणों से घायल कर दिया।

इसी समय सात्यकि, विराट्, धृष्टद्युम्न तथा द्रौपदी के पाँच पुत्र और अभिमन्यु ने अर्जुन की रक्षा में आकर उन्हें चारों ओर से घेर लिया। इस समय मेरी सहायता में जुटे द्रोणाचार्य पर धृष्टद्युम्न ने कई महावीरों के साथ आक्रमण कर दिया। मैंने क्रोधाभिभूत हो अर्जुन को अस्सी तीक्ष्ण बाणों से विक्षिप्त कर दिया। यह देखकर कौरव-पक्ष में घोर उत्साह का संचार हुआ। लेकिन यह प्रसन्नता बहुत देर तक नहीं रही। अर्जुन ने कौरवों के हर्षोन्माद को देखते हुए बहुत तेजी से कौरव महारथियों के मध्य प्रवेश किया और कौरव-सेना के संहार में लग गए। अर्जुन के इस उग्ररूप को देखकर दुर्योधन मेरे समक्ष आया और बोला, "पितामह! आपके और द्रोणाचार्य के रहते पांडु-पुत्र अर्जुन हमारी सेना को ध्वस्त किए जा रहा है। आपको पता है कि आपके सिवा अर्जुन का सफल सामना केवल कर्ण कर सकता है और वह युद्ध-विरत है, अतः आप ऐसा कुछ कीजिए कि अर्जुन के कोप से हमारी सेना की रक्षा हो सके अन्यथा पराजय का दायित्व आपके सिर ही मढ़ा जाएगा। दुर्योधन के ऐसा कहकर चल देने पर मैं अन्दर से विचलित हो गया और क्षत्रिय धर्म को धिक्कार है, ऐसा कहकर मैं अर्जुन के रथ की ओर चल पड़ा। हम दोनों के मध्य भीषण युद्ध आरम्भ हुआ। अर्जुन ने अद्भुत पराक्रम दिखाते हुए हमारे रथ के ऊपर एक हजार बाण छोड़कर उसे चारों ओर से आच्छादित कर दिया। यह देखकर अश्वत्थामा, दुर्योधन आदि सभी भय को प्राप्त हुए किन्तु मैंने क्षण का विलम्ब किए बिना अपने धनुष से असंख्य बाणों को छोड़कर अर्जुन के बाणों को छिन्न-भिन्न कर अपने रथ को उसी तरह बाणों के आच्छादन से मुक्त कर दिया–जैसे मेघमंडल को भेद कर सूर्य बाहर आ जाता है। मैंने क्रोध में आकर अर्जुन के घोड़ों, ध्वजों तथा रथ-दंडों को छिन्न-भिन्न कर दिया। इसके पश्चात्

मैंने अर्जुन के सारथि कृष्ण की छाती में तीन बाण मारकर उन्हें व्यथित कर दिया।

अपने सारथि को रक्त-रंजित देखकर क्रोध में आकर उसने मेरे सारथि को भी बाणों से विदीर्ण कर दिया।

अर्जुन का मेरे साथ यह घमासान युद्ध देखने योग्य था। हम एक-दूसरे को मरने-मारने पर उतारू थे। दूसरे दिन का युद्ध मेरे और कर्ण दोनों के नाम रहा। इसके पश्चात् अभिमन्यु ने भी अर्जुन की तरह अद्भुत पराक्रम दिखाया।

कौरवों के सहस्रों हाथी और सैंकड़ों योद्धा अर्जुन के पथ में आकर आगे नहीं बढ़ सके। रणभूमि लाशों से पट गई और समस्त प्राणी आर्तनाद करने लगे। दिशाओं में अंधकार व्याप्त हो गया। इधर अभिमन्यु ने भगवान श्रीकृष्ण के समान पराक्रम दिखाया और अत्यन्त दुर्जय शूरवीरों से घिरकर भी उसने हिम्मत नहीं हारी। उसे बुरी तरह घिरा देखकर अर्जुन तत्काल उसकी रक्षा को दौड़े। इस तरह इस दिन का युद्ध अत्यन्त भयंकर हुआ। युद्धक्षेत्र में रक्त की नदियाँ बह चलीं। इसमें गजों, अश्वों की लाशें और विविध अस्त्र-शस्त्र तैरते दृष्टिगोचर हुए। मैंने अनुभव किया कि आज अर्जुन को अभिमन्यु के पराक्रम को रोक पाना कठिन है। आज के युद्ध में मैं वस्तुतः अपने को विवश-सा अनुभव कर रहा था। तभी मेरे सौभाग्य से सूर्य अस्ताचलगामी हो गए और द्रोण से परामर्श कर मैंने उस दिन के युद्ध की समाप्ति की घोषणा कर दी।

दूसरे दिन के युद्ध में हमें निस्सन्देह पराजय का सामना करना पड़ा था। आज, युद्ध के तीसरे दिन हमें अधिक सतर्कता से काम लेना था। मैंने आज के लिए गरुड़व्यूह की रचना की। मैं स्वयं उसके अग्रभाग में चोंच के स्थान पर खड़ा हुआ। आचार्य द्रोण और कृतवर्मा, दोनों नेत्रों के स्थान पर खड़े हुए। अश्वत्थामा और कृपाचार्य शिरोभाग में प्रतिष्ठित हुए। भूरिश्रवा, शल्य, शल, भगदत्त और जयद्रथ ग्रीवा-भाग में खड़े हुए। दुर्योधन अपने सहोदर भाइयों के साथ व्यूह के पुच्छ-भाग में खड़े हुए।

हमारे पक्ष की उस सुदृढ़ व्यूह-रचना को देखकर अर्जुन को चिन्ता हुई और उसने अभेद्य 'अर्द्धचन्द्राकार' व्यूह की रचना ही। इसके दक्षिण भाग पर महान् गदाधारी भीमसेन प्रतिष्ठित हुए। भीमसेन के पीछे ही सम्राट् विराट और महारथी द्रुपद खड़े थे। हाथियों की सेना से घिरे महाराज युधिष्ठिर मध्य भाग में अवस्थित थे। महाधनुर्धर अर्जुन व्यूह के वाम पार्श्व में खड़े थे।

मुझे मानना पड़ेगा कि पांडवों का यह व्यूह हमारे व्यूह की तुलना में कहीं से थोड़ा भी कम नहीं था।

इसके पश्चात् दोनों पक्षों में घोर युद्ध आरम्भ हुआ।

रथी-रथी से; गजारोही, गजारोही से; अश्वारोही, अश्वारोही से और पदाति, पदाति से भिड़ गए। अर्जुन आज जैसे साक्षात् यमराज बना हुआ था। उसके भयंकर प्रहार से कौरव-सेना में ऐसी भगदड़ मची की धूल से सारा आकाश भर गया और सूरज के छिप जाने से दिन में ही रात्रि का आभास होने लगा।

सबकुछ के उपरान्त भी न तो द्रोणाचार्य से सुरक्षित कौरव सेना का व्यूह ही भंग हुआ और न अर्जुन और भीम से सुरक्षित पांडवों के व्यूह का ही भेदन हो सका।

मैं इस दिन के युद्ध के एक अत्यन्त महत्त्वपूर्ण पक्ष का प्रकाश डालकर अनावश्यक विस्तार में नहीं जाऊँगा। यह प्रसंग आवश्यक है क्योंकि आप स्वयं देखेंगे कि उसमें

जो कुछ घटा है वह कल्पनातीत है। हुआ यह कि युद्ध को विकराल रूप लेते देखकर भीमसेन ने बात ही बात में एक तीक्ष्ण बाण से दुर्योधन की छाती छेद डाली। दुर्योधन मूर्च्छित होकर रथ में बैठ गया और उसका सारथि उसे लेकर रणभूमि से बाहर चला गया। इस घटना से कौरव-पक्ष की सेनाओं में भयंकर भगदड़ मच गई और किसी के रोकने पर भी कोई रुकने को तैयार नहीं था।

होश में आने पर दुर्योधन मेरे समक्ष आया और बिना किसी भूमिका के बोल पड़ा, ''पितामह!'' मैं आपसे कुछ कहने जा रहा हूँ जिसे आप ध्यान से सुनें। आपके रहते मेरी सेना पलायन कर रही है, यह आपके योग्य कदापि नहीं है। अस्त्र-वेत्ताओं में आप श्रेष्ठ हैं। इसके अतिरिक्त द्रोणाचार्य, कृपाचार्य, अश्वत्थामा के सदृश वीर आपके साथ हैं। यह सब होते हुए भी मेरी सेना का निर्ममतापूर्वक वध हो रहा है और आप मूक हो हमारी इस दुर्दशा को देखते जा रहे हैं। मुझे इसमें अब कोई सन्देह नहीं रहा कि पांडव आपके कृपा-पात्र हैं। कुरुनन्दन! यदि पांडवों पर आपको दया ही करनी थी तो युद्धारम्भ के पूर्व ही आपको मुझे यह बता देना था। ऐसी स्थिति में मैं कर्ण को युद्ध से विरत नहीं होने देता। यदि आप सचमुच हमारे पक्ष में युद्ध करना चाहते हैं तो आप और द्रोणाचार्य अपना पूर्ण पराक्रम प्रकट कर युद्ध में भाग लीजिए।''

इस पर मैंने हँसते हुए और क्रोध से आँखें तरेरते हुए दुर्योधन से कहा, ''मैंने तुमसे पहले ही कहा था कि युद्ध में पांडवों को इन्द्र आदि देवता भी पराजित नहीं कर सकते। यदि तुम मेरी निष्ठा पर सन्देह ही करते हो तो इस वृद्ध के पराक्रम को अभी देख लो।

इसके पश्चात् मैंने ऐसा रोमांचकारी युद्ध किया कि पांडव-सेना के पैर उखड़ गए। पांडवों ने भी जी-जान लगा दी किन्तु वे मेरे हाथों संहार को ही प्राप्त हुए। कितने सैनिक और रथी, महारथी यत्र-तत्र अर्द्धमृत पड़े 'अरे! मुझे कोई बचाओ, मैं मरा। हा तात! हाय मातुल मेरी रक्षा करो' कहते हुए चिल्लाने लगे।

मैं अपने रथ की बैठक पर धनुष को मंडलाकर घुमाते हुए और उससे विषधरों की तरह असंख्य भयंकर बाणों की निरन्तर वर्षा करते हुए मानो नृत्य-सा कर रहा था। चक्र की भाँति घूमते हुए मैं यत्र-तत्र सर्वत्र दिखाई पड़ने लगा। यद्यपि मैं एक ही था तथापि लोगों को सहस्रों की संख्या में दिखाई पड़ रहा था। पांडवों ने मेरे इस भयंकर युद्ध से त्रस्त हो दिशाएँ भूलकर यत्र-तत्र भागना शुरू किया।

युद्ध का अन्त आज ही होते देख वासुदेव कृष्ण ने अर्जुन से कहा, ''भीष्म आज किसी को जीवित नहीं छोड़ेंगे। इनके पराक्रम को रोको अन्यथा तुम्हारे सभी महारथी एवं सभी प्रकार के सैनिक कुरुक्षेत्र का मैदान छोड़कर अभी भाग जाएँगे। कृष्ण ने अर्जुन के रथ को मेरे रथ के समक्ष खड़ा कर दिया। अर्जुन ने क्रोध में आकर मुझ पर बाणों की घोर बौछार शुरू कर दी। उसने मेरे धनुष को काट गिराया। मैंने तत्काल दूसरे धनुष पर प्रत्यंचा चढ़ा दी। कुपित अर्जुन ने मेरे इस धनुष को भी काट डाला। इस पर मेरे मुँह से अनायास उसकी प्रशंसा निकल गई और मैंने कहा, ''धनंजय यह महान कार्य तुम्हारे द्वारा ही सम्भव था अब तुम मेरे साथ युद्ध के लिए पूरी तरह सन्नद्ध हो जाओ।''

इतना कहकर मैंने पुनः मेघों से झरने वाली जल-बौछारों की तरह बाणों की बौछार अर्जुन के रथ पर आरम्भ कर दी। अर्जुन के सारथि श्रीकृष्ण घोड़ों को हाँकने की कला में अत्यन्त कुशल होने के कारण रथ को मंडलकार घुमाते हुए अर्जुन की

रक्षा करने लगे। फिर भी मैंने श्रीकृष्ण और अर्जुन दोनों के सम्पूर्ण अंगों में अपने तीक्ष्ण बाण प्रवेश करा दिए। मैंने क्रोध में आकर असंख्य बाणों से श्रीकृष्ण और अर्जुन दोनों को इस तरह आच्छादित कर दिया कि उनके अस्तित्व का पता ही नहीं चल रहा था। पांडव पक्ष में हा-हाकार मच गया।

श्रीकृष्ण से यह बर्दाश्त नहीं हुआ। उन्हें लगा भीष्म तो रण में देव और दानवों को भी परास्त कर सकते हैं। अर्जुन उनके लिए क्या है? शायद यही चिन्तना करते हुए श्रीकृष्ण रथ से कूद पड़े और एक टूटा हुआ रथचक्र लेकर मेरी तरफ बढ़ते हुए कहा, "आज ही मैं पांडवों के इस महान् शत्रु का संहार कर देता हूँ।"

"आइए, आइए जगदीश्वर! आपको नमस्कार है। मेरा जन्म लेना सार्थक हुआ क्योंकि मैंने युद्ध में भाग नहीं लेने की आपकी प्रतिज्ञा तुड़वा दी। मैं निःशस्त्र हूँ। आप मेरा वध कर मुझे वैकुंठ का भागी बना दें।"

इसी मध्य अर्जुन रथ से कूद पड़ा और इसके पूर्व कि श्रीकृष्ण मुझ तक पहुँचें उनके पैरों को पकड़ लिया और कहा, "केशव अपनी प्रतिज्ञा नहीं तोड़ें। मैं अब पूरे मनोयोग से युद्ध करूँगा।"

अर्जुन के कहने पर केशव किसी तरह वापस हुए और पुनः सारथि का अपना कार्य संभाल लिया। उसके पश्चात् अर्जुन ने बाणों के संचालन की वह कला दिखाई जो अब तक नहीं देखी गई थी। अर्जुन के हाथों मैं ही क्या, द्रोण, कृप, जयद्रथ, भूरिश्रवा आदि अनेक बीर परास्त हुए। अब तक सन्ध्या हो आई थी और युद्ध को समाप्त घोषित किया गया।

मैं अपने शिविर में लौटा तो अर्जुन के हाथों परास्त होने के बावजूद मैं प्रसन्नता से फूला नहीं समा रहा था क्योंकि मेरे कारण श्रीकृष्ण को अपनी प्रतिज्ञा तोड़नी पड़ी थी।

आज शर-शय्या पर लेटे हुए मैं सोच रहा हूँ कि मेरे जीवन के उत्कृष्टतम दिनों में यह एक था जब वासुदेव श्रीकृष्ण को भी मेरे पराक्रम से परिचय हुआ और उन्हें अपने पक्ष की रक्षा के लिए अपनी प्रतिज्ञा तोड़नी पड़ी। मैं इस रात पहली बार शान्ति से अपने युद्ध-शिविर में सो सका। अठारह दिनों के महाभारत-युद्ध का यह शायद सर्वाधिक महत्त्वपूर्ण दिन था। इसलिए नहीं कि कृष्ण को प्रतिज्ञा तोड़नी पड़ी अपितु इसलिए कि ऐसा घोर संग्राम न तो पिछले दिनों में हुआ था और न आगे के शेष दिनों में होता।

तृतीय दिन के युद्ध के पश्चात् बीच के कुछेह दिनों में कुछ खास उल्लेखनीय नहीं घटा। चतुर्थ दिन अभिमन्यु ने अद्‌भुत पराक्रम अवश्य दिखाया और धृष्टद्युम्न द्वारा शल्य के पुत्र का वध हुआ। उसी दिन भीमसेन ने अपनी गदायुद्ध के कौशल का प्रदर्शन कर कौरव-पक्ष की गजसेना को प्रायः समाप्त ही कर दिया।

मेरी उपलब्धि इस दिन भीमसेन के पराक्रम को रोकने में रही क्योंकि वह विकराल रूप धारण किए हुए कौरव सैन्य रूपी समुद्र को स्वयं मथानी बनकर मथ रहा था। वह महान् वेग से रथ-समूहों को खींचकर नष्ट कर देता। रथों से रथियों को, हाथियों से हाथी-सवारों को, घोड़ों से घुड़सवारों को और पदाति सैनिकों को अपनी गदा से नष्ट किए जा रहा था। अगर मैं उसके इस कृत्य को नहीं रोकता तो नित्य घटती जा रही कौरव-सेना और भी क्षीण हो जाती।

पाँचवें दिन हमने मकर-व्यूह तथा पांडवों ने श्येनव्यूह का निर्माण किया इस दिन की उपलब्धि सात्यकि और भूरिश्रवा का युद्ध रहा जिसमें भूरिश्रवा ने सात्यकि के दस पुत्रों का वध कर दिया।

छठे दिन पांडवों ने मकरव्यूह और मैंने क्रौंच व्यूह का निर्माण कर युद्ध को आरम्भ किया। उस दिन भीमसेन ने दुर्योधन से घोर युद्ध कर उसे इस रूप में घायल किया कि वह मूर्च्छित होकर रथ के पिछले भाग में जा बैठा। जयद्रथ ने भीमसेन के इस कृत्य के लिए उनसे बदला लेना चाहा पर सफल नहीं हुआ। आज के युद्ध में सहस्रों रथी और घुड़सवार प्राणशून्य होकर इधर-उधर बिखर गए। धृष्टद्युम्न और भीमसेन ने भी तीक्ष्ण बाणों द्वारा कौरव-सेना का प्रायः विनाश ही कर दिया। धृष्टद्युम्न और भीमसेन के पराक्रम से प्रसन्न हो युधिष्ठिर ने उन्हें अपने हृदय से लगाया और उनका मस्तक सूँघा।

सातवें दिन का युद्ध आरम्भ हुआ तो मैंने मंडल और पांडवों ने वज्रव्यूह की रचना की। छठे दिन का युद्ध बहुत हद तक पांडवों-अभिमन्यु, भीमसेन और धृष्टद्युम्न के पक्ष में रहा था, अतः आज मेरे पक्ष की चिन्ता स्वाभाविक थी। मैंने दुर्योधन पर स्पष्ट कर दिया, "तुम्हारे पक्ष में मेरे सिवा एक-से-एक महावीर हैं, जैसे द्रोण, शल्य, कृतवर्मा, अश्वत्थामा, भगदत्त, किन्द, अनुबिन्द, वृहदूल, चित्रसेन आदि। उनके अतिरिक्त बहुत से पदाति सैनिक तुम्हारे लिए प्राण देने को उद्यत हैं। हम तो मिलकर युद्धस्थल में देवताओं को भी विजित कर सकते हैं। किन्तु मुझे मिथ्या कथन नहीं करना चाहिए और मैं तुम्हें सदा की तरह यही कहूँगा कि पांडव अजेय हैं। इन्द्र सहित सम्पूर्ण देवता भी उन्हें नहीं जीत सकते। फिर भी मैं सदा पूर्ण मनोयोग से तुम्हारे पक्ष से युद्ध करूँगा। मैं पांडवों को युद्ध में विजित करूँगा, अथवा स्वयं उनके हाथों परास्त हो जाऊँगा।

मैंने जिस मण्डल नामक व्यूह की रचना की थी, वह पांडवों को भयभीत करने वाला और अभेद्य था।

दोनों ओर के वीरों ने एक-दूसरे पर क्रुद्ध होकर आक्रमण किया। इस दिन अर्जुन और भीम ने विशेष पराक्रम दिखाया। पांडवों ने संयुक्त रूप से तथा योजनाबद्ध रूप में मुझ पर आक्रमण किया। इस आक्रमण में सभी मुख्य पांडव सम्मिलित थे पर मेरे युद्ध-कौशल से चकित हो सभी प्राण बचाकर भाग निकले।

अन्ततः युधिष्ठिर और मुझमें भयंकर युद्ध हुआ। युधिष्ठिर ने जैसे मेघ-समूह सूर्य को ढंक लेता है, उसी तरह मेरे रथ को बाणों से ढंक दिया। इसके प्रत्युत्तर में मेरे द्वारा छोड़े बाण, आकाश में पक्षी-समूह की तरह प्रतीत होने लगे।

युधिष्ठिर ने इस युद्ध में मुझ पर शक्ति का भी प्रयोग किया और आश्चर्य कि धर्मराज युधिष्ठिर ने अपने सहयोगी राजाओं को सम्बोधित कर कहा कि सभी मिलकर पितामह भीष्म को मार डालो अन्यथा इनके पराक्रम से पांडव-सेना का एक सैनिक भी शेष नहीं रहेगा। युधिष्ठिर के इस कथन के पश्चात् मैं पुनः अनेक पांडव-वीरों द्वारा घेर लिया गया और सभी मुझे लक्ष्य बना-बना तीक्ष्ण बाण छोड़ने लगे।

इसी बीच शिखंडी भी मेरे पास पहुँचा और वेग से दौड़ते हुए बोला, 'खड़ा रह खड़ा रह' किन्तु शिखंडी के स्त्रीत्व का चिन्तन करते हुए मैंने उसकी अवहेलना कर दी। इसके पहले कि पांडव-वीर मेरा कुछ अहित कर पाते सन्ध्या की लाली छाने लगी। दुर्योधन ने अपने सेनानियों को ललकार कर कहा, "शीघ्रता करो शीघ्रता करो।" ऐसे में सभी योद्धा वेगपूर्वक युद्ध में रत हो गए। सन्ध्या होते-होते घोर रक्तप्रवाह के कारण

युद्धस्थल में रक्त की भयानक नदी बह चली। रात्रि घिरते देखकर उस दिन के युद्ध की समाप्ति की घोषणा हुई और सभी वीर अपने-अपने शिवरों को लौट गए।

आठवें दिन मैंने एक भयंकर महाव्यूह का निर्माण किया। मेरे इस भयानक व्यूह को देखकर युधिष्ठिर ने सेनापति धृष्टद्युम्न से कहा, "कौरवों के इस भयानक व्यूह को देखो और तुम भी एक प्रभावकारी व्यूह की रचना करो। धृष्टद्युम्न ने युधिष्ठिर के इस कथन के पश्चात् 'श्रृंगारक' नामक व्यूह की रचना की। दोनों ओर से घमासान युद्ध आरम्भ हुआ। आज के युद्ध में दोनों पक्ष पूरे मनोयोग से एक-दूसरे पर पिल पड़े और दोनों ओर के असंख्य वीर मृत्यु को प्राप्त हुए। भीमसेन ने धृतराष्ट्र के आठ पुत्रों का वध कर दिया। आज युद्ध में शकुनि के भाइयों का वध इरावान के द्वारा सम्पन्न हुआ। इरावान नागराज कौरव्य की पुत्री के गर्भ से अर्जुन द्वारा उसके बारह वर्षीय तीर्थाटन के समय उत्पन्न हुआ था किन्तु इरावान भी राक्षस अलम्बुष के द्वारा वीरगति को प्राप्त हुआ।

आज के युद्ध में घटोत्कच ने महापराक्रम दिखाया। इसके पराक्रम से कौरव सेना में त्राहि-त्राहि मच गई। दुर्योधन और मेरी आज्ञा से भगदत्त ने घटोत्कच और भीमसेन के साथ घोर युद्ध कर पांडव सेना की ईंट-से-ईंट बजा दी। आठवें दिन के इस युद्ध में भीमसेन द्वारा धृतराष्ट्र के नौ पुत्रों का वध किया गया। पांडव पक्ष में इरावान की मृत्यु से शोक का वातावरण छा गया। मैंने अपनी ओर से आज भी कुछ उठा नहीं रखा किन्तु मुझे शिखंडी के हाव-भाव से लगने लगा था कि मेरा अन्त भी अब अधिक दूर नहीं है।

आज की रात्रि दुर्योधन, शकुनि, दुःशासन एवं सूतपुत्र कर्ण ने आपस में गुप्त मन्त्रणा की। इसकी सूचना मेरे गुप्तचरों ने मुझे दी। यह तय पाया गया कि कल दुर्योधन मुझसे मिलकर स्पष्ट कहेगा कि या तो मैं अपना पांडव-मोह छोड़कर पूरे पराक्रम से युद्ध करूँ, अथवा रणांगण को छोड़ दूँ।

दूसरे प्रातः दुर्योधन ने यही किया। वह मेरे एकान्त शिविर में उपस्थित हुआ और बोला, पितामह हम लोगों ने आप ही के भरोसे युद्ध के मैदान में उतरने का साहस किया। आप चाहें तो देवताओं और दानवों की सम्मिलित सेना को भी विजित कर सकते हैं फिर ये पांडव और उनके सहायक वीर किस खेत की मूली हैं? आपको हमारी स्थिति देखकर हम पर दया आनी चाहिए क्योंकि हमारे लाखों वीर, पांडवों द्वारा नित्य मृत्यु को प्राप्त हो रहे हैं।

आप अपना पांडव-मोह त्याग कर कुन्ती-पुत्रों का वध कीजिए अथवा अगर आपको पांडवों से प्रेम और हम लोगों से द्वेष है तो आप कर्ण को युद्ध करने का अवसर दीजिए, वह कुन्ती-पुत्रों के साथ सभी अन्य योद्धाओं को अवश्य जीत लेगा।

मैं दुर्योधन के कथन पर कुछ देर चिन्ताग्रस्त रहा। मैं दुर्योधन की कटूक्तियों का आदी हो चुका था। सोचता हूँ कि अर्जुन द्वारा प्रदत्त इस शर-शय्या के बाण इतने नहीं चुभते जितना दुर्योधन के शब्द-बाणों से मैं निरन्तर चुभा हूँ। मैंने आज भी मौन होकर उसकी बातें सहन कर लीं और उससे कहा, "तुम व्यर्थ में मुझे दोष देते हो। मैं कई बार कह चुका हूँ कि पांडव अजेय हैं विशेषकर अर्जुन तो देव, गन्धर्व, यक्ष, किन्नर, मनुष्य किसी को परास्त करने में सक्षम है किन्तु राज्य-लिप्सा के फलस्वरूप तुम मेरी बातों पर ध्यान नहीं देते। मैं युद्ध में प्रतिपक्षी का साथ नहीं देता। यह किसी भी योद्धा के लिए उचित नहीं है। तुम अपने मन से मेरे पांडव-मोह की बात को निकाल

फेंको। आज के युद्ध में मेरे पराक्रम को देखना मैं प्राणों की चिन्ता किए बिना पांडव-सेना को उसी तरह मथ दूँगा जैसे कोई मत्त गजरात पद्मपुष्पों से भरे जलाशय को मथकर रख देता है। जाओ आज के युद्ध की तैयारी करो।

इस दिन युद्ध में मैंने अपना पूर्ण पराक्रम दिखाया अर्जुन, भीम तथा युधिष्ठिर या अभिमन्यु अथवा घटोत्कच के समान योद्धा भी मेरा सामना नहीं कर सके। महारथियों के पलायन से पांडव-सेना के सैनिक व्यूह तोड़कर यत्र-तत्र भाग पड़े। कौरव-सेना को भी क्षति पहुँची। अभिमन्यु ने अपने पिता अर्जुन के सदृश पराक्रम दिखाते हुए कौरव-सेना को पलायन के लिए बाध्य कर दिया। किन्तु मैंने प्राणपन से जो युद्ध किया उसके फलस्वरूप पांडव-सेना के उखड़ते पैरों को रोकना उस पक्ष के किसी भी वीर के लिए सम्भव नहीं हुआ। दिन की समाप्ति के पूर्व मैंने अपनी प्रतिज्ञानुसार पांडव-सेना को सचमुच में जैसे मथानी दधि को मथती है उसी तरह मथ कर रख दिया। समर-भूमि, रक्त मज्जा और मांस के कीचड़ से भर गई और सहस्रों पांडव-सैनिक पलायन के क्रम में इस कीचड़ में उसी तरह फँस गए जैसे गायें अज्ञात दलदल में फँस जाती हैं। इसी समय सूर्य स्ताचलगामी हुए और मुझे पांडव-सेना का संहार रोकना पड़ा।

दूसरे दिन का प्रातः अर्थात् युद्ध का दसवाँ दिन मेरे लिए अपशकुनों को लेकर आया। रात्रि भर पता नहीं नींद क्यों नहीं आई। प्रातःकाल में आँखें लगाते ही ऐसा लगा कि विष्णुदूत मेरे प्राणों को लेने के लिए मेरे पर्यंक के पास खड़े हों। प्रातःकालीन सूर्य को प्रणाम करने द्वार से बाहर आया तो लगा वह धूम्राच्छादित हैं। इसी समय मेरे शिविर के शिखर के ऊपर, दक्षिण से उड़ता हुआ एक गिद्ध आकर बैठ गया। मेरा बायाँ स्कन्ध और बायीं भुजा जोर-जोर से फड़कने लगी।

रात में ही प्रायः सभी पांडव-भ्राता श्रीकृष्ण के साथ मेरे शिविर में पधारे थे। उस दिन के मेरे पराक्रम से भयभीत हो उन्होंने मुझसे स्पष्ट कहा था, "पितामह! यदि आप यों ही युद्ध करते रहे तो पांडव-सेना के समूल विनाश में बहुत समय नहीं लगने का। साथ ही यह भी निश्चित है कि आपके जीवित रहते हमारी विजय असम्भव है लेकिन कठिनाई यह है कि इस पृथ्वी पर किसी योद्धा में यह शक्ति नहीं है कि जब तक आपके हाथ में अस्त्र रहे वह आपका वध कर सके, अतः यदि आप पांडव-पुत्रों की विजय चाहते हैं तो कृपया आप स्वयं बताएँ कि आपका वध कैसे सम्भव है?"

मैं भी युद्ध करते-करते थक गया था और मैं इसे अपने जीवन का एक महान् अभिशाप ही मान रहा था कि पांडवों के पितामह और प्रपितामह होने के बावजूद मैं अपने ही हाथों अपने से अत्यन्त कम उम्र के किशोरों की हत्या निर्दयतापूर्वक करता जा रहा था। इतिहास में ऐसी घटना शायद ही इसके पूर्व कभी घटी हो। बलवान सिंह, जैसे निरीह मेमनों पर आक्रमण करे उसी तरह मैं अभिमन्यु, नकुल, सहदेव आदि सुकोमल किशोरों पर नृशंसतापूर्वक अस्त्रप्रहार कर रहा था। नियति मेरे साथ कैसे-कैसे खिलवाड़ कर रही थी इसकी कल्पना कौन कर सकता है?

मैंने हस्तिनापुर के साम्राज्य की सुरक्षा का वचन अपने पिता शान्तनु और पुनः माता सत्यवती को दिया था किन्तु अगर उस समय मुझे आभास होता कि इस साम्राज्य की रक्षा हेतु मुझे वृद्धावस्था में अपने श्वेत केशों और श्मश्रु की चिन्ता किए बिना अपने पौत्रों और प्रपौत्रों पर ही शर-संधान करना पड़ेगा तो मैं शायद ही ऐसा वचन देता।

पांडवों की प्रार्थना और अपनी दुःस्थिति को ध्यानगत रखते हुए मैंने युधिष्ठिर को अपनी मृत्यु का भेद बता दिया। मैंने उन्हें यह परामर्श दिया कि वे शिखंडी को

आगे कर अर्जुन द्वारा मुझ पर शर-संचालन करायें। शिखंडी स्त्री के रूप में पैदा हुआ था और उसका नाम जैसा मैंने पूर्व में इंगित किया है शिखंडिनी था। मैंने युधिष्ठिर को बताया कि मैं स्त्री और क्लीब पर प्रहार नहीं करता, अतः अर्जुन शिखंडी का सहारा लेकर संग्राम-भूमि में मेरा वध कर दे।

सभी प्रसन्न लौट गए थे। उन्हें मेरी योजना पसन्द आई थी। वे अपने वृद्ध पितामह को मृत्यु के घाट उतारने के लिए तत्पर हो गए थे, अतः आज प्रातः के अपशकुनों से मुझे आश्चर्य नहीं हो रहा था। मेरा यह विश्वास दृढ़ हो गया था कि आज के सूर्यास्त के पूर्व मेरा पतन अनिवार्य है।

हुआ वही। आज दसवें दिन के युद्ध में मैंने घोर पराक्रम प्रदर्शित किया। मेरा यह छल ही समझिए कि मैंने किसी पर यह प्रकट नहीं होने दिया कि मैं स्वयं की मृत्यु-हेतु पूर्व-प्रस्तुत हूँ। पांडवों ने अपनी योजना को क्रियान्वित करना शुरू किया। शिखंडी को आगे कर प्रायः सभी पांडव-वीर मुझ पर शराघात करने लगे। मुझ पर होते इस प्रहार को देखकर कौरव-पक्ष के वीर मेरी रक्षा में आ जुटे। अर्जुन के प्रचंड प्रहारों से मेरे शरीर का पोर-पोर बिद्ध हो रहा था। दुःशासन आदि कई वीरों ने अर्जुन को रोकना चाहा पर शिखंडी को आगे देखकर मैंने धनुष का परित्याग कर दिया था अतः अर्जुन के शर मेरे शरीर को आर-पार बिंध रहे थे। दुःशासन मेरी रक्षा करते-करते अर्जुन के बाणों से घायल होकर मेरे रथ पर भाग आया था। मैंने उसे अपनी स्थिति समझा दी और कहा कि मेरे शरीर की शक्ति क्षीण होती जा रही है और मैं अब अपने को सन्तुलित रखने में असमर्थ हूँ। इसके कुछ क्षण पश्चात् ही मेरा शरीर जिसका दो अंगुल भाग भी शर-रहित नहीं थे, रथ से नीचे गिर पड़ा। मेरे पतन के साथ ही रणभूमि में कोलाहल मच गया और दोनों पक्षों के वीर मेरे समक्ष एकत्रित हो गए।

इसके आगे की कथा मैं पूर्व में वर्णित कर चुका हूँ जो कुछ शेष रह गया है उसे भी सामने ला दूँगा लेकिन निश्चित ही वह इतने विस्तार से नहीं होगा जितने विस्तार से मैं अब तक युद्ध-गाथा गाता रहा हूँ।

समर-भूमि से, शर-शय्या-सहित मुझे बाहर रखकर जो व्यवस्था हुई थी उसे दोहराने की आवश्यकता नहीं। अब तो शेष बचे समर में जो कुछ महत्त्वपूर्ण घटेगा उसका उल्लेख ही आवश्यक होगा क्योंकि महत्त्वपूर्ण और संवेदनशील घटनाओं से तो मुझे प्रभावित होना ही है। ऐसे भी मुझे अपनी ही गाथा गानी थी जो मेरे पतन के साथ प्रायः समाप्त हो गई।

शर-शय्या पर मेरे पड़े रहने के समय कई लोग जिनमें योद्धा से लेकर ऋषि-महर्षि तक सम्मिलित थे मेरे दर्शनों को आ रहे थे। शरीर के शरविद्ध होने के बावजूद मेरी संज्ञा पूरी तरह मेरा साथ दे रही थी और मैं किसी को सम्भाषण-हीनता द्वारा निराश नहीं कर रहा था।

दूसरी सुबह द्रोणाचार्य मेरे समक्ष आशीर्वाद हेतु पहुँचे थे। उन्हें मेरे स्थान पर सेनापति नियुक्त किया गया था।

आचार्य ने मेरे चरणों को स्पर्श कर आशीर्वाद माँगा। मैं 'यशस्वी भव' से अधिक कुछ नहीं कह सका। मैं जानता था कि 'चिरंजीवी' कहना भी कठिन है क्योंकि उनकी मृत्यु के लिए ही द्रुपद पुत्र धृष्टद्युम्न का जन्म हुआ था। 'विजयी भव' कहने में निश्चित ही मेरा पांडव-प्रेम आगे आ रहा था। इसको समझने में द्रोण को अधिक समय नहीं लगा और वह मुझे पुनः प्रणाम कर रणभूमि को प्रस्थित हो गए।

द्रोण की मृत्यु किस रूप में हुई इसका उल्लेख भी मैं पूर्व में कर चुका हूँ। भीमसेन ने अश्वत्थामा नामक एक हाथी का गदा-प्रहार से वध कर दिया। संग्राम-भूमि में चारों तरफ यह बात फैल गई कि अश्वत्थामा मारा गया।

द्रोण ने कहा कि जब तक युधिष्ठिर इस बात की सम्पुष्टि नहीं कर देते तब तक मैं अपने पुत्र की हत्या की बात पर विश्वास नहीं कर सकता। धर्मराज युधिष्ठिर ने भी शायद प्रथम बार अपने परिवार-प्रेम का परिचय दिया था और कहा था, 'अश्वत्थामा हतो, नरो वा कुंजरो'। युधिष्ठिर ने जानबूझकर 'वा कुंजरो' का उच्चारण धीरे से किया, अतः द्रोणाचार्य यही सुन सके कि अश्वत्थामा नामक मनुष्य अर्थात् उनका पुत्र मारा गया। यह सुनते ही पुत्र-प्रेम के लिए ख्यात द्रोण ने अपने अस्त्र को परित्याग दिया। और इस स्थिति का लाभ उठाते हुए धृष्टद्युम्न ने अर्जुन आदि के लाख मना करने पर भी अपने पिता के परम शत्रु द्रोण का शिरोच्छेदन कर दिया।

अब कर्ण का सेनापति का मार्ग प्रस्तुत हो गया था और दुर्योधन ने अत्यन्त प्रसन्नता के साथ उसे कौरवों के सेनापति के पद पर अभिषिक्त कर दिया।

द्रोण के सेनापतित्व के समय एक ऐसी दुर्भाग्य-पूर्ण घटना घटी जिसने उनके उज्जवल चरित्र पर एक अमिट कलंक लगा दिया। अभिमन्यु के पराक्रम से कौरव त्रस्त थे। वह युद्ध-कौशल और शौर्य-वीर्य में अर्जुन से कहीं से कम नहीं था। उससे मुक्ति पाना कौरवों के लिए अनिवार्य हो गया था।

कौरवों ने द्रोण को विश्वास में ले चक्रव्यूह की रचना की जिसका भेदन मात्र श्रीकृष्ण, अर्जुन और कृष्ण-पुत्र प्रद्युम्न को आता था। व्यूह से अर्जुन को अति दूर रखने की योजना बनी और उन्हें संसप्तक सेना के साथ, त्रिगर्त-राज ने समरांगण के दूसरे छोर पर उलझा रखा।

चक्रव्यूह-भेदन के लिए किशोर अभिमन्यु प्रस्तुत हुआ। वह व्यूह में प्रवेश की कला तो जानता था पर उससे बाहर आने की विधि से अपरिचित था।

भीमसेन ने कहा, "प्रवेश तो कर लें, व्यूह से बाहर का मार्ग तो मैं अपनी गदा-प्रहार से बना लूँगा।"

अभिमन्यु चक्रव्यूह-भेदन कर अन्दर प्रवेश कर गया पर भीमसेन का मार्ग जयद्रथ ने अपने सहायकों के साथ अवरुद्ध कर दिया। अन्दर अभिमन्यु एकाकी सात-सात महारथियों से युद्ध कर रहा था, ये सप्तरथी थे—द्रोण, कर्ण, कृप, अश्वत्थामा, बृहद्बल, कृतवर्मा और जयद्रथ। इनसे एकाकी युद्ध-रत अभिमन्यु के रथ, ध्वज, सारथि, अश्व तक को ध्वंस कर दिया गया अत्यन्त निर्दयता के साथ। धनुष खंडित कर दिया गया। रथों में बैठे महारथी इस किशोर पर क्रूरता-पूर्वक चारों ओर से प्रहार करते रहे। निःशस्त्र पर आघात। वह पूरी तरह शरविद्ध हो, श्रान्त और क्लान्त कहीं विश्राम का इच्छुक था कि दुःशासन-पुत्र ने पीछे से गदा मारकर उससे सिर को विल्व-फल की तरह खंडित कर दिया।

मुझे सूचना दी गई कि अभिमन्यु के इस त्रासद अन्त पर कौरवों ने उसके शव को घेरकर उल्लास-पूर्ण नृत्य किया था। उसकी पत्नी विराट-तनया उत्तरा गर्भवती थी। इस किशोरी के शेष जीवन-रूपी चन्द्रमा को एक असमाप्य ग्रहण लग गया। असमय का यह वैधव्य। मेरी आँखों में अश्रु छलछला आये।

अर्जुन पुत्र-वध का प्रतिशोध नहीं लेते यह हो नहीं सकता था। जयद्रथ ही खलनायक था इस दुःखान्त नाटक का। पार्थ ने प्रतिज्ञा की—कल सूर्यास्त के पूर्व जयद्रथ

का वध नहीं किया तो स्वयं को अग्नि को अर्पित कर दूँगा।

दूसरे दिन भयभीत कौरवों ने जयद्रथ को कई महारथियों के मध्य, रण-क्षेत्र के एक छोर पर छिपा रखा। अपराह्न व्यतीत होने को था तब भी अर्जुन का सामना उससे नहीं हो सका। सूर्यास्त में थोड़ी देर थी, कौरव-पक्ष में हर्ष की लहर व्याप्त होने लगी थी कि अब दृढ़-प्रतिज्ञ अर्जुन अग्नि में प्रवेश ही करेगा और इसी के साथ कुरुक्षेत्र का युद्ध भी समाप्त हो जाएगा। युधिष्ठिर इस क्षति को नहीं झेल सकते। इसी समय मैंने अपनी शर-शय्या से ही देखा, पश्चिम के क्षितिज पर लालिमा छा रही थी। सूर्य का कहीं पता नहीं था। मैं समझ गया यह सब वासुदेव श्रीकृष्ण की लीला थी। उनके सुदर्शन-चक्र ने ही सूर्य को ढंक लिया था। कौरवों में हर्ष की लहर व्याप्त हो गई। सूर्यास्त देखकर, सभी महारथी, रथी एवं जयद्रथ भी मैदान के बीच आ गए और अर्जुन के चितारोहण की प्रतीक्षा करने लगे। उसी समय सुदर्शन-चक्र अपने स्थान से हटा और सूर्य-बिम्ब चमक उठा। कृष्ण ने अर्जुन को सम्बोधित किया, 'तत्काल शिरोच्छेदन करो और वायव्य अस्त्र से इसका मस्तक उड़ाकर इसके तपरत पिता वृद्धक्षत्र के हाथों में डाल दो।' अपने पुत्र के सिर को देखकर उसका पिता हड़बड़ा कर उठा और जयद्रथ का सिर पृथ्वी पर गिर पड़ा। इसके साथ ही पिता वृद्धक्षत्र के सिर के टुकड़े-टुकड़े हो गए। वस्तुतः वृद्धक्षत्र ने एक घोर तपस्या के पश्चात् यह वरदान माँग रखा था कि जिसके द्वारा मेरे पुत्र का सिर पृथ्वी पर गिराया जाए उसके सिर के टुकड़े हो जाएँ।

मैंने मन-ही-मन वासुदेव कृष्ण का साधुवाद किया और सोचा जिसके रक्षक स्वयं भगवान कृष्ण हों उसका बाल भी कौन बाँका कर सकता है?

द्रोण के ही सेनापतित्व में घटोत्कच का वध हुआ था जिसके सम्बन्ध में मैंने पूर्व में ही विस्तार से उल्लेख किया है।

आचार्य द्रोण की मृत्यु, युद्ध के चौदहवें दिन ही जैसा पहले कहा धृष्टद्युम्न के हाथों सम्पन्न हुई।

पन्द्रहवें दिन प्रातः कर्ण का सर्प-चिह्नित रथ मेरी तरफ आ रहा था। उसने द्रोण के पश्चात् सेनापति का भार संभाला था। द्रोण की तरह वह भी मेरे आशीर्वाद का आकांक्षी था किन्तु उसका मुख म्लान था। मृत्यु की छाया उस पर स्पष्ट थी। वस्तुतः वह रिक्तहस्त हो गया था। कवच-कुंडल, अर्जुन-पिता इन्द्र ले चुके थे और उसके बदले जो विजयनी शक्ति उसे दी थी उसे भी वह घटोत्कच-वध में खो चुका था। नियति को वह अपने नेत्रों के समक्ष मृत्यु-नृत्य करते देख सकता था।

मैंने आशीर्वाद के रूप में कुछ कहने के पूर्व कहा, ''अब इस शरविद्ध वृद्ध के पास क्या रखा है? आजीवन तो मैं तुम्हारे परिहास, उपहास और अपमान का शिकार रहा। अब मुझ में कौन-सी शक्ति तुम्हें दृष्टिगोचर हो गई है? तुम आ ही गए तो मैं 'यशस्वी भव' से अधिक का आशीर्वाद देने में अक्षम हूँ क्योंकि काल की गति न तुम जानते हो न मुझे ही उसका पता है।''

कर्ण सिर झुकाए वापस हो गया था। उसके सेनापतित्व में जो सर्वाधिक विस्मयकारी एवं कौरव-पक्ष को अव्यवस्थित करने वाली घटना घटी वह थी भीम द्वारा दुःशासन की निर्मम हत्या। अब तक एक-एक कर कौरवों के कई योद्धा मृत्यु-मुख में प्रवेश कर चुके थे। दुःशासन ही एकमात्र प्रबल-वीर था जो दुर्योधन का दाहिना हाथ था। भीम ने भयंकर रूप धारण कर दुःशासन पर आक्रमण किया। उन्हें अपनी प्रतिज्ञाएँ याद थीं। दुःशासन की सुरक्षा का पूरा प्रबन्ध था किन्तु भीम को रोकना किसके वश

की बात थी? देखते-देखते उन्होंने एक तीक्ष्ण तलवार से दुःशासन का सिर काट डाला और उसकी छाती फाड़कर रक्तपान करने लगे। साथ ही कहा, "मेरी प्रतिज्ञा अभी पूरी नहीं हुई" और अंजुलि भर रक्त ले वह रथासीन होकर द्रौपदी के शिविर में गए और उसके खुले केशों में दुःशासन का रक्त मलते हुए कहा, "दुःशासन ने तुम्हारा जो अपमान किया था उसका प्रतिशोध मैंने उसके हृदय का रक्त पीकर लिया और अब तुम उसके रक्त से अपने केशों का जूड़ा बना लो जो वर्षों से इसी दिन की प्रतीक्षा में खुले पड़े थे। मैं दुर्योधन के उस जंघे को तोड़कर जिस पर तुम्हें बैठने के लिए उसने इंगित किया था मैं अपनी दूसरी प्रतिज्ञा भी शीघ्र ही पूर्ण करूँगा।"

सारी सूचनाएँ मुझ तक किसी-न-किसी स्रोत से पहुँचती रहती थीं। रण में अपने राक्षस-पुत्र घटोत्कच को खोकर भीम आज जैसे स्वयं राक्षस बन आया था और जिस अमानुषिक रूप में उसने दुःशासन की हत्या की थी और जिस तरह उसका मुख एक तृप्त घृणित आशा के फलस्वरूप भयंकर रूप में विकृत हो आया था उसे देखकर उसके पक्ष के लोग भी आश्चर्यचकित थे।

युद्ध का सत्तरहवाँ दिन कर्ण के सेनापतित्व और जीवन दोनों का अन्तिम दिन सिद्ध होकर आया। कौरवों द्वारा रात में ही योजना बन चुकी थी कि अब बिना विलम्ब किए कर्ण, अर्जुन के जीवन को निःशेष कर दे। योजना के अनुसार महावीर शल्य को कर्ण का सारथि बनाया गया। मुझे पता लगा तो भवितव्यता मेरे समक्ष पूरी तरह स्पष्ट हो गई। नकुल और सहदेव का मामा शल्य कहाँ तक विश्वसनीय हो सकता था? कर्ण के सारथि के रूप में वह सदा अर्जुन के गुणगान में लगा रहा।

अन्ततः दोनों प्रचंड तथा दुर्द्धर्ष योद्धा आमने-सामने थे। इस युद्ध को जिसने नहीं देखा वह उसकी भयंकरता का अनुमान नहीं लगा सकता था।

कर्ण अभिशप्त था एक ऋषि ने उसके एक अमर्यादित व्यवहार के लिए शापित किया था कि युद्ध में निर्णायक अवसर पर उसके रथ-चक्र को मेदिनी निगल लेगी। हुआ वही। सूर्य अस्ताचल की ओर ढलने लगा था कि उसका रथ-चक्र धरती में धंस गया।

सारथि शल्य ने अश्वों की वल्गा ढीली की किन्तु अश्व आगे नहीं बढ़ सके। कर्ण सभी अस्त्र-शस्त्रों को रथ में छोड़ पृथ्वी पर उतर आया और पूरी शक्ति से पाहिए को निकालने का प्रयास करने लगा किन्तु धरती हिल गई पर रथ-चक्र नहीं निकल सका। धनंजय ने उसे इस स्थिति में देखकर उस पर अस्त्र-प्रहार बन्द कर दिया।

उसके सारथि वासुदेव कृष्ण बोले पड़े, "धनंजय यह क्या? कर्ण के शिरोच्छेदन का यह उपयुक्त समय है।"

अर्जुन के मुख से निकला, "नहीं केशव! ऐसी अनीति मैं नहीं कर सकता। अस्त्र-शस्त्रहीन कर्ण पर मैं प्रहार करने की बात सोच भी नहीं सकता।"

इस पर वासुदेव ने क्रोधित स्वर में कहा, "जिसके पास कोई नीति ही नहीं उसके लिए तुम्हें रणनीति और मर्यादा की बात किधर से सूझ रही है? यही वह कर्ण है जिसने भरी सभा में तुम्हारी पत्नी पांचाली को वेश्या कहा था तथा उसे दुर्योधन की दासी बनने का घृणित प्रस्ताव दिया था तथा उसको नग्न करने में जुटे दुःशासन का उत्साह बढ़ाने में सारी नीति-अनीति को ताक पर रख दिया था, यह वही कर्ण है जिसने सात महारथियों के साथ मिलकर तुम्हारे प्रिय पुत्र किशोर अभिमन्यु की निर्मम हत्या की थी।..."

अर्जुन इसके आगे कुछ नहीं सुन सके और पार्थ ने पवन से भी तीव्र तथा वज्र से भी कठोर बाण द्वारा कर्ण की छाती को विद्ध दिया और साथ ही एक अत्यन्त तीखे क्षुरास्त्र से उसके सिर को काटकर शरीर से पृथक् कर दिया। क्षण भर में चारों तरफ घोर कोलाहल व्याप्त हो गया। 'कर्ण मारा गया' इस बात पर किसी को विश्वास ही नहीं हो रहा था। कौरव-शिविर विशेषकर दुर्योधन का दुःख अवर्णनीय था। धृतराष्ट्र और गांधारी के शोक का भी कोई अन्त नहीं था।

दुर्योधन फिर भी अपने हठ से हटने वाला नहीं था। अट्ठारहवें दिन उसने शल्य को सेनापति के रूप में अभिषिक्त किया।

शल्य ने अपनी ओर से कुछ उठा नहीं रखा। शल्य का चरित्र समझ से परे था। उन्होंने अपने भांजों—नकुल और सहदेव पर भी निर्दयतापूर्वक प्रहार किया किन्तु युद्ध का अन्तिम दिन धर्मराज युधिष्ठिर के नाम जाना था। उन्होंने एक अमोघ शक्ति से शल्य के प्राण ले लिए।

इसी मध्य सहदेव ने शकुनि का वध कर दिया। मेरे पास संवाद पहुँचा कि धृतराष्ट्र शोक से बुरी तरह अवसादग्रस्त हो रहे हैं। सारे कौरव-वीर धृतराष्ट्र के सौ पुत्रों के साथ मारे गए थे। कौरव पक्ष में अब दुर्योधन, कृपाचार्य, कृतवर्मा, अश्वत्थामा के अतिरिक्त कोई नहीं बचा था। मुझे इस अन्त पर कोई आश्चर्य नहीं हुआ किन्तु सिर झुकाये दुर्योधन को अपनी तरफ आते देखकर मैं आश्चर्यचकित अवश्य हुआ।

रात्रि घिर आई थी। दुर्योधन अत्यन्त श्रान्त शब्दों में बोला, "पितामह! युद्ध के परिणाम का तो आपको पता ही होगा। कौरव पराजित हुए। मैं...।"

"पर जब तक तुम जीवित हो युद्ध अनिर्णीत है। राजा तो तुम्हीं हो। राजा जीवित है तो युद्ध किसी के द्वारा विजित नहीं माना जाएगा। किन्तु जो कुछ घटा, वह तुम्हारी हठधर्मिता के कारण।"

"पितामह! आपने ठीक कहा, मैं जीवित हूँ, अतः युद्ध का परिणाम अघोषित है। मैं पराजय का आदी नहीं रहा। अब भी नहीं हूँ, अतः आपके पास आया हूँ कि आप कोई ऐसा गुप्त स्थान बताएँ जहाँ छिपकर मैं अपनी श्रान्ति मिटा सकूँ। फिर आगे की सोचूँगा। आप सत्यवादी हैं, मेरा भेद नहीं खोलेंगे, अतः आपके पास आया हूँ।"

मुझसे अधिक दुर्योधन को कौन जान सकता था? वह जीवित रहा तो पांडवों को जीतने का कोई और सहारा नहीं तो द्यूत कहीं नहीं गया था? भले अब शकुनि नहीं रहा हो किन्तु इस कला में वह अपने इस महत्त्वाकांक्षी भांजे को पूर्णतः प्रशिक्षित कर गया था। मैं इतने अनुभवों के पश्चात् अब दुर्योधन को विश्वास-भूमि मानने को प्रस्तुत नहीं था। मैंने अपनी कटुता को छिपाने का प्रयास किए बिना दो टूक कह दिया, "अपने प्राणों पर आने पर सभी को दूसरों के सद्गुण ही दिखाई पड़ते हैं। मेरी सत्यवादिता को छोड़ो। मैं तो कभी तुम्हारा विश्वास-पात्र नहीं रहा पर मैं अपनी नीति पर मरण के इस क्षण भी अटल हूँ। तुम्हें छिपने का स्थान बता भी दूँ तो पांडवों के पूछने पर उसे गुप्त रख पाना मेरे लिए कठिन होगा। लक्ष-लक्ष लोगों के प्राण लेकर अपने प्राणों की रक्षा के लिए व्यर्थ ही व्यग्र हो नियति को कैसे टालोगे? कर्मफल का सिद्धान्त व्यर्थ कर सकते हो क्या? यदि नहीं तो अपने पापों का फल भोगने से बच पाओगे, यह कैसे मान लेते हो? अच्छा हो यहाँ से चले जाओ। जहाँ जी चाहे छिप जाओ पांडव तुम्हारी खोज में आते ही होंगे।"

बाद में पता लगा वह व्यास-सरोवर में जा छिपा। जल-बन्धन-योग उसे आता था। सरोवर-जल में छिपा अपने को शरीर के घाव से ही नहीं, मनःसन्ताप से भी मुक्त करने का प्रयास करता रहा।

कुछ ही देर के पश्चात् यात्रियों से दुर्योधन के छिपने का स्थान ज्ञात कर पाँचों पांडव कृष्ण के साथ सरोवर के समीप पहुँच गए।

धर्मराज ने उसे चुनौती देते हुए कहा, ''यों कायरों की तरह छिपने से कोई लाभ नहीं। हम सरोवर तो क्या सागर को भी मथ सकते हैं। अच्छा हो स्वयं बाहर आ जाओ। हम पाँचों में से किसी एक को चुन लो। उससे युद्ध में विजयी बनो तो तुम्हारा राज्य तुम्हारे पास अथवा पराजित होकर वीरगति प्राप्त करो तो स्वर्ग-सुख तुम्हारी प्रतीक्षा में है।''

दुर्योधन इस चुनौती को स्वीकार नहीं कर सका और सरोवर से बाहर आकर भीम को सम्बोधित करते हुए बोला, ''अपने अग्रज की बातों पर नहीं जाओ। तुम्हारे सिवा मेरे साथ युद्ध में कोई टिक नहीं सकता। आओ हम परस्पर युद्ध कर इसे इसकी परिणति तक पहुँचा दें।''

भीमसेन और दुर्योधन में देर तक गदा-युद्ध चला। इसका अन्त नहीं होते देख कृष्ण ने अर्जुन से कुछ कहा और धनंजय ने भीम को दिखते हुए अपनी दाहिनी जांघ को ठोंका। भीम को अपनी प्रतिज्ञा याद आ गई और दुर्योधन जैसे ही एक उछाल लेकर प्रहार के लिए बढ़ा भीम ने उसके जंघे पर कठोर गदाघात किया जिससे दुर्योधन की वह जांघ टूट गई और वह मूलहीन वृक्ष की तरह पृथ्वी पर मुख के बल जा गिरा। बलराम तीर्थाटन से लौटे थे और गदा-युद्ध के दर्शकों में एक थे। उन्होंने भीम के कृत्य पर प्रश्नचिन्ह लगाया। कमर के नीचे गदा-प्रहार वर्जित था। यह युद्ध नियमों के सर्वथा विरुद्ध था।

कृष्ण बलराम को किनारे ले जाकर यह समझाने में सफल हुए कि इस महाभारत-युद्ध में किसी पक्ष ने नीति और न्याय का पक्ष लेने का कष्ट नहीं किया। बलराम शान्त हुए अथवा वे अपने हल-प्रहार से भीम के प्राण ही ले बैठते।

मुझे सब कुछ का पता लगा। दुर्योधन किसी अर्धमृत सदीसृप सा औंधे मुँह पड़ा अपने जीवन की अन्तिम साँसें ले रहा था तभी अश्वत्थामा उसके पास पहुँचा और बोला, ''राजन्! मैं तुम्हें इस तरह इस पृथ्वी को छोड़कर जाते नहीं देख सकता। पांडव निश्चिन्त सोए पड़े हैं। मैं अपने पितृ-हन्ताओं से प्रतिशोध लेकर अभी पहुँचता हूँ। उन पाँचों का सिर देखकर ही तुम इस धराधाम से प्रस्थान करना। दुर्योधन ने इस महासमर के अन्तिम किन्तु अघोषित सेनापति के रूप में रात्रि के अन्धकार में ही अश्वत्थामा का अभिषेक किया।

पाँचों पांडव तो कृष्ण के साथ कहीं अन्यत्र जाकर सारे घटना-क्रम पर विचार कर रहे थे। अश्वत्थामा ने द्रौपदी के पाँच पुत्रों को ही पाँच पांडव समझ उनके सिर काट दिए और दुर्योधन के पास लाकर उन्हें रख दिया। दुर्योधन हाथों से ही टटोलकर यह समझ गया कि पांडव जीवित रह गए। ये सिर तो द्रौपदी के किशोरों के हैं। उसने हताश होकर अपनी अन्तिम साँसें लीं।

अश्वत्थामा अभी भी प्रतिशोध की ज्वाला में जल रहा था। उसने वापस लौटकर अभिमन्यु की विधवा पत्नी उत्तरा के गर्भ पर ही ब्रह्मास्त्र का प्रयोग कर दिया। यह तो कृष्ण ठीक उसी समय पांडवों के साथ वापस आ गए थे और उन्होंने अपने सुदर्शन-चक्र

को उत्तरा के गर्भ में प्रवेश करा ब्रह्मास्त्र को निरस्त कर दिया अन्यथा पांडव-कुल का क्षय निश्चित था।

अश्वत्थामा को धर्मराज युधिष्ठिर ने गुरु-पुत्र होने के कारण क्षमा-दान दे दिया।

दूसरे दिन प्रातः धृतराष्ट्र, गांधारी और कुन्ती मेरे पास पहुँचे थे। वे तीनों वन जाकर शेष जीवन व्यतीत करने को प्रस्तुत थे और मेरे आदेश के आकांक्षी थे। इन्हें रोकने का मुझे कोई औचित्य दिखाई नहीं पड़ा।

सभी चले गए तो मैं एकाकी रह गया। विदुर को इधर नहीं देखा था। वे आते हुए दिखाई पड़े। साथ में यशोदानंदन श्रीकृष्ण भी थे। मैंने विदुर की ओर दृष्टि डाली और क्षीण स्वर में कहा :

प्रतीत होता है मैं सूर्य के उत्तरायण होने और तुम्हारे आगमन दोनों की प्रतीक्षा कर रहा था। तुम्हारे सदृश परम नीतिज्ञ और सत्य-निष्ठ नर-श्रेष्ठ तथा नरों के मध्य नारायण वासुदेव कृष्ण की उपस्थिति में प्राण त्यागते मुझे जितनी प्रसन्नता हो रही है उतनी शायद जीवन में कभी नहीं हुई। आप दोनों कुछ क्षण मेरी मूँदती पलकों के समक्ष ही खड़े रहें ताकि मेरा यह मरण भी महोत्सव का स्वरूप ले ले।

शायद मेरे प्राण-त्याग के निश्चय की सूचना चारों तरफ फैल गई थी। बात ही बात में महर्षि व्यास, देवर्षि नारद सहित कई ऋषि-महर्षि वहाँ उपस्थित हो गए। सभी पांडव महाराज युधिष्ठिर के नेतृत्व में आ पहुँचे। रण में बचे योद्धा और सभी पुरवासी सपरिवार उपस्थित हो गए थे।

मैं अर्द्ध उन्मिलित नेत्रों से इस विशाल जन-समूह को देख रहा था। सभी की आँखें भरी थीं।

मेरे प्रस्थान का समय आ गया। मैंने योग-बल से सभी अंगों से प्राणों को ब्रह्मान्ध्र की ओर खींचा तो लोगों की आँखें यह देखकर विस्फारित हो गईं कि मेरे शरीर के सभी शर एक-एक कर झर गए। मेरे सारे व्रण (घाव) भी सूख गए। यह सब सामने खड़े वासुदेव श्रीकृष्ण का प्रभाव था। मैंने मन ही मन उन्हें अपना अन्तिम प्रणाम निवेदित किया और मुझे तत्काल प्रतीत हुआ कि मेरे प्राण ब्रह्मान्ध्र को भेद कर ऊर्ध्व-गमन को प्रस्तुत हैं। मैंने वासुदेव की भुवनमोहिनी छवि को आँखों में बैठा पलकें मूँद लीं।

●